本书为国家社科基金重大项目
“中国小说评点史及相关文献整理与研究”
（21&ZD273）的阶段性成果

术语的解读

小说戏曲研究的视角与方法

谭帆 著

凤凰出版社

图书在版编目（CIP）数据

术语的解读 : 小说戏曲研究的视角与方法 / 谭帆著
. -- 南京 : 凤凰出版社, 2023.11
ISBN 978-7-5506-3976-8

Ⅰ. ①术… Ⅱ. ①谭… Ⅲ. ①古典小说－小说研究－中国②古代戏曲－文学研究－中国 Ⅳ. ①I207.41 ②I207.37

中国国家版本馆CIP数据核字(2023)第142499号

书　　名	术语的解读——小说戏曲研究的视角与方法
著　　者	谭　帆
责任编辑	李相东
特约编辑	蒋李楠
装帧设计	陈贵子
责任监制	程明娇
出版发行	凤凰出版社(原江苏古籍出版社) 发行部电话025-83223462
出版社地址	江苏省南京市中央路165号,邮编:210009
照　　排	南京凯建文化发展有限公司
印　　刷	南京新洲印刷有限公司 江苏省南京市六合区雨花路2号,211500
开　　本	880毫米×1230毫米　1/32
印　　张	12.875
字　　数	335千字
版　　次	2023年11月第1版
印　　次	2023年11月第1次印刷
标准书号	ISBN 978-7-5506-3976-8
定　　价	128.00元 (本书凡印装错误可向承印厂调换,电话:025-57500228)

目　录

谭帆教授访谈录(代序)

刘晓军　孙　超

刘晓军(华东师范大学中文系教授)　谭老师,我梳理了一下您的学术经历,发现其中有一条比较清晰的脉络,您的研究领域与关注对象一直在不断转移,然而前后之间却存在某种必然的联系,甚至可以说是一种比较严密的逻辑关系。比如说您最先关注的是古代文论,接下来却研究古代戏曲与戏曲批评,后来又关注古代小说与小说理论,再后来研究以古代小说戏曲为代表的俗文学。这样的研究道路是预先就设计好的吗?或者仅仅是某种巧合?

谭　帆　从古代文论研究到古代戏曲与戏曲批评研究,再到古代小说与小说批评研究,以及俗文学研究,我觉得谈不上"预先设计",也不全是"机缘巧合"。我 1979 年考入华东师范大学中文系,1983 年本科毕业后师从徐中玉教授和齐森华教授攻读硕士学位,专业是中国文学批评史。在当时的语境下,中国文学批评基本上等同于诗文批评,戏曲批评与小说批评还不怎么引人注目,至少没能像诗文批评那样成为主流。因此,刚开始时,我对古代文论比较有兴趣,写了一组有关古代文论的研究文章,后来都陆续发表了。如《刘勰与钟嵘文学批评方法的比较》(《学术月刊》1985 年第 4 期)、《论我国古代文学批评的几种主要模式》(《华东师范大学学报》1985 年第 4 期)、《试析古代文论理论术语的构造特征》(《中州学刊》1985 年第 6 期)、《关于比较诗学方法论的断想》(《文艺理论研究》1986 年第 2 期)、《对古代文论研究思维的思索》(《文艺理论研究》1987 年第 2 期)、《中国古代文论的两种情感观》(《古代文学理论研究》第 13 辑,1988 年)等。攻读硕士学位的后期,我选定了中国戏曲批评史作为研究方向,在齐森华教授指导下,以"金圣叹《第六才子书西厢记》研究”为硕士论文选题，完成了《金圣叹与中国戏曲批评》的书稿，该书1992年由华东师范大学出版社出版。同时与陆炜合作，在20世纪90年代初完成了《中国古典戏剧理论史》，该书1993年由中国社会科学出版社出版。以1994年师从郭豫适教授在职攻读博士学位为起点，我的研究领域转向了中国古代小说和小说批评，至今已有二十多年。在这期间，大约从2003年开始，我还试图将小说戏曲结合起来研究，以“俗文学”为观照视角，探究中国俗文学的发展脉络及其理论思想。现在看来，这个构想的确有点理想化，虽然也申报了课题并获得了资助，也发表了《“俗文学”辨——兼谈20世纪中国俗文学研究的逻辑进程》（《文学评论》2007年第1期）、《稗戏相异论——古典小说戏曲“叙事性”与“通俗性”辨析》（《文学遗产》2006年第4期）等数篇论文，但终因论题过大、不易把握而中辍。

刘晓军　*在古代文论研究中，您除了关注研究思维、研究方法等问题外，我注意到您很早就关注古代文论的理论术语等问题，这让我想起了您近十年以来对古代小说理论术语的研究。当时为什么对古代文论的理论术语产生兴趣？您后来研究古代小说的理论术语，是不是与这个话题有相当的关系？*

谭　帆　确实像你说的那样，我在20世纪80年代便开始关注古代文论的理论术语，到本世纪初又开始关注古代小说的理论术语，两者之间应该说存在有意识的转移或者衔接。其实，在中国古代戏曲理论史研究中，术语的解读也是我研究戏曲理论史的一个重要途径，可以说，体系构建和术语解读是我研究戏曲理论的两个基本路径和特色。如“曲学体系”的“本色”，“叙事理论体系”的“寓言”“虚实”“奇”等都是以术语考释为路径的。我为什么要关注古代文论的理论术语呢？这与当时的研究背景和我本人对理论术语的认识有关。在当时的古代文论研究中，人们往往把古代文论纳入古代思想文化的范畴，在这总的背景下对古代文论的民族特征作整体的把握。这种高屋建瓴式的宏观研究能使人们在整个民族历史的遗迹中考察古代文论的理论形态,但研究的深入还有待于把研究视线投向古代文论的微观领域,并以此作为辅翼。而我认为,“术语”是构成任何一种理论思想最基本也最核心的要素,要想对古代文论作进一步的深化研究,就必须重视构成古代文论的这些基本要素。因为对理论术语的认识偏差往往会导致对某种理论问题的错误看法,故而如能对理论术语的构造特征作一点考察,将有利于认清古代文论术语的真实面目,从而把握古代文论的民族特征。我们研究古代文论的理论术语,面对的是延续了两千余年文论发展的悠长历史。在这漫长的历史进程中,我们不难发现,某些形式相对恒定的理论术语在其历史的延续中汇聚了越来越多的理论家的思想菁英,这就使理论术语本身的适用范围逐步得到扩张,这种情况来自理论术语形式的相对稳定与文艺思想不断发展之间的矛盾。文艺思想是社会生活和文学创作实际的理论反映,它是随着反映对象的发展而不断变化发展的,而把发展了的文艺思想纳入理论术语的固有框架,必然使术语的意蕴逐步增加,而术语本身的运用范围也不断地扩大。这就形成了古代文论理论术语一个重要的构造特征:内在意蕴的多义性。但其实,“多义性”恰恰是术语构建之“大忌”,在常规的术语理论研究中,“单义性”是对术语最基本也是最重要的要求。怎样理解和评判这一现象,就涉及许多理论问题,可见清理中国古代文论和文论术语的民族特性的确是一件有意义的工作。

刘晓军 很长时间里,诗文才是文学正宗,戏曲与小说只是“君子不为”的“小道”,因此在早期的文学批评史著述中,戏曲批评与小说批评基本上没有立足之地。您既然已对古代文论表现出浓厚的研究兴趣,为何后来又要转向戏曲批评?您在 20 世纪 80 年代提出中国古代戏曲理论存在三大体系,即“曲学体系”“剧学体系”与“叙事理论体系”,这个观点在当时是很有影响的,您能具体谈谈吗?

谭 帆 从古代文论转到戏曲批评,其实也很自然。古代戏曲的核心要素“曲”在本质上还是属于广义的“诗”的范畴，因此古代戏曲的很多理论范畴与诗歌有着千丝万缕的联系。当然，我在硕士阶段后期选择古代戏曲作为硕士论文方向，主要还是与我的硕士导师齐森华教授有着直接的关联，因为齐老师专门研究古代戏曲与戏曲批评，撰写过《曲论探胜》等专著，主编过《中国曲学大辞典》等工具书，在他指导下从事戏曲和戏曲批评研究也是顺理成章的事。你刚才提到的“中国古代戏曲理论的三大体系”，这个观点最早是我在《中国古代编剧理论的宏观体系》(《戏剧艺术》1986 年第 2 期)一文中提出来的，认为中国古代戏曲理论形成了“曲学体系”“叙事理论体系”和“剧学体系”三个理论系统，而对中国古代戏曲理论史的研究可以遵循这三大体系的格局来加以展开。比如“曲学体系”，在这一系统中，可以归纳为五大问题:戏曲源流论、音律论、文辞论、文辞与音律的关系和唱论。在曲学体系中，核心问题是“曲”的作法和唱法。又如在“叙事理论体系”中，我们可以从四个方面来认识，首先是戏曲人物论，其次是戏曲情节结构论，因为“叙事理论”体系是把戏曲视为叙事文学，故戏曲人物论和情节结构论是其理论重心。再次是戏曲语言论，这是“叙事理论体系”的一个重要方面，这个理论系统对于戏曲语言的认识和“曲学体系”中的“词采论”有着很大差异。最后是关于戏曲艺术的“抒情性”与“叙事性”关系，古人对这个问题的探讨有很高的理论价值。“剧学体系”是中国古代曲论中最为重要的一个理论系统。我们之所以称它为“剧学体系”，是因为它的戏曲观念是一种综合艺术的观念。因此在这个理论系统中，它的戏曲史论与传统的戏曲渊流论不同，它是从“歌舞演”的戏曲形态入手来追溯戏曲的发展流向的。戏曲表演理论无疑是“剧学体系”的理论中心之所在，广泛探讨了有关演员的天赋修养、演员与角色的关系、演员的表演技巧，以及戏曲的案头处理和场上教习等有关戏曲表演的理论与实践问题。

刘晓军　您在古代戏曲与戏曲批评研究中，对《西厢记》的评点给予了足够的关注,这是否说明《西厢记》的评点在古代戏曲与戏曲批评领域里有"一叶而知秋"的标志性意义?另外,您后来从事古代小说评点研究,是不是也因为"食髓知味"的缘故?

谭　帆　研究古代戏曲与戏曲批评,《西厢记》及其评点确实是一个不可多得的案例,蕴涵着太多的信息。我后来从事古代小说评点研究,当然与我曾经做过金圣叹和《西厢记》研究有密切关系。考察《西厢记》的评点史,我们发现,从明代万历年间的"徐士范本"发端,到清代康熙年间以后的渐趋消亡,其间大致形成了三个系统:一是以"徐士范本""毛奇龄本"等为代表的"学术性"评点系统,二是以"徐文长批本""金圣叹批本"等为代表的"鉴赏性"评点系统,三是以《西厢记演剧》为代表的"演剧性"评点系统,明清两代的《西厢记》评点基本上蕴含于这三个系统中。"学术性"的评点系统在于恢复和挖掘《西厢记》的"原生之美","演剧性"的评点系统从戏曲演出的实用出发,旨在重建《西厢记》的"再生能力",而"鉴赏性"的评点系统则是凭借《西厢记》的审美内核和艺术魅力来总结创作规律和建构戏曲理论。我们可以看到,从元代到明代中叶,中国古代的戏曲观是一种"曲"的观念,他们把戏曲视为"诗歌"的一种,因而在戏曲批评以及对于戏曲源流的认识上,便明显地带上了传统诗学的意味,"文辞与音律"成了戏曲批评的主要对象。到了明代中叶,戏曲观念出现了向多层次展开的趋向,一方面是"曲"的观念进一步深化,同时"叙事性"和"演剧性"的观念也不同程度地进入了戏曲理论家的批评思维。从明中叶到清初,这是中国古代戏曲批评在多层次的戏曲观念制约下的理论纷呈时代,而《西厢记》评点史正是与之相始终的。因而《西厢记》评点作为中国古代戏曲批评史上的一个重要个案,它同样也涵蕴着戏曲理论批评的发展规律。在这个评点系统中,"曲"的观念已基本消失,"叙事性"的观念已成了"鉴赏性"评点系统的中心观念,其批评视角已突破了传统的诗学框架,而以戏曲人物和戏曲情节结构为评判中心。"剧"的观念,即综合艺术的观念在《西厢记》"演剧性"的评点系统中也占据了主导性的地位。可见,《西厢记》评点是与中国古代戏曲观的演进呈同一趋向的,而在这个演进过程中,《西厢记》以其杰出的艺术典范性起到了不可低估的作用。

刘晓军 古代戏曲理论研究在20世纪曾有过辉煌的成就,近年来似乎有些停滞不前。您认为接下来该怎样推进这一领域的研究?

谭　帆 我认为,下一阶段古代戏曲理论的研究应注意两点。一是从以往纯理论批评形态的研究逐步转向理论批评与戏曲艺术相结合的研究格局。这一研究格局不仅是指理论批评史的研究,更重要的是把这种研究理念融入断代、专题和批评家的个案研究中。比如断代研究,我们以往对元代曲论的研究一般集中在《录鬼簿》《中原音韵》《青楼集》等曲论著作的分析,但如果我们能把这些曲论著作和元代独特的杂剧、散曲和表演艺术结合起来,那元代曲论研究将会更加丰满和真切。对于曲论家的个案研究同样也是如此,比如李渔,李渔是一个理论批评与创作兼擅的曲家,如果把两者割裂开来研究,往往对李渔的曲论评价过高而对《十种曲》评价过低。之所以得出如此结论,关键在于对李渔缺少综合研究,而把他的曲论和曲作置于不同的参照系之中加以观照和评价,即:从汤显祖到"南洪北孔"这一系列来观照李渔的戏曲创作,而从古代曲论缺乏体系性、完整性这一背景来评价李渔的戏曲理论。这两种评价实际上都不完全准确,如果从综合角度研究李渔,其实李渔的创作(甚至包括小说)与其理论是处于同一层面的,即李渔的戏曲是一种追求轻松、圆通、规整的通俗剧,而其曲论则是实现这种创作追求的实践技法理论。因此,把李渔的曲论和曲作综合起来研究,或许更能摆正李渔在中国戏曲史和戏曲理论史上的地位。二是古代戏曲理论研究应从狭隘的曲论史自身的研究中解放出来,把古代曲论置于更为广阔的文化背景中加以审视。如对"曲"的理解就不必固守一隅,像李昌集先生的《中国古代曲学史》将"戏曲学"与"散曲学"融为一体;其实还可扩展,齐森华先生等主编的《中国曲学大辞典》就包括戏曲、散曲、曲艺和小曲，惜其受辞典体制的限制，不能充分展开，但以后的戏曲理论研究无疑可以借鉴这种思路。

刘晓军　大概从20世纪90年代中期开始，您的研究领域似乎就转换了阵地，成果基本上都集中在古代小说这一块。从古代戏曲到古代小说，根据您前面的解释，这个转换应当是您的自觉选择。您进入古代小说研究领域，就是从评点研究开始的。您能谈谈对小说评点的理解吗？

谭　帆　从古代戏曲转入古代小说研究，确实是一个自觉的选择。这里简单谈谈我对小说评点的理解，在我看来，中国古代小说评点是一个独特的文化现象，而非单一的文学批评。评点在中国小说史上虽然以“批评”的面貌出现，但其实际所表现的内涵远非文学批评就可涵盖。小说评点在中国小说史，尤其是明末清初的小说创作中所起到的作用远远超出了“批评”的范围，形成了“批评鉴赏”“文本改订”和“理论阐释”等多种格局。由此，我们对于小说评点的研究也应以一种多元的方式加以把握。具体而言，大致可以从三种“关系”中梳理和研究古代小说评点。一是从评点与古代小说创作史的关系中来揭示小说评点的价值。小说评点融“评”“改”为一体，几乎贯串于中国小说评点史，“评”与“改”是小说评点最重要而又最基本的功能。比如金圣叹对《水浒》的修订就体现了他独特的主体特性。二是从评点与古代小说传播史的关系中研究小说评点的独特内涵。在中国古代文学批评的诸种形式中，评点是一种在最大程度上以“读者”为本位的批评形态，其中小说评点所体现的这一特色更为明显。小说评点的发生与兴盛，根本原因就在于小说评点所显现的强大的传播功能，它在一定程度上成为小说传播的一种促销手段。比如很多小说都喜欢打“李卓吾评点”的旗号。三是从评点与小说理论批评史的关系中评判其得失。小说评点深深影响了中国小说理论史的发展进程，小说评点中蕴含的理论思想还是中国古代叙事文学理论的主体。古代叙事文学理论以戏曲理论和小说理论为主体，但戏曲理论由于其自身艺术形态的限制，叙事理论的发展并不充分，正是在这一背景下，小说评点的理论思想便在古代叙事文学理论中占据了突出的地位。

刘晓军 除了小说评点研究，小说文体研究是您近年来在古代小说研究领域的另一个着力点。不但您自己产生了不少的研究成果，您的弟子们在这个领域也有许多创获。为什么要关注古代小说文体？您能谈谈在这片领域的发现吗？

谭 帆 我关注古代小说文体研究，大概是本世纪初的事情。2004年，我申请到了国家社科基金一般项目“中国古代小说文体流变研究”；2006年，我申请到了上海市社科基金一般项目“中国古代小说文体术语考释”；2011年，我又申请到了国家社科基金重大项目“中国小说文体发展史”。近十年来，我的研究基本上集中在古代小说文体这一块，我指导的博士研究生的论文选题也大多集中在这一领域。对古代小说文体的持续关注，使我们形成了一个较好的研究团队，也产生了不少有一定影响的研究成果。光是专著就有好几部，比如《话本小说文体研究》（王庆华著，华东师范大学出版社2006年版）、《传奇小说文体研究》（李军均著，华中科技大学出版社2007年版）、《章回小说文体研究》（刘晓军著，华东师范大学出版社2011年版）、《中国古代小说文法论研究》（杨志平著，齐鲁书社2013年版）和《中国古代小说文体文法术语考释》（谭帆等著，上海古籍出版社2013年版）等。20世纪90年代，在学界反思以往的研究格局并试图有所突破的学术背景下，古代小说文体研究重新成为大家比较关注的重要课题，涌现出一批专门研究古代小说文体的论文和专著。这些论文、专著将小说史的研究从题材引向文体，开阔了中国古代小说研究的视野，开创之功，自不可没。但总的说来，对各文体类型的一般性特征介绍较多，流变情况论述较少，更缺乏对古代小说文体发展的综合融通研究。而且这些研究有相当一部分是在西方近现代小说理论和叙事学的视野下展开的，其理论概念体系与根植于中国传统文化土壤中的小说文体和文体观念之间存在着一定的间隔和错位。因此,中国古代小说文体研究的进一步深化和发展或许需要确立以下思路:以回归还原古代小说文体和文体观念的本体存在为出发点,对古代小说文体的整体形态及各文体类型的起源、发展和演变进行全面、系统的梳理,勾勒出古代小说文体的体制规范和艺术构造方式。同时从小说文体理论、创作与传播、雅俗文化与文学、社会历史文化等多角度对小说文体流变进行全面的综合研究,从而揭示小说文体发生、发展流变的原因与规律。

刘晓军 刚才您提到了一本专著,《中国古代小说文体文法术语考释》,这应该是您近年来对古代小说理论术语研究的一个总结,此书入选了2012年度国家社科成果文库,在学术界引起了广泛关注。我们前面谈到了您对古代文论术语的研究,您能再具体谈谈对古代小说理论术语的思考吗?

谭　帆 要回答你这个问题,先得回顾一下我们研究古代小说理论术语的学术背景。20世纪以来的中国古代小说研究基本上是在西方小说理论视野下展开的,“小说”观念的西化给中国小说研究和创作带来了不少“负面”影响。主要表现在两个方面:一是小说研究的“古今”差异所引起的研究格局的“偏仄”。其中最为明显的是研究对象重视程度的差异:由“重文轻白”变为“重白轻文”,从“重笔记轻传奇”变为“重传奇轻笔记”。二是小说内涵的“更新”所引起的传统小说文体的“流失”。随着小说观念的西化,人们在研究思路上由“古今”比较转变为“中外”比较,并逐步确立了以西学为根基的小说理论,在这一“中外”小说及小说观念的冲撞中,传统小说文体被无限地“边缘化”。而对传统小说文体的“抑制”和在西学背景下现代小说的“一枝独秀”,已从根本上颠覆了中国古代小说的传统。因此,我们所从事的术语考释工作采取原始要终、追本溯源的方式,力图完整呈现每个术语演变过程中的原貌;在史料上希望涸泽而渔、一网打尽,既为术语的解读提供尽可能完备的佐证，也为后来者提供可资参考的线索。而最终目的是试图回归中国小说史发展的本土语境，尽可能地还原中国小说的独特谱系。

（原文题《在小说戏曲研究领域的坚守与开拓——谭帆教授访谈》，载《学术月刊》2013 年第 11 期，有删改）

孙　超（上海师范大学人文学院教授）　谭老师，近年来，您的小说研究进入了一个“丰收”的季节，第一个国家社科基金重大项目“中国小说文体发展史”结项后刚刚交付出版社，第二个国家社科基金重大项目“中国小说评点史及相关文献整理与研究”又顺利获批。同时，继《中国古代小说文体文法术语考释》入选“国家哲学社会科学成果文库”(2012)之后，《中国古代小说文体史》又入选“成果文库”(2022)。在中国古代小说史研究领域，能两次获批重大项目、两次入选“成果文库”还是比较少见的，这说明您的研究成果及其特色已获得学界的认可，可喜可贺。据我所知，您是从 20 世纪 90 年代中期开始研究中国古代小说的，能否先谈谈您从事小说研究的一些基本情况，因为这是一次专题性的访谈，专门谈论您在小说研究方面的特色和贡献。

谭　帆　“特色和贡献”还谈不上。我就简单清理一下从事古代小说研究的脉络吧。我最早从事的小说史研究专题是“评点研究”，1994 年，我师从郭豫适教授在职攻读博士学位，研究方向是中国小说史。因为此前一直在从事中国文学批评史和中国戏曲理论史的研究，也做过金圣叹评点《西厢记》的专题研究，所以“小说评点”自然成了我博士论文的首选。2000 年，我在黄霖教授主持的《中国分体文学学史》项目中负责“小说学”部分。2001 年，我撰写了《“演义”考》一文，《文学遗产》2002 年第 2 期刊出，论文发表后，获得了一些同行谬赞，由此萌生了对小说文体术语作系统考察的想法，于 2005 年申报上海市哲学社会科学基金，获得通过。2012 年，由我及以学生为主体的团队合作完成的论著《中国古代小说文体文法术语考释》入选国家哲学社会科学成果文库,于2013年由上海古籍出版社出版。与此同时,大约在2011年,我主持申报了国家社科基金重大项目“中国小说文体发展史”,顺利获批,这一研究专题已经完成,以“中国古代小说文体研究书系”的形式由上海古籍出版社出版。2021年,我又申报了国家社科基金重大项目“中国小说评点史及相关文献整理与研究”,也顺利获批。此项研究工作虽然已有不少积累,但难度仍然很高,要在理论、历史和史料三方面都有所突破,的确还需花大力气认真从事。所以简单地说,我二十多年来所从事的小说研究大致可以分为四个部分,依次为:“小说评点研究”“小说学研究”“小说术语研究”和“小说文体研究”,而其中贯穿始终的是对“中国小说史研究”的反思和检讨。

孙　超　您在新世纪一开头就提出了中国小说史研究需要建构“本土化”的中国小说学,先是在您的代表作《中国小说评点研究》的后记中简单谈及,后又在《中国社会科学》上刊发《“小说学”论纲——兼谈20世纪中国古代小说理论批评研究》,对此详加论述。二十多年来,您在这一领域深耕细作,不断取得高水平研究成果,在学界产生了很大影响。是什么促使您开始这方面思考的?

谭　帆　“小说学”研究本来是应黄霖先生之邀而做的“命题作文”,但我有个习惯,做一个研究专题,首先要对该专题的主要术语作一番考述和解读,同时进行研究史的梳理和反省。通过术语考述和研究史梳理,我们发现,对中国古代小说理论批评的研究虽然已有近百年的历史,所取得的研究成果也相当丰厚,尤其是20世纪80年代以来,这一学科逐步走向了成熟。但回顾这一段历史,我们也不难看到,中国古代小说理论批评研究还有许多亟待开拓的课题和必须调整的格局。从宏观角度言之,20世纪的小说理论批评研究经历了一个从附丽于文学批评史学科到独立发展的过程。这一进程决定了小说理论批评研究的基本格局和思路,即:在整体上它是中国文学批评史研究在小说领域的延伸,而研究格局和思路也是文学批评史研究的“翻版”,以批评家为经、以理论著作及其观念为纬成了小说理论批评研究的常规格局。这一研究格局有一定的合理性,但忽略了理论批评在“小说”领域的特殊性。实际上,中国古代小说理论的内涵相对来说比较贫乏,这种理论思想对小说创作的实际影响更是甚微。因而单纯从理论思想的角度来研究小说理论批评,常会感到它与小说发展的实际颇多“间隔”,更与那种重感悟、重单一文本的“评点”方式不相一致。因此,中国小说理论批评研究的新格局或许应该是:以文学批评史为背景,以小说史为依托,探寻小说理论批评在小说史的发展中所作的实际工作及其贡献,从而将小说理论批评研究融入小说史研究的整体构架之中。

孙 超 您拈出“小说学”一词来取代“小说理论批评”,拟以“小说学”的“宽泛”调整以往小说理论批评研究的“偏仄”,力图打破以“西”律“中”的价值标准,以建构“本然状态”的中国小说学体系。这其中蕴含的观念、方法、视角确实具有根本性的学术反思,有利于中国小说传统的继承与创新,令人十分钦佩。请您不妨先以小说观念的古今变迁为切入点,谈谈您的学术立场。

谭 帆 “以小说观念的古今变迁为切入点”,的确抓到了问题的本质。因为从先秦两汉到明清时期,“小说”一辞的内涵经历了明显的演化过程,其中指称对象错综复杂。大致包括:“小说”是“小道”、“小说”是指有别于正史的野史传说、“小说”是一种由民间发展起来的“说话”艺术、“小说”是指虚构的有关人物故事的特殊文体。需要特别指出的是:“小说”既是一个“历时性”的概念,即其自身有一个明显的演化轨迹;但同时,“小说”又是一个“共时性”的概念,“小说”观念的演化主要是指“小说”指称对象的变化,然这种变化并不意味着对象之间的不断“更替”,而常常表现为“共存”。譬如班固《汉书·艺文志》的“小说”观一直影响到清代,《四库全书总目》对“小说”的看法即与《汉志》一脉相承,《总目》所框范的小说“叙述杂事”“记录异闻”“缀辑琐语”和明清以来的通俗小说在清人的观念中被同置于“小说”名下，此一特性或即为“小说”在中国古代历史语境中的“本然状态”。而长期以来，我们所接纳的小说观念和小说研究观念则是近代以来被改造的“小说”术语。这种改造有两个方面：一是在与“novel”的对译中强化了“虚构的叙事散文”这一传统“小说”内涵中本来就具有的文体属性，并将这一属性升格为“小说”术语的核心内涵，使“小说”成为一个融合中西、贯通古今的重要术语，在小说史的学科建构中起到了统领作用。另一方面，又将“志怪”“传奇”“笔记”“话本”和“章回”等原本比较单一的文体术语作为“小说”一词的前缀，构造了“志怪小说”“笔记小说”“传奇小说”“话本小说”和“章回小说”等属于二级层面的小说文体术语。经过这两个方面的“改造”，“小说”终于成为一个具有统领意义的核心术语，并与其他术语一起共同建构了现代学科范畴的中国古代小说文体的术语体系，影响深远。但也应该看到，“小说”正是在这种改造中与中国古代小说之传统“渐行渐远”，这或许是20世纪以来中国古代小说研究中最具时代特性的内涵，但同样也是20世纪以来中国古代小说研究的最大不足。

孙　超　中国小说史研究的观念、方法与视角一旦跳脱近代以来“以西例律我国小说”的历史惯性，中国小说史长期遭遇的种种遮蔽必然被打破。请问中国小说学的主要内涵有哪些？

谭　帆　中国小说学研究主要由三个层面所构成，即：小说文体研究、小说存在方式研究和小说的文本批评，这三个层面构成了小说学研究的整体内涵。而以这三个层面作为小说学的研究对象，其目的一方面是为了突破以往的研究格局，同时更重要的是为了使小说学研究更贴近中国小说史的发展实际，将中国小说学研究与中国小说史研究融为一体，从而勾勒出一部更实在、更真切的古人对“小说”这一文学现象的研究历史。譬如，由于受中国文学批评史研究格局的影响，长久以来我们的小说理论批评研究一直以“理论思想”为主要对象，于是对各种“学说”的阐释及其史的铺叙成了小说理论批评研究的首务；原本丰富多样的古人对于小说的批评和研究被主观分割成一个个理性的“学说”，于是一部中国小说理论批评史也就成了一个个理论学说的演化史。而在这种研究格局中，中国小说批评史上最富色彩、对小说传播最具影响的“文本批评”却被忽略了，这无疑是20世纪中国小说理论批评研究中的一大缺憾。我这里所说的“文本批评”是指在中国小说批评史上对单个作品的品评和分析，它着重阐释的是单个作品的情感内涵和艺术形式，这在中国小说批评尤其是明清通俗小说批评中是占主流地位的批评方式，也是批评内涵最为丰富的研究领域，值得我们深切关注。

孙　超　在您刚才提到的三个层面中，最为特别的恐怕是小说存在方式研究。我感到您从著录、禁毁、选辑和改订四个方面观照古人对小说存在方式的研究是富有识见的，这不仅使得过去难以进入小说理论批评研究视野的大量史料被开掘运用，还启示我们：返回历史现场、还原历史真相才是拓宽中国小说史研究领域的正确路径。您能具体谈谈这方面的研究情况吗?

谭　帆　“存在方式”是我杜撰的一个名词，因为实在想不出能够有效安顿“著录”“禁毁”“选辑”和“改订”这四个方面的术语。小说存在方式研究长期以来一直被排除在小说理论批评史的研究范围之外，道理很简单，所谓小说存在方式研究并不以“理论形态”的面貌出现，故素来重视“理论形态”的小说批评史研究就把小说存在方式研究排除在外。但其实，古人对于小说的认识、把握和研究历来是双管齐下的：诉诸理论形态与在理论观念指导下的具体操作。两者之间相辅相成，后者还体现为对前者的实践和检验，故缺其一都不能构成完整的中国小说学史。我们姑且举白话小说的“改订”为例对此作一说明，评点者对小说的“改订”是白话小说和文言小说的通例，但相对而言，白话小说“改订”的成就和影响更大，这是古代小说评点家直接参与小说文本和小说传播并影响中国小说发展进程的一个重要现象。小说评点家之所以能对小说文本作出修订,源于三方面的因素:一是白话小说地位的低下和小说作家的湮没无闻,使评点者对小说文本的修订有了一种现实可能。二是古代白话小说世代累积型的编创方式使得小说文本处于"流动"之中。因其是在"流动"中逐步成书的,所以成书也非最终定型,仍为后代的修订留有较多余地;同时,因其本身处于流动状态,故评点者对其作出新的改订就较少观念上的障碍。三是古代小说评点家认为小说评点也是一次文学再创造活动。对白话小说的改订最集中且成就最高的是在明末清初,而此时期正是白话小说逐步定型并走向繁盛的时期。尤其是"四大奇书",这在中国白话小说的发展中具有典范意义。明末清初的小说评点家对"四大奇书"进行修订并使之成为后世流传的小说定本,这在白话小说的发展史上有重要价值,同时也是小说批评参与小说发展实际的一个重要举措。但历来治小说史者,常常把小说创作和小说评点分而论之,叙述小说史者很少涉及评点对小说文本的影响(有时更从反面批评),而研究小说评点者又每每过多局限于小说评点之理论批评内涵。于是,小说评点家对于小说文本的改订就成了一个两不关涉的"空白地带",这实在是一个研究的"误区"。如果我们在小说史的叙述中适当注目评点对小说发展的影响,并对其有一个恰当的评价,那我们所叙述的小说史也许会更贴近中国古代小说发展的"原生状态"。

孙　超　我了解到您主持的国家社会科学基金重大项目"中国小说文体发展史"已"免检"结项,其系列成果即将以"研究书系"的形式出版,您能简单介绍一下相关情况吗?

谭　帆　"中国小说文体发展史"是我主持的国家社会科学基金重大项目。此项目2011年获批,2019年通过结项审核,再经近两年的修订,于2021年陆续交付上海古籍出版社。从立项到定稿,前后相续恰好十年。项目成果主要涉及"三个维度":小说文体研究的"术语"维度、“历史”维度和“史料”维度。完成的系列成果“中国古代小说文体研究书系”分“术语篇”“历史篇”和“资料篇”三个部分，包括《中国古代小说文体文法术语考释》（增订本）、《中国古代小说文体史》（三卷本）、《中国古代小说文体资料系年辑录》，三书合计两百余万字。以这样的格局和篇幅全面系统地研究和梳理中国古代小说文体，在海内外尚属首次，有一定的学术价值和创新意义。以课题的核心成果《中国古代小说文体史》为例，本书以小说文体为研究对象，涉及的文体内涵主要有“文体观念”“文体形态”“叙述模式”和“语体特性”等方面。全书对中国古代小说文体的整体状况及各种文体类型的起源、发展和演变进行了全面系统的梳理，深化了对古代小说文体发展演变及其规律的认识。全书共分六编，“总论”以下五编按照时间先后排列。第一编“总论”从宏观角度论述了中国古代小说文体研究的若干核心问题。如“小说”术语的演化、小说文体观念的古今差异、古代小说的叙事传统和“图文评”结合的文本形态等。第二编至第六编以小说文体的历史流变线索为经，以流变过程中重要的文体现象为纬，采用点面结合的方式，探索了从先秦两汉到晚清民初中国小说文体的发展历程。

孙　超　*以这样系统的格局和宏大的篇幅全面呈现中国小说文体发展史，在海内外学界尚属首创，具有集成与新变的意义。能否再就其中的某个有新意的问题谈谈您的想法？比如您主张中国古代小说文体史的著述要建立一个“大文体”的格局，愿闻其详。*

谭　帆　中国古代小说文体史的著述要建立一个“大文体”的格局，目的是用于揭示古代小说“正文—评点—插图”三位一体的文本形态。在中国古代，小说文本的一个重要特征就是在正文之外大多有评点与图像，“图文评”结合是古代小说特有的文本形态，包括白话小说和文言小说两个门类。对这一现象，学界尚未引起足够的重视，虽然小说评点研究、小说图像研究都非常热闹，但研究思路还是以文学批评史视角和美术史视角为主体，对古代小说“图文评”结合的价值认知尚不充分。表现为:研究者一方面对图像与评点的价值功能给予较高评价,另一方面却又在整体上割裂小说评点、小说图像与小说正文的统一性。这一做法实则遮蔽了评点和插图在小说文体建构过程中具备“能动性”这样一个重要的历史事实。有鉴于此,我们应该从小说文体建构的视角重建关于小说评点和小说插图的认知。我们认为,对小说“文体”的理解不应局限于小说正文之“体”,而是应该突破传统的研究方式,从文本的多重性角度来观照小说之“整体”。既要关注小说之体裁、体制、风格、语体等内涵,更要建立一个以小说整体文本形态为观照对象的文体学研究新维度,将小说的文体研究范围拓展到小说文本之全部,包含正文、插图、评点(甚至注释也可纳入其中)。同时,还要充分肯定评点与插图对小说文体建构的价值和意义,考察小说评点“评改一体”的具体实践和小说插图对小说文本建构的实际参与。尽可能还原小说评点、小说插图参与小说文体建构的客观事实,从而揭示“图文评”三者在小说文体建构中的合力效果和整体意义。

孙　超　在您提到的三个维度中,您认为“术语”的解读是小说史研究的一种特殊理路。我想知道您为何如此钟情于术语研究,它的与众不同之处体现在哪些方面?

谭　帆　对术语的考释的确是我个人的学术兴趣,已有较多的成果,涉及古代文论术语、古代戏曲术语和古代小说术语,而以小说术语的解读为主体。术语考释关涉两个问题:一是为何要考释?二是怎样来考释?

先谈第一个问题,为何要考释术语?

就研究意义来看,这是小说研究迫切需要的。近年来,对中国小说研究的反思不绝于耳,出路究竟在哪里?我们认为,梳理中国小说的“谱系”或许是一种有效的途径,而术语正是中国小说“谱系”的外在呈现。对其作综合研究,在某种程度上可以考知中国小说的特性,进而揭示中国小说的独特“谱系”。而就研究方法而言,术语考释是中国文学批评史研究领域由来已久且行之有效的方法。正如陈平原先生在为拙著《中国古代小说文体文法术语考释》所作的序言中所指出的：朱自清先生的《诗言志辨》即从小处下手，像汉学家考辨经史子书那样，寻出各个批评的意念如何发生，如何演变，在朱先生看来，这是研究中国文学批评史的正途，更切实可靠，也更有学术价值。在《评郭绍虞〈中国文学批评史〉上卷》中，朱自清先生称："郭君还有一个基本的方法，就是分析意义，他的书的成功，至少有一半是在这里。例如'文学''神''气''文笔''道''贯道''载情'这些个重要术语，最是缠夹不清；书中都按着它们在各个时代或各家学说里的关系，仔细辨析它们的意义。懂得这些个术语的意义，才懂得一时代或一家的学说。"所以借考证特定术语的生成与演变，来"辨章学术，考镜源流"，对于中国学者来说，实在是"老树新花"。

孙　超　原来"术语"解读是回到中国本土立场去研究中国古代小说文体的关键一环。目前，您对中国古代小说文体文法术语的相关考释成果已在学界产生了深刻的影响，形成了富有活力的学术增长点。例如您近年发表在《文学遗产》上的《"叙事"语义源流考》，不仅被广泛征引、转载，还获评上海市社联"2018年度十大推介论文"、获得上海市第十五届哲学社会科学优秀成果奖。您能以此文为例具体谈谈小说术语解读需要注意的问题吗？

谭　帆　对于小说术语的解读大致要注意两个问题：一是要有问题意识。对术语的选择既要有学术性，又要具备学术研究的现实需求。比如"叙事"，何谓"叙事"？浦安迪谓："'叙事'又称'叙述'，是中国文论里早就有的术语，近年来用来翻译英文'narrative'一词。""当我们涉及'叙事文学'这一概念时，所遇到的第一个问题就是：什么是叙事？简而言之，叙事就是'讲故事'。"然则这一符合"narrative"的解释是否完全适合传统中国语境中的"叙事"？或者说，"叙事"在传统中国语境中是否真的仅是"讲故事"？更为值得注意的是，在"叙事"与

“narrative”的语词对译中,起支配地位和作用的明显是后者,如浦安迪所云:“我们在这里所研究的‘叙事’,与其说是指它在《康熙字典》里的古文,毋宁说是探索西方的‘narrative’观念在中国古典文学中的运用。”(浦安迪著:《中国叙事学》,北京大学出版社1996年版)这种语词对译中的“霸权”无疑会损害语词各自的准确性,进而影响研究的深入开展和合理把握。故解读“叙事”是为了探寻古代小说的特性,并以此反省古代小说研究中的得失。二是要充分占有史料,在对史料作出详细梳理的基础上揭示其在中国古代的实际内涵。还以“叙事”为例,通过考辨,我们认为,“叙事”内涵在中国古代绝非单一的“讲故事”可以涵盖,这种丰富性既得自“事”的多义性,也来自“叙”的多样化。就“事”而言,有“事物”“事件”“事情”“事由”“事类”“故事”等多种内涵;而“叙”也包含“记录”“叙述”“罗列”“说明”等多重理解。对“叙事”的狭隘理解是20世纪以来形成的,并不符合“叙事”的传统内涵,与“叙事”背后蕴含的文本和思想更是相差甚远。尤其在对中国古代小说的认识上,“叙事”理解的狭隘直接导致了认识的偏差,这在笔记体小说的研究中表现尤为明显。“叙事”语义的古今差异非常之大,所以“叙事”与“narrative”的对译实际“遮蔽”了“叙事”的丰富内涵,而厘清“叙事”的古今差异正是为了更好地把握中国古代小说的自身特性。

孙　超　近年来,中国文体学研究日趋兴盛,尤其是诗文文体相关研究的高水平成果不断涌现。相比之下,中国古代小说文体研究的成果整体偏弱。针对这一现状,您和您的团队推出了“中国古代小说文体研究书系”等一系列成果,从“术语”“历史”“史料”三个维度立体呈现出小说文体在中国悠久历史语境中的“本然状态”,这对重新认识中国小说史将产生重要影响。我想进一步请教的是,能否简单评价一下中国古代小说文体研究的现状和未来发展之路径?

谭　帆　中国古代小说文体研究在学术界已延续多年,成果也比较丰富,但如石昌渝先生《中国小说源流论》(生活·读书·新知三联书店1994年版)、林岗先生《口述与案头》(北京大学出版社2011年版)这样有影响的论著还不多,突破性的成果更为罕见。个中原因很多,其中最为重要的或许还是两个老生常谈的问题——小说观念的偏狭及由此引发的对小说文本的遮蔽。对于"小说",对于"叙事",我们持有的仍然是20世纪以来经西学改造的观念,由此,大量的小说文本尤其是笔记体小说文本迄今没有进入研究视野。故小说文体研究要得到发展,观念的开放、文本的完善和史料的辑录仍然是居于前列的重要问题。

孙　超　2021年底,您第二个国家社科基金重大项目"中国小说评点史及相关文献整理与研究"立项。众所周知,您从事古代小说研究的第一个阵地就是评点,由您的博士论文修订而成的《中国小说评点研究》早已成为该领域的名著。如今您再次将目光聚焦于中国小说评点是基于怎样的考虑?能否把小说评点研究推向一个新的境界?

谭　帆　小说评点研究约始于19世纪末,至今已历一百二十余年,可分为四个时期,分别以1950年、1980年和2000年为节点,其中近二十年是小说评点研究成果最丰硕的时期。近二十年来,小说评点研究可概括为"批评史背景下的理论研究""文章学观照下的文法研究"和"文化史视野下的综合研究"三种思路。但检讨小说评点研究史,包括我本人的研究,尚有诸多缺憾,也有许多"误判"。如小说评点史的缺失、文言小说评点研究的冷落、对小说传播最具影响力的"文本批评"被忽略等。未来的小说评点研究应该关注这些问题,并在基础研究、理论研究和历史研究等方面不断开拓新域。所以重新研究小说评点确实如你所说,是希望能把小说评点研究推向一个新的境界。

比如对文言小说评点的认识,我以往曾作过这样的评判:"中国古代小说由文言小说和通俗小说两大门类所构成,小说评点则主要就通俗小说而言。虽然小说评点之肇始——刘辰翁评点的《世说新语》是文言小说,清代《聊斋志异》亦有数家评点。但一方面,明清两代的文言小说在整体上已无力与通俗小说相抗衡,其数量和质量都远逊于通俗小说。同时,小说评点在明万历年间的萌兴从一开始就带有明显的商业意味,在某种程度上可看作是白话小说在其流传过程中的一种'促销'手段。因此,哪一种小说门类能够拥有最多的读者在一定程度上也便成了小说评点的存在依据。"(《中国小说评点研究》,华东师范大学出版社 2001 年版,第 13—14 页)现在看来,这一段评述对文言小说及其评点的认识有明显误差。其实,文言小说评点同样源远流长,同样作品繁多,也同样有优秀的评点作品。再如以往的小说评点研究对晚清民初的小说评点也有评价不高、重视不够的缺陷,但晚清民初的报刊小说评点还是非常兴旺的。不仅数量庞大,据初步统计,短短十余年的报刊小说评点竟达近两百种,且由于媒介的变化(报刊)和评点者身份的变化(报人),此时期的小说评点与传统小说评点无论是形式还是内涵都有很大的不同,值得加以发掘和评判。

孙　超　*您一向以观念、方法和视角的新颖蜚声古代文学研究界,如今中国小说评点研究再出发,您将在前期研究的基础上寻求哪些方面的突破?有哪些独特的思路可以和大家分享?*

谭　帆　"再出发",这个语词很好,也很切合我们的研究计划和研究心态。小说评点研究的确看似热闹,但提升的空间还很大,且绝大部分还是基础性的缺失。如至今还没有一部完整的中国小说评点史,也没有一部系统的中国小说评点总目提要,致使小说评点的历史和"家底"至今未明。为此,我们拟在三个方面有所突破:

一是加强小说评点的理论研究。在现有研究的基础上,从三个方面推进小说评点的理论研究:其一,拓宽思路,跳出小说评点研究的自身格局和狭隘范围,在更高更宽的理论视野中评价和阐释小说评点之内涵,尤其要加强叙事理论的本土化研究。其二,加强对小说评点的形式研究,探讨小说评点的形式之源。厘清小说评点与传统经典注疏、章句之关系,小说评点与经义、八股之关系,小说评点与诗文、戏曲评点之关系，以及白话小说评点与文言小说评点之关系等，从而揭示小说评点独特的批评内涵及形成机制。其三，加强作为一种“文化现象”的小说评点研究。广泛探讨小说评点与社会文化之间的关系，同时加强作为思想载体的小说评点研究，挖掘小说评点的思想意义，展现小说评点的思想文化属性。

二是强化小说评点的历史研究。小说评点的历史研究首要的是要夯实基础，对小说评点史采取多视角、多类型的研究。如小说评点的编年史、小说评点的断代史、小说评点的形态史、经典小说的评点史、“评改一体”的编创史等。在此基础上，结合以往小说评点研究中成果比较丰富的理论史和文法史，撰写系统、完整的中国小说评点史。

三是完善小说评点的基础研究。小说评点的基础研究仍然是一个薄弱环节，所以小说评点研究要得到发展，一些基础性的工作需要完善。(1) 全面清理小说评点总目，编纂小说评点总目提要。(2) 全面梳理小说评点者的生平经历，编纂系统的小说评点者小传。(3) 系统梳理小说评点研究史，包括整理研究总目，梳理从古至今有关小说评点的评论和研究文献；展示小说评点研究的脉络、特色和成就。(4) 稀见小说评点本的整理。搜集“稀见”小说评点本，包括稿本、抄本、刻本等。

孙　超　从您的介绍来看，研究思路非常清晰，您的总体研究思路和意图也一以贯之，即构建体系完备、真正“中国的”小说评点研究格局。您能具体谈谈项目的工作重点吗？

谭　帆　本项目力求在回顾总结前人研究的基础上，补足 20 世纪以来小说评点研究的缺憾和突破现有小说评点研究的格局。为此，我们将围绕如何系统完整地呈现中国小说评点的历史进程，如何创新中国小说评点研究的学术视域和理论方法，如何还原小说评点原有的本体存在和文化语境，最终建构中国小说评点史。我们希望通过深入细致的研究，能在历史研究和文献整理两个方面整体提升中国小说评点研究的学术水平。项目的最终成果拟定为:《中国小说评点史》《历代小说评点总目提要》《“稀见”中国小说评点本丛刊》和《中国小说评点研究史述论》等,以上诸书构成一个系列:“中国古代小说评点研究书系”。

孙　超　谭老师,通过研读您二十余年小说研究的主要论著,我发现综合融通的学术视野、擅长理论思辨和体系建构是您突出的研究特色;而该特色的形成又以大量的文献勾稽、细致的术语考释为基础。对于您的研究个性,我感到陈平原先生在《中国古代小说文体文法术语考释序》中的评价比较到位,他认为该书的最大特色是将批评史、文体史、学术史三种视野合而为一。在我看来,这个评价虽然是针对《考释》一书,实际上也可看成是您小说研究的一个总体特性。这种综合融通的学术视野使您踏上了治中国小说史的通衢大道,经过二十余年的不懈努力,您在小说研究方面已经形成了自己的研究风格,凸显了自身的研究价值。今天的访谈,我也收获良多。谢谢您!

(原文题《中国小说史研究的独特路径与体系构建——谭帆教授访谈录》,载《明清小说研究》2023年第1期,有删改)

术语的解读:小说史研究的特殊理路

从20世纪初开始,小说研究渐成为中国古典文学研究之“显学”,而自鲁迅先生《中国小说史略》问世后,“小说史”研究也越来越受到研究界之关注。① 近一个世纪以来,小说史之著述层出不穷,“通史”的、“分体”的、“断代”的、“类型”的,名目繁多,蔚为壮观。然就理论角度言之,一个不容忽视的现实是:“小说史”之梳理大多以西方小说观为参照,或折衷于东西方小说观之差异而仍以西方小说观为圭臬。流播所及,延而至今。然而,中国小说实有其自身之“谱系”,与西方小说及小说观颇多凿枘之处,强为曲说,难免会成为西人小说观念视野下之“小说史”,而丧失了中国小说之本性。近年来,对中国小说研究之反思不绝于耳,出路何在?梳理中国小说之“谱系”或为有益之津梁,而术语正是中国小说“谱系”之外在呈现。所谓“术语”是指历代指称小说这一文体或文类的名词称谓,这些名词称谓历史悠久,涵盖面广,对其作出综合研究,在某种程度上可以考知中国小说之特性,进而揭示中国小说之独特“谱系”,乃小说史研究的一种特殊理路。自《庄子·外物》“小说”肇端,至晚清以“说部”指称小说文体,小说之术语可谓多矣。大别之,约有如下数端:一是由学术分类引发的小说术语,如班固

---

① 胡从经《中国小说史学史长编》(香港中华书局1999年版)认为发表于《月月小说》第11期(1907年)的天僇生《中国历代小说史论》是“最早在理论上倡导小说史研究”的文章。而从现有论著来看,最早对中国小说史进行历史清理的是日本学者笹川临风的《中国小说戏剧小史》(东京东华堂1897年发行),国人的最早著述是张静庐的《中国小说史大纲》(泰东图书局1920年版),鲁迅《中国小说史略》于1923—1924年由北京大学新潮社出版。但从影响而言,开小说史研究之风气者无疑是鲁迅的《中国小说史略》。详见黄霖、许建平等著:《20世纪中国古代文学研究史·小说卷》第四章《“中国小说史”著作的编纂》,东方出版中心2006年版,第71—90页。

《汉书·艺文志》列“小说家”于“诸子略”,乃承《庄子》“小说”一脉,后世延伸为“子部”之“小说”;刘知幾《史通》于“史部”中详论“小说”,“子”“史”二部遂成中国小说之渊薮。“说部”“稗史”等术语均与此一脉相承,此类术语背景最为宏廓,影响最为深远,是把握中国小说“谱系”之关键。二是完整呈现中国小说文体之术语,如“志怪”“笔记”“传奇”“话本”“章回”等,此类术语既是小说文体分类的客观呈现,又显示了中国小说的文体发展。三是揭示中国小说发展过程中小说文体价值和文体特性之术语,如“演义”本指“言说”,宋儒说“经”即然(如《大学衍义》《三经演义》),而由“演言”延伸为“演事”,即通俗化地叙述历史和现实,乃强化了通俗小说的文体自觉。四是由创作方法引伸出的文体术语,如“寓言”本为“修辞”,是言说事理的一种特殊方式,后逐步演化为与小说文体相关之术语。“按鉴”原为明中后期历史小说创作的一种方法,推而广之,遂为一阶段性的小说术语,所谓“按鉴体”。由此可见,小说文体术语非常丰富,基本呈现了中国小说之面貌。

一、术语与中国小说之特性

近代以来,“小说史”之著述大多取西人之小说观,以“虚构之叙事散文”来概言中国小说之特性,并以此为鉴衡追溯中国小说之源流,由此确认了中国小说“神话传说—志怪志人—传奇—话本—章回”之发展线索和内在“谱系”。此一线索和“谱系”确为近人之一大发明,清晰又便利地勾画出了符合西人小说观念的“中国小说史”及其内在构成。然则此一线索和“谱系”并不全然符合中国小说之实际,其“抽绎”之线索和“限定”之范围是依循西方观念之产物,与中国小说之传统其实颇多“间隔”;“虚构之叙事散文”只是部分地界定了中国小说之特性,而非中国小说之本质属性。

那中国小说之本质属性是什么呢？以“小说”和“说部”为例，[①]我们即可明显地看出中国小说的丰富性和独特性。

首先，中国小说是一个整体，在其长期的发展过程中，无论“文白”，不拘“雅俗”，古人将其统归于“小说”（或“说部”）名下，即有其内在逻辑来维系，其丰富之性质远非“虚构之叙事散文”可以概言。

作为一个“通名”性质的术语，“小说”之名延续久远，其指称之对象颇为复杂。清人刘廷玑即感叹：“小说之名虽同，而古今之别则相去天渊。”[②]概而言之，主要有如下内涵：（1）“小说”是无关于政教的“小道”。此由《庄子·外物》发端，经班固《汉志》延伸，确立了“小说”的基本义界：即“小说”是无关于大道的琐屑之言；“小说”是源于民间、道听途说的“街谈巷语”。此“小说”是一个范围非常宽泛的概念，大致相对于正经著作而言，大凡不能归入正经著作的皆可称之为“小说”。后世“子部小说家”即承此而来，成为中国小说之一大宗。（2）“小说”是指有别于正史的野史和传说。这一观念的确立标志是南朝梁《殷芸小说》的出现，清姚振宗《隋书经籍志考证》卷三十二云：“案此殆是梁武作通史时事，凡此不经之说为通史所不取者，皆令殷芸别集为《小说》，是此《小说》因通史而作，犹通史之外乘也。”[③]而唐刘知幾的理论分析更为明晰：“是知偏记小说，自成一家，而能与正史参行，其所由来尚矣。爰及近古，斯道渐烦，史氏流别，殊途并骛。”[④]“偏记小说”与“正

---

① 在中国古代，具有“通名”性质的小说术语主要有三个：“小说”“稗官”和“说部”。其他术语或指称某一小说文体，如“笔记”“传奇”等，或具有阶段性之特征，如“演义”“按鉴”等，唯有“小说”“说部”可以基本笼括中国小说之全体，故以此来抉发中国小说之特性有其合理性。

② （清）刘廷玑撰，张守谦点校：《在园杂志》，中华书局2005年版，第82—83页。

③ （清）姚振宗：《隋书经籍志考证》，《二十五史补编》第四册，中华书局1955年版，第5537页。

④ （唐）刘知幾著，（清）浦起龙通释：《史通通释·杂述》，上海古籍出版社1978年版，第273页。

史”已两两相对，以后，司马光撰《资治通鉴》，明言“遍阅旧史，旁采小说”，[①]亦将小说与正史对举。可见“小说”与“史部”关系密切，源远流长。(3)“小说”是一种由民间发展起来的“说话”伎艺。这一名称较早见于南朝宋裴松之注《三国志》所引《魏略》中“诵俳优小说数千言讫”一语，[②]“俳优小说”显然是指与后世颇为相近的说话伎艺。《唐会要》卷四言韦绶“好谐戏，兼通人间小说”，[③]唐段成式《酉阳杂俎》续集卷四记当时之“市人小说”，[④]均与此一脉相承。宋代说话艺术勃兴，“小说”一辞遂专指说话艺术的一个门类。[⑤] 以“小说”指称说话伎艺，与后世作为文体的“小说”有别，但却是后世通俗小说的近源。(4)“小说”是虚构的叙事散文。此与现代小说观念最为接近，而这一观念已是明代以来通俗小说发展繁盛之产物。“说部”亦然，作为小说史上另一个具有“通名”性质的术语，“说部”之名亦源远流长，其指称之对象亦复与“小说”相类。一般认为，“说部”之体肇始于刘向《说苑》和刘义庆《世说新语》，而“说部”之名称则较早见于明王世贞《弇州四部稿》，所谓“四部”者，即《赋部》《诗部》《文部》和《说部》。明人邹迪光撰《文府滑稽》，其中卷九至卷十二亦名为《说部》。至清宣统二年(1910)，王文濡主编《古今说部丛书》十集六十册，乃蔚为大观。[⑥] 清人朱康寿《浇愁集叙》曾对“说部”指称之沿革作了历史清理，认为“说部”乃“史家别子”“子部之余”。[⑦] 清人李光廷亦分“说部”为“子”“史”

---

① (宋)司马光:《资治通鉴·进资治通鉴表》，中华书局1956年版，第9607页。

② (晋)陈寿撰，(南朝宋)裴松之注:《三国志·魏书·王卫二刘傅传》注引《魏略》，中华书局1959年版，第603页。

③ (宋)王溥:《唐会要》卷四，中华书局1955年版，第47页。

④ (唐)段成式:《酉阳杂俎》，中华书局1981年版，第240页。

⑤ (宋)吴自牧《梦粱录》卷二十《小说讲经史》:“说话者谓之‘舌辩’，虽有四家数，各有门庭。且小说名‘银字儿’，如烟粉、灵怪、传奇、公案、朴刀、杆棒、发发踪参之事。”见(宋)孟元老等:《东京梦华录(外四种)》，文化艺术出版社1998年版，第306页。

⑥ 详见刘晓军:《“说部”考》，载《学术研究》2009年第2期。

⑦ (清)朱康寿《浇愁集叙》:“说部为史家别子，综厥大旨，要皆取义六(注转下页)

二类。[1] 近代以来,“说部”专指“通俗小说”,王韬《海上尘天影叙》云:“历来章回说部中,《石头记》以细腻胜,《水浒传》以粗豪胜,《镜花缘》以苛刻胜,《品花宝鉴》以含蓄胜,《野叟曝言》以夸大胜,《花月痕》以情致胜。是书兼而有之,可与以上说部家分争一席,其所以誉之者如此。”[2]显然,“说部”指称之小说也远超我们当前对小说的认识范围。

由此可见,作为“通名”之“小说”“说部”,均从学术分类入手,逐步延伸至通俗小说,由“子”而“史”再到“通俗小说”乃“小说”“说部”指称小说之共有脉络。其中最切合“虚构之叙事散文”这一观念的仅是通俗小说。故以“虚构”“叙事”等标尺来追寻中国小说之源流,其实并不合理,乃简单化之做法;这种简单化的做法使我们对中国小说性质的认识无限地狭隘化,而中国小说“神话传说—志怪志人—传奇—

(续上页注)经,发源群籍。或见名理,或佐纪载;或微词讽谕,或直言指陈,咸足补正书所未备。自《洞冥》《搜神》诸书出,后之作者,多钩奇弋异,遂变而为子部之余,然观其词隐义深,未始不主文谲谏,于人心世道之防,往往三致意焉。乃近人撰述,初不察古人立懦兴顽之本旨,专取瑰谈诡说,衍而为荒唐俶诡之辞。于是奇益求奇,幻益求幻,务极六合所未见,千古所未闻之事,粉饰而论列之,自附于古作者之林,呜呼悖已!”(清)邹弢著,王海洋校点:《浇愁集》,黄山书社2009年版,第4页。

① (清)李光廷《蕉轩随录序》:“自稗官之职废,而说部始兴。唐、宋以来,美不胜收矣。而其别则有二:穿穴罅漏、爬梳纤悉,大足以抉经义传疏之奥,小亦以穷名物象数之源,是曰考订家,如《容斋随笔》《困学纪闻》之类是也;朝章国典,遗闻琐事,巨不遗而细不弃,上以资掌故而下以广见闻,是曰小说家,如《唐国史补》《北梦琐言》之类是也。”(清)方濬师撰,盛冬铃点校:《蕉轩随录 续录》,中华书局1995年版,第1页。

② (清)王韬:《海上尘天影叙》,(清)邹弢:《海上尘天影》,上海古籍出版社《古本小说集成》据复旦大学图书馆藏清光绪三十年石印本影印,第2页。相似之表述尚有梁启超《译印政治小说序》:“今中国识字人寡,深通文学之人尤寡,然则小说学之在中国,殆可增七略而为八,蔚四部而为五者矣。”见光绪二十四年十一月十一日《清议报》第一册,中华书局1991年影印本,第54页。康有为《日本书目志·小说门》“识语”:“易逮于民治,善入于愚俗,可增七略为八,四部为五,蔚为大国,直隶《王风》者,今日急务,其小说乎?仅识字之人,有不读经,无有不读小说者。”(清)康有为撰,姜义华编校:《康有为全集》(第三集),上海古籍出版社1992年版,第1212页。

话本—章回”之发展线索和内在“谱系”正是这种“狭隘化”认识的结果。“小说”之脉络固然清晰，但却是舍去了中国小说的丰富性和独特性。

其次，中国小说由“子”而“史”再到“通俗小说”，在这一“谱系”中，“子”“史”二部是中国小说之渊薮，也是中国小说之本源。

从班固《汉书·艺文志》始，历代史志如《隋书·经籍志》、新旧《唐书》及《四库全书总目》等大多隶“小说家”于“子部”。“子部”之书本为“言说”，“小说家”亦然，故《隋书·经籍志》著录之“小说家”大多为“讲说”之书(余者为“博识类”)，《旧唐书·经籍志》因之。史志“子部·小说家”之著录至《新唐书·艺文志》而一变，除承续《隋志》外，一些本隶于“史部·杂家”类之著述及少数唐代传奇集(唐人视为偏于“史”之“传记”)被阑入“子部·小说家”。至此，“小说家”实际已揉合“子”“史”，后世之公私目录著录之“小说家”大抵如此。[①] 而其中之转捩乃魏晋以来史部之发展及其分流，“杂史”“杂传”之繁盛引发了史学界之反思，刘勰《文心雕龙·史传》、《隋书·经籍志》、刘知幾《史通》等均对此予以挞伐，于是一部分本属“史部”之“杂史”“杂传”类著述改隶“子部·小说家”。宋元以来，中国小说之“通俗”一系更是讨源“正史”，旁采“小说”，所谓“正史之补”的“史余”观念在通俗小说发展中绵延不绝。故“子”“史”二部实乃中国小说之大宗。而“子”“史”二部与叙事之关系亦不可不辨，案“说”之本义有记事以明理之内涵，晋陆机《文赋》曰：“奏平彻以闲雅，说炜晔而谲诳。”李善注曰：“说以感动为先，故炜晔谲诳。”方廷珪注曰：“说者，即一物而说明其故，忌鄙俗，故须炜晔。炜晔，明显也。动人之听，忌直致，故须谲诳。谲诳，恢谐也。”[②]故中国小说有“因言记事”者，有“因事记言”者，

---

① 参见潘建国《中国古代小说书目研究》第二章《历代公私目录与古代文言小说的著录及其观念之嬗变》，上海古籍出版社 2005 年版。

② (晋)陆机著，张少康集释：《文赋集释》，人民文学出版社 2002 年版，第 118 页。

有“通俗演义”者。“因言记事”重在明理,即“子之末流”之小说;“因事记言”重在记录,乃“史之流裔”;而“通俗演义”方为“演事”,为“正史之补”,后更推而广之,将一切历史和现实故事作通俗化叙述者统名之曰“演义”。

第三,中国小说揉合“子”“史”,又衍为“通俗”一系,其中维系之逻辑不在于“虚构”,也非全然在“叙事”,而在于中国小说贯穿始终的“非正统性”和“非主流性”。

无论是“子部·小说家”、“史部”之“偏记小说”,还是后世之通俗小说,其“非正统”和“非主流”乃一以贯之。小说是“小道”,相对于“经国”之“大道”,是“子之末流”;小说是“野史”,与“正史”相对,是“史家别子”。此类言论不绝如缕。兹举清人二例申述之,纪昀于《四库全书总目》“子部·小说家类二”有“案语”曰:“纪录杂事之书,小说与杂史最易相淆,诸家著录,亦往往牵混。今以述朝政军国者入杂史;其参以里巷闲谈、词章细故者,则均隶此门。《世说新语》,古俱著录于小说,其明例矣。”①“杂史”之属本在史部不入流品,而“小说”更等而下之。在《四库全书简明目录》“小说家”类的评论中,纪昀更是明辨了所谓“小说之体”:“(《朝野佥载》)其书记唐代轶事,多琐屑猥杂,然古来小说之体,大抵如此。”“(《大唐新语》)《唐志》列诸杂史中,然其中谐谑一门,殊为猥杂,其义例亦全为小说,非史体也。”“(《菽园杂记》)其杂以诙嘲鄙事,盖小说之体。”②其中对小说“非主流”“非正统”之认识已然明晰。清罗浮居士《蜃楼志小说序》评价白话小说亦然:“小说者何?别乎大言言之也。一言乎小,则凡天经地义,治国化民,与夫汉儒之羽翼经传,宋儒之正诚心意,概勿讲焉;一言乎说,则凡迁、固之瑰玮博丽,子云、相如之异曲同工,与夫艳富、辨裁、清婉之殊科,宗经、原道、

① (清)永瑢等:《四库全书总目》卷一四一《子部·小说家类二》,中华书局1965年版,第1204页。

② (清)永瑢等:《四库全书简明目录》,上海古籍出版社1985年版,第531、550页。

辩骚之异制，概勿道焉。其事为家人父子日用饮食往来酬酢之细故，是以谓之小；其辞为一方一隅男女琐碎之闲谈，是以谓之说。然则最浅易、最明白者，乃小说正宗也。”[①]在中国古代，“小说”出入“子”“史”，又别为通俗小说一系，虽文类庞杂，洋洋大观，但“非正统”“非主流”依然如故。浦江清对此的评断最为贴切：“有一个观念，从纪元前后起一直到十九世纪，差不多两千年来不曾改变的是：小说者，乃是对于正经的大著作而称，是不正经的浅陋的通俗读物。”[②]于是，小说之功能在中国古代便在于它的“辅助性”，“正统”“主流”著述之辅助乃小说之“正格”。故“资考证”“示劝惩”“补正史”“广异闻”“助谈笑”是中国小说最为普遍之价值功能，[③]从“资”“示”“补”“广”“助”等语词中我们不难看出小说的这种“辅助”作用。

综上，将中国小说之特性定位于“虚构之叙事散文”，并以此作为研究中国小说之逻辑起点实不足以概言中国小说之全体。以“神话传说—志怪志人—传奇—话本—章回”作为中国小说之“谱系”亦非中国小说之“本然状态”，脱离“子”“史”二部来谈论中国小说之“谱系”实际失却了中国小说赖以生存的宏廓背景和复杂内涵。而小说“非正统”“非主流”之特性更是显示了小说在中国古代的存在价值和生存状态。

---

① (清)罗浮居士：《蜃楼志小说序》，见(清)庾岭劳人：《蜃楼志全传》，百花文艺出版社 1987 年版。

② 浦江清：《论小说》，《浦江清文录》，人民文学出版社 1958 年版，第 193 页。

③ 这种多元的价值功能就是在通俗小说中也得到认可，如晚清王韬评《镜花缘》：“《镜花缘》一书，虽为小说家流，而兼才人、学人之能事者也。……观其学问之渊博，考据之精详，搜罗之富有，于声韵、训诂、历算、舆图诸书，无不涉历一周，时流露于笔墨间。阅者勿以说部观，作异书观亦无不可。……窃谓熟读此书，于席间可应专对之选，与他说部之但叙俗情羌无故实者，奚翅上下床之别哉？”见(清)王韬著：《镜花缘图像序》，(清)李汝珍：《绘图镜花缘》上册，中国书店 1985 年版，第 1 页。

二、 术语与中国小说之文体

中国小说文体源远流长,且品类繁多,各有义例。梳理其渊源流变,前人已颇多述作。[①] 概而言之,一是从语言和格调趣味等角度分小说为文白二体;二是在区分文白之基础上,再加细分。以如下划分最具代表性:"古代小说可以按照篇幅、结构、语言、表达方式、流传方式等文体特征,分为笔记体、传奇体、话本体、章回体等四种文体。"[②] 古人对"文白二体"在术语上各有表述,而四种文体在中国小说史上亦各有其"名实",即均有相应之术语为之"冠名"。虽然其"冠名"或滞后,如"传奇"之确认在唐以后,"章回"之名实相应更为晚近;或"混称",如"话本""词话""传奇"等均有混用之现象。然细加条列,仍可明其义例,分其畛域,故考索术语与中国小说文体之关系对理解中国小说之特性亦颇多裨益。鉴于学界对此已有一定研究,系统梳理亦非单篇著述所可概言,兹仅就术语与中国小说文体关系紧密者,举数例作一讨论:

一是"演义"与中国小说文体之发展关系密切。在中国小说史上,白话小说(含章回与话本)之兴起乃中国小说发展之一大转捩,如何界定其文体性质是小说家们迫切关注的问题。"演义"这一术语的出现即顺应着小说发展之需要,实则是旨在强化白话小说在中国小说史上

---

① 如胡怀琛《中国小说研究》(商务印书馆 1933 年版)第三章《中国小说形式上之分类及研究》划分为记载体、演义体、描写体、诗歌体;郑振铎《中国小说的分类及其演化趋势》(载《学生杂志》1930 年 1 月第 17 卷第 1 号)划分为短篇小说(笔记、传奇、评话)、中篇小说、长篇小说;青木正儿《中国文学概说》(开明书店 1938 年版)第二章《文学序说》(二)"文学诸体之发达"划分为笔记小说、传奇小说、短篇小说、章回小说;石昌渝《中国小说源流论》(生活·读书·新知三联书店 1994 年版)和孙逊、潘建国《唐传奇文体考辨》(《文学遗产》1999 年第 6 期)均将小说文体分为"笔记""传奇""话本"和"章回"四体。

② 孙逊、潘建国:《唐传奇文体考辨》,《文学遗产》1999 年第 6 期,第 35 页。

的“文体自觉”。

“演义”作为白话小说之专称始于《三国志通俗演义》，本指对史书的通俗化，后渐演化为专指白话小说之一体。这一“文体自觉”主要表现在两个方面：首先是“明其特性”，“演义”一辞非始于白话小说，章太炎序《洪秀全演义》谓：“演义之萌芽，盖远起于战国，今观晚周诸子说上世故事，多根本经典，而以己意饰增，或言或事，率多数倍。”[①]并将“演义”分成“演言”与“演事”两个系统，所谓“演言”是指对义理之阐释，而“演事”则是对史事的推演。明代以来，白话小说繁盛，“演义”便由《三国志通俗演义》等历史小说逐步演化为指称一切白话小说，而其特性即在于“通俗”。雉衡山人《东西两晋演义序》云：“一代肇兴，必有一代之史，而有信史、有野史。好事者藆取而演之，以通俗谕人，名曰‘演义’，盖自罗贯中《水浒传》《三国传》始也。”[②]故“通俗”是“演义”区别于其他小说的首要特性。《唐书演义序》说得更为直截了当：“演义，以通俗为义也者。故今流俗即目不挂司马班陈一字，然皆能道赤帝，诧铜马，悲伏龙，凭曹瞒者，则演义之为耳。演义固喻俗书哉，义意远矣。”[③]其次是“辨其源流”，“演义”既以通俗为归，则其源流亦应有别。绿天馆主人《古今小说叙》谓：“若通俗演义，不知何昉。按南宋供奉局，有说话人，如今说书之流。其文必通俗，其作者莫可考。泥马倦勤，以太上享天下之养。仁寿清暇，喜阅话本，命内珰日进一帙，当意，则以金钱厚酬。于是内珰辈广求先代奇迹及闾里新闻，倩人敷演进御，以怡天颜。然一览辄置，卒多浮沉内庭，其传布民间者，什不一二耳。然如《玩江楼》《双鱼坠记》等类，又皆鄙俚浅薄，齿牙弗馨焉。暨

---

① (清)章炳麟：《洪秀全演义·章序》，(清)黄小配：《洪秀全演义》，上海古籍出版社1981年版，第1页。

② (明)雉衡山人：《东西两晋演义序》，(明)雉衡山人著，赵兴茂、胡群耘点校：《东西晋演义》，上海古籍出版社1991年版，第1页。

③ (明)陈继儒：《唐书演义序》，刘世德等编：《古本小说丛刊》第28辑《唐书志传题评》，中华书局1991年版，第1页。

施、罗两公,鼓吹胡元,而《三国志》《水浒》《平妖》诸传,遂成巨观。”[1]以“通俗”为特性,以说话为源头,以“教化”“娱乐”为功能是“演义”的基本性质,这一“文体自觉”对白话小说的发展无疑是有积极作用的。可见,“文白二体”是中国小说最显明之文体划分,古人从“特性”“源流”“功能”角度辨别了“演义”(白话小说)之性质,其义例、畛域均十分清晰。

二是“笔记”为中国小说之一大体式,是文言小说之“正脉”;但“笔记”一体尚隐晦不彰,究明“笔记”之名实可以考知“笔记体小说”之源流义例。

“笔记”一体之隐晦乃事出有因。一者,“笔记”在传统目录学中并未作为一个“部类”名称加以使用,一般将此类著作归入“子部・杂家”“子部・小说家”,或“史部・杂史”“史部・杂传记”等,也即“笔记”乃“隐”于“子”“史”二部之中,其“名实”并不相应。二者,“笔记”之内涵古今凡“三变”,其实际指称亦复多变不定。“笔记”一辞源出魏晋南北朝,“辞赋极其清深,笔记尤尽典实”,[2]“今之常言,有文有笔,以为无韵者笔也,有韵者文也”。[3] 故笔记或泛指执笔记叙之“书记”,[4]或泛指与韵文相对之散文,而非特指某种著述形式。至宋代,“笔记”始为书名而成为一种著述体例,宋祁《笔记》肇其端,宋以降蔚然成风。此类著作大多以随笔札记之形式,议论杂说、考据辨证、记述见闻、叙述杂事。相类之名称还有“随笔”“笔谈”“笔录”“漫录”“丛说”“杂志”“札记”等。宋以来,对“笔记”之界定亦时有之,洪迈《容斋随笔》卷一释

---

① (明)绿天馆主人:《古今小说叙》,(明)冯梦龙编,恒鹤等标校:《古今小说》,上海古籍出版社 1992 年版,第 1—2 页。

② (梁)王僧孺:《太常敬子任府君传》,引自(唐)欧阳询编:《艺文类聚》卷四九,上海古籍出版社 1982 年版,第 879 页。

③ (梁)刘勰:《文心雕龙・总术》,(梁)刘勰著,范文澜注:《文心雕龙注》,人民文学出版社 1958 年版,第 655 页。

④ (梁)萧子显《南齐书・丘巨源传》:“议者必云笔记贱伎,非杀活所待;开劝小说,非否判所寄。”中华书局 1972 年版,第 894 页。

“随笔”就涉及了此类著述之体例:“予老去习懒,读书不多,意之所之,随即纪录,因其后先,无复诠次,故目之曰随笔。”[①]《四库全书总目》将“笔记”作为指称议论杂说、考据辨证类杂著的别称:“杂说之源,出于《论衡》。其说或抒己意,或订俗讹,或述近闻,或综古义,后人沿波,笔记作焉。大抵随意录载,不限卷帙之多寡,不分次第之先后。兴之所至,即可成编。”[②]20世纪初以来,“笔记小说”连用,[③]成为一个相对固定的文类或文体概念。1912年,王文濡主编《笔记小说大观》,收书二百多种,以“子部·小说家”为主体,扩展到与之相近的“杂史”“杂传”“杂家”类著作。“笔记小说”由此被界定为一个庞杂的文类概念。1930年,郑振铎撰《中国小说的分类及其演化的趋势》一文,将“小说”划分为短篇小说(笔记、传奇、评话)、中篇小说、长篇小说,其中,“笔记小说”被界定为与“传奇小说”相对应的文言小说文体类型:“第一类是所谓‘笔记小说’。这个笔记小说的名称,系指《搜神记》(干宝)、《续齐谐记》(吴均)、《博异志》(谷神子)以至《阅微草堂笔记》(纪昀)一类比较具有多量的琐杂的或神异的‘故事’总集而言。”[④]至此,“笔记小说”乃作为一个文体概念流行开来。

“笔记”从“泛称”到“著述形式”再到“文类文体概念”,其内涵和指称对象是多变的;而“笔记”在目录学中又非单独之“部类”,这一境况致使“笔记”一体隐晦不彰。然则“笔记”作为“小说”文体类别还是有迹可循的,其作为“小说”文体概念也有其理据。而其关捩或在于辨其“名实”,“名实”清则笔记一体之源流义例随之豁然。而笔记一体之

① (宋)洪迈:《容斋随笔》卷一,上海古籍出版社1978年版,第1页。

② (清)永瑢等:《四库全书总目》卷一二二《子部·杂家类六》,中华书局1965年版,第1057页。

③ 在古代文献中,“笔记”和“小说”绝少连用,南宋史绳祖《学斋占毕》卷二:“前辈笔记小说固有字误或刊本之误,因而后生末学不稽考本出处,承袭谬误甚多。”此“笔记小说”应为并列词组。

④ 郑振铎:《中国小说的分类及其演化的趋势》,《郑振铎古典文学论文集》,上海古籍出版社2009年版,第331页。

“名实之辨”实为“体用之辨”,以“小说”为“体”(内容价值),以“笔记”为用(形式趣味)。

所谓以“小说”为“体”是指从内容价值角度可以为“笔记体小说”划分范围,这在唐代刘知幾《史通》中就有明确表述。在《杂述》一篇中,刘知幾划分“偏记小说”为十类,其中“逸事”“琐言”“杂记”三类即为“笔记体小说”。“逸事”主要载录历史人物逸闻轶事,如和峤《汲冢纪年》、葛洪《西京杂记》、顾协《琐语》、谢绰《拾遗》等;“琐言”以记载历史人物言行为主体,如刘义庆《世说》、裴荣期《语林》、孔思尚《语录》、阳玠松《谈薮》等;“杂记”则主要载录鬼神怪异之事,如祖台《志怪》、刘义庆《幽明》、刘敬叔《异苑》等。[①] 明代胡应麟《少室山房笔丛·九流绪论》将“小说家”分为六类,其中“志怪”相当于刘知幾所言之“杂记”,“杂录”相当于刘知幾所言之“逸事”“琐言”,再加上“丛谈”中兼述杂事神怪的笔记杂著均可看作“笔记体小说”。《四库全书总目》“小说家类一”谓:“迹其流别,凡有三派,其一叙述杂事,其一记录异闻,其一缀辑琐语也。”[②]三派都可归入“笔记体小说”。笔记之价值亦有说焉,曾慥《类说序》:“小道可观,圣人之训也。……可以资治体,助名教,供谈笑,广见闻,如嗜常珍,不废异馔,下箸之处,水陆具陈矣。”[③]《四库全书总目》“小说家类一”称:“中间诬谩失真,妖妄荧听者,固为不少,然寓劝戒、广见闻、资考证者,亦错出其中。”[④]所谓以“笔记”为“体”是指从形式趣味角度为“笔记体小说”界定其特性。《史通·杂述》谓:“言皆琐碎,事必丛残。固难以接光尘于《五传》,并辉烈

---

① (唐)刘知幾:《史通·杂述》,(唐)刘知幾著,(清)浦起龙通释:《史通通释》,上海古籍出版社 2009 年版,第 253—255 页。

②④ (清)永瑢等:《四库全书总目》卷一四〇《子部·小说家类一》,中华书局 1965 年版,第 1182 页。

③ (宋)曾慥:《类说序》,(宋)曾慥编纂,王汝涛校注:《类说校注》,福建人民出版社 1996 年版,第 1 页。

于《三史》。古人以比玉屑满箧，良有旨哉。”[①]纪昀《姑妄听之自序》谓：“陶渊明、刘敬叔、刘义庆，简淡数言，自然妙远。”[②]均表达了笔记的形式旨趣。

概而言之，“笔记体小说”的主要文体特性可概括为：以记载鬼神怪异之事和历史人物轶闻琐事为主的题材类型；“资考证”“广见闻”“寓劝戒”的价值定位；“据见闻实录”的写作姿态，以及随笔杂记，简古雅赡的篇章体制。

三是中国小说之诸种文体有不同的价值定位，这同样体现在“术语”的运用之中。古人将“传奇”与“笔记”划出畛域，又将“演义”专指白话小说，即有价值层面之考虑，其目的在于确认文言小说为中国小说之正宗，笔记又为文言小说之正脉。

譬如“传奇”。在中国古代，“传奇”作为一个术语，内涵颇为复杂，既可指称小说文体，也可指称戏曲文体，还可表示一种创作手法。在小说领域，“传奇”首先是作为书名标示的，如裴铏《传奇》（元稹《莺莺传》亦名《传奇》）；宋元以来，专指一种题材类型，为说话伎艺“小说”门下类型之一种（如“烟粉”“灵怪”“传奇”），以表现男女恋情为其特色；以后又指称文言小说之一种体式，专指那种“叙述宛转，文辞华艳”的小说作品。但综观“传奇”一辞在小说史上的演变，我们不难看到一个“奇怪”的现象：当人们用“传奇”一辞指称与“传奇”相关之书籍、创作手法乃至文体时，往往含有一种鄙视的口吻。我们且举数例：宋陈师道《后山诗话》：“范文正公为《岳阳楼记》，用对语说时景，世以为奇。尹师鲁读之，曰：‘传奇体尔。’”[③]此针对由裴铏《传奇》引伸的一种创

① （唐）刘知幾：《史通·杂述》，（唐）刘知幾著，（清）浦起龙通释：《史通通释》，上海古籍出版社2009年版，第257页。

② （清）纪昀：《姑妄听之自序》，（清）纪昀：《阅微草堂笔记》，上海古籍出版社1980年版，第359页。

③ （宋）陈师道：《后山诗话》，（清）何文焕辑：《历代诗话》，中华书局2004年版，第310页。

作手法,而其评价明显表现出不屑之口吻。元虞集以“传奇”概括一种小说文体,然鄙视之口吻依然,其《道园学古录》卷三十八《写韵轩记》谓:“盖唐之才人,于经艺道学有见者少,徒知好为文辞。闲暇无所用心,辄想象幽怪遇合、才情恍惚之事,作为诗章答问之意,傅会以为说。盍簪之次,各出行卷以相娱玩。非必真有是事,谓之‘传奇’。”①明胡应麟专门评价裴铏《传奇》,谓:“唐所谓‘传奇’自是小说书名,裴铏所撰,中如蓝桥等记诗词家至今用之,然什九妖妄寓言也。裴晚唐人,高骈幕客,以骈好神仙,故撰此以惑之。其书颇事藻绘而体气俳弱,盖晚唐文类尔。”②对“传奇”之鄙视以清代纪昀最为彻底,其《四库全书总目》摒弃“传奇”而回归“子部·小说家”之纯粹(欧阳修《新唐书·艺文志》将唐代传奇阑入“子部·小说家”)。而在具体评述时,凡运用“传奇”一辞,纪昀均带有贬斥之口吻,如“小说家类存目一”著录《汉杂事秘辛》,提要谓:“其文淫艳,亦类传奇。”《昨梦录》提要云:“至开封尹李伦被摄事,连篇累牍,殆如传奇,又唐人小说之末流,益无取矣。”③而细味纪昀之用意,传奇之“淫艳”“冗沓”“有伤风教”正是其摒弃之重要因素,其目的在于清理“小说”“可资考证”“简古雅赡”“有益劝戒”之义例本色,从而捍卫“小说”之传统“正脉”。④

“演义”亦然。将“演义”专指白话小说,突出中国小说的“文白二分”也有价值层面之因素。虽然人们将“演义”视为“喻俗书”,但在总体上没能真正提升白话小说之地位,“演义”之价值仍然是有限的。这只要辨别“演义”与“小说”之关系便可明了,“演义”与“小说”是古人使用较为普遍的两个术语,两者之间的关系大致这样:“小说”早于“演义”而出现,其指称范围包括文言小说和白话小说两大门类,“演义”则

① (元)虞集:《道园学古录》,商务印书馆 1937 年版,第 645 页。

② (明)胡应麟:《少室山房笔丛·庄岳委谈下》,上海书店出版社 2009 年版,第 424 页。

③ (清)永瑢等:《四库全书总目》,中华书局 1965 年版,第 1217 页。

④ 参见胡之昀:《论唐代的笔记杂录》(稿本),华东师范大学 2005 年硕士学位论文。

是白话小说的专称。而在价值层面上,“演义”与“小说”则有明显的区别。我们且举二例以说明之:明万历年间的胡应麟曾对“演义”与“小说”作过区分,其所谓“小说”专指文言小说,包括“志怪”“传奇”“杂录”“丛谈”“辨订”“箴规”六大门类,而“演义”则指《水浒传》《三国志通俗演义》等白话小说。《庄岳委谈下》云:“今世传街谈巷语有所谓演义者,盖尤在传奇、杂剧下。”又云:“关壮缪明烛一端则大可笑,乃读书之士亦什九信之,何也?盖繇胜国末村学究编魏、吴、蜀演义,因传有羽守邳见执曹氏之文,撰为斯说,而俚儒潘氏又不考而赞其大节,遂致谈者纷纷。案《三国志》羽传及裴松之注,及《通鉴》《纲目》,并无其文,演义何所据哉?”①其鄙视之口吻清晰可见。而清初刘廷玑的判定则更为斩钉截铁:“演义,小说之别名,非出正道,自当凛遵谕旨,永行禁绝。”②胡、刘二氏对小说(包括文言、白话)均非常熟悉,且深有研究,其言论当具代表性。

要而言之,从术语角度观照中国小说文体,可以清晰地梳理出中国小说之文体构成和文体发展。且从价值层面言之,术语也显示了小说文体在中国古代的存在态势,那就是“重文轻白”“重笔记轻传奇”,这一态势一直延续到晚清。

三、术语与20世纪中国小说之研究

20世纪以来,小说研究取得了丰硕的成果,形成了自身的特色。我们完全可以认为,20世纪是中国小说研究史上最为丰收的一个世纪,小说研究从边缘逐步走向了中心,而小说作为一种“文体”也在中国文学创作中渐据“主体”之地位。促成这一转变的有多种因素,而其

① (明)胡应麟:《少室山房笔丛·庄岳委谈下》,上海书店出版社2009年版,第436、432页。

② (清)刘廷玑撰,张守谦点校:《在园杂志》,中华书局2005年版,第125页。

中最为关键的仍然在术语——“小说”与“novel”的对译。

一般认为,现代“小说”之观念是从日本逆输而来的,“小说”一词的现代变迁是将“小说”与“novel”对译的产物。从语源角度看,最早将“小说”与“novel”对译的是英国传教士马礼逊的《华英字典》(1822),在日本,出版于1873年的《外来语の语源》《附音插图英和字汇》也收有“novel”的译语“小说”,但两者影响均不大。而真正改变传统小说内涵、推进日本现代小说发展的是坪内逍遥(1859—1935)的《小说神髓》(1885)。坪内逍遥“试图把中国既有的‘小说’概念和戏作文学(日本江户后期的通俗小说)统一到‘ノベル’(novel)这一西方的新概念上来”。① 由此,“小说”在传统基础上被赋予了新的内涵,即以西方“novel”概念来限定“小说”之内涵。近代以来,中国小说之研究和创作受日本影响是显而易见的,其中最为本质的即是小说观念,而梁启超和鲁迅对后来小说之研究和创作影响最大。②

“小说”与“novel”的对译对20世纪中国小说研究史和小说创作史都有深远的影响,在某种程度上我们可以说,它使中国小说学术史和中国小说创作史翻开了新的一页。从研究史角度而言,经过梁启超等人“小说界革命”的努力,小说地位有了明显的提升。虽然近代以来人们对传统中国小说仍然颇多鄙薄之辞,但“小说”作为一种“文体”的地位有了根本性的改变,“小说为文学之最上乘”的言论在20世纪初的

---

① 何华珍:《“小说”一词的变迁》,香港中国语文学会《语文建设通讯》第70期(2002年5月),第51—53页。

② 何华珍《“小说”一词的变迁》:“戊戌变法失败后,梁亡命东瀛。航海途中,偶翻日人小说《佳人之奇遇》,由于满纸汉字,梁氏当时虽还不识日文,却也能看个大概。抵日后,创办《清议报》(1898),发表《译印政治小说序》,翻译《佳人之奇遇》;继之,又创办《新小说》(1902),发表《论小说与群治之关系》。可见,‘新小说’的兴起,不但与梁启超有关,而且与日本密不可分。”鲁迅著《中国小说史略》受盐谷温之影响也是显见的,而盐谷温之中国小说研究已是“折衷了当时东西方不同的小说史观和方法论来进行工作的”。见黄霖、许建平等著:《20世纪中国古代文学研究史·小说卷》第四章《“中国小说史”著作的编纂》,东方出版中心2006年版,第73页。

小说论坛上成了一个被不断强化的观念而逐步为人们所接受。[1] 正是由于这一观念的推动，近代以来的小说研究开启了不少前所未有的新途，如王国维尝试运用西方美学思想来分析中国传统小说，虽不无牵强，却是开风气之先。胡适以考据方法研究中国小说，虽方法是传统的，但运用考据方法研究中国小说则是以对小说价值的重新体认为前提的。而鲁迅等人的小说史研究更是以新的文学史观念和小说观念为其理论指导。而所有这些研究方法之新途都和"小说"与"novel"的对译关系密切，小说地位的确认和"虚构之叙事散文"特性的明确是中国小说研究形成全新格局的首要因素。这一新的研究格局在 20 世纪的中国小说研究史上，虽每个时期有其局部之变化，但总体上一以贯之。从创作史角度来看，"小说"与"novel"的对译也促成了中国小说创作质的变化，在这一过程中，如果说梁启超等所倡导的"新小说"只是着重在小说表现内涵上的"新变"，其文体框架仍然是"传统"的，所谓"新小说"乃"旧瓶装新酒"。那么，以鲁迅为代表的小说创作则完成了中国小说真正意义上的"新旧"变迁，开启了全新的现代小说之格局。而小说新格局的产生在根本意义上是中国小说"西化"的结果，郁达夫在其《小说论》中即明确表示"中国现代的小说，实际上是属于欧洲的文学系统的"，而现代小说也就是"中国小说的世界化"。[2]

由此可见，"小说"与"novel"的对译，表面看来似乎只是一个语词的翻译问题，实则蕴涵了深层次的思想内核，是中国小说研究和创作与西方小说观念的对接。中国现代学术史范畴的"小说"研究和中国现代文学范畴的"小说"创作均以此作为"起点"，其影响不言而喻，其贡献也不容轻视。然而，当我们回顾梳理这一段历史的时候，我们也

---

① 楚卿:《论文学上小说之位置》，载《新小说》1903 年 9 月 6 日第 7 号。

② 刘勇强:《一种小说观及小说史观的形成与影响——20 世纪"以西例律我国小说"现象分析》，《文学遗产》2003 年第 3 期。

不无遗憾地发现,由“小说”与“novel”对译所带来的“小说”新内涵在深刻影响中国小说研究和创作的同时,也对中国小说研究和创作带来了不少“负面”影响,尤其在小说研究和创作的“本土化”方面更为明显。这主要表现在如下两个方面:

一是小说研究的“古今”差异所引起的研究格局之“偏仄”。20 世纪以来中国小说研究的“时代特性”是明显的,古今之研究差异更是十分鲜明。从总体来看,中国小说研究的古今差异除了研究方法、理论观念等之外,最为明显的是研究对象重视程度的差异:由“重文轻白”渐演为“重白轻文”,从“重笔记轻传奇”变而为“重传奇轻笔记”。而观其变化之迹,一在于思想观念,如梁启超“小说界革命”看重小说之“通俗化民”;一在于研究观念,如鲁迅等“虚构之叙事散文”的小说观念与传奇小说、白话小说更为契合;而 50 年代以后之“重白轻文”“重传奇轻笔记”则是思想观念与研究观念合并影响之产物。在 20 世纪的中国小说研究中,白话通俗小说成了小说研究之主流,而在有限的文言小说研究中,传奇研究明显占据主体地位,其研究格局之“偏仄”成了此时期小说研究的主要不足。更有甚者,当人们一味拔高白话通俗小说之历史地位的时候,所持有的从西方引进的小说观念却是一个纯文学观念(或雅文学观念),这种研究对象与研究观念之间的“悖离”致使 20 世纪的白话通俗小说研究也不尽如人意。其中首要之点是研究对象的过于集中,《水浒》《三国》《金瓶梅》《西游记》《儒林外史》《红楼梦》等有限几部小说成了人们津津乐道的小说研究主体。文言小说研究亦然,当“虚构之叙事散文”成为研究小说的理论基础时,“叙述婉转”的传奇便无可辩驳地取代了“粗陈梗概”的笔记小说之地位。虽然笔记小说是传统文言小说之“正脉”,但仍然难以避免被“边缘化”的窘境。其实,浦江清早在半个世纪前就提出了不同的看法:“现代人说唐人开始有真正的小说,其实是小说到了唐人传奇,在体裁和宗旨两方面,古意全失。所以我们与其说它们是小说的正宗,无宁说是别派,与其说是小说的本干，无宁说是独秀的旁枝吧。”[1]惜乎没能引起足够的重视。由此可见，20世纪中国小说研究的这一“古今”差异对中国小说研究的整体格局有着很大的影响。

二是小说内涵之“更新”所引起的传统小说文体之“流失”。随着“小说”与“novel”的对接，人们开始尝试研究小说的理论和作法，而在研究思路上则由“古今”之比较演为“中外”之比较，并逐步确立了以西学为根基的小说创作理论。刘勇强在《一种小说观及小说史观的形成与影响》一文中对此作了分析：“五四”时介绍的西方以“人物”“情节”“环境”为小说三元素的理论在当时颇有影响，“清华小说研究社的《短篇小说作法》，郁达夫的《小说论》，沈雁冰的《小说研究ABC》等，都接受了这种新的三分法理论。西方小说理论的兴盛，意味着对中国小说的批评从思想层面向文体层面的深入，而古代小说一旦在文体层面纳入了西方小说的分析与评价体系，它要得到客观的认识势必更加困难了”。[2] 其实，这种影响非独针对中国传统小说之批评，它对当时小说创作之影响更为强烈。尤其“要命”的是，这些小说理论的研究者往往又是小说的创作者，理论观念的改变无疑也会改变他们的创作路数，所谓现代小说的产生正是以这一背景为依托的。于是，在这一“中外”小说及小说观念的大冲撞中，传统小说文体被无限地“边缘化”。一方面，传统章回体小说“隐退”到小说主流之外，蛰伏于“言情”“武侠”等小说领域，且在“雅俗”的大框架下充任着不入流品的“通俗小说”角色。同时，颇具中国特色的笔记体小说在中国现代小说史上更是越来越难觅踪影。笔记体小说固然良莠不齐，但优秀的笔记体小说所体现出的创作精神、文体轨范、叙述方式、语言风格却是中国传统小说之菁华。近年来，当作家们感叹小说创作难寻新路，读者们激赏孙犁、汪曾

---

① 浦江清：《论小说》，《浦江清文录》，人民文学出版社1958年版，第186页。

② 刘勇强：《一种小说观及小说史观的形成与影响——20世纪“以西例律我国小说”现象分析》，《文学遗产》2003年第3期。

祺小说别具一格的传统风神时,人们自然想到了中国文言小说之"正脉"的笔记体小说。然而,一个世纪以来对传统小说文体的"抑制"和在西学背景下现代小说的"一枝独秀",已从根本上颠覆了中国古代小说之传统。这或许是 20 世纪初中国小说研究者在开辟新域时所没有料到的结局。

以上我们从"术语与中国小说之特性""术语与中国小说之文体"和"术语与 20 世纪中国小说之研究"三个方面清理了术语与中国小说之关系。由此,我们大致可以延伸出如下观点:(1) 中国古代小说是一个整体,无论"文白",不拘"雅俗",古人将其统归于"小说"之名,即有其内在逻辑来维系。其中"子""史"二部是中国古代小说之渊薮,今人以"虚构之叙事散文"观念来梳理和限定中国古代小说,其实不符合中国小说之实际。(2) 中国小说乃"文白二分",文言一系由"笔记""传奇"二体所构成,而在漫长的古代中国,小说之"重文轻白""重笔记轻传奇"是一以贯之的传统。(3) 20 世纪以来中国小说研究的基本格局是"重白轻文"和"重传奇轻笔记",而形成这一格局的根本乃是"小说"与"novel"的对接,这一格局对中国小说研究产生了深远影响。中国现代学术史范畴的"小说"研究由此生成,同时也影响了现代小说的创作。然而,这一格局也在某种程度上使中国小说研究和创作与传统中国小说之"本然"渐行渐远。其实,从小说术语的解读中,我们已不难看到,中国传统小说是一个非常广博的系统,是中国传统文化中的重要组成部分;虽然始终处于"非主流""非正统"的地位,但其所体现的文化内核还是非常丰富的,尤其与"子""史"二部之关系异常紧密。而当我们仅从"虚构之叙事散文"来看待和限定中国传统小说时,我们的研究和创作在很大程度上"失去"了与传统中国小说的血脉联系,其中最为突出的是"失去"了中国小说的"丰赡"和中国小说家的"博学"。

(载《文艺研究》2011 年第 11 期)

论中国古代小说文体研究的三个维度

关于中国古代小说文体研究的理论方法，笔者曾撰写过一篇文章，讨论了小说文体研究所要着重注意的四种关系，即“中”与“西”的关系、“源”与“流”的关系、“动”与“静”的关系和“内”与“外”的关系；并提出了小说文体研究的“本土化”问题，指出所谓“本土化”一方面是指研究对象的“本土化”，即尽可能还原古代小说文体之“实际存在”；同时也指研究方法、价值标准之“本土化”，在借鉴外来观念和方法的同时，努力寻求蕴含本土文化之内涵和符合本土“小说”之特性的研究视角、方法和评价标准。① 今再论小说文体研究，以“维度”为视角厘清小说文体研究的基本领域及其理论方法，这是小说文体研究走向体系化、系统性的一个重要途径。本文所论小说文体研究的“三个维度”是指小说文体研究的“术语”维度、“历史”维度和“史料”维度。“术语”“历史”“史料”三位一体，则古代小说文体之研究庶几完满。

一

“术语”考释是古代小说文体研究的一个重要维度。

所谓“术语”是指历代指称“小说”这一文体或文类的名词称谓，对这些涵盖面广、历史悠久的名词称谓作出深入的考释不仅可以呈现中国古代小说文体之特性，还有利于揭示古代小说文体的独特“谱系”。对文学术语作考释是中国文学批评史领域的传统研究方式，取得了不俗的研究成绩。如陈平原先生所言：“借勾稽‘术语’来建立‘谱系’的

---

① 谭帆：《论中国古代小说文体研究的四种关系》，《学术月刊》2013 年第 11 期。

研究思路，马上让我联想到朱自清的《诗言志辨》。此等从小处下手，一个字不放松，'像汉学家考辨经史子书'那样，'寻出各个批评的意念如何发生，如何演变'，在朱自清看来，是研究中国文学批评史的正途，更切实可靠，也更有学术价值。"而"郭绍虞的《中国文学批评史》以及《照隅室古典文学论集》最为引人注目处，确实在对于诸多重要文学观念的精彩辨析"。这种研究方式"与当下世人瞩目的'关键词''观念史''语义学''外来词研究'等，有异曲同工之妙"。[1] 在古代小说研究领域，对文体术语的考释也有较为悠久的历史，并取得了较好的成绩，但仍有提升空间，许多问题尚处于模糊状态。

譬如，古代小说文体术语非常丰富，但有无自身的体系？其构成体系的逻辑关联是什么？通过梳理和研究，我们认为，中国古代小说的文体术语有其自身的体系，且在术语之间形成了相应的层级。

自《庄子·外物》出现"小说"这一语词，一直到晚清以"小说""说部""稗官"等指称小说文体，有关小说的文体术语非常丰富。概括起来可以作出如下区分：(1) 来源于传统学术分类的小说术语。如"小说""说部""稗官""稗史"等。(2) 完整呈现古代小说诸文体之术语。如"笔记""传奇""话本""词话""平话""章回"等。(3) 用于揭示古代小说文体发展过程中小说的文体价值和特性之术语。如"奇书""才子书"等。(4) 由小说的创作方法延伸出的文体术语。如"寓言""按鉴"等。

上述四个方面的术语基本囊括了古代小说的诸种文体，其中所显示的"体系性"十分清晰。就价值层面言之，四个方面的术语所呈现的"层级性"也非常明显。如"小说""说部""稗官"等文体术语在中国古代小说史上最为重要，处于小说文体术语体系之核心层面，是指代古代小说文体最为普遍、也是最难把握和厘清的文体术语。对这个层级的术语解读是小说文体研究的关键，对小说文体研究会产生直接的影

① 陈平原：《中国古代小说文体文法术语考释序》，谭帆等著：《中国古代小说文体文法术语考释》，上海古籍出版社 2013 年版，第 2 页。

响。相对而言，显示古代小说诸文体的术语如“传奇”“话本”“词话”“平话”“章回”等虽然也是古代小说文体史上的重要术语，但由于其所承载的文体内涵较为单一，各自指称之对象也比较清晰和固定，故而较少歧义，也较易把握。至于由创作方法、理论批评引申出的文体术语则处于小说文体术语体系之末端，是一类“暂时性”或“过渡性”的术语。如“寓言”虽与小说文体始终相关，但终究没能成为独立的小说文体术语。“奇书”与“才子书”也并非严格意义上的小说文体术语，而是明末清初通俗小说评价体系中两个重要的批评概念，可看成对通俗小说的价值认可，对通俗小说的发展有一定的“导向”意义。由此可见，中国古代小说文体术语相当丰富，其中显示的“体系性”和“层级性”也十分明显，值得加以重视。

再譬如，古代小说的文体术语体现了怎样的属性？这种属性在小说文体发展史上起到了何种作用？现代学科意义上的中国小说史建构为何独取“小说”？“小说”这一术语又是如何建构中国古代小说史的？对于这些问题，也需要加以深入的研究和理性的评判，从而凸显小说文体术语的研究价值。

一般而言，古代小说文体术语大致具备三种属性：“文体属性”“功能属性”和“文体”与“功能”并举之双重属性。三种属性各有所指，如“笔记”“传奇”“话本”“词话”“平话”“章回”等术语大体上显示的是“文体属性”，这是以小说文体的内容和形式来界定的术语；“稗官”“稗史”等术语所显示的是“功能属性”，是体现小说文体价值的相关术语；而“小说”“说部”等术语则体现了“文体”与“功能”并举的双重属性，既显示小说的文体地位，又承载小说的文体特性。不言而喻，上述三种属性的小说文体术语以第三种最为重要，与中国古代小说文体史的关系也最为密切。

试以“小说”与“稗官”的关系作一比较：

在中国古代小说史上，“小说”是一个使用最普遍、影响也最大的文体术语；相对而言，“稗官”之术语地位要逊于“小说”，但也是一个影响深远的文体术语。之所以如此，关键在于两者都能涵盖古代小说之全体，无论文白，不计雅俗，都能用“小说”或“稗官”表述之、限定之。而其中之奥秘在于这两个术语都具备小说文体的“功能”属性，即都能在功能上限定古代小说之内涵。而其中维系之逻辑不在于小说研究中人们所惯用的“虚构”“叙事”等属于文体属性之标尺，更为重要的在于这两个术语所显示的功能属性：古代小说（含文言和白话）贯穿始终的“非正统性”和“非主流性”。

在中国古代，无论是文言小说还是白话小说，其“非正统”和“非主流”的地位乃一以贯之。小说是“小道”，与经国之“大道”相对举，是“子之末流”；小说是“野史”，与“正史”相对应，是“史家别子”。此类言论在小说史上不绝如缕。“稗官”亦然，据现有资料，“稗官”一词较早出自秦简，《汉书·艺文志》“小说家者流，盖出于稗官”一语开启了以“稗官”指称“小说家”之先河。汉以后，“稗官”这一语词频繁见诸文献之中，尤其从宋代开始，“稗官”一方面为文人所习用，同时还与“小说”合成为“稗官小说”一词，用来指称文言笔记小说和白话通俗小说。[①]以下三则史料颇具代表性：

（《夷坚志》）翰林学士鄱阳洪迈景卢撰。稗官小说，昔人固有为之者矣，游戏笔端，资助谈柄，犹贤乎已可也，未有卷帙如此其多者，不亦谬用其心也哉！（陈振孙《直斋书录解题》评《夷坚志》）[②]

余不揣谫劣，原作者之意，缀俚语四十韵于卷端，庶几歌咏而有所得欤？於戏，牛溲马勃，良医所诊（珍），孰谓稗官小说，不足为世道重轻哉？（张尚德《三国志通俗演义引》）[③]

---

① 参阅王瑜锦：《从旧稗官到新小说：论“稗官”的语义及其流变》，《古典文献研究》第23辑下卷，凤凰出版社2020年版，第96—110页。

② （宋）陈振孙：《直斋书录解题》，上海古籍出版社1987年版，第336页。

③ 黄霖、韩同文选注：《中国历代小说论著选》，江西人民出版社1990年版，第111页。

> 各学堂学生不准私自购阅稗官小说、谬报逆书。凡非学科内应用之参考书，均不准携带入堂。(《奏定学堂章程·奏定各学堂管理通则》)①

可见，无论是“小说”还是“稗官”，其共同的“功能”属性——“非正统性”和“非主流性”是其之所以独得“青睐”的首要因素，因为它最吻合中国古代小说之实际。对此，浦江清先生的一个评断颇为贴切：“有一个观念，从纪元前后起一直到十九世纪，差不多两千年来不曾改变的是：小说者，乃是对于正经的大著作而称，是不正经的浅陋的通俗读物。”②

然则“小说”与“稗官”虽同样在小说史上广泛使用，但在20世纪以来中国小说史学科的现代建构过程中，两者之境遇却大不相同：“小说”成为学科的唯一术语，而“稗官”则在小说史的建构过程中渐次消失。个中缘由众多，但最为根本的应是两者在术语属性上的差异所致。“稗官”就其本质而言是一个“功能性”术语，其“非主流”“非正统”的属性内涵在中国古代文化语境下指称“小说”尚无问题，但显然与晚清“小说界革命”以来对“小说”的极力推崇和有意拔高格格不入。而“小说”术语的双重属性却起到了至关重要的作用，因为只要摒弃或淡化其“功能”属性，其“文体”属性完全可以彰显，而近代以来中国小说史的学科建构正是以“文体”为其本质属性的。近代以来对“小说”术语的改造主要体现在两个方面：一是在与“novel”的对译中强化了“虚构之叙事散文”这一“小说”术语中本来就具有的文体属性，并将这一属性升格为“小说”术语的核心内涵，使“小说”成为一个融合中西、贯通古今的重要术语，在小说史的学科建构中起到了统领作用。另一方

---

① 《奏定学堂章程·奏定各学堂管理通则》，见璩鑫圭、唐良炎编：《中国近代教育史资料汇编·学制演变》，上海教育出版社2007年版，第488页。

② 浦江清：《论小说》，《浦江清文录》，人民文学出版社1958年版，第193页。

面,又将“传奇”“笔记”“话本”和“章回”等原本比较单一的文体术语作为“小说”一词的前缀,构造了“笔记小说”“传奇小说”“话本小说”和“章回小说”等属于二级层面的小说文体术语。经过这两个方面的“改造”,“小说”终于成为一个具有统领意义的核心术语而“一枝独秀”,并与其他术语一起共同建构了现代学科范畴的中国古代小说文体的术语体系,影响深远。

由此可见,“术语”维度在小说文体研究中是一个颇具学术价值的研究领域和研究视角,其重要性不言而喻。甚至有学者认为,对一个学科成熟与否的考虑,术语研究是一个重要的尺度:“20 世纪 80 年代末,曾有学者感叹,中国古代文学史研究,还仅仅处于前科学的状态,这在一定程度上是事实。如果说得苛刻一点,中国古代小说史的研究,同样存在这种情况。这是因为,作为一门科学意义上成熟的学科,构成此学科许多最为基础的概念与范畴,必有较为明确的界定。……倘若作为一门学科的众多最为基本的概念与范畴都没有研究清楚,那么,名不正则言不顺,我们怎么能说这一门学科不处于前科学状态?”[①]评价虽不无偏激,却也在理。

二

小说文体研究的第二个维度是“历史”著述。

20 世纪以来,中国古代小说文体史的著述主要集中于两个时段:一是 20 世纪二三十年代,以鲁迅先生《中国小说史略》为代表。该书较多关注小说文体的演进,提出了不少小说的文体或文类概念,对后世小说文体史研究产生了深远影响。二是 20 世纪 90 年代以来,以石

① 钟明奇:《探寻中国古代小说的“本然状态”与民族特征——评谭帆教授等著〈中国古代小说文体文法术语考释〉》,《中国文学研究》2014 年第二辑,复旦大学出版社 2014 年版,第 135 页。

昌渝先生《中国小说源流论》为代表。该书专门以小说文体为对象，梳理中国古代小说史，在小说史研究中有开拓之功，其影响延续至今。[①] 进入新世纪以后，小说文体史研究有所发展，[②]还出现了一批明确以"文体研究"为标目的小说研究论著。[③] 所有这些都说明了小说文体的历史研究已取得了很好的成绩。本文拟在上述成果的基础上提出一些建议和设想。

首先，中国古代小说文体的"历史"著述要强化与"术语"考释的关联度，两个维度的文体研究应该互为补充，共同建构中国古代小说文体史。

20 世纪以来，影响中国古代小说文体研究最为重要的是两个术语——"小说"和"叙事"，这两个术语均在与西方小说相关术语的对译中得到了"改造"。[④] 我们以"叙事"为例分析"术语"与小说文体史研究之关系。

何谓"叙事"？浦安迪云："'叙事'又称'叙述'，是中国文论里早就有的术语，近年来用来翻译英文'narrative'一词。"又云："当我们涉及'叙事文学'这一概念时，所遇到的第一个问题就是：什么是叙事？简而言之，叙事就是'讲故事'。"[⑤]这一符合"narrative"的解释其实并不适合中国古代语境中的"叙事"。但在当下的小说文体研究中，"故事"的限定乃根深蒂固，就如无"虚构"不能成为小说一样，有无"故事"也

① 石昌渝：《中国小说源流论》，生活·读书·新知三联书店 1994 年版。

② 研究论著主要有：刘勇强《中国古代小说史叙论》（北京大学出版社 2007 年版）、林岗《口述与案头》（北京大学出版社 2011 年版）、陈文新《中国小说的谱系与文体形态》（中国社会科学出版社 2012 年版）、李舜华《明代章回小说的兴起》（上海古籍出版社 2012 年版）等。

③ 如王庆华《话本小说文体研究》（华东师范大学出版社 2006 年版）、李军均《传奇小说文体研究》（华中科技大学出版社 2007 年版）、冯汝常《中国神魔小说文体研究》（上海三联书店 2009 年版）、刘晓军《章回小说文体研究》（华东师范大学出版社 2011 年版）、纪德君《中国古代小说文体生成及其他》（商务印书馆 2012 年版）等。

④ 谭帆：《论中国古代小说文体研究的四种关系》，《学术月刊》2013 年第 11 期。

⑤ [美]浦安迪：《中国叙事学》，北京大学出版社 1996 年版，第 4 页。

是确定作品“叙事”与否的关键。如谈到唐代小说《酉阳杂俎》时，有学者就指出此书“内容很杂，其中只有一部分可以算作小说”。[1] 而古人非但视《酉阳杂俎》为小说，更“推为小说之翘楚”。[2] 古今之差异可谓大矣！问题的症结在哪里？我们试以唐代为例作一分析：

在20世纪以来的小说研究中，大量的作品因被视为“非叙事”或包含“非叙事”成分而饱受诟病，甚至被排斥在小说文体的历史著述之外。这一类作品在古代小说史上延续久远，如《博物志》《西京杂记》《搜神记》等都包含大量“非叙事”的内容；唐代小说如《封氏闻见记》《酉阳杂俎》《独异志》《资暇集》《北户录》《杜阳杂编》《苏氏演义》《唐摭言》《开元天宝遗事》等作品也包含大量的“非叙事”成分，可见这是古代小说创作的固有特性。

这些小说作品中“非叙事”成分最典型的表述方式是“描述”与“罗列”。其中“描述”是指对某一“事”或“物”作客观记录。举王仁裕《开元天宝遗事》对“游仙枕”和“随蝶所幸”的记录为例：

> 龟兹国进奉枕一枚，其色如码碯，温润如玉，其制作甚朴素。若枕之而寐，则十洲三岛，四海五湖，尽在梦中所见，帝因立命为“游仙枕”。后赐与杨国忠。
>
> 开元末，明皇每至春时，旦暮宴于宫中。使嫔妃辈争插艳花，帝亲捉粉蝶放之，随蝶所止幸之。后因杨妃专宠，遂不复此戏也。[3]

“罗列”是指围绕某一主题将符合主题的相关事物一一呈现，而不作说明。我们举《义山杂纂》“煞风景”为例：

---

[1] 程毅中：《唐代小说史》，人民文学出版社2003年版，第249页。

[2] （清）永瑢等：《四库全书总目》卷一四二，中华书局1965年版，第1214页。

[3] 陶敏主编：《全唐五代笔记》，三秦出版社2008年版，第3158页。

松下喝道　看花泪下　苔上铺席　斫却垂杨　花下晒裈　游春重载　石笋系马　月下把火　步行将军　背山起高楼　果园种菜　花架下养鸡鸭　妓筵说俗事①

这是一则典型的以“罗列”为叙述方式的文本，它将符合“煞风景”这一主题的诸多现象加以罗列，从而呈现“煞风景”的特殊内涵。

“描述”与“罗列”这两种表述方式在唐人小说创作中是否也被视为“叙事”？限于史料不能贸然确定。但从“术语”维度检索唐人相关资料，我们发现，“叙事”这一术语所承载的内涵本来就有对事物的“描述”和“罗列”功能，故在唐人观念中，这当然也是“叙事”。譬如，唐代有不少专供艺文习用的书籍，称之为“类书”，如《北堂书钞》《艺文类聚》《初学记》等。在这些类书中，有专门对“事类”的解释，这种解释有时径称为“叙事”。以《初学记》为例，该书体例是每一子目均分“叙事”“事对”和“诗文”三个部分。请看“月”之“叙事”：

《淮南子》云：月者，太阴之精。《释名》云：月，阙也，言满则复阙也。《汉书》云：月，立夏、夏至行南方赤道，曰南陆；立秋、秋分行西方白道，曰西陆；立冬、冬至行北方黑道，曰北陆。分则同道，至则相过。晦而见西方谓之朓，朔而见东方谓之朒，亦谓之侧匿。朓，音他了反；朒，音女六反。朓，健行疾貌也；朒，缩迟貌也。侧匿犹缩懦，亦迟貌。《释名》云：朏，月未成明也；魄，月始生魄然也。承大月，月生三日谓之魄；承小月，月生三日谓之朏。朏音斐。朔，月初之名也；朔，苏也，月死复苏生也；晦，月尽之名也；晦，灰也，死为灰，月光尽似之也；弦，月半之名也，其形一旁曲，一旁直，若张弓弦也；望，月满之名也，日月遥相望也。《淮南子》云：月，一名夜光；月御曰望舒，

① （唐）李义山等撰，曲彦斌校注：《杂纂七种》，上海古籍出版社1988年版，第22页。

亦曰纤阿。①

此处所谓“叙事”其实就是对事物的解释，而其方式是罗列自古以来解释“月”的相关史料。《四库全书总目》认为《初学记》之叙事“虽杂取群书，而次第若相连属”。② 但“罗列”之意味仍然是浓烈的，可见《初学记》的“叙事”内涵与唐人笔记小说“罗列”的表述方式颇为一致，是笔记小说创作独特的叙事方式。

其次，中国古代小说文体史的著述要建立一个“大文体”的格局，用于揭示古代小说“正文—评点—插图”三位一体的文本形态。

在中国古代，小说文本的一个重要特征就是正文之外大多有评点与图像，“图文评”结合是古代小说特有的文本形态。对这一现象，学界尚未引起足够的重视，虽然小说评点研究、小说图像研究都非常热闹，但研究思路还是以文学批评史视角和美术史视角为主体，对古代小说“图文评”结合的价值认知尚不充分。表现为：研究者一方面对图像与评点的价值功能给予较高评价，另一方面却又在整体上割裂小说评点、小说图像与小说正文的统一性。这一做法实则遮蔽了评点和插图在小说文体建构过程中具备“能动性”这一重要的历史事实。有鉴于此，我们应该从小说文体建构的视角重建关于小说评点和小说插图的认知。我们认为，对小说“文体”的理解不应局限于小说正文之“体”，而是应该突破传统的研究方式，从文本的多重性角度来观照小说之“整体”。即：既要关注小说之体裁、体制、风格、语体等内涵，更要建立一个以小说整体文本形态为观照对象的文体学研究新维度，将小说的文体研究范围拓展到小说文本之全部，包含正文、插图、评点等。同时，还要充分肯定评点与插图对小说文体建构的价值和意义，考察小说评点“评改一体”的具体实践和小说插图对小说文本建构的实际

① (唐)徐坚：《初学记》卷第一“月第三”，中华书局 1962 年版，第 8 页。

② (清)永瑢等：《四库全书总目》卷一三五，中华书局 1965 年版，第 1143 页。

参与。尽可能还原小说评点、小说插图参与小说文体建构的客观事实，从而揭示“图文评”三者在小说文体建构中的合力效果和整体意义。①

再次，中国古代小说文体史的著述要加强个案研究和局部研究，尤其是对那些有争议的问题要有针对性的突破。我们各举一例加以说明：

其一，关于《汉书·艺文志》的评价问题。作为现存最早著录小说的书目文献，《汉书·艺文志》对小说概念的界定、小说价值与地位的评估以及小说文本的确认等诸多方面，一直影响着古代的小说观念与小说创作。这样一部反映小说原貌与主流小说观念的书目，本应在古代小说研究方面拥有足够的话语权。但20世纪以来，包括《汉书·艺文志》在内的小说目录总体处于“失位”的状态。然而《汉书·艺文志》所录小说毕竟属于历史存在，在汉人的观念里，这种文献就叫作“小说”，无论今人是否承认其为小说，此类文献作为“小说”被著录、被认可甚至被仿作了上千年，这是无法抹去的历史事实。我们认为，《汉书·艺文志》所录小说及其体现出来的小说观念是古代小说及其文体流变的逻辑起点。对其研究首先应回到汉代的历史语境，剖析《汉书·艺文志》“小说家”的立意；再择取相关的传世文献与出土文献作比照，尽可能还原《汉书·艺文志》所录小说的本真面目；最后综合各种因素，论述《汉书·艺文志》“小说家”的文类属性与文体特征。②

其二，关于唐传奇在小说文体史上的地位问题。在小说文体的历史研究中，唐传奇文体地位的提升是从20世纪开始的，以鲁迅先生的评价最有代表性。如：“小说亦如诗，至唐代而一变，虽尚不离于搜奇记逸，然叙述宛转，文辞华艳，与六朝之粗陈梗概者较，演进之迹甚明，

---

① 参阅毛杰：《论插图对中国古代小说文体之建构》，《文艺研究》2020年第10期。

② 详见刘晓军：《〈汉书·艺文志〉“小说家”的名与实》，《诸子学刊》第二十辑，上海古籍出版社2020年版，第282—283页。

而尤显者乃在是时则始有意为小说。"[①]又谓："唐代传奇文可就大两样了：神仙人鬼妖物，都可以随便驱使；文笔是精细、曲折的，至于被崇尚简古者所诟病；所叙的事，也大抵具有首尾和波澜，不止一点断片的谈柄；而且作者往往故意显示着这事迹的虚构，以见他想象的才能了。"[②]长期以来，鲁迅先生的上述论断被学界奉为圭臬而少有异议，唐传奇由此被视为中国古代小说史上最早成熟的文体，所谓小说的"文体独立"、小说文体的"成熟形态"等表述都是古代小说文体研究中的"定论"。其实，鲁迅先生的表述还是审慎的，但后人据此延伸、放大了鲁迅先生的观点，得出传奇乃最早成熟的小说文体等关键性结论。[③] 对于这个问题，学界已有较多论述，但在我看来，还是浦江清先生在近八十年前的评述最为贴切，至今仍有意义："现代人说唐人开始有真正的小说，其实是小说到了唐人传奇，在体裁和宗旨两方面，古意全失。所以我们与其说它们是小说的正宗，无宁说是别派，与其说是小说的本干，无宁说是独秀的旁枝吧。"[④]可谓表述生动，评价到位，确实已无赘述之必要。

三

小说文体史料的辑录也是古代小说文体研究的一个重要维度。

20 世纪以来，古代小说文献史料的整理与研究取得了很大的成绩，可以说，小说研究所取得的成就都有赖于小说史料的开掘整理。史料整理不仅为小说学科的建立与发展奠定了扎实的基础和提供了

---

① 鲁迅：《中国小说史略》，人民文学出版社 1973 年版，第 54 页。

② 鲁迅：《六朝小说和唐代传奇文有怎样的区别？——答文学社问》，鲁迅：《且介亭杂文二集》，人民文学出版社 1973 年版，第 87 页。

③ 谭帆：《论中国古代小说文体研究的四种关系》，《学术月刊》2013 年第 11 期。

④ 浦江清：《论小说》，原载《当代评论》1944 年第 4 卷第 8、9 期。引自《浦江清文录》，人民文学出版社 1958 年版，第 186 页。

有力的保障，还极大地推进了小说史研究的深入开展。① 但也有缺憾，主要表现为：小说文献史料的整理基本限于理论批评史料和经典小说的相关资料，除侯忠义先生《中国文言小说参考资料》（北京大学出版社1985年版）等有限几部之外，专题性的史料整理相对比较薄弱；即如小说文体史料这样有价值的专题史料迄今尚无系统的整理和研究。而在古代小说史上，小说文体史料非常丰富，全面梳理和辨析这些史料有利于把握小说文体的流变历史和地位升降。对小说文体史料作系年辑录有如下三个方面的特性和意义：

首先，对小说文体史料作独立系统的整理与研究可以有效解决小说文体史研究中的诸多重要问题，故小说文体史的著述与小说文体史料的编纂应互为表里，共同推动中国古代小说史研究的深入开展。

譬如，关于中国古代小说文体，今人一般持“四体”的分法，即笔记体、传奇体、话本体和章回体，这一分法已成为古代小说文体系统的经典表述，影响深远。但对于小说文体的认知，古今差异非常明显，可以说，从古代到清末民初，对于小说文体的认知一直处在变动之中。以“小说体”及相关史料为例：

在古代小说史上，古人常将“体”“体制”“体例”“体裁”等语词与“小说”“说部”等联系在一起，称之为“小说体”“小说体裁”和“说部体”等。依循这些语词及相关表述，可以观察对于小说文体的基本认知。大体而言，古人以笔记体小说为小说文体之主流，如明陈汝元《稗海》

---

① 小说文献资料的整理除大型工具书和大型作品集成外，以小说批评史料选编和经典小说资料汇编最富影响，前者如曾祖荫等《中国历代小说序跋选注》（长江文艺出版社1982年版）、孙逊等《中国古典小说美学资料汇粹》（上海古籍出版社1991年版）、陈平原等《二十世纪中国小说理论资料》（第一卷，北京大学出版社1989年版）、黄霖等《中国历代小说论著选》（江西人民出版社1995年版）、丁锡根《中国历代小说序跋集》（人民文学出版社1996年版）等；后者如朱一玄“中国古典小说名著资料丛刊”（南开大学出版社2012年新版）、中华书局“古典文学研究资料汇编”（内含一粟《红楼梦资料汇编》1964年版，马蹄疾《水浒资料汇编》1980年版，黄霖《金瓶梅资料汇编》1987年版）以及李汉秋《儒林外史研究资料集成》（上海古籍出版社2017年版）等。

“凡例”云：“小说体裁虽异，总之自成一家。”①明郭一鹗《玉堂丛语序》亦谓：“《玉堂丛语》一书，成于秣陵太史焦先生。先生蔚然为一代儒宗，其铨叙今古，津梁后学，所著述传之通都巨邑者，盖凡几种。是书最晚出，体裁仍之《世说》，区分准之《类林》，而中所取裁抽扬，宛然成馆阁诸君子一小史然。”②这种以“小说体”指称笔记小说的传统得到了清人的普遍认可和延续，如《四库全书总目》评郑文宝《南唐近事》：“其体颇近小说，疑南唐亡后，文宝有志于国史，搜采旧闻，排纂叙次。以朝廷大政入《江表志》，至大中祥符三年乃成。其余丛谈琐事，别为缉缀，先成此编。一为史体，一为小说体也。”③将“小说体”与“史体”对举，其小说文体观念非常清晰。又如冯镇峦《读〈聊斋〉杂说》云：“读《聊斋》，不作文章看，但作故事看，便是呆汉。惟读过《左》《国》《史》《汉》，深明体裁作法者，方知其妙。……不知举《左》《国》《史》《汉》而以小说体出之，使人易晓也。”“友人曰：渔洋评太略，远村评太详。渔洋是批经史杂家体，远村似批文章小说体。”④可见以“小说体”指称笔记体小说在古代一脉相承。晚清以降，新的小说文体观念开始建构，呈现出与传统分离的趋向，其中章回体小说地位的提升最值得瞩目。由此，“章回”“笔记”二分的分体模式得以构建。而时人论小说也经常以“小说体”指称章回体，如平步青《霞外捃屑》卷九《小栖霞说稗》：“《残唐五代传》小说，与史合者，十之一二，余皆杜撰装点。小说体例如是，不足异也。”⑤光绪七年(1881)十二月十四日《申报》刊载《野叟曝言》广告云：“《野叟曝言》一书，体虽小说，文极瑰奇，向只传抄，现经

---

① (明)陈汝元：《稗海・凡例》，引自郑振铎著：《西谛书话》，生活・读书・新知三联书店2005年版，第308页。

② (明)郭一鹗：《玉堂丛语序》，(明)焦竑：《玉堂丛语》，中华书局1981年版，第3页。

③ (清)永瑢等：《四库全书总目》卷一四〇，中华书局1965年版，第1188页。

④ (清)冯镇峦：《读〈聊斋〉杂说》，(清)蒲松龄著，盛伟校注：《聊斋志异校注》，山西人民出版社2000年版，第1725、1727页。

⑤ (清)平步青：《霞外捃屑》(下)，上海古籍出版社1982年版，第657页。

排印。”[①]又如光绪十六年(1890)九月五日《申报》关于《快心编》的广告:“《快心编》一书为天花才子所著,描情写景,曲曲入神。虽不脱章回小说体裁,而其叙公子之风流,佳人之妍慧,草寇之行凶作恶,老仆之义胆忠肝,生面别开,从不落前人窠臼。”[②]对“二体”(笔记体和章回体)的评述以管达如《说小说》一文最为详备:

> (笔记体)此体之特质,在于据事直书,各事自为起讫。有一书仅述一事者,亦有合数十数百事而成一书者,多寡初无一定也。此体之所长,在其文字甚自由,不必构思组织,搜集多数之材料。意有所得,纵笔疾书,即可成篇,合刻单行,均无不可。虽其趣味之浓深,不及章回体,然在著作上,实有无限之便利也。
>
> (章回体)此体之所以异于笔记体者,以其篇幅甚长,书中所叙之事实极多,亦极复杂,而均须首尾联贯,合成一事,故其著作之难,实倍蓰于笔记体。然其趣味之浓深,感人之力之伟大,亦倍蓰之而未有已焉。[③]

不难发现,管氏虽然将“笔记体”与“章回体”平列,但评价之天平已明显倾向于章回体;笔记体之价值在他的观念中仅“在其文字甚自由”和著述方式“实有无限之便利也”。此为“一体”(笔记体)到“二体”(笔记体与章回体)的变迁。而从“二体”到“四体”的变化则更为晚近,如传奇体小说得益于小说观念的转变和鲁迅先生的推重才从笔记体中析出,成为独立的小说文体。“话本体”的独立则与小说文献的发掘密切相关,如《宣和遗事》《五代史平话》《大唐三藏取经诗话》《京本通俗小说》等,这些小说文本的发现使原本包含于“章回体”中的“话本

① 《新印野叟曝言出售》,《申报》1881年12月14日,第5页。

② 申报馆主人:《重印快心编出售》,《申报》1890年9月5日,第1页。

③ 管达如:《说小说》,引自黄霖编:《中国历代小说批评史料汇编校释》,百花洲文艺出版社2009年版,第1000页。

体”成为独立的文体。至此,“笔记”“传奇”“话本”“章回”四分的观念才终得确立,成为古代小说文体研究中最为重要的分体模式。① 可见,今人所谓“四体”非古已有之,而厘清“小说体”认知的变化轨迹,对理解中国古代小说文体的发展演变有着切实的帮助。

其次,如何整理古代小说文体史料有多种形式可供选择,但系年或许是最为适合的形式之一。系年是中国古代最古老的史书体裁之一,历来备受瞩目。唐代刘知幾谓:“莫不备载其事,形于目前。理尽一言,语无重出,此其所以为长也。”②“故论其细也,则纤芥无遗;语其粗也,则丘山是弃。此其所以为短也。”③可知对史料巨细无遗的载录,既是系年体的优长,也是系年体的缺陷。但系年“备载其事,形于目前”“论其细也,则纤芥无遗”的特质还是适合小说文体史料的整理和研究的。且举一例,在明清时期的小说史料中,以“账簿”喻“小说”较为常见,但内涵不尽一致。对此,在以史料梳理为重心的系年框架下,以“账簿”喻小说之多重内涵可以得到清晰的呈现。试排比如下:

小说史上较早以“账簿”喻小说的是晚明陈继儒,其称《列国志传》“此世宙间一大账簿也”(万历四十三年,1615 年,陈继儒《列国志传序》)。④ 又谓:“天地间有一大账簿,古史,旧账簿也;今史,新账簿也。……史者,天地间一大账簿也。”(万历年间,陈继儒《汤睡庵先生历朝纲鉴全史序》)⑤可见陈继儒之所谓“账簿”既指史书,亦指由史书

---

① 王瑜锦、谭帆:《论中国小说文体观念的古今演变》,《学术月刊》2020 年第 5 期。

② (唐)刘知幾撰,(清)浦起龙释:《史通通释》,上海古籍出版社 1978 年版,第 27 页。

③ (唐)刘知幾撰,(清)浦起龙释:《史通通释》,上海古籍出版社 1978 年版,第 28 页。

④ (明)陈继儒:《列国志传序》,《古本小说集成·春秋列国志传》,上海古籍出版社 1990 年版,第 1 页。

⑤ (明)陈继儒:《汤睡庵先生历朝纲鉴全史序》,明万历刻本,北京大学图书馆藏。

改编的小说;而在价值评判上则基本持一种客观陈述的态度,没有明显的褒贬。较早以“账簿”讥讽小说的是张无咎:“(《金瓶梅》等)如慧婢作夫人,只会记日用账簿,全不曾学得处分家政,效《水浒》而穷者也。”(泰昌元年,1620年,张无咎《新平妖传叙》)①但这种评述在晚明没有得到太多的响应与延续,相反,以“账簿”为褒义者却不绝如缕,如崇祯年间余季岳赞扬《帝王御世志传》“不比世之纪传小说,无补世道人心者也。四方君子以是传而置之座右,诚古今来一大账簿也哉”(崇祯年间,余季岳《盘古至唐虞传识语》)。② 清人褚人获亦谓:“昔人以《通鉴》为古今大账簿,斯固然矣。第既有总记之大账簿,又当有杂记之小账簿,此历朝传志演义诸书所以不废于世也。”(康熙三十四年,1695年,褚人获《隋唐演义序》)③又云:“闲翻旧史细思量,似傀儡排场。古今账簿分明载,还看取野乘铺张。”(褚人获《隋唐演义》第一百回正文)④其基本认知无疑来源于晚明陈继儒的观点。清人对张无咎的观点貌似有所延续的是张竹坡,但思路和评价已有明显不同,实际上是对张无咎观点的辩驳。在张竹坡看来,世人因《金瓶梅》描述细腻琐碎而谓之“账簿”,乃不得要领;《金瓶梅》之特色和价值正是“隐大段精彩于琐碎之中”,而其评点就是要揭示这种特色,从而为《金瓶梅》的艺术特性张目。其云:“我的《金瓶梅》上洗淫乱而存孝弟,变账簿以作文章,直使《金瓶梅》一书冰消瓦解,则算小子劈《金瓶梅》原板亦何不可!”(康熙三十四年,1695年,张竹坡评点《金瓶梅》)⑤

---

① (明)张誉:《北宋三遂平妖传叙》,引自朱一玄、刘毓忱编:《三国演义资料汇编》,南开大学出版社2012年版,第250页。

② (明)余季岳:《盘古至唐虞传识语》,《古本小说集成·盘古至唐虞传》,上海古籍出版社1990年版,第150页。

③ (清)褚人获:《隋唐演义序》,《古本小说集成·隋唐演义》,上海古籍出版社1990年版,第1页。

④ (清)褚人获:《隋唐演义》,《古本小说集成》,上海古籍出版社1990年版,第2522页。

⑤ 王汝梅校点:《张竹坡批评金瓶梅》前言,齐鲁书社2014年版,第21页。

从上述有关“账簿”的史料来看，所谓以“账簿”喻小说实则有一个颇为复杂的内涵，其中指称对象和价值评判都有所不同。而在上述史料中，真正视“账簿”为贬义来批评作品的仅张无咎一人而已。这明显超出了以往小说研究中普遍认为此乃讥讽《金瓶梅》叙事方式的认知。

复次，以系年形式将小说文体史料作为独立的专题来辑录，还可以从更宽泛的领域择取材料，因为“备载其事”“纤芥无遗”本来就是系年的形式特征，故能显示更大的开放性和包容性。

辑录古代小说文体史料大致可从如下几个方面入手：一是专门的小说论著，如小说序跋、小说评点、小说话等，也包括小说文本中蕴含的相关文体史料，这是小说文体史料最为集中、最为重要的部分。二是在历史领域辑录相关小说文体史料，包括史书、笔记、方志等。三是在文学领域如选本、曲话、尺牍等书籍中辑录小说文体史料。四是择取历代书目中的小说文体史料，尤其是《四库全书总目》对小说的评判最具规模，也最为典型，其中“杂家类”与“小说家类”中的小说文体史料甚至可以悉数加载。

综上，我们从“术语”“历史”和“史料”三个维度梳理和探究了小说文体研究的基本领域及其理论方法，对小说文体研究中所出现的相关问题和不足也提出了个人的意见和建议。中国古代小说文体研究在学术界已延续多年，成果也比较丰富，但如石昌渝先生《中国小说源流论》这样有影响的论著还不多，突破性的成果更为罕见。个中原因很多，其中最为重要的或许还是两个老生常谈的问题——小说观念的偏狭及由此引发的对小说文本的遮蔽。对于“小说”，对于“叙事”，我们持有的仍然是 20 世纪以来经西学改造的观念，由此，大量的小说文本尤其是笔记体小说文本迄今没有进入研究视野。故小说文体研究要得到发展，观念的开放、文本的完善和史料的辑录仍然是居于前列的重要问题。还需说明的是，本文是我主持的国家社科基金重大项目“中国小说文体发展史”的相关成果。此项目于 2011 年获批，2019 年通过结题审核，再经近两年的修订，完成了系列成果“中国古代小说文体研究书系”，分“术语篇”“历史篇”和“资料篇”三个部分。书系包括：《中国古代小说文体文法术语考释》(增订本)、《中国古代小说文体史》(三卷本)和《中国古代小说文体史料系年辑录》，由上海古籍出版社出版。本文有部分观点和史料即采自上述成果，特为说明。

（载《文学遗产》2022 年第 4 期）

论中国古代小说评点的术语系统

所谓小说评点术语实则有两个内涵：一是作为小说批评形式或批评方法的评点术语，主要是指在小说作品的书名、题署、凡例、识语中所标示的评点术语，这一类术语种类繁多，以“批点”“批评”“评点”最为常用。二是作为小说评论的术语，包括“狮子滚球”“草蛇灰线”“羯鼓解秽”等文法术语，[①]也包括“如画”“传神写照”等评论术语。上述两者虽同为小说评点术语，但指称内涵、价值功能各不相同。本文仅关注前者，即梳理和探讨作为批评方法或批评形式的小说评点术语。对于“评点”的解读，时贤已颇多述作，或追溯“评点”之源头，或梳理“评点”之流变，或考释“评点”之意涵，不一而足。本文拟在此基础上对评点再作讨论，其独特性在于：以小说评点术语为中心，专门讨论评点术语在小说领域的特殊存在及其价值；以术语考释为基本思路，但不以考释单个术语为主要目的，而是着重考察小说评点的“术语群”及其构成的术语系统。对小说评点术语的考释我们拟从三个方面展开：“数据”中的小说评点及其术语、小说评点术语之变迁、小说评点术语之构成。希望通过上述问题的探讨，对评点研究尤其是小说评点研究提供一些新的史料，提出一些新的观点和新的理解。

---

① 关于小说文法术语，详见谭帆等：《中国古代小说文体文法术语考释》，上海古籍出版社2013年版。

一、“数据”中的小说评点及其术语

通过全面系统的梳理和统计，[①]古代小说评点和古代小说评点术语的基本情况大体如下：

1. 中国古代小说评点源远流长，作品繁多，涉及文言小说和白话小说两个门类，评点本总数近1000种。

总数近1000种的小说评点本所显示的历史年代并不均衡。从总体来看，其分野在明代，其中明前20来种，明代近200种，清代730种左右。而从明清两代的评点情况而言，其分布亦不均衡。如明代小说评点本近200种，其分野在万历一朝，万历之前的明代小说评点本不足20种，而从万历朝开始，小说评点本数量高达170余种。清代小说评点也非常繁荣，评点数量更达730种左右，而其分野在光绪二十八年(1902)，从光绪二十八年(1902)至宣统三年(1911)，短短9年时间，小说评点本竟创乎纪录地高达320余种。

2. 在小说评点本的题目、题署、凡例、识语中标明“评点”及相关术语的评点本总数约380种，不足总目的半数。其中文言小说评点90余种，白话小说评点280种左右，大致符合小说评点中文言小说与白话小说的整体比例。

小说评点本中标示“评点”及相关术语的评点本不足总目的半数，其原因大致有三：(1) 有不少评点本是手批本或过录本，并不出现“评点”等标志性语词。“手批本”如文龙评点《金瓶梅》，始于光绪五年(1879)五月，完成于光绪八年(1882)九月，是文龙直接于在兹堂刊《皋

---

① 本文所用资料主要采自笔者主持的国家社科基金重大项目“中国小说评点史及相关文献整理与研究”的子课题《历代小说评点总目提要》(稿本)，杨志平教授为负责人，与谭帆、林莹和李鑫等合作完成的初稿收录历代小说评点本近1000种。此为约数，还会有少量增补，但不会改变小说评点术语的基本面貌，也不会影响本文对小说评点术语的基本评价。

鹤堂批评第一奇书金瓶梅》上手批的阅评本。“过录本”如徐康批校本《聊斋志异》,该书评点是徐康于同治末年为青柯亭本《聊斋志异》撰写的批语。后由徐氏挚友赵宗建之侄赵性禾于光绪十年(1884)过录批语。[①] (2) 有不少文言小说评点本不标示“评点”等字样,而仅在形式上以空格、换行等来显示。如“篇末评”是文言小说评点的主要形式,但宋元时期的文言小说评点大多没有文字标识,有的甚至也没有格式标识。文言小说篇末评的标识统一,大致是在明代中后期逐渐完成的。这一类评点本因其无文字标识,所谓术语乃无从谈起。(3) 近代以来,尤其是光绪二十八年(1902)以来,大量的报刊小说评点无评点之题署,而仅在篇末以“×××曰”的形式作标识,此类小说评点本有 200 种左右。

3. 小说评点及相关术语非常丰富,在中国古代小说史和小说评点史上产生了深远影响。据统计,小说评点术语之总数大致为:明前 6 个左右,明代新增 20 个左右,清代新增 12 个左右,总量近 40 个。现据小说评点术语刊出时间的先后,将小说评点术语整理如下(括号中是首用该术语的评点本):

(1) 明前的小说评点术语。明前小说评点术语相对稀少,因为小说评点在明前尚属“萌生”期,且主要是文言小说评点,评点术语之稀少是一个正常的现象。现知有 6 个术语:

“录”(晋王嘉撰,梁萧绮录《拾遗记》);“议”(唐僖宗中和四年,884 年,高彦休《阙史》,以“参寮子曰/云”领起,间以“议者曰”领起);“赞”(晚唐曹邺撰《梅妃传》,以“赞曰”领起);“评”(北宋熙宁年间《青琐高议》,多数标为“议曰”,间或以“评曰”标识);“论”(宋《李师师外传》以“论曰”为标识);“批点”(元至元二十四年,1287 年,《世说新语》,署“宋临川王刘义庆撰”“梁刘孝标注”“须溪刘辰翁批点”)。

(2) 随着小说评点的繁盛,明代小说评点术语日渐丰富和成熟。除去已有的“录”“议”“赞”“评”“论”和“批点”之外,明代新增小说评点

---

① 详见南江涛:《徐康批校本〈聊斋志异〉初探》,《明清小说研究》2020 年第 1 期。

术语多达20个左右。铺叙如下：

"批释"（明万历十三年，1585年，王世贞删定本《世说新语补》，署"王世懋批释"）；"评释"（明万历年间周近泉绣梓《清谈万选》，全名《新镌全像评释古今清谈万选》）；"音释"（明万历十九年，1591年，《新刊校正出像古本大字音释三国志传通俗演义》）；"圈点"（明万历十九年，1591年，《三国志通俗演义》，周曰校《识语》有"句读有圈点"一语）；"批评"（明万历二十年，1592年，《三国志传》，署"书林仰止余象乌批评"）；"评林"（明万历二十二年，1594年，《水浒志传评林》）；"音诠"（明万历三十一年，1603年，《征播奏捷传通俗演义》，题"刻全像音诠征播奏捷传通俗演义"）；"评述"（明万历年间，《鸳渚志余雪窗谈异》，署"钓鸳湖客评述"）；"评选"（明万历年间，《续虞初志》，题"临川汤显祖若士评选钱唐钟人杰瑞先校阅"）；"评点"（明万历年间，《新镌李氏藏本忠义水浒传》，有《出像评点忠义水浒全传发凡》）；"评订"（明万历年间，《三教开迷归正演义》，署"兰嵎朱之蕃评订"）；"评阅"（明万历年间，《片璧列国志》，题"李卓吾先生评阅"）；"批"（明天启元年，1621年，《昭阳趣史》，署"情痴子批"）；"评纂"（明天启六年，1626年，《太平广记钞》，署"古吴冯梦龙评纂"）；"评次"（明天启年间，《古今小说》，署"绿天馆主人评次"）；"评辑"（明天启崇祯间，《情史》，题"江南詹詹外史评辑"）；"评定"（明崇祯元年，1628年，《魏忠贤小说斥奸书》，题"峥霄馆评定出像通俗演义魏忠贤小说斥奸书"）；"汇评"（明崇祯十三年，1640年，《七十二朝人物演义》，题"李卓吾先生秘本""诸名家汇评写像"）；"鼓吹"（明末凌濛初刻《世说新语鼓吹》）；"题评"（《唐书志传通俗演义题评》，明世德堂刊本）。

（3）清代小说评点十分繁盛，评点术语也在明及明前基础上有所发展，其中新增术语12个左右。计为：

"评论"（清顺治十四年，1657年，《醉耕堂刊王仕云评论五才子水浒传》）；"笺评"（清康熙二年，1663年，《西游证道书》，题"西陵戏梦道人汪憺漪笺评"）；"新说"（清乾隆十三年，1748年，《新说西游记》，张书绅评点）；“批校”（乾隆二十九年，1764 年，《痴婆子传》，署“情痴子批校”）；“诠解”（清乾隆四十五年，1780 年，《西游真诠》，题“山阴悟一子陈士斌允生甫诠解”）；“铎”（清乾隆五十六年，1791 年，沈起凤《谐铎》，每篇末尾有冠以“铎曰”的作者自评）；“解”（清嘉庆十三年，1808 年，《西游原旨》，题“素朴刘一明解”）；“新评”（清道光十二年，1832 年，《新评绣像红楼梦全传》）；“增订”（清同治十三年，1874 年，《齐省堂增订儒林外史》）；“批解”（清光绪三十年，1904 年，《七日奇缘》，上海《中外日报》1904—1905 年刊载。披剑生译并批解）；“闲评”（清光绪三十一年，1905 年，《母夜叉》，首有译者“闲评八则”）；“增评”（清光绪三十二年，1906 年，《增评全图石头记》，桐荫轩石印本）；“评注”（清宣统元年，1909 年，《风流道台》，书首有李友琴《风流道台序》，谓“余于君之小说，每喜谬为评注，而君亦许余为知言，每书脱稿，必先以示余”）。

4. 经过上述统计和梳理，我们获得了不少颇有意义的认知：

一是小说评点术语非常丰富，其中取径不同，内涵多元，在很大程度上显示了古代小说评点的特征和价值。二是从术语角度看待小说评点，我们发现白话小说评点与文言小说评点有相对的一致性，如术语的通用、内涵和功能的大致统一等；故除“录”“议”“赞”等源自史学“论赞体”的少数术语外，古代文言小说评点和白话小说评点基本上共享一套术语。三是通过对小说评点术语的全面清理，我们获得了不少超乎常规的内涵：如以“评点”题署的小说评点本在明代不仅晚出（万历后期），数量也非常稀少；而以“批点”题署的小说评点本在清代已慢慢淡出，仅剩数种批点本而已。① 这的确超出了当下学界的常规印象。

---

① 清代题名“批点”的有：顺治年间《樵史通俗演义》，署“江左樵子编辑”“钱江拗生批点”。乾隆二十一年(1756)《妆钿铲传》四卷二十四回。未刊稿，抄本。题“昆仑褦襶道人著”“松月道士批点”。清嘉庆二十一年(1816)何守奇评本《批点聊斋志异》等。

二、 小说评点术语之变迁

要梳理小说评点术语之变迁，首先需要确认的是对小说评点术语“头”与“尾”的安顿。相对而言，小说评点术语“尾”的安顿比较简单，因其属古代小说评点研究之范畴，故以清宣统三年(1911)之小说评点本为收束大体也可以成立。关键在“头”，哪部作品中的哪个术语能成为小说评点术语之开端？我们首先拟定三个标准：这部作品是小说、作品中有符合评点意涵之内容、有相应的评点术语。而将这三个标准揆诸古代小说评点史，最先符合标准的是东晋王嘉撰、南朝梁萧绮“序而录焉”的《拾遗记》。

《拾遗记》是“小说”，已无分歧。虽然《隋书·经籍志》将其列在史部“杂史”类，《旧唐书·经籍志》《新唐书·艺文志》因之。但从南宋陈振孙《直斋书录解题》始，《拾遗记》已著录于子部“小说家”类，如《宋书·艺文志》《文献通考》《四库全书总目》等均列《拾遗记》于子部“小说家”。萧绮录《拾遗记》，一般因其有“录曰”的评价说明文字而判定其为评点本；其实，不独评论，萧绮“删其繁紊，纪其实美，搜刊幽秘，捃采残落”的行为更在小说评点史上弥足珍贵，[1]实开后世小说评点“批改一体”之先河。略微遗憾的是，作为小说评点的第一个术语，“录”虽然在《拾遗记》的流传过程中有广泛的影响，但终究没能成为一个普遍运用的评点术语。[2]

“录”作为一种形式，源于史学之“论赞”。作为史著的一种独特评论方式，“论赞”是史学家对历史现象和历史人物的直接评述，在中国古代史学史上已成为一种常规形式。这种方式较早来自《左传》的“君

---

① (梁)萧绮：《拾遗记序》，载(晋)王嘉撰，(梁)萧绮录，齐治平校注：《拾遗记校注》，中华书局1981年版，第1页。

② 参见张侃：《试谈萧绮对〈拾遗记〉的整理和批评——从小说批评史的角度加以考察》，《复旦学报》(社会科学版)1995年第2期。

子曰”和司马迁《史记》的“太史公曰”,以后成为定制。如班固《汉书》,每篇末加“赞曰”;范晔《后汉书》除“赞曰”外,另加“论曰”,且“赞曰”用骈文,“论曰”用散文,以示区别;陈寿《三国志》加“评曰”;谢承《后汉书》称“诠曰”。故虽然“录”之文字标识在后世没能延续,但这种方式对以后的小说评点影响深远。而在众多与史学“论赞”相关的评点术语中,“评”最受瞩目,标识的评点本也最多,成为小说评点史上运用时间最长、影响最大的评点术语之一。而“论赞”也成为小说评点术语的第一个源头。

明前的小说评点术语当然并不都以“论赞”为源头。如元至元二十四年(1287)刊刻的《世说新语》,正文卷端署“宋临川王刘义庆撰”“梁刘孝标注”“须溪刘辰翁批点”,可见“批点”也是小说评点的早期术语。案“批点”一词源于宋代,在宋元时期是一个使用非常普遍的术语,尤其在古文评点领域,是南宋文章之学的重要术语。如《新编诸儒批点古今文章》(刘震孙编)、《批点分格类意句解论学绳尺》(魏天应编)等,或可视为小说评点术语的第二个源头。

综上,明前的小说评点术语是中国古代小说评点术语史上的一个重要阶段,奠定了小说评点术语的两个源头:史学之论赞和南宋的文章之学。也形成了相应的术语群,主要包括“论赞”系统的“录”“议”“赞”“论”“评”和文章学系统的“批点”。其中“论赞”系统的术语除“评”之外,在后世已大多不占主体地位,而文章学系统的“批点”则在后世成为一个影响深远的小说评点术语。

从明代开始,小说评点进入了一个新的阶段,评点术语也有了新的气象。

首先,明代小说评点本近200种,其中万历前非常少,主要集中于万历以来的晚明时期。随着小说评点的繁盛,小说评点术语也日渐丰富和成熟,除去已有的“录”“议”“赞”“评”“论”和“批点”之外,明代新增小说评点术语多达20余种,可见与明前相比,小说评点术语的丰富性、多元化确实有了根本性的改变。

其次，明代小说评点术语非常丰富，所反映的实际上是明代小说评点内涵的多样化，或者说，是小说评点内涵的多样化带来了小说评点术语的丰富性。两者互为因果，共同推进小说评点的发展。比如明代文言小说非常丰赡，其中大多是经人编选的选本，这一类作品有不少以评点本刊出，并形成了相应的评点术语。主要有三种：一是“评选”，如万历年间旧署汤显祖辑《续虞初志》，卷端题“临川汤显祖若士评选　钱唐钟人杰瑞先校阅”。二是“评纂”，如天启六年(1626)冯梦龙《太平广记钞》，署“古吴冯梦龙评纂”。三是“评辑”，如天启崇祯间《情史》，题“江南詹詹外史评辑”。上述三个术语对这一类小说评点本作出了很好的说明，“选文＋评论”“编纂＋评论”和“辑录＋评论”，清晰地显示了这一类小说评点本的特色。

再次，在明代小说评点中，一些评点术语被频繁使用，如署为“批点”的明代小说评点本有22种左右；署为“批评”的更高达约40种。这些评点术语渐次成为标志性术语，在小说评点中起到统领作用。

“批点”是第一个成为带有标志性和体式性的小说评点术语，影响深远。明代小说评点中最早用“批点”作标识的是万历九年(1581)王世懋评本《世说新语》，以后不绝如缕。从词源上来看，“批”字有多重义项，其中除“评论”一项与“批点”之“批”相关外，“批郤导窾”之“批”，“批风抹月”之“批”或与“批点”一辞的来源不无关联。“批郤导窾”语出《庄子·养生主》：“批大郤，导大窾。”《注》谓：“有际之处，因而批之令离。”[①]即批开骨节衔接之处，其他部分随之分解。“批风抹月”为文人家贫无以待客之戏言，如苏轼《和何长官六言次韵》之五：“贫家何以娱客，但知抹月批风。”[②]“抹”为细切，“批”为薄切，可见“批”字历来就

① (清)郭庆藩撰，王孝鱼点校：《庄子集释·养生主第三》，中华书局2012年版，第126页。

② (宋)苏轼著，(清)冯应榴辑注，黄任轲、朱怀春校点：《苏轼诗集合注》卷二十，上海古籍出版社2001年版，第1029页。

有指称动作的精细之义。文学批点着重于辞句精细处分析，或与此有关，而小说评点中的一些相关语词如“批抹”“眉批”“旁批”“夹批”等均从“批点”一辞化出。

小说评点术语中第二个成为标志性术语的是“批评”。其中最早在书名或题署中采用“批评”术语的白话小说评点本是刊于明万历二十年(1592)的双峰堂刊本《三国志传》，全名《新刻按鉴全像批评三国志传》。最早在文言小说评点中使用“批评”这一术语的是刊于万历年间的《闲情野史风流十传》，题“陈眉公先生批评”。而最负盛名的是刊于万历三十八年(1610)的杭州容与堂刊本《李卓吾先生批评忠义水浒传》。作为一个小说评点术语，“批评”有两大特色：一是以“批评”冠名或题署的小说文本大多是白话小说，如在明代小说评点本中，以“批评”冠名或题署的白话小说评点本有 33 种，文言小说评点本仅 8 种，且这 8 种评本在小说史和小说评点史上均影响不大。① 二是以“批评”冠名或题署，避免了“批点”或“评点”术语中先天具有的“评论＋圈点”的基本属性，彰显了以文字“批评”为主体的批评特色。如刊于泰昌、天启间的《李卓吾先生批评西游记》，《凡例》云“批着眼处”“批猴处”“批趣处”“总评处”“碎评处”，在其所说明的评点内涵中竟无任何圈点之迹象。而明末凌氏汇评本《虞初志》，在《凡例》中更是将“批评”与“圈点”分开：“批评悉遵石公遗本，复采之诸名家，以集众美，使观览者一展卷，而《虞初》之精彩焕然在目矣。”“点阅遵赤水旧本，而其中关键眼目等，复以仲虚七则参之。”②

小说评点在晚明蜂起，还有两个现象不能不提：

---

① 如刊于万历年间题陈继儒删订的《闲情野史风流十传》属书坊伪托；刊于万历年间的《鼎镌陈眉公先生批评会真记》乃附载于《鼎镌陈眉公先生批评西厢记》正文之前；同样刊于万历年间的《陈眉公批评洴国传》亦附载于《鼎镌陈眉公先生批评绣襦记》正文之前。

② 《虞初志凡例》，(明)石公袁宏道参评，(明)赤水屠隆点阅：《虞初志》，国家图书馆藏明末凌氏朱墨套印本，第 1a 页。

一是“注释”在晚明以来的小说评点中逐渐占有一席地位，所谓“评注一体”即是从晚明以来开始盛行的。其中较早的作品是刊于万历十九年(1591)的万卷楼刊本《三国志通俗演义》。据该书封面《识语》所云，此书做了五项工作：圈点、音注、释义、考证和补注。其形式均为双行夹注，正文中标有的批注形式有这样数种：“释义”“补遗”“考证”“音释”“论曰”“补注”“断论”。其中前四种是比较单纯的注释，而后三种已有一定的评论性质。如“诸葛亮博望烧屯”节，徐庶评孔明：“某乃萤火之光，他如皓月之明，庶安能比哉！”补注：“此是徐庶惑军之计也。”故此书虽未标出“评点”字样，但实已具备评点的性质。小说评点中的“注释”来源于汉代的经注，而经学是古代最为显赫的学问，并形成了系统的方法和术语。清顾炎武云：“先儒释经之书，或曰‘传’，或曰‘笺’，或曰‘解’，或曰‘学’，今通谓之‘注’。”① 不难发现，小说评点中的注释，其名称大部分来自经学，故汉以来的“经注”或可视为小说评点术语的第三个源头。

二是小说评点与晚明商业文化的关联。简言之，晚明以来的小说评点已成为小说传播的商业手段。如评点常常作为小说流通的广告内容之一而向读者刊布，从而招徕读者购买。这有三种形式，在小说封面直接镌刻“识语”加以鼓吹；在小说序跋、题词和凡例等文字中加以说明；在小说的全名标题中直接刻上“×××评点”字样。而以名家评点来壮大小说之声威更是小说传播中一个重要的商业手段，这一本是书坊伎俩的行为在晚明时期已滥行无忌。②

清代的小说评点承晚明之绪又有所推进，也有所变化。其推进与

---

① (清)顾炎武著，(清)黄汝成集释：《日知录集释》，上海古籍出版社 2014 年版，第 404 页。

② 如明代“四大奇书”除《金瓶梅》外，均有署为“李卓吾批评”的版本行世；明万历醉眠阁本《绣榻野史》、明万历金阊五雅堂本《片璧列国志》(其实书中无评语)亦署李卓吾批评；又如明崇祯年间刊行的《详情公案》，内题“新镌国朝名公李卓吾详情公案”，而实际上每则总评署为“无怀子曰”。此类例子举不胜举，而其目的均为招揽读者以求书坊之牟利。

变化之迹大致有三：

首先，小说评点继续保持发展之态势。清代的小说评点本高达730种左右，远远超过明代及明前小说评点之总和。尤其是晚清报刊小说评点异军突起，因其依附报刊传播，报刊出版和传播的快捷给予小说评点很大便利，清代小说评点之很大一部分即为晚清短短十来年（1902—1911）的报刊小说评点。当然，这也利弊各具，迅捷的传播也带来了小说评点的粗制滥造，评点质量总体上不尽如人意，而小说评点最终趋于式微或与此有关。

其次，在清代的小说评点中，小说名著的评点非常繁盛，同时也促成了小说评点术语的新变。明代小说评点中名著评点相对比较薄弱，能真正被视为名著评点者唯有“容与堂本”和“贯华堂本”《水浒传》，以及晚明多种《世说新语》评本。明代及明前的小说名著主要包括“四大奇书”和《世说新语》，但“四大奇书”尚处于被“经典化”时期，本身正需要评点者的“照拂”，其“经典化”程度没有那么快速。明代经典小说的评点本除金圣叹《第五才子书水浒传》之外，余者均在清代问世，如毛氏父子的《三国演义》评本、张竹坡评点的《皋鹤堂批评第一奇书金瓶梅》和汪象旭评本《西游证道书》等均在清初刊出。而清代则不然，除上述评本外，新出名著不断，《儒林外史》《红楼梦》《聊斋志异》《阅微草堂笔记》等均持续吸引评点者，不断有新的评点本问世。与此相应，清代小说评点出现了许多以“新”“增”“重”等为修饰字的评点术语。兹举数例：

“新说”（乾隆十三年，1748年，《新说西游记》）

“重评”（乾隆十九年，1754年，《脂砚斋重评石头记》）

“增评”（嘉庆十六年，1811年，《新增批评绣像红楼梦》）

“新评”（道光十二年，1832年，《新评绣像红楼梦全传》）

“增订”（同治十三年，1874年，《齐省堂增订儒林外史》）

“增注”（光绪二十二年，1896年，《金钟传》，牌记题“增注金钟传”）

复次，“评点”一辞最终成为标志性术语。在“批点”“批评”和“评点”三个流行最广的术语中，“评点”一辞在当下影响最大，已俨然成为这种批评形式和批评方法的通用语。然从历史角度看，这三个术语中署为“评点”的明代小说评本最为晚出，数量也最少。案“评点”一辞在宋元时期很少用作书名，入明以后，使用渐多，如《诸名家评点庄子辑注》（卢复辑，明刊本）、《评点荀子》（孙鑛评，明万历刊本）等。在小说领域，最早以评点题署的是刊于万历后期的袁无涯本《新镌李氏藏本忠义水浒传》，其发凡即称《出像评点忠义水浒全传发凡》。另外两种是刊于崇祯年间的《醋葫芦》（内封题“且笑广评点小说”）和明末邓乔林辑《广虞初志》（书首《广虞初引》有“临川汤先生评点《虞初志》而续之”一语）。但在总体上，“评点”远未成为小说评点史上的重要术语，这一境况至清代才彻底改观。在清代小说评点本中，署为“评点”的评本从明代的 3 种猛增到 30 种左右；这种情形与“批点”在明清时期的境况恰好相反，“批点”由明代的 22 种评点本断崖式跌至 5 种。同时，“评点”与“批点”在批评对象上也成反比。如在清代署为“批点”的小说评本中，文言小说评点本占绝对多数，白话小说评点本虽然也有少量几种，但明显偏向于文言小说。而在清代署为“评点”的评本中，文言小说评本已寥寥无几。两者批评趋向的不同十分明晰。

三、 小说评点术语之构成

从横向角度梳理古代小说评点术语，可以考知小说评点的内容构成。一般认为，“评论”和“圈点”是小说评点的两个基本要素，但通过对小说评点术语的细致梳理和分析，我们发现，小说评点之内涵并非单一的“评论”和“圈点”，实际由四个方面所构成，分别为：“评论”“批改”“注释”和“圈点”，这四个方面的小说评点内涵均有丰富的相关术语来标示。

(一) 评论

“评论”是小说评点中最受重视的一个部分，尤其在文学批评史视野下的小说评点研究中，“评论”乃一枝独秀。而实际情况也确实如此，如果以“评论”为重心而不遮蔽其他内涵，则这个做法是成立的、符合实际的。与这一定位相一致，在古代小说评点史上，有关“评论”的评点术语也是最丰富、最庞大的。在已知 40 多个小说评点术语中，有关“评论”的术语就占去了近半。其中以“评”为关键词的主要有“评”“评点”“评述”“评林”“评论”“评阅”“集评”“加评”“评次”等；以“批”为关键词的主要有“批”“批点”“批评”“批阅”“批释”等。可以说，在古代小说评点术语中，运用最普遍、影响也最大的几乎都在这一术语群之中，如“批评”“评”“评点”“批点”“评阅”等。由此可见“评论”在小说评点中所处的地位和价值。

上述术语其实大同小异，很难用精确的语言加以区别。最有歧义而需要适当辨析的是“评林”。“评林”作为一个小说评点术语，在白话小说领域仅见于明代余象斗的小说刊本中；在文言小说评点中也仅有清康熙二十二年(1683)王晫所撰《今世说》，此书正文无评，仅在序文、例言之后有《今世说评林》，胪列评者十三人。[①] 案“评林”一辞在明万历年间的书籍刊本中较为常见，但其涵义与余氏刊本有明显的不同。一般地说，所谓“评林”乃集评之意，如万历初年凌稚隆辑《史记评林》，徐中行《史记评林序》曰：“凌以栋之为评林何为哉？……推本乎世业，凌氏以史学显著，自季墨有概矣，加以伯子稚哲所录，殊致而未同归，以栋按其义以成先志，集之若林而附于司马之后。”[②]因此所谓“评林”

---

① (清)王晫：《今世说》，《四库全书存目丛书·子部》第 245 册，齐鲁书社 1995 年版。

② (明)徐中行：《史记评林序》，(明)凌稚隆辑校，(明)李光缙增补：《史记评林》，天津古籍出版社 1998 年版，第 30—31 页。

是将评语"集之若林"之意，是集评的一种表述方式。① 但观余氏"评林"之眉批，未有标出任何其他评者，相反在扉页题署和"识语"中署有"书林文台余象斗评释"或"今余子改正增评"等字样，可见评点出自余氏一人之手。而他在书名中标出"评林"这一业已在书籍流通中较有影响的词语，或许是余氏用以招徕读者的一种手段。余氏"评林本"是标注"评林"之名却无集评之实，与此相反，小说评点史上有不少评点本虽未标注为"评林"，却是实实在在的集评本。如王世贞删定本《世说新语补》(万历十三年，1585 年)，署"宋刘义庆撰　梁刘孝标注　宋刘辰翁批　明何良俊增　王世贞删定　王世懋批释　张文柱校注"。

在用于标识"评论"内涵的小说评点术语中，还有一类具有特殊意味的术语。这些术语使用率不高，影响也有限，但传统深厚，与经学、史学均有传承关系，更是对明前小说评点术语的直接继承，且延伸到了白话小说评点领域。主要有："赞"，如明嘉靖年间王稚登撰《虎苑》，每类末有赞语，以三十二字韵语概括内容，评议主旨。"铎"，如清乾隆五十六年(1791)，沈起凤撰《谐铎》，每篇末有作者自评，以"铎曰"领起。正文偏于"谐"，评语重在"铎"。又清嘉庆十八年(1813)，饶勋评点沈起凤《续谐铎》，卷末题"新安门人饶勋晋康氏校字并续铎语"。此书原有"谐"而无"铎"，饶勋为之续评，标以"竹溪续铎曰"，"铎"之特质，在意主讽劝。"诠"，如清嘉庆五年(1800)屠绅著《蟫史》，每卷回目后均注明诠者。诠者卷各不同，有殳父先生、雨谷道人、云梯山人等。每卷之末另附长评，以"某某诠曰"领起。"解"，如清嘉庆十三年

① 据凌氏《史记评林凡例》称，该书所集评语有"古今已刻者"如倪文节《史汉异同》、杨升庵《史记题评》、唐荆川《史记批选》等；有"抄录流传者"，如"何燕泉、王槐野、董浔阳、茅鹿门数家"；"更阅百氏之书，如《史通》《史要》……之类，凡有发明《史记》者，各视本文标揭其上"。同时，辑者还将《史记》流传中的一些重要评注本如司马贞《史记索隐》、张守义《史记正义》、裴骃《史记集解》的内容一并分解阑入相应的正文之中，又在眉批中不时加上自已的按语，因而这是一种集古今评语于一书的评点形态。(明)凌稚隆辑校，(明)李光缙增补：《史记评林》，天津古籍出版社 1998 年版。万历二十二年(1594)刊行的《新镌详订注释捷录评林》也明确标出"修撰李九我集评"和"翰林李廷机集评"。

(1808)《西游原旨》,内封题“素朴刘一明解”,其评点之要旨即在讲解《西游记》的三教一家之理和性命双修之道。

(二)批改

小说评点中的所谓“批改”是指在对作品作出评论之外,评点者还常常对所评对象作多方面的增饰和改订,从而使所评对象获得自身的版本价值和特有的文学价值。一般认为,小说评点的“批改一体”主要是在白话小说领域,且认为这是白话小说发展史上的一个重要现象,是白话通俗小说走向“文人化”的一个重要步骤。其实不确,也不符合小说评点史的真实情况,因为小说评点的“批改一体”不是白话小说评点的“专利”,也是文言小说评点的一个重要内涵。

搜检古代小说评点史,涉及“批改一体”的评点术语大致有这样一些:“评选”“评订”“评定”“评纂”“评辑”“选定”“增订”等。不难发现,上述有关“批改”的术语都用一字来标示其修订,计有“选”“订”“纂”“定”“辑”等。如“纂”,有明天启六年(1626)冯梦龙评纂的《太平广记钞》,此书是《太平广记》删节本,冯梦龙所做的“纂”的工作,包括合并类别、删减篇目、校订错误和缩小单个作品篇幅等。再如“订”,有清同治十三年(1874)刊出的《齐省堂增订儒林外史》,整理评点者惺园退士除增加评语外,对作品之增补内容颇多,据其《例言》所云,约有如下数端:一是改订回目,以“本回事迹,联为对偶”,使全书“标新领异,大觉改观”;二是对书中“罅漏”“代为修饰”;三是对“幽榜”“去取位置未尽合宜”处“辄为更正”;四是对书中“冗泛字句”作删润订正,“以归简括”。①

在文言小说评点方面,还有一种“类纂批评”的形式,其特点是将原作重新分类后再加评语,也可视为“批改一体”的评点方法。如万历刊本《王太蒙先生类纂批评灼艾集》,即是编者王佐将《灼艾集》嘉靖初

---

① 《增订儒林外史例言》,载(清)吴敬梓著,李汉秋辑校:《儒林外史汇校汇评》,上海古籍出版社2010年版,第693页。

刻本分类重排、缀以眉批而成。又如署为钟惺批点的《新订增补夷坚志》，是在洪楩清平山堂刻本（嘉靖二十五年，1546 年）基础上增删评点而成。小说评点中还有不少未注明“选评”但实际上是“选评”的评点本，如徐瑃选评《纪氏嘉言》（道光二十七年，1847 年），曾国藩在序文中称徐瑃“择其弥精而足以警世者，别录一帙，名曰《纪氏嘉言》；其无关于劝惩者，则皆阑而不入”。①

（三）注释

“注释”（指小说评点本中的“注释”）应是小说评点的题中应有之义。但长期以来，小说评点本中的“注释”因其缺少所谓的评论色彩而被排斥在小说评点研究之外，这并不符合小说评点之实际。将“注释”阑入评点范畴有如下几个原因：一是小说评点本身具有对小说作品“知识性”内涵的释义功能，尤其表现在文言小说评点中，如“博物体”小说和“世说体”小说；白话小说中的历史演义等小说类型也有注释之必要。二是小说刊本中包含不少富有评论因素的注释，可视为由注释向评论演变的过渡状态。故将“注释”归入小说评点范畴，应该是合理的，符合小说评点的本来面目。

“注释”在小说评点中是一个不可忽视的重要内涵，晚明以来，涉及小说注释的大致有六个相关术语：“批释”“评释”“音释”“音诠”“笺评”“评注”。从构词方式而言，上述六个术语均为复合词，两者是并列关系，即无论是“批释”“评释”“音释”还是“音诠”“笺评”“评注”，其内涵均为“批＋释”“评＋释”“音＋释”“音＋诠”“评＋笺”“评＋注”。其中“批释”“评释”即评论和释义；“音释”“音诠”即注音和释义；“笺评”“评注”即评论加笺注。而“释义”“笺注”亦非阐释意义，而是释典故、释地名等内容，如《两汉开国中兴传志》题“京板全像按鉴音释两汉开

① （清）曾国藩《纪氏嘉言序》，载《阅微草堂笔记会校会注会评》，（清）纪晓岚著，吴波等辑校，凤凰出版社 2012 年版，第 1112—1113 页。

国中兴传志”，书题为“音释”，即主要是注音和释义（包括释官职和释历史背景）。再如虞集编辑《评释娇红记》，署“元邵庵虞伯生编辑　闽武夷彭海东评释　建阳书林郑云竹绣梓”，于正文之间设有“释义”专栏，先用小框标明欲释之地名、人名、词汇，复以双行小字释义。

（四）圈点

明清两代与“圈点”术语相关涉的小说评点本主要有如下数种：明万历十九年(1591)《三国志通俗演义》，万卷楼刊本；明万历三十九年(1611)杨茂谦辑《笑林评》；明万历年间《三教开迷归正演义》；明天启崇祯间《新镌校正京本大字音释圈点三国志演义》，建阳郑以桢刊本；明末凌氏汇评本《虞初志》，署“石公袁宏道参评　赤水屠隆点阅”；清乾隆二十一年(1756)《妆钿铲传》，抄本，题“昆仑褦襶道人著”“松月道士批点”；清乾隆三十二年(1767)王金范删定本《聊斋志异》，内封有“分类　圈点　郁文堂梓行”。现据上述刊本的有限史料，对小说评点中有关“圈点”的情况略作疏解。

“圈点”源于句读，这在唐代已较为普遍。唐天台沙门湛然释“句读”一词曰：“凡经文语绝处谓之句，语未绝而点之以便诵咏，谓之读。”①但这尚属一般意义上的断句，与文学评点中的“圈点”不同，前者属句读层面，后者为欣赏层面。文学评点中的“圈点”较早见于南宋的古文选评，一般有“朱抹、朱点、墨抹、墨点”，其标识之义涵为：“朱抹者，纲领大旨；朱点者，要语警语也；墨抹者，考订制度；墨点者，事之始末及言外意也。”②谢枋得“圈点”则更为复杂，他将圈点符号增至“截、抹、圈、点”四种，又依不同的色彩如“黑红黄青”对各种符号再作分解。如“截”：“大段意尽，黑画截。篇法。大段内小段，红画截。章法。小段

① (唐)湛然:《法华文句记》，赵朴初主编:《永乐北藏》第159册，线装书局2005年版，第783页。

② (清)钱泰吉:《曝书杂记及其他一种》，商务印书馆1939年版，第56页。

细节目,及换易句法,黄半画截。句法。"①

小说评点中的"圈点"在功能上与古文选评的"圈点"无大的差异,即一是标出文中警拔之处,二是句读作用。为小说作圈点,这在小说刊刻史上是一以贯之的,如明万历十九年(1591)万卷楼本《三国志通俗演义》就在"识语"中明确其"句读有圈点";明天启崇祯年间建阳郑以桢《三国》刊本更把书名明确标为《新镌校正京本大字音释圈点三国志演义》。较早对白话小说圈点作出说明的是九华山士潘镜若为《三教开迷归正演义》(明万历白门万卷楼刊本)所作的《凡例》,其曰:"本传圈点,非为饰观者目,乃警拔真切处,则加以圈,而其次用点。"②而较早对文言小说圈点作出说明的是明万历三十九年(1611)杨茂谦辑《笑林评》,《凡例》曰:"句读从点,佳处从圈,可笑处密点,评有意义者密圈,直批者止圈,句读中有字义双关者重圈。"明天启年间刊刻《禅真逸史》,夏履先所撰《凡例》对"圈点"作了更详细的说明:"史中圈点,岂曰饰观,特为阐奥。其关目照应、血脉联络、过接印证、典核要害之处则用'ა';或清新俊逸、秀雅透露、菁华奇幻、摹写有趣之处则用'○';或明醒警拔、恰适条妥、有致动人之处则用'丶'。"③关于小说"圈点"作用的说明,以清乾隆年间《妆钿铲传》中的《圈点辨异》一文最为详备,但因其是"抄本",影响有限。④

---

① (元)程瑞礼撰,姜汉椿校注:《程氏家塾读书分年日程》卷二,黄山书社 1992 年版,第 76 页。

② (明)朱之蕃:《三教开迷传凡例》,(明)潘镜若编次:《三教开迷归正演义》(上),《古本小说集成》本,上海古籍出版社 1994 年版,第 4 页。

③ (明)夏履先:《禅真逸史凡例》,载(明)清溪道人编次:《禅真逸史》,《古本小说集成》本,上海古籍出版社 1994 年版,第 6—7 页。

④ (清)松月道士:《圈点辨异》:"凡传中用红连点、红连圈者,或因意加之,或因法加之,或因词加之,皆非漫然。凡传中旁边用红点者,则系一句;中间用红点者,或系一顿或系一读,皆非漫然。凡传中用黑圆圈者,皆系地名,用黑尖圈者,皆系人名,皆非漫然。凡传中'妆钿铲'三字,用红圈套黑圈者,以其为题也,皆非漫然。"《妆钿铲传》,《古本小说集成》本,上海古籍出版社 1994 年版,第 4 页。

以上我们讨论了小说评点术语在中国古代小说史和小说评点史上的基本情况。通过对大量小说评点史料的爬梳和考释,我们对小说评点术语及其内涵有了不少新的思考和认识。本文试作如下总结:

首先,评点是中国古代文学批评的一种重要形式,与“话”“品”等一起共同构成古代文学批评的形式体系。而在古代文学评点史上,小说评点的成果最为丰硕,影响也最大。这种批评形式有其独特性,其中最为重要的是批评文字与所评作品融为一体,故只有与作品连为一体的批评才称之为评点,其形式包括序跋(指评点本之序跋)、读法、眉批、旁批、夹批、总批、圈点和注释等。同时,正因为评点与所评作品融为一体,故带有评点的文学作品成了一种独特的文本形式,这种文本可称为“评本”或“评点本”。“评本”是文学作品在其传播过程中一种特殊的文本形态,而非“文学形态”。①

其次,小说评点经过长期的发展,逐步形成了一个内涵非常丰富的“术语群”。这个“术语群”有三大源头:史学之“论赞”、经学之“注释”和南宋以来的“文章之学”。小说评点的“术语群”涉及诸多方面,显示了小说评点的四个维度:“评论”“批改”“注释”和“圈点”。这四个维度既反映了小说评点的内在体系,也是构建小说评点术语系统的内在依据。除“圈点”外,小说评点的其他三个维度都各自形成了代表性的术语,如评论有“批点”“批评”“评点”“评述”“评林”等;批改有“评选”“评纂”“评辑”“评定”“增订”等;注释有“批释”“音释”“评释”“评注”“音诠”等。如此完备的术语系统在中国古代文学评点史上是最为突出的。

复次,“批改一体”和“评注一体”是古代小说评点的重要特色,这

① 孙琴安:“评点文学是一种由批评和文学作品组合而成又同时并存的特殊现象,具有批评和文学的双重含意。它既是一种批评方式,同时又是一种文学形式;既是一种与文学形式密切相关、结合在一起的文学批评形式,同时又是一种含有批评成分、与批评形式连为一体的文学形式。因为通常来说,文学批评和文学作品尽管都属文学领域之内,但却是两种属性,两种文本。……所以,评点文学是一种兼有文学批评和文学作品双重属性的特殊文学形态。”孙琴安:《中国评点文学史》“绪论”,上海社会科学院出版社 1999 年版,第 1—2 页。

在小说评点术语中已有明显的体现,需要特别关注。小说评点在总体上属于小说批评范畴,是一种对小说作品的评价、判断和分析。但在古代小说史上,评点越出了小说批评的疆界,介入了对作品本身的修订、编排、增删和润饰。这是小说评点(包括白话小说评点和文言小说评点)的一个重要现象,在中国古代小说史上产生过非常深远的影响。“注释”在古代小说评点中也是一个不可忽视的重要内涵,所谓“评注一体”在晚明就开始盛行,并在小说评点中逐渐占有一席地位。但长期以来,由于“注释”缺乏所谓的理论思想,一直被排挤在小说评点研究之外,这是不合理的。其实,小说评点本身就具有对小说“知识性”内涵的释义功能,故将“注释”归入小说评点范畴,符合小说评点的本来面目,也符合小说评点的术语系统所呈现的评点特性。从术语角度看待小说评点,还可发现白话小说评点与文言小说评点有着相对的一致性,如术语基本通用、评点功能也相对统一等。

小说评点具有多重价值,其中促进小说传播是小说评点的重要功能之一。但亦毋庸讳言,将小说评点作为“促销”手段也使小说评点充斥着浓重的商业气息,如冒用名人评点,如夸饰所评对象等行为在小说评点史上泛滥不绝。反映在评点术语上,则小说评点术语虽丰富多样,但亦庞杂淆乱,虚夸不实,且无论是文言小说评点还是白话小说评点,其境况均大体如此。

(载《文学评论》2023 年第 3 期)

中国古典小说文法术语考论

在中国古典小说术语中，除了指称小说史上相关文体的专门术语，诸如“小说”“传奇”“演义”“话本”等之外，还有大量独具特色的小说文法术语，如“草蛇灰线”“羯鼓解秽”“狮子滚球”“章法”“白描”等。这类文法术语既是中国古代小说评点家所总结的小说叙事技法，又是小说评点家评判古代小说的一套独特的批评话语，最能体现中国传统小说批评之特色。近代以来，随着小说评点在小说论坛上的逐渐“消失”和西方小说理论的大量涌入，文法术语渐渐脱离了小说批评者的视线。人们解读中国古代小说已习惯于用西方引进的一套术语，如“性格”“结构”“典型”“叙事视角”等，并以此分析中国古代小说。可以说，这一套术语及其思路通贯于百年中国小说研究史，对中国古代小说史之研究产生了重大的影响，而中国传统小说批评的文法术语倒逐渐成了一个“历史的遗存”。20 世纪以来，中国古代小说文法术语虽也引起了研究者的注意，但否定者居多，如胡适《水浒传考证》认为这些技法“有害无益”，认为“读书的人自己去研究《水浒》的文学，不必去管 17 世纪八股选家的什么‘背面铺粉法’和什么‘横云断山法’！”[①]鲁迅在《谈金圣叹》一文中对金圣叹将小说批评“硬拖倒八股的作法”也深为不满。而 50 年代以来长期批判文学创作的所谓“形式主义”，小说文法术语更是难以进入研究者的视野。一直到 20 世纪 80 年代以后，文法术语才进入真正的研究之中。其实，文法术语作为中国古代小说叙事法则的独特呈现，它在中国古代小说史上曾产生过重要的作用，也是中国古代小说批评中最具小说本体特性的批评内涵，值得加以深入探究。

---

① 胡适：《中国章回小说考证》，安徽教育出版社 1999 年版，第 4、8 页。

一、 小说文法术语的演化轨迹

在中国古代，小说文法术语是伴随着小说评点的发展而发展的，其命运亦与小说评点相仿；自晚明至晚清，经历了由少量征引到蔚为大观再到陈陈相因并最终“消亡”的过程。

在小说评点兴起之前，小说评论中虽偶有艺术评赏，但真正涉及文法批评的极少，如“讲论处不僩搭、不絮烦；敷衍处有规模、有收拾。冷淡处提掇得有家数，热闹处敷衍得越久长”。[①]“(《水浒传》)中间抑扬映带、回护咏叹之工，真有超出语言之外者”。[②] 尚未形成完整的小说文法术语。

小说评点兴起之后，由于评点形式的传统制约，文法批评走向了自觉，小说的文法术语由此也逐步形成。在小说评点初期，文法批评最突出的是《水浒传》“容与堂本”和“袁无涯本”，尤其是“袁无涯本”更值得重视。通观《水浒传》“容与堂本”，具有明确文法意味的术语主要有“同而不同”“点缀”“传神”“铺序”“伸缩次第”“过接无痕”等。而《水浒传》“袁无涯本”则提出了包括“写生”“详略虚实”“皴法”“埋根”“逆法”“离法”“销缴法”“关映”“传神”“蛛丝燕泥”“映带”“烘染”“缓急”“点缀”“宾主”“错综开宕”“入题”“叙事养题”“迭叙”“脱卸”“转笔”“藕丝蛇踪”“闲笔”“点染”“急来缓受”“映照”“疏密互见”“水穷云起”“颊上三毫”“形击”“犯”“擒纵”“极省法”“立题”“衬贴”等大量文法术语。在术语来源的广泛性、涉及艺术环节的宽广性以及总结的深刻性方面均较“容本”出色，对以后的小说文法批评影响深远。

崇祯十四年(1641)，金圣叹批本《水浒传》问世；康熙十八年

---

① (宋)罗烨：《醉翁谈录》，古典文学出版社1957年版，第5页。

② (明)胡应麟：《少室山房笔丛·庄岳委谈下》，上海书店出版社2001年版，第437页。

(1679)，毛氏父子批点《三国志通俗演义》问世；康熙三十四年(1695)，张竹坡完成《金瓶梅》的评点。这五十余年是中国古代小说评点的黄金时期，也是古代小说文法批评的繁盛时期。此时期的小说文法批评最为成熟和发达，古代小说文法术语的主体部分也在此时期得以完成。而其中尤以金圣叹、张竹坡的小说文法批评最为出色，代表了古代小说文法批评的最高成就(相对而言，毛氏父子的《三国演义》批点由于过多承续金圣叹的《水浒传》批点，故在文法批评的贡献上略逊一筹)。具体表现为：(1) 金圣叹和张竹坡的小说文法术语极为丰富，尤其是善于创造性地总结古代小说的创作文法，并提出相应的文法术语。如"容与堂本"《水浒传》中有"同而不同法"、"袁无涯本"《水浒传》中有诸多"犯"法，二者在金圣叹笔下即集中为所谓的"避犯法"。"容与堂本"中的"过接无痕"，"袁无涯本"中的"脱卸"与"转笔"，在金圣叹笔下则成了"鸾胶续弦法"。"袁无涯本"中的"省文法"在金圣叹笔下演变为"极省法"与"极不省法"。"袁无涯本"中的"藕丝蛇踪""埋根"二法在金圣叹笔下则以"草蛇灰线法"来取代。与此相应，金圣叹和张竹坡还善于在细读小说文本基础上，根据小说自身艺术特征提出新的文法术语，如由金圣叹提出并由张竹坡广为运用的"白描法"、"极大章法"("大章法")，由张竹坡结合世情小说描写特征而提出的"影写法""趁窝和泥法"等，大大地丰富了小说的文法术语。(2) 金圣叹、张竹坡提出的文法术语涉及了小说艺术的诸多环节，对古代小说叙事法则的总结可谓具体入微。如有关小说整体结构布局的文法术语有"草蛇灰线""横云断山""鸾胶续弦""水穷云起""长蛇阵法""文字对峙""遥对章法"等。涉及具体描写方式的文法有"大落墨法""背面傅粉法""加一倍法""烘云托月法""明修暗度法""欲擒故纵法"等。涉及文势铺垫与转接的文法有"回环兜锁法""冷题热写法""趁水生波法""移云接月法""片帆飞渡法"等。其他小说创作过程中诸如埋伏照应、写生传神、衬托点染等环节的文法亦多有归纳，且大多成了后世小说文法术语的固定称谓。(3) 金圣叹与张竹坡的小说评点有着自觉的文法批评意识和丰富的文法批评实践，对以后的小说文法批评影响深远。古代小说文法批评中相当多的术语或直接或间接均来源于金圣叹和张竹坡的小说评点，甚至可以说，金圣叹之《水浒传》评点、张竹坡之《金瓶梅》评点是中国古代小说文法术语的“资料库”；毛氏父子的《三国志演义》评点、脂砚斋的《红楼梦》评点明显承接金圣叹批本；而冯镇峦、但明伦等的《聊斋志异》评点、黄小田等的《儒林外史》评点、张新之等的《红楼梦》评点也基本上能在金圣叹或张竹坡那里找到对应的小说文法术语，可见其影响之深远。

在文法批评的高峰期过后，小说文法批评总体上笼罩在金圣叹和张竹坡的“阴影”之中，而文法术语基本呈现陈陈相因之势。其中金圣叹的影响尤为明显，如金氏注重的小说“章有章法、句有句法、字有字法”的观念在此后的小说文法批评中不绝如缕，张书绅《新说西游记·总批》谓：“《西游》一书，不惟理学渊源，正见其文法井井。看他章有章法，字有字法，句有句法，且更部有部法，处处埋伏，回回照应。不独深于理，实更精于文也。后之批者非惟不解其理，亦并没注其文，则有负此书也多矣。”①其语调、笔法与金圣叹如出一辙。而由金氏所奠定的小说文法术语在此时亦为评点家所承继，如《红楼梦》甲戌本第一回眉批有云：“事则实事，然亦叙得有间架、有曲折、有顺逆、有映带、有隐有见、有正有闰、以至草蛇灰线、空谷传声、一击两鸣、明修栈道、暗度陈仓、云龙雾雨、两山对峙、烘云托月、背面傅粉、千皴万染诸奇。书中之秘法，亦复不少。余亦于逐回中搜剔刳剖，明白注释，以待高明再批示误谬。”②同时，文章学对小说文法的影响更为强烈，这在张书绅《新说西游记》评点中表现得最为明显，其《总批》谓：“一部《西游记》共计一百回，实分三大段；再细分之，三段之内又分五

---

① (清)张书绅:《新说西游记·总批》,上海古籍出版社1994年版,第20页。

② (清)曹雪芹著,(清)脂砚斋评批,黄霖校点:《脂砚斋评批红楼梦》第一回眉评,齐鲁书社1994年版,第6页。

十二节，每节一个题目，每题一篇文字。其文虽有大小长短之不齐，其旨总不外于明新止至善。”①而在具体的评论中更是比比皆是，如“文无反正旁侧，亦不成为文”(第十三回前评)、“文章有正笔有补笔，亦要腾挪地步”(第十四回末评)、“一扇两用，写出无穷的妙意”(第五十九回末评)、“又合制艺两截之法”(第六十九回末评)、“两截过渡之法”(第七十回夹评)等。此时期在小说文法批评中值得一提的作品主要有《红楼梦》脂砚斋批本、张书绅《新说西游记》、陈忱《水浒后传》批本、《红楼梦》张新之批本、《儒林外史》黄小田批本、《聊斋志异》但明伦批本等。

小说的文法批评传统一直延续至清末，由于小说评点外部环境的变化，小说的文法批评已难有明显的发展，而文法术语也基本上承继有余，更新不足。一方面，小说文法批评的整体风格仍然是金圣叹等人所开创的路数，文章学的“八股”习气在小说文法批评中更呈蔓延之势。更为重要的是，晚清小说评点有很大一部分是附丽于小说报刊连载形式的，而报刊连载方式在读者阅读过程中所形成的文本连续意识与单看一部完整小说相比无疑要降低不少，这对于惯常以抉发小说起结章法、埋伏照应、对锁章法等技巧内容为主要特征的小说文法批评来说也是极为不利的。因为读者在看完一期报刊所载小说内容后，很有可能对上一期小说评点中出现的诸如伏笔、伏线等文法提示毫无印象，因此此类文法批评也就形同虚设，而难以真正产生批评意义。同时，晚清以来，“新小说”的出现和西方理论观念的引进，更使传统小说文法批评陷于尴尬之境地，“以古文家或准古文家眼光读小说，自然跟以西方小说理论家眼光读小说有很大差距。前者关心字法、句法、章法、部法；后者区分情节、性格、背景”。② 这一新旧交替的小说现状致使传统小说文法批评难以找到其存在空间，从而最终导致小说文法批

① (清)张书绅:《新说西游记·总批》，上海古籍出版社 1994 年版，第 12 页。

② 陈平原:《中国小说叙事模式的转变》，上海人民出版社 1988 年版，第 107 页。

评趋于消亡，而小说的文法术语也逐步为一套新的、西化的“批评话语”所取代。

二、小说文法术语的独特系统

小说文法批评自明中叶以来延续长久，至清末逐渐退出了历史舞台。而综观这数百年的小说文法批评，文法术语也构成了自身的独特系统，这是中国古代小说叙事法则的独特呈现，反映了古代小说自身的创作法则。

繁富芜杂的小说文法术语主要涉及如下几个方面：

一是小说结构的“伏笔照应”，强调小说事件描写的紧凑完整。古代小说批评者认为，事件描写在小说创作过程中的意义十分重要，包括事件的开端与结尾、人物的出场与结局、故事的铺叙和展开等，均须以或明或隐的形式加以映合照应，以求事件的完整，避免情节的散乱无章。涉及的文法术语包括：“伏笔”“前掩后映”“草蛇灰线”“长蛇阵法”“鸾胶续弦”“一击空谷，八方皆应”“手写此处，眼照彼处”“来年下种”“遥对章法”“起结章法”“牵线动影”“斗笋”等。以“草蛇灰线”为例，“草蛇灰线”是古代小说文法术语中运用比较普遍的一个术语，而之所以得到如此重视与古人的小说创作原则是紧密关联的。作为体制篇幅较大的小说文体，章回小说“叙事之难，不难在聚处，而难在散处”；[①]故在小说创作中最为重要的即是“目注此处，手写彼处”。如评点者所云：“文章最妙是目注彼处，手写此处。若有时必欲目注此处，则必手写彼处。”[②]“文字千曲百曲之妙。手写此处，却心觑彼处；因心

① (明)罗贯中著，(清)毛宗岗评改，穆俦等标点：《三国演义》(毛宗岗评本)第四十一回总评，上海古籍出版社 1989 年版，第 524 页。

② (清)金圣叹：《读第六才子书西厢记法》，(元)王实甫原著，(清)金圣叹批改，张国光校注：《金圣叹批本西厢记》，上海古籍出版社 1986 年版，第 13 页。

觑彼处，乃手写此处。”[①]“所谓文见于此，而属于彼也。”[②]“眼观彼处，手写此处，或眼观此处，手写彼处，便见文章异常微妙。”[③]可见，“目注此处，手写彼处”是小说创作普遍追求的艺术倾向，有助于叙写“散处之难”，可将分散于作品不同部位的细部单元加以有机钩连，形成一个内在的统一体。而注重“草蛇灰线”之法正有利于实现小说的这种创作效果。

二是小说情节的“脱卸转换”，旨在实现小说创作中人物、事件或情境之间的巧妙承接与转换。体现这一内涵的小说文法术语大致有：“水穷云起”“横云断山”“移云接月”“云穿月漏”“趁水生波”“云断月出”“暗渡陈仓”“移堂就树”“手挥目送”“金蝉脱壳”“片帆飞渡”“羯鼓解秽”“急脉缓受”“欲擒故纵”等。对小说情节“脱卸转换”的重要性，评点者多有提及，如金圣叹云：“文章妙处，全在脱卸，脱卸之法，千变万化。”[④]张新之曰：“此书每于紧拍处用别事截断。盖一说尽，便无余味可寻也，亦文章善寻转身法。”[⑤]《野叟曝言》评曰：“回头一着，其妙无伦，读书须于转换处着意。”[⑥]可以说，“脱卸转换”是古代小说追求情节曲折、悬念迭起、引人入胜等文体特性的内在要求。如“羯鼓解秽法”乃强调小说叙事格调的转换，而“水穷云起法”强调的则是在小说叙事过程中要善于“绝境转换”，从而营造出惊奇交迭、悲喜相生的

---

① 秦修容整理：《金瓶梅会评会校本》第二十回张竹坡批语，中华书局1998年版，第277页。

② （清）陈其泰评，刘操南辑：《桐花凤阁评红楼梦辑录》，天津人民出版社1981年版，第147页。

③ （清）哈斯宝评，亦邻真译：《〈新译红楼梦〉回批》第十五回批语，引自朱一玄编：《红楼梦资料汇编》，南开大学出版社2001年版，第791页。

④ （明）施耐庵著，（清）金圣叹批改：《第五才子书水浒传》第五十一回夹评，上海古籍出版社1994年版，第2875页。

⑤ 冯其庸纂校订定：《八家评批红楼梦》第二十六回张新之批语，文化艺术出版社1991年版，第590页。

⑥ （清）夏敬渠著，黄克校点：《野叟曝言》，人民文学出版社1997年版，第1036页。

审美效果。

三是小说叙写的“蓄势敷衍”和“对比衬托”。“蓄势”指为展开后文情节而预先进行的铺垫，“敷衍”则指对叙写对象淋漓尽致的刻画。“蓄势”的小说文法大致有：“叙事养题”“养局”“逼拶法”“反跌法”（“逆法离法”）“那辗法”“月度回廊法”“极不省法”等。“敷衍”的小说文法则有“大落墨法”“狮子滚球法”等。如“狮子滚球法”，这是对古代小说特定艺术文法的形象称谓，它强调在小说叙事过程中应针对重要的叙事关节（或为情节、或为人物形象、或为特定情境）作往复回环的叙写，以获得一种循环跌宕的艺术美感。而“对比衬托”更是古代小说叙写中十分注意的创作文法，小说文法术语中诸如“急与缓”“疏与密”“虚与实”“奇与正”“宾与主”“浓与淡”“生与熟”“冷与热”等强调互补关系的术语都是此种文法的体现。围绕这种互补关系还衍生出其他小说文法，如“映衬”“烘云托月”“背面铺粉”“影写法”等，也是强调通过对立面的叙写来达到对叙写对象本身的描写，以获得以彼写此、以此写彼的叙述效果。

四是小说人物的“传神写生”，强调小说人物描写的逼真效果和本质揭示。相关文法术语大致有：“传神”“颊上三毫”“绵针泥刺”“白描”“钟鼎象物”“追魂摄影”“绘声绘影”“画龙点睛”等。此类文法大多源于画论，如“白描”，作为古代绘画的一种艺术文法，本指北宋李公麟开创的一种绘画风格及其方法，移用于小说领域，专指人物形象的描写技巧和特色。如陈其泰《红楼梦》第七回中夹批：“一笔而其事已悉，真李龙眠白描法也。”[①]《花月痕》第十七回末评：“此回传秋痕、采秋，纯用白描，而神情态度活现毫端，的是龙眠高手。”[②]其中承传之关系十分明晰。

---

① (清)陈其泰评，刘操南辑：《桐花凤阁评红楼梦辑录》，天津人民出版社 1981 年版，第 67 页。

② (清)魏秀仁著，(清)栖霞居士评：《花月痕》，上海古籍出版社 1994 年版，第 376 页。

五是小说语言的“绝妙好辞(词)”。相对其他小说文法,古人对小说语言的评判比较零散,也缺少相应的文法术语,除了笼统的“字法”“句法”和“趣”“妙”“机趣”等直观评述之外,使用相对比较普遍的是“绝妙好辞(词)”。“绝妙好辞”典出《世说新语·捷悟》杨修解读蔡邕对曹娥碑文的八字评价,云:“黄绢,色丝也,于字为绝。幼妇,少女也,于字为妙。外孙,女子也,于字为好。齑臼,受辛也,于字为辞。所谓‘绝妙好辞’也。”①“绝妙好词”源于周密所编词选《绝妙好词》,而广泛使用于小说评点,金圣叹《水浒传》评本、毛氏父子《三国演义》评本、《红楼梦》张新之姚燮评本、《聊斋志异》冯镇峦评本等均以“绝妙好辞(词)”评价小说语言,观其评判之旨趣,大致可见古人对小说语言的审美追求,即“生动谐趣”和“清约秀妙”。

中国古代小说文法术语主要由上述五个方面构成,这五个方面的小说文法术语虽然不脱现代小说学“情节”“人物”“语言”三分法之框架,因为作为叙事文学的古代小说(尤其是通俗小说)与现代小说之间自有其“共性”在,但从中亦不难看出古代小说文法术语所体现的传统内涵和自身特色。

三、 小说文法术语的文化成因

从中国古代小说文法术语的发展历史和构成情况中我们不难看出:古代小说文法术语乃植根于中国传统文化之中,又在小说文体的制约下形成自身的文法批评传统和文法术语系统。同时,古代小说的文法批评和文法术语也有其自身的“言说”方式,即以形象化的表述来阐明理性的创作思想。这确乎是一个独特的批评传统。那中国古代小说的文法批评和文法术语何以会形成这一格局呢?我们认为,古代

---

① 余嘉锡撰,周祖谟、余淑宜整理:《世说新语笺疏》,中华书局1983年版,第580页。

小说的文法批评和文法术语之所以会形成这一格局大致有两方面的因素：一是与文法术语的来源有关系；二是与小说“文法”的特殊性质密切相关。

中国古代小说文法术语虽然数量众多，但真正属于小说批评自身的文法术语却并不多见，多数承袭其他文体或艺术门类。简言之，它是在大量借鉴书画理论、堪舆理论、兵法理论的基础上，又以文章学（含古文和时文）为其核心内涵，从广义的“文章”角度来观照小说的。

在中国古代，书画一体，其艺理大致相通。① 古代书画理论对小说文法批评的影响主要体现在以下几方面：一是以书画创作中的“传神写生”来评价小说的逼真描写，小说文法批评中广为出现的诸如“点睛”“颊上添毫”“绘风绘水”“白描”等术语即是如此。二是以书画创作过程中的具体技艺来揭示小说艺术的细部描写文法。古代书画创作“不外乎用笔、用墨、用水”②三个层面，书画技艺基本上围绕这三者而展开，皴、渲、点、染、衬、烘、托等构成了创作过程中的常见技艺。而小说文法批评中反复出现的诸如“烘染”“渲染”“点染”“绚染”“勾染”“衬染”“染叶衬花”“烘云托月”“追染”“衬迭点染”“千皴万染”“三染”“倒皴反剔”“点缀”“烘托”“正衬”“反衬”等术语均是对书画技艺术语的沿用。三是以书画创作观念上的辩证法来揭示小说艺术的相应手法与构思布局。书画创作观念中诸如逆与顺、露与藏、浓与淡、疏与密、生与熟、连与断、虚与实等对立统一的辩证法在小说文法批评中即以“逆法”“藏闪法”“浓淡相生”“疏密相间”“生熟停匀”“横云断山”“山断云连”等名目出现。从上述三方面可以看出，书画理论对小说文法批评的影响可谓是全方位的，它使得原本较为抽象的文学文法更具形象而

---

① 如清人董棨明确指出：“画即是书之理，书即是画之法。”（清）董棨：《养素居画学钩深》，引自俞剑华编著：《中国画论类编》，中国古典艺术出版社 1957 年版，第 254 页。

② （清）松年：《颐园论画》，引自俞剑华编著：《中国画论类编》，中国古典艺术出版社 1957 年版，第 325 页。

易为人所接受。

堪舆理论作为一种古人普遍笃信的文化传统，被援引入小说文法批评亦不足为奇。堪舆理论对小说文法批评的影响主要体现为以下两方面：其一，以寻察“龙脉”之所在的类似方式来观照小说创作的整体结构特征，揭示小说创作应将小说情节的演进变化视为一条隐性而灵动的生命线，抓住了此条生命线，也就抓住了小说叙写成败的关键，从而使小说情节构成一个有机统一的整体。小说文法批评中时常出现的诸如“千里来龙”“伏脉千里”“草蛇灰线”“文脉回龙”等术语均与堪舆理论中的“龙脉”之说紧密相关。其二，堪舆理论中具体步骤的相关术语也被沿用至小说文法批评中，用以描述小说创作具体的细部环节。如“伏案”“立案”“顾母”“结穴”“脱卸”“急脉缓受”等文法术语即属于此种情形。综合上述两种内涵，可以看出堪舆理论主要影响小说创作的结构观念。

兵法与文人本无必然关联，但出于事功报国和文化素养等因素的影响，文人也大多熟知兵法，故在文学批评中留下了众多兵法影响的痕迹，[①]小说批评亦然。兵法理论影响小说文法批评主要在二端：一是以诸如“行文如行兵，遣笔如遣将”“绝妙兵法，却成绝妙章法”[②]“文章一道，通于兵法”“兵法即文法”[③]等观念来说明小说文法之特性，以凸显小说叙事手法类似兵法谋略的奇特性。二是援引兵法术语来评价小说的叙事特色，如“常山率然”“奇正相生”“明修暗度”“避实击虚”“欲擒故纵”等文法术语。兵法理论进入小说文法批评一方面使得小说批评更为生动，同时也比较贴切、自然。

文章学主要是指自南宋以来较为兴盛的古文评点与时文评点中

---

① 吴承学：《古代兵法与文学批评》，《文学遗产》1998 年第 6 期。

② （明）施耐庵著，（清）金圣叹批改：《第五才子书水浒传》第十八回、第六十七回夹评，上海古籍出版社 1994 年版，第 997、3746 页。

③ 分别见（清）冯镇峦《读聊斋杂说》及卷七《宦娘》篇夹评，（清）蒲松龄著，张友鹤辑校：《聊斋志异》（会校会注会评本），上海古籍出版社 1986 年版，第 14、986 页。

的相关理论，它侧重于就古文、时文的写作规律与写作技巧作细致入微的抉发与总结，诸如结构线索、谋篇布局、勾连转换等写作环节都是评点的重心所在。小说文法批评接受文章学的影响主要体现在以下几点：一是文章学批评观念的借鉴与转化。例如，“相题有眼，捽题有法，捣题有力。”①“看小说，如看一篇长文字，有起伏，有过递，有照应，有结局，倘前后颠倒，或强生支节，或遗前失后，或借鬼怪以神其说，俱属牵强。”②“小说作法与制艺同。”③二是对文章学中结构论的借鉴与转化，文章学中的起承转合的观念、伏笔照应的观念、段段勾连的观念等结构要素均得到突出强调。例如，“此章两回，实分四大节看。三藏化斋一段是起，八戒忘形一段是承，打死蜘蛛一段是转，千花洞一段是合。起承转合，写出文章之奇；反正曲折，画出书理之妙。”④“首尾大照应、中间大关锁。”⑤“必先令闻其名，然后罗而致之，方不为无因。于是有刘二撒泼一事，此截搭渡法也。但渡要渡得自然，不要渡得勉强。”⑥三是以诸如“开阖、抑扬、跌宕、顿挫、错综、翻转”等文章学常见的写作手法来审视小说创作的文法运用，这在小说评点中比比皆是。出现这样的影响，既与晚明以来文人习惯以“时文手眼”批评文学的风气密切相关，同时小说自身艺术成就的相对提升也提供了借鉴文章学展开批评的可能空间。

而古代小说文法批评形成“形象化”的“言说”特性则与“文法”的

---

① （明）施耐庵著，（清）金圣叹批改：《第五才子书水浒传》第四十六回批语，上海古籍出版社1994年版，第2607页。

② （清）苏庵主人：《绣屏缘》“总评”，上海古籍出版社1994年版，第369页。

③ （清）韩邦庆著，典耀整理：《海上花列传·例言》，人民文学出版社1982年版，第3页。

④ （清）张书绅：《新说西游记》第七十三回批语，上海古籍出版社1994年版，第2341页。

⑤ （清）毛宗岗：《读〈三国志〉法》，见（明）罗贯中著，（清）毛宗岗评改，穆俦等标点：《三国演义》（毛宗岗评本），上海古籍出版社1989年版，第14页。

⑥ （清）文龙《金瓶梅》评本第九十四回批语，引自刘辉《〈金瓶梅〉成书与版本研究》，辽宁人民出版社1986年版，第270页。

独特性质密切相关。章学诚谓:"塾师讲授《四书》文义,谓之时文,必有法度以合程式。而法度难以空言,则往往取譬以示蒙学,拟于房室,则有所谓间架结构;拟于身体,则有所谓眉目筋节;拟于绘画,则有所谓点睛添毫;拟于形家,则有所谓来龙结穴,随时取譬。然为初学示法,亦自不得不然,无庸责也。"①《红楼梦》脂砚斋评点亦有类似表述:"此回似着意,似不着意,似接续,似不接续,在画师为浓淡相间,在墨客为骨肉停匀,在乐工为笙歌间作,在文坛为养局、为别调:前后文气,至此一歇。"②这种"法度难以空言",必欲"取譬"以言说的特性决定了文法批评的论说方式和术语生成。

四、 小说文法术语的价值呈现

由此可见,中国古代小说的文法批评及其所形成的文法术语是非常丰富的,而其价值也不容轻视。概而言之,古代小说文法术语之总体价值体现在如下几个方面:

其一,小说文法术语虽然大多源于书画、兵法、堪舆和文章学等传统文化领域,但因小说自身的文体内涵和艺术特性,小说的文法术语往往丰富了"术语"的传统内涵,具有一定的理论建构意义。小说文法术语的运用对于古代文学批评而言有着一定的建构意义,这主要体现为小说文法术语在小说文体的制约下,以小说叙事法则为鉴衡,重构了原有的批评范畴或概念。我们以"虚实"为例,"虚"与"实"是中国古代文学批评中的常规术语,在诸多批评家笔下反复出现,"大而别之,它主要包括两方面的内涵:一是艺术形象中的虚实关系,在这里,所谓'实'是指艺术作品中了然可感的直接形象,所谓'虚'则指由直接形象

---

① (清)章学诚著,叶瑛校注:《文史通义校注》,中华书局 1985 年版,第 509 页。

② (清)曹雪芹著,脂砚斋评批,黄霖校点:《脂砚斋评批红楼梦》第七十二回前评,齐鲁书社 1994 年版,第 1118 页。

所引发经由想象、联想所获得的间接形象，中国古典美学对此强调‘有无相生’‘虚实相间’，从而创造有余不尽的艺术妙境。”“‘虚实’范畴的另外一方面内涵是指艺术表现中的‘虚构’与‘真实’的关系问题。”①而古代小说文法批评中的“虚”“实”内涵则与此不同，更接近实践操作层面。如《三国演义》毛评本第五十一回前评有云：“妙在赵子龙一边在周瑜眼中实写，云长、翼德两边在周瑜耳中虚写，此叙事虚实之法。”②《金瓶梅》张竹坡评本第五十一回前评：“黄、安二主事来拜是实，宋御史送礼是虚，又两两相映也。”③《结水浒全传》第一百三十二回批语：“首篇既用实叙，此篇自应虚写，此定法也。”④可见，作为一种艺术文法，小说批评中“虚实”问题以正面直接详写为“实”，以侧面映带为“虚”，这显然丰富和补充了“虚实”范畴的既有内涵。其他如“奇正”“宾主”“有无”“疏密”“自注”“蓄”等术语均是如此。

其二，小说文法术语蕴含了丰富的小说叙事思想，是中国古代文学叙事理论的重要组成部分。中国古代叙事理论形成了“戏曲”“小说”和“史”鼎足而三的局面，古代文学中的叙事理论则主要体现在戏曲批评与小说批评之中，但相对而言，在以“曲学理论”“剧学理论”和“叙事理论”为核心构建的古代戏曲理论中，“叙事理论”是最为薄弱的。⑤ 在这一背景之下，小说评点的叙事思想在古代叙事理论中地位就尤为突出，而叙事法则的总结在小说文法批评中也体现得最为明

---

① 谭帆、陆炜：《中国古典戏剧理论史》，华东师范大学出版社 2005 年版，第 150 页。

② (明)罗贯中著，(清)毛宗岗评改，穆俦等标点：《三国演义》(毛宗岗评本)第五十一回前评，上海古籍出版社 1989 年版，第 656 页。

③ 秦修容整理：《金瓶梅》(会评会校本)第五十一回张竹坡批语，中华书局 1998 年版，第 672 页。

④ (清)俞万春著，(清)范辛来、邵祖恩评：《结水浒全传》第一百三十二回批语，上海古籍出版社 1994 年版，第 2522 页。

⑤ 谭帆、陆炜：《中国古典戏剧理论史》，华东师范大学出版社 2005 年版，第 148 页。

显。尽管在批评体式上戏曲要多于小说(戏曲批评中除了评点之外还出现了“曲品”“曲话”“曲律”等专门形式),但事实上关于人物形象的刻画、情节的新奇曲折以及结构的变化更新等方面的叙事法则,戏曲批评相对来说较少关注,或探讨得并不充分。[①] 而小说文法批评对叙事技巧的总结则要全面深入得多,故而古代叙事理论的显著成绩还是存在于小说文法批评之中。从上一节对小说文法术语构成的分析中可知,小说文法术语所蕴含的理论思想大多是小说的叙事思想和叙事法则,而之所以出现这种现象,还是与批评对象的文体特性密切相关。我们认为,“戏曲的主体精神实质是‘诗’的,小说的主体精神实质是‘史’的。戏曲在叙述故事、塑造人物上包含了强烈的‘诗心’,小说则体现了强烈的‘史性’”。[②] 故以诗体形式——“曲”来推演情节发展的戏曲,和以追求自身情节完满性的小说相比,两者所构成的叙事样式显然是有差异的。由此,小说的文法批评更关注小说的叙事法则也是一个十分自然的事情。

其三,小说的文法批评及其文法术语因其独特的思想内涵和表述方式,促进了小说文本的传播,提升了小说阅读的质量。小说评点促进小说的传播,评点在某种程度上是小说的“促销手段”,这已成为人们的共识,毋庸赘言。而小说评点之所以获得这一价值,一方面当然是由于评点者对小说文本的独特解读对读者所产生的影响和引导,同时,小说评点者解读文本所持有的批评话语——文法术语,也起到了至关重要的作用。这大致包括两方面的内涵:一是小说文法术语来源比较广泛,如文章学术语的大量援引吻合当时读者的趣味和学养,而书画、兵法、堪舆等术语的运用无疑增强了小说评点的生动性与可读

---

① 金圣叹的《西厢记》评点突出文法批评现象是个例外,而在其他戏曲评点中,文法批评并不那么突出,而重在探讨曲律、唱腔、曲辞等问题的曲论专著更是对此关注甚少。

② 谭帆:《稗戏相异论——古典小说戏曲“叙事性”与“通俗性”辨析》,《文学遗产》2006 年第 4 期。

性。或设喻精巧,或形象生动,或别具一格,从而促进了小说评点本的传播。且以小说文法术语中援引最为普遍也最为今人所诟病的八股文法术语为例,其中也颇有富于机趣的评论。如张书绅《新说西游记》第六十九回总评云:"看他写为富,句句是个为富;写不仁,笔笔是个不仁;写不富,处处是个不富;写为仁,字字是个为仁。把文章只作到个化境,却又合制艺两截之法,此所以为奇也。"①第七十回夹评又评道:"以下是从为富转到不富,不仁转到为仁,乃两截过渡之法。"②评者以八股文法"作譬"颇富机趣,也较为妥帖,易为读者所接受。二是小说文法术语在借鉴其他门类概念术语的同时,对小说自身独特的叙事法则加以总结。揭示了小说文本的艺术品格,同时赋予小说评点颇具价值的导读功能,从而提升了小说评点的传播价值。论者指出:"圣叹评小说得法处,全在识破作者用意用笔的所在,故能一一指出其篇法、章法、句法,使读者翕然有味。"③"《三国演义》一书,其能普及于社会者,不仅文字之力。余谓得力于毛氏之批评,能使读者不致如猪八戒之吃人参果,囫囵吞下,绝未注意于篇法、章法、句法。"④"《水浒》可做文法教科书读。就金圣叹所言,即有十五法……若无圣叹之读法评语,则读《水浒》毕竟是吃苦事。"⑤其所指出之价值非纯为溢美,也是有其理据的。

---

① (清)张书绅:《新说西游记》第六十九回总评,上海古籍出版社 1994 年版,第 2207—2208 页。

② (清)张书绅:《新说西游记》第七十回夹评,上海古籍出版社 1994 年版,第 2222 页。

③ 梦生:《小说丛话》,《雅言》1914 年第 7 期,引自朱一玄编:《金瓶梅资料汇编》,南开大学出版社 1985 年版,第 395 页。

④ (清)觚庵:《觚庵漫笔》,引自朱一玄编:《明清小说资料选编》上册,南开大学出版社 2012 年版,第 110 页。

⑤ 定一:《小说丛话·定一十一则》,《新小说》1905 年第二卷第三号,第 171—172 页。

以上我们简略梳理了中国古代小说文法术语的基本情况，从中不难看出，古代小说文法术语源远流长，内涵丰富，是中国古代小说叙事法则的独特呈现，也是中国古代小说批评的主流话语，对中国古代小说的创作和传播均产生了重要的作用。作为一个“历史的遗存”，小说文法术语当然有其明显的弊病，如浓重的“八股”习气、陈陈相因的格套、内涵的不确定性等，这也引起了后人之诟病。但无论如何，作为一个曾经在中国小说史上产生过重要影响的批评话语和思想系统，值得我们加以重视，尤其在“以西例律我小学说”的大背景下，更需要探究中国古代小说批评的思想传统和话语系统。

（载《文学遗产》2011 年第 3 期，与杨志平合作）

“小说学”论纲

——兼谈20世纪中国古代小说理论批评研究

对中国古代小说理论批评的研究至今已有七八十年的历史了，所取得的研究成果是相当丰厚的，尤其是20世纪80年代以来，这一学科逐步走向了成熟。在新世纪初来回顾这一段历史和展望今后的发展，我们不难看到，中国古代小说理论批评研究还有许多亟待开拓的课题和须调整的格局。从宏观角度言之，20世纪的小说理论批评研究经历了一条从附丽于文学批评史学科到独立发展的过程。这一进程决定了小说理论批评研究的基本格局和思路，即在整体上它是中国文学批评史研究在小说领域的延伸，而研究格局和思路也是文学批评史研究的“翻版”，以批评家为经、以理论著作及其观念为纬成了小说理论批评研究的常规格局。这一研究格局有一定的合理性，但忽略了理论批评在“小说”领域的特殊性，实际上，中国古代小说理论内涵相对来说比较贫乏，这种理论思想对小说创作的实际影响更是甚微。而单纯从理论思想的角度来研究小说理论批评，常会感到它与小说发展的实际颇多“间隔”，更与那种重感悟、重单一文本的“评点”方式不相一致。因此，中国小说理论批评研究的新格局或许应是：以文学批评史为背景，以小说史为依托，探寻小说理论批评在小说史的发展中所作的实际工作及其理论贡献，从而将小说理论批评研究融入小说史研究的整体构架之中。我们拈出“小说学”一词来取代“小说理论批评”目的正是以“小说学”的“宽泛”来调整以往小说理论批评研究的“偏仄”。

一、“小说学”之由来及其研究对象

“小说学”，顾名思义，即指有关“小说”的学问和学说。这一名词较早见于近代的小说批评，如“然则小说学之在中国，殆可增七略而为八，蔚四部而为五者矣”。[①] 此所谓“小说学”其实即指“小说”本身而已，而并没有涉及小说的研究问题。近代以后，“小说学”一词转而指称小说的理论研究，较早以“小说学”命名其小说研究论著的是出版于1923年的《小说学讲义》（董巽观撰），全书分二十章较为详尽地讨论小说的创作问题，如“意境”“问题小说”等。其后，陈景新于1925年出版了题为《小说学》的论著（上海泰东图书局），另如金慧莲《小说学大纲》[②]、徐国桢《小说学杂论》[③]、黄棘（鲁迅）《张资平氏的“小说学”》[④]等。以“小说学”指称中国古代的小说理论批评当在近数十年间，宁宗一主编的《中国小说学通论》和康来新的《发迹变泰——宋人小说学论稿》即然。[⑤] 那“小说学”与“小说理论”“小说批评”之间有何关联呢？从《中国小说学通论》来看，其中区别并不明显，这部书将“小说学”分为“小说观念学”“小说类型学”“小说美学”“小说批评学”和“小说技法学”五个部分，其实只是对传统小说理论批评借用当今的文艺学观念作横向展开而已，其主要研究对象没有越出传统小说理论批评的范畴。小说理论与小说批评，这同样也是两个内涵不确定、外延十分模糊的概念，在使用上并没相应的区分。如方正耀《中国小说批评史略》用“批评”为书名，但通观全书，其基本构架却是以理论观念来统领的，

---

① （清）梁启超：《译印政治小说序》，原载《清议报》1898年12月23日第一册，引自《梁启超全集》，北京出版社1999年版，第172页。

② 金慧莲：《小说学大纲》，天一书院1928年版。

③ 1929年《红玫瑰》5卷1、2、5、10、14、29期连载。

④ 1930年《萌芽》1卷4期。

⑤ 宁著由安徽教育出版社1995年出版，康著由台湾大安出版社1996年出版。

如第一编“小说批评的萌发时期”(先秦至宋元)分四章:“朦胧的小说观念”“幻奇理论的产生”“实录理论的形成”“小说功能的发现”。相对来说,陈洪的《中国小说理论史》“名实”较为相符,该书主要是从理论思想上清理中国小说理论史的发展。而一般则将“理论”和“批评”作为组合词同为书名,如王先霈、周伟民的《明清小说理论批评史》、刘良明的《中国小说理论批评史》等。其实,“小说学”“小说理论”和“小说批评”三者有相互交叉的地方,但也有相对独立的部分或各自的侧重点。如“小说理论”应以有关小说的观念、范畴和小说的创作理论为研究对象,它关注的是理论思想的发展历史。“小说批评”则主要探讨的应是对文本的个体阐释,故“小说批评史”应该着眼于小说文本的阐释历史。而“小说学”既以“学”为名称,则自然地应侧重于“学问”这一层面,当然,所谓“学问”也是一个较为宽泛的概念,它亦包括“理论”和“批评”两个层面的内涵,但同时还包括理论批评以外的内涵。简言之,所谓“小说学”主要侧重于小说的学术史研究,它以古人对小说的文体研究、文本批评和对小说存在方式的研究为主要对象。故一部“中国小说学史”应包括理论层面的文体研究史、鉴赏层面的文本阐释史和操作层面的小说存在方式史(如小说的著录、选辑、禁毁等)。

“小说”一词在中国古代所指称的对象是相当庞杂的,以致冯梦龙曾发出这样的感叹:“六经国史而外,凡著述皆小说也。”[①]这当然不切实际,但“小说”外延的宽泛和庞杂是显而易见的。“小说学”研究面对如此庞杂的对象该作怎样的取舍无疑是一个非常重要的问题。这里必须要明了的一个前提是:中国小说学史的研究目的在于梳理古人对于“小说”这一对象的认识和研究历史,而古人对于“小说”的认识是多元的。这种多元的认识就中国小说史而言,无论是“小说”之名,还是

① (明)可一居士:《醒世恒言叙》,(明)冯梦龙著,阳羡生校点:《醒世恒言》,上海古籍出版社1996年版,第1页。

“小说”之实，相互之间都是关联的。故以“小说”的所谓“今义”来确定小说学或小说理论批评的研究对象往往会掩盖中国小说学史发展的本来面目，从而难以揭示中国小说学史的真实状态。或许以“名”“实”两端来确定小说学的研究对象会有所帮助，我们的拟想对象是：

1. 以“小说”之名为观照对象，全面梳理古人对于“小说”的认识流变、演化及其相互关系。突出古人对于“小说”的发生、分类、地位、功能等的研究。以期将中国小说学史置于一个相对宽泛的文化史背景中加以审视，这一研究对象以“小说”的外围研究为主体。

2. 以“小说”之实，即在中国小说史上具有相对文体意义的形式为研究重心，如唐前对神话传说、寓言、志怪志人的研究，唐及唐以后对传奇小说、章回小说的研究和近代人对于小说的整体研究。这一研究对象则以中国小说史的本位研究为主体。

明确了“小说学”的研究对象，我们可进而讨论“小说学”的基本内涵了。上文说过，“小说学”大致包括小说文体研究、小说存在方式研究和小说文本批评，我们依次分述如下。

二、 小说文体研究

“小说”之名既纷繁复杂，则小说文体亦颇难界定，一般就小说语言角度将小说文体约分为两类，即文言小说和白话小说，然则以语言角度区分小说文体犹略显宽泛。对于小说文体的分类，笔者接受这样的观点：“古代小说可以按照篇幅、结构、语言、表达方式、流传方式等文体特征，分为笔记体、传奇体、话本体、章回体等四种文体。而不同文体的小说，可按照题材分成若干类型，譬如将笔记体小说分为志怪类、志人类、博物类等，将章回体小说分为历史演义类、神魔类、世情类、侠义公案类等。”[①]这四种小说文体既是平面的小说文体类型，同

① 孙逊、潘建国：《唐传奇文体考辨》，《文学遗产》1999年第6期。

时又大致体现了中国古代小说的文体发展线索。中国小说学史正可循此梳理和分析历代对于小说文体的研究和评判。

中国古代对于小说文体的研究,大别之,可分为"小说"观念研究、"小说"的范畴、理论命题研究和"小说"的技法研究。

小说观念问题历来受到小说理论批评史研究者的重视,对"小说"这一名称的理论和历史梳理至今已颇为清晰,所谓"小说"一词所指称的对象及其流变轨迹也已有迹可循。然而其中存在的一个认识"误差"是:人们常常视小说观念仅为"小说"这一名称所指称的内涵。这种过于狭隘的认识使得人们对于小说观念的追溯往往局限在"小说"这一名词所涉及的内涵和外延的演化,故而所揭示的所谓小说观念的演化史常常表现为"小说"这一名称的发展历史。实际上,小说观念的研究对象应是中国古代对于"小说"这一文体的本质研究,包括"小说"的本体研究和"小说"的形态研究。故对于小说观念研究应有一个理念的转换:即从"小说"作为一个"术语"转换为"小说"是一种"文体"。这样,所谓小说观念的研究或许会落到实处,才能真正揭示中国古人对于"小说"这一文体的认识历史。如果循着这一思路,我们将看到,小说观念研究的外延是非常宽泛的,它可以以"小说"这一文体为中心视点,全面梳理小说在形成过程和发展流变中的相关观念、术语和理论思想,而不必被"小说"这一名称所束缚。如《庄子》一书,作为中国小说理论批评史的研究资料,人们常引用的是"饰小说以干县令,其于大达亦远矣"一段话,但其实,此"小说"一词与小说文体并无太多关涉,作为中国小说史上"小说"一词的首见当然自有其价值,但后人视《庄子》为"千万世诙谐小说之祖"并非指其对"小说"一词的发明,而是指《庄子》一书接近小说的创作实践,故《庄子》一书中有关自身创作特色的揭示更应成为中国小说观念史研究的对象。我们在《庄子》中能找出许多比"小说"一词更有价值的术语,如"寓言""卮言""志怪""曼衍""谬悠之说,荒唐之言,无端崖之辞"等,这些术语及其内涵都对后世的小说创作产生了一定影响。

小说的范畴和理论命题研究也是当今小说理论批评研究中的重心，尤其在明清小说理论批评研究中，人们对小说评点家的理论思想作出了深入细致的分析。但要使这一层面的研究引向深入，或许还得注意这样几个问题：一是揭示中国古代小说理论范畴的总体特征，在中国文学理论范畴的背景上寻求小说理论范畴的独特个性。从整体而言，中国小说理论范畴并不发达，与传统诗学、词学乃至曲学相比，相对缺少具有自身文体特性的范畴术语。除“虚实”“幻奇”“教化”等少数命题外，更少在小说理论批评史上一以贯之的理论范畴，就是上述一以贯之的理论命题，其实也是对传统文学理论范畴的“移植”。而明清小说评点家在对通俗小说的评论时所使用的术语也有很大的随意性，缺少相对意义上的理论延续。这一中国小说理论范畴的总体特性，我们毋需讳言，更不必强求其中的所谓体系，去寻求那种空洞的所谓“范畴体系”，而是应该从发生学的角度去探求其原因和梳理其对小说发展所产生的实际影响。二是在小说范畴和理论命题研究中强化“文体”意识，从而使小说范畴和理论命题研究真正切入中国古代小说的实际进程之中。如前所述，中国古代小说大致可以分为“笔记体”“传奇体”“话本体”和“章回体”四种文体，这四种文体之间既有一定的传承性，同时又有相对的独立性，各自形成了自身的文体特性。对这四种小说文体的研究，古人明显地是以不同的视角和标准加以对待的，从而形成了各自相对独立的小说文体学说。如对于“笔记体”小说，古人所采用的视角是传统的“实录”准则，这种“实录”同时又与史学的“实录”准则不尽一致，它主要的是指“记录”，而对传闻的“记录”同样也是笔记小说所允许的，故干宝在《搜神记序》中标举“考先志于载籍，收遗逸于当时，盖非一耳一目之所亲闻睹也，又安敢谓无失实者哉。”①其实并非是干宝有意提倡虚构，而是确认了笔记体小说的基本

① (晋)干宝:《搜神记序》,(晋)干宝:《搜神记》,辽宁教育出版社 1997 年版,第 1 页。

原则。明乎此,则对纪晓岚指责《聊斋志异》"一书而兼二体"这一小说批评史上的公案就可理解了,纪氏正是区分了笔记与传奇两种小说文体的不同,从而对《聊斋志异》提出了不满,而今人对纪昀的指责恰恰是模糊了这两种小说文体。故强化"文体"意识一方面可以揭示各种小说文体的相关学说,同时又可与中国小说发展的实际状况相一致。三是在对小说范畴和理论命题的研究中,要尽量贴近古人,寻求对小说发展实际有直接价值的理论命题和学说为研究对象。今人对小说理论批评的研究常采用两种方式:或以当今的小说学观念来套用传统小说学,如"性格""结构""叙述视角"等,于是中国古代小说学命题在某种程度上成了西方小说学的翻版,而忽略了中国小说学自身的本位性。或在古代小说评点家的著作中寻求相关命题,但往往忽略了这些命题与小说发展实际的关系。如金圣叹在《水浒》评点中提出的"因缘生法""以文运事"等固然有其价值,值得探究,然而将评点家颇为随意的命题作出细密的挖掘其实并无太大的意义,诸如"囫囵语""趁窝和泥"说等看似新颖,但对小说的发展有几多关联呢?我们强化小说命题研究与小说发展实际的一致正是要求小说命题的研究贴近中国小说的自身发展,从而使小说学研究真正成为小说史研究的一个有机组成部分。如在明清通俗小说史上颇有影响的"奇书""才子书""世情书"等命题都与小说史的发展直接相关。

小说学中的技法主要是指明中叶以后小说评点家对古代小说创作法则的揭示,它的出现确乎与评点这一形式密切相关,同时又因评点是中国古代小说批评形式的主体而在古代小说批评中延续长久。小说评点之所以重视技法源于两方面的因素,一方面,这是评点形式的传统特色,钱锺书先生谓:"方回《瀛奎律髓》卷一〇姚合《春游》批语谓'诗家有大判断,有小结裹'。评点、批改侧重成章之词句,而忽略造艺之本原,常以'小结裹'为务。"[①]所谓"侧重成章之词句"即指评点重

① 钱锺书:《管锥编》第4册,中华书局1979年版,第1215页。

视技法研究。另一方面,这与明清的八股之风和小说评点家对八股文法的长期熏染有关。金圣叹在《第五才子书水浒传·序三》中的一段话正代表性地说明了这两方面的影响:"盖天下之书,诚欲藏之名山,传之后人,即无有不精严者。何谓之精严?字有字法,句有句法,章有章法,部有部法是也。"①故以"精严"之意识揭示小说之"法"即为评点之首务。对小说技法作分析品评较早见于明万历年间的袁无涯本《水浒传》,其中提出的《水浒》"叙事养题法""逆法离法""实以虚行法"等开了小说技法研究的先河。其后,袁于令评点的《隋史遗文》、传为李渔评点的《新刻绣像批评金瓶梅》,尤其是金圣叹评点的《第五才子书水浒传》,将技法研究推向深入和细密。金氏在《读法》中就标列《水浒》"文法"十五例,又在具体品评中不断揭示其中蕴涵的文法。以后又经毛批《三国》、张批《金瓶梅》和脂批《红楼梦》,小说技法研究成了评点中一个非常重要的组成部分。清中叶以后技法研究有所减弱,但仍不绝如缕,故技法研究可谓始终贯穿在小说评点史上。对于这一部分批评史料,自胡适先生指责金圣叹批评《水浒》"八股气"以后,一直受人诟病,新中国成立以后又将其界定为"形式主义"而一笔抹杀。一直到近年来,小说理论批评研究方逐步重视小说技法的研究。诚然,古代小说评点中的技法研究确乎有"八股"的痕迹,但技法研究其实是小说批评尤其是通俗小说批评中最具小说本体特性的批评内涵,而小说批评借鉴八股技法理论也使小说的形式批评不断走向细密和规整,在小说理论批评研究中诚不可偏废,其价值层面犹如诗学中之"诗格"一体。还须看到的是,小说技法研究中虽然借鉴了八股技法的某些术语,但在批评视角和论述思路上则明显采用的是"史学"的叙事法则,与史著叙事法的比附几乎是每一个小说评点家在小说技法研究中的常规思路。而史著与小说在叙事法上的相通,又是一个不言而喻的显

---

① (明)金圣叹:《第五才子书水浒传·序三》,《第五才子书水浒传》,上海古籍出版社 1994 年版,第 40 页。

著特性。故剔除小说技法研究中陈陈相因、浅俗无聊的内涵，以八股技法和史著叙事法的双重视角研究古代小说技法批评，并将其与中国小说的创作实际结合起来，无疑也是中国小说学研究中一个不可分割的重要组成部分。

三、小说存在方式研究

小说存在方式研究长期以来一直被排除在小说理论批评史的研究范围之外，道理很简单，所谓小说存在方式研究并不以“理论形态”的面貌出现，故素来重视“理论形态”的小说批评史研究就把小说存在方式研究排除在外。但其实，古人对于小说的认识、把握和研究历来是双管齐下的：诉诸理论形态与在理论观念指导限制下的具体操作。两者之间相辅相成，后者还体现为对前者的检验和实践，故缺其一都不能构成完整的中国小说学史。古人对小说存在方式的研究主要表现在四个方面：著录、禁毁、选辑和改订。

所谓著录是指“小说”这一文体在历代公私目录中的存在情况及其价值判断，这是一种以目录学的形式表达小说观念和小说思想的独特方式。这种方式对于中国古代小说学而言，最起码在两个方面显示了独特的小说理论思想：一是从班固《汉书·艺文志》到纪昀《四库全书总目提要》，历代目录学家对文言小说的著录体现了古人对文言小说的认识流变，也显现了古代文言小说的发展流程。同时，对历代目录学的清理，可以梳理出“小说”这一文体在目录学中的变异状态，而这种变异正体现了中国小说观念的历史演进。如班固《汉书·艺文志》首次设立“诸子略·小说家”，著录《伊尹说》《鬻子说》《周考》等十五家“小说”。《隋书·经籍志》承其思路，在四部分类中设“子部·小说家”，著录《燕丹子》《杂语》等“小说”二十五家，又在“史部·杂传”类著录《述异记》《搜神记》等多种小说。《旧唐书·经籍志》大致与其相类，“小说”作品亦被分置于“子部·小说家”和“史部·杂传”类。至宋代,欧阳修等修撰《新唐书·艺文志》将前此书目中归于两部的“小说”统一归于“子部·小说家”中,且还著录了《玄怪录》《传奇》等唐人传奇小说。这一归并,基本确立了后世目录学中对“小说”的著录位置,也基本确认了文言小说的两大部类,即“笔记体小说”和“传奇体小说”,还显示了文言小说与“子”“史”两部类的渊源关系。二是梳理通俗小说的著录情况及其演化轨迹可以从一个侧面反映通俗小说的地位及其流传的实际情况。古代通俗小说源于“说话”艺术,就小说文本而言,可以追溯到唐代,唐以后,随着宋元话本的兴起和明清章回小说的繁盛,通俗小说在创作和传播两方面都非常发达。但通俗小说的著录却远远滞后于创作和传播,据考,通俗小说的著录较早见于明初,明代约有九种公私书目著录了通俗小说,其中以话本为主,亦著录了《三国》《水浒》等明代新创小说。入清以后,通俗小说的著录反而见少,除清初钱曾《也是园书目》设“戏曲小说”类、祁理孙《奕庆藏书楼书目》设“稗乘家”外,一直到清后期,公私书目对通俗小说殊少著录,清代最重要的书目《四库全书总目提要》对通俗小说未提只字。直到晚清以后,通俗小说的著录才得以兴盛,这一著录的流变轨迹明显反映了通俗小说在明清两代的实际地位。但颇有意味的是:明代的皇家书目《文渊阁书目》和《文华殿书目》著录了通俗小说,清初的私家书目《也是园书目》则为通俗小说独立设部,这种现象无疑可使我们更细致地把握通俗小说在明清两代的实际传播状况。①

小说的禁毁问题主要是在明清两代,这是传统的书籍禁毁在小说领域的延伸。作为中国小说学的一个有机组成部分,“禁毁”问题涉及历朝被禁毁的小说书目和与禁毁相关的官方法令、社会舆论。它在小说学史上至少有三重价值:首先,历来对小说的禁毁出自中央和地方法令,带有颇为强烈的意识形态性,这对于以“民间性”为主流的古代小说而言,体现了上层对小说的一种文化政策和文化限制。这种带有

① 潘建国:《古代通俗小说目录学论略》,《文学遗产》2000年第6期。

强制性的政策法规无疑可补足同样处于“民间”状态的中国小说理论批评。其次，小说禁毁本身及其相关资料所涉及的面相当宽泛，它上至中央政府，下及民间家庭，内容包括法律、法规、官箴、家训、清规、学则、乡约、会章和社会舆论，乃全方位地表现了小说在古代社会的实际存在状态，从而使我们能更真切地把握古代对于“小说”这一文体的价值判断。这虽然仅表现了古人对小说存在形态的一种认识，即体现了古代社会对小说的钳制，但涉及面的宽泛性和对社会的渗透性是其他小说理论批评史料所无法比拟的。复次，小说的禁毁其实是一种文化现象，将禁毁问题纳入“小说学”的研究范围，可以接通小说研究与当时社会文化之间的关系。起码涉及这样几层内涵：特定社会环境对小说创作及其传播的影响、有关小说的特殊文化政策、小说与教育等。

将文学选本视为一种批评形式，这已成为一个共识。鲁迅先生在《选本》一文中甚至认为：“凡是对于文术自有主张的作家，他所赖以发表和流布自己的主张的手段，倒并不在作文心、文则、诗品、诗话，而在出选本。”①小说选本同样也是如此。中国古代的小说选本有文言和白话两大部类，而以文言小说选本为主，在形式上主要包括选集和总集，“丛书”“类书”也大致可归入这一类别。就小说学而言，研究小说选本有多方面的价值，一是小说选本本身所体现的小说观念和小说思想。如明嘉靖年间洪楩编刊的话本小说集《六十家小说》，其中分为“雨窗”“欹枕”“长灯”“随航”“解闲”“醒梦”六集即已表明对小说娱乐消遣性质的重视。冯梦龙编辑《情史》更是其“情教”学说的集中体现。二是小说选本的分类及其演化是研究中国小说类型的重要史料，尤其是文言小说类型，同时还可与当时的理论表述相互印证。如明陆楫《古今说海》录前代至明代小说 135 种，分为四部七家：说选（小录、偏记）、说渊（别传）、说略（杂记）、说纂（逸事、散录、杂纂），

① 鲁迅（署名“唐俟”）：《选本》，载《文学季刊》1934 年第 1 卷第 1 期，第 283 页。

其分类与同时代胡应麟的分类颇为接近，可证这是当时的一种常规分类法。

小说的改订大多出自小说评点者之手，故这是古代小说批评家直接参与小说文本和小说传播，并影响了中国小说发展进程的一个重要现象，尤其在通俗小说领域。小说评点家之所以能对小说文本作出修订，源于两方面的因素：一是小说地位的低下和小说作家的湮没无闻，使评点者对小说文本的修订有了一种现实可能。二是古代小说世代累积型的编创方式使得小说文本处于“流动”之中。因其是在“流动”中逐步成书的，故成书也非最终定型，仍为后代的修订留有较多余地；同时，因其本身处于流动状态，故评点者对其作出新的改订就较少观念上的障碍。在通俗小说领域，对小说的改订最集中且成就最高的是在明末清初，而此时期正是通俗小说逐步定型并走向繁盛的时期，尤其是“四大奇书”，这在中国通俗小说的发展中具有典范意义。明末清初的小说评点家对“四大奇书”的修订并使之成为后世流传的小说定本在通俗小说的发展史上有重要价值，同时也是小说批评参与小说发展实际的一个重要举措。但历来治小说史者，常常把小说创作和小说评点分而论之，叙述小说史者一般不涉及评点对小说文本的影响（有时更从反面批评），而研究小说评点者又每每过多局限于小说评点之理论批评内涵。于是，小说评点家对于小说文本的改订就成了一个两不关涉的“空白地带”，这实在是一个研究的“误区”。故如果我们在小说史的叙述中适当注目评点对小说发展的影响，并对其有一个恰当的评价，那我们所叙述的小说史也许会更贴近中国古代小说发展的“原生状态”。

总之，我们以小说的存在方式研究作为小说学的一个组成部分是为了弥补以往中国小说理论批评研究中的不足，同时也是为了使古代小说学的研究更为圆满，从而更清晰地梳理出“小说学”在中国小说史发展中所产生的实际影响。

四、小说文本批评

由于受中国文学批评史研究格局的影响，长久以来我们的小说理论批评研究一直以“理论思想”为主要对象，于是对各种“学说”的阐释及其史的铺叙成了小说理论批评研究的首务；原本丰富多样的古人对于小说的研究被主观分割成一个个理性的“学说”，一部中国小说理论批评史也就成了一个个理论学说的演化史。而在这种研究格局中，中国小说学史上最富色彩、对小说传播最具影响的“文本批评”却被忽略了。这无疑是20世纪中国小说理论批评研究中的一大缺憾。以理论观念作为小说理论批评史研究的主要对象，这本身无可厚非，因为在古人对小说的研究过程中确实产生了大量有价值的思想观念，值得探究。但在小说理论批评史研究中，以理论观念掩盖小说的文本批评却并不合适。

所谓“文本批评”是指在中国小说批评史上对单个作品的品评和分析，它着重阐释的是单个作品的情感内涵和艺术形式，这在中国小说批评尤其是明清通俗小说批评中是占主流地位的批评方式。故一部中国小说批评史，其实主要就是对单个小说文本阐释的历史。但在以往的小说理论批评研究中，这一批评方式及其内涵常常被理论观念的研究所掩盖，这一“掩盖”至少有两方面的“失误”：

以理论观念为研究主体在很大程度上掩盖了“文本批评”在中国小说理论批评史上的实际存在及其价值。中国古代小说的“文本批评”是建立在对个体小说情感内涵和艺术形式的阐释之上的，因而古代小说的文本批评明显地构成了两条线索：单个小说文本批评的自身演化线索和不同小说文本批评的历史演进线索。前者体现为单个小说文本的接受史，后者则显现为古代小说文本批评的总体演进历史。清理和把握这两种线索无疑可深切地观照中国小说史在创作和传播两方面的实际状况。就单个小说文本的接受史而言，不同批评家、不同历史时期的批评均显示了独特的时代情状和批评家的个性风貌。如《水浒传》,从“李卓吾评本”到“金圣叹评本”再到燕南尚生的《新评水浒传》,其中体现了明显的演化轨迹,“李卓吾评本”以“忠义”评《水浒》旨在抬高《水浒传》和小说文体的历史地位。金圣叹以“才子书”评《水浒》则主要从艺术形式角度评判《水浒传》的艺术价值,而他对“李评本”“忠义”的驳难又明显地表现了明末社会特定的时代状况。至近代,燕南尚生评《水浒传》全然舍去了作为小说文本所应有的艺术分析,而从当时现实政治的需要,从君主立宪的实用角度判定《水浒传》为“政治小说”“社会小说”和“伦理小说”。这一条演化的轨迹既体现了《水浒传》在中国古代被逐步接受的历史,同时也显示了《水浒传》在接受过程中的时代印记。从小说文本批评的总体演进来看,古代小说的文本批评在对作品的选择上也有一个明显的演进线索:《水浒》《三国》是最先得到批评家“青睐”的小说作品,一时评本蜂起,其后,《金瓶梅》也逐步得到重视,而在清中叶以后,小说的文本批评几乎成了以《红楼梦》为代表的世情小说的一统天下了。而这一线索正是与中国通俗小说的发展实际相一致的。

以理论观念为标准研究古代小说批评,还常常使一些相对缺少理论思想而注重小说文本阐释的批评文本不受重视,甚至被排斥在小说批评研究的视野之外。一个突出的例子是明清《西游记》的批评文本明显受到冷落,《西游记》自“李卓吾评本”之后,有明末清初的“汪象旭评本”,至清中叶出现了大量的评点本,如《新说西游记》《西游真诠》《西游原旨》等,这一系列的评点本大多以阐释作品的内涵为主,以传统的“三教合一”思想和明中后期以来的“心学”阐释《西游记》的思想内涵。其中偏颇甚至荒唐之处不少,但这是明清小说批评中的一个独特现象,也是《西游记》在传播过程中的一个特殊存在,不应排斥在小说批评研究之外。《红楼梦》批评文本的研究同样也是如此,在《红楼梦》传播史上影响最大的无疑是王希廉、张新之、姚燮三家评本,但这三家评本同样以阐释作品的情感内涵与艺术形式为主,而较少理论思想的发挥和概括，故在小说批评研究中也不受重视。倒是哈斯宝的《新译红楼梦》因其有理论思想的概括而广受注目，其实，哈斯宝的所谓理论思想大多拾金圣叹之“唾余”，对于《红楼梦》人物和结构的分析与三家评本相比尚有较大距离。这种研究状况和价值评判显然是以理论观念为标准所带来的后果。故我们强调中国小说学研究中“文本批评”的回归，正旨在追求小说学研究贴近小说史的发展实际，强化小说批评的文本意识和批评家的个性色彩、时代特性，从而使中国小说学史的研究中能够清晰地梳理出一个古人对于小说文本阐释的历史。

在小说批评研究中强调“文本批评”的回归，其实所要“回归”的是中国小说批评的实际状态。上文说过，中国小说批评以“文本批评”为主体，而这正是由古代小说批评形态所决定的。中国古代文学批评源远流长，批评形式也丰富多样，有发为专论的如陆机《文赋》、刘勰《文心雕龙》，有专注于诗歌一体的如钟嵘《诗品》，有“话”、有“品”、有“评点”、有书信、序跋等，各种批评形式制约了理论思想的生成，而批评形式的多样性使得中国古代的文学理论思想呈现了丰富多彩的特色。在中国文学批评史的背景上，古代小说批评尤其是明清的通俗小说批评形式相对来说比较单一，小说批评史上没有出现一部对小说文体进行专题研究的专门论著；具有相对综合性的“小说话”形式也一直到近代方始出现。故小说批评最为基本的形式是“评点”和序跋，尤以评点为中国小说批评的主体形式，而无论是评点还是序跋，均以单个小说作品为批评对象。尤其是评点，这是古代小说批评中一以贯之的批评方法，在中国古代延续了近四百年历史，与中国古代小说的发展相始终。这种批评方式是传统诗文评点在小说领域的延伸，但没有全盘接受诗文评点的传统，中国古代的诗文评点自唐以来，是作家评、文本评同时并重的，还略带对文体的研究。而古代小说评点可谓单纯的文本批评，是独立的对于小说文本的赏析和阐释。故对小说评点而言，其首要的是对文本的阐释，其次才在这基础上表达一定的小说理论思想，两者之间的主次关系极为明显。故以理论观念研究掩盖文本批评无疑是舍本逐末的行为,并不符合中国小说批评之实际。

还须看到的是,从“文本批评”的角度梳理古代小说批评,可以清晰地看到古代小说批评与小说创作及传播的高度一致性。中国小说批评的主体线索正是由对古代小说史上一部部名家名作的文本批评所构成的,明代“四大奇书”、清代的《红楼梦》《儒林外史》《聊斋志异》是古代小说文本批评的主体,正是对这些名作的文本批评形成了古代小说批评的骨干线索。而清晰地梳理古人对于这些作品的文本批评及其演化轨迹无疑是中国小说学研究的一个重要任务。

综上所述,中国小说学研究主要由三个层面所构成,即:小说文体研究、小说存在方式研究和小说的文本批评,这三个层面构成了小说学研究的整体内涵,三者之间既有联系,又有相对的独立性。而我们以这三个层面作为小说学的研究对象,其目的一方面是为了突破以往的研究格局,同时更重要的是为了使小说学研究更贴近中国小说史的发展实际,将中国小说学研究与中国小说史研究融为一体,从而勾勒出一部更实在、更真切的古人对“小说”的研究历史。

(载《中国社会科学》2001 年第 4 期,略有删改)

“俗文学”辨

——兼谈20世纪中国俗文学研究的逻辑进程

俗文学研究曾是20世纪中国文学研究中的“显学”，有着举足轻重的地位。[①] 从20世纪初的萌兴、30年代的确立、40年代的繁荣到五六十年代的消歇，直到80年代中叶的重新崛起，“俗文学”研究可谓走过了一段红红火火但又起伏不定的历史。但回顾一个世纪来“俗文学”研究的历史进程，放眼当今的“俗文学”研究现状，人们似乎仍然为一个基本的问题所“困惑”着：“俗文学”研究作为一个独立的学科，它的学科性质究竟是什么？抑或“俗文学”研究究竟能否成为一个独立的学科？这种“困惑”和“质疑”其实是有道理的，是合乎逻辑的。从研究进程而言，20世纪初“敦煌文学”的发现，引发了研究界对于俗文学的研究兴趣，北大“歌谣征集处”及以后的“歌谣研究会”开创了对于民间歌谣的收集和研究，王国维和鲁迅先生则开拓了戏曲史、小说史研究领域。20世纪30年代，郑振铎先生提出“俗文学”研究观念，确立了中国俗文学的研究学科。以后俗文学研究主要向四个方向发展：小说研究、戏曲研究、说唱文学研究和民间文学研究，这四个研究方向各自取得了颇为丰厚的研究成果。然而，随着这四个研究方向不断趋于成熟，原本属于“俗文学”研究范畴的四个方向逐步形成了自身的学科格局，并最终成为四个相对独立的研究学科。于是，“俗文学”研究之学科性质在这种“分裂”中逐步失去了“自性”而走向了“大而无当”。而从研究对象来看，“俗文学”研究的“困境”乃更为明显，郑振铎先生谓：“中国的‘俗文学’，包括的范围很广。因为正统的文学的范围太狭小

① 本文主要涉及中国古代文学范畴的俗文学研究。

了，于是‘俗文学’的地盘便愈显其大。差不多除诗与散文之外，凡重要的文体，像小说、戏曲、变文、弹词之类，都要归到‘俗文学’的范围里去。”[①]“凡不登大雅之堂，凡为学士大夫所鄙夷，所不屑注意的文体都是‘俗文学’。”[②]吴晓铃先生云：“除了作为骨干的戏曲、小说之外，我们还顾及俗曲、故事、变文、谚语、笑话、宝卷、皮簧和乡土戏等等，不单算做俗文学，而且是真正俗文学的讨论。”[③]可见，“俗文学”研究从一开始就设定了颇为宽泛的研究对象，这种研究格局就20世纪上半叶而言有其合理性，这对提升“俗文学”的地位，冲破中国文学研究的传统格局起到了重要的作用。但随着研究领域的不断深入和展开，尤其是各种学科的自身成熟和独立，固守这一格局的弊端也日益明显，然而“俗文学”研究至今犹未改变这一格局。如《现代学术史上的俗文学》（陈平原主编）一书所涉及的对象就包括“神话、传说故事、笑话、寓言、歌谣、少数民族史诗、诗钟、相声、鼓词、评书、弹词、宝卷、子弟书、敦煌俗文学、通俗小说、戏曲”等。[④] 如此庞大的研究对象何以形成自身的学科性质？这确乎是一个问题。由此，“俗文学”研究作为一个“学科”无疑面临着“尴尬”乃至“危机”。而研究者的“困惑”和“质疑”亦自然在情理之中。

一、释“俗”

“俗文学”既以“俗”限定，则自然涉及对于“俗”的理解问题，而“俗”之内涵应从传统文献中去寻求。然而20世纪中国俗文学研究主要是从“五四”以后开始的，它深深打上了“五四”新文化运动这一思想

---

① 郑振铎：《中国俗文学史》（上册），作家出版社1954年版，第1—2页。

② 郑振铎：《中国俗文学史》（上册），作家出版社1954年版，第2页。

③ 吴晓铃：《朱自清先生和俗文学》，《吴晓铃集》（第4卷），河北教育出版社2006年版，第7页。

④ 参见陈平原主编：《现代学术史上的俗文学》，湖北教育出版社2004年版。

文化背景的烙印。“俗文学”之取义大多不从传统文献中寻找，而是从英语“popular literature”“folk literature”和“masses literature”翻译过来。致使“俗文学”歧义丛生、概念模糊，尤其与“民间文学”“民俗文学”和“大众文学”等概念相互纠缠在一起。①

“俗”之涵义颇为丰富，其内涵纷繁复杂，但细绎其中，亦有线索可寻。据其内涵及与之相配的组词方式，约略可概言为如下数端：

一曰“风俗”之“俗”：指相沿习久而形成的风尚和习俗。《荀子·强国篇》谓：“入境，观其风俗。”②《王霸篇》：“无国而不有美俗，无国而不有恶俗。”③及《曲礼》：“入境（原书作“竟”）而问禁，入国而问俗，入门而问讳。”④均大抵指称这一内涵。《说文解字》释“俗”云：“俗，习也。”⑤段玉裁注：“习者，数飞也。引申之凡相效谓之习。”⑥案“风俗”之义亦有区别，孔颖达疏《诗·周南·关雎序》“美教化，移风俗”谓：“《地理志》云：‘凡民秉五常之性，而有刚柔缓急音声不同，系水土之风气，故谓之风；好恶取舍动静，随君上之情欲，故谓之俗。’是解风俗之事也。风与俗对则小别，散则义通。”⑦故由自然环境不同而形成的习尚称之为“风”，由社会环境之不同而形成之习尚谓之“俗”。“风俗”之“俗”指特定的风尚习俗，与此相近之语词还有“礼俗”（《周礼·大宰》：

---

① 参见施蛰存：《“俗文学”及其他》，载陈子善、徐如麒编选：《施蛰存七十年文选》，上海文艺出版社1996年版，第535—538页。

② （清）王先谦撰，沈啸寰、王星贤点校：《荀子集解》，中华书局1988年版，第303页。

③ （清）王先谦撰，沈啸寰、王星贤点校：《荀子集解》，中华书局1988年版，第219页。

④ （清）孙希旦撰，沈啸寰、王星贤点校：《礼记集解》，中华书局1989年版，第91页。

⑤⑥ （汉）许慎撰，（清）段玉裁注：《说文解字注》，上海古籍出版社2017年版，第376页。

⑦ （汉）郑玄笺，（唐）孔颖达疏：《毛诗注疏》，载（清）阮元校刻：《十三经注疏》，中华书局1980年版，第459页。

“六曰礼俗，以驭其民。”[①])、“习俗”(《史记·秦始皇本纪》：“遂登会稽，宣省习俗，黔首斋庄。”[②])及后世之“民俗”等。

一曰“世俗”之“俗”：“世俗”之义有歧解，有风习之义，大略与“风俗”同，如《史记·孙叔敖传》：“孙叔敖者，……三月为楚相，施教导民，上下和合，世俗盛美。”[③]亦指在宗教中与天国相对的人世间。但更普遍的是指含有平常、凡庸之义的当世一般人。《庄子·天地》云：“夫明白入素，无为复朴，体性抱神，以游世俗之间者。”[④]《在宥篇》云：“世俗之人，皆喜人之同乎己而恶人之异于己也。”[⑤]《墨子》云：“世俗之君子，视义士不若负粟者。”[⑥]及《离骚》：“謇吾法夫前修兮，非世俗之所服。”[⑦]《商君书·更法》：“子之所言，世俗之言也。”[⑧]均为同一内涵。与此相关之词则有“俗人”“俗儒”和“俗士”等，《老子》云：“俗人昭昭，我独若昏。俗人察察，我独闷闷。”[⑨]《荀子·儒效》云：“有俗人者，有俗儒者。”[⑩]何谓“俗人”？“不学问，无正义，以富利为隆。”[⑪]何谓“俗儒”？“其衣冠行为已同于世俗矣，然而不知恶者。”[⑫]而见识浅陋的鄙俗之人则称为“俗士”，裴松之《三国志·蜀·诸葛亮传》注引《襄阳

---

① (清)孙诒让撰，王文锦、陈玉霞点校：《周礼正义》，中华书局 1987 年版，第 67 页。

② (汉)司马迁：《史记》第一册，中华书局 1959 年版，第 261 页。

③ (汉)司马迁：《史记》第十册，中华书局 1959 年版，第 3099 页。

④ (清)郭庆藩撰，王孝鱼点校：《庄子集解》，中华书局 1961 年版，第 438 页。

⑤ (清)郭庆藩撰，王孝鱼点校：《庄子集解》，中华书局 1961 年版，第 392 页。

⑥ 吴毓江撰，孙启治点校：《墨子校注》，中华书局 1993 年版，第 688 页。

⑦ 黄灵庚：《楚辞集校》，中华书局 2009 年版，第 64—65 页。

⑧ 蒋礼鸿：《商君书锥指》，中华书局 1986 年版，第 3 页。

⑨ 朱谦之：《老子校释》，中华书局 1984 年版，第 83 页。

⑩⑪ (清)王先谦撰，沈啸寰、王星贤点校：《荀子集解》，中华书局 1988 年版，第 138 页。

⑫ (清)王先谦撰，沈啸寰、王星贤点校：《荀子集解》，中华书局 1988 年版，第 139 页。

记》:“儒生俗士,岂识时务?识时务者,在乎俊杰。”[1]魏晋以来,文人以隐逸为清高,故又称热衷于功名中人为俗士。孔稚圭《北山移文》:“请迴俗士驾,为君谢逋客。”[2]即指此类人物。故“世俗”之“俗”乃从道德、情趣、追求等角度划出了一个独特之人群,所谓“世俗之人”。

一曰“雅俗”之“俗”:“雅俗”之“俗”既关乎人,指与文雅之士相对的流俗粗鄙之人,所谓“雅俗异材,举措殊操”。[3] 如《论衡·四讳》云:“夫田婴俗父,而田文雅子也。”[4]《后汉书·郭太传论》亦云:“林宗雅俗无所失,将其明性特有主乎?”[5]而更多的则关乎文艺和审美。在中国文艺思想史上,最早将“雅俗”相对举的是先秦时期的“雅乐”和“俗乐”之分,“雅乐”又称“先王之乐”,是指符合礼乐规范的宫廷之乐;“俗乐”又称“世俗之乐”,指兴起于民间,流行于社会,在形式和内容上都不符“雅正”之规范的“淫靡之音”或“杀伐之声”。[6] 在礼乐制度的背景下,“雅乐”与“俗乐”之分从一开始就非单纯的审美意识的对峙,而是深深地烙上了政治的印记。“雅乐”敬之为“古乐”“正声”“德音”“先王之乐”“治世之音”,“俗乐”鄙之为“邪音”“淫声”“郑卫之音”“乱世之音”“亡国之音”,其中褒贬之意非常明显,这种“隆雅鄙俗”的倾向在中国文艺思想史上绵延不绝,影响深远。由此形成了上层士大夫与下层世俗之间具有不同审美意识及评价体系的两大阵营。[7] 当然,“雅俗”

---

① (晋)陈寿撰,(宋)裴松之注:《三国志》,中华书局2006年版,第544页。

② (南朝)孔稚圭:《北山移文》,载(清)吴调侯、吴楚材编,史礼心等注:《古文观止》,华夏出版社1998年版,第330页。

③④ (东汉)王充:《论衡》,上海人民出版社1974年版,第359页。

⑤ (南朝宋)范晔撰,(唐)李贤等注:《后汉书》,中华书局1965年版,第2231页。

⑥ 《论语·卫灵公》:“放郑声,远佞人。郑声淫,佞人殆。”《吕氏春秋·仲夏记》:“(俗乐)为木革之声则若雷,为金石之声则若霆,为丝竹歌舞之声则若噪。以此骇心气、动耳目、摇荡生则可矣,以此为乐则不乐。”(春秋)孔丘著,杨伯峻译注:《论语译注》,中华书局2006年版,第185页;参见许维遹撰,梁运华整理:《吕氏春秋》,中华书局2009年版,第112页。

⑦ 李天道:《中国美学之雅俗精神》,中国书籍出版社2019年版,第175—196页。

之间也非截然分途，两者也有互融相通的一面。故随着社会的发展，尤其是唐以来文化的下移，强调"雅俗相通""雅俗并重"，要求"雅俗共赏"的呼声也不绝如缕。如刘勰既认定"雅俗异势"[①]（《文心雕龙·定势》），又要求"斟酌乎质文之间，而隐括乎雅俗之际"[②]（《文心雕龙·通变》）。苏轼《题柳子厚诗》云："诗须要有为而后作，用事当以故为新，以俗为雅。"[③]黄庭坚《再次杨明叔韵》更申言："盖以俗为雅，以故为新，百战百胜，如孙武之兵。"[④]而具体到不同的文体，人们也提出了"雅俗异体"的原则，李渔《窥词管见》云："诗之腔调宜古雅，曲之腔调宜近俗，词之腔调则雅俗相和之间。"[⑤]《闲情偶寄·词曲部》又云："曲文之词采，与诗文之词采非但不同，且要判然相反，何也？诗文之词采贵典雅而贱粗俗，宜蕴藉而忌分明。"[⑥]刘熙载《艺概·词曲概》亦谓："《魏书·胡叟传》云：'既善为典雅之词，又工为鄙俗之句。'余变换其义以论曲，以为其妙在借俗写雅，面子疑于放倒，骨子弥复认真。"[⑦]由"雅俗"之"俗"所延伸，除"俗乐"外，相关之语词尚有"俗诗"，如《五杂俎》卷十三"事部一"："韩文公，有道之士也，训子之诗，有'一为公与相，潭潭府中居'之句；而俗诗之劝世者，又有'书中自有黄金屋'等语，

---

① (南朝梁)刘勰著，杨明照校注拾遗：《文心雕龙》，古典文学出版社 1958 年版，第 212 页。

② (南朝梁)刘勰著，杨明照校注拾遗：《文心雕龙》，古典文学出版社 1958 年版，第 208 页。

③ (宋)苏轼：《苏东坡全集》(卷 1—10)，北京燕山出版社 1998 年版，第 5441 页。

④ (宋)黄庭坚著，余毅恒、陈维国选注：《黄山谷诗选注》，四川人民出版社 1988 年版，第 194—195 页。

⑤ (清)李渔撰，杜书瀛校注：《闲情偶寄　窥词管见》，中国社会科学出版社 2009 年版，第 245 页。

⑥ (清)李渔撰，杜书瀛校注：《闲情偶寄　窥词管见》，中国社会科学出版社 2009 年版，第 14 页。

⑦ (清)刘熙载：《艺概·词曲概》，载中国戏曲研究院编：《中国古典戏曲论著集成》九，中国戏剧出版社 1959 年版，第 116 页。

语愈俚而见愈陋矣。”[①]“俗诗”中又有“俗句”“俗字”“俗意”之别。如薛雪《一瓢诗话》云:“人知作诗避俗句,去俗字,不知去俗意尤为要紧。”[②]陶明濬《诗说杂记》亦云:“俗意者何?善颂善祷,能谀能谐,毫无超逸之志是也。”[③]“俗戏”,如唐代李隆基即有《观拔河俗戏》诗,张说亦有《奉和圣制观拔河俗戏应制》诗,明清戏曲演出中也多有将闹热之戏称为“俗戏”者。[④] 另外还有“俗曲”“俗文”“俗学”“俗思”等语词亦大体由“雅俗”之“俗”延伸而来。[⑤]

一曰“通俗”之“俗”:“通俗”二字似不可分,表“显浅”“直白”之义,主要是指特定之“语体”,与“雅俗”之“俗”有相关之处。如《能改斋漫录》卷二:“郭思《诗话》以口号之始,引杜甫《欢喜口号绝句十二首》云:‘观其辞语,殆似今通俗凯歌,军人所道之辞。’”[⑥]又《警世通言》第十二卷:“话须通俗方传远,语必关风始动人。”[⑦]然细考之,“通俗”之“俗”或还由“世俗”之“俗”演化而来,“世俗之人”指含有平常、凡庸之义的当世一般人,而“通俗”之“俗”则更为确指,明确认定是指普通之百姓。且看明人对“通俗演义”的定义,甄伟《西汉通俗演义序》云:“西

① (明)谢肇淛:《五杂俎》下,中央书店1935年版,第197页。

② (清)薛雪著,杜维沫校注:《一瓢诗话》,人民文学出版社1979年版,第96页。

③ 引自(宋)严羽著,郭绍虞校释:《沧浪诗话校释》,人民文学出版社1983年版,第108页。

④ 《红楼真梦·第四十回》:“宝钗笑对宝玉道:‘你向来不喜欢热闹戏,看到《姜子牙摆阵》《孙行者大闹天宫》这些俗戏,就要躲出去的。怎么近来脾气也变了,会编出这些玩意来。’”参见(清)郭则沄撰,华云点校:《红楼真梦》,北京大学出版社1988年版,第472页。

⑤ 《皇明典故纪闻》卷十六:“大学士徐溥言:‘我朝合祭天地,皆太祖所亲定,乐器乐章,皆太祖所亲制。不闻有三清之祭,俗曲之音。’”《论衡·自纪篇》:“充……伤伪书俗文多不实诚,故为《论衡》之书。”《庄子·缮性》:“缮性于俗,俗学以求复其初;滑欲于俗,思以求致其明;谓之蔽蒙之民。”参见(明)余继登辑《皇明典故纪闻》,书目文献出版社1995年版,第913—914页;(东汉)王充:《论衡》,第450页;(清)郭庆藩撰,王孝鱼点校:《庄子集解》,第547页。

⑥ (宋)吴曾撰,刘宇整理:《能改斋漫录》,大象出版社2019年版,第85页。

⑦ (明)冯梦龙编撰:《警世通言》,中华书局2009年版,第106页。

汉有马迁史，辞简义古，为千载良史，天下古今诵之，予又何以通俗为耶？俗不可通，则义不必演矣。义不必演，则此书亦不必作矣。”[①]袁宏道《东西汉通俗演义序》云：“兹《演义》一书，胡为而刻？又胡为而评？中郎氏曰：‘是未明于通俗之义者也。’……文不能通而俗可通，则又通俗演义之所由名也。”[②]陈氏尺蠖斋《东西晋演义序》云：“一代肇兴，必有一代之史，而有信史，有野史。好事者丛取而演之，以通俗谕人，名曰演义。”[③]陈继儒《唐书演义序》更直接云：“演义，以通俗为义也者。……演义固喻俗书哉，义意远矣！”[④]所谓“俗不可通，则义不必演矣”“文不能通而俗可通”“演义固喻俗书哉”。其“俗”者何？“愚夫俗士”“村哥里妇”等平民百姓是也。与“通俗”相勾连之语词最普遍者是“通俗演义”，如明代就有大量以“通俗演义”命名的小说，另外还有“通俗纪传”“通俗小传”“通俗小说”等。[⑤] 而与语体相关者则有“俚俗”“浅俗”等。

还值得注意的是，在中国古代，以“俗”为宗旨的书籍大多表现出“自上而下”的“说教”“布道”或“供人消遣”的意味，是有意为之而非自发的。这种书籍约有三类：一为“宗教”的“布道施教”，二为“思想”的“道德说教”，三为“文艺”的“寓教于乐”。宗教书籍如唐代“俗讲”之变

---

① (明)甄伟:《西汉通俗演义序》,引自朱一玄编,朱天吉校:《明清小说资料选编》(上),南开大学出版社 2012 年版,第 13 页。

② (明)袁宏道:《东西汉通俗演义序》,引自朱一玄编,朱天吉校:《明清小说资料选编》(上),南开大学出版社 2012 年版,第 12 页。

③ (明)陈氏尺蠖斋:《东西晋演义序》,引自朱一玄编:《金瓶梅资料汇编》,南开大学出版社 2012 年版,第 182 页。

④ (明)陈继儒:《唐书演义序》,引自黄霖编:《中国历代小说批评史料汇编校释》,百花洲文艺出版社 2009 年版,第 188 页。

⑤ (明)沈德符《万历野获编》卷五:“武定侯郭勋……谋进爵上公,乃出奇计,自撰开国通俗纪传,名《英烈传》者。”(《万历野获编》,北京燕山出版社 1998 年版,第 107 页。)《绣榻野史》下卷:“东门生也常常的把自己做过的事儿,劝世间的人,要人都学好。因此上有好事的依了他的话儿,做了一部通俗小传儿。”(《绣榻野史》,台湾大英百科股份有限公司 1994 年版,第 160 页。)

文，宋代禅宗之语录等均是。用于“道德说教”的书籍更是比比皆是，如明吴讷《祥刑要览》：“上卷经典大训十六条，次为先哲议论十五条。下卷善可为法十三人，恶为可戒十人。……盖为通俗之文，以戒不甚读书者，故浅近如是也。”[①]明吕坤《闺范》：“前一卷为嘉言，皆采六经及《女诫》《女训》诸文为之训释。后三卷为善行，分女子、妇人、母道各一卷。叙其本事，而绘图上方，并附以赞。文颇浅近，取易通俗也。”[②]清王之鈇《言行汇纂》：“是编分四十门，皆杂采古人嘉言懿行，以己意润饰之。……盖通俗劝善之书，为下里愚民而设者，故语多鄙俚，且多参以祸福之说云。”[③]而文艺的教化娱乐更与其内容和形式之“俗”息息相关，陈继儒《唐书演义序》谓“通俗演义”“足以佐经书史传之穷”。故通俗演义之撰写目的非常明显。《重刊杭州考证三国志传序》云：“罗贯中氏又编为通俗演义，使之明白易晓。而愚夫俗士，亦庶几知所讲读焉。”[④]《隋炀帝艳史凡例》谓：“稗编小说，盖欲演正史之文，而家喻户晓之。”[⑤]《十二楼序》亦谓：“是编以通俗语言鼓吹经传，以入情啼笑接引顽痴。”[⑥]故在“俗”的框范中使俗世之民获得教益或娱乐是以“俗”为宗旨的书籍所体现的共同特性。

“俗”之涵义在中国古代文献中的存在情况大致如上。四者之间既有一定的独立性，又有相互交叉的地方。大体而言，“风俗”之“俗”指称特定的风尚习俗，而风尚习俗又以民间性与下层性为主流。“世俗”之“俗”在道德、情趣和追求上划出了一个独特的人群，这一人群是

---

① (清)纪昀:《四库全书总目提要》,河北人民出版社 2000 年版,第 2576 页。

② (清)纪昀:《四库全书总目提要》,河北人民出版社 2000 年版,第 3370 页。

③ (清)纪昀:《四库全书总目提要》,河北人民出版社 2000 年版,第 3411 页。

④ 无名氏:《重刊杭州考证三国志传序》,引自朱一玄编,朱天吉校:《明清小说资料选编》(上),南开大学出版社 2012 年版,第 64 页。

⑤ 无名氏:《隋炀帝艳史凡例》,引自朱一玄编,朱天吉校:《明清小说资料选编》(上),南开大学出版社 2012 年版,第 136 页。

⑥ (清)杜濬:《十二楼序》,引自黄霖编:《中国历代小说批评史料汇编校释》,百花洲文艺出版社 2009 年版,第 401 页。

以现实追求和俗世享受为特色的。“雅俗”之“俗”主要从审美和文艺的角度立论，指在思想情感、表现内容、风格语体等方面与“雅”相对举的、趋于下层性的文艺和审美的一脉线索，并在价值评判上作了限定。而“通俗”之“俗”既承“雅俗”之“俗”，又由“世俗”之“俗”演化而来，然更注重下层百姓之内涵。总之，“俗”在古代文献中大体都以下层性为依归，体现了浓重的俗世内涵。同时，古代以“俗”为宗旨的书籍是“自上而下”有意为之的，是有明确创作意图的书面性文字。“俗文学”之“俗”无疑应从上述内涵中寻求依据，而对中国“俗文学”作出界定。

二、俗文学之称谓

明确了“俗”之涵义，那我们就可以对俗文学之称谓作出梳理和探讨了。在“中国俗文学”研究史上，较早提出“俗文学”这一概念的是日本学者狩野直喜博士。[①] 而一般认为国内最早使用“俗文学”一辞的是郑振铎，其实不确。郑振铎在《小说月报》第 20 卷第 3 期发表《敦煌俗文学》一文是在 1929 年 3 月，而胡适在《白话文学史·自序》中已经使用“俗文学”一辞，此序作于 1928 年 6 月 5 日，指称敦煌文学、《游仙窟》、《全相平话》、《唐三藏取经诗话》、《西游记》(吴昌龄)、《京本通俗小说》、《太平乐府》、《阳春白雪》和王梵志、寒山诗等。“俗文学”一辞作为学科名称而被正式使用大约是从郑振铎于 1938 年商务印书馆出版《中国俗文学史》开始的，作为以“俗文学”命名的第一部研究专史，在后世影响很大，“中国俗文学研究”的学科建设也由此得以确立。

然而，“俗文学”之学科建设从一开始就不是以单一的名称出现的。20 世纪中国俗文学研究由敦煌文学的发现所引发，但本质上是由

---

① 狩野直喜(1868—1947)于 1916 年在《艺文》第 7 卷第 1 期和第 3 期上发表的《中国俗文学史研究的材料》一文中首次使用了“俗文学”一辞，指称戏曲小说和敦煌文学。参见严绍璗:《狩野直喜和中国俗文学的研究》，载《学林漫录》(第 7 集)，中华书局 1983 年版，第 142—152 页。

当时独特的思想文化背景所决定的，是“五四”时期“文学革命”的产物。重视民间，重视下层文学，要求突破传统文学研究之格局成了当时的一个普遍呼声。故文学研究的“民间”问题、“民俗”“民族”内涵问题、“白话”“通俗”问题等在俗文学研究的开创时期深深地纠缠在一起。由于关注点的相对同一，使得俗文学研究在“名实”关系上陷入一片“混乱”。各种名目充斥，如“民间文学”“民俗文学”“平民文学”“民众文学”“人民文学”“白话文学”“国语文学”“俗文学”“通俗文学”等，而研究对象则大体一致或较多重合之处。这种“名实”关系的混乱导致了“俗文学”研究在研究内涵、研究对象、研究目的乃至研究方法上的模糊和淆乱。以下我们选取几个主要名称略作梳理和分析。

民间文学：较早使用“民间文学”一辞的是1921年1月的《妇女杂志》第7卷第1号。该刊特辟“民间文学”一栏，收集各地流行的故事歌谣，同时亦刊登研究文章。胡愈之《论民间文学》一文即刊载于此，这是目前所知最早研究“民间文学”的理论文章。文章认为：“民间文学的意义，与英文的Folklore，德文的Volkskunde大略相同，是指流行于民族中间的文学；像那些神话、故事、传说、山歌、船歌、儿歌等等都是。”而民间文学“有两个特质：第一，创作的人乃是民族全体，不是个人。……第二，民间文学是口述的文学(Oral Literature)，不是书本的文学(Book Literature)”。“民间文学”是“民情学”中的一种(“民间的信仰和风俗”“民间文学”“民间艺术”)。“民间文学”包括“(1)故事：(A)演义，即俗传的史事；(B)童话；(C)寓言；(D)趣话喻言等；(E)神话；(F)地方传说。(2)有韵的歌谣和小曲。(3)片断的材料，例如乳歌、谜、俗谚、绰号、地名歌等”。这就从定义、特质、价值和分类等方面较为全面地分析了“民间文学”的学科内涵。后世的相关论述大多是在此基础上的生发、延伸和充实，如徐蔚南《民间文学》(上海世界书局1927年版)、杨荫深《中国民间文学概说》(上海华通书局1930年版)、王显恩《中国民间文艺》(上海广益书局1932年版)和蒋祖怡《中国人民文学史》(北新书局1951年版)等。徐蔚南为“民间文学”给出的定义是:"民间文学是民族全体所合作的,属于无产阶级的、从民间来的、口述的、经万人的修正而为最大多数人民所传诵爱护的文学。"确乎是更为完整充实了。20 世纪 50 年代以来,"民间文学主流论"曾一度成了中国文学研究的一个重要理论思想,但除了更为强化"人民性""阶级性"以外,对于"民间文学"的定义并未有更多的新内涵。故"民间文学"之概念最为普泛的意义在三个层面:一是创作的"集体性",即民族之共同创作,而非个人之作品,与作家文学划出了界线。二是流传的"口承性",即全民族口耳相传的传播特性,与书面文学明显不同。三是接受对象的民间性,以下层民众为主流。与"民间文学"这一概念大致相近的语词有"民俗文学""民众文学"和"人民文学"等。

平民文学:"平民文学"是 20 世纪上半叶中国文学研究中使用较为普遍、20 世纪下半叶即悄然"隐去"的一个理论术语。这一术语的初起与当时的"文学革命"密切相关,陈独秀《文学革命论》云:"推倒雕琢的阿谀的贵族文学,建设平易的抒情的国民文学。"[①]所谓"国民文学"即与"平民文学"大致相通,"贵族文学"与"平民文学"遂成相对举的文学术语。"平民文学"开始时是着重从文学的精神层面立论的,[②]1918 年 12 月 20 日,周作人写成《平民的文学》一文,为"平民文学"定下了标准:1. "白话多是平民的文学。"2. "平民文学应以普通的文体,写普遍的思想与事实。"3. "平民文学应以真挚的文体,记真挚的思想与事实。"但他同时又认为:"平民的文学决不单是通俗文学。白话的平民文学比古文原是更为通俗,但并非单以通俗为唯一之目的。因为平民

---

① 陈独秀:《文学革命论》,载陈独秀:《独秀文存·论文》(上),首都经济贸易大学出版社 2018 年版,第 78 页。

② 周作人《贵族的与平民的》:"在文艺上可以假定有贵族的与平民的这两种精神……平民的精神可以说是淑本好耳所说的求生意志,贵族的精神便是尼采所说的求胜意志了。前者是要求有限的平凡的存在,后者是要求无限的超越的发展;前者完全是入世的,后者却几乎有点出世的了。"参见周作人:《平民的文学》,载周作人著,杨扬编:《周作人批评文集》,珠海出版社 1998 年版,第 48 页。

文学，不是专做给平民看的，乃是研究平民生活——人的生活——的文学。他的目的，并非想将人类的思想、趣味，竭力按下，同平民一样；乃是想将平民的生活提高，得到适当的一个地位。”①在《贵族的与平民的》一文中，周作人又局部修正了他的观点，认为“贵族文学并不缺乏真挚的作品”，而“平民文学”因为“太是现世的利禄的了”，反而更多表现的是“功名妻妾的团圆思想”。故在他看来，“文艺当以平民的精神为基调，再加以贵族的洗礼，这才能够造成真正的人的文学……从文艺上说来，最好的事是平民的贵族化”。② 周作人的论述较多从理论角度着眼，且关注当下文学的“平民精神”问题，还较少涉及文学史的研究。而从文学史角度研究“平民文学”，其关注的视角就更为多元了，这主要有两部著作，徐嘉瑞的《中古文学概论》(上册，上海亚东图书馆 1924 年初版)将文学分为“贵族文学”和“平民文学”两大类，并从“内容”“形式”“作者”和“音乐”四个方面区分了两者的不同。认为“平民文学”取材于社会民间，摹写人生，以写实的、生动的形式加以表现；其作者是“非知识阶级”“非官僚”“无名”的“平民作者”；在音乐上“可协之音律”。同时，又在“贵族文学”与“平民文学”之间划出了“平民化文学”一个层面，认为此类文学在“内容”“形式”上已“平民化”，但作者却是知识阶层。曹聚仁的《平民文学概论》(上海梁溪图书馆 1926 年版)将文学划分得更为细密，包括“贵族文学”“病态文学”“平民化文学”“平民文学”和“人的文学”。其中“病态文学”可视为“贵族文学”之末流；“人的文学”是指“全民众”创作和鉴赏的文学，约略与“民间文学”相同；而“平民化文学”直承徐嘉瑞的分法，它与“平民文学”之主要区别在于鉴赏人群的不同，前者是“智识阶级及平民之一部分”，后者是“全民众”。可见，徐、曹二氏对“平民文学”之认识略有“下移”的趋势，与“民间文学”有重合之处。而真正与周作人“平民文学”概念相一

---

① 参见周作人:《平民的文学》，载周作人著，杨扬编:《周作人批评文集》，第 40 页。

② 参见周作人:《平民的文学》，载周作人著，杨扬编:《周作人批评文集》，第 49 页。

致者，是所谓的“平民化文学”。

白话文学：“白话文学”的概念因胡适《白话文学史》而得盛名，实际是由胡适所创导的“白话文运动”的产物。“白话文学”之前称是所谓的“活文学”和“国语文学”，而“活文学”是“以俚语为之”的“俚语的文学”，即在“言文不一”的背景下采用当下“言语”或近于当下“言语”而创作的文学，①与“古文文学”相对。② 这种“活”的语言、“言文合一”的语言胡适称之为“国语”，而以这种语言创作的文学也就是“国语文学”。大致说来，“活文学”主要是指价值评判，所谓“惜乎五百余年来，半死之古文，半死之诗词，复夺此‘活文学’之席，而‘半死文学’遂苟延残喘，以至于今日”。③而“国语文学”与“白话文学”两者是相通的，互用的，指称中国文学中以“白话”（“国语”）创作的文学现象。在胡适的论著中，较早以“白话”梳理中国文学的是其作于 1917 年 1 月的《文学改良刍议》，文中简约清理了中国文学以“白话”创作的历史现象，称施耐庵、曹雪芹等的小说为“白话小说”。而在《国语文学史》（作于 1921 年 11 月至 1922 年 1 月）和以后的《白话文学史》（作于 1928 年）中，“白话文学”已成通用名词。“白话文学”之取义在于语体，主要是从文学语言角度立论的，故有“白话诗”“白话文”“白话词”“白话小说”等称谓。胡适谓：“我把‘白话文学’的范围放得很大，故包括旧文学中那些明白清楚近于说话的作品。我从前曾说过，‘白话’有三个意思：一是戏台上说白的‘白’，就是说得出、听得懂的话。二是清白的‘白’，就是不加粉饰的话。三是明白的‘白’，就是明白晓畅的话。”④胡适以“白话文学”概念梳理中国文学史体现了三大特色：一是确认了“白话文学”在中国文学史上的中心地位。明确宣称：“白话文学史就是中国文学史的中心部分，中国文学史若去掉了白话文学的进化史，就不成中

---

①③　胡适：《吾国历史上的文学革命》，载《胡适日记全编》（2），安徽教育出版社 2001 年版，第 356 页。

②　胡适：《白话文学史》，东方出版社 2012 年版，第 3 页。

④　胡适：《白话文学史·序言》，东方出版社 2012 年版，第 7—8 页。

国文学史了，只可叫做‘古文传统史’罢了。……中国文学史是古文文学的末路史，是白话文学的发达史。”①二是打破了当时流行的“雅文学”与“俗文学”、“贵族文学”与“平民文学”之界线，而以“白话文学”为视角“单线直入”，不分作者，不拘文体，为中国文学史清理出了全新的线索，虽有“半部”之讥，然厥功甚伟。三是“白话文学”既以“白话”定义，则“白话文学”自然与“俗文学”乃至“民间文学”概念有着千丝万缕的联系。总之，“白话文学”是所有相关语词中思路最单一、内涵最明确的一个术语。20 世纪下半叶，“白话文学”概念在中国文学研究中亦悄然“隐退”。

俗文学：“俗文学”一辞最为风行的主要有两个时期，一是 20 世纪三四十年代，一是 20 世纪 80 年代中叶至今，两者在对“俗文学”概念的厘定上略有变化，但基本一致。确定“俗文学”概念之内涵的是郑振铎先生，在其《中国俗文学史》开篇就对“俗文学”给出了如下定义：“俗文学就是通俗的文学，就是民间的文学，也就是大众的文学。换一句话，所谓俗文学就是不登大雅之堂，不为学士大夫所重视，而流行于民间，成为大众所嗜好，所喜悦的东西。”②以“通俗的”“民间的”“大众的”三个定语来界定“俗文学”，被以后的俗文学研究者普遍接受。杨荫深谓：俗文学就是“通俗的文学”“平民的文学”“白话的文学”，仅以“白话”易“民间”，其内涵基本一致。③ 吴晓铃谓：俗文学是“通俗的文学，语体的文学，是民间的文学，是大众的文学。”④亦仅增加“语体”一个限定，然“通俗”“民间”“大众”的文学大多是“语体”的，故其增加并未添上新的内涵。可见这已成为一个共识。20 世纪 80 年代中叶以来，“俗文学”之概念在终止了 30 余年后得以重提，出版了一系列以“俗文学”命名的书籍，对“俗文学”概念之厘定由此延续了下来。门

---

① 胡适：《白话文学史・引子》，东方出版社 2012 年版，第 2—3 页。

② 郑振铎：《中国俗文学史》(上册)，东方出版社 1996 年版，第 1 页。

③ 参见杨荫深：《中国俗文学概论・绪论》，世界书局 1946 年版，第 1 页。

④ 吴晓铃：《俗文学者的供状》，《华北日报》1948 年 6 月 4 日。

岿、张燕瑾《中国俗文学史·序》云:“所谓俗文学,简言之便是人民大众的文学。说它‘俗’,包括两方面含义:通俗和世俗。”①其内涵变化不大,而其论述的对象、思路亦基本承郑振铎《中国俗文学史》而来。此时期对“俗文学”概念之界定较有代表性的是吴同瑞等编的《中国俗文学概论》,吴小如在该书《序言》中云:“所谓‘俗’,首先让人想到的是通俗,其次是民俗。顾名思义,所谓‘俗文学’,必然是指通俗文学、民间文学、大众文学、口头文学。但还有更重要的一个内涵,即它必须是民族文学……缺了‘民族的’这一特点,我们的俗文学便‘俗’不起来。”②在前人基础上突出了“民俗”和“民族”的内涵,而“民俗”与“民族”之内涵在著者看来其实是二而为一的。该书第一章《绪论》云:“(俗文学)不止是文学的、语言的、戏曲的、音乐的,而且是礼俗的、史学的、哲学的、民族学的,所蕴含的正是多彩多姿、源源本本的深层民族文化。最丰富、最突出的民族性蕴藏于俗文学、俗文化中,所以,俗文学是最富有民族性的文学。”③突出“俗文学”的“民俗性”和“民族性”旨在强化俗文学研究在“民俗学”框架下的“民间文学”。④ 故其论述对象在郑著基础上更为放大,阑入了大量的诸如“民歌”“神话”“传说”“故事”“笑话”乃至“对联”“诗钟”“谜语”“谚语”“歇后语”等“民俗学”和“民间文学”的内涵。⑤ 这种大包大揽的做法在 2003 年出版的《通俗文学十五讲》中表现得更为彻底:“俗文学分支:1. 通俗文学子

---

① 门岿、张燕瑾:《中国俗文学史·序》,见《中国俗文学史》,台湾文津出版社 1995 年版,第 1 页。

② 吴同瑞、王文宝、段宝林:《中国俗文学概论》,北京大学出版社 1997 年版,第 1—2 页。

③ 吴同瑞、王文宝、段宝林:《中国俗文学概论》,北京大学出版社 1997 年版,第 5 页。

④ 这一格局的形成或许与 20 世纪 80 年代中叶以来的俗文学研究者大多有“民俗学”和“民间文学”的研究背景有关。

⑤ 此格局在 20 世纪 40 年代已显端倪,而此时期更为强化而已。如“俗文学的范围可以包括民俗学(folklore)的全部,同时它又和广义的艺术不能分家,并不只限于文学作品。”吴晓铃:《俗文学者的供状》,《华北日报》1948 年 6 月 4 日。

系:包括通俗小说、通俗戏剧等。2. 民间文学子系:指民间口头文学,集体创作、集体修改而成的文本。3. 曲艺文学子系:或称讲唱文学、说唱文学子系。它是民间艺人或文人拟作的曲艺说唱底本。4. 现代音像传媒和网络中属于大众通俗文艺的文学文本。"[①]

对 20 世纪"俗文学"及与"俗文学"相关语词之考订大致如上,[②]从上述梳理中我们不难看出其中所蕴含的问题。其一,在"俗文学"及与其相关语词中,"民间文学""平民文学"和"白话文学"之内涵相对比较单一和清晰,未有太多歧义,其指称对象亦颇为明确。倒是"俗文学"一辞最为含混,作为在国内学术界相对晚出的一个术语,"俗文学"之概念几乎含蕴了"民间文学""平民文学"和"白话文学"的所有内涵。如取"民间文学"之"口传性""集体性","平民文学"之"世俗性""下层性","白话文学"之"语体性""通俗性"。这种近乎"统揽"的界定既在逻辑上犯了"概念重复"之病,又使得"俗文学"之概念逐步失却了自身的"定性",而"俗文学"学科的含混不清即大多缘于此。其二,在上述四个语词中,真正在学术史上得以延续并成为独立之学科名称的是"民间文学"和"俗文学","平民文学"和"白话文学"均在 20 世纪下半叶悄然"隐去",只是成了阶段性的学术名词。故影响"俗文学"学科发展的"症结"是如何理清"俗文学"与"民间文学"之关系。

从研究史角度言之,"俗文学"研究与"民间文学"研究"重合"的趋向非常明显,虽然其研究对象和研究方法有一定差异,但两者之间的含混是确定的。且在当下的"俗文学"研究中,其"重合"意味更有强化之趋势,以至于 20 世纪 80 年代中叶以来研究者在梳理"俗文学"研究史时不得不采用"俗文学/民间文学"或"俗文学(民间文学)"的表述方

---

① 范伯群、孔庆东:《通俗文学十五讲》,北京大学出版社 2003 年版,第 2—4 页。

② 以上对"民间文学""平民文学""白话文学"和"俗文学"概念的考订参考了陈泳超《20 世纪关于中国俗文学概论与发展史著作述评》一文中的相关论述。陈泳超:《20 世纪关于中国俗文学概论与发展史著作述评》,陈平原主编:《现代学术史上的俗文学》,湖北教育出版社 2004 年版,第 307—353 页。

式来界定这一学科。[①] 故"俗文学"学科要求得发展,或许首先得在概念上作出新的清理和定位,尤其要与"民间文学"之概念划出界线。

我们认为,"俗文学"之所以与"民间文学"含混不明,关键在于对"俗"之内涵的理解。上文说过,"俗"之内涵主要有"风俗""世俗""雅俗"和"通俗"之义。而以"风俗"之义立论,则俗文学就与民间文学和民俗学关系深切,加上俗文学与民间文学在"通俗"一义上的相通,致使两者概念相混,后世将俗文学基本等同于民间文学即大多缘于此。但其实,俗文学之"俗"最本质的属性在于"世俗性",追求表现内涵、审美趣味的世俗化和形式的通俗化是俗文学的基本特性。故"俗文学"是介于"雅文学"与"民间文学"之间的文学现象,它同样也是"作家文学"和"书面文学",是"文学"的"三分天下"即"雅文学""俗文学"和"民间文学"之一种。

我们取文学的"三分法",主要目的在于区分"俗文学"与"民间文学"之差异,从而强化各自的学科意识和稳定其学科性质。这种"三分法"在 20 世纪俗文学研究史上其实是"古已有之"的,胡适《白话文学史》即已显端倪,他把文学分为"文人文学""民间文学"和"俗文学",而"俗文学"是文人"受了民间文学的影响"而创作的。具体而言,"到了东汉中叶以后,民间文学的影响已深入了,已普遍了,方才有上流文人出来公然仿效乐府歌辞,造作歌诗。"[②]此即为所谓的"俗文学"。周作人亦谓:"我们普通所讲的文学是很小的一部分,文学的范围是很大的,可以分为三部分:即是 1. 民间文学(folk literature);2. 通俗文学(popular literature);3. 纯文学(pure literature)。"[③]王显恩则区分了"民间文学"与"通俗文学"之差异:"通俗文艺不是民间文艺,所谓通俗

---

① 陈泳超:《作为学术史对象的"民间文学"》,《民族文学研究》2004 年第 1 期。

② 胡适:《白话文学史》,东方出版社 2012 年版,第 46 页。

③ 此文是作者 1932 年 2 月 29 日在北大国文系的演讲稿,发表于 1933 年 4 月《现代》第 2 卷第 6 期。参见周作人:《关于通俗文学》,载周作人著,杨扬编:《周作人批评文集》,珠海出版社 1998 年版,第 100 页。

文艺就是那些文艺作家和社会教育家等为供给美感，灌输知识于平民所故意造作的文艺。”①而专门研究民间文学、民俗学的钟敬文也明确认定文学是“士大夫上层文学、市民文学（小说、戏曲）和劳动人民的口头文学（故事、传说、歌谣、谚语等）三者的总和”。其中“市民文学”在他看来即“俗文学”，“劳动人民的口头文学”即“民间文学”。② 由此可见，在 20 世纪的上半叶，“三分法”至少在观念上是清晰的，明确的，只是没能在研究中加以贯彻而已。尤其是俗文学研究者较少受此影响，仍然以“统揽”的方式界定“俗文学”之概念和梳理“俗文学”之研究对象。而在 20 世纪下半叶，当民间文学研究“一枝独秀”的时候，民间文学研究的学科定性亦相当清晰。但 80 年代中叶俗文学研究重新崛起之后，人们还是接过了郑振铎先生以来的旧有套路，将本来已成熟并独立发展的民间文学部分阑入其中，致使“俗文学”学科与“民间文学”学科更为缠夹不清。故俗文学研究要求得自身之发展，与民间文学研究之“分途”是一个亟须考虑的问题。也许，重新拾起“三分法”是“疗救”俗文学研究学科性质含混不清的一帖“良药”。

三、 俗文学的特质

关于“俗文学”的特质，自 1938 年《中国俗文学史》出版以后，20 世纪上半叶基本没有越出郑振铎先生的框范；20 世纪 80 年代中叶以来，虽有一定的反思，但问题的“症结”仍然存在。我们首先对这一历史现象作出清理，然后正面提出我们的观点。

郑振铎先生在《中国俗文学史》第一章《何谓“俗文学”》中概括了俗文学的六大特质：

---

① 王显恩：《中国民间文艺》，上海文艺出版社 1992 年版，第 40 页。

② 钟敬文：《民俗学与古典文学——答〈文史知识〉编辑部》，《文史知识》1985 年第 10 期。

(1) 大众的。她是出生于民间，为民众所写作，且为民众而生存的。

(2) 无名的集体的创作。我们不知道其作家是什么人。

(3) 口传的。她从这个人的口里，传到那个人的口里，她不曾被写了下来。所以，她是流动性的。

(4) 新鲜的，但是粗鄙的。她未经学士大夫们的手所触动，所以还保持其鲜妍的色彩，但也因为这，所以还是未经雕斫的东西，相当的粗鄙俗气。

(5) 其想象力往往是很奔放的。非一般正统文学所能梦见，其作者的气魄往往是很伟大的。

(6) 勇于引进新的东西。①

郑振铎先生指出的上述六大特质大致可以分成两个部分来看待：前三者主要针对“俗文学”的创作与传播特性，强化其“集体创作”和“口传流播”。后三者着重在内容和精神层面，揭示其在民间背景下“新鲜”“奔放”但“粗鄙”的没有限制的“自然状态”。而其核心则在于：俗文学创作的“集体性”、传播的“口头性”和表现内涵与审美趣味的“民间性”。这是对“俗文学”特质的首次概括，在“俗文学”学科发展中无疑具有奠基作用，影响是巨大的。但仔细分析这六大特质，其中存在之问题颇为严重，其中最为重要的是俗文学与民间文学之间的关系不清。郑振铎先生所概括的六大特质也适合于民间文学，尤其是前三者对于“出生于民间”“无名的集体的创作”和“口传的”的概括与民间文学的特质毫无二致，故由此来概言俗文学之特质势必与民间文学产生混淆。郑振铎先生的这一概括有其“历史”的合理性，实际上是20世纪上半叶俗文学研究与民间文学、平民文学、白话文学研究交叉浑融状态的一个自然结果，是俗文学研究之学科性质尚未明晰和俗文学

① 郑振铎:《中国俗文学史》(上册)，第4—6页。

学科还未走向完全独立的一个必然产物。20世纪80年代中叶以来，当人们对俗文学的学科性质重新思考时，其反思便主要针对上述特质的界定。如吴同瑞等编《中国俗文学概论》谓：（郑振铎）“把俗文学与民间文学两个学科搅混在一起了，并没有把俗文学作品的特征说清楚。”[1]陈泳超评价说：“这几条特质，尤其是前面四条相加，倒类似于现在学科分类中的民间文学。”[2]其目的非常明显，就是试图对俗文学之特质作新的梳理。为此，吴同瑞等编《中国俗文学概论》将俗文学之特质重新概括为五点：

（1）内容、形式的通俗性；
（2）主要表现人民群众思想感情和愿望理想的民主性；
（3）富有民族风格的民族性；
（4）拥有众多作者、读者、视听者的群众性；
（5）不断推陈出新的传承性。[3]

很明显，这五大特征较之郑振铎先生的六大特质有了显著的改观，那种单一的“集体性”创作、“口传性”传播已不再成为俗文学的首要特质，代之以“通俗性”“民主性”“民族性”“群众性”和“传承性”来概括俗文学之特质。然而，这一改变从根本意义上来说仍然是不彻底的，带有很大的遗憾。且不说所谓的“民主性”“传承性”是否能概言俗文学之特色，就是“民族性”与“群众性”两端亦颇多商榷之余地。先看“民族性”问题，所谓俗文学的“民族性”主要是指俗文学体现的民族风

① 吴同瑞、王文宝、段宝林：《中国俗文学概论》，北京大学出版社1997年版，第12页。

② 陈泳超：《郑振铎与中国俗文学——以〈中国俗文学史〉为中心》，《民俗学刊》第5期，澳门出版社2003年版。

③ 吴同瑞、王文宝、段宝林：《中国俗文学概论》，北京大学出版社1997年版，第13—15页。

格,而"浓厚的民俗色彩是展示俗文学民族风格特征的核心部分"。具体而言,在形式上,俗文学以"各种艺术表演形式参与民俗活动"。在内容上,俗文学"表现了一方水土养一方人的地域风情,描绘了丰富多彩的民俗活动,抒发出民间百姓的生活情趣,从而体现了民族的认同感和凝聚力"。[①] 很显然,这一所谓"民族性"的强调实质是为了凸显俗文学的"民俗"内涵,而为了突出这一特色,甚至把那些本不属文学范畴的民间艺术诸如"傩戏""二人转"等也纳入俗文学之研究范围。再看"群众性"问题,所谓俗文学"群众性"的核心内涵是在郑振铎先生所说的创作"集体性"和传播"口头性"的基础上再作修补,认为俗文学之作者包含了"人民群众""艺人"和"文人作家",实际即为"集体创作"和"文人创作"的合一。而俗文学之传播既有"口头的",也有"书面的",实际又指称俗文学乃"口传文学"和"书面文学"的合一。如此界定俗文学之特质实际上仍然未能把俗文学与民间文学"剥离"开来,两者依然含混不清。这一格局的形成既体现了郑振铎先生所留下的历史"印记",同时也显现了 20 世纪 50 年代以来民间文学研究"一枝独秀"所带来的深刻影响。我们称所谓"反思"的不彻底性及其遗憾即主要指这一内涵。

那俗文学之特质究竟如何界定呢?我们试作如下概括:

(1) 俗文学是一种文学现象,在"价值功能""表现内容""审美趣味"和"传播接受"等方面基本趋于一致,介于"雅文学"与"民间文学"之间。故"俗文学"是一个"文类"概念。

(2) 俗文学是指以受众为本位的文人加工、整理或创作的文学作品,是"书面文学"。

(3) 俗文学以道德教化、宗教布道、知识普及和娱乐消遣为

① 吴同瑞、王文宝、段宝林:《中国俗文学概论》,北京大学出版社 1997 年版,第 15 页。

最基本的价值功能。

(4) 俗文学是一种在表现内容、艺术形式和审美趣味上追求世俗化的文学作品。

(5) 俗文学具有传播普及化的特性,具有一定的商业消费性。

我们以上述五个方面概言俗文学之特质,其宗旨在于:

(1) 以“三分法”即雅文学、俗文学和民间文学来确定俗文学的范围,是为了将俗文学与民间文学“剥离”开来,从而限定俗文学的研究范围,使俗文学研究有一个自身相对稳定的研究对象。这是俗文学研究作为一个独立学科的基本前提。(2) 将俗文学定位于“文人加工、整理或创作的文学作品”,旨在强化俗文学的“书面文学性”,也即突出俗文学乃有意为之、有着明确创作意图这一基本特性。这种“自上而下”有意为之的特性是确认俗文学在中国文学史上得以存在的重要依据。(3) 以“文类”概念来看待俗文学,有利于突破文体之限制,而不再以传统的所谓通俗文体如“小说”“戏曲”“讲唱文学”等来限定俗文学的研究领域。只要符合俗文学之基本特性,凡诗、词、文、赋、戏曲、小说、讲唱文学等均可成为俗文学之研究对象。而像《牡丹亭》《红楼梦》等戏曲小说反而不能作为俗文学的研究重心,而仅视为俗文学之“雅化”的一条线索加以梳理。(4) 以“世俗性”概言俗文学之根本特性,旨在改变以往俗文学研究过于强调“民俗性”的倾向;“民俗性”和“民族性”当然是俗文学研究的题中应有之意,而俗文学之所以成为“俗文学”,则主要在于她所显现的浓重的“世俗性”。如“文本”在内容形式和趣味上的世俗化、“传播”的世俗普及性和商业消费性是俗文学的根本特性。

四、俗文学的研究意义

从20世纪中国俗文学研究的逻辑进程来看，俗文学之研究目的有一个明显的演进线索。大致而言，20世纪上半叶的俗文学研究受“五四”以来思想文化的影响比较强烈，在俗文学研究的背后，总有一个“精神追求”在统领着。如陈平原先生所言：“五四那代人……之所以关注俗文学，是有精神性追求的。眼光向下，既是思想立场，也含文学趣味。提倡俗文学（比如征集歌谣），在五四新文化人看来，既可以达成对于‘贵族文学’的反叛，又为新文学的崛起获取了必要的养分。”①故在20世纪上半叶的俗文学研究中，我们能明显地感到一种“激情”充盈于研究者的叙述之中，这对提高俗文学的地位，吸纳文学研究者的视线，进而建设俗文学研究之学科产生了深远的影响。一大批俗文学研究成果的出现即是以这一“精神追求”为背景的。但过于强调这种“精神性追求”也有其流弊，那些不惜矫枉过正的思路和结论，也使俗文学研究在一些大的判断上虽有振聋发聩之效，然亦不无缺憾，其中以学术性的淡化为首要特征。20世纪五六十年代，俗文学研究作为学科建设明显不足；80年代以来，俗文学研究重新崛起，在经历了数十年的萧条之后，俗文学研究百废待兴，人们开始重新思考俗文学的研究目的，对此，陈平原先生《俗文学研究的精神性、文学性与当代性》一文最具代表性。文章认为，当今俗文学研究最令人担忧的是“精神性”的失落、“文学性”的丢弃和对当下文化建设“介入”意识的淡化。且警示云：俗文学研究“一旦失去‘精神’、丢了‘文学’、远离‘当代’，可就真的‘一无所有’了”。②本文拟在此基础上对俗文学之研究目的再加申述，我们认为，俗文学的研究目的大致可从如下四个方面

---

①② 陈平原：《俗文学研究的精神性、文学性与当代性》，《中华读书报》2004年11月10日。

加以考虑：

建设“学科”：俗文学研究自身之学科建设无疑是俗文学研究的首要目的。20世纪以来，俗文学研究似乎总是或多或少地被俗文学之外的研究目的所笼罩着，这无疑限制了俗文学研究的自身学科建设。“精神性”固然重要，但在不可复现“五四”以来那种高远的“精神性追求”的前提下，将强化“学科”意识放在俗文学研究目的之首位也许更为实际。作为一个独立的学科，俗文学研究还有许多问题悬而未决，实际上尚处于进一步开发阶段，就是“俗文学”之定性犹然呈“朦胧”状态，更遑论学科的完整建设了。故俗文学理论的探索、俗文学史的梳理、俗文学史料学的建设、俗文学研究方法的探讨、俗文学与雅文学及民间文学之关系的界定等俗文学研究所必备的学科内涵，都是当今俗文学学科建设中亟须完善的工作。总之，回到起点，理直气壮地将学科建设作为俗文学研究之首务，或许是根治当今俗文学研究“危机”的重要前提。且学科建设是呈“开放”状态的、无有终结的，永远可以成为俗文学研究之目标。

探究“文学”：俗文学研究目的的第二要义是探究俗文学之文学内涵。作为一脉中国文学史上独特的发展线索，俗文学自有其文学之特性及其价值。这一“文类”的文学性既别于雅文学，又与民间文学颇多差异。故对于俗文学的文学性研究应建立一种符合俗文学自身特质的评价体系和价值标准。我们不必为俗文学争“正统”而夸大俗文学的文学价值，也无须因俗文学的浅俗而低估其价值，而要努力寻求出一种只有俗文学才有的特殊的“文学性”。作为“文学”的俗文学，其研究内涵也是丰富多彩的：如俗文学文体形态研究、俗文学文体流变研究、俗文学故事类型研究、俗文学叙述方式研究等，大而宏观的发展史、断代史，小而微观的个案研究、作家研究，都是俗文学“文学性”研究的题中应有之意。

重现“机制”：俗文学研究的另一重要目的是重现“机制”，包括俗文学的创作机制和俗文学的传播机制。从总体而言，俗文学与雅文学、民间文学之间有着显著的区别,尤其表现在创作机制和传播机制上。就创作机制来看,俗文学一般不以创作者的抒情言志为宗旨,而是以读者为本位,以满足读者需求(包括精神的和娱乐消遣的)或有意识地向读者灌输某种思想道德为目的。同时,俗文学以普通读者为最大“受众”,故追求“可读性”是其存在的最重要的手段。而就传播机制来看,俗文学有着浓重的“消费性”,带有一定的“商业性”传播是俗文学流传的最大特色,故追求实时、当下的“消费”是俗文学价值显现的首要特征。而这种“以读者为本位”的创作机制与“以消费为宗旨”的传播机制实际上又是相互关联和互为因果的。在中国古代,俗文学创作机制和传播机制的形成和发展有一个过程,同时又显示出不同的时代特征。而俗文学研究的一个重要目的就是要重现这一“机制”,在大量微观研究的基础上,梳理俗文学创作机制和传播机制的局部特征和发展轨迹。

介入“当下”:研究俗文学还可以总结中国古代俗文学的创作经验和得失。俗文学创作是当今文学界的一大热点,通俗文学的创作及其传播非常兴盛,故研究古代俗文学可以为当今俗文学的创作和研究提供借鉴。同时,俗文学研究又是当今学术界的世界性课题,故中国俗文学研究更可以在开阔的学术视野下融入世界学术范围之中,有着广阔的学术前景。

五、 俗文学的研究方法与经典

俗文学在中国文学史上有着自身的特质,包括独特的创作机制和传播机制,故俗文学研究也应有自己独特的、符合俗文学之特性的研究方法,包括研究视角、评价体系和价值标准。同时,俗文学研究还要揭示符合俗文学特质的自身“经典”,这些“经典”有别于文学史上的一般名作,是俗文学独特的典范性作品。

当今对于中国文学的研究大致取三种方式:以文学为本位的思想

艺术分析方法(包括思想、结构、语言、形象、意境等的分析);以历史学的方法从事文学研究(包括通史、断代史、编年史研究、年谱的编撰等);以文学为对象的历史文化研究(以文学为对象的综合研究,目的是将文学作为一种历史现象来把握和探讨,涉及思想史、文化史、传播史等多种学科)。上述三种研究方式同样也适合俗文学研究,但应有所侧重,以建立一种符合俗文学特性的研究方式。从整体而言,中国俗文学大致具有三方面的特性:数量庞大、高质量作品的相对稀少和流传的民间性,这三个特性对俗文学的研究明显地具有制约作用。首先,由于高质量作品的相对稀少,以文学为本位的纯艺术研究不能过度展开,典型的个案较少,像《三国演义》《水浒传》《西游记》《金瓶梅》《红楼梦》等作品毕竟凤毛麟角,过度展开纯艺术的批评并不符合俗文学之总体特性。故在"文学性"研究中,可以加强纯形式的历史研究,即非艺术批评的形式研究,譬如通俗小说文体的构成及其演化的形式研究等。其次,俗文学数量的空前庞大,取决于俗文学创作整体上的"操作性"而导致的"批量性"生产,这在通俗小说的发展中表现得尤为明显。如明代历史演义小说的繁荣乃至泛滥就与这种"操作性"的创作机制密切相关,将史书通俗化、浅俗化,以完成历史知识对民众的普及和道德惩戒对民众的教化,是这一股创作风潮形成的主要因素,所谓"按鉴"类作品的风行即得力于这种创作机制。同时,这种作品的大量产生还与"书坊"的操控有着深切的关系,可以说,在俗文学的创作、出版和流传过程中,"书坊"起到了至关重要的作用。对这种独特的创作机制和传播机制的研究我们就不能取常规的研究方式,而应加强将俗文学作为历史资料的文化史研究,包括接受、影响、传播等的研究方式理应成为俗文学研究方式之主流。最后,俗文学流传的民间性对俗文学研究带来了两种影响:一是由于流传的民间性且长期以来地位的低下,致使俗文学研究之基础比较薄弱,故史料的整理、作家作品的考订、创作编年的修撰等基础研究都是亟待开展的重要环节。二是由于俗文学在创作传播上的民间性,使得古代俗文学在一定程度上游离于整体意识形态之外，这是一种有着浓厚民间气息的文学形态，它在社会上的广泛传播在很大程度上取决于读者的接受，故而其创作也较多地接受了与正统规范并不完全一致的民间思想。明清时期，官府的不断例禁，社会斥之为“诲淫”“诲盗”，正是俗文学与正统思想相悖异的一个明确表征。故将俗文学作为思想史材料的研究应有大的发展。同时，俗文学研究可以融合文艺学、社会学、民俗学、历史学、传播学等多种学科，对中国古代俗文学作出综合融通研究，这种多学科交叉的研究方法有利于对俗文学研究的深入开展，同时也契合中国古代俗文学的独特内涵。

俗文学研究还应建立一种自身的评价体系和价值标准。20 世纪是中国历史上最为推崇俗文学的世纪，但在对俗文学的评价体系和价值标准上还未形成一个相对稳定的格局。大致而言，20 世纪上半叶的俗文学研究，在所谓的“贵族文学”与“平民文学”的对举中，大大拔高了俗文学的价值，但在这种高度的褒扬中往往言过其实，而不切俗文学之实际。20 世纪下半叶，尤其是 80 年代以来则更多地在观念形态上拔高了俗文学的历史地位，然其价值标准常常采取“雅文学”的路数。一个颇有“讽刺”意味的事实是：人们一方面极力推崇俗文学的地位，但对俗文学研究最为深透的恰恰是俗文学中最具文人化的作品。如在对通俗小说的研究中，明代“四大奇书”和清代的《红楼梦》《儒林外史》是其中最引人瞩目的研究对象，也是研究最为深入的作品，而大量的通俗小说至今仍在尘封之中。形成这一格局的终极原因不在于研究者在研究对象上的选择“失误”，而主要在于研究视角和价值标准的“雅文学”化。

在俗文学这一“文类”中，叙事文学无疑是其中最为主要的部分。长期以来，我们对于叙事文学的研究常常取“思想”“形象”“结构”“语言”的四分法，且“思想”的深刻性、“形象”的典型性、“结构”的完整性和“语言”的性格化在通俗的叙事文学研究中成了几乎恒定的标准，并由此判定其价值。这一价值尺度其实与俗文学是颇多悖异的，如在古代戏曲文学尤其是追求通俗的戏曲文学中,“大团圆”是体现戏曲民间性的一个重要特色;而以“结构”的完整性来看待戏曲,戏曲结尾较少内在逻辑依据的“大团圆”便受到了普遍的批判。殊不知,这正是戏曲民间性的一个常规特色,更是戏曲在民间性基础上形成的特有“格局”所决定的,与所谓的“结构”其实并无太大关联。① 因此,对于俗文学的评判标准应突破以往“典型性”“性格化”“完整性”“个性化”等原有的单一格局;而应更多考虑符合俗文学自身特性的审美标准,如以“形象”的类型化、“结构”的程序化、“功能”的娱乐性等来评判俗文学,从而建立一种俗文学所特有的价值标准。

俗文学是否有“经典”?俗文学“经典”如何衡定?这也是俗文学研究中的一个重要问题。从总体而言,“经典”也有“雅俗”之分,“雅文学”有雅文学之“经典”,“俗文学”也有俗文学之“经典”,两者的标准、尺度是有差异的。

俗文学之“经典”首先应符合俗文学的基本规范,是在俗文学范畴中的优秀作品。如以“受众”为本位,追求世俗化,以道德教化和娱乐消遣等为最基本的价值功能,在传播上带有一定的商业消费性。这些都是遴选和确认俗文学“经典”的基本前提。然而,俗文学“经典”之所以成为“经典”还应有其更高的要求,在符合俗文学基本规范的前提下,俗文学之“经典”在俗文学创作中往往带有“范式”的意味,是俗文学中达到最高境界的那一类作品。它的产生能引领一股创作的热潮,并在这种创作热潮中居于“典范”的地位,具有较高的文学价值。同时,俗文学之“经典”在“受众”面上往往超越雅文学之“经典”,是“雅俗共赏”的,超越阶层之限制的。因为俗文学所体现的“世俗性”和“娱乐消费性”正是人类之共性。举例来看:在戏曲这一文体中,最能显示俗

① “大团圆”为“全本收场,名为‘大收煞’”。李渔认为这是戏曲“一定不可移者”之“格局”。(清)李渔撰,杜书瀛校注:《闲情偶寄　窥词管见》,中国社会科学出版社2009年版,第47页。

文学“经典”之特征的是《西厢记》和《琵琶记》。《西厢记》以“情爱”为题，情节巧妙奇特，文辞平易如话，且以“愿世上有情人都成了眷属”这一颇富世俗意味的宗旨为主题，可谓雅俗共赏，奠定了中国戏曲文学史上“情爱模式”的基本格局。《琵琶记》以“风化”为题，双线并进，结构奇巧，文辞不尚雕饰又具雅致，以“忠孝难以两全”凸显其悲剧意味，开了中国戏曲文学史上“教化模式”之先河。就小说一端来看，唐传奇虽以浅近之文言叙写，但其中颇富俗世意味的作品也不乏可视为俗文学的“经典”作品，如《李娃传》《莺莺传》《柳毅传书》等。《三国演义》亦以浅近之文言落笔，但已明显俗化，其“忠”“义”“仁”“智”之题旨更具俗世之意味，故而雅俗共赏。《水浒传》《西游记》作为俗文学的“经典”意味更为明显。由此衡定中国俗文学史，则“经典”作品可谓不胜枚举。至于李渔之《笠翁十种曲》《无声戏》《十二楼》诸作，“才子佳人”小说之佼佼者，《三侠五义》等一类作品，虽与上述作品相比稍逊一筹，但亦可视为近乎俗文学“经典”之作品。

综上所述，我们对“中国俗文学研究”的学科性质作如下总结：

(1) 中国俗文学研究以文学的“三分法”即“雅文学”“俗文学”和“民间文学”为区分原则，研究梳理中国俗文学的发生、发展、创作机制、传播机制及其相关的文学问题，是中国文学研究中具有自身独特研究目的、研究对象和研究方法的独立学科。

(2) 俗文学是一个“文类”概念，有着大致相同的特性，涉及古代文学中的众多文体，研究这一文学现象，有助于全面把握中国文学的发展规律，更有利于探究中国文学中一脉独特的发展线索。

(3) 俗文学之“俗”应从传统文献中寻求依据，有“风俗”之“俗”、“世俗”之“俗”、“雅俗”之“俗”和“通俗”之“俗”等，俗文学是这多重内涵的合一，但以“世俗”之“俗”为其本质属性。故揭示俗文学创作和传播的“世俗性”是俗文学研究的首要对象。

(4) 俗文学的研究方法要与俗文学之性质相一致，故融合文艺学、社会学、民俗学、历史学和传播学等多种方法的综合融通研究应成为其主要方法。同时,以文学为本位的研究不宜过度展开,要更多地将其作为历史文化现象和思想资料加以探究。

（载《文学评论》2007年第1期,略有增补）

“叙事”语义源流考

——兼论中国古代小说的叙事传统

“叙事”一词乃中国固有之术语，语出《周礼》，后在史学、文学领域广泛使用，成为中国古代史学和文学的重要术语之一。尤其在小说等叙事文学发达的明清时期，有关叙事的讨论更是创作者和批评者的常规话语。近年来，随着西方叙事理论的引进，以叙事理论观照中国古代文学（尤其是小说）的现象非常普遍，已然成了研究方法之“新贵”，对推进中国古代文学（尤其是小说）的研究起到了积极的作用。但无可否认，一种理论方法的引进必然要有一个“适应”和“转化”的过程，它所能产生的实际效果取决于两个基点的支撑：一是理论方法本身的精妙程度及其普适性，二是与研究对象的契合程度及其本土化。本文无意对近年来的叙事理论研究，以及运用叙事理论探究中国古代文学（尤其是小说）的现状作出评价。我们仅关注以下问题：作为一种理论学说标志的经典术语的对译要充分考虑各自的内涵及其相互之间的关联，否则难免圆凿而方枘，而难以达到实际的效果，或者对研究对象有所遮蔽和贬损。相关例证在20世纪的中国文学研究中不胜枚举，典型者如“小说”与“novel”的对译。“novel”“虚构之叙事散文”的内涵与“小说”在传统中国的所指之间存在着很大的差异，故“小说”与“novel”的对译实际缩小了古代“小说”之外延，而外延的缩小所带来的是对古代小说史的“遮蔽”；而作为术语的“小说”自身也被部分“遮蔽”了，这或许是20世纪中国小说史研究的最大弊端。其实，在叙事理论研究和运用叙事理论探索中国古代文学（尤其是小说）的研究领域，“叙事”与“narrative”的对译同样存在这一问题。杰拉德·普林斯认为叙事“可以把它界定为：对于一个时间序列中的真实或虚构的事件或状态的讲述”。[1] 浦安迪谓：“‘叙事’又称‘叙述’，是中国文论里早就有的术语，近年来用来翻译英文‘narrative’一词。”“当我们涉及‘叙事文学’这一概念时，所遇到的第一个问题就是：什么是叙事？简而言之，叙事就是‘讲故事’。”“叙事就是作者通过讲故事的方式把人生经验的本质和意义传示给他人。”[2]然则这一符合“narrative”的解释是否完全适合传统中国语境中的“叙事”？或者说，“叙事”在传统中国语境中是否真的仅是“讲故事”？更为值得注意的是，在“叙事”与“narrative”的语词对译中，起支配作用的明显是后者。如浦安迪所云：“我们在这里所研究的‘叙事’，与其说是指它在《康熙字典》里的古义，毋宁说是探索西方的‘narrative’观念在中国古典文学中的运用。”[3]这种语词对译中的“霸权”无疑会损害语词各自的准确性，进而影响研究的深入开展和合理把握。由此，对传统中国语境中“叙事”的研究是一个有益且亟需的课题。对于这一问题的研究，近年来有所开展，且取得了不俗的成绩，产生了不少有价值的研究成果。[4] 本文拟从术语语义变迁的视角梳理“叙事”在中国古代的源流，也涉及相关叙事文本和叙事学内涵。我们的拟想思路为：“叙事”原始，分析“叙事”作为术语的产生发展及其相关语词；解析“事”在传统叙事领域的多重内涵；作为史学的“叙事”和作为文学的“叙事”，分别阐释“叙事”在中

---

① [美]杰拉德·普林斯(Gerald Prince)著，徐强译：《叙事学——叙事的形式与功能》，中国人民大学出版社 2013 年版，第 2 页。

② [美]浦安迪：《中国叙事学》，北京大学出版社 1996 年版，第 4—6 页。

③ [美]浦安迪：《中国叙事学》，北京大学出版社 1996 年版，第 4 页。

④ 如董乃斌《中国古典小说的文体独立》(中国社会科学出版社 1994 年版)、杨义《中国叙事学》(人民出版社 1996 年版)、傅修延《先秦叙事研究——关于中国叙事传统的形成》(东方出版社 1999 年版)、王平《中国古代小说叙事研究》(河北人民出版社 2001 年版)、王靖宇《中国早期叙事文研究》(上海古籍出版社 2003 年版)、高小康《中国古代叙事观念与意识形态》(北京大学出版社 2005 年版)等。尤其是董乃斌先生主编的《中国文学叙事传统研究》(中华书局 2012 年版)，分别从汉字构型、古文论、历史纪传、诗词赋乐府、散文、戏曲和章回小说等方面颇为深入地梳理和分析了中国古代的叙事传统。

国传统文史两大领域各自的思想内核;进而引出本文的归结:中国古代小说的叙事传统。

一、"叙事"原始

"叙事"作为语词由"叙"和"事"二词素构成。[①] "叙"之本意为次第,即顺序。《说文解字》:"叙,次弟也。"[②]"叙"之表示"叙述"之意较早见于《国语·晋语三》:"纪言以叙之,述意以导之。"[③]而"事"之最初含义既指职官,如《战国策·赵策》:"赵太后新用事,秦急攻之。"[④]《韩非子·五蠹》:"无功而受事,无爵而显荣。"[⑤]故《说文解字》云:"事,职也。"[⑥]亦指"事件",如《礼记·大学》:"物有本末,事有始终。"[⑦]在中国古代,将"叙"("序")与"事"连缀成"叙事"或"序事"者较早出现在《周礼》,凡六见。其指称内涵虽与后世之"叙事"有一定差异,但也可以明显感到其中所蕴含的关联。这是"叙事"("序事")最早的集中出现,其内涵在"叙事"语义流变中具有重要意义。其中值得注意者主要有三:

首先,《周礼》中有关"叙事"("序事")的材料,其内涵非常丰富,涉及祭祀、乐舞、天文、政事等多个领域和"小宗伯""乐师""大史""冯相

---

① 以下对"叙"与"事"的解释可参阅杨义《中国叙事学》(人民出版社 1996 年版)、傅修延《先秦叙事研究——关于中国叙事传统的形成》(东方出版社 1999 年版)、周建渝《"叙事"概念在史传与文学批评中的运用》(李贞慧主编:《中国叙事学——历史叙事诗文》,台湾"清华大学"出版社 2016 年版)等相关论述。

② (清)段玉裁:《说文解字注》,上海古籍出版社 1981 年版,第 126 页下栏。

③ (吴)韦昭注:《国语》,王云五主编《国学基本丛书》,商务印书馆 1935 年版,第 114 页。

④ (清)程夔初:《战国策集注》,上海古籍出版社 2013 年版,第 198 页。

⑤ (清)王先慎:《韩非子集解》,《诸子集成》第 5 册,中华书局 1954 年版,第 345 页。

⑥ (清)段玉裁:《说文解字注》,上海古籍出版社 1981 年版,第 116 页下栏。

⑦ (宋)朱熹撰,徐德明校点:《四书章句集注》,上海古籍出版社 2001 年版,第 4 页。

氏”“保章氏”“内史”等多种职官。而就“叙事”（“序事”）所指涉的行为而言，则主要包括两个内涵：一是所谓“叙事”就是安排、安顿某种事情。如“小宗伯之职，掌建国之神位，……掌衣服、车旗、宫室之赏赐，掌四时祭祀之序事与其礼”。① 何为“序事”？郑玄注曰：“序事，卜日、省牲、视涤、濯饔爨之事，次序之时。”②则所谓“序事”者，乃有序安排四时祭祀之事，包括卜取吉日（“卜日”）、省视烹牲之镬（“省牲”）、检查祭器洗涤及祭品烹煮（“视涤、濯饔爨”）等相关工作。又如“大史掌建邦之六典，以逆邦国之治，……正岁年以序事。颁之于官府及都鄙，颁告朔于邦国”。③ 何为“正岁年”？郑玄注：“中数曰岁，朔数曰年。”贾公彦疏：“云‘正岁年’者，谓造历正岁年以闰，则四时有次序，依历授民以事，故云以序事也。”④通俗讲，所谓“序事”是指大史要调整岁和年的误差，按季节安排民众应做的事，并把这种安排颁给各官府及采邑。二是所谓“叙事”明显蕴含“叙述”某种“事件”的成分。如“保章氏掌天星，以志星辰日月之变动，以观天下之迁，辨其吉凶。……以诏救政，访序事”。郑玄注：“访，谋也。见其象则当豫为之备，以诏王救其政，且谋今岁天时占相所宜，次序其事。”贾公彦疏：“云‘诏’者，诏，告也，告王改修德政。”“云‘访序事’者，谓事未至者，预告王，访设今年天时也相所宜，次叙其事，使不失所也。”⑤此处所谓“序事”即据天文向王陈说吉凶并预先布置相关政事或农事。再如“内史掌王之八枋之法，

---

①② (汉)郑玄注，(唐)贾公彦疏：《周礼注疏·春官·大宗伯》，上海古籍出版社2010年版，第698—704页。

③ (汉)郑玄注，(唐)贾公彦疏：《周礼注疏·春官·大史》，上海古籍出版社2010年版，第997—1000页。柳诒徵《国史要义》云：“《周官》太史之职，赅之曰正岁年以叙事。此叙事二字，固广指行政，而史书之以日系月，以月系时，以时系年，所以纪远近别同异者，亦赅括于其内矣。”柳诒徵：《国史要义》，上海古籍出版社2007年版，第12页。

④ (汉)郑玄注，(唐)贾公彦疏：《周礼注疏·春官·大史》，上海古籍出版社2010年版，第999页。

⑤ (汉)郑玄注，(唐)贾公彦疏：《周礼注疏·春官·保章氏》，上海古籍出版社2010年版，第1019—1024页。

以诏王治。……掌叙事之法，受纳访，以诏王听治”。郑玄注：“叙，六叙也。纳访，纳谋于王也。”贾公彦疏：“云‘叙，六叙也’者，案：《小宰职》有六序。六序之内云‘六曰以序听其情’，是其听治之法也。”①则所谓“叙事”者，谓内史掌奏事之法，依次序接纳群臣的谋议向王进献。而其中对灾异的辨析、“以诏王听治”所接纳的谋议，叙述事件的成分可谓无处不在。

其次，在《周礼》中，“叙事”（“序事”）所涉及的行为具有明显的空间性和时间性，强调以“时空”之秩序安排事物或安顿事件。② 如“乐师掌国学之政，……凡乐，掌其序事，治其乐政”。郑玄注：“序事，次序用乐之事。”贾公彦说得更为明白：“云‘掌其序事’者，谓陈列乐器，及作之次第，皆序之，使不错谬。”③故所谓“序事”者，是谓“乐师”在用乐之时，负责在空间上陈列乐器和在时间上确定作乐之次第。又如“冯相氏，掌十有二岁、十有二月、十月二辰、十日、二十有八星之位，辨其叙事，以会天位”。郑玄注曰：“辨其叙事，谓若仲春辨秩东作，仲夏辨秩南伪，仲秋辨秩西成，仲冬辨在朔易。会天位者，合此岁日月辰星宿五者，以为时事之候。”④“东作”“南伪”“西成”“朔易”均指春夏秋冬相应之政事或农事，其中所体现的时间性清晰可见。同时，无论“叙”还是“序”，都包含了浓重的“秩序”“规范”之意，而这正是后世“叙事”和

① (汉)郑玄注，(唐)贾公彦疏：《周礼注疏·春官·内史》，上海古籍出版社2010年版，第1024—1025页。

② 杨义《中国叙事学》：“在语义学上，叙与序、绪相通，这就赋予叙事之叙以丰富的内涵，不仅字面上有讲述的意思，而且也暗示了时间、空间的顺序以及故事线索的头绪。”(杨义：《中国叙事学》，人民出版社1997年版，第11页。)周建渝《“叙事”概念在史传与文学批评中的运用》：“‘叙’乃次叙之一种，‘次叙’乃依次而叙，或按照所叙对象之顺序进行叙述。这个顺序，或指先后顺序，此涉及时间性质；或指方位、等级、层次顺序，此涉及空间性质。”(李贞慧主编：《中国叙事学——历史叙事诗文》，第67页。)

③ (汉)郑玄注，(唐)贾公彦疏：《周礼注疏·春官·乐师》，上海古籍出版社2010年版，第863—867页。

④ (汉)郑玄注，(唐)贾公彦疏：《周礼注疏·春官·冯相氏》，上海古籍出版社2010年版，第1007页。

“叙事学”最为基本的要求。且看《周礼·天官·小宰》的一段表述：

以官府之六叙正群吏。一曰以叙正其位，二曰以叙进其治，三曰以叙作其事，四曰以叙制其食，五曰以叙受其会，六曰以叙听其情。

郑玄注：“叙，秩次也，谓先尊后卑也。”贾公彦疏：“凡言‘叙’者，皆是次叙。先尊后卑，各依秩次，则群吏得正，故云正群吏也。”[①]可见，所谓“次叙”虽然以“尊卑之常”为基础，但强调“秩序”和“次叙”是一致的。还需注意的是，在《周礼》中，涉及“叙事”（“序事”）的史料均在《春官·宗伯第三》，如此集中恐怕并非无因。《周礼》分天、地、春、夏、秋、冬（冬官缺）六官，分掌治、教、礼、政、刑、事六典。春官是“礼官”，《叙官》云：“惟王建国，辨方正位，体国经野，设官分职，以为民极。乃立春官宗伯，使帅其属而掌邦礼，以佐王和邦国。”[②]主要执掌“吉、凶、宾、军、嘉”等五礼，而“秩序”正是“礼”最为重要的内涵和追求。

最后，在《周礼》涉及“叙事”（“序事”）的六条材料中，有关“事”的内涵已呈现多样化的特色。其中包括：事物（如陈列之乐器）、事情（如安排作乐之次序、检查祭祀之工作）、事件（如灾异吉凶之事）等。

二、 作为史学的“叙事”

《周礼》之后，“叙事”（“序事”）作为一般用语的使用基本消失，代之而起的是“叙事”进入“文本”领域，用作“文本”写作和评价的术语。这最初出现在史学领域，并伴生出“记事”“纪事”等语词。

---

① （汉）郑玄注，（唐）贾公彦疏：《周礼注疏·天官·小宰》，上海古籍出版社 2010 年版，第 76 页。

② （汉）郑玄注，（唐）贾公彦疏：《周礼注疏·春官·大宗伯》，上海古籍出版社 2010 年版，第 619 页。

"史"与"叙事"关系密切。"史""事"在《说文解字》中均隶"史部",《说文》云:"史,记事者也。"①可见"史"的最初含义即指史官,而其职责就是"记事"。当然,史官之职不限于"记事",刘知幾《史通·史官建置》云:"寻自古太史之职,虽以著述为宗,而兼掌历象、日月、阴阳、管数。"②王国维《释史》云:"史为掌书之官,自古为要职。"③可见,记载史事、掌管天文和管理文献是"史"("史官")的三重职能。而落实到"文本","史"既以"著述为宗",则"记事"当然是其首务。宋代真德秀就直接将"叙事"之源头引向"古史官",其云:

> 按叙事起于古史官,其体有二:有纪一代之始终者,《书》之《尧典》《舜典》与《春秋》之经是也,后世本纪似之。有纪一事之始终者,《禹贡》《武成》《金縢》《顾命》是也,后世志记之属似之。又有纪一人之始终者,则先秦盖未之有,而昉于汉司马氏,后之碑志事状之属似之。④

较早以"叙事""序事"与"记事""纪事"两组语词评价史著文本的大多出现在汉代,"纪事"出现于《史记·秦本纪》:"十三年,初有史以纪事,民多化者。"⑤"叙事"见于扬雄《法言》:"文丽用寡,长卿也;多爱

① (清)段玉裁:《说文解字注》,上海古籍出版社1981年版,第116页下栏。

② (唐)刘知幾著,(清)浦起龙通释:《史通通释》,上海古籍出版社2009年版,第284页。

③ 王国维:《观堂集林》卷六《释史》,谢维扬、房鑫亮主编:《王国维全集》第八卷,浙江教育出版社2009年版,第175页。又《周礼》:"府六人,史十有二人。"郑注云:"史,掌书者。"见(汉)郑玄注,(唐)贾公彦疏:《周礼注疏·天官·序官》,上海古籍出版社2010年版,第9页。

④ (宋)真德秀:《文章正宗·纲目》,元至正元年(1341)高仲文刻明修本。清代章学诚也有类似看法:"古文必推叙事,叙事实出史学。"见(清)章学诚著,仓修良编:《文史通义新编·上朱大司马论文》,上海古籍出版社1993年版,第637页。

⑤ (汉)司马迁:《史记·秦本纪》,中华书局1982年版,第179页。

不忍,子长也。"注曰:"《史记》叙事,但美其长,不贬其短,故曰多爱。"[①]"记事"语出《汉书·艺文志》"小说家"注《青史子》:"古史官记事也。"[②]"序事"则见于《后汉书》:"若固之序事,不激诡,不抑抗,赡而不秽,详而有体,使读之者亹亹而不厌,信哉其能成名也。"[③]汉以来,"叙事"("序事")、"记事"("纪事")在史著文本中广为运用,成为史学批评的重要术语,且两组四个语词基本通用,未有太明显之差别。[④]

"叙事"在史学中用分二途:一是作为对史书和史家的评价术语,尤其针对史家。二是作为史著写作法则之术语。

作为对史书和史家的评价术语,"叙事"是古代史学中判别一部史书或一个史家优劣的重要途径和标准。刘知幾甚至认为:"夫史之称美者,以叙事为先。"[⑤]故从"叙事"角度评价史书和史家者在中国古代不绝如缕,沈约《宋书》评王韶之《晋安帝阳秋》:"善叙事,辞论可观,为后代佳史。"[⑥]房玄龄等《晋书》评陈寿:"时人称其善叙事,有良史之才。"[⑦]刘知幾《史通》谓:"夫识宝者稀,知音盖寡。近有裴子野《宋

---

① (汉)扬雄撰,汪荣宝注疏,陈仲夫点校:《法言义疏》,中华书局1987年版,第507页。

② (汉)班固撰,(唐)颜师古注:《汉书·艺文志》,中华书局1962年版,第1744页。

③ (南朝宋)范晔撰,(唐)李贤等注:《后汉书·班彪列传》,中华书局1965年版,第1386页。

④ 最为典型者是唐代史学家刘知幾,其《史通》基本通用诸语词作为其史学评论的术语:如"《春秋》则传以解经,《史》《汉》则传以释纪。寻兹例草创,始自子长,而朴略犹存,区分未尽。如项王宜传,而以本纪为名,非惟羽之僭盗,不可同于天子;且推其序事,皆作传言,求谓之纪,不可得也""观丘明之记事也,当桓、文作霸,晋、楚更盟,则能饰彼词句,成其文雅。及王室大坏,事益纵横,则《春秋》美辞,几乎翳矣。观子长之叙事也,自周已往,言所不该,其文阔略,无复体统"。见(唐)刘知幾著,(清)浦起龙通释:《史通通释·列传、叙事》,上海古籍出版社2009年版,第41—42、154页。

⑤ (唐)刘知幾著,(清)浦起龙通释:《史通通释·叙事》,上海古籍出版社2009年版,第152页。

⑥ (梁)沈约:《宋书》卷六十《王韶之传》,中华书局1974年版,第1625页。

⑦ (唐)房玄龄等:《晋书》卷八十二《陈寿传》,中华书局1974年版,第2137页。

略》、王劭《齐志》，此二家者，并长于叙事，无愧古人。”①评《左传》：“盖左氏为书，叙事之最。”②《新唐书》评吴兢：“兢叙事简核，号良史。”③可见，所谓“善叙事”“长于叙事”是具备“良史之才”和成为“良史”的重要条件和标尺。

作为史著写作法则之术语，古代史学中围绕“叙事”而展开的讨论主要涉及三个层面：“实录”“劝善惩恶”和叙事形式。

先看两则引文：

司马迁记事，不虚美，不隐恶。刘向、扬雄服其善叙事，有良史之才，谓之实录。④

微而显，志而晦，婉而成章，尽而不污，惩恶而劝善，左氏释经，有此五体。其实左氏叙事，亦处处皆本此意。⑤

这两则引文所涉及的内涵在史学叙事中至为重要，是古代史学叙事的两个重要原则，即：“书法不隐”的“实录”和“劝善惩恶”的“史意”。

所谓“书法不隐”的“实录”准则最早见于《左传》，《左传》宣公二年记载孔子针对晋国史官董狐所书“赵盾弑其君”一事评价道：“董狐，古之良史也，书法不隐。”⑥“书法不隐”即指史官据事直书的记事原则，这一准则被后世奉为作史之圭臬。所谓“不虚美，不隐恶”“文直而事

① (唐)刘知幾著，(清)浦起龙通释：《史通通释·叙事》，上海古籍出版社2009年版，第154页。

② (唐)刘知幾著，(清)浦起龙通释：《史通通释·模拟》，上海古籍出版社2009年版，第206页。

③ (宋)欧阳修、宋祁等：《新唐书》卷一百三十二《吴兢传》，中华书局1975年版，第4529页。

④ (晋)陈寿撰，(南朝宋)裴松之注：《三国志·魏书·钟繇华歆王朗传》，中华书局1959年版，第418页。

⑤ (清)刘熙载著，袁津琥校注：《艺概注稿》，中华书局2009年版，第4页。

⑥ 杨伯峻编著：《春秋左传注·宣公二年》，中华书局1990年版，第663页。

核”的“实录”境界，成为中国古代史学叙事的一个重要标准。“劝善惩恶”的“史意”最早见于《左传》对《春秋》一书的评价和《孟子》对《春秋》之“义”的揭示。《孟子·离娄下》：“王者之迹熄而《诗》亡，《诗》亡而后《春秋》作，……其事则齐桓、晋文，其文则史。孔子曰：‘其义则丘窃取之矣。’”①何谓“《春秋》之义”？《左传·成公十四年》作了总结：“《春秋》之称微而显，志而晦，婉而成章，尽而不污，惩恶而劝善，非圣人谁能修之。”②被后人称为《春秋》“五志”，刘熙载谓：“其实左氏叙事，亦处处皆本此意。”可见，“劝善惩恶”的“史意”亦为史家叙事的一个重要原则。

案“实录无隐”与“劝善惩恶”貌虽异而实一致，“实录无隐”是指秉笔直书，无所隐讳，所谓“南史抗节，表崔杼之罪；董狐书法，明赵盾之愆”。③ 故刘勰要求史家“辞宗丘明，直归南董”。④ 然南史、董狐之“实录”乃最终系于政治道德评判，从而体现史家的“劝善惩恶”之旨。故“直笔”是“表”，“劝惩”是“实”，所谓“实录”是以“劝善惩恶”为内在依据的，“劝善惩恶”是古代史家最崇高的理想和目的。

关于叙事形式，史学史上讨论最为详备的是刘知幾，其《史通》单列《叙事》篇，专门探究史著的叙事形式，这是古代史学中一篇重要的叙事专论。细究刘知幾《史通》，关于叙事形式，有如下三点需要关注：

其一，《叙事》篇虽以“叙事”作为篇名，但讨论叙事形式之范围并不宽广，基本在叙事的修辞范畴。观其论述之脉络，此篇大致可分为四段：开首以“夫史之称美者，以叙事为先”领起，以下则“区分类聚，定为三篇”，即以三个专题分论叙事问题。计分：“尚简”，阐释“叙事之工

① （清）焦循撰，沈文倬点校：《孟子正义·离娄下》，中华书局1987年版，第572—574页。

② 杨伯峻编著：《春秋左传注·成公十四年》，中华书局1990年版，第870页。

③ （唐）令狐德棻等：《周书》卷三十八《柳虬传》，中华书局1971年版，第681页。

④ （南朝梁）刘勰撰，詹锳义证：《文心雕龙义证·史传》，上海古籍出版社1989年版，第620页。

者，以简要为主”的道理和实践；“用晦”，说明“省字约文，事溢于句外”“一言而巨细咸该，片语而洪纤靡漏”的叙事“用晦之道”；“戒妄”，指出史著叙事“或虚加练饰，轻事雕彩；或体兼赋颂，词类俳优”的弊端。① 故从语言修辞角度阐释“叙事”是刘知幾《叙事》篇的基本脉络，而综观《史通》，刘知幾将《叙事》与《言语》《浮词》三篇合为一组，实有意旨相近、互为参见之意。又：刘氏虽以“尚简”“用晦”“戒妄”分别论述叙事法则，而其核心乃在于“简要”，故“简要”是刘知幾《叙事》一篇之主脑。其对“简要”之追求有时近乎严苛，“《汉书·张苍传》云：‘年老，口中无齿。’盖于此一句之内去‘年’及‘口中’可矣。夫此六文成句，而三字妄加。”②刘知幾以“简要”为叙事之纲符合中国古代史学之实际。纵观历来对史著叙事之评判，“简要”之标准乃一以贯之，如《旧唐书·吴兢传》：“叙事简要，人用称之。”③赵翼《廿二史札记》评《金史》：“行文雅洁，叙事简括。”④王鸣盛《十七史商榷》言：“史家叙事贵简洁。”⑤《四库全书总目》评《新安志》：“序事简括不繁，（其序事）又自得立言之法。”⑥不一而足。

其二，《史通》论述历史叙事尚有《书事》一篇，探讨史家“书事之体”，可谓与《叙事》篇相表里。浦起龙按：“《书事》与《叙事》篇各义。《叙事》以法言，《书事》以理断。”⑦前句言“各义”，确然；后句以“法言”

---

① （唐）刘知幾著，（清）浦起龙通释：《史通通释·叙事》，上海古籍出版社 2009 年版，第 152—167 页。

② （唐）刘知幾著，（清）浦起龙通释：《史通通释·叙事》，上海古籍出版社 2009 年版，第 158 页。

③ （后晋）刘昫等：《旧唐书》卷一百二《吴兢传》，中华书局 1975 年版，第 3182 页。

④ （清）赵翼著，王树民校证：《廿二史札记校证》卷三十一，中华书局 2013 年版，第 721 页。

⑤ （清）王鸣盛著，黄曙晖点校：《十七史商榷》卷六十八，上海古籍出版社 2013 年版，第 955 页。

⑥ （清）永瑢等：《四库全书总目》，中华书局 1965 年版，第 598 页。

⑦ （唐）刘知幾著，（清）浦起龙通释：《史通通释·书事》，上海古籍出版社 2009 年版，第 217 页。

“理断”区分，则不确。其实，《叙事》篇重在“叙”，《书事》篇重在“事”，两篇融和，方为“叙事”之合璧。该篇详细论述了史家对所叙之“事”的要求及历来史著在叙“事”方面之弊端。就所叙之“事”而言，分析了荀悦“五志”：“达道义”“彰法式”“通古今”“著功勋”“表贤能”。干宝“释五志”：“体国经野之言则书之”“用兵征伐之权则书之”“忠臣烈士孝子贞妇之节则书之”“文诰专对之辞则书之”“才力技艺殊异则书之”。再“广以三科，用增前目”，“三科”为“叙沿革”“明罪恶”“旌怪异”，即“礼仪用舍，节文升降则书之；君臣邪僻，国家丧乱则书之；幽明感应，祸福萌兆则书之”。[①] 认为“以此三科，参诸五志，则史氏所载，庶几无阙”。可见，在刘氏看来，所谓“事”者非独“事件”之谓也，至少还包括“体国经野之言”“文诰专对之辞”及“礼仪用舍，节文升降”的制度沿革。

其三，刘知幾虽然以专文论述“叙事”，且从“尚简”“用晦”“戒妄”三方面详论叙事的特性，但其实，刘氏并不太为看重叙事形式层面的内涵。尝言：“夫史之叙事也，当辩而不华，质而不俚，其文直，其事核，若斯而已可也。必令同文举之含异，等公干之有逸，如子云之含章，类长卿之飞藻，此乃绮扬绣合，雕章缛彩，欲称实录，其可得乎？”[②]从其“若斯而已可也”“欲称实录，其可得乎”的语气中不难看出其中所蕴含的价值趋向。在他看来，一部史书的成功与否主要取决于历史本身，所谓“言媸者其史亦拙，事美者其书亦工。必时乏异闻，世无奇事，英雄不作，贤俊不生，区区碌碌，抑惟恒理，而责史臣显其良直之体，申其微婉之才，盖亦难矣”。[③] 故在“叙事”之两端——“事”与“文”的关系

① (唐)刘知幾著，(清)浦起龙通释：《史通通释·书事》，上海古籍出版社2009年版，第212—213页。

② (唐)刘知幾著，(清)浦起龙通释：《史通通释·鉴识》，上海古籍出版社2009年版，第191页。

③ (唐)刘知幾著，(清)浦起龙通释：《史通通释·叙事》，上海古籍出版社2009年版，第154页。

上,刘知幾是"事""文"两分,且明显地"重事轻文"。①

其实,在中国传统史学中,不独"事""文"两分,更为典型的是"义""事""文"三分,并将对"史意"的追求看成史家叙事之首务。清代章学诚《文史通义·言公》上篇云:"载笔之士,有志《春秋》之业,固将惟义之求,其事与文,所以借为存义之资也。……作史贵知其意,非同于掌故,仅求事文之末也。"②在《申郑》篇中又进而指出:"夫事即后世考据家之所尚也,文即后世词章家之所重也。然夫子所取,不在彼而在此,则史家著述之道,岂可不求义意所归乎!"③明确地以"求义意所归"为史学的最高目标。故在这种背景下,传统史学对"叙事"的探究并不细密,所谓"叙事"的要求更多的落实于原则层面。即"实录""劝善惩恶"和"简要"。

三、作为文学的"叙事"

在中国古代,"叙事"内涵最为丰赡的是在文学领域,对"叙事"问题讨论最多的也是在文学领域。④ 且完成了一个重要转折——对叙事形式的重视。其中有几个节点值得探究:

首先,据现有史料,在文学领域比较集中地谈论"叙事"问题的大概是在齐梁时期。⑤ 以"叙事"评价各体文学的资料日趋丰富,"叙事"

---

① 章学诚也有类似看法:"叙事之文,作者之言也。为文为质,惟其所欲,期如其事而已矣。"(清)章学诚著,叶瑛校注:《文史通义校注》,中华书局 1985 年版,第 508 页。

② (清)章学诚著,叶瑛校注:《文史通义校注》,中华书局 1985 年版,第 171—172 页。

③ (清)章学诚著,叶瑛校注:《文史通义校注》,中华书局 1985 年版,第 464 页。

④ 此处所谓"文学"不取当今的纯文学观念,比较近似《文选》"事出于沈思,义归乎翰藻"的文学观念,亦与宋以来的文章概念相类似。

⑤ (西晋)孙毓评《诗经·大雅·生民》:"《诗》之叙事,率以其次。既簸糠矣,而甫以蹂,为蹂黍当先,蹂乃得舂,不得先舂而后蹂也。既蹂即释之烝之,是其次。"其中已出现"叙事",但尚不普遍,且从经学立论。引自(汉)毛亨传,(汉)郑玄笺,(唐)孔颖达疏,(唐)陆德明音释:《毛诗注疏》,上海古籍出版社 2013 年版,第 1546 页。

之指称范围也日益繁复;且在“辨体”过程中,逐渐凸显了文学各体之叙事特性和风貌。先看引文:

> 傅毅所制,文体伦序;孝山、崔瑗,辨絜相参。观其序事如传,辞靡律调,固诔之才也。①
>
> 自后汉以来,碑碣云起。……其叙事也该而要,其缀采也雅而泽。清词转而不穷,巧义出而卓立。察其为才,自然而至矣。②
>
> 建安哀辞,惟伟长差善,《行女》一篇,时有恻怛。及潘岳继作,实踵其美。观其虑善辞变,情洞悲苦,叙事如传,结言摹诗,促节四言,鲜有缓句。故能义直而文婉,体旧而趣新。③
>
> 次则箴兴于补阙,戒出于弼匡,论则析理精微,铭则序事清润,美终则诔发,图像则赞兴。④

上述四则引文及其相关文献蕴含两个共性:突出叙事文体的特性,注重叙事文体的形式。“诔”“碑”“哀”“铭”均为叙事文体,都体现了对某种事件的叙述,故以“序事如传”“叙事也该而要”和“序事清润”作描述性评价。而因各种文体之性质有不同,故又着重辨析其叙事个性。如“详夫诔之为制,盖选言录行,传体而颂文,荣始而哀终”“夫属碑之体,资乎史才,其序则传,其文则铭”。“哀”则因其对象“不在黄发,必施夭昏”(指年幼而死者),故所叙之事件有其特殊性,“幼未成德,故誉止于察惠;弱不胜务,故悼加乎肤色”。其形式,则“情主于痛伤,而辞穷乎爱惜”“必使情往会悲,文来引泣,乃其贵耳”。以“润”概

① (南朝梁)刘勰撰,詹锳义证:《文心雕龙义证·史传》,上海古籍出版社1989年版,第431页。

② (南朝梁)刘勰撰,詹锳义证:《文心雕龙义证·史传》,上海古籍出版社1989年版,第450页。

③ (南朝梁)刘勰撰,詹锳义证:《文心雕龙义证·哀吊》,上海古籍出版社1989年版,第470—471页。

④ (梁)萧统编,(唐)李善注:《文选·序》,上海古籍出版社1986年版,第2页。

言“铭”之叙事特色，不独萧统，陆机《文赋》“铭博约而温润”，[①]刘勰《文心雕龙·铭箴》：“铭兼褒赞，故体贵弘润。”[②]“清润”“温润”“弘润”基本同义，均指因“铭兼褒赞”而在叙事上体现的特殊品格，既指涉所叙之事件的选择，也兼及语言、风格等形式内涵。齐梁时期对于叙事文的重视及其文体辨析对后世影响深巨，实则开启了后代畅论叙事文体的传统。唐宋以降，随着文体的不断丰富和文章学的成熟，叙事文体及其理论辨析得到了空前的重视和发展。

此时期除直言“叙事”（“序事”）之外，萧统《文选》在体制上还有一特异之处，亦体现“叙事”的独特内涵：

> 《文选》在录入独立文体的作品时，一并“剪截”了史书所叙产生此作品之“事”，称之为“序”。如《文选》赋“郊祀类”录扬雄《甘泉赋》，其起首云：“孝成帝时，客有荐雄文似相如者。上方郊祀甘泉泰畤、汾阴后土，以求继嗣。召雄待诏承明之庭。正月，从上甘泉还，奏《甘泉赋》以风。”此段文字即从《汉书·扬雄传》“剪截”而来，用于叙说《甘泉赋》产生之“事”。[③]

在此，所谓“叙事”不过是陈说某种背景或缘起而已，而这种独立的“序”对后世影响甚大，作家在文学创作尤其是抒情文体创作中加“序”在后代蔚然成风。这在宋词创作中尤为突出，宋词小序，或铺排背景，或陈述缘起，或介绍过程，或补足本事，或议论抒情，体现了“叙

---

① (梁)萧统编，(唐)李善注：《文选·陆机〈文赋〉》，上海古籍出版社 1986 年版，第 766 页。

② (南朝梁)刘勰撰，詹锳义证：《文心雕龙义证·铭箴》，上海古籍出版社 1989 年版，第 420 页。

③ 胡大雷：《“左史记言，右史记事”与文体生成——关于叙事诸文体录入总集的讨论》，《中山大学学报(社会科学版)》2015 年第 4 期。

事”的多样性。①

其次，大约从唐代开始，文学批评已将“叙事”作为文学的一大脉流与“缘情”并列。《隋书》云：“唐歌虞咏，商颂周雅，叙事缘情，纷纶相袭，自斯已降，其道弥繁。”②颇有意味的是，唐宋以来，素来被视为“缘情”一脉的诗歌领域也不乏以“叙事”评判诗歌的史料。《文镜秘府论》谓：“是故诗者，书身心之行李，序当时之愤气。气来不适，心事不达，或以刺上，或以化下，或以申心，或以序事，皆为中心不决，众不我知。由是言之，方识古人之本也。”③其中有两个现象值得关注：

一是在诗歌创作中直接以“叙事”名题，这在唐诗中就十分普遍。《全唐诗》以“叙事”名题者不胜枚举，如韩翃《家兄自山南罢归献诗叙事》、杜牧《奉送中丞姊夫俦自大理卿出镇江西叙事书怀因成十二韵》、赵嘏《叙事献同州侍御三首》、郑谷《叙事感恩上狄右丞》、韦应物《张彭州前与缑氏冯少府各惠寄一篇多故未答张已云没因追哀叙事兼远简冯生》、方干《自缙云赴郡溪流百里轻棹一发曾不崇朝叙事四韵寄献段郎中》等。其内容丰富，或记事，或追忆，均以叙事遣怀为其特性。而所谓“叙事”者，非谓叙述一段史实，一个故事，或表现一个人物之行状，而是借某事（或“某人”）为事由，叙写一个过程和一段情怀。试举韦应物《张彭州前与缑氏冯少府各惠寄一篇多故未答张已云没因追哀叙事兼远简冯生》以证之，诗曰：

君昔掌文翰，西垣复石渠。朱衣乘白马，辉光照里闾。余时忝南省，接宴愧空虚。一别守兹郡，蹉跎岁再除。长怀关河表，永日简牍余。郡中有方塘，凉阁对红蕖。金玉蒙远贶，篇咏见吹嘘。未答平生意，已没九原居。秋风吹寝门，长恸涕涟如。覆视缄中

---

① 赵晓岚：《论宋词小序》，《文学遗产》2002年第6期。

② （唐）魏徵等：《隋书·经籍志》，中华书局1973年版，第1090页。

③ ［日］遍照金刚：《文镜秘府论·论文意》，人民文学出版社1975年版，第132页。

字，奄为昔人书。发鬓已云白，交友日凋疏。冯生远同恨，憔悴在田庐。①

诗中所叙与诗题契合，其叙写之人物（韦应物、张彭州、冯少府）和事件（未答张冯之书函、张亡故、与冯天各一方），其实都是韦氏表达其情怀（忆往事、悼亡友、叹憔悴）的事由。

二是宋代的诗学批评对“叙事”内涵的重视，并直接提出诗歌的“叙事体”等概念：

刘后村云：《木兰诗》，唐人所作也。《乐府》中惟此诗与《焦仲卿妻诗》作叙事体，有始有卒，虽辞多质俚，然有古意。②

蔡宽夫《诗话》云：子美诗善叙事，故号诗史，其律诗多至百韵，本末贯穿如一辞，前此盖未有。③

《生民》，诗是叙事，诗只得凭地。盖是叙，那首尾要尽。④

此处所谓“叙事体”专指那些叙写事件“有始有卒”“本末贯穿”“首尾要尽”的诗歌作品，故其“叙事”与上文所述迥然相异。

复次，在中国古代，文学创作喜用故实和典故，称之为“事类”。⑤

① （唐）韦应物：《张彭州前与缑氏冯少府各惠寄一篇多故未答张已云没因追哀叙事兼远简冯生》，见（清）彭定求等编：《全唐诗》卷一百九十一，中华书局1960年版，第1967页。

② （宋）蔡正孙：《诗林广记》前集卷六，中华书局1982年版，第121页。

③ （宋）胡仔纂集，廖德明校点：《苕溪渔隐丛话》前集卷十八，人民文学出版社1981年版，第119页。

④ （宋）黎靖德编，王星贤点校：《朱子语类》卷八十一，中华书局1986年版，第2129页。

⑤ 一般而言，“事类”即指故实或典故，但刘勰《文心雕龙·事类》所述还包括引用前人或古书中的言辞。参见陆侃如、牟世金译注：《文心雕龙译注》（下），齐鲁书社1982年版，第220页。

挚虞《文章流别论》云:“古诗之赋,以情义为主,以事类为佐。”[①]刘勰《文心雕龙·事类》谓:“事类者,盖文章之外,据事以类义,援古以证今者也。”[②]而由对“事类”的重视出现了许多专供艺文习用的“类书”,如《北堂书钞》《艺文类聚》《初学记》等。在这些类书中,有专门对“事类”的解释,这种解释有时径称为“叙事”,值得我们充分注意。“类书”在中国古代源远流长,一般认为,由魏文帝曹丕召集群儒编纂的《皇览》乃类书之始祖,历代编纂不辍,蔚为大观。“类书”之功能或临事取给用便检索,或储材待用备文章之助,还能辑录佚书,校勘古籍。“类书”之体例前后有异,大致而言,唐前类书,偏于类事,不重采文。欧阳询《艺文类聚序》谓:“前辈缀集,各抒其意。《流别》《文选》,专取其文;《皇览》《遍略》,直书其事。文义既殊,寻检难一。”《艺文类聚》乃开创新局,取“事居其前,文列其后”之新例,“使览者易为功,作者资其用”。[③]《艺文类聚》先例一开,后起者仿效纷纷,“事”“文”并举遂成“类书”之常规,兼有“百科全书”与“资料汇编”之效。[④]

《初学记》乃唐玄宗李隆基命集贤学士徐坚等撰集,凡三十卷。体例祖述《艺文类聚》又有所推进,其每一子目均分“叙事”“事对”和“诗文”三个部分。其中“事”“文”并举承续《艺文类聚》,“叙事”部分则更为精细和条贯。胡道静评曰:“其他类书,只是把征集的类事,逐条抄上,条与条之间,几乎没有联系,因此仅仅是个资料汇辑的性质。《初学记》的‘叙事’部分,虽然也征集类事,然而经过一番组造,把类事连贯起来,成为一篇文章。”[⑤]故《四库全书总目》评其“叙事虽杂取群书,

---

① 郭绍虞:《中国历代文论选》(上),中华书局1962年版,第157页。

② (南朝梁)刘勰撰,詹锳义证:《文心雕龙义证·事类》,上海古籍出版社1989年版,第1407页。

③ (唐)欧阳询:《艺文类聚》,中华书局1965年版,第27页。

④ 胡道静:《中国古代的类书》,中华书局1982年版,第8页。

⑤ 胡道静:《中国古代的类书》,中华书局1982年版,第96页。

而次第若相连属”。[1] 诚非虚誉！试举“文章”之“叙事”为例：

> 文章者，孔子曰：焕乎其有文章。子贡曰：夫子之文章，可得而闻也。见《论语》。盖诗言志，歌永言。见《尚书》。不歌而诵谓之赋。古者登高能赋，山川能祭，师旅能誓，丧纪能诔，作器能铭，则可以为大夫矣。三代之后，篇什稍多。又训诰宣于邦国，移檄陈于师旅，笺奏以申情理，箴诫用弼违邪，赞颂美于形容，碑铭彰于勋德，谥册褒其言行，哀吊悼其沦亡，章表通于下情，笺疏陈于宗敬，论议平其理，驳难考其差，此其略也。[2]

《初学记》之“叙事”在“叙事”这一术语的语义源流中有着颇为特殊的内涵。其可注意者在两个方面：一为“事”的事物性，二为“叙”的解释性（陈列所释“事”之成说以解释之）。故简言之，类书之所谓“事”者，非故事、事件之谓也，乃事物之谓也，而所谓“叙事”者，亦解释事物之谓也。胡道静评曰：《初学记》“‘叙事’部分似刘宋颜延之和梁元帝萧绎的《纂要》”，“因为它们富于对事物的解释性。《纂要》并不是类书，但和类书接近。《隋书·经籍志》著录颜书于子部杂家类，和《博物志》《广志》《博览》《古今注》《珠丛》《物始》等书列在一起，盖视为解释名物之书”。[3] 可谓切中肯綮。

最后，两宋时期，文章总集勃兴，不仅数量繁多，在文章收录方面也颇多新意，其中叙事文的大量阑入即为一大特色。“《文苑英华》等宋人总集与《文选》相比，明显多出传、记二体。”宋代“文章学内部越来越重视叙事性，叙事性文章也大为增多”。[4] 而真德秀《文章正宗》将文章分为“辞命”“议论”“叙事”“诗赋”四大类，则标志了以“叙事”作为

---

① （清）永瑢等：《四库全书总目》，中华书局 1965 年版，第 1143 页。

② （唐）徐坚等：《初学记》卷二十一文部，中华书局 1962 年版，第 511 页。

③ 胡道静：《中国古代的类书》，中华书局 1982 年版，第 94 页。

④ 吴承学：《中国古代文体学研究》，人民出版社 2011 年版，第 321 页。

文类名称的诞生，在“叙事”的语义流变史上具有重大意义。

《文章正宗》以“叙事”作为文类，①体现了“叙事”的多样性。全书“叙事”类共收录文章120余篇，包括《左传》《史记》等史传文章，以及碑志、行状、记、序、传等文体，基本囊括了“叙事”的相关文体，可见“叙事”作为文章之一大类的概念和意识已经确立。而细审其具体篇目，更可看出“叙事”的多重内涵，且不论《左传》《史记》之文，碑志、行状之篇，那些重在议论的如韩愈《送李愿归盘谷序》，偏于写景的如柳宗元《钴鉧潭记》等，真德秀均一并收入，可见其对“叙事”认识的宽泛。尤可注意者，真德秀《文章正宗》以史入总集，消解了文章与史的区别，强化了史的“叙事文”性质。“史”入总集以两宋为始，而真德秀《文章正宗》更在观念上加以确认，并在技术和体例上完成了“史”作为“叙事文”的改造。胡大雷分析道：

>（《文章正宗》）解决了以往“记事之史，系年之书”不成“篇翰”的问题。真德秀破《左传》以“年”为单位的记事而以“叙事”为单位，篇题为“叙某某本末”，如第一篇《叙隐桓嫡庶本末》，或“叙某某”，如《叙晋文始霸》。这些“叙事”，或为一年之中多种事的某一选录，或为一事跨两年度的合一。如“左氏”《叙晋人杀厉公》就是把成公十七年和成公十八年事合在一起为一篇。又其破《史记》以“人”为单位的“记事”，节录为以“事”为单位者，篇题为“叙某某”。如《叙项羽救钜鹿》《叙刘项会鸿门》；虽然其亦有“某某传”，但却是拆《史记》合传整篇而单录一人之传者。如《屈原传》，且删略了原文所录屈原的《怀沙之赋》以及篇末的“太史公曰”，即“赞”体文字。总之，其“叙事”的构成是一事一篇，或一人一事一篇，其

---

① 胡大雷先生将真德秀《文章正宗》之“叙事”看成文体，此说或可商榷，其实以“文类”看待或许更为准确。《文章正宗》分各种文体为“辞命”“议论”“叙事”和“诗赋”四类，其中“叙事”即相关叙事文体的文章“类聚”。

"叙事"作为文体可谓以"篇翰"方式生成。①

还可值得重视的是,真德秀《文章正宗》虽"以明义理,切世用为主",②然亦以提供"作文之式"为其目的。而这"作文之式"自然包括叙事之形式内涵,故"事文并举"是真德秀在"叙事"领域的明显追求,开启了后世叙事文创作及其理论批评对叙事形式的重视。《纲目》云:"独取左氏、《史》《汉》叙事之尤可喜者,与后世记序传志之典则简严者,以为作文之式。若夫有志于史笔者,自当深求《春秋》大义而参之以迁、固诸书,非此所能该也。"③可见,真德秀并不排斥叙事形式,叙事之"可喜"和"典则简严"也是其选文的重要标准。尤其是"史",其所择选者更是为作文之用,而非"有志于史笔者"。"史"之文本至此遂成文章之轨范。宋明以来,史著之叙事尤其是《左传》和《史记》成了各体文学共同的叙事典范和仿效对象,在日益繁盛的文章学中谈论叙事文体和叙事法则更是成为常规。而在这一格局的形成过程中,《文章正宗》可谓功莫大焉。

四、小说"叙事"的独特内涵

宋以后,有关"叙事"的讨论仍在继续,但作为一个概念术语,其思想内涵和论述思路在此前已基本奠定。"叙事"的语义源流实际构成了如下格局:一是关于史学的;二是关于文章的,涉及碑志、行状、记、

① 胡大雷:《"左史记言,右史记事"与文体生成——关于叙事诸文体录入总集的讨论》,《中山大学学报(社会科学版)》2015年第4期。

② (宋)真德秀《文章正宗·纲目》谓:"正宗云者,以后世文辞之多变,欲学者识其源流之正也。……夫士之于学所以穷理而致用也,文虽学之一事,要亦不外乎此。故今所辑以明义理、切世用为主,其体本乎古,其指近乎经者,然后取焉,否则辞虽工亦不录。"元至正元年(1341)高仲文刻明修本。

③ (宋)真德秀:《文章正宗·纲目》,元至正元年(1341)高仲文刻明修本。

序等诸叙事文体，亦包括文章化的“史著”；三是关于诗的，有涉及抒情诗的，如诗中以“叙事”名题的诗，也有涉及“有始有卒”“本末贯穿”的“叙事体”的；四是《初学记》中的“叙事”，此虽不普遍，但其隐性影响不容忽视。① 检索宋以后有关“叙事”的史料，此时期对“叙事”的讨论正是接续了这一内涵和格局。但变化也是明显的，其中最为重要的是小说成了“叙事”讨论的中心文体，“叙事”的传统内涵在小说中得以融合和发展。

比如在史学领域，“叙事”仍然作为一个评价和写作的术语加以使用，在大量的史学及目录学著作中屡屡出现。其中“叙事”的基本内涵和原则未有太大改变，但也出现了不少有意味的变化。如“简要”，“简要”一直是史学叙事之不二标尺，此时期则略有异议。赵翼提出：“凡叙事，本纪宜略，列传宜详。”②王鸣盛则提醒：“史家叙事贵简洁，独官衔之必不可削者，任意削之则失实。”③更有意思的是，对一向尊崇谨严的史家叙事，黄宗羲以有“风韵”来评价史著列传：“叙事须有风韵，不可担板。今人见此，遂以为小说家伎俩。不观《晋书》《南北史》列传，每写一二无关系之事，使其人之精神生动，此颊上三毫也。史迁伯

① 《初学记》中的“叙事”强化“事”的事物性和“叙”的解释性（陈列所释“事”之成说以解释之），将“叙事”视为对于事物的解释，这在古代“叙事”语义流变中是个特例。但其隐性影响值得重视，即唐以后虽然很少再这样使用“叙事”一词，但“叙事”的事物解释性内涵已在具体的创作中得以体现，尤其在小说领域。如“博物性”是笔记体小说的重要特性，其成因或许与此相关，而近代以来对笔记体小说“博物性”的诟病乃囿于对“叙事”的狭隘理解。另外，白话小说家习惯于（且喜好）在章回小说中铺陈事物，这在《金瓶梅》《红楼梦》《镜花缘》《野叟曝言》等文人化程度较高的小说中表现得尤为强烈。这种铺陈事物或作叙述事件之延伸和补充，或仅为“炫才”，但浓重的“博物性”构成了这类小说的一个重要特性，也成为小说“叙事”的一个有机组成部分，或可称之为“博物叙事”。这是古代小说叙事的一个重要传统，值得加以重视。

② （清）赵翼：《陔余丛考》卷十三，中华书局 1963 年版，第 238 页。

③ （清）王鸣盛著，黄曙晖点校：《十七史商榷》卷六十八，上海古籍出版社 2013 年版，第 955 页。

夷、孟子、屈、贾等传，俱以风韵胜。”①这或许是宋以来史著“文章化”的结果。

文学领域亦然，文章学中谈论叙事者日益深入和细密，并进一步凸显了《左传》《史记》等经典作品的叙事典范性。诗歌领域中则仍然关注抒情诗中的“叙事”问题和“叙事体”诗的叙事特性。如茅坤在《唐宋八大家文钞》中喜用“叙事”评价文章，称“宋诸贤叙事，当以欧阳公为最，何者？以其调自史迁出”。而“苏氏兄弟议论文章，自西汉以来当为天仙，独于叙事处不得太史公法门”。② 卢文弨亦谓：“夫善叙事者，莫过于马班，要在举其纲领，而于纠纷蟠错之处，自无不条理秩如。”③又如在诗歌领域，自唐诗中出现大量以“叙事”名题的作品后，所谓“抒情诗中的叙事”成为“叙事”语义场域中的一个独特内涵，此内涵在宋以后的诗歌创作中得以延续，明清诗歌中以“叙事”名题者亦屡屡出现。如《秋夜得李叔宾书见慰叙事感怀》④《退斋左辖招饮云居古冲适转右辖复招宗阳之燕即叙事和韵各一首》⑤《宜晚社成长句叙事》⑥《浙江试竣叙事抒怀六首》⑦《与张芥航河帅叙事抒怀》⑧《与内子瑞华叙事抒怀八章》⑨等，其“叙事”内涵与唐诗并无二致。⑩ 这些论述

---

① (清)黄宗羲著，陈乃乾编：《黄梨洲文集 · 杂文类 · 论文管见》，中华书局 1959 年版，第 481 页。

② (明)茅坤：《唐宋八大家文钞》，上海古籍出版社 1987 年版，第 14 页。

③ (清)卢文弨：《抱经堂文集》卷四《皇朝武功纪盛序》，商务印书馆 1937 年版，第 40 页。

④ (明)彭尧谕：《西园前稿》卷之一，明刻本，第 22 页 b。

⑤ (明)邵经济：《泉厓诗集》卷十，明嘉靖张景贤、王询等刻本，第 9 页 a。

⑥ (明)朱朴：《西村诗集》卷上，清文渊阁四库全书本，第 36 页 a。

⑦ (清)穆彰阿：《澄怀书屋诗抄》卷一，清道光刻本，第 11 页 a。

⑧ (清)穆彰阿：《澄怀书屋诗抄》卷三，第 14 页 a。

⑨ (清)汤鹏：《海秋诗集》卷十九，清道光十八年刻本，第 10 页 b。

⑩ 兹举《与内子瑞华叙事抒怀八章》之一以概之：“瘦影伶俜怯见秋，西风吹雨上帘钩。手调药裹元多病，面对菱花只解愁。云满一枝簪影活，天寒九月杵声柔。流传只有诗家妇，每诵秦徐句未休。”见(清)汤鹏：《海秋诗集》卷十九，清道光十八年刻本，第 10 页 b。

虽然在“叙事”语义的认识上殊少歧义，但也提出了不少有价值的新见。如刘熙载《艺概》对“叙事”的探讨更为细密：“叙事有特叙，有类叙，有正叙，有带叙，有实叙，有借叙，有详叙，有约叙，有顺叙，有倒叙，有连叙，有截叙，有预叙，有补叙，有跨叙，有插叙，有原叙，有推叙，种种不同。惟能线索在手，则错综变化，惟吾所施。”[①]王夫之对诗歌“叙事”与“比兴”的关系也有精彩认识，其评庾信《燕歌行》云：“句句叙事，句句用兴用比，比中生兴，兴外得比，宛转相生，逢原皆给。”[②]而纳兰性德对咏史诗中“叙事”与“议论”关系的阐发更显独特：“古人咏史，叙事无意，史也，非诗矣。唐人实胜古人，如‘江流石不转，遗恨失吞吴’‘武帝自知身不死，教修玉殿号长生’‘东风不假周郎便，铜雀春深锁二乔’‘此日六军同驻马，当时七夕笑牵牛’，诸有意而不落议论，故佳。若落议论，史评也，非诗矣。宋已后多患此病。愚谓唐诗宗旨断绝五百余年，此亦一端。”[③]

此时期有关“叙事”的讨论最值得关注的是小说领域。

以“叙事”评价小说和分析小说创作始于明代。在白话小说领域，较早以“叙事”（“序事”）评价作品的史料见于李开先《词谑》：“《水浒传》委曲详尽，血脉贯通，《史记》而下，便是此书。且古来更无有一事而二十册者，倘以奸盗诈伪病之，不知序事之法，史学之妙者也。”[④]在文言小说领域较早出自谢肇淛《五杂组》：“晋之《世说》、唐之《酉阳》，卓然为诸家之冠，其叙事文采足见一代典刑，非徒备遗忘而已也。”[⑤]胡应麟《少室山房笔丛》则同时以“叙事”评价文言和白话小说，如评

---

① （清）刘熙载著，袁津琥校注：《艺概注稿》，中华书局2009年版，第190页。

② （清）王夫之：《古诗评选》卷一，上海古籍出版社2011年版，第68页。

③ 康奉、李宏、张志主编：《纳兰成德集》卷十八《渌水亭杂识》，北京古籍出版社2006年版，第561页。

④ （明）李开先著，卜键笺校：《李开先全集·词谑》，文化艺术出版社2004年版，第1276页。

⑤ （明）谢肇淛：《五杂组》，上海书店出版社2009年版，第264页。

《夷坚志》:“其叙事当亦可喜。”[①]评《水浒传》:“述情叙事,针工密致。”[②]都把“叙事”看成评价小说的重要路径。而其兴盛则始于小说评点,小说评点在晚明兴起,其因繁多,但明代以来文章学的影响不容忽视,文章学重视文法,小说评点接续之,以叙事文法为主体,实际开创了小说批评之新路。“容本”和“袁本”《水浒传》评点是其开端,“容本”回评:“这回文字没身分,叙事处亦欠变化,且重复可厌,不济,不济。”[③]而“袁本”是小说评点史上较早归纳小说文法的批评著作,其提出的诸如“叙事养题”“逆法”“离法”等可视为小说评点史上文法总结之开端。以后相沿成习,对于小说叙事的评价和文法总结在小说评点中蔚然成风,并逐渐延伸至文言小说领域。有意味的是,小说家们也常常用“叙事”一词穿插其创作之中,兹举几例:

> 说话的,你以前叙事都叙得入情,独有这句说话讲脱节了。[④]
>
> 这也是天霸见第二人来,满想“一箭射双雕”,因又祭上一镖,不意智明躲得快,不曾打中,只在肩头上擦了一下,依旧被他逃走。这就是智亮被擒,施公免祸的原委。若不补说明白,看官又道小子叙事不清了,闲话休提。[⑤]

晚明以来,小说领域中对于“叙事”的理论探讨主要集中在两个时段,各针对两部作品。一是明末清初,金圣叹于崇祯年间完成《水浒传》评点,对小说“叙事”问题作出了深入解析,其以叙事为视角、以总

---

① (明)胡应麟:《少室山房笔丛》卷二十九《九流绪论下》,中华书局 1958 年版,第 379 页。

② (明)胡应麟:《少室山房笔丛》卷四十一《庄岳委谈下》,中华书局 1958 年版,第 572 页。

③ 《容与堂李卓吾先生批评忠义水浒传》,上海人民出版社 1975 年版,第 543 页。

④ (清)李渔著,李聪慧点校:《十二楼》,《拂云楼》第二回,中华书局 2004 年版,第 102 页。

⑤ 佚名:《施公案》第四四〇回,北京燕山出版社 1996 年版,第 1490 页。

结文法为主体的评点方式和思路在小说评点史上产生了深远影响。清初毛氏父子评点《三国演义》,“仿圣叹笔意为之”,直接继承了金圣叹评点《水浒传》的传统,在《三国演义》的评点中广泛探讨了小说的叙事问题,提出了诸多有价值的见解。金圣叹、毛氏父子的评点传统以后在张竹坡、脂砚斋等小说评点中得以延续,形成了小说史上谈论“叙事”问题的一脉线索。二是清代乾隆以来,随着《聊斋志异》的风行和《阅微草堂笔记》的问世,纪昀提出“小说既述见闻,即属叙事”的命题,①批评《聊斋志异》的叙事特性,由此引发对笔记体小说“叙事”问题的争执和讨论。这一场讨论由纪昀发端,其门下盛时彦鼓动,而以嘉庆年间冯镇峦评点《聊斋志异》对纪昀的反批评作结。而其中对于“叙事”问题讨论最为深入,在“叙事”语义流变中最值得重视的是金圣叹和纪昀的相关论述。

金圣叹对“叙事”问题的贡献主要在三个方面:一是明确认定“叙事”是小说的本质属性,他称小说为“文章”其实就是指“叙事文”,故其评点就是从“叙事”角度批读《水浒传》、评价《水浒传》,而其所谓“叙事”即指“叙述事件或故事”。二是在《水浒传》评点中总结了大量的叙事法则,诸如“倒插法”“夹叙法”“草蛇灰线法”“背面铺粉法”等,归纳总结的叙事法则在古代小说史上可谓最为详备。三是在“事”“文”二分的前提下,明显表现出“重文轻事”的倾向。② 在金圣叹看来,小说创作“无非为文计不为事计也,但使吾之文得成绝世奇文,斯吾之文传而事传矣”。③ 因此,小说之叙事应专注于“文”,务必写出“绝世奇文”,故在“事”与“文”的关系上,金圣叹明显地倾向于后者,而小说叙

---

① (清)盛时彦:《姑妄听之跋》,见(清)纪昀:《阅微草堂笔记》,上海古籍出版社1980年版,第472页。

② 高小康:《金圣叹与叙事作品评点》,《中国古代叙事观念与意识形态》,北京大学出版社2005年版。

③ (明)施耐庵著,(清)金圣叹批改:《第五才子书水浒传》第二十八回回评,上海古籍出版社1994年版,第1560页。

事之本质即在于写出一篇有“故事”的绝世奇文。金圣叹的上述观点或许有所偏颇，但在叙事理论史上是有其独特价值的，从刘知幾的“重事轻文”，到真德秀的“事文并举”，再到金圣叹的“重文轻事”，叙事形式日益受到了重视。而就古代小说史而言，这种观点也合辙于明末清初文人对通俗小说叙事形式的改造，甚至可视为这一“改造”行为的理论纲领，故而这也是古代通俗小说文人化进程中的重要一环。

纪昀有关“叙事”的论述缘于对《聊斋志异》的批评，语出其门下盛时彦的《姑妄听之跋》。在其中由盛时彦转述的一段文字中，集中体现了纪昀对小说“叙事”的认识。首先，纪昀所谓“小说”是指笔记体小说，与“传记”(即“传奇”)相对，认为“小说”有其自身的文体规范，与“传记”在表现内涵(即“事”)方面并无严格的区分，其区别之关键在于“叙事”。其次，纪昀提出了小说“叙事”的特性：“小说既述见闻，即属叙事，不比戏场关目，随意装点。”①“述见闻”，明确了小说的表现内涵在于记录见闻；而观“既述见闻，即属叙事”一句，则所谓“叙事”即为笔记体小说之“实录”——真实地记录见闻。故在纪昀的认识中，此即为古代延续长久的笔记体小说的叙事传统。其特性包含上句之“述见闻”和下句之“不比戏场关目，随意装点”。故简言之，在纪昀看来，所谓笔记体小说之“叙事”即为“不作点染的记录见闻”。并以此为准绳，对《聊斋志异》作出了批评，认为其“随意装点”违背了笔记体小说“述见闻”的叙事本质：“今燕昵之词、媟狎之态，细微曲折，摹绘如生。使出自言，似无此理；使出作者代言，则何从而闻见之?”②纪昀对小说叙事的认识有其合理性，他实际所做的是对笔记体小说的叙事传统和正统地位的“捍卫”，以反拨唐代以来“古意全失”③的传奇(传记)对笔记

---

①② (清)盛时彦：《姑妄听之跋》，见(清)纪昀撰：《阅微草堂笔记》，上海古籍出版社1980年版，第472页。

③ 浦江清云：“现代人说唐人开始有真正的小说，其实是小说到了唐人传奇，在体裁和宗旨两方面，古意全失。”参见浦江清：《论小说》，《浦江清文录》，人民文学出版社1958年版，第186页。

体小说叙事的“侵蚀”。

五、古代小说的叙事传统

至此，对于古代范畴“叙事”的历史梳理和理论辨析大致可以告一段落。而在上述梳理和辨析的基础上，我们拟对古代小说的叙事传统作出简要的描述，以作本文之归结。所谓“古代小说的叙事传统”有两个含义，从外部而言，是指古代小说所接续的是怎样的叙事传统；而就内部来看，则指古代小说形成了怎样的叙事传统。中国古代小说大致可以分为“笔记体”“传奇体”“话本体”和“章回体”四大文体，而检索古代小说史料，有关“叙事”的讨论很少关注“传奇体”和“话本体”小说，主要涉及的是“笔记”和“章回”两种小说文体。故以下的讨论主要涉及以“章回体”为代表的白话小说和以“笔记体”为代表的文言小说。

笔记体小说的叙事传统颇为明晰，从叙事的精神层面而言，笔记体小说接过了史学的叙事传统，即“实录”“劝善惩恶”和“简要”的叙事原则，但又有所变异。如“实录”在笔记体小说多表现为“据见闻实录”的记述姿态，这些耳闻目睹的传闻，虽不免虚妄，但只要“据见闻”，即属“实录”。《国史补》自序：“因见闻而备故实。”[①]洪迈《夷坚乙志序》：“若予是书，远不过一甲子，耳目相接，皆表表有据依者。”[②]均表明了记录见闻的写作态度，故笔记体小说之“实录”在于叙述过程的真实可靠与否，而不在于事件本身之真实。又如“劝善惩恶”亦为笔记体小说之叙事宗旨，但又不拘于此。曾慥《类说序》：“可以资治体，助名教，供谈笑，广见闻。”[③]《四库全书总目》“小说家叙”：“中间诬谩失真，妖妄

---

① (唐)李肇:《唐国史补·序》,中华书局 1991 年版,第 1 页。

② (宋)洪迈:《夷坚志·夷坚乙志序》,中华书局 1981 年版,第 185 页。

③ (宋)曾慥:《类说序》,(宋)曾慥编纂,王汝涛等校注:《类说校注》,福建人民出版社 1996 年版,第 1 页。

荧听者，固为不少，然寓劝戒、广见闻、资考证者，亦错出其中。”[①]而“简要”的要求则与史学一脉相承，叙事“简要”“简洁”“简净”的评语在笔记体小说的评论中随处可见。就叙事范围层面来看，笔记体小说可谓容纳了“叙事”语义几乎所有的内涵，记录故事、陈说见闻、叙述杂事，乃至缀辑琐语、解释名物均为笔记体小说的叙事范围，形成了笔记体小说无所不包的叙事特性，故“叙事的多样性”是笔记体小说叙事的重要特性和传统。清刘廷玑《在园杂志》谓：“自汉、魏、晋、唐、宋、元、明以来，不下数百家，皆文辞典雅。有纪其各代之帝略官制，朝政宫帏，上而天文，下而舆土，人物岁时，禽鱼花卉，边塞外国，释道神鬼，仙妖怪异。或合或分，或详或略，或列传，或行纪，或举大纲，或陈琐细，或短章数语，或连篇成帙，用佐正史之未备，统曰‘历朝小说’。读之可以索幽隐、考正误，助词藻之华丽，资谈锋之锐利，更可以畅行文之奇正，而得叙事之法焉。”[②]刘氏以“得叙事之法”作为笔记体小说的功能之一，而所谓“叙事之法”包括上述“或列传，或行纪，或举大纲，或陈琐细，或短章数语，或连篇成章”的所有内涵，可谓深得笔记体小说叙事之奥秘。今人治小说者，以“叙事”划定笔记体小说之疆域，又囿于对“叙事”内涵的狭隘理解，对笔记体小说的“杂”多有贬斥，殊不知笔记体小说的“杂”正是其“叙事”多样性的自然结果。

学界论及章回小说的叙事传统，一般都以“史”和“说话”为观照视角；认为章回小说接续了“史”和“说话”的叙事传统并形成了以“史”和“说话”为根柢的叙事特性。此说在学界颇为流行，亦无异议，是确然不易之论。但细审之，实际还有可议之处。一者，史著例分“编年”“纪传”二体，而章回小说除历史演义尤其是“按鉴演义”一脉在叙事体例上承续编年之外，一般都与编年体史书无关，然《左传》又向来被看成“小说之祖”，其何以影响章回小说之创作？其说不明。二者，将“说

① (清)永瑢等:《四库全书总目》,中华书局1965年版,第1182页。

② (清)刘廷玑撰,张守谦点校:《在园杂志》,中华书局2005年版,第83页。

话”视为章回小说之源起有三个因素：章回小说起源于“讲史”“说话”体制的延续和叙事方式上的说话人“声口”。此三个因素亦确然无疑，深深影响了章回小说叙事特性的生成。然细考之，亦有说焉，“说话”诚然是影响章回小说叙事的重要因素，“说话”之“遗存”也固然无处不在，但纵观章回小说的发展史，“去说话化”却是章回小说发展中一个不容忽视的重要现象。可以说，章回小说叙事的成熟过程正是与“去说话化”的过程相重合的。晚明以来，文人对章回小说的改造大多是以去除章回小说的说话“遗存”为首务，这其中当然也包括叙事形式。而到了清代《红楼梦》《儒林外史》等小说的崛起，所谓“说话”已不再是小说叙事的主流特征。故“说话”对章回小说的影响主要是外在的“叙事体制”。“史”影响章回小说叙事也确乎无可非议，但不是原汁原味的“史”，而是经过“改造”的“史”。上文说过，南宋以来的文章总集大量选入史著文本，包括以“事”为核心的编年体和以“人”为核心的纪传体。其中以《左传》和《史记》最得青睐，史著文本至此得以“改造”，包括观念上的“文章化”和操作上的“节录”，其目的在于作文之用，而其核心即为展示事件叙述和人物纪传的种种“文法”。这一观念为小说评点者所继承，并付诸实践。晚明以来，文人对章回小说改造的另一重要工作就是以史著之文章标准批改小说，一方面他们把章回小说也称为“文章”，与史著文本一样看待，又把章回小说之叙事与史著相比附，更以史著叙事文法之精神改造章回小说。而这一过程正是章回小说叙事走向成熟的关捩：弱化“说话”的叙事体制，强化文章化的“史著”叙事。并由此划出了章回小说叙事的新阶段，故“史”影响章回小说叙事最为重要的是宋以来史著的“文章化”。

以上我们对“叙事”的语义源流作了比较详尽的梳理，也涉及相关叙事文本和叙事理论。通过梳理和辨析，我们大致可以得出如下结论：

1、“叙事”在《周礼》中是作为一般用语加以使用的，自史学用为专门术语后,“叙事”的这一用法已基本消失。但《周礼》中“叙事”的精神内核已融入了作为史学和文学专用术语的基本内涵之中,如“叙事”的“秩序性”“时空性”和“事”的多义性等都是后来讨论“叙事”的重要内涵,尤其在文学领域。故《周礼》的“叙事”与史学、文学之“叙事”在精神内核上乃一脉相承。

2、“叙事”在史学和文学领域呈“分流”而又“融和”之势。“分流”者,毕竟史学和文学分属不同领域,其差异显而易见;“融和”者,一源于文学中碑志、行状、记、序等诸体乃史之余绪,与史有千丝万缕的关系;二缘于自《文选》以来的“史”入文章,尤其是《文章正宗》的“史”“文”一体。“叙事”在文学领域的内涵最为丰富,尤其在小说的批评和创作领域。

3、“叙事”内涵绝非单一的“讲故事”可以涵盖,这种丰富性既得自“事”的多义性,也来自“叙”的多样化。就“事”而言,有“事物”“事件”“事情”“事由”“事类”“故事”等多种内涵;而“叙”也包含“记录”“叙述”“解释”“罗列”等多重理解。对“叙事”的狭隘理解是20世纪以来形成的,并不符合“叙事”的传统内涵,与“叙事”背后蕴含的文本和思想更是相差甚远。尤其在对中国古代小说的认识上,“叙事”理解的狭隘直接导致了认识的偏差,这在笔记体小说的研究中表现尤为明显。

4、“叙事”语义的古今差异可谓大矣,故“叙事”与“narrative”的对译实际“遮蔽”了“叙事”的丰富内涵。[①] 而厘清“叙事”的古今差异正

---

① 周建渝先生认为:“这一概念(指《周礼》中的“叙事”——引者)的原有涵义,可释作‘按照一定顺序叙述事务、事件或事情’。此一涵义,与西方现代叙事学语境中narrating或narrative有相通之处。英文narrating一词,意指一个或数个事件的讲述或关连……至于narrative一词,亦即‘通过叙述者呈现的一个或数个真实或虚构事件之目标与行为,结果与过程……’比较文学界或中文学界将英文narrating或narrative译作‘叙事’或‘叙事文’,当已看到两者间相通之处,尽管两者内涵与外延并非完全相同,甚至差异很大,例如西方叙事学论叙事,关注叙事人的作用、叙事模式等更为广泛的问题,中国传统文献论叙事,则更多地视之为文法(或笔法)。”(见周建渝:《“叙事”概念在史传与文学批评中的运用》,李贞慧主编:《中国叙事学——历史叙事诗文》,(注转下页)

是为了更好地把握中国古代文学尤其是古代小说的自身特性。

（载《文学遗产》2018 年第 3 期）

(续上页注)第 69 页。)所论颇多启发,但仍可商榷。按照一定顺序叙述事务、事件或事情,这是“叙事”在中国古代的基本涵义,然据上文考订,“叙事”之义涵远远超出此范围,将 narrating 或 narrative 与“叙事”对译,仅截取了两者在此义涵上的“相通之处”,而忽略了“叙事”在中国古代的丰富性以及这种丰富性在创作中的实际表现。故这种对译实际“遮蔽”了“叙事”在古代的丰富内涵,不利于揭示中国古代文学尤其是古代小说的独特性质。且《周礼》中的“叙事”也尚无明确的“按照一定顺序叙述事务、事件或事情”的内涵,其对《周礼》“叙事”的理解或难免有“narrative”的先入之见。

“小说话”辨正

——兼评黄霖先生编纂的《历代小说话》

2018年,凤凰出版社出版了黄霖先生编纂的《历代小说话》,洋洋十五册,汇集了自明代至民国时期的小说话作品。黄先生在中国古代小说史料领域深耕多年,成绩斐然,此前编著有《中国历代小说论著选》《中国历代小说批评史料汇编校释》《金瓶梅资料汇编》等多部有重要影响的史料性著作。而《历代小说话》更是积数十年之功,广搜博引,是一部兼具史料性与理论性价值的重要著作。此书的出版在中国小说批评史乃至中国文学批评史领域均意义非凡,尤为重要的是将“小说话”这一批评文体拉回到人们的研究视野之中,也在资料上补足了话体文学批评的系统内涵。该书出版后得到了学术界的一致好评,如齐裕焜先生评价道:“这部巨著在中国古代小说研究以及小说批评领域具有重要的文献价值和开创性意义,从中大致能看出中国历代小说话的整体风貌,是中国古代小说研究的一块奠基石。”[①]本文拟在讨论小说话之内涵与形式的基础上,对《历代小说话》的学术贡献作出较为全面的挖掘,并就一些尚有讨论余地的问题向黄先生及学界同好请教。

一、“小说话”之内涵

作为一种传统的批评体式,“话”包括诗话、文话、词话、赋话、曲话和小说话等。与其他话体批评形式相比较,小说话的兴起和成熟时间

---

① 齐裕焜:《中国古代小说研究的一座宝库》,《中国文化论衡》2019年第2期。

明显要晚。在何文焕所辑《历代诗话》中，收录最早的诗话类作品是钟嵘的《诗品》，但《诗品》“思深而意远”，融“评论”“品第”“溯源”于一体，[①]远非后世诗话作品所能及。真正以“话”为书名且奠定诗话基本格局的是宋代欧阳修的《六一诗话》，此后诗话类作品绵延不绝，成为诗学批评的一种重要体式。诗话的勃兴进而影响到词，如朱崇才所言：“词话，在名与实两方面，都可以说是在诗话的影响下产生的。”[②]第一部词话作品是宋代杨绘的《时贤本事曲子集》，稍后，现存第一部文话作品陈骙的《文则》也告成书，故在宋代，诗话、词话、文话等组成的话体批评已然成熟。至明清两代，曲话的大量产生使“话”作为一种批评体式横跨了雅俗两个文学领域，至此，以相关文体为依托而衍生出的话体批评形式有了很大的发展，形成了自身的批评系统，成为古代文学批评最为发达的批评体式之一。可以说，“话”与“评点”是中国古代文学批评最为重要的形式。

诗话在话体批评中最早出现，也最为成熟，不仅影响了词话、文话，也同样影响到了小说话。故以诗话为参照，可以更透彻地了解小说话的内涵及其特性。关于诗话的特性，欧阳修《六一诗话自序》云：“居士退居汝阴，而集以资闲谈也。”[③]点明写作诗话的目的是“资闲谈”，从《六一诗话》二十九则条目来看，其体制短小灵活，是一种典型的漫谈随笔体。与《六一诗话》同称“最古”的司马光《续诗话》和刘攽《中山诗话》等继承了这一主旨，以记古今诗事为主，兼涉考证和议论。至南宋初年，许顗《彦周诗话》对诗话作了诠释：“诗话者，辨句法，备古今，纪盛德，录异事，正讹误也。若含讥讽，著过恶，诮纰缪，皆所不取。”[④]依许氏

---

① 谭帆：《小说评点的解读——〈中国小说评点研究〉导言》，《文艺理论研究》2000年第1期。

② 朱崇才：《词话学》，文津出版社1995年版，第1页。

③ (宋)欧阳修：《六一诗话》，见何文焕辑：《历代诗话》，中华书局1981年版，第264页。

④ (宋)许顗：《彦周诗话》，见何文焕辑：《历代诗话》，中华书局1981年版，第378页。

之说，诗话已不仅仅“资闲谈”，“‘辨句法’就是讲诗学方法；‘备古今’是说诗学源流；‘正讹误’是言诗学利病；‘纪盛德’就是指诗学观念。”[①]明清以来，“诗话”创作非常繁盛，“诗话”的内涵也不断扩大。尤其是清代，这是诗话的集大成时期，“不仅数量远较前代繁富，而评述之精当亦超越前人”。[②] 在这一背景下，清人对于诗话内涵的认知也在改变，钟廷瑛在《全宋诗话序》中云：“诗话者，记本事，寓评品，赏名篇，标隽句；耆宿说法，时度金针，名流排调，亦征善谑；或有参考故实，辨正谬误，皆攻诗者所不废也。”[③]这一概括涵盖了本事、品评、赏析、标注、辨误等多个层面，其范围相当宽广。从形式而言，诗话采用的自由灵活的随笔形式是受魏晋南北朝以及唐代笔记小说影响而形成，“诗话本来就是一种谈诗的笔记，所以笔记中谈诗的成分多了，便可以成为诗话。”[④]由此可见，诗话作为话体批评形式的代表，其表现内涵在不断扩大；但其形式相对比较单一，即以笔记的形式表达对于诗歌方方面面的认识。其所谈论的无论是什么内容，笔记的形式是稳定的乃至是固定的。

与诗话等体式相比，小说话的梳理和研究非常冷落。何谓小说话？它的体式特征、内涵、价值如何？这些最基本的问题一直没有引起重视。传统的小说批评研究关注的是评点、序跋等，而相关的小说批评史和文学批评史又大多以晚清为终点，故而晚清以降才发达起来的小说话一直处于边缘状态。据现有资料，较早明确提出“小说话”这一概念并对其作出规定的是梁启超，1903 年，他在《小说丛话》小引中说道：

---

① 蔡镇楚：《中国诗话史》（修订本），湖南文艺出版社 2001 年版，第 4 页。

② 郭绍虞：《清诗话续编序》，《照隅室古典文学论集》，上海古籍出版社 2009 年版，第 536 页。

③ 钟廷瑛：《全宋诗话序》，《全宋诗话》十三卷，首都图书馆，抄本。

④ 刘德重、张寅彭：《诗话概说》（修订版），安徽教育出版社 2009 年版，第 8 页。

> 谈话体之文学尚矣。此体近二三百年来益发达,即最干燥之考据学、金石学,往往用此体出之,趣味转增焉。至如诗话、文话、词话等,更汗牛充栋矣,乃至四六话、制义话、楹联话,亦有作者。人人知其无用,然犹有一过目之价值,不可诬也。惟小说尚阙如,虽由学士大夫鄙弃不道,抑亦此学幼稚之征证也。余今春航海时,箧中挟《桃花扇》一部,借以消遣,偶有所触,缀笔记十余条。一昨平子、蜕庵、璱斋、慧庵、均历、曼殊集余所,出示之,佥曰:"是小说丛话也,亦中国前此未有之作。盍多为数十条,成一帙焉。"谈次,因相与纵论小说,各述其所心得之微言大义,无一不足解颐者。①

梁氏在追踪"谈话体"的源流时,以诗话、文话、词话等为论述背景,得出了"小说尚阙如""此学幼稚"和"中国前此未有之作"的结论。换言之,在梁氏看来,往昔学者并没有采用小说话这一批评形式,而开创者正是自己与上述提及的几位。在梁启超看来,作为批评体式,"话"一个很大的特征是重"趣味",而小说话同样也应如此。另外,梁氏还揭示了晚清以来小说话的重要编纂特色——小说话的集体参与性:众人围绕一个主题以平等、自由的形式表达自己对于作品的意见。这一编纂特色是近代报载小说话的一个"新变",与传统重记事、尚考据、私人化的笔记体小说话有着明显的差别。有学者指出:"过去那种视小说为小道,重把玩、少驳诘的研究方式,已逐渐变成了在公共领域公开进行的自由讨论,原先局限于传统士大夫小圈子之间的私下活动,已开始通过诉诸公共舆论而扩大了文学批评的空间。"②由此我们可以认为,小说话的自觉和成熟当在晚清,此后各大报纸刊载的小说

---

① 梁启超:《小说丛话》小引,《新小说》第 7 号,1903 年。

② 付建舟、黄念然、刘再华:《近现代中国文论的转型》,上海古籍出版社 2015 年版,第 192 页。

话汗牛充栋，这一批评体式得到了高度认可。

但令人遗憾的是，长期以来对小说话的研究非常冷落，完整的定义直至 2018 年才有，这就是黄霖先生在《关于中国小说话》一文中对“小说话”的界定。这是自梁启超以后对“小说话”作出最完整解读的一段文字：

> （小说话）其基本特征，就是既有别于传统小说批评中诸如序跋、评点、书信、诗论、单篇文章等其他文体，也有别于现代有系统、成体系的小说论著，其主要表现形态为笔记体、随笔型、漫谈式，凡论理、录事、品人、志传、说法、评书、考索、摘句等均或用之。其题名除直接缀以“话”字之外，后来往往用“说”“谈”“记”“丛谈”“闲谈”“笔谈”“枝谈”“琐谈”“谈丛”“随笔”“漫笔”“卮言”“闲评”“漫评”“杂考”“札记”“管见”“拾隽”等名目，真是五花八门，不一而足。这种我国独特的文学批评和研究的样式具有即目散评的鲜明特点。所谓即目，即写于阅读直觉的当下；所谓散评，即显得并不完整与条贯。它是在“天人合一”观念的主导下，以直觉体悟为主，努力去体验、品味、描绘和批评作品，而不是站在主客两分的立场上，致力于将物象分解，作抽象思辨与逻辑推演，从而去剥取概念，建构体系，因而能贴近、融入到批评对象之中，去切身体悟作品的美学趣味和精神价值。①

这段文字同样见于《历代小说话》一书的《前言》，对“小说话”的内涵和特征进行了提纲挈领的概括和解答。其内涵包括如下几个方面：首先，黄霖先生认为小说话“有别于传统小说批评中诸如序跋、评点、书信、诗论、单篇文章等其他文体”。其次，小说话“也有别于现代有系统、成体系的小说论著”。这一区分是恰当的，使得民国很多古代小说

---

① 黄霖：《关于中国小说话》，《中国文学研究》2018 年第 2 期。

论著不能杂厕其间。最后，黄霖先生认为小说话这一批评文体“具有即目散评的鲜明特点”，但这一特点并非小说话之独有，而是古代话体批评的共同特色。在《中国文学中的评点》一文中，黄霖先生总结道：“我曾经将包括评点在内的中国古代的文学批评的特点概括成‘即目散评’四个字。所谓即目，即写于阅读直觉的当下；所谓散评，即显得并不完整与条贯。这实际上与中国文论的思维特点着重在直觉体悟密切相关，可以说是直觉体悟思维的必然结果与外在表现。”①用“即目散评”来评价小说话乃至古代话体批评的特点无疑是非常精审的。除此之外，黄霖先生还就为何收录胡应麟《少室山房笔丛》中有关论小说部分并命名为《少室山房小说话》作了说明，也可视为黄先生对小说话尤其是古代小说话的认识和界定：

> 今溯其源，明清两代，往往有一些笔记用或多或少的篇幅谈及小说，但多数散杂零乱，未成体统。而明代胡应麟的《少室山房笔丛》开始将“小说”作为子部九流中的一家来集中加以考辨与述论。虽然，他还是将有关“小说”的文字分散在《九流绪论》《四部正讹》《二酉缀遗》《庄岳委谈》等各个部分，且有时对“小说”特性的认识也尚模糊，但他在主观上还是比较清楚地将他所认识的“小说”作为一种独立的文体，且各部分都是用独立的篇章来加以论列，从而使这些篇章已具“小说话”的基本特征。《少室山房笔丛》因此而可视之为中国“小说话”的发轫。以后如俞樾的《小浮梅闲话》、平步青的《小栖霞说稗》等，都是在各自的笔记中将有关“小说”的文字独立成编。这种独立成编的有关小说的文字，亦当属“小说话”之类。与此不同的是，如谢肇淛的《五杂俎》、刘廷玑的《在园杂志》、俞樾的《春在堂随笔》等笔记，虽有不少篇幅论及小说，且不乏精到之见，但均散而未统，并未将“小说”以专章论

① 黄霖：《中国古代文学中的评点》(上)，《古典文学知识》2016 年第 5 期。

列,故都与“小说话”有一墙之隔。换言之,在笔记类著作中,只有专论“小说”的独立篇章,才可视之为“小说话”。这也是中国“小说话”文体最早的存在形式。①

“小说话”这一名称在古人那里没有明确出现过,故对于“小说话”的认定实质上是一种“追认”。那么在诗话的影响之下,为何词话、文话、赋话、四六话,甚至是曲话都相继产生并迅速繁荣,却唯独小说话迟至晚清才大量出现呢?首先,小说尤其是通俗小说文体价值的卑下导致了批评体式的晚起。如黄霖先生所说:“我国古代的学士大夫,往往视小说为邪宗,鄙弃而不屑道,故‘小说话’之兴起,比之诗话、词话之类,明显较晚。”②其次,“话”这一批评形式在宋以来逐步形成了自身的批评个性和形式特性,而这种特性与中国小说尤其是通俗小说的文体特性并不吻合。“话”这一批评形式采用的主要是“摘句批评”和“本事批评”两种批评方法,然而这种方法适合于古典诗歌,却与古代通俗小说并不契合。详而言之,“诗话”等所采用的“摘句批评”所追求的是个别辞句的警策和局部语言的精妙,而作为叙事文学的小说所追求的却是整体艺术结构的完善和人物性格的鲜明。“本事批评”是以作家的可考性和文坛上流传的创作轶事为前提的,而这恰恰是通俗小说最为薄弱的。而与之相关,“评点”这一形式在批评旨趣和传播形式上与通俗小说颇相契合,古代通俗小说是一种最能体现“文学商品化”的文体,这是通俗小说区别于中国古代其他文体的一个重要标志,而推进小说文本的商业性传播无疑也成了小说批评的一个重要功能。南宋以来的文学评点以通俗性和实用性为主要特性,正与通俗小说的这种文体特性深深契合。当评点与小说文本一起进入传播渠道时,其传播价值和“促销”功能的优越性便十分显著,故一开始就受到了批评

①② 黄霖:《关于中国小说话》,《中国文学研究》2018 年第 2 期。

者的青睐。① 总的来看,古代的诗、词、文等文体以“话”体批评为主流,而小说则以“评点”为主体,这既是由各文体的价值及特性所决定的,也与“话”和“评点”的自身属性密切相关。

二、 笔记体与报载体:小说话的两种体式

通过追踪“小说话”的发展历程,我们可以看出,“小说话”在晚清以前处于“有实无名”阶段,这一阶段以随笔体评论小说的形式,虽不是主流但也不可忽略,我们可将其称为“笔记体小说话”。晚清以来迅猛发展的报载小说话以报刊为媒介,在形式上呈现出与传统“笔记体小说话”不同的格局,我们不妨将其归纳为“报载体小说话”。

“笔记体小说话”发源于宋代。通常的情况是有关小说的条目出现于笔记类著作中,其内容是零散的,不成系统的,这是“笔记体小说话”的初始阶段。宋人的“笔记体小说话”受诗话影响甚多,如刘攽云:“小说至唐,鸟花猿子,纷纷荡漾。”②此条原本在其所著《中山诗话》中,后有刊落。明代时,此条目应当还保留齐整,故而桃园居士在《唐人小说序》中有引。洪迈评唐代小说和诗时说:“大率唐人多工诗,虽小说戏曲,鬼物假托,莫不宛转有思致。”③又说:“唐人小说,不可不熟,小小情事,凄婉欲绝,洵有神遇而不自知者,与律诗可称一代之奇。”④此两条都是以唐诗为参照对象来品评传奇,其评价相当精到。除此之外,《东京梦华录》《都城纪胜》《武林旧事》《梦粱录》等书杂记当时的风俗习惯和城市生活,其中对“说话”艺术的记载甚详,而“说话”四家与明清通俗小说的关系非常紧密,故当视其为“小说话”。如《梦

---

① 谭帆:《小说评点的解读——〈中国小说评点研究〉导言》,《文艺理论研究》2000年第1期。

②④ (明)桃源居士:《唐人小说序》,《唐人小说》,上海文艺出版社1992年据扫叶山房石印本影印。

③ (宋)洪迈:《容斋随笔》,中华书局2005年版,第194页。

梁录·小说讲经史》:“说话者,谓之舌辩。虽有四家数,各有门庭。且小说名‘银字儿’,如烟粉、灵怪、传奇、公案、朴刀杆棒发发踪参之事……但最畏小说人。盖小说者,能讲一朝一代故事,顷刻间捏合。”[①]此所谓“小说”是一种讲唱形式,专门演述短篇故事,是“话本小说”的雏形,此类条目也应被视作“小说话”。

宋以后,“笔记体小说话”在明清两代不断发展。如谢肇淛《五杂组》就含有小说话,卷一五有云:“凡为小说及杂剧戏文,须是虚实相伴,方为游戏三昧之笔。亦要情景造极而止,不必问其有无也。古今小说家,如《西京杂记》《飞燕外传》《天宝遗事》诸书,《虬髯》《红线》《隐娘》《白猿》诸传,杂剧家如《琵琶》《西厢》《荆钗》《蒙正》等词,岂必真有是事哉?近来作小说,稍涉怪诞,人便笑其不经,而新出杂剧,若《浣纱》《青衫》《义乳》《孤儿》等作,必事事考之正史,年月不合,姓字不同,不敢作也。如此,则看史传足矣,何名为戏?”[②]在古代小说批评中,主流的观点是强调“实录”,而谢氏一反常态,认为小说创作要虚实结合,可谓是空谷足音。另外,郎瑛《七修类稿》、刘廷玑《在园杂志》、钮琇《觚剩》、梁章钜《归田琐记》等笔记中亦杂有小说话。总的来看,明清的“笔记体小说话”数量非常可观,但相较于评点,此时期的笔记体小说话依旧不成气候。比较系统创作小说话的仅胡应麟等少数几位,如胡应麟在《少室山房笔丛》中开辟专章来谈论小说,《九流绪论下》《二酉缀遗中》两篇全部在考论小说,《四部正讹下》《庄岳委谈下》等其他篇目也有大部分内容在谈论小说。

真正以“小说话”独立成编的是清末的俞樾,他的《小浮梅闲话》专门考证小说,与胡应麟相较,其研究目的更为明确。如胡氏《九流绪论》的主旨是论述诸子百家,在此过程中才在下篇论及小说,《二酉缀

---

① (宋)孟元老等:《东京梦华录》(外四种),文化艺术出版社 1998 年版,第 306 页。

② (明)谢肇淛:《五杂组》卷十五,上海书店出版社 2001 年版,第 313 页。

遗》主要是考证辨伪，上中下三篇都有涉及小说，但是所涉诗、词等史实依然较多。俞樾作为清代的朴学大师，采用朴学的方法来治小说。[①] 在《小浮梅闲话》中，他对《开辟演义》《封神演义》等小说的内容流变进行了详实的考证。此时期的小说评点则由于文人趣味的不断提升甚至是片面发展，使其逐步走向衰微。[②] 而小说话则借着清代朴学之风出现了繁盛的趋向。俞樾的小说话对后来者影响甚巨，平步青在其笔记《霞外捃屑》中专列一卷来论小说戏曲，命名为《小栖霞说稗》，其内容仍以考证为主，从中可以看到俞樾的影子。如平氏考证的《封神演义》《三国演义》《西游记》《残唐五代史》等书，与俞樾所言几乎完全一致，而且在行文中也多次提到俞樾的著作。[③] 这一研究方法持续到了民国，如蒋瑞藻的《小说考证》及其《续编》、钱静方的《小说丛考》等便是典型之作，虽然这两部著作都曾在报纸上发表，但其作为系统之论著的特点是非常明显的。如蒋瑞藻在序中说："今取各家著述之言小说者，略次其时代之先后，类为一编，条分缕析，本末井然。"[④] 而从内容来看，蒋、钱二氏的著作所涉及的材料和考证的书目也更广，可视为晚清小说话在内容和形式上的"新变"。[⑤] 而另一方面，在民国，俞樾以考证之法研究小说的理路被胡适进行了"科学"化的改造之后，功力大显，胡适对章回体小说的考证成为现代学术的典范之作，

---

① 刘方和孙逊对此问题有较为透彻之研究，其云："俞樾以晚清著名学术大师的身份和地位，以其乾嘉学派的治学方法与眼光来研究通俗小说，考镜源流，在研究对象上将通俗小说与传统经典的经、史、子、集置于同等地位，纳入同一范围，一视同仁加以研究。与此前之李贽等异端身份、金圣叹等才子地位，以及张竹坡、脂砚斋等落魄文人地位相比，俞樾的意义与影响，已经超过研究本身。"刘方、孙逊：《中国古代小说研究现代学术范式的历史生成》，《文艺研究》2007 年第 12 期。

② 谭帆：《中国小说评点研究》，华东师范大学出版社 2001 年版，第 27—43 页。

③ 谢超凡：《〈小浮梅闲话〉笺注》，武汉大学出版社 2017 年版，前言第 13 页。

④ 蒋瑞藻：《小说考证序》，《小说考证》，浙江古籍出版社 2016 年版。

⑤ 虽然在晚清民初，"笔记体小说话"呈现出由散化之条目向系统之论著转变的趋向，但是这一转变是相对的，大多数的笔记著作中依旧有小说话，这些条目不能被忽略。如林纾的《畏庐琐记》，其中对《三国演义》《西游记》等小说之考证颇有价值。

影响至今。

上文提到“小说话”是由1903年梁启超在《小说丛话》小引中首次提出的，从“小说话”的发展历程来看，他所说的“小说话”明显指“报载体小说话”。“报载体小说话”的产生与报刊之兴起密切相关，这一传播媒介的改变使小说话的刊载成为可能，而晚清时小说专刊的兴起又为小说话的繁荣提供了机会。同时，引入西方的印刷设备和技术，又改变了传统的雕版印刷成本高昂的局面，一大批传统小说和报刊借助新式技术不断出版。如《申报》在创立之初便开始尝试刊载翻译小说，并创立了专门性的文艺刊物《瀛寰琐记》用来刊载小说，虽然由于销量不佳暂停刊载小说，但是十年后报刊小说终于得到了认可，由此小说刊载量不断上升。最早专刊小说的刊物是1892年韩邦庆创办的《海上奇书》，出版15期便宣告停刊；又一个十年后，梁启超在日本横滨创办的《新小说》成功打开市场，受到读者的欢迎，它也标志着小说专刊真正的兴起。正是在《新小说》的第一卷和第二卷上，新小说社的同仁们明确提出了“小说话”这一概念，并尝试用这一批评形式评析小说。此后的报刊承继了这一批评形式，在刊载小说的同时也同步刊载小说话，如《小说林》《晶报》《最小》《小说日报》《晨光》《金刚钻》《啸声》等刊物。而近代小说地位的转变与小说内涵的扩展更是小说话得以兴起的根本原因。近代以来，小说内涵进一步扩展，除传统的小说之外，还容纳了当时新兴的报刊小说、翻译小说。阿英在《晚清小说史》中曾直言晚清“翻译书的数量，总有全数量的三分之二”，[①]在大量翻译小说占领报端的背景下，近代的“小说”概念逐步对接了西方的“novel”，其地位也在“小说界革命”后由“小道”一跃而升为“最上乘”之文体。小说内涵的扩大使得“小说话”不仅将品评对象大为扩展，而且还在评论时吸收了西方学者评论小说的思想，如对小说人物内心世界与小说情节之关注。而小说地位的变化又使小说登上报端成为大多数人关注

① 阿英：《晚清小说史》，东方出版社1996年版，第210页。

的对象，作为伴生品的“小说话”自然也获得了同等的待遇。

“报载体小说话”以报刊为载体，与传统“笔记体小说话”相较，既有沿袭也有新变。“沿袭”主要体现在少部分作品仍采用文言，以考证、品评为主。如《新新小说》1905 年第 8 期所载佚名之《小说丛话》，黄霖先生在提要中谓其“纯是记录小说的故实，且主要是摘录前人笔记，己意不多”，①可谓的评。“新变”则指“报载体小说话”与传统“笔记体小说话”的差异，这主要体现在以下几点：②首先是篇幅长短不拘，较为灵活。有的报刊用小说话来点缀版面，此类小说话多是一百多字的条目。如《游戏世界》1922 年第 19 期，刊载了民哀评价姚鹓雏的“小说话”，其前面所载的是周瘦鹃翻译的小说《爆裂弹》第十四章，最后余留大半页版面，故而将民哀的小说话登在此处以足版面。不过，大多数刊物所载小说话篇幅较长，这类刊物以刊出小说为主，同时也会给小说话预留足够的版面，其字数有的多达几千字，而更长的则可采用连载的形式。③ 其次是形式多样。“报载体小说话”有提要体、读后感、书信、点将录、传记体等多种形式。提要体是撰写书目之提要，如瓶庵《古今笔记平议》主要对其所购之笔记撰写提要，用其原话形容便是“撮其要略，附以评议”；④读后感如《最小》刊载的蒋春木的《读寄〈不装饰的家庭〉》、徐碧波的《读〈缠绵〉后》等文，此类均是简短的读后感；同样在《最小》刊载的江红蕉的《答凤云女士》与凤云女士的《越加怀疑》两篇小说话是关于江氏小说《嫁后光阴》的内容探讨，采用

---

① 黄霖：《历代小说话》，凤凰出版社 2018 年版，第 1372 页。

② 张天星曾对剧评和小说话受欢迎的原因作出了三点归纳，具有参考价值。其云：“剧评和小说话之所以受到报刊的欢迎，原因有三：一、篇幅一般短小，利于编排，有时可作补白之需；二、有感即发，直接评价，一般不须太多的构思和写作时间，便于写作；三、报刊娱乐休闲对文艺内容的需求。”张天星：《报刊与晚清文学现代化的发生》，凤凰出版社 2011 年版，第 482 页。

③ 如范烟桥的《小说话》连载于天津《益世报》1916 年 9 月 18、19、20、22、23、24 日，分六次刊载。

④ 黄霖：《历代小说话》，凤凰出版社 2018 年版，第 2911 页。

的形式是书信；点将录类小说话有范烟桥的《星友点将录》、大胆书生的《小说点将录》，此类小说话仿《东林点将录》和《乾嘉诗坛点将录》，取《水浒》中人物名号进行比附；传记体就是为当时的小说家撰写简短的小传，介绍其生平和小说创作。如王锦南的《小说家别传》和蓬壶的《续小说家别传》。再次，传统“笔记体小说话”多以考证和品评为主，而“报载体小说话”面对的对象不再局限于笔记小说和章回小说，还有翻译小说与现代白话小说，因而在批评时也多采用西方之术语与理论去探求小说之作法、人物之描写、情节之安排等多个方面。学界对此已有足够探讨，此不赘述①；最后，“报载体小说话”以报纸为媒介，而办报者出于商业考虑，自然会在报刊中刊出大量时效性与娱乐性较强的小说话，来制造热点话题，在扩大报刊影响力的同时也会带来可观的经济收益。

综而言之，“笔记体小说话”是古人的读书札记，是古人在日常阅读过程中的记录和思考，虽不可与“高文典册”等而视之，但其著述的严肃性是毫无疑问的。而“报载体小说话”以报刊为依托，将读者、市场的需求大幅度纳入，高频次的发行与媚俗化的写作使其呈现出与传统笔记体小说话不同的趋向。而从作者的角度言之，笔记体小说话的作者往往是士大夫，报载体小说话的作者都是现代知识人，“现代知识分子从庙堂里的士大夫群中走出来，在民间确定了新的工作岗位和价值岗位。”②故其创作的出发点自然不同。从涵盖的内容来说，笔记体小说话虽偶尔涉及诗、文、戏曲等文体，但其主体仍在古代小说的界域之内；而报载体小说话所论不仅仅是古代小说，更是将翻译小说、现代

① 李桂奎：《民国小说话关于写人问题的探讨及其理论建树》，《中国文学研究》2018 年第 2 期；温庆新：《晚清理论类“小说话”与中国小说批评的现代转型》，《文艺理论研究》2019 年第 3 期。

② 陈思和在给杨扬《商务印书馆：民间出版业的兴衰》一书作序时云：“这部书稿则是完整地描述了商务印书馆在 20 世纪上半叶的兴衰史，同时也折射了现代知识分子如何从庙堂里的士大夫群中走出来，在民间确定了新的工作岗位和价值岗位。”见杨扬：《商务印书馆：民间出版业的兴衰》，上海教育出版社 2000 年版，第 2 页。

小说统统纳入，批评对象的扩展使其显得驳杂，而批评理论的五花八门也使其价值参差不齐。明乎此，我们对小说话的分类、演变及其价值才能有更为深入的理解。

三、《历代小说话》的学术贡献

黄霖先生是系统完整辑录和研究小说话的第一人。这一批评文体被“遮蔽”长达百年，以往虽有阿英、陈平原等先生在相关资料集中拣其重点条目收入，但是长久以来缺乏整体的研究。黄霖先生积数十年心血编成《历代小说话》一书，完整地收录了明代至民国的小说话，并撰写了一系列文章深入挖掘小说话的价值，[①]清晰地勾勒了小说话的发展流变。如李桂奎所言：“这本丛编确实为研究中国古代小说、小说批评与学术文化奠定了厚实的文献基础，同时还可能引发很多新的命题，为研究的进一步展开提供一个新的起点。”[②]笔者在阅读此书之后，有以下几点感触。

其一是资料搜罗广博。在 20 世纪 20 年代小说史学科建立伊始，鲁迅、胡适、孙楷第等便开始注重史料与考证，奠定了小说史研究重材料的传统。黄霖先生继承了这一优良传统，从 80 年代开始便持续出版了《中国历代小说论著选》《金瓶梅资料汇编》等小说文献汇编。而小说话由于遍布报端，收集难度大，一直被人忽视而成学术史上的一个空白。黄霖先生从 80 年代开始着手搜集，最终从浩瀚的史料中爬梳出有关小说话的资料而编成此书。纵观全书，其收集史料时间起于

① 黄霖先生的文章如下：《清末民初小说话中的几个理论热点》，《复旦学报(社会科学版)》2009 年第 1 期；《民国初年“旧派”小说家的声音》，《文学评论》2010 年第 5 期；《应当重视民国话体文学批评的研究》，《复旦学报(社会科学版)》2017 年第 3 期；《关于中国小说话》，《中国文学研究》2018 年第 2 期。

② 李桂奎：《资料整理与理论重构并举——黄霖先生中国古代小说理论研究的建树与境界》，《中国文化论衡》2019 年第 2 期。

明万历终至1926年，横跨三百多年；全书分三编共十五册，总字数达436万。此书的材料之丰富主要体现在对晚清民国报刊竭泽而渔式的搜集，由于晚清民国印刷技术的改善和时局的影响，兴起了办刊的高潮。以上海为例，《上海图书馆馆藏建国前中文报纸目录》收录了馆藏1862至1949年国内外出版的中文报纸3500余种，上海图书馆编《徐家汇藏书楼报纸目录初编》著录了清同治朝至民国初年的报纸共225种。保守地估计，其中属于民国时期国内出版发行的报纸当在2500种以上。[①] 晚清民国的报刊数量如此巨大，选录材料的难度可想而知；另外，早期一些报刊的文章并无标点，印刷质量也参差不齐，这也无形增加了整理的难度。

其二是提要精审。《历代小说话》在每篇小说话之前皆有简明的提要，主要用来说明其出处、作者、主要内容与历史贡献等。对于刊载小说话的报刊，提要也有详细的介绍，这些提要的撰写颇见功力。试以《历代小说话》第13册《本旬刊作者诸大名家小史》的提要为例：

> 连载于《社会之花》一九二四年一月五日至四月二十五日第一卷第一、二、三、四、五、七、十一期。《社会之花》是每十日出版一期的旬刊。创刊于上海，出至一九二五年十一月第二卷第十八期停刊。由王钝根编辑，沈禹钟协理编务。主要载小说，卷首有精美的插图。本篇作者钝根，即王钝根（一八八八—一九五一），原名王晦，更名王永甲，字耕培、芷净，号钝根。江苏青浦（今属上海市）人。十六岁中秀才，后进广方言馆习外语。清末在家乡主编《自治旬报》，辛亥后任《申报·自由谈》副刊主笔，继而主编《自由杂志》《游戏杂志》《礼拜六》周刊，风行一时。一九一五年加入南社。晚年以卖字为生。编著有《百弊丛刊》《工人之妻》《聂慧娘之妻》等。本篇连载了他熟悉的一些小说家的出处、经历及有关

① 参见黄镇伟：《中国编辑出版史》，苏州大学出版社2003年版，第308页。

创作的一些情况，颇具史料价值。原刊有副标题“钝根对于读者之介绍辞”。①

此篇提要首先介绍了所摘材料的出处即《社会之花》，进而又对此刊物的情况作了说明，接下来考述了本篇作者的生平、履历等情况，突出其办报经历，提要结束时对所选内容作了一个大致的勾勒。余嘉锡先生在《目录学发微》曾说：“综其（目录学）体制，大略有三：一曰篇目，所以考一书之源流；二曰叙录，所以考一人之源流；三曰小序，所以考一家之源流。”②黄霖先生所撰的提要便是如此，他对报刊及撰者的考证极为详细，将其源流娓娓道来。总的来看，这些提要简明扼要、条理清晰，又突出重点、切中肯綮，信息量非常大。全书共有此类提要四百多篇，对于小说研究者来说，这些弥足珍贵的提要为研究者提供了很大的便利。

其三是史迹清晰。《历代小说话》不仅仅是一部资料汇编，其材料的编排和体例的设定有明确的史迹，也可看作是一部小说话发展史。最明显之处便是此书以上中下三编来排列，而这三编对应的是小说话发展的三个历史阶段。黄霖先生在本书《凡例》中解释道：“上编所录的小说话，虽有独立的品格，但尚附见于笔记、评点本之中；中编所录，以开始独立成编为标志，产生的大量有独立品格的小说话，然当时虽有小说话之实，却尚未用‘小说话’之名；下编所录，其主流则明确、自觉地运用小说话的形式，标举‘小说话’的名义，用新的报章杂志、新式印本等载体来加以传播，使小说话的创作很快地形成高潮。”③黄霖先生此前撰写过《近代文学批评史》《中国小说研究史》等书，对文学现象历史流变的把握有着非常深的理解。实际上，黄霖先生一直关注着文

① 黄霖：《历代小说话》，凤凰出版社 2018 年版，第 5226—5227 页。

② 余嘉锡：《目录学发微　古书通例》，商务印书馆 2011 年版，第 34 页。

③ 黄霖：《历代小说话》，凤凰出版社 2018 年版，凡例第 2 页。

论史，正如其所言：“五十多年来，中国文论史的学习与研究才是我最主要的本职工作，是我学术生命的核心所在。”①可以说，《历代小说话》的编纂正是黄先生学术特色的延续。

四、余论

黄霖先生对小说话的整理和研究，不仅发掘了非常多的珍贵史料，还将改变中国小说理论批评史的格局。以往的小说理论批评研究多关注序跋、评点等传统形式，对于晚清以降的小说话着墨较少。随着《历代小说话》的出版，众多报刊上的小说研究资料将回到我们的研究视野之中，而小说和小说理论在近代以来所呈现出的演变轨迹也将更加清晰。

但《历代小说话》的编纂仍有不少有待商榷与完善的地方。首先，《历代小说话》所收史料以 1926 年为下限，1926 年至 1949 年报刊所载的小说话并未收录。而从“民国时期期刊全文资料库（1911—1949）”中收录的报章来看，这一时期小说话的数量十分巨大，如何补足以嘉惠学林，是我们非常期待的。其次，《历代小说话》在观念认知与实际选编之间还存在较多矛盾，对“小说话”的理论阐释与编选篇目之间尚未完全达成一致。如黄先生认为，小说话的基本特征“就是既有别于传统小说批评中诸如序跋、评点、书信、诗论、单篇文章等其他文体，也有别于现代有系统、成体系的小说论著。其主要表现形态为笔记体、随笔型、漫谈式，凡论理、录事、品人、志传、说法、评书、考索、摘句等均或用之”。但在具体的编纂过程中，上述对“小说话”的认识尚未完全落实，致使《历代小说话》的编选产生了不少“名实”两端的淆乱。比如“读法”的大量采用，“读法”是中国古代小说评点中的重要形态，尤其

① 黄霖、李桂奎：《文献整理、史论撰述与体系建构三重奏——复旦大学著名教授黄霖先生中国文论史研究访谈录》，《甘肃社会科学》2016 年第 3 期。

在金圣叹、毛氏父子和张竹坡等的小说评点中，“读法”已然是不可或缺的形式要素，深深打上了小说评点的“烙印”。故不能因为“读法”也具“即目散评”的特性，与“小说话”相近，而将小说评点的“读法”纳入“小说话”之中。复次，《历代小说话》例分三编，古今一贯，但在选编的规模上古今差异非常之大。之所以出现这种状况，当然首先是与“小说话”的晚起有关，这是符合历史原貌的；但选编观念的影响也不能忽视，在黄先生看来，“明清两代，往往有一些笔记用或多或少的篇幅谈及小说，但多数散杂零乱，未成体统”，“在笔记类著作中，只有专论‘小说’的独立篇章，才可视之为‘小说话’”。故在《历代小说话》中，因过于强调“体统”和“独立篇章”，明清两代的笔记类著述被选入的篇目非常之少。其实，所谓“小说话”最为核心的特性在于形式，即以“笔记体”来记事和品评，故从古代笔记中寻觅有关小说的条目乃为正途，而不必太多在意其条目是否成“体统”和“独立”。对此，可以采用多种形式将零散的小说话组合起来，如以朝代为限，可编《宋代小说话》，如以年号为限，可编《万历小说话》，如以撰者为限，可编《渔洋小说话》等。只有这样，才能有效增加古代小说话的分量，从而完整呈现中国小说话的古今演变史。总之，《历代小说话》作为小说资料的集成，既关乎小说的理论资料，也关乎小说的批评体式，是一种以“体式”为核心的专门史料集成，故其收录的资料理应充分关注“体式”的规定性。

（载《清华大学学报（哲学社会科学版）》2021 年第 2 期，与王瑜锦合作）

“小说”考

“小说”一辞歧义丛生，乃古代文学文体术语中指称范围最为复杂者之一。清人刘廷玑即感叹：“小说之名虽同，而古今之别，则相去天渊。”[①]今人对“小说”一辞的析解或以今义为准，以今律古；或以古义为准，以古律古；或古今义折中。论述甚夥，歧异亦繁，尚有进一步探讨梳理之必要。我们拟顺循“小说”一辞指称对象之变更于纵横两端梳理“小说”内涵之演变，既揭示其历时发展演变之迹，又展示其共时交错并存之现象。力求将“小说”一辞回归其原有的历史文化语境，而作原原本本的清理。

一、“小说”是“小道”

“小说”是无关于政教的“小道”。此为先秦两汉时期确立的最早的“小说”观，对后世影响深远。

“小说”一辞最早作为社会一般用语见诸先秦诸子，《庄子·外物》谓：“夫揭竿累，趣灌渎，守鲵鲋，其于得大鱼难矣。饰小说以干县令，其于大达亦远矣。”“饰小说以干县令，其于大达亦远矣”意为“粉饰浅识小语以求高名，那和明达大智的距离就很远了”。[②] 此处之“小说”指与“明达大智”相对举的“浅识小语”，亦即浅薄之论。《荀子·正名》亦谓：“故知者论道而已矣，小家珍说之所愿皆衰矣。”[③]“小家珍说”即

① (清)刘廷玑撰，张守谦点校：《在园杂志》，中华书局2005年版，第82—83页。

② 陈鼓应：《庄子今注今译》，中华书局1983年版，第708页。

③ (清)王先谦撰，沈啸寰、王星贤点校：《荀子集解》，中华书局1988年版，第429页。

“小说”,“知者”,智也,故“小家珍说”是指与“知者论道”相对的浅薄之言。可见“小说”一辞产生于诸子论争中,是其互相驳难、贬低对方之鄙称,泛指与智者所言高深之理相对应的浅薄之论。①

“小说”明确作为文类概念较早见于班固《汉书·艺文志》“诸子略”之“小说家”。《庄子·天下篇》《淮南子·要略篇》《史记·太史公自序》引司马谈《论六家要旨》划分诸子派别,均无“小说家”之称。学界通常认为,“小说家”应为刘歆、班固增入。《汉志》以“辨章学术,考镜源流”为原则,对众典籍进行分类。“小说”归于“诸子略”,表明它与诸子著作性质相似或相近,基本可作子书看待。而诸子之作大多为阐明某种道理的“入道见志之书”,②小说家在文类性质上也应基本与之相似,主要为论说性文字。《汉志》“小说家”小序称:“小说家者流,盖出于稗官,街谈巷语,道听途说者之所造也。孔子曰:‘虽小道,必有可观者焉!致远恐泥,是以君子弗为也。’然亦弗灭也。闾里小知者之所及,亦使缀而不忘。如或一言可采,此亦刍荛狂夫之议也。”③“街谈巷语,道听途说者之所造”,“闾里小知者之所及”,均指此类作品为社会下层之“小智者”所作。“小道”和“刍荛狂夫之议”则指此类作品谈论的为浅薄之道理。而所谓“小道”,是与诸子九家相对而言。《诸子略序》云:“诸子十家,其可观者九家而已。……《易》曰:‘天下同归而殊途,一致而百虑。’今异家者,各推所长,穷知究虑,以明其指。虽有蔽短,合其要归,亦《六经》之支与流裔。”④诸子九家为“《六经》之支与流裔”,谈论的是治国平天下,有关政教的“大道”,而“小说家”则仅为于“治身理家,有可观之辞”的“小道”。可见,《汉志》“小说家”的内涵实

① 《论语·子张》:“子夏曰:‘虽小道,必有可观者焉!致远恐泥,是以君子不为也。’”杨伯峻:《论语译注》,中华书局1980年版,第200页。

② (南朝梁)刘勰撰,詹锳义证:《文心雕龙义证·诸子》,上海古籍出版社1989年版,第622页。

③ (汉)班固撰,(唐)颜师古注:《汉书·艺文志》,中华书局1962年版,第1745页。

④ (汉)班固撰,(唐)颜师古注:《汉书·艺文志》,中华书局1962年版,第1746页。

际上与先秦“小说”一辞一脉相承，指与诸子相似，主要是记载社会下层人士谈说某些浅薄道理的论说性著作。《汉志》著录之“小说十五家，千三百八十篇”与上述内涵界定基本一致。如《伊尹说》“其语浅薄，似依托也”，《黄帝说》“迂诞依托”，《师旷》“见《春秋》，其言浅薄，本与此同，似因托之”。[①]《封禅方说》《虞初周说》《待诏臣安成未央术》《待诏臣饶心术》则多为方士的“机祥小术”。[②] 故明胡应麟谓：“汉《艺文志》所谓小说，虽曰街谈巷语，实与后世博物、志怪等书迥别。盖亦杂家者流，稍错以事耳。”[③]《汉志》对“小说家”的界定应反映当时比较普遍的一种认识，如张衡《西京赋》：“匪为玩好，乃有秘书。小说九百，本自虞初。”[④]桓谭《新论》：“若其小说家合丛残小语，近取譬论，以作短书，治身理家，有可观之辞。”[⑤]“小说”一辞从先秦的社会普通用语到汉代的文类概念，应主要源于文献整理过程中文类指称的需要。“诸子略”对文类的划分主要以各家不同的思想主旨取向来确定，但对无关政教的“小道”之作却无类可归，故借用“小说”指称此类著作。[⑥]

---

① 具体论证参见王庆华：《论〈汉书·艺文志〉小说家》，《内蒙古社会科学(汉文版)》2001年第6期。

② 余嘉锡称：“向、歆校书，远在张道陵、于吉之前，道教未兴，惟有方士，虽亦托始于黄帝，未尝自名为道家。而方士之中，又复操术不一，其流甚繁。向、歆部次群书，以其论阴阳五行变化终始之理者入阴阳家，采补导引服饵之术，则分为房中、神仙二家，而与一切占验推步禳解卜相之书，皆归之《数术略》。惟《封禅方说》《未央术》《虞初周说》等书，虽亦出于方士，而巫祝杂陈，不名一格，几于无类可归，以其为机祥小术，闾里所传，等于道听途说，故入小说家。”见余嘉锡：《小说家出于稗官说》，《余嘉锡论学杂著》上册，中华书局1963年版，第278页。

③ (明)胡应麟：《少室山房笔丛·九流绪论下》，中华书局1958年版，第371页。

④ (梁)萧统编，(唐)李善注：《文选·张衡〈西京赋〉》，上海古籍出版社1986年版，第68页。

⑤ 引自《文选·江淹〈杂体诗·李都尉陵〉》李善注，见(梁)萧统编，(唐)李善注：《文选·江淹〈杂体诗〉》，上海古籍出版社1986年版，第1453页。

⑥ 当然，《汉志》所录“小说”也具有相应的“史”的特征与功能。如《周考》后注“考周事也”，《青史子》后注“古史官记事也”，但从“小说”归于“诸子略”的书籍分类而言当以论说性为主体。参见谭帆等著：《中国古代小说文体文法术语考释·“稗史”考》，上海古籍出版社2013年版，第228—238页。

先秦两汉时期奠定之“小说”义界在后世广为延续，影响深广。魏晋南北朝时期，“小说”一辞或指称“小道”，或指称论说“小道”的著作。如徐幹《中论·务本》：“夫详于小事而察于近物者，谓耳听乎丝竹歌谣之和，目视乎雕琢采色之章，口给乎辩慧切对之辞，心通乎短言小说之文，手习乎射御书数之巧，体骛乎俯仰折旋之容。”[①]《宋书》卷六十二《王微传》引王微《报庐江何偃书》：“小儿时尤粗笨无好，常从博士读小小章句，竟无可得，口吃不能剧读，遂绝意于寻求。至二十左右，方复就观小说，往来者见床头有数帙书，便言学问，试就检，当何有哉。”[②]《南齐书》卷五十二《文学·丘巨源传》载丘巨源致尚书令袁粲的书信：“议者必云笔记贱伎，非杀活所待；开劝小说，非否判所寄。”[③]刘勰《文心雕龙·谐隐》：“然文辞之有谐隐，譬九流之有小说。盖稗官所采，以广视听。”[④]均指这一内涵。

隋唐以来，一方面“小说”指称“小道”或指称论说“小道”的著作的用法依然被使用，如《全唐文》卷六百七十一白居易《黜子书》：“臣闻仲尼没而微言绝，七十子丧而大义乖；大义乖则小说兴，微言绝则异端起，于是乎歧分派别，而百氏之书作焉，……斯所谓排小说而扶大义，斥异端而阐微言，辨惑向方、化人成俗之要也。”[⑤]《全唐文》卷八百一陆龟蒙《蟹志》：“今之学者，始得百家小说，而不知孟轲、荀、杨氏之道。或知之，又不汲汲于圣人之言，求大中之要，何也？百家小说，沮洳也。孟轲、荀、杨氏，圣人之渎也。六籍者，圣人之海也。苟不能舍沮洳而求渎，由渎而至于海，是人之智反出水虫下，能不悲夫？”[⑥]《王安石全

① (汉)徐幹:《中论》,辽宁教育出版社 2001 年版,第 37 页。

② (梁)沈约:《宋书》卷六十二《王微传》,中华书局 1974 年版,第 1669 页。

③ (梁)萧子显:《南齐书》卷五十二《文学·丘巨源传》,中华书局 1972 年版,第 894 页。

④ (南朝梁)刘勰撰,詹锳义证:《文心雕龙义证·谐隐》,上海古籍出版社 1989 年版,第 556 页。

⑤ (清)董诰等:《全唐文》,中华书局 1983 年版,第 6849 页。

⑥ (清)董诰等:《全唐文》,中华书局 1983 年版,第 8414 页。

集》卷七十三《答曾子固书》:“故某自百家诸子之书,至于《难经》《素问》《本草》诸小说,无所不读。农夫女工,无所不问。”①另一方面,在公私书目著录过程中,《汉志》之义界使“小说”成为范围非常宽泛的概念,成了容纳无类可归的“小道”“小术”之作的渊薮。《隋志》“小说家叙”称:

> 小说者,街说巷语之说也。《传》载舆人之诵,《诗》美询于刍荛。古者圣人在上,史为书,瞽为诗,工诵箴谏,大夫规诲,士传言而庶人谤。孟春,徇木铎以求歌谣,巡省观人诗,以知风俗。过则正之,失则改之,道听途说,靡不毕纪。《周官》诵训,“掌道方志以诏观事,道方慝以诏辟忌,以知地俗”;而训方氏“掌道四方之政事,与其上下之志,诵四方之传道而观衣物”,是也。孔子曰:“虽小道,必有可观者焉,致远恐泥。”②

此界定在文字上与《汉志》大体相同,然两者之内涵已有较大差异。《汉志》“街谈巷语,道听途说者之所造”是指社会下层人士所造作的“小道”,而《隋志》之指称乃载录各类社会人士的言说,此类言说可以“知风俗”“正过失”。无疑,这是对《汉志》“小说家”文类观的延伸。与此相应,其著录之作品亦基本以集缀人物言说的琐言类为主,如《杂语》《郭子》《杂对语》《琐语》《笑林》《世说》《辩林》等。在正统史家眼中,此类作品基本定位为难登大雅之堂的“小道”,如刘知幾《史通·书事》:“又自魏晋已降,著述多门,《语林》《笑林》《世说》《俗说》,皆喜载调谑小辩,嗤鄙异闻,虽为有识所讥,颇为无知所说。”③另有一少部分

① (宋)王安石:《临川先生文集》卷七十三《答曾子固书》,中华书局1959年版,第779页。

② (唐)魏徵、令狐德棻:《隋书·经籍志》,中华书局1973年版,第1012页。

③ (唐)刘知幾著,(清)浦起龙通释:《史通通释·模拟》,上海古籍出版社2009年版,第214页。

无类可归的艺术器物介绍类如《古今艺术》《器准图》《水饰》等，也按照“小道”的原则被归了进来。此外，载录不经的历史传闻如《燕丹子》《小说》和杂钞杂说类《杂书钞》《座右方》等也被归入“小说”。显然，《隋志》“小说家”的内涵和指称已与《汉志》迥然有别，一方面，它重新确立了以集缀人物言说应对的琐言为文类主体的观念；另一方面，它实际上成了容纳无类可归的“小道”“小术”之作的渊薮。

在宋代公私书目中，“小说家”的主体主要指志怪、传奇、杂记等叙事类作品，但同时也包含了少部分笔记杂著等非叙事类作品，这无疑也是《汉志》“小说家”之遗响。以《四库全书总目》“杂家类”的相关著录为参照系可以看出，《新唐书·艺文志》《郡斋读书志》《直斋书录解题》中“小说家”非叙事类作品的著录对象基本与“杂家”的“杂考”“杂说”“杂纂”的文类性质相当。如“杂考”有《缃素杂记》《资暇集》(《郡斋读书志》)；《能改斋漫录》《鼠璞》(《直斋书录解题》)；《刊误》《苏氏演义》(《新唐书·艺文志》)。“杂说”有《封氏闻见录》《尚书故实》《梦溪笔谈》《冷斋夜话》《师友谈记》(《郡斋读书志》)；《尘史》《曲洧旧闻》《春渚纪闻》《石林燕语》《岩下放言》《却扫编》《云麓漫抄》《游宦纪闻》《老学庵笔记》(《直斋书录解题》)。杂纂有《绀珠集》《类说》(《郡斋读书志》)。“辨证者谓之杂考，议论而兼叙述者谓之杂说，……类辑旧文，涂兼众轨者谓之杂纂。”①这三类著作基本都属议论考证性质的笔记杂著。在这三类作品中，“杂说”显然占据了主导地位。“杂说”类作品大兴于北宋，“自宋以来，作者至夥”，体例随意驳杂、内容包罗万象，“大抵随意录载，不限卷帙之多寡，不分次第之先后。兴之所至，即可成编”，“或抒己意，或订俗讹，或述近闻，或综古义”。② 议论杂说、考证辨订、记述见闻，无所不能，经史子集、典章制度、天文地理、志怪杂事，无所不包。另外，家训、家范类作品两栖于“小说家”和“杂家”，可

---

① (清)永瑢等：《四库全书总目》，中华书局1965年版，第1006页。

② (清)永瑢等：《四库全书总目》，中华书局1965年版，第1057页。

看作两者共有的一种文类。如《新唐志》“小说家”著录了《卢公家范》《诫子拾遗》《开元御集诫子书》;《直斋书录解题》“杂家”著录了《续颜氏家训》《袁氏世范》《石林家训》。

在宋代目录学中,“杂家”之杂考、杂说、杂纂性著作与“小说家”非叙事类作品的著述类型和文类性质大体相当。在《四库全书总目》中,两者基本被合并为“杂家”的“杂考之属”“杂说之属”“杂纂之属”。从某种意义上说,同一著述类型的杂考、杂说、杂纂性著作被分别划归了“杂家”和“小说家”两种不同的文类。这就很容易造成“杂家”和“小说家”著录此类作品时的混杂不清、相互出入。如《资暇集》,《新唐志》《郡斋读书志》入“小说家”,《直斋书录解题》则入“杂家”。不过,作为不同的文类,两者在古人心目中却也有着相互区别的规定性。一般地说,“杂家”之考证辨订、议论杂说、抄录编纂主要以经、史或诸子为对象,体例较严谨,功用价值定位相对较高。“小说家”则多以杂事、掌故、俗说、诗文、神怪等为对象,体例驳杂,功用价值定位相对较低。例如,宋代程大昌之《考古编》与吴曾之《能改斋漫录》同为考证辨订之作,多被当时书目分别著录于“杂家”和“小说家”。究其原因,应为两者考订之内容有别。《考古编》:“杂论经义异同及记传谬误,多所订证。”①《能改斋漫录》:“书中分事始、辨误、事实、沿袭、地理、议论、记诗、谨正、记事、记文、方物、乐府、神仙鬼怪,共十三类。”②《意林》与《绀珠集》同为杂纂之作,但《意林》“采诸子”而成,“比《子抄》更为取之严,录之精”,③而《绀珠集》“其书皆钞撮说部,摘录数语,分条件系,以供獭祭之用”。④因此,宋代书目普遍将《意林》和《绀珠集》分别归入“杂家”和“小说家”。

明清书目中的“小说家”也基本沿袭了宋人的界定,其非叙事类作

---

① (清)永瑢等:《四库全书总目》,中华书局1965年版,第1020页。

② (清)永瑢等:《四库全书总目》,中华书局1965年版,第1018页。

③④ (清)永瑢等:《四库全书总目》,中华书局1965年版,第1060页。

品的著录依然以杂考、杂说、杂纂为主。如焦竑《国史经籍志》“小说家”著录有唐宋之《刊误》《资暇集》《苏氏演义》《老学庵笔记》《尘史》《绀珠集》《类说》《曲洧旧闻》，明代之《芥隐笔记》《七修类稿》《读书笔记》《杨子卮言》《丹铅六集》《学林就正》《史乘考误》《类博杂言》《瑾户录》等；《千顷堂书目》“小说家”著录了《五杂俎》《少室山房笔丛》《留青日札》《桐薪》《戏瑕》《六砚斋笔记》《丹铅总录》《艺林伐山》《应庵随录》《读书日记》等。这些著作在《四库全书总目》中也大多被归入了“杂家”之“杂考”“杂说”“杂纂”。明代胡应麟《少室山房笔丛》将“小说家”分为“六类”，其中三类即指称非叙事性作品，“小说家一类，又自分数种。……一曰丛谈，《容斋》《梦溪》《东谷》《道山》之类是也。一曰辨订，《鼠璞》《鸡肋》《资暇》《辨疑》之类是也。一曰箴规，《家训》《世范》《劝善》《省心》之类是也。”①“丛谈”“辨订”基本相当于“杂说”和“杂考”，“箴规”则主要为家训、家范、善书。显然，胡氏对“小说家”非叙事类作品的认识也与宋明书目的著录基本一致，实际上反映宋明人比较普遍的一种“小说”文类观。然而，“小说”文类观念相对比较一致的共识并没有带来文类划分的界限清晰、区分明确。明清书目“小说家”对非叙事性作品的具体著录范围也不尽一致，或宽或窄，有出有入，在“杂家”和“小说家”之间依然存在着与宋元书目相似的种种混杂现象。

综上，小说是“小道”，无关于政教，是中国小说史上最早值得重视的命题。它确立“小说”乃“子之末”的认识观念，对中国古代小说在指称范围和价值判断上均产生了深远影响。尤其在价值判断上，“小道可观”这一命题在很大程度上给小说文体(无论是言说的还是叙事的)立下了一根无可逾越的“标尺”，限定了小说在中国文化史上的基本位置，中国古代小说始终处于一个尴尬的位置和可怜的地位也正与此相关。

---

① (明)胡应麟:《少室山房笔丛·九流绪论下》，中华书局1958年版，第374页。

二、“小说”是野史传说

“小说”是野史、传说，有别于正史。此为“小说”的一种新义界，这一观念的确立标志是南朝梁《殷芸小说》的出现，这是中国古代较早用“小说”一辞作为书名的书籍。[①] 刘知幾《史通・杂说中》称：“刘敬升《异苑》称晋武库失火，汉高祖斩蛇剑穿屋而飞，其言不经。致梁武帝令殷芸编诸《小说》。”[②]姚振宗《隋书经籍志考证》卷三十二也称：“案此殆是梁武作《通史》时事，凡不经之说为《通史》所不取者，皆令殷芸别集为《小说》。是此《小说》因《通史》而作，犹《通史》之外乘也。”[③]显然，殷芸借“小说”为自己的著作命名是对原有文类概念的借用，但更是一种个人化的创新。通过借用，“小说”一辞被特别引申为不经的历史传闻，指称那些虚妄荒诞的杂史、野史。“小说”被如此借用应源于《汉志》所言之“街谈巷语，道听途说者之所造也”，这一句话被特意引申为“街谈巷语，道听途说”的历史传闻，从而赋予“小说”一辞以新的内涵。

殷芸对“小说”一辞的引申和借用，唐初以来便逐渐被人们所接受，“小说”指正史之外的野史、传说开始成为一种文类观念。如李延寿《北史》卷一百《序传》：“然北朝自魏以还，南朝从宋以降，运行迭变，时俗污隆，代有载笔，人多好事，考之篇目，史牒不少，互陈见闻，同异甚多。而小说短书，易为湮落，脱或残灭，求勘无所。”[④]显然，此处之

---

① 《旧唐书・艺文志》《新唐书・艺文志》“小说家”类著录《小说》十卷，题刘义庆撰，已佚，刘义庆早殷芸六十八年，但此书未见《隋书・经籍志》著录，亦未见他书征引，故学界尚怀疑此书之真实性。

② （唐）刘知幾著，（清）浦起龙通释：《史通通释・杂说中》，上海古籍出版社 2009 年版，第 449 页。

③ （清）姚振宗：《隋书经籍志考证》，《二十五史补编》第四册，中华书局 1955 年版，第 5537 页。

④ （唐）李延寿：《北史》卷一百《序传》，中华书局 1974 年版，第 3344—3345 页。

"小说短书"应指魏宋以来大量"互陈见闻"的杂史、杂传之流。唐以来,"小说"指正史之外的杂史、野史发展成为一种非常普遍的文类概念,如刘知幾《史通·杂述》:"是知偏记小说,自成一家,而能与正史参行,其所由来尚矣。"刘悚《隋唐嘉话自序》:"余自髫丱之年,便多闻往说,不足备之大典,故系之小说之末。"[①]李肇《唐国史补自序》:"《公羊传》曰:'所见异辞,所闻异辞。'未有不因见闻而备故实者。昔刘悚集小说,涉南北朝至开元,著为《传记》。予自开元至长庆,撰《国史补》,虑史氏或阙则补之意,续《传记》而有不为。"[②]参寥子《唐阙史序》:"故自武德、贞观而后,吮笔为小说、小录、稗史、野史、杂录、杂纪者多矣。贞元、大历已前,捃拾无遗事;大中、咸通而下,或有可以为夸尚者、资谈笑者、垂训戒者,惜乎不书于方册。辄从而记之,其雅登于太史氏者,不复载录……讨寻经史之暇,时或一览,犹至味之有菹醢也。"[③]陆希声《北户录序》:"近日著小说者多矣,大率皆鬼神变怪荒唐诞委之事,不然则滑稽诙谐,以为笑乐之资。"[④]至北宋初年,欧阳修等人编撰《新唐书·艺文志》就基本承袭了唐人的"小说"文类观念,《艺文志序》明确称:"至于上古三皇五帝以来世次,国家兴灭终始,僭窃伪乱,史官备矣。而传记、小说,外暨方言、地理、职官、氏族,皆出于史官之流也。"[⑤]以此内涵为依据,《新唐志》著录了大量原应隶属史部杂传杂史类的作品。至此,"小说"指"正史之外的野史传说"成为中国传统文言小说观的主体和主流。

"小说"的义界转换——由无关政教的"小道"到有别于正史的野史、传说,应主要源于魏晋南北朝和唐代史部的发展分流和史学理论

① (唐)刘悚撰,程毅中点校:《隋唐嘉话》,中华书局1979年版,第1页。

② (唐)李肇:《唐国史补》,上海古籍出版社1978年版,第3页。

③ (唐)高彦休撰,陈尚君、杨国安整理:《唐阙史》,车吉心主编:《中华野史·唐朝卷》,泰山出版社2000年版,第795页。

④ (唐)段公路:《北户录》,中华书局1985年版,第1页。

⑤ (宋)欧阳修、宋祁:《新唐书·艺文志》,中华书局1975年版,第1421页。

的发展成熟。史部的分流和史学理论的成熟，使得一部分史学价值低下的野史杂传类作品逐渐为史部所不容。这自然就产生了将此类作品逐出史部，并为之重新命名的需要，即：“小说”之“正史之外的野史传说”的义界实际上是将部分“杂史”“杂传”类作品从史部中剥离出来，而重新划归“小说家”的结果。

魏晋南北朝时期，史学获得巨大发展，私家撰述成风，分化分流出大量各种类型的杂史杂传。“但中世作者，其流日烦，虽国有册书，杀青不暇，而百家诸子，私存撰录”“爰及近古，斯道渐烦，史氏流别，殊途并骛”。① 史部的发展分流在《隋书·经籍志》“杂史”“杂传”类的“小序”中揭示得非常充分：“灵、献之世，天下大乱，史官失其常守。博达之士，愍其废绝，各记闻见，以备遗亡。是后群才景慕，作者甚众。”②“又汉时，阮仓作《列仙图》，刘向典校经籍，始作《列仙》《列士》《列女》之传，皆因其志尚，率尔而作，不在正史。后汉光武，始诏南阳，撰作风俗，故沛、三辅有耆旧节士之序，鲁、庐江有名德先贤之赞。郡国之书，由是而作。魏文帝又作《列异》，以序鬼物奇怪之事，嵇康作《高士传》，以叙圣贤之风。因其事类，相继而作者甚众，名目转广。”③

随着史部的不断发展分化和大量各种流别的杂史杂传著作的兴起，一些史学家和学者也开始以“信史”“实录直书”“劝善惩恶”“雅正”等正统史学原则来批判其中的怪诞、虚妄和鄙俗。如梁代刘勰《文心雕龙·史传》就指出：“盖文疑则阙，贵信史也。然俗皆爱奇，莫顾实理。传闻而欲伟其事，录远而欲详其迹，于是弃同即异，穿凿傍说，旧史所无，我书则传，此讹滥之本源，而述远之巨蠹也。”④以

① (唐)刘知幾著，(清)浦起龙通释：《史通通释·采撰、杂述》，上海古籍出版社2009年版，第107、253页。

② (唐)魏徵、令狐德棻：《隋书·经籍志》，中华书局1973年版，第962页。

③ (唐)魏徵、令狐德棻：《隋书·经籍志》，中华书局1973年版，第982页。

④ (南朝梁)刘勰撰，詹锳义证：《文心雕龙义证·史传》，上海古籍出版社1989年版，第609页。

“文疑则阙”的“信史”原则指责一些史书随意采录传闻以耸动视听而不加考核征实的不良倾向。唐初《隋志》在“杂史”“杂传”小序中也对此类著作批评说：“体制不经，又有委巷之说，迂怪妄诞，真虚莫测。”“杂以虚诞怪妄之说。”①“妄诞”“虚诞”“真虚莫测”显然是指此类著作大量以“传闻”为素材，而违背了史家之“实录”原则。“迂怪”“怪妄”则指这些著作大量载录鬼神怪异内容，与正统史学“不语怪力乱神”的原则相悖。

唐代史学发达，官修前代史有唐初八史《晋书》《梁书》《陈书》《北齐书》《周书》《隋书》《南史》《北史》，私修前代史有李延寿的《南史》《北史》。太宗贞观初年，高宗显庆元年，高宗龙朔年间，武后长寿、长安年间均曾由官方组织大规模修撰当代史。个人撰述的历史著作更是数量惊人。历史著作的大量涌现，修史热情的空前高涨，促使唐人不断对史学进行反思。唐中宗景龙年间，刘知幾《史通》较全面地阐述了史书的源流、体例、编撰方法、史家修养及诸书得失等，标志着中国古代史学理论的发展成熟。该书以“国史”的编纂为中心进一步系统批判了史书中的怪诞、虚妄和鄙俗性内容，基本否定了部分“虚妄传闻”“怪力乱神”“诙谐小辩”的杂史杂传类作品。刘氏的观点并非一家之言，代表了正统史学比较普遍的一种价值判断和理论认识。在这样比较成熟的史学观念观照之下，史家更加注重史料的可信性和取材的雅正，愈来愈以严肃冷峻的态度记事存人。一部分“苟载传闻，而无铨择”“苟谈怪异，务述妖邪”“诙谐小辩”的杂史杂传著作类型就容易因史学价值低下而为史家所不容。这些作品被逐出史部之后，归属和命名问题自然就成为一种迫切的需要，而这正好为“小说”一辞的旧词新用提供了契机。殷芸将史部中的“不经之说”单独辑出而将其命名为“小说”，实际上就是要把此类作品与正统史书区别开来。

---

① (唐)魏徵、令狐德棻:《隋书·经籍志》，中华书局1973年版，第962、982页。

北宋初年,《新唐志》"小说家"著录的杂史杂传类作品就与上述史学观念存在着显而易见的对应关系。一方面,将原属于《隋志》史部"杂传类"的一批志怪书改隶小说家,如戴祚《甄异传》、袁王寿《古异传》、祖冲之《述异记》、刘质《近异录》、干宝《搜神记》、梁元帝《妍神记》、祖台之《志怪》、孔氏《志怪》、荀氏《灵鬼志》、谢氏《鬼神列传》、刘义庆《幽明录》、东阳无疑《齐谐记》等。另一方面,收录了大量唐代史学价值低下的志怪、琐闻、杂录、传奇类作品,如唐临《冥报记》、王方庆《王氏神通记》、陈翱《卓异记》、谷神子《博异志》、沈如筠《异物志》、朱肃《纪闻》、牛僧孺《玄怪录》、李复言《续玄怪录》、陈翰《异闻集》、李隐《大唐奇事记》、段成式《酉阳杂俎》、康軿《剧谈录》、高彦休《阙史》、裴铏《传奇》等。这些作品与刘氏反对的"虚妄传闻""怪力乱神""诙谐小辩"类杂史杂传作品基本一致。也就是说,史学与史学理论的发展不仅为"小说"新内涵的出现提供了契机,而且直接促成了其对应的指称对象。

宋以降,"小说"被看作正史之外的野史传说更成为一种普遍的认识观念。司马光《进资治通鉴表》称:"遍阅旧史,旁采小说。"①沈括《梦溪笔谈》卷四《辨证二·蜀道难》:"盖小说所记,各得于一时见闻,本末不相知,率多舛误,皆此文之类。"②陈言《颍水遗编·说史》:"正史之流而为杂史也,杂史之流而为类书、为小说、为家传也。"③同时,因"小说"与"杂史""杂传"同属"野史之流",文类性质非常接近,怎样将这些同属"野史之流"的文类区分开来,自然成了一个不得不辨的问题。《通志·校雠略》之《编次之讹论十五篇》谓:"古今编书所不能分者五:一曰传记,二曰杂家,三曰小说,四曰杂史,五曰故事。凡此五类

---

① (宋)司马光编著,(元)胡三省音注:《资治通鉴·进书表》,中华书局 1956 年版,第 9607 页。

② (宋)沈括:《梦溪笔谈》,上海书店出版社 2009 年版,第 29 页。

③ (明)陈言:《颍水遗编》,中华书局 1985 年版,第 31 页。

之书，足相紊乱。”[①]《文献通考》卷一百九十五《经籍考二十二》亦谓：“莫谬乱于史，盖有实故事而以为杂史者，实杂史而以为小说者。”[②]如何区分？晁公武《郡斋读书志》卷九《传记类》谓：“《艺文志》以书之纪国政得失、人事美恶，其大者类为杂史，其余则属之小说。然其间或论一事、著一人者，附于杂史、小说皆未安，故又为传记类，今从之。”[③]而《四库全书总目》对此的分析最为细致，“杂史类序”称：“然既系史名，事殊小说。著书有体，焉可无分。今仍用旧文，立此一类。凡所著录，则务示别裁。大抵取其事系庙堂，语关军国。或但具一事之始末，非一代之全编；或但述一时之见闻，只一家之私记。要期遗文旧事，足以存掌故，资考证，备读史者之参稽云尔。若夫语神怪，供诙嘲，里巷琐言，稗官所述，则别有杂家、小说家存焉。”[④]

将“小说”视为有别于正史的野史、传说直接促成了中国古代小说“史之余”观念的形成和发展，故“补史”是中国古代小说一个重要的价值功能，也是促成中国古代小说发展繁荣的一个重要因素。“补史”观念在古代杂史笔记和通俗小说之间有一定差异，如果说，传统的“补史”观念着重于小说乃是对正史的拾遗补阙，是对正史不屑载录的内容的叙述，其所要完成的是辅助正史的补阙功能。那么，通俗小说的“补史”观则直接针对的是以《三国演义》为代表的讲史演义，评论对象的变更自然引出了不同的理论趋向。“正史之补”也好，“羽翼信史”也罢，通俗小说的“补史”观均以“通俗”为其理论归结，而其目的是将正史通俗化，以完成对民众的历史普及和思想教化。

---

① （宋）郑樵：《通志》，中华书局1987年版，第834页。

② （元）马端临：《文献通考》，中华书局1986年版，第1648页。

③ （宋）晁公武编，孙猛校：《郡斋读书志校证》，上海古籍出版社1990年版，第359页。

④ （清）永瑢等：《四库全书总目》，中华书局1965年版，第460页。

三、“小说”是一种表演伎艺

在中国古代,“小说”还曾作为一个口头伎艺名称,指称民间发展起来的“说话”伎艺。这一名称较早出现于三国时期,《三国志·魏书》卷二一《王粲传》裴松之注引《魏略》云:“太祖遣淳诣植,植初得淳甚喜,延入坐,不先与谈。时天暑热,植因呼常从取水自澡讫,傅粉,遂科头拍袒,胡舞五椎锻,跳丸击剑,诵俳优小说数千言讫,谓淳曰:‘邯郸生何如邪?’”①“俳优小说”显然为当时流行的一种伎艺。从当时其他相关史料来看,该伎艺应以讲说故事为主,与后世的“说话”伎艺颇为相近。如《三国志·魏书》卷二一注引《吴质别传》:“酒酣,质欲尽欢,时上将军曹真性肥,中领将军朱铄性瘦,质召优,使说肥瘦。真负贵,耻见戏。”②《北史》卷四三《李庶传》附李若:“若性滑稽,善讽诵。数奉旨咏诗,并使说外间世事可笑乐者。凡所话谈,每多会旨……帝每狎弄之。”③《南史》卷六五《始兴王叔陵传》:“夜常不卧,执烛达晓,呼召宾客,说人间细事,戏谑无所不为。”④《隋书》卷五八《陆爽传》附侯白:“好学有捷才,性滑稽,尤辩俊,举秀才,为儒林郎,通脱不恃威仪,好为俳优杂说,人多爱狎之。所在之处,观者如市。”⑤显然,“俳优小说”之命名与当时作为文类概念的“小说”并无联系,而属于另一伎艺名称系统。“俳优小说”“说肥瘦”“俳优杂说”之“说”应指以讲说为主要表演形式,而“小说”之“小”应指讲说的内容短小或俗浅。

---

① (晋)陈寿撰,(南朝宋)裴松之注:《三国志·魏书》卷二十一《王粲传》,中华书局1959年版,第603页。

② (晋)陈寿撰,(南朝宋)裴松之注:《三国志·魏书》卷二十一《吴质传》,中华书局1959年版,第609页。

③ (唐)李延寿:《北史》卷四十三《李庶传》,中华书局1974年版,第1606页。

④ (唐)李延寿:《南史》卷六十五《宣帝诸子传》,中华书局1975年版,第1583页。

⑤ (唐)魏徵、令狐德棻等:《隋书》卷五十八《侯白传》,中华书局1973年版,第1421页。

至唐代,“小说”伎艺已进一步发展为独立的、职业化的表演形式。《唐会要》卷四载:“元和十年,……韦绶罢侍读,绶好谐戏,兼通人间小说。”①此尚为民间伎艺,但段成式《酉阳杂俎》续集卷四《贬误篇》所载则有所不同:“予太和末,因弟生日观杂戏,有市人小说,呼扁鹊作褊鹊,字上声。予令座客任道昇正之。市人言二十年前尝于上都斋会设此,有一秀才甚赏某呼扁字与褊同声,云世人皆误。”②此所谓“市人小说”已具职业化表演之性质。显见,“人间小说”“市人小说”乃与“俳优小说”一脉相承。

宋代,特别是南宋,“说话”伎艺在瓦舍勾栏等市井娱乐场所获得巨大发展,伎艺内部的分工越来越细致,出现了“四家数”之分;且其体制轨范逐渐成熟、定型。其中“小说”成为“说话”伎艺的门类专称之一。灌圃耐得翁《都城纪胜》“瓦舍众伎”条:“说话有四家:一者小说,谓之银字儿,如烟粉、灵怪、传奇;说公案,皆是搏刀赶棒及发迹变泰之事……。最畏小说人,盖小说人能以一朝一代故事,顷刻间提破。”③吴自牧《梦粱录》卷二十“小说讲经史”条:“说话者,谓之舌辩。虽有四家数,各有门庭。且小说名银字儿,如烟粉、灵怪、传奇、公案、朴刀杆棒、发发踪参(发迹变泰)之事。有谭淡子、翁二郎、雍燕、王保义、陈良甫、陈郎妇枣儿、徐二郎等,谈论古今,如水之流……但最畏小说人,盖小说者,能讲一朝一代故事,顷刻间捏合。”④其中以《醉翁谈录·小说开辟》对“小说”伎艺的描述最为详切:

> 夫小说者,虽为末学,尤务多闻。非庸常浅识之流,有博览该

① (宋)王溥:《唐会要》,中华书局1955年版,第47页。

② (唐)段成式:《酉阳杂俎》,中华书局1981年版,第240页。

③ (宋)灌圃耐得翁:《都城纪胜》,见《东京梦华录(外四种)》,文化艺术出版社1998年版,第86页。

④ (宋)吴自牧:《梦粱录》,见《东京梦华录(外四种)》,文化艺术出版社1998年版,第306页。

通之理。幼习《太平广记》,长攻历代史书。烟粉奇传,素蕴胸次之间;风月须知,只在唇吻之上。《夷坚志》无有不览,《琇莹集》所载皆通。动哨中哨,莫非《东山笑林》;引倬、底倬,须还《绿窗新话》。论才词有欧、苏、黄、陈佳句;说古诗是李、杜、韩、柳篇章。举断模按,师表规模,靠敷演令看官清耳。只凭三寸舌,褒贬是非;略咽万余言,讲论古今。说收拾寻常有百万套,谈话头动辄是数千回。说重门不掩底相思,谈闺阁难藏底密恨。辨草木山川之物类,分州军县镇之程途。讲历代年载废兴,记岁月英雄文武。有灵怪、烟粉、传奇、公案,兼朴刀、杆棒、妖术、神仙。自然使席上风生,不枉教坐间星拱……说国贼怀奸从佞,遣愚夫等辈生嗔;说忠臣负屈衔冤,铁心肠也须下泪。讲鬼怪令羽士心寒胆战,论闺怨遣佳人绿惨红愁。说人头厮挺,令羽士快心;言两阵对圆,使雄夫壮志。谈吕相青云得路,遣才人着意群书;演霜林白日升天,教隐士如初学道。噇发迹话,使寒门发愤;讲负心底,令奸汉包羞。讲论处不滞搭、不絮烦,敷演处有规模、有收拾。冷淡处提掇得有家数,热闹处敷演得越久长。白得词,念得诗,说得话,使得砌。言无讹舛,遣高士善口赞扬;事有源流,使才人怡神嗟讶。诗曰:小说纷纷皆有之,须凭实学是根基。开天辟地通经史,博古明今历传奇。藏蕴满怀风与月,吐谈万卷曲和诗。辨论妖怪精灵话,分别神仙达士机。涉案枪刀共铁骑,闺情云雨共偷期。世上多少无穷事,历历从头说细微。①

从灌圃耐得翁《都城纪胜》、吴自牧《梦粱录》和罗烨《醉翁谈录》等相关记载来看,宋代“小说”伎艺主要有以下特征:

首先,“小说”在体制上属于篇幅短小,在较短的时间内把一个完

---

① (宋)罗烨编,周晓薇校点:《新编醉翁谈录》,辽宁教育出版社 1998 年版,第 3—4 页。

整故事的来龙去脉讲完的伎艺形式，所谓"能讲一朝一代故事，顷刻间提破(或捏合)"。其次，在表演形式上，"小说"主要以散说为主，诗词韵语的少量插用为辅，韵语主要为念诵，在演出中还大量"使砌"。"说得话"中的"话"即"伎艺故事"，而"说得"表明故事主要是靠散说来敷演。"白得词，念得诗"说明"小说"中的韵文主要为诗词等韵文形式，这类韵语显然无法像诸宫调中的曲词或词话中的诗赞那样大段地叙述故事发展，而只能属于描摹、评论性的点缀性插用，且"白""念"也表明其中的韵语为念诵而非歌唱。[①] "使得砌"则表明"砌"在"小说"伎艺中被广泛运用。"小说"虽然篇幅短小，但对故事的敷演却细致入微。"讲论处不滞搭、不絮烦""冷淡处提掇得有家数"指"小说"艺人的概述、评说要言简意赅。"敷演处有规模，有收拾""热闹处敷演得越长久"则指"小说"艺人要善于敷演出一段段生动细腻的场景。两者相比，"小说"伎艺显然是以细致的场景化描绘为主要叙事方式。而"世上多少无穷事，历历从头说细微"实际上也在说明"小说"伎艺对故事刻画的细致入微。第三，"小说"的题材比较丰富，且形成了自己独特的格局。上引各书对"小说"题材的记载不尽相同，存在一定的出入，如《都城纪胜》称："说公案，皆是搏刀赶棒及发迹变泰之事。"而基本承袭其说的《梦粱录》却把"公案"与"搏刀赶棒""发迹变泰"等名称并列。从《醉翁谈录》对"小说"的分类和著录来看，公案类作品主要是摘奸发

① 对于小说中韵文的表达方式，学界有不同的认识。一种以郑振铎《明清二代的平话集》、陈汝衡《说书史话》、叶德均《宋元明讲唱文学》为代表，主张和乐歌唱，其依据主要是小说被别称为"银字儿"；一种以严敦易《水浒传的演变》、李啸仓《宋元伎艺杂考》为代表，主张"银字儿"为哀艳腔调的代称，其中的韵文纯为念诵，其依据主要为"白得词，念得诗"的记载；另外，胡士莹《话本小说概论》综合上述两家之说，认为小说在初期和乐歌唱，后期则纯为念诵。显然，因"小说"别称为银字儿而判断其中的韵文以歌唱的方式演出应仅是一种臆测，而从《醉翁谈录》的记载和宋元小说家话本的韵文使用情况来看，"念诵说"较符合实际。不过，这是就一般情况而言的，在"小说"中，也有一些体制较特殊的"特例"，如《刎颈鸳鸯会》《快嘴李翠莲记》等，其中，也可能使用歌唱的成分。

复、官府审案的内容,与朴刀杆棒类讲述江湖英雄传奇经历的故事内容有很大的区别。发迹变泰类在《都城纪胜》《梦粱录》都有记载,而《醉翁谈录》却并无此类。这些不同大概是由作者的时代差异造成的。因此,综合各家之说,"小说"的题材应包括灵怪、烟粉、传奇、公案、朴刀、杆棒、妖术、神仙、发迹变泰等。

同时,由口头伎艺"小说"转化而来的书面文学读物——小说家话本也被称为"小说"。如元刻本《新编红白蜘蛛小说》末尾题"新编红白蜘蛛小说";《清平山堂话本》原名为《六十家小说》,其中的宋元旧篇卷末常有"新编小说快嘴李翠莲记终"或"小说……终"的篇末题记。因此,"小说"由口头伎艺名称进一步引申为其对应的话本名称,而明人在追寻通俗小说的文体渊源时正是依循此一思路的。

明中期以来,一些文人在笔记和小说序跋中追溯通俗小说的历史渊源时,已明确意识到"小说"一辞指涉两种不同的对象。一为讲述"一奇怪之事",有"得胜头回"和"话说赵宋某年"的专有口头伎艺名称;一为传统的"子部・小说家"文言笔记或传奇小说。如郎瑛《七修类稿》卷二十二:"小说起宋仁宗,盖时太平盛久,国家闲暇,日欲进一奇怪之事以娱之,故小说得胜头回之后,即云话说赵宋某年。闾阎淘真之本之起,亦曰'太祖太宗真宗帝,四帝仁宗有道君'。国初瞿存斋过汴之诗有'陌头盲女无愁恨,能拨琵琶说赵家',皆指宋也。若夫近时苏刻几十家小说者,乃文章家之一体,诗话、传记之流也,又非如此之小说。"①即空观主人《拍案惊奇自序》:"宋元时有小说家一种,多采闾巷新事为宫闱承应谈资,语多俚近,意存劝讽。虽非博雅之派,要亦小道可观。"②冯梦龙《警世通言》卷十九《崔衙内白鹞招妖》可一主人眉批:"宋人小说人说赏劳,凡使费动是若干两、若干贯,何其多也!盖

---

① (明)郎瑛:《七修类稿》,上海书店出版社2001年版,第229页。

② (明)凌濛初:《拍案惊奇》,上海古籍出版社1990年版,第3—4页。

小说是进御者，恐启官家裁省之端，是以务从广大，观者不可不知。"①

不仅在追溯话本小说的源流时如此，就是当时盛行的章回小说，人们也习惯于将"小说"伎艺视为源头。天都外臣《水浒传叙》谓："小说之兴，始于宋仁宗。于时天下小康，边衅未动。人主垂衣之暇，命教坊乐部，纂取野记，按以歌词，与秘戏优工，相杂而奏。是后盛行，遍于朝野，盖虽不经，亦太平乐事，含哺击壤之遗也。其书无虑数百十家，而《水浒》称为行中第一。"②绿天馆主人《古今小说叙》亦谓："若通俗演义，不知何昉。按南宋供奉局，有说话人，如今说书之流。其文必通俗，其作者莫可考。泥马倦勤，以太上享天下之养。仁寿清暇，喜阅话本，命内珰日进一帙，当意，则以金钱厚酬。于是内珰辈广求先代奇迹及闾里新闻，倩人敷演进御，以怡天颜。然一览辄置，卒多浮沉内庭，其传布民间者，什不一二耳。然如《玩江楼》《双鱼坠记》等类，又皆鄙俚浅薄，齿牙弗馨焉。暨施、罗两公，鼓吹胡元，而《三国志》《水浒》《平妖》诸传，遂成巨观。"③

至此，"小说"自伎艺名称逐步演化为文体名称。不难发现，作为伎艺名称之"小说"本来属于另一系统的表演范畴，然有了这一层因缘，"小说"由原来的口头伎艺名称逐渐演化为通俗小说的文体概念。

四、"小说"是虚构的叙事散文

明清时期，通俗小说兴起且繁盛，"小说"最终确立了"虚构的有关人物故事的特殊文体"这一内涵。此内涵与近代小说观念最为接近，亦与明清小说的发展实际最相吻合，体现了小说观念的演化。

元末明初，罗贯中、施耐庵在民间长期积累的基础上，以宋元平话

---

① (明)冯梦龙:《警世通言》，上海古籍出版社 1994 年版，第 689 页。

② (明)天都外臣:《水浒传叙》，引自黄霖、韩同文选注:《中国历代小说论著选》，江西人民出版社 1982 年版，第 124 页。

③ (明)冯梦龙:《古今小说》，上海古籍出版社 1990 年版，第 2—4 页。

为底本，创作了《三国志通俗演义》《残唐五代史演义传》《隋唐两朝志传》和《水浒传》等，实现了从宋元平话到章回小说的飞跃，标志着白话章回小说的正式诞生。嘉靖元年前后，《三国演义》《水浒传》刊印流行，很快掀起了历史演义和英雄传奇小说的创作热潮。万历二十年左右，《西游记》刊行，很快形成了神魔小说创作流派；在《西游记》刊行前后，世情小说的开山之作《金瓶梅词话》也几乎同时问世，开始以抄本的形式流传。在明代中后期短短几十年的时间里，章回小说经历由历史演义、英雄传奇到神魔小说，再到世情小说的演进过程，并最后形成了四大主流类型齐头并进的创作态势，进入一个全面繁荣的发展阶段。在章回小说兴起过程中，除历史演义之外，英雄传奇、神魔小说、世情小说的开山之作《水浒传》《西游记》《金瓶梅》，基本都被看作幻设虚构之作。

《水浒传》刊印行世不久，文人在评点和笔记杂著中就对其凭空虚构的文本特性给予充分揭示。如容与堂本《忠义水浒传》第一回回评：“《水浒传》事节都是假的，说来却似逼真，所以为妙。”①第七十一回眉批：“劈空捏造，条理井井如此，文人之心一至此乎！”②第十回回评：“《水浒传》文字原是假的，只为他描写得真情出，所以便可与天地相终始。”③袁无涯《忠义水浒传发凡》：“是书盖本情以造事者也，原不必取证他书。”④胡应麟《少室山房笔丛》之《庄岳委谈下》：“元人武林施某所编《水浒传》，特为盛行，世率以其凿空无据。”⑤

---

① （明）施耐庵集撰，（明）罗贯中纂修：《李卓吾批评忠义水浒传》，上海古籍出版社1994年版，第24页。

② （明）施耐庵集撰，（明）罗贯中纂修：《李卓吾批评忠义水浒传》，上海古籍出版社1994年版，第2317页。

③ （明）施耐庵集撰，（明）罗贯中纂修：《李卓吾批评忠义水浒传》，上海古籍出版社1994年版，第327页。

④ （明）袁无涯：《忠义水浒传发凡》，引自朱一玄编：《水浒传资料汇编》，南开大学出版社2002年版，第134页。

⑤ （明）胡应麟：《少室山房笔丛·庄岳委谈下》，中华书局1958年版，第571页。

《西游记》在明万历二十年(1592)刊印之初,就被认定为幻设虚构的"寓言"之作。金陵唐氏世德堂《新刻出像官板大字西游记》卷首之陈元之《刊西游记序》称:"余览其意,近跅弛滑稽之雄,卮言漫衍之为也……此其书直寓言者哉? 彼以为大丹之数也……彼以为浊世不可以庄语也,故委蛇以浮世;委蛇不可以为教也,故微言以中道理;道之言不可以入俗也,故浪谑笑谑以恣肆……谬悠荒唐,无端崖涯涘。"①

《金瓶梅》问世不久,也很快被看作"于古无征""等齐东之野语"的虚构寄托之寓言。廿公《金瓶梅跋》:"《金瓶梅传》为世庙时一巨公寓言,盖有所刺也。"②观海道人《金瓶梅序》:"今子之撰《金瓶梅》一书也,论事,则于古无征,等齐东之野语……至若谓事实于古无征,则小说家语,寓言八九,固不烦比附正史以论列。"③

《水浒传》《西游记》《金瓶梅》为幻设虚构之作的界说被后世普遍接受和认可。如金圣叹《读第五才子书法》:"《水浒》是因文生事,……因文生事即不然,只是顺着笔性去,削高补低都繇我。""只是七十回中许多事迹,须知都是作书人凭空造谎出来。"④尤侗《西游真诠序》:"其言虽幻,可以喻大;其事虽奇,可以证真;其意虽游戏三昧,而广大神通具焉。"⑤王阳健《西游原旨跋》:"《西游》,寓言也,如《易》辞焉,如《南华》焉,弥纶万化,不可方物。"⑥张竹坡《金瓶梅寓意说》:"稗官者,寓言也。其假捏一人,幻造一事,虽为风影之谈,亦必依山点石,借海扬

① 《西游记》(世德堂本),上海古籍出版社1990年版,第2—6页。

② (明)廿公:《金瓶梅跋》,引自丁锡根编:《中国历代小说序跋集》,人民文学出版社1996年版,第1080页。

③ (明)观海道人:《金瓶梅序》,引自丁锡根编:《中国历代小说序跋集》,人民文学出版社1996年版,第1109—1110页。

④ (清)金圣叹:《读第五才子书法》,(明)施耐庵著,(清)金圣叹批评:《第五才子书水浒传》,上海古籍出版社1994年版,第6、11页。

⑤ (明)陈士斌评:《西游真诠》,上海古籍出版社1990年版,第4页。

⑥ (清)王阳健:《西游原旨跋》,引自丁锡根编:《中国历代小说序跋集》,人民文学出版社1996年版,第1372页。

波。故《金瓶》一部,有名人物,不下百数,为之寻端竟委,大半皆属寓言。”①四桥居士《隔帘花影序》:“《金瓶梅》一书,虽系寓言……则是书也,不独深合于六经之旨,且有关于世道人心者不小。”②睛川居士《白圭志序》:“若夫《西游》《金瓶梅》之类,此皆无影而生端,虚妄而成文,则无其事而亦有其文矣。”③

在历史演义创作中,虽然征实求信的观念占有比较突出的地位,如余劭鱼《题全像列国志传引》:“编年取法《麟经》,记事一据实录。”④熊大木《大宋中兴通俗演义序》:“以王本传行状之实迹,按《通鉴纲目》而取义。”⑤可观道人《新列国志序》:“大要不敢尽违其实。”⑥但是,不少作者也对增益、缘饰、生发等想象虚构的编创方式持肯定态度。如甄伟《西汉通俗演义序》:“若谓字字句句与史尽合,则此书又不必作矣。”⑦褚人获《隋唐演义序》:“其间阙略者补之,零星者删之,更采当时奇趣雅韵之事点染之。”⑧这种增益、缘饰、生发的虚构意识也逐渐被历史演义创作普遍认可。

晚明以降,“小说”为虚构的故事性文体已基本成为一种共识。如鸳湖渔叟《说唐后传序》:“若传奇小说,乃属无稽之谭,最易动人听闻,阅者每至忘食忘寝,戛戛乎有余味焉。”⑨风月盟主《赛花铃后序》:“而

---

① (清)张竹坡:《金瓶梅寓意说》,引自朱一玄编:《金瓶梅资料汇编》,南开大学出版社 2002 年版,第 418—419 页。

② (清)四桥居士:《隔帘花影序》,引自朱一玄编:《金瓶梅资料汇编》,南开大学出版社 2002 年版,第 693 页。

③ (清)晴川居士:《白圭志序》,引自朱一玄编:《金瓶梅资料汇编》,南开大学出版社 2002 年版,第 573 页。

④ (明)余邵鱼:《春秋五霸七雄列国志传》,上海古籍出版社 1994 年版,第 3 页。

⑤ (明)熊大木:《大宋中兴通俗演义》,上海古籍出版社 1994 年版,第 2 页。

⑥ (明)冯梦龙:《新列国志》,上海古籍出版社 1990 年版,第 10 页。

⑦ (明)甄伟:《西汉通俗演义序》,引自黄霖、韩同文选注:《中国历代小说论著选》,江西人民出版社 1982 年版,第 206 页。

⑧ (清)褚人获:《隋唐演义》,上海古籍出版社 1990 年版,第 3 页。

⑨ (清)鸳湖渔叟:《说唐演义后传》,上海古籍出版社 1990 年版,第 2—3 页。

余谓稗家小说，犹得与于公史。劝善惩淫，隐阳秋于皮底；驾空设幻，揣世故于笔端。”①平步青《小栖霞说稗》：“填词小说，大都亡是子虚。”②清代，“小说”这一内涵的指称对象又进一步泛化，实际上涵盖了白话通俗小说、弹词等多种俗文学文体。如梁章钜《归田琐记》卷七“小说”：“小说九百，本自虞初，此子部之支流也。而吾乡村里辄将故事编成七言，可弹可唱者，通谓之小说。”③

除白话通俗小说之外，“小说”的“虚构的有关人物故事的特殊文体”之内涵还曾指称部分传奇小说。如明代“剪灯三话”就被明确称为“幻设”之寓言，吴植《剪灯新话序》：“余观宗吉先生《剪灯新话》，其词则传奇之流，其意则子氏之寓言也。”④胡应麟称：“本朝《新》《余》等话，本出名流，以皆幻设，而时益以俚俗，又在前数家下。”⑤“《新》《余》二话，本皆幻设，然亦有一二实者。《秋香亭记》，乃宗吉自寓，见田叔禾《西湖志余》。”⑥

明代以来，人们对“小说”作界定还往往突出其娱乐消遣功能。如嘉靖年间洪楩编刊话本小说集《六十家小说》，纯以娱乐为归，体现了小说文体向通俗化演进的迹象。明代佚名《新刻续编三国志引》亦然：“夫小说者，乃坊间通俗之说，固非国史正纲，无过消遣于长夜永昼，或解闷于烦剧忧态，以豁一时之情怀耳。……其视《西游》《西洋》《北游》《华光》等传不根诸说远矣。……客或有言曰：书固可快一时，但事迹欠实，不无虚诳渺茫之议乎？予曰：世不见传奇戏曲乎？人间日演而不厌，内百无一真，何人悦而众艳也？但不过取悦一时，结尾有成，终给有就尔，诚所谓乌有先生之乌有者哉。大抵观是书者，宜作小说而

① (清)白云道人:《赛花铃》，上海古籍出版社1990年版，第361页。

② (清)平步青:《霞外捃屑》卷九《双娶》，上海古籍出版社1982年版，第649页。

③ (清)梁章钜撰，于亦时点校:《归田琐记》，中华书局1981年版，第132页。

④ (明)瞿佑:《剪灯新话》，上海古籍出版社1990年版，第3页。

⑤ (明)胡应麟:《少室山房笔丛·二酉缀遗中》，中华书局1958年版，第486页。

⑥ (明)胡应麟:《少室山房笔丛·庄岳委谈下》，中华书局1958年版，第569页。

览，毋执正史而观。虽不能比翼奇书，亦有感追踪前传，以解世间一时之通畅，并豁人世之感怀君子云。”①清代褚人获《封神演义序》：“此书直与《水浒》《西游》《平妖》《逸史》一般吊轨，以之消长夏、祛睡魔而已。圣门广大，存而不论可也，又何必究其事之有无哉？”②显见，娱乐功能已成为与虚构同样重要的“小说”之特性。

五、“小说”是通俗叙事文体的统称

近代以来，“小说”的指称对象又进一步泛化，“小说”成了通俗叙事文体的统称，涵盖了文言小说和白话小说之外的弹词宝卷、杂剧传奇等多种不登大雅之堂的俗文学文体。如天僇生《中国历代小说史论》：“自黄帝藏书小酉之山，是为小说之起点。此后数千年，作者代兴，其体亦屡变。晰而言之，则记事之体盛于唐……杂记之体兴于宋……戏曲之体昌于元……章回、弹词之体行于明清。”③管达如《说小说》：“文学上之分类：一、文言体……此体之中，又分为二派：一唐小说，主词华；一宋小说，主说理。近世著述中，若《聊斋志异》，则唐小说之代表也；若《阅微草堂笔记》，则宋小说之代表也……二、白话体。此体可谓小说之正宗……此派多用章回体，犹之文言派多用笔记体也……三、韵文体。此体中复可分为两种：一传奇体，一弹词体是也。传奇体者，盖沿唐宋时之倚声，而变为元代之南北曲，自元迄清，于戏曲界中，占重要之位置者也……弹词体者，其初盖亦用以资弹唱；及于今日，则亦不复用为歌词，而仅以之供阅览矣。”④

这种“小说”观念在当时具有相当的普遍性。如知新主人《小说丛

---

① (明)酉阳野史：《三国志后传》，上海古籍出版社 1990 年版，第 1—6 页。

② (清)褚人获：《封神演义序》，引自丁锡根编：《中国历代小说序跋集》，人民文学出版社 1996 年版，第 1404 页。

③ 天僇生：《中国历代小说史论》，载《月月小说》1907 年第一卷第 11 期。

④ 管达如：《说小说》，载《小说月报》1912 年第三卷第 5、7 期。

话》:"二十年来所读中国小说,合笔记、演义、传奇、弹词,一切计之,亦不过二百余种。"①俞佩兰《女狱花叙》:"中国旧时之小说,有章回体,有传奇体,有弹词体,有志传体,朋兴焱起,云蔚霞蒸,可谓盛矣。"②狄平子《小说新语》:"吾国旧时小说,如《水浒》,如《西厢》,如《红楼》,如《金瓶》,皆极著名之作。"③吴曰法《小说家言》:"小说之流派,衍自三言,而小说之体裁,则尤有别。短篇之小说,取法于《史记》之列传;长篇之小说,取法于《通鉴》之编年。短篇之体,断章取义,则所谓笔记是也;长篇之体,探原竟委,则所谓演义是也。至于传奇一种,亦小说之家数,而异曲同工。"④将弹词、戏曲纳入小说之后,甚至出现了"曲本小说"这样的称谓,老伯《曲本小说与白话小说之宜于普通社会》:"曲本小说,以传奇小说为最多……有曲本小说,则负贩之流,得以歌曲之唱情,生发思想也。"⑤当然,也有人对弹词、戏曲纳入"小说"名下持有异议,如别士《小说原理》:"曲本、弹词之类,亦摄于小说之中,其实与小说之渊源甚异。"⑥

综上所述,从先秦两汉到明清时期,"小说"一辞的内涵经历了明显的演化过程。其中指称对象错综复杂,而上述五个方面基本涵盖了中国古代"小说"之实际内涵。对于"小说"指称对象繁杂这一特性,近人浦江清先生有一段很好的总结:

在文言文学里,小说指零碎的杂记的或杂志的小书。其大部

---

① 知新主人:《小说丛话》,载《新小说》1905 年第二卷第 8 期。

② 陈平原、夏晓虹编:《二十世纪中国小说理论资料》,北京大学出版社 1997 年版,第 137 页。

③ 狄平子:《小说新语》,载《小说时报》1911 年第 9 期。

④ 吴曰法:《小说家言》,载《小说月报》1915 年第六卷第 6 期。

⑤ 老伯:《曲本小说与白话小说之宜于普通社会》,载《中外小说林》1908 年第二卷第 10 期。

⑥ 夏曾佑:《小说原理》,载《绣像小说》1903 年第 3 期。

分的意旨是核实的，虽然不一定是正确性的文学，内中有特意造饰的娱乐的人物故事，但只占一小部分。用现代的名词来说明，小说即是笔记文学或随笔文学。在白话文学里，小说有广狭两义，都可以虚构的人物故事来作为定义。狭义的小说单指单篇故事或社会人情小说，不包括历史通俗演义，这种意义只在一个较短的时期里流行。广义的小说包括一切说话体的虚构的人物故事书，以及含有人物故事的说唱的本子，甚至于戏曲文学都包括在内，所以不限于散文文学。有一个观念，从纪元前后起一直到十九世纪，差不多两千年来不曾改变的是，小说者，乃是对于正经的大著作而称，是不正经的浅陋的通俗读物。①

需要特别指出的是：“小说”既是一个“历时性”的观念，即其自身有一个明显的演化轨迹。但同时，“小说”又是一个“共时性”的概念，“小说”观念的演化主要是指“小说”指称对象的变化，这种变化并不意味着对象之间的不断“更替”，而常常表现为“共存”。如班固《汉书·艺文志》的“小说”观一直影响到清代，《四库全书总目》对“小说”的看法即与《汉书·艺文志》一脉相承，《总目》所框范的小说“叙述杂事”“记录异闻”“缀辑琐语”和明清以来的通俗小说在清人的观念中被同置于“小说”的名下。此一特性或即为“小说”在中国古代历史语境中的“本然状态”。

（载《文学评论》2011年第6期，与王庆华合作）

① 浦江清：《论小说》，《浦江清文录》，人民文学出版社1958年版，第192—193页。

“演义”考

“演义”之义界似已有“定论”，即“演义”者，历史演义之谓也。长久以来，殆无疑义。原其始，大约创说于鲁迅先生，鲁迅先生于中国小说史研究厥功甚伟，而举其要者，一在于以明确的“小说史意识”揭示中国古代小说之发展历史；二在于以小说类型观念梳理古代通俗小说的演化轨迹，所谓“历史演义”“神魔小说”“世情小说”等是也。以“历史演义”作为一种小说类型，最早见于鲁迅先生的《小说史大略》，指称《三国演义》《水浒传》等作品；《中国小说史略》未用“历史演义”这一称谓，而以“讲史”称之；《中国小说的历史的变迁》一文亦然，称《三国演义》等作品本于“讲史”。后人据此延伸，称“历史演义”或“讲史演义”。20世纪50年代以来的小说论著和教科书大多以鲁迅先生之学说为圭臬而少有辨析，并由此确认了“演义”的基本内涵：“演义”是小说类型概念，是指以历史为题材的小说作品。然而，中国小说史的实际情形并非完全如此，翻检明清两代的小说史料，我们看到，“演义”并不是一个类型概念，而是一种文体概念，以“演义”命名的通俗小说更远远超出了历史题材的范畴。古今认识之差异可谓大矣，“演义”一辞由此不得不详加考辨，以清其源、正其本。

一

近人章炳麟《洪秀全演义序》(1905)一文对“演义”之由来及其演化有如下阐述：

> 演义之萌芽，盖远起于战国。今观晚周诸子说上世故事，多

> 根本经典，而以己意饰增，或言或事，率多数倍。若《六韬》之出于太公，则演其事者也。若《素问》之托于岐伯，则演其言者也。演言者，宋明诸儒因之，如《大学衍义》。演事者，则小说家之能事。根据旧史，观其会通，察其情伪，推己意以明古人之用心，而附之以街谈巷议。亦使田家妇子知有秦汉至今帝王师相之业，不然，则中夏齐民之不知故国，将与印度同列。然则演事者虽多稗传，而存古之功亦大矣。①

章氏将“演义”分成“演言”与“演事”两个系统。所谓“演言”是指对义理之阐释，而“演事”则是对史事的推演；并认为“演言”由“宋明诸儒因之，如《大学衍义》”，“演事”则“则小说家之能事”。此说有一定的合理性，亦颇具眼力，然章氏将“演言”限定为宋明诸儒之著述，“演事”局限于“根据旧史，观其会通，察其情伪”则尚待商榷与完善。

案“演义”一辞较早见于西晋潘岳的《西征赋》：“灵壅川以止斗，晋演义以献说。”李善注云：“《国语》曰：灵王二十二年，谷、洛二水斗，欲毁王宫。王欲壅之，太子晋谏曰：不可。晋闻古之长人，不隳山，不防川。今吾执政实有所辟，而祸夫二川之神。贾逵曰：斗者，两会似于斗。《小雅》曰：演，广远也。”②刘宋范晔《后汉书》卷八十三《周党传》亦谓：“党等文不能演义，武不能死君。”③故“演义”之本义是演说铺陈某种道理并加以引申。后晋刘昫《旧唐书》卷一百四十四说得更为明晰：“披图演义，发于尔志，与金镜而高悬，将座右而同置。”④南宋朱熹

---

① （清）章炳麟：《洪秀全演义·章序》，（清）黄小配：《洪秀全演义》，上海古籍出版社 1981 年版，第 1 页。

② （梁）萧统编，（唐）李善注：《文选·潘岳〈西征赋〉》，上海古籍出版社 1986 年版，第 445 页。

③ （南朝宋）范晔撰，（唐）李贤等注：《后汉书》卷八十三《周党传》，中华书局 1965 年版，第 2762 页。

④ （后晋）刘昫等：《旧唐书》卷一百四十四《杜希全传》，中华书局 1975 年版，第 3922 页。

《朱子语类》卷一百二十六亦云："因语禅家，云：当初入中国，只有《四十二章经》，后来既久，无可得说，晋宋而下，始相与演义。"[1]其中含义可谓一脉相承。

以"演义"作为书籍之名较早见于唐人苏鹗的《苏氏演义》，《苏氏演义》原作《演义》，《新唐书》收入"子部·小说家类"，十卷，《宋史》收入"经解类"和"杂家类"，亦题十卷。《四库全书》据《永乐大典》辑录，收入"子部·杂家类"，改题《苏氏演义》，二卷。《提要》云：

> 唐苏鹗撰。鹗字德祥，武功人，宰相颋之族也。光启中登进士第，仕履无考。尝撰《杜阳杂编》，世有传本。此书久佚，今始据《永乐大典》所引裒辑成编。《杂编》特小说家言，此书则于典制名物，具有考证……训诂典核，皆资博识。陈振孙《书录解题》称其"考究书传，订正名物，辨证讹缪，可与李涪《刊误》、李济翁《资暇集》、丘光庭《兼明书》并驱。"良非溢美。[2]

《演义》重于典制名物的考订，卷上开首即考"风"之义，云："风者，告也，号也。《河图记》曰：风者，天地之使，乃告号令耳，凡风动则虫生，故风字从虫。"[3]包括对历史典实、地理甚至动物虫鱼的考订，如考尧舜之禅让、考"首阳山"之来历、考"乌鱼""蟋蟀"等。还有许多是对一些具体字汇的释义，如"措大""坊"等。有些涉及人物的考订有一定的故事性，如对隋代侯白的一则描述：

> 侯白，字君素，魏郡邺人。始举秀才，隋朝颇见贵重，博闻多知，谐谑辩论，应对不穷，人皆悦之。或买酒馔求其言论，必启齿

① (宋)黎靖德编：《朱子语类》，中华书局1986年版，第3028页。
② (清)永瑢等：《四库全书总目》，中华书局1965年版，第1016页。
③ (唐)苏鹗：《苏氏演义》，中华书局1985年版，第1页。

发题，解颐而返，所在观之如市。越公更加礼重，文帝将侍从以备顾问。撰《酒律》《笑林》，人皆传录。①

故检阅《苏氏演义》之内涵，则所谓“演义”者，释义考证之谓也。除《苏氏演义》外，唐人尚有称佛经注疏为“演义”者，如《大方广佛华严经随疏演义钞》四十卷，唐释澄观撰，有辽刻本和辽写本传世。

至宋代，宋儒释经之风盛行，《大学衍义》而外，直用“演义”一辞者有刘元刚《三经演义》十一卷，演说《孝经》《论语》《孟子》，《宋史·艺文志》“经解类”著录；钱时《尚书演义》，《宋史》卷四百七“列传”第一百六十六著录；《宋史》卷四十三还有“比览林光世《易范》，明《易》推星配象演义”一语。② 可见“演义”一辞至此已从释义考证渐演化为对经典的阐释，如明胡经《易演义》十八卷、徐师曾《今文周易演义》十二卷、梁寅《诗演义》十五卷与此同义。姑以《诗演义》为例作一说明，《诗演义》，《明史》著录八卷，《四库全书》著录十五卷，《提要》云：

《诗演义》十五卷，明梁寅撰。（寅字孟敬，新喻人。元末屡举不第，辟集庆路儒学训导，居二年，以亲老辞归。洪武初，从天下名儒，考定礼乐，寅与焉。书成，赐金币，将授官，以老病辞退，居石门。事迹具《明史·儒林传》。）是书推演朱子《诗传》之义，故以演义为名。前有《自序》，云此书为幼学而作，“博稽训诂，以启其塞；根之义理，以达其机。隐也，使之显；略也，使之详”。今考其书，大抵浅显易见，切近不支。元儒之学主于笃实，犹胜虚谈高论，横生臆见者也。③

《诗演义》作者梁寅为元明间人，此书之《自序》末署洪武十六年（1383），故成书当于明初。是书为幼学而作，“本以申朱子《集传》之

① (唐)苏鹗:《苏氏演义》,中华书局 1985 年版,第 23 页。
② (元)脱脱等:《宋史》卷四十三《理宗本纪》,中华书局 1985 年版,第 844 页。
③ (清)永瑢等:《四库全书总目》,中华书局 1965 年版,第 128 页。

义”,“先释字义,后明一句之旨”。[1] 故所谓《诗演义》者,乃是以通俗化的形式演朱子《诗集传》之义也。值得注意的是,以“演义”命名的书籍渐由经义进入了文学领域,“演言”一系由此进入了对文学经典的阐释。如明陆容《菽园杂记》卷十四记载元进士张伯成所作之《杜律演义》、明焦竑《玉堂丛语》卷一载杨慎《绝句演义》等。《菽园杂记》云:“《杜律虞注》本名《杜律演义》,元进士临川张伯成之所作也,后人谬以为虞伯生所注。予尝见《演义》刻本,有天顺丁丑临川黎送久大序及伯成传序,其略云:注少陵诗者非一,皆弗如吾乡先进士张氏伯成《七言律诗演义》,训释字理极精详,抑扬趣致极其切当。盖少陵有言外之诗,而《演义》得诗外之意也。”[2]《杜律演义》,一卷,张性撰,今存明嘉靖十六年(1537)刻本,题“京口石门张性伯成演”。全书选取杜甫律诗34 首,据题材分为“楼阁”“桥梁”“寺观”“音乐”“将帅”“宗族”“释子”“纪行”“述怀”“怀古”“游宴眺望”“简寄酬赠”“寻访送饯”“杂赋”十四类。每类标出具体诗题,先录原诗,继之训释,以作品赏析为主。今录《蜀相》一诗之训释以概其余:

“祠堂”,孔明庙也。昭烈即帝位,亮册为丞相,录尚书事。成都万里桥南岸道西有城,故锦官也。亮在草庐,先主凡三往,乃见。“两朝”,先主、后主之朝也。此公初到成都,访诸葛庙而赋之也。起句问祠堂在何处可寻,接句自答在城外古柏阴森之处也。次联咏祠堂之景,“自春色”“空好音”,幽闲之地,少人经过也。因睹此景,追感当时先主之顾草庐,至再至三,如是频繁者,屈己求贤以为恢复天下之计也。武侯既出,遂以讨贼为己任,开基济业,历事两君。其言曰竭股肱之力,效忠贞之节,继之以死,此老臣忠君之心也。先主之计若此之大,武侯之心若此其忠,惜乎渭滨之

① (明)梁寅:《诗演义 · 凡例》,《四库全书》本,第 1a、1b 页。
② (明)陆容:《菽园杂记》卷十四,中华书局 1985 年版,第 172 页。

师(司)马懿怯战自守,故未见大捷而武侯死矣,乃千载之遗恨,所以长使英雄之士思而泣也。前四句咏祠堂之事,后四句咏武侯之事。①

可见所谓"演义"者乃是对杜甫诗歌的通俗化阐释。

二

就文学角度而言,章氏所谓"演事"一系,较早可追溯到唐代的变文。变文为唐代说唱文学之一体,其体制不一,有散说体、有赋体,亦有骈散结合、说唱并陈的形式。但其内容基本一致,即对于故事的演说,包括佛经故事、历史故事和当代时事。至宋代说话兴起,"演事"一系发展更为迅速,史称南宋"说话"有四家,其中"小说"与"讲史"对后世小说之影响最大。然唐宋两代尚未有以"演义"指称"演事"类书籍者,唐人有称之为"变"者,如《汉将王陵变》;亦有称之为"话本"者,如《韩擒虎话本》。宋人将演述史事的作品一般称之为"讲史""讲史书"和"说史"等,如《都城纪胜》谓:"讲史书,讲说前代书史文传兴废争战之事。"②亦有称之为"演史"者,如周密《武林旧事》卷六"演史丘几山"。"演史""演义",音义最近,以致后人认为"演义"即"演史"之延伸。③

将通俗小说称为"演义"始于《三国志通俗演义》,而近人视"演义"与"历史演义"为同一内涵亦由此而来。庸愚子于弘治七年(1494)撰

① (元)张性:《杜律演义》,明嘉靖十六年(1537)刻本。

② (宋)灌圃耐得翁:《都城纪胜》,见《东京梦华录(外四种)》,文化艺术出版社1998年版,第86页。

③ "演史,亦称讲史,宋元间说话的一种,讲说历代兴废与战争故事,依据史传加以敷衍,记录时多用浅近文言,成为讲史话本,是我国小说史最早具有长篇规模的作品,后发展为演义。"见黄霖、韩同文选注:《中国历代小说论著选》上册《醉翁谈录·舌耕叙引》"演史"注,江西人民出版社1982年版,第90页。

《三国志通俗演义序》,其云:“若东原罗贯中,以平阳陈寿《传》,考诸国史,自汉灵帝中平元年,终于晋太康元年之事,留心损益,目之曰《三国志通俗演义》。文不甚深,言不甚俗,事纪其实,亦庶几乎史。盖欲读诵者,人人得而知之,若《诗》所谓里巷歌谣之义也。”①嘉靖元年(1522),司理监刊出《三国志通俗演义》,旋即在社会上产生了很大影响,“演义”一辞也随之流行。修髯子《三国志通俗演义引》一文率先对“演义”之义界作了阐释:

> 史氏所志,事详而文古,义微而旨深,非通儒夙学,展卷间,鲜不便思困睡。故好事者以俗近语,隐括成编,欲天下之人,入耳而通其事,因事而悟其义,因义而兴乎感;不待研精覃思,知正统必当扶,窃位必当诛,忠孝节义必当师,奸贪谀佞必当去。是是非非,了然于心目之下,裨益风教,广且大焉。②

所谓“以俗近语,隐括成编,欲天下之人,入耳而通其事,因事而悟其义,因义而兴乎感”即指“演义”之特性及其功能。故“演义”一辞在小说领域的最初含义应是以通俗的形式演正史之义,如《三国志通俗演义》就是对陈寿《三国志》的“通俗化”,包括“故事”与“语言”。可观道人《新列国志叙》谓:“罗贯中氏《三国志》一书以国史演为通俗,汪洋百余回,为世所尚。嗣是效颦日众,因而有《夏书》《商书》《列国》《两汉》《唐书》《残唐》《南北宋》诸刻,其浩瀚几与正史分签并架。”③梦藏道人《三国志演义序》说得更为直截:“罗贯中氏取其书(指陈寿《三国

---

① (明)庸愚子:《三国志通俗演义序》,见(明)罗贯中编次:《三国志通俗演义》,上海古籍出版社 1980 年版,第 1 页。

② (明)修髯子:《三国志通俗演义引》,见(明)罗贯中编次:《三国志通俗演义》,上海古籍出版社 1980 年版,第 3 页。

③ (明)可观道人:《新列国志叙》,(明)冯梦龙编:《新列国志》,上海古籍出版社 1987 年版,第 1 页。

志》)演之,更六十五篇为百二十回。合则连珠,分则辨物,实有意旨,不发跃如。其必杂以街巷之谭者,正欲愚夫愚妇共晓共畅人与是非之公。”①此一含义为小说作者所信从,甄伟作《西汉通俗演义》即然,其《序》云:

> 西汉有马迁史,辞简义古,为千载良史,天下古今诵之。予又何以通俗为耶?俗不可通,则义不必演矣。义不必演,则此书亦不必作矣。又何以楚汉二十年事敷演数万言以为书耶?盖迁史诚不可易也,予为通俗演义者,非敢传远示后,补史所未尽也;不过因闲居无聊,偶阅西汉卷,见其间多牵强附会,支离鄙俚,未足以发明楚汉故事,遂因略以致详,考史以广义。②

明代小说创作中的所谓“按鉴演义”者即指这一内涵。然此一含义仅是“演义”的初始义,明人以“演义”指称通俗小说实则普遍越出了这一规定。即“演义”者,非专指对某一史书的“通俗化”,而是对历史现象、人物故事的通俗化叙述。从现有十余种以“演义”命名的明人小说中我们即可清晰地看出这一趋向,十余种小说为:

> 《三国志通俗演义》《大宋中兴通俗演义》《唐书志传通俗演义》《三宝太监西洋记通俗演义》《封神演义》《征播奏捷传通俗演义》《三教开迷归正演义》《杨家通俗演义》《开辟衍绎通俗志传》(内封中栏题“开辟演义”)《残唐五代史演义》《东汉十二帝通俗演义》《七十二朝人物演义》《西汉通俗演义》《孙庞斗志演义》《两汉演义传》

---

① (明)梦藏道人:《三国志演义序》,明崇祯五年遗香堂刊本。

② (明)甄伟:《西汉通俗演义序》,引自黄霖、韩同文选注:《中国历代小说论著选》,江西人民出版社1982年版,第199页。

上述作品除《三国志通俗演义》和《唐书志传通俗演义》外，余者均淡化了史书概念。而《三国志通俗演义》后世简化为《三国演义》也就成了一个自然而然，普遍可以接受的事实。

明人以“演义”指称通俗小说，在概念的内涵上主要涉及两个方面：一是“通俗性”，雉衡山人《东西晋演义序》云：“一代肇兴，必有一代之史，而有信史有野史。好事者聚取而演之，以通俗谕人，名曰‘演义’，盖自罗贯中《水浒传》《三国传》始也。”[①]故“通俗”是“演义”区别于其他小说的首要特性，陈继儒《唐书演义序》说得更为直截了当：“往自前后汉、魏、吴、蜀、唐、宋咸有正史，其事文载之不啻详矣。后世则有演义，演义，以通俗为义也者。故今流俗节目不挂司马班陈一字，然皆能道赤帝，诧铜马，悲伏龙，凭曹瞒者，则演义之为耳。演义固喻俗书哉，义意远矣！”[②]二是“风教性”，朱子蕃《三教开迷演义叙》云：“演义者，其取义在夫人身心性命、四肢百骸、情欲玩好之间。而究其极，在天地万物、人心底里、毛髓良知之内。……于扶持世教风化岂曰小补之哉。”[③]无碍居士《警世通言叙》谓：“通俗演义一种，遂足以佐经书史传之穷。”[④]东山主人在《云合奇踪序》中则以正反两方面阐述了“演义”之功能：

> 田间里巷自好之士，目不涉史传，而于两汉、三国、东西晋、隋唐等书，每喜搜揽。于一代之治乱兴衰，贤佞得失，多能津津称述，使闻之者倏喜倏怒，亦足启发人之性灵。其间谶谣神鬼，不无

① (明)雉衡山人:《东西晋演义序》,(明)雉衡山人著,赵兴茂、胡群耘点校:《东西晋演义》,上海古籍出版社 1991 年版,第 1 页。

② (明)陈继儒:《唐书演义序》,见刘世德等编:《古本小说丛刊》第 28 辑《唐书志传题评》影印世德堂刊本,中华书局 1991 年版,第 1 页。

③ (明)朱子蕃:《三教开迷演义叙》,(明)潘镜若编次:《三教开迷归正演义》,上海古籍出版社 1994 年版,第 4—8 页。

④ (明)无碍居士:《警世通言叙》,引自黄霖、韩同文选注:《中国历代小说论著选》,江西人民出版社 1982 年版,第 222 页。

荒诞，殆亦以世俗好怪喜新，始以是动人耳目……夫邪妄煽惑，何代无之，使于愚夫愚妇之前，谈经说史，群且笑为迂妄，惟以往事彰彰于人耳目者，张惶铺演。若徐寿辉、陈友谅之徒，乘隙窃发，莫大智勇自矜，乃不数年身死族灭，巫术无灵，险众失恃，徒为太祖作驱除耳。倘鉴于此，人人顺时安命，不为邪说之所动摇，斯演义之益，岂不甚伟！①

由此可见，以“通俗”的形式来实施经书史传对于民众所无法完成的教化使命，是“演义”的基本特性和价值功能。明人正是以此来确立“演义”的存在依据及其地位的。这一确立对通俗小说的发展有其积极的作用。

三

明人拈出“演义”一辞指称通俗小说，实则为了通俗小说的文体独立。故在追溯通俗小说的文体渊源时，人们便习惯地以“演义”一辞作界定，以区别其他小说。绿天馆主人《古今小说叙》云：“史统散而小说兴。始乎周季，盛于唐，而浸淫于宋。韩非、列御寇诸人，小说之祖也。《吴越春秋》等书，虽出炎汉，然秦火之后，著述犹希。迨开元以降，而文人之笔横矣。若通俗演义，不知何昉？按南宋供奉局，有说话人，如今说书之流，其文必通俗，其作者莫可考。泥马倦勤，以太上享天下之养。仁寿清暇，喜阅话本，命内珰日进一帙，当意，则以金钱厚酬。于是内珰辈广求先代奇迹及闾里新闻，倩人敷演进御，以怡天颜。然一览辄置，卒多浮沉内庭，其传布民间者，什不一二耳。然如《玩江楼》《双鱼坠记》等类，又皆鄙俚浅薄，齿牙弗馨焉。暨施、罗两公，鼓吹胡

---

① (明)东山主人:《云合奇踪序》，引自丁锡根编:《中国历代小说序跋集》，人民文学出版社 1996 年版，第 1005 页。

元，而《三国志》《水浒》《平妖》诸传，遂成巨观。”①笑花主人《今古奇观序》亦承其说：

> 小说者，正史之余也。《庄》《列》所载化人、伛偻丈人，昔事不列于史。《穆天子》《四公传》《吴越春秋》，皆小说之类也。《开元遗事》《红线》《无双》《香丸》《隐娘》诸传，《睽车》《夷坚》各志，名为小说，而其文雅驯，闾阎罕能道之。优人黄繙绰、敬新磨等，搬演杂剧，隐讽时事，事属乌有，虽通于俗，其本不传。至有宋孝皇以天下养太上，命侍从访民间奇事，日进一回，谓之说话人。而通俗演义一种，乃始盛行。②

从上述引文对小说历史的追溯中，我们不难看到明人对小说流变的认识观念。他们以“演义”一辞来指称通俗小说，其目的正是要强化通俗小说的独特性和独立性。由于明人对通俗小说独立性的强化，故“演义”一辞也便越出了初始专指以历史为题材的小说之疆界。一般认为，“演义”主要是指以历史为题材的小说作品，近人以“历史演义”“英雄传奇”“神魔小说”“世情小说”来划分章回小说之类型后，人们更视“演义”为“历史演义”或“讲史演义”之专称。但其实，这一认识并不符合实际情况，在明人看来，无论是历史题材还是神话传说，无论是长篇章回还是短篇话本，统统可用“演义”指称之。上引十余种书目已说明了这一现象，而在具体的阐述中，史料更是比比皆是。顾起鹤《三教开迷传引》谓：“顾世之演义传记颇多，如《三国》之智，《水浒》之侠，《西

---

① (明)绿天馆主人:《古今小说叙》,(明)冯梦龙:《古今小说》,上海古籍出版社1990年版,第2—4页。

② (明)笑花主人:《今古奇观序》,引自黄霖、韩同文选注:《中国历代小说论著选》,江西人民出版社1982年版,第263页。

游》之幻，皆足以省睡魔而广智虑。”[①]天许斋《古今小说识语》云：“本斋购得古今名人演义一百二十种，先以三分之一为初刻云。”[②]睡乡居士《二刻拍案惊奇序》亦云：“至演义一家，幻易而真难，固不可相衡而论矣。即如《西游》一记，怪诞不经，读者皆知其谬……即空观主人者，其人奇，其文奇，其遇亦奇，因取其抑塞磊落之才，出绪余以为传奇，又降而为演义。”[③]而凌濛初亦将其《拍案惊奇》称为“演义”：“这本话文，出在《空缄记》，如今依传编成演义一回，所以奉劝世人为善。”[④]可见在明人的观念中，不仅《三国演义》《水浒传》称为“演义”，《西游记》亦可称为“演义”，甚至连“三言”“二拍”也可称之为“演义”。谢肇淛《文海披沙》卷七中就直称《西游记》为《西游记演义》。[⑤] 而在小说的具体题署中，这一迹象也颇为明晰，且大多以“通俗演义”称之。如《包龙图判百家公案》全称《新刊京本通俗演义增像包龙图判百家公案》，《鼓掌绝尘》全称《新镌出像批评通俗演义鼓掌绝尘》，《型世言》各卷卷首题“峥霄馆评定通俗演义型世言”，《南北两宋志传》全称《全像按鉴演义南北两宋志传》，《三国志后传》题“新镌全像通俗演义续三国志”，《东西晋志传》内封横题“通俗演义”，《七曜平妖传》目次题“新编皇明通俗演义七曜平妖全传”，《魏忠贤小说斥奸书》正文卷端题“峥霄馆评定出像通俗演义魏忠贤小说斥奸书”，《有夏志传》卷端题“按鉴演义帝王御世有夏志传”，《岳武穆尽忠报国传》内封右栏题“重订按鉴通俗演义”

---

① (明)顾起鹤:《三教开迷传引》,(明)潘镜若编次:《三教开迷归正演义》,上海古籍出版社 1994 年版,第 2 页。

② (明)天许斋:《古今小说识语》,(明)冯梦龙:《古今小说》,上海古籍出版社 1990 年版,扉页。

③ (明)睡乡居士:《二刻拍案惊奇序》,(明)凌濛初:《二刻拍案惊奇》,上海古籍出版社 1994 年版,第 5—7 页。

④ (明)凌濛初:《拍案惊奇》卷二十,上海古籍出版社 1994 年版,第 879 页。

⑤ “俗传有《西游记演义》,载玄奘取经西域,遭遇魔祟甚多。读者皆嗤其俚妄,余谓不足嗤也,古亦有之。”(明)谢肇淛:《文海披沙》卷七《西游记》,引自朱一玄等编:《〈西游记〉资料汇编》,中州书画社 1983 年版,第 119 页。

等。其中有话本小说，也有讲史小说。故质言之，“演义”者，通俗小说之谓也。

“演义”专指通俗小说，它与“小说”一辞的关系又如何呢？我们不妨对明人“小说”一辞之使用情况作一铺叙以明两者之关系：

“小说”一辞源远流长，其内涵在中国小说史上形成了两股线索：一是由《庄子》“饰小说以干县令，其于大达亦远矣”肇端，经桓谭“若其小说家，合丛残小语，近取譬论，以作短书，治身理家，有可观之辞”和班固《汉志》“小说家者流，盖出于稗官，街谈巷语，道听途说者之所造也”的延续和发展，至唐刘知幾《史通》对“小说”的阐释，确认了“小说”的指称对象乃是唐前归入“子部”或“史部”的古小说，唐及唐以后的笔记小说亦置于这一“小说”概念名下。二是由民间“说话”一系衍生的“小说”概念，如裴松之注《三国志》引《魏略》之“俳优小说”，《唐会要》卷四之“人间小说”，段成式《酉阳杂俎》续集卷四之“市人小说”等。至宋代“说话”艺术繁兴，耐得翁《都城纪胜》、吴自牧《梦粱录》、罗烨《醉翁谈录》均将“小说”指称通俗的“说话”艺术。明人对于“小说”一辞的使用基本上承上述两股线索而来，较早使用“小说”一辞的是都穆在弘治十八年（1505）为《续博物志》所作的《后记》：“山珍海错无补乎养生，而饮食者往往取之而不弃。盖饱饮之余，异味忽陈，则不觉齿舌之爽，亦人情然也。小说杂记，饮食之珍错也，有之不为大益，而无之不可，岂非以其能资人之多识而怪僻不足论邪。”①在此之前，人们对《剪灯新话》等作品多以“稗官”“传奇”“传记”称之。如吴植于洪武十四年（1381）序《剪灯新话》：“余观宗吉先生《剪灯新话》，其词则传奇之流，其意则子氏之寓言也。”②洪武三十年（1397）凌云翰序《剪灯新话》则

① （明）都穆：《续博物志后记》，引自丁锡根编：《中国历代小说序跋集》，人民文学出版社 1996 年版，第 91 页。

② （明）吴植：《剪灯新话引》，（明）瞿佑：《剪灯新话》，上海古籍出版社 1990 年版，第 3 页。

谓:"是编虽稗官之流,而劝善惩恶,动存鉴戒,不可谓无补于世。"[①]而赵弼于宣德三年(1428)作《效颦集后序》,宣称其《效颦集》乃"效洪景卢、瞿宗吉,编述传记二十六篇,皆闻先辈硕老所谈与己目之所击者"。[②] 明人普遍使用"小说"一辞大约在嘉靖以后,郎瑛《七修类稿》卷二十二云:"小说起宋仁宗,盖时太平盛久,国家闲暇,日欲进一奇怪之事以娱之。故小说'得胜回头'之后,即云'赵宋某年'。……若夫近时苏刻几十家小说者,乃文章家一体,诗话、传记之流也,又非如此之小说。"[③]《七修类稿》刊于嘉靖二十六年(1547),时《三国志通俗演义》和《水浒传》均已刊行多年,故郎瑛已将"小说"一辞直指通俗小说。嘉靖三十一年(1552),小说家熊大木刊出《新刊大宋演义中兴英烈传》,在《序》中,他对时人"谓小说不可紊之以正史"的观点提出驳论,申言"史书、小说有不同者,无足怪矣"。[④] 亦将"小说"指称通俗小说。而嘉靖年间刊刻的洪楩《六十家小说》更有将文言传奇和通俗话本同置于"小说"名下的趋势。该书作为一部小说集,既选取说经讲史话本如《花灯轿莲女成佛记》和《汉李广世号飞将军》,亦取传奇小说《蓝桥记》,只要其可供消遣和娱乐,都不妨称之为"小说"。此书分为《雨窗集》《欹枕集》《长灯集》《随航集》《解闲集》和《醒梦集》六集,其选择趋向已十分明晰。"小说"这一概念在嘉靖以来的变化与通俗小说的崛起密切相关,嘉靖元年(1522),司理监刊《三国志通俗演义》,以后不久,《水浒传》也开始刊行流传。刊于嘉靖十年(1531)的李开先《一笑散·时调》即云:"崔后渠、熊南沙、唐荆川、王遵岩、陈后冈谓:《水浒

---

① (明)凌云翰:《剪灯新话序》,(明)瞿佑:《剪灯新话》,上海古籍出版社 1990 年版,第 2 页。

② (明)赵弼:《效颦集后序》,引自丁锡根编:《中国历代小说序跋集》,人民文学出版社 1996 年版,第 597 页。

③ (明)郎瑛:《七修类稿》,上海书店出版社 2001 年版,第 229 页。

④ (明)熊大木:《大宋演义中兴英烈传序》,引自朱一玄编,朱天吉校:《明清小说资料选编》(上),南开大学出版社 2012 年版,第 151 页。

传》委曲详尽，血脉贯通，《史记》而下，便是此书。且古来更无有一事而二十册者。倘以奸盗诈伪病之，不知序事之法，史学之妙者也。”① 由《三国》《水浒》的刊行所发端，通俗小说的创作和刊刻在嘉靖以来有了很大的发展，这一局面致使小说称谓的使用有了相应的变化。而其中之一就是“小说”一辞使用的普遍化，且看以下史料：

牛溲马勃，良医所诊，孰谓稗官小说，不足为世道重轻哉！（修髯子《三国志通俗演义引》）②

小说之兴，始于宋仁宗。（天都外臣《水浒传叙》）③

万历四十三年十一月五日，沈伯远携其伯景倩所藏《金瓶梅》小说来，大抵市诨之极秽者耳，而锋焰远逊《水浒传》。袁中郎极口赞之，亦好奇之过。（李日华《味水轩日记》卷七）④

小说，子书流也。然谈说理道，或近于经，又有类注疏者。纪述事迹，或通于史，又有类志传者。他如孟棨《本事》、卢瓌《抒情》，例以诗话、文评，附见集类，究其体制，实小说者流也。至于子类杂家，尤相出入。郑氏谓古今书家所不能分有九，而不知最易混淆者小说也。（胡应麟《少室山房笔丛·九流绪论下》）⑤

风流小说，最忌淫亵等语以伤风雅，然平铺直叙，又失当时亲昵情景。兹编无一字淫哇，而意中妙境尽婉转逗出。作者苦心，临编自见。（《隋炀帝艳史·凡例》）⑥

---

① (明)李开先著，卜键笺校：《李开先全集·词谑》，文化艺术出版社 2004 年版，第 1276 页。

② (明)修髯子：《三国志通俗演义引》，见(明)罗贯中编次：《三国志通俗演义》，上海古籍出版社 1994 年版，第 3—4 页。

③ (明)天都外臣：《水浒传叙》，引自黄霖、韩同文选注：《中国历代小说论著选》，江西人民出版社 1982 年版，第 124 页。

④ (明)李日华：《味水轩日记》卷七，上海远东出版社 1996 年版，第 496 页。

⑤ (明)胡应麟：《少室山房笔丛·九流绪论下》，中华书局 1958 年版，第 374 页。

⑥ (明)齐东野人：《隋炀帝艳史·凡例》，上海古籍出版社 1994 年版，第 5—6 页。

今小说之行世者，无虑百种，然而失真之病，起于好奇。（睡乡居士《二刻拍案惊奇序》）①

上述材料始自嘉靖元年（1522），终于崇祯五年（1632），时间跨度过百年。在指称对象上，有长篇章回小说、志怪传奇小说、笔记小说和拟话本小说。可见“小说”一辞已成为当时指称小说这一文类的基本术语。

“演义”与“小说”是明人使用最为普遍的两个术语，两者之间的关系大致这样：“小说”早于“演义”而出现，其指称范围包括文言和通俗小说两大门类，故“小说”概念可以包容“演义”概念，反之则不能。“演义”是通俗小说的专称，而在指称通俗小说这一对象上，“小说”与“演义”在概念的外延上是重合的。对于这一概念的区分，明万历年间的胡应麟曾作过尝试，他认为，所谓“小说”应专指文言小说，包括“志怪”“传奇”“杂录”“丛谈”“辨订”“箴规”六大门类。而“演义”则指《水浒传》《三国志通俗演义》等通俗小说。《庄岳委谈下》云：“今世传街谈巷语，有所谓演义者，盖尤在传奇杂剧下。”②又云：“关壮缪明烛一端，则大可笑，乃读书之士，亦什九信之，何也？盖由胜国末，村学究编魏、吴、蜀演义，因传有‘羽守邳，见执曹氏’之文，撰为斯说，而俚儒潘氏，又不考而赞其大节，遂致谈者纷纷。案《三国志·羽传》及裴松之注，及《通鉴》《纲目》，并无其文，演义何所据哉？”③胡应麟的这一划分有一定的合理性，但其清理是为了捍卫“小说”的传统内涵，在一定程度上蔑视通俗小说。当然，胡氏的划分在小说史上其实并未起过太大作用，在明中后期，“小说”和“演义”在指称通俗小说这一对象上是基本通用的。

① （明）睡乡居士：《二刻拍案惊奇序》，（明）凌濛初：《二刻拍案惊奇》，上海古籍出版社1994年版，第2页。

② （明）胡应麟：《少室山房笔丛·庄岳委谈下》，中华书局1958年版，第571页。

③ （明）胡应麟：《少室山房笔丛·庄岳委谈下》，中华书局1958年版，第565页。

四

明人以“演义”指称通俗小说，与“小说”一辞同为常用之术语，这一强化通俗小说文体独立的概念对小说的发展颇多裨益，尤其是通俗小说的发展。清以来，对“演义”一辞的阐释已没有明代那么热闹，基本循明人之观念而较少改变，但“演义”见之于书名者仍不绝如缕。在清代，较早对“演义”作阐释的文献是清初托名冯梦龙所撰的《列女演义序》，其云：

(《列女传》)自垂训以来，历代宝之，第惜其义深文简，虽老师宿儒，临而诵读，犹苦艰晦不解。矧柔媚小娃、垂髫弱女，纵能识字，未必精文，安能到眼即得其深心，入口便达其微意？……因思此中径路，若无伸引，孰能就将。遂不揣固陋，不避愆尤，于长夏永宵，妄取其义深者演而浅之，文简者绎而细之。约于一字者，广详其本末，该于一语者，遍析其源流。使艰晦者大明，不解者悉着。①

在《序》中，作者从功能和叙述方法两方面分析了“演义”之特性，但细细体味，也不过是明人观念的延续而已。如“义深者演而浅之，文简者绎而细之。约于一字者，广详其本末，该于一语者，遍析其源流”，无疑是明代甄伟“因略而致详，考史以广义”(《西汉通俗演义序》)的翻版，并无更多的发明。由此也说明了明代的“演义”观已得到了延续。章学诚在《丙辰札记》中对通俗小说的评判也可看出明人观念的延续：

① (明)冯梦龙:《列女演义序》,《古今列女传演义》(《古本小说集成》),上海古籍出版社1994年版,第10—15页。

> 凡演义之书，如《列国志》《东西汉》《说唐》及《南北宋》，多纪实事；《西游》《金瓶》之类，全凭虚构，皆无伤也。惟《三国演义》，则七分实事，三分虚构，以致观者往往为所惑乱，如桃园等事，学士大夫直作故事用矣。故演义之属，虽无当于著述之伦，然流俗耳目渐染，实有益于劝惩。但须实则概从其实，虚则明著寓言，不可虚实错杂如《三国》之淆人耳。①

很明显，在章学诚的观念中，所谓“演义”乃通俗小说之全体，而非仅指《三国演义》等以历史为题材者。钮琇在《觚剩续编》中对“演义”的追溯颇有意味：“传奇演义，即诗歌记传之变而为通俗者，哀艳奇恣，各有专家，其文章近于游戏。大约空中结撰，寄姓氏于有无之间，以征其诡幻。”②在此，钮琇以“传奇”与“诗歌”对举，“演义”与“记传”比并，似乎在论证“演义”乃“记传”之通俗化，“演义”是以“记传”这种历史题材为内涵的。然细考之，其所谓“记传”不过是指称一种体式，是以人物和故事为主体的表现方式而已。并非是指“演义”与历史题材小说的对应关系，就如戏曲不是诗歌的通俗化一样。刘廷玑《在园杂志》卷二中的一段言论亦尝引起后人之误读：“再则《三国演义》，演义者，本有其事而添设敷演，非无中生有者比也。”③后人据此认定所谓“演义”即指“本有其事而添设敷演”的历史题材小说。④ 但其实，此处之所谓“演义”乃前文《三国演义》的简称，非指“演义”之体式。观刘氏《在园杂志》，评判了数十种通俗小说，《三国演义》仅其中之一。而在对众多

---

① (清)章学诚:《丙辰札记》,(清)章学诚著,冯惠民点校:《乙卯札记　丙辰札记　知非日札》,中华书局1986年版,第90页。

② (清)钮琇:《觚剩续编》卷一《言觚·文章有本》,上海古籍出版社1986年版,第169页。

③ (清)刘廷玑撰,张守谦点校:《在园杂志》,中华书局2005年版,第83页。

④ 赵明政:《明清演义小说理论概说》,《杭州大学学报(哲学社会科学版)》1985年第3期。

通俗小说评判之后，刘氏最后结论云："演义，小说之别名，非出正道，自当凛遵谕旨，永行禁绝。"[1]故清人以"演义"指称一切通俗小说，既是对明人观念的延续，同时也体现了他们实际的思想认识。蔡元放《东周列国志读法》谓："一切演义小说之书，任是大部，其中有名人物纵使极多，不过十数百数，事迹不过数十百件，从无如《列国志》中人物事迹之至多极广者。"[2]其中将"演义小说"并举即说明了这一问题。晚清天目山樵张文虎犹然这样表述："近世演义者，如《红楼梦》实出《金瓶梅》，其陷溺人心则有过之。"[3]将《红楼梦》《金瓶梅》称为"演义"，绝非其观念上的含混不清。

从清代以"演义"命名的通俗小说中，我们也可看出这一趋向：

《新世鸿勋》(顺治刻本，嘉庆刻本改题"新史奇观演义全传")《樵史通俗演义》《后七国乐田演义》《古今列女传演义》《梁武帝西来演义》《说岳全传》(正文题"增订尽忠演义说岳传")《隋唐演义》《二十四史通俗演义》《说唐演义全传》《后三国石珠演义》《反唐演义传》《异说征西演义全传》《东汉演义评》《南史演义》《北史演义》《草木春秋演义》《西周演义》《万花楼演义》《升仙传演义》《瓦岗寨演义》《莲子瓶演义传》《青史演义》《天门阵演义十二寡妇征西》《台战演义》《扫荡粤逆演义》《羊石园演义》《捉拿康梁二逆演义》《火烧上海红庙演义》《中东大战演义》《万国演义》《泰西历史演义》《通商原委演义》(即《罂粟花》)《洪秀全演义》《两晋演义》《中外通商始末记演义》《掌故演义》《左文襄公征西演义》《现身说法演义》《逐日演义》《吴三桂演义》

---

[1] (清)刘廷玑撰，张守谦点校：《在园杂志》，中华书局2005年版，第125页。

[2] (清)蔡元放：《东周列国志读法》，引自黄霖、韩同文选注：《中国历代小说论著选》，江西人民出版社1982年版，第415—416页。

[3] (清)天目山樵：《儒林外史新评》，引自黄霖、韩同文选注：《中国历代小说论著选》，江西人民出版社1982年版，第626页。

在以上四十种小说书目中，确有部分小说以历史故事为其题材。但若作仔细分析，所谓历史题材者，已是一个非常宽泛的概念，神话、传说等均已纳入历史题材的范畴，而更多的则纯为虚构。如《新世鸿勋》《樵史通俗演义》叙晚明故事，虽有一定的史实依据，但虚构之成分更为浓烈；至如《万花楼演义》《升仙传演义》《莲子瓶演义传》等则全属臆想。故所谓“演义”亦与“历史题材”者并无直接对应关系，“演义”之义界，明清两代可谓一脉相承。

晚清以来，随着西方小说类型概念的引入，“历史小说”作为一种小说类型与“政治小说”“科学小说”等得到了广泛的重视。“演义”这一概念也在这种创作和理论背景中得到了新的审视，而其中最为重要的是进一步确认了“演义”作为文体概念的内涵。《中国惟一之文学报〈新小说〉》一文即谓：

> 历史小说者，专以历史上事实为材料，而用演义体叙述之。盖读正史则易生厌，读演义则易生感。征之陈寿之《三国志》与坊间通行之《三国演义》，其比较厘然矣。①

历史小说是以“历史上事实为材料，而用演义体叙述之”，显然，“历史小说”是一种小说类型，“演义”是一种文体。而所谓“演义体”者包括叙述方式与语言特色，黄人《小说小话》谓：

> 历史小说，当以旧有之《三国志演义》《隋唐演义》及新译之《金塔剖尸记》《火山报仇录》等为正格。盖历史所略者应详之，历史所详者应略之，方合小说体裁，且耸动阅者之耳目。若近人所谓历史小说者，但就书之本文，演为俗语，别无点缀斡旋处，冗长

① 新小说报社：《中国惟一之文学报〈新小说〉》，载梁启超主编：《新民丛报》1902年7月十四号。

> 拖沓，并失全史文之真精神。与教会中所译土语之《新旧约》无异，历史不成历史，小说不成小说。谓将供观者之记忆乎？则不如直览史文之简要也。谓将使观者易解乎？则头绪纷繁，事虽显而意仍晦也。或曰："彼所谓演义者耳，毋苛求也。"曰："演义者，恐其义之晦塞无味，而为之点缀，为之斡旋也，兹则演词而已，演式而已，何演义之足云。"[①]

综观中国古代小说史，确乎存在一脉以正史为材料，略加点染或"演义"的小说流派，即明人称其"按鉴演义"、清人称其"依史以演义"或"史事演义"者。[②] 此一流派以《三国志通俗演义》为其起始，至晚清以吴趼人为代表的历史小说为其收束。吴氏之历史小说"以发明正史事实为宗旨，以借古鉴今为诱导"。[③] 正与《三国演义》等历史小说同趣。这一脉小说可以称为"历史演义"，但仅是演义小说之一部分，两者是从属关系而非对等关系。今人视"演义"与"历史演义"为同义，正是"含混"了这一层关系。如《辞海》释"演义"为："旧时长篇小说的一类。由讲史话本发展而来，系根据史传敷演成文，并经过作者的艺术加工。"[④]

通过上述粗略考辨，我们的最终结论是：1. "演义"源远流长，有"演言"与"演事"两个系统，"演言"是对义理的通俗化阐释，"演事"是对正史及现实人物故事的通俗化叙述。2. "演义"一辞在小说领域，是一个小说文体概念，指称通俗小说这一文体，而非单一的小说类型

---

① 黄人：《小说小话》，原载《小说林》1907 年第一卷，引自朱一玄编：《明清小说资料选编》(上)，齐鲁书社 1990 年版，第 123 页。

② "依史以演义"一语见托名金人瑞的《三国志演义序》，"史事演义"一语见清徐时栋《烟屿楼笔记》卷四，引自朱一玄编：《明清小说资料选编》(上)，齐鲁书社 1990 年版，第 79、85 页。

③ (清)吴趼人：《两晋演义自序》，载《月月小说》1906 年第一号。

④ 《辞海》缩印本，上海辞书出版社 1980 年版，第 988 页。

概念。故在小说研究中，以“历史演义”直接对应“演义”的格局应有所改变，“历史演义”仅是演义小说的一个组成部分。3．“演义”在历史小说领域，其最初的含义是“正史”的通俗化，所谓“按鉴演义”，但总体上已越出这一界限。以上是笔者在整理阅读明清小说史料时的感想，不妥之处，恳请方家同好指正。

（载《文学遗产》2002年第2期）

“奇书”与“才子书”

——关于明末清初小说史上一种文化现象的解读

“奇书”与“才子书”是明末清初小说史上非常重要的理论批评术语，用以指称通俗小说中的优秀作品，如“四大奇书”“第一奇书”“第五才子书”等。今人更将“奇书”一辞作为小说文体的代称，称之为“奇书文体”。① 其实，“奇书”与“才子书”都不能看成是小说之文体概念，而是明末清初通俗小说评价体系中两个重要的思想观念。这是当时的文人士大夫为提升通俗小说的“文化品位”和强化通俗小说的“文人性”而作出的理论阐释与评判。可看成相对超越于通俗小说之上的文人士大夫对通俗小说的一次价值认可和理论评判。对通俗小说的发展带有一定的“导向”意义，在客观上强化了通俗小说的文体意识和提高了通俗小说的文体地位。故厘清这两个概念的内涵及其产生的文化背景可窥见明末清初通俗小说的发展，进而认识中国古代小说史的发展脉络。

一

以“奇书”指称小说较早见于明代屠隆的《鸿苞·奇书》一文，然其所指大多为文言小说：

《山海经》、《穆天子传》、东方朔《神异经》、王子年《拾遗记》、

① 详见浦安迪《中国叙事学》，北京大学出版社 1996 年版。罗书华也将“奇书”与“才子书”视为“章回小说”这一文体概念的前称。见《章回小说的命名和前称》，《明清小说研究》1999 年第 2 期。

葛稚川《抱朴子》、梁四公、谭九州之外，陶弘景《真诰》，此至人得道、通明彻玄、神明而照了者也。邹衍谭天、刘向传列仙、郭子横《洞冥》、张华《博物》、任昉《述异》、段成式《酉阳杂俎》，此文士博学冥搜，广采见闻而纪载者也。奇书一耳，其不同如此，具眼者不可不知也。①

将通俗小说称为“奇书”则较早见于明末张无咎的《批评北宋三遂新平妖传叙》：

小说家以真为正，以幻为奇。然语有之：“画鬼易，画人难。”《西游》，幻极矣，所以不逮《水浒》者，人鬼之分也。鬼而不人，第可资齿牙，不可动肝肺。《三国志》，人矣，描写亦工，所不足者幻耳。然势不得幻，非才不能幻，其季孟之间乎？尝辟诸传奇：《水浒》，《西厢》也；《三国志》，《琵琶记》也；《西游》，则近日《牡丹亭》之类矣。他如《玉娇丽》《金瓶梅》，另辟幽蹊，曲中奏雅。然一方之言，一家之政，可谓奇书，无当巨览，其《水浒》之亚乎。②

而在明末清初小说史上，将通俗小说称为“奇书”影响最深巨的是所谓“四大奇书”之说，③李渔《古本三国志序》云：

昔弇州先生有宇宙四大奇书之目，曰《史记》也，《南华》也，《水浒》与《西厢》也。冯犹龙亦有四大奇书之目，曰《三国》也，《水

① (明)屠隆：《鸿苞》卷二十一，《四库全书存目丛书》(子部八九)，齐鲁书社 1995 年版，子 89—350 页。

② (明)张无咎：《新平妖传 · 叙》，(明)罗贯中编，(明)冯梦龙补：《新平妖传》，上海古籍出版社《古本小说集成》影印本，第 1—3 页。

③ 小说家陈忱也有“四大奇书”的说法，但其所指为《南华》《西厢》《楞严》《离骚》。见《水浒后传序》。

浒》也,《西游》与《金瓶梅》也。两人之论各异。愚谓书之奇,当从其类,《水浒》在小说家,与经史不类;《西厢》系词曲,与小说又不类。今将从其类以配其奇,则冯说为近是。①

李渔此序作于康熙十八年(1679),可见这一名称的真正确立乃是在清代。李渔《古本三国志序》之前,还曾有"三大奇书"之目。如西湖钓史作于顺治庚子(1660)的《续金瓶梅集序》即谓:"今天下小说如林,独推三大奇书,曰《水浒》《西游》《金瓶梅》者,何以称夫?《西游》阐心而证道于魔,《水浒》戒侠而崇义于盗,《金瓶梅》惩淫而炫情于色。此皆显言之、夸言之、放言之,而其旨则在以隐、以刺、以止之间。唯不知者曰怪、曰暴、曰淫,以为非圣而畔道焉。"②李渔之后,"四大奇书"之名在小说界逐步通行,刘廷玑《在园杂志》在梳理中国小说发展史时即以"四大奇书"之名指称《三国演义》《水浒传》《西游记》和《金瓶梅》,并以此概言明代通俗小说的创作成就。而坊间亦以"四大奇书"之名刊刻这四部作品。③ 绿园老人《歧路灯序》(乾隆四十五年传抄本)谓:"古有'四大奇书'之目,曰盲左、曰屈骚、曰漆庄、曰腐迁。迨于后世,则坊佣袭'四大奇书'之名,而以《三国志》《水浒》《西游》《金瓶梅》冒之。"④闲斋老人《儒林外史序》亦谓:"古今稗官野史不下数百千种,而《三国志》《西游记》《水浒传》及《金瓶梅演义》,世称四大奇书,人人乐

---

① (清)李渔:《三国演义序》,(清)李渔:《李渔全集》第 18 册《补遗》,浙江古籍出版社 1991 年版,第 538 页。

② (清)西湖钓史:《续金瓶梅集序》,见《金瓶梅续书三种》,齐鲁书社 1988 年版,第 3 页。

③ 据称"四大奇书"有芥子园刊本,惜已不见。而有李渔序之《三国演义》醉耕堂刊本则冠以"四大奇书第一种"名目刊行,可知"四大奇书"之丛书或曾刊行。黄摩西《小说小话》卷四:"曾见芥子园四大奇书原刻本,纸墨精良,尚其余事,卷首每回作一图,人物如生,细入毫发,远出近时点石斋石印画报上。而服饰器具,尚见汉家制度,可作博古图观,可作彼都人士视读。"(《小说林》第二期)

④ (清)碧圃老人:《原序》,(清)李海观:《歧路灯》,上海古籍出版社《古本小说集成》本,第 33 页。

得而观之。”①可见，以“四大奇书”来概言通俗小说中这四部优秀作品已成传统。② 清初陈忱评《水浒后传》亦以“奇书”自许，其曰：“有一人一传者，有一人附见数传者，有数人并见一传者，映带有情，转折不测，深得太史公笔法。头绪如乱丝，终于不紊，循环无端，五花八阵，纵横错见，真奇书也。”③清初以来，以“奇书”指称通俗小说者可谓比比皆是，如毛批本《三国演义》称为“四大奇书第一种”，张批本《金瓶梅》称为“皋鹤堂批评第一奇书”，康熙年间刊刻的《女仙外史》内封题“新大奇书”，乾隆十五年蔡元放为《西游证道书》作序题为《增评证道奇书序》等。

用“才子书”一辞评价通俗小说或许是金圣叹首创。金氏择取历史上各体文学之精粹，名为“六才子书”，曰《庄子》《离骚》《史记》《杜诗》《水浒》《西厢》。自《第五才子书水浒传》刊行以后，“才子书”一辞成为清以来指称小说的一个常规术语。较早沿用这一称谓的是清初刊刻的“天花藏合刻七才子书”，其中包括《三才子玉娇梨》《四才子平山冷燕》等；以后“才子书”之称谓充斥于通俗小说领域。值得注意的是，毛氏父子批评《三国演义》有意将“奇书”与“才子书”概念合二为一，在伪托的金圣叹序中，所谓“四大奇书第一种”的《三国演义》也称为“第一才子书”，而在《读三国志法》中又作进一步申述：“吾谓才子书之目，宜以《三国演义》为第一。”④“第一才子书”之名遂在《三国演义》

---

① (清)闲斋老人:《儒林外史序》,(清)吴敬梓著,李汉秋辑校:《儒林外史会校会评本》,上海古籍出版社 1984 年版,第 763 页。

② 小说史上尚有不少以“奇书”为书名者,如《后唐奇书莲子瓶传》《龙潭鲍骆奇书》《忠烈奇书》《第一奇书钟情传》《第一快活奇书如意君传》《第一奇书莲子瓶》《群英杰后宋奇书》《醒世第二奇书》《铁冠图忠烈全书》(又名《忠烈奇书》)等。但这些小说仅延续了“奇书”之名,与晚明以来以“奇书”指称通俗小说之宗旨实有异趣,“奇书”之名已呈俗滥之倾向。

③ (明)樵余:《水浒后传·论略》,(明)陈忱:《水浒后传》,上海古籍出版社《古本小说集成》本,第 22 页。

④ (清)毛宗岗:《读三国志法》,(明)罗贯中著,(清)毛宗岗评订:《毛宗岗批评三国演义》,齐鲁书社 1991 年版,第 216 页。

的刊刻史上影响深远，以致人们“竟将《三国志演义》原名淹没不彰，坊间俗刻，竟刊称为《第一才子书》”。①

二

明末清初的文人何以将小说称为“奇书”或“才子书”？这只要简单梳理一下“奇书”和“才子书”的传统内涵便可了然。“奇书”之概念古已有之，其内涵代各有异。细考之，约有如下数端：

其一，所谓“奇书”是指内容精深，常人难以卒解之书。如《抱朴子内篇序》云：“考览奇书，既不少矣，率多隐语，难可卒解。自非至精，不能寻究，自非笃勤，不能悉见也。”②《旧唐书》卷七十三记唐颜师古学识渊博、博览群书时亦谓：“（唐太宗）令师古于秘书省考定《五经》，师古多所厘正，既成，奏之。太宗复遣诸儒重加详议，于时诸儒传习已久，皆共非之。师古辄引晋、宋已来古今本，随言晓答，援据详明，皆出其意表，诸儒莫不叹服。于是兼通直郎、散骑常侍，颁其所定之书于天下，令学者习焉。贞观七年，拜秘书少监，专典刊正。所有奇书难字，众所共惑者，随疑剖析，曲尽其源。”③而延伸之，则内容奇特甚至怪异之书亦称为“奇书”。如《宋史》卷四百三十一录孙奭疏中之言：“昔汉文成将军以帛书饭牛，既而言牛腹中有奇书，杀视得书，天子识其手迹。”④宋欧阳修更视汉代之谶纬之学为“奇书”，且将“奇书异说”并举，视为“异端之学”：“孔子既殁，异端之说复兴，周室亦益衰乱。接乎战国，秦遂焚书，先王之道中绝。汉兴久之，《诗》《书》稍出而不完。当

① （清）许时庚：《三国志演义补例》，《绘图增像第一才子书》，清光绪十六年广百宋斋校印本，转引自朱一玄、刘毓忱编：《三国演义资料汇编》，南开大学出版社2003年版，第216页。

② 见《抱朴子内篇序》，王明撰：《抱朴子内篇校释（增订本）》附录一，中华书局1985年版，第367页。

③ （后晋）刘昫等撰：《旧唐书》卷七十三，中华书局1975年版，第2594—2595页。

④ （元）脱脱等撰：《宋史》卷四百三十一，中华书局1985年版，第12805页。

王道中绝之际，奇书异说方充斥而盛行，其言往往反自托于孔子之徒，以取信于时。学者既不备见《诗》《书》之详，而习传盛行之异说，世无圣人以为质，而不自知其取舍真伪。至有博学好奇之士，务多闻以为胜者，于时尽集诸说而论次，初无所择，而惟恐遗之也。”①

其二，所谓“奇书”是指内容丰赡，流传稀少之好书。如《魏书》卷八十九所载：“道元好学，历览奇书。撰注《水经》四十卷、《本志》十三篇，又为《七聘》及诸文，皆行于世。”②金代刘祁更将“奇书”指称为士大夫秘而不宣，视若珍宝之好书：“昔人云：‘借书一痴，还书亦一痴。’故世之士大夫有奇书多秘之，亦有假而不归者，必援此。予尝鄙之，以为君子惟欲淑诸人，有奇书当与朋友共之，何至靳藏，独广己之闻见？果如是，量亦狭矣。如蔡伯喈之秘《论衡》，亦通人之一蔽，非君子所尚，不可法也。”③

其三，所谓“奇书”，是指颇为怪异的书写文字。《晋书》卷七十二谓：“其后晋陵武进县人于田中得铜铎五枚，历阳县中井沸，经日乃止。及帝为晋王，又使璞筮，遇《豫》之《睽》，璞曰：会稽当出钟，以告成功，上有勒铭，应在人家井泥中得之。繇辞所谓‘先王以作乐崇德，殷荐之上帝’者也。及帝即位，太兴初，会稽剡县人果于井中得一钟，长七寸二分，口径四寸半，上有古文奇书十八字，云‘会稽岳命’，余字时人莫识之。璞曰：‘盖王者之作，必有灵符，塞天人之心，与神物合契，然后可以言受命矣。’”④

“才子书”一辞在明以前较少看到，然“才子”一辞却出现较早。《左传·文公十八年》中即有“高辛氏有才子八人：伯奋、仲堪、叔献、季

---

① (宋)欧阳修：《帝王世次图序》，《欧阳修全集》卷四十三，北京市中国书店 1986 年版，第 300—301 页。

② (北齐)魏收撰：《魏书》卷八十九，中华书局 1974 年版，第 1926 页。

③ (金)刘祁：《归潜志》卷十三，中华书局 1983 年版，第 145 页。

④ (唐)房玄龄等撰：《晋书》卷七十二，中华书局 1974 年版，第 1901 页。

仲、伯虎、仲熊、叔豹、季狸”一语,[1]此八才子又称“八元”,《集解》贾逵曰:“元,善也。”《易·文言》曰:“元者,善之长也。”与“才子”相对,时亦有“不才子”之称谓,《左传·文公十八年》:“昔帝鸿氏有不才子,掩义隐贼,好行凶德,丑类恶物,顽嚚不友,是与比周,天下之民谓之‘浑敦’。少皞氏有不才子,毁信废忠,崇饰恶言,靖谮庸回,服谗搜慝,以诬盛德,天下之民谓之‘穷奇’。颛顼氏有不才子,不可教训,不知话言,告之则顽,舍之则嚚,傲很明德,以乱天常,天下之民谓之‘梼杌’。”[2]故此时所谓“才子”主要指称有德之士。大约自南北朝始,“才子”一辞较多指称文墨之士,如《宋书》卷六十七:“自汉至魏,四百余年,辞人才子,文体三变。相如巧为形似之言,班固长于情理之说,子建、仲宣以气质为体,并标能擅美,独映当时。是以一世之士,各相慕习,原其飙流所始,莫不同祖《风》《骚》。”[3]《周书》卷四十一亦谓:“其后逐臣屈平,作《离骚》以叙志,宏才艳发,有恻隐之美。宋玉,南国词人,追逸辔而亚其迹。大儒荀况,赋礼智以陈其情,含章郁起,有讽论之义。贾生,洛阳才子,继清景而奋其晖,并陶铸性灵,组织风雅,词赋之作,实为其冠。”[4]唐代以降,以“才子”称呼文人者更是比比皆是,《旧唐书》卷一百六十《刘禹锡传》引白居易语:“予顷与元微之唱和颇多,或在人口。尝戏微之云:‘仆与足下二十年来为文友诗敌,幸也,亦不幸也。吟咏情性,播扬名声,其适遗形,其乐忘老,幸也!然江南士女语才子者,多云元、白,以子之故,使仆不得独步于吴越间,此亦不幸也!今垂老复遇梦得,非重不幸耶?’”[5]同书卷一百六十三:“李虞仲,字见之,赵郡人。祖震,大理丞。父端,登进士第,工诗。大历中,与韩

① 杨伯峻编著:《春秋左传注(修订本)》,中华书局1990年版,第637页。
② 杨伯峻编著:《春秋左传注(修订本)》,中华书局1990年版,第638—640页。
③ (梁)沈约:《宋书》卷六十七,中华书局1974年版,第1778页。
④ (唐)令狐德棻等:《周书》卷四十一,中华书局1971年版,第743页。
⑤ (后晋)刘昫等:《旧唐书》卷一百六十,中华书局1975年版,第4212—4213页。

翃、钱起、卢纶等文咏唱和,驰名都下,号'大历十才子'。"[1]同书卷一百六十六:"穆宗皇帝在东宫,有妃嫔左右,尝诵稹歌诗以为乐曲者,知稹所为,尝称其善,宫中呼为元才子。"[2]而元人辛文房为唐代诗人作传,即干脆将其书名为《唐才子传》,可见"才子"一辞已成为文人,尤其是优秀文人之专称。明人喜结诗派,或以地域,或以年号,诗人群体以"才子"为名号者盛行于诗坛。如"江西十才子"[3]"江东三才子"[4]"景泰十才子"[5]"吴中四才子"[6]"嘉靖八才子"[7]等。金圣叹选取古今六大才子之文章,定为"六才子书",正与此一脉相承。

三

由此可见,明末清初的文人以"奇书""才子书"指称通俗小说是有深意的:"奇书"者,内容奇特、思想超拔之谓也;"才子书"者,文人才情文采之所寓焉。故将小说文本称为"奇书",小说作者称为"才子",既是人们对优秀通俗小说的极高褒扬,同时也是对尚处于民间状态的通俗小说创作所提出的一个新要求。从小说史角度言之,这一观念的出

---

① (后晋)刘昫等:《旧唐书》卷一百六十三,中华书局1975年版,第4266页。

② (后晋)刘昫等:《旧唐书》卷一百六十六,中华书局1975年版,第4333页。

③ (清)张廷玉等《明史》卷一百三十七:"李叔正,字克正,初名宗颐,靖安人。年十二能诗,长益淹博。时江西有十才子,叔正其一也。"中华书局1974年版,第3956页。

④ (清)张廷玉等《明史》卷一百九十四:"刘麟,字符瑞,本安仁人。世为南京广洋卫副千户,因家焉。绩学能文,与顾璘、徐祯卿称'江东三才子'。"中华书局1974年版,第5151页。

⑤ (清)张廷玉等《明史》卷二百八十六:"宣德时,以文学征。有言溥善医者,授惠民局副使,调太医院吏目。耻以医自名,日吟咏为事。其诗初学西昆,后更奇纵,与汤胤勣、苏平、苏正、沈愚、王淮、晏铎、邹亮、蒋忠、王贞庆号'景泰十才子',溥为主盟。"中华书局1974年版,第7341页。

⑥ (清)张廷玉等《明史》卷二百八十六:"祯卿少与祝允明、唐寅、文徵明齐名,号'吴中四才子'。"中华书局1974年版,第7351页。

⑦ (清)张廷玉等《明史》卷二百八十七:"时有'嘉靖八才子'之称,谓束及王慎中、唐顺之、赵时春、熊过、任瀚、李开先、吕高也。"中华书局1974年版,第7370页。

现至少是在三个方面强化了通俗小说的文体意识：

一是试图强化通俗小说的作家独创意识。明中后期持续刊行的《三国演义》《水浒传》《西游记》和《金瓶梅》确乎是中国小说史发展中的一大奇观。在人们看来，这些作品虽然托体于卑微的小说文体，但从思想的超拔和艺术的成熟而言，他们都倾向于认为这是文人的独创之作。施耐庵、罗贯中为《三国演义》和《水浒传》的作者已是明中后期文人的共识，如高儒《百川书志》卷六“史部·野史”著录《水浒传》，题“钱塘施耐庵的本，罗贯中编次”；明嘉靖刊本《忠义水浒传》亦题“施耐庵集撰，罗贯中纂修”；明双峰堂刊本题“中原贯中罗道本卿父编辑”。王圻《续文献通考》卷一百七十七“经籍考·传记类”、田汝成《西湖游览志余》卷二五“委巷丛谈”、雉衡山人《东西晋演义序》等亦持此种看法。而明雄飞馆《英雄谱·水浒传》、金圣叹《第五才子书水浒传》则题“钱塘施耐庵编辑”和“东都施耐庵撰”。可见其中虽看法不一，但在文人独创这一点上却没有异议。《金瓶梅》虽署为不知何人的“兰陵笑笑生”，但这部被文人评为“极佳”[1]的作品人们大多倾向于出自“嘉靖大名士手笔”。[2] 而金圣叹将施耐庵评为才子，与屈原、庄子、司马迁、杜甫等并称也是试图强化通俗小说的作家独创意识。强化作家独创实际上是承认文人对这种卑微文体的介入，而文人的介入正是通俗小说在发展过程中所亟需的。

二是试图强化通俗小说的情感寄寓意识。李卓吾《忠义水浒传序》即以司马迁“发愤著书”说为理论基础，评价《水浒传》为“发愤”之作，“太史公曰：‘《说难》《孤愤》，贤圣发愤之所作也。’由此观之，古之贤圣，不愤则不作矣。不愤而作，譬如不寒而颤，不病而呻吟也。虽作何观乎？《水浒传》者，发愤之所作也。盖自宋室不竞，冠屦倒施，大贤

---

① (明)袁中道：《游居杮录》，《笔记小说大观》七编二册，新兴书局有限公司 1982 年版，第 947 页。

② (明)沈德符：《万历野获编》卷二十五《词曲·金瓶梅》，《明代笔记小说大观》第三册，上海古籍出版社 2005 年版，第 2584 页。

处下，不肖处上。驯致夷狄处上，中原处下。一时君相，犹然处堂燕鹊，纳币称臣，甘心屈膝于犬羊已矣。施、罗二公身在元，心在宋；虽生元日，实愤宋事。是故愤二帝之北狩，则称大破辽以泄其愤；愤南渡之苟安，则称灭方腊以泄其愤。敢问泄愤者谁乎？则前日啸聚水浒之强人也。欲不谓之忠义不可也，是故施、罗二公传《水浒》，而复以忠义名其传焉。”[①]吴从先《小窗自纪》卷一《杂著》评：“《西游记》，一部定性书；《水浒传》，一部定情书，勘透方有分晓。”[②]亦旨在强化作品的情感寄寓意识。谢肇淛《五杂俎》卷十五《事部》评“《西游记》曼衍虚诞，而其纵横变化，以猿为心之神，以猪为意之驰，其始之放纵，上天下地，莫能禁制，归于紧箍一咒，能使心猿驯伏，至死靡他，盖亦求放心之喻，非浪作也。”[③]突出的也是作品的寄寓性。而在推测《金瓶梅》之创作主旨时，明人一般认为作品是别有寄托、笔含讥刺的。如东吴弄珠客《金瓶梅序》和欣欣子《金瓶梅词话序》均明确认定《金瓶梅》乃“有意”“有谓”而作：

> 《金瓶梅》，秽书也。袁石公亟称之，亦自寄其牢骚耳，非有取于《金瓶梅》也。然作者亦自有意，盖为世戒非为世劝也。如诸妇多矣，而独以潘金莲、李瓶儿、春梅命名者，亦楚《梼杌》之意也。盖金莲以奸死，瓶儿以孽死，春梅以淫死，较诸妇为更惨耳。借西门庆以描画世之大净，应伯爵以描画世之小丑，诸淫妇以描画世之丑婆、净婆，令人读之汗下，盖为世戒非为世劝也。余尝曰：读《金瓶梅》而生怜悯心者，菩萨也；生畏惧心者，君子也；生欢喜心

---

① (明)李贽:《忠义水浒传序》,(明)李贽:《焚书》卷三,见《焚书　续焚书》,中华书局1975年版,第109页。

② (明)吴从先:《小窗自纪》,见《四库全书存目丛书》(子部二五二)影上海图书馆藏明万历刻本,齐鲁书社1995年版,子252—649页。

③ (明)谢肇淛:《五杂俎》卷十五《事部》,《明代笔记小说大观》第二册,上海古籍出版社2005年版,第1829页。

者，小人也；生效法心者，乃禽兽耳。①

窃谓兰陵笑笑生作《金瓶梅传》，寄意于时俗，盖有谓也。人有七情，忧郁为甚。上智之士，与化俱生，雾散而冰裂，是故不必言矣。次焉者，亦知以理自排，不使为累。惟下焉者，既不出了于心胸，又无诗书道腴可以拨遣。然则不致于坐病者几希！吾友笑笑生为此，爰罄平日所蕴者，著斯传，凡一百回，其中语句新奇，脍炙人口。无非明人伦，戒淫奔，分淑慝，化善恶。知盛衰消长之机，取报应轮回之事，如在目前。始终如脉络贯通，如万系迎风而不乱也，使观者庶几可以一哂而忘忧也。②

三是试图强化通俗小说的文学意识。且看金圣叹对所谓“才子”之“才”的分析：

才之为言，材也。凌云蔽日之姿，其初本于破荄分荚；于破荄分荚之时，具有凌云蔽日之势；于凌云蔽日之时，不出破荄分荚之势，此所谓材之说也。又才之为言，裁也。有全锦在手，无全锦在目；无全衣在目，有全衣在心。见其领，知其袖；见其襟，知其帔也。夫领则非袖，而襟则非帔，然左右相就，前后相合，离然各异，而宛然共成者，此所谓裁之说也。③

金氏将“才”分解为“材”与“裁”两端，一为“材质”之“材”，一为“剪裁”之“裁”。其用意已不言自明，他所要强化的正是作为一个通俗小

① (明)东吴弄珠客:《金瓶梅序》,(明)兰陵笑笑生著,戴鸿森校点:《金瓶梅词话》,人民文学出版社 1985 年版,第 2 页。

② (明)欣欣子:《金瓶梅词话序》,(明)兰陵笑笑生著,戴鸿森校点:《金瓶梅词话》,人民文学出版社 1985 年版,第 1 页。

③ (清)金圣叹:《第五才子书施耐庵水浒传·序一》,(清)金圣叹著,陆林辑校整理:《金圣叹全集》第三册,凤凰出版社 2008 年版,第 15—16 页。

说家所必备的素质和才能。他进而分析了真正的“才子”在文学创作中的表现：

> 依世人之所谓才，则是文成于易者，才子也；依古人之所谓才，则必文成于难者，才子也。依文成于易之说，则是迅疾挥扫，神气扬扬者，才子也；依文成于难之说，则必心绝气尽，面犹死人者，才子也。故若庄周、屈平、马迁、杜甫，以及施耐庵、董解元之书，是皆所谓心绝气尽，面犹死人，然后其才前后缭绕，得成一书者也。①

金圣叹将施耐庵列为“才子”，将《水浒传》的创作评为“文成于难者”，实则肯定了《水浒传》也是作家呕心沥血之作，进而肯定了通俗小说创作是一种可以藏之名山的文学事业。清初李渔评曰：“施耐庵之《水浒》，王实甫之《西厢》，世人尽作戏文小说看，金圣叹特标其名曰‘五才子书’‘六子才书’者，其意何居？盖愤天下之小视其道，不知为古今来绝大文章，故作此等惊人语以标其目。”②可谓知言。

四

以“奇书”“才子书”来评判通俗小说，实则透现了一种独特的文化信息。体现了文人对通俗小说这一文体的关注和评价，这是文人士大夫在整体上试图改造通俗小说的文体特性和提升通俗小说文化品位的一个重要举措。

---

① （清）金圣叹：《第五才子书施耐庵水浒传·序一》，（清）金圣叹著，陆林辑校整理：《金圣叹全集》第三册，凤凰出版社2008年版，第16—17页。

② （清）李渔：《闲情偶寄·词曲部·忌填塞》，（清）李渔：《李渔全集》第三册，浙江古籍出版社1991年版，第24页。

不仅如此，晚明以来的文人士大夫对通俗小说文体的关注并非停留在观念形态上，还落实到具体的操作层面，即对于通俗小说的文本改订和修正。而从事小说的文本改订者又正是那些视小说为“奇书”“才子书”，为通俗小说大为鼓吹的文人士大夫，在明末清初的小说史上，这几乎是同步进行和双管齐下的。在这种改订中，对小说史影响最大的就是被称为“奇书”或“才子书”的《三国演义》《水浒传》《西游记》和《金瓶梅》。

明末清初的文人对四部小说的改订集中于三个方面：

首先是对小说作品的表现内容作了具有强烈文人主体特性的修正，这突出地表现在金圣叹对《水浒传》的改订和毛氏父子对《三国演义》的评改之中。

金圣叹批改《水浒传》体现了三层情感内涵：一是忧天下纷乱、揭竿斩木者此起彼伏的现实情结；二是辨明作品中人物忠奸的政治分析；三是区分人物真假性情的道德判断。由此，他腰斩《水浒》，并妄撰卢俊义“惊恶梦”一节，以表现其对现实的忧虑；突出乱自上作，指斥奸臣贪虐，祸国殃民的罪恶；又“独恶宋江”，突出其虚伪不实，并以李逵等为“天人”。这三者明显地构成了金氏批改《水浒》的主体特性，并在众多的《水浒》刊本中独树一帜，表现出了独特的思想与艺术个性。毛氏批改《三国演义》最为明显的特性是进一步强化“拥刘反曹”的正统观念。其《读法》开首即云：“读《三国志》者，当知有正统、闰运、僭国之别。正统者何？蜀汉是也。僭国者何？吴魏是也。闰运者何？晋是也。……陈寿之《志》，未及辨此，余故折衷于紫阳《纲目》，而特于演义中附正之。”[①]本着这种观念，毛氏对《三国演义》作了较多的增删，从情节的设置、史料的运用、人物的塑造乃至个别用词（如原作称曹操为“曹公”处即大多改去），毛氏都循着这一观念和精神加以改造，从而使

① (清)毛宗岗:《读三国志法》,(明)罗贯中著,(清)毛宗岗评订:《毛宗岗批评三国演义》,齐鲁书社 1991 年版,第 1—2 页。

毛本《三国》成了《三国演义》文本中最重正统、最富文人色彩的版本。[①]

其次是对小说文本的形式体制作了整体的加工和清理，使通俗小说（主要指长篇章回小说）在形式上趋于固定和完善。

古代通俗小说源于宋元说话，因此在从说话话本到小说读本的进化中，其形式体制必定要经由一个逐渐变化的过程。明末清初的文人选取在通俗小说发展中具有典范意义的“四大奇书”为对象，他们对作品形式的修订在某种程度上即可视为完善和固定了通俗小说文体的形式体制，并对后世的小说创作起了示范作用。如崇祯本《金瓶梅》删去了“词话本”中的大量词曲，使带有明显“说话”性质的《金瓶梅》由“说唱本”演为“说散本”。再如《西游证道书》对百回本《西游记》中人物“自报家门式”的大量诗句也作了删改，从而使作品从话本的形式渐变为读本的格局。对回目的修订也是此时期小说评改的一个重要方面，这一工作明中叶就已开始，至此时期渐趋完善。如毛氏批本《三国演义》“悉体作者之意而联贯之，每回必以二语对偶为题，务取精工”。[②] 回目对句，语言求精，富于文采，遂成章回小说之一大特色，而至《红楼梦》达巅峰状态。

最后是对小说文本在艺术上作了较多的增饰和加工，使小说文本益愈精致。这主要包括三个方面：一是补正小说情节之疏漏。通俗小说由于其民间性的特色，其情节之疏漏可谓比比皆是。评点者基于对作品的仔细批读，将其一一指出，并逐一补正。二是对小说情节框架的整体调整。如金圣叹腰斩《水浒》而保留其精华部分，虽有思想观念的制约，但也包含艺术上的考虑。再如崇祯本《金瓶梅》将原本首回“景阳冈武松打虎”改为“西门庆热结十兄弟”，让主人公提早出场，从而使情节相对地比较紧凑。又如《西游证道书》补写唐僧出身一节而

---

① 参阅秦亢宗：《谈毛宗岗修订三国志通俗演义》，《三国演义研究论文集》，中华书局 1991 年版。

② （明）罗贯中著，（清）毛宗岗评订：《毛宗岗批评三国演义 · 凡例》，齐鲁书社 1991 年版，第 1 页。

成《西游记》足本等，都对小说文本在整体上有所增饰和调整。三是对人物形象和语言艺术的加工，此种例证俯拾皆是，此不赘述。

综上所述，从“奇书”到“才子书”，明末清初的文人对通俗小说的关注及其评价为通俗小说确立了一个新的评价体系。而总其要者，一在于思想的“突异”，一关乎作家的“才情”，而这正是通俗小说能得以发展的重要前提。在通俗小说的发展中，文人在此观念指导下对小说文本，尤其是明代“四大奇书”的修订，也大大提高了通俗小说的文化品位。清人黄叔瑛对此评价道：“信乎笔削之能，功倍作者。”[①]虽有所夸大，但也并非全然虚言。

（载《华东师范大学学报（哲学社会科学版）》2003年第6期）

---

① （清）黄叔瑛：《第一才子书三国志·序》，清雍正十二年（1734）郁郁堂本《官板大字全像批评三国志》卷首。引自朱一玄、刘毓忱编：《三国演义资料汇编》，南开大学出版社2003年版，第422页。

“教化”与“言情”:戏曲的功能

“教化”与“言情”是中国古代文艺思想的两个固有命题。它们被引入中国戏曲理论史,[①]成为戏曲功能的基本观念,这也表明了戏曲美学思想与整个文艺美学思想的统一性。而在戏曲领域,这两个观念的出现及它们的统一,又有着颇具特点的具体表现。

一

“教化”本身是个伦理学命题。古人认为,伦理教育可以借助美的力量,于是“教化”才进入文艺学领域,成为一个文艺思想的命题。通过美的力量达到伦理教育的目的,这种思想自先秦即已产生。《论语》曰:“知之者不如好之者,好之者不如乐之者。”[②]也就是说,在对“礼”的追求中,审美兴趣的力量要超过理性认知的力量。孟子和荀子对此

---

① 案“戏曲”“戏剧”都是中国古代固有的术语,两者有相近的含义,也有不同的内涵。一般而言,“戏剧”概念要比“戏曲”概念大,“戏剧”能涵盖“戏曲”,反之则不能。如《辞海·戏剧》条的释文:“综合艺术的一种。由演员扮演角色,当众表演情节、显示情境的一种艺术。在中国,戏剧是戏曲、话剧、歌剧等的总称,也常专指话剧。在西方,戏剧(drama)即指话剧。”董健在为吕效平《戏曲本质论》作序时亦谓:“戏剧是一个大概念,它包括古今中外一切形式的戏剧,自然也涵盖了戏曲,而戏曲则是一个小概念,特指中国传统的、民族与民间的戏剧。”详见陈多:《由看不懂“戏剧戏曲学”说起》,《戏剧艺术》2004 年第 4 期。其界定大致不差,本书讨论的均为中国古代的术语文献,故在涉及“戏剧”“戏曲”时,采用“戏曲”这一称谓。

② 《论语·雍也》,(清)刘宝楠撰,高流水点校:《论语正义》卷七,中华书局 1990 年版,第 235 页。

又加以发挥:“仁言,不如仁声之入人深也。”①“夫声乐之入人也深,其化人也速。”②而支持这种观点的是这样一个思想:艺术是人性的自然表现。《乐记》云:“夫乐者,乐也,人情之所不免也。”③这是一个文艺发生学或艺术本质论的命题。既然“乐”是人的自然需要,先秦儒家从礼教的需要出发,就把表现“礼”的乐作为伦理教育的途径。根据同样的道理,诗的价值也在这一方面得到阐发。孔子曾告诫他的弟子们道:“小子何莫学夫诗,诗可以兴,可以观,可以群,可以怨,迩之事亲,远之事君,多识于鸟兽草木之名。”④于是“诗教”也成了伦理教化的一种基本手段。以上这些思想在成书于汉代的《乐记》和《诗大序》中得到系统、透彻的阐发。《乐记》曰:“凡音者,生人心者也,情动于中,故形于声,声成文,谓之音。是故治世之音安以乐,其政和;乱世之音怨以怒,其政乖;亡国之音哀以思,其民困。声音之道,与政通矣。”⑤《诗大序》更直言文艺的“教化”功能:“风,风也,教也;风以动之,教以化之”,“故正得失,动天地,感鬼神,莫近于诗,先王以是经夫妇,成孝敬,厚人伦,美教化,移风俗。”⑥由此而后,随着儒学地位的日益巩固,这种观点成为古代文艺思想中的一条金科玉律。

“教化”说之进入古典戏曲理论并且成为一个基本观念,有其特定的理论背景。这大致包括两个方面:

---

① 《孟子·尽心上》,(宋)朱熹:《四书章句集注》卷十三,中华书局 1983 年版,第 353 页。

② 《荀子·乐论》,(清)王先谦撰,沈啸寰、王星贤点校:《荀子集解》卷十四,中华书局 1988 年版,第 380 页。

③ 《礼记·乐记》,(清)孙希旦撰,沈啸寰、王星贤点校:《礼记集解》卷三十八,中华书局 1989 年版,第 1032 页。

④ 《论语·阳货》,(清)刘宝楠撰,高流水点校:《论语正义》卷二十,中华书局 1990 年版,第 689 页。

⑤ 《礼记·乐记》,(清)孙希旦撰,沈啸寰、王星贤点校:《礼记集解》卷三十七,中华书局 1989 年版,第 978 页。

⑥ 《诗大序》,《十三经注疏》整理委员会整理:《毛诗正义》,北京大学出版社 2000 年版,第 6、12 页。

其一是为戏曲正名以抬高戏曲地位的需要。中国古典戏曲是在备受歧视和摧折的环境中生长和发展起来的。元杂剧兴起的同时,统治者也颁布了一系列禁令,尽管禁令由严厉趋向宽松,但戏曲始终是被当作可能产生有害作用而须加防范的娱乐活动看待的。明初的亲王朱权、朱有燉热衷于杂剧,但也只把它当作娱乐,认为杂剧之作是“良家之子,有通于音律者,又生当太平之盛,乐雍熙之治,欲返古感今,以饰太平”。[①] 而文人始终只把诗文视为正统文学,把戏曲看作“小道末技”。即便到了“临川四梦”享誉天下的时候,还有人对汤显祖表示惋惜:“张新建相国尝语汤临川云:‘以君之辩才,握麈而登皋比,何渠出濂、洛、关、闽下? 而逗漏于碧箫红牙队间,将无为青青子衿所笑!”[②]此记载本意在说明汤显祖一意倡“情”而不顾世俗之言,但显然也说明了歧视戏曲的观念是多么顽固。正因为如此,接过“教化”的旗帜,说明戏曲同样能发挥诗、文等正统文学的作用,应该享有崇高的地位,成了戏曲家的强烈要求。在古典戏曲理论史上,以“教化”为戏曲正名的论述是持续不断的。

其二是统治者利用戏曲浅显性、世俗性、直观性等艺术力量来进行伦理教育的需要。清代梁清远在《雕丘杂录》中即记载了这样一条史料:

> 洪武初年,亲王之国,必以词曲一千七百本赐之。或亦以教导不及,欲以声音感人,且俚俗之言易之乎?[③]

俚俗之言对王公贵族尚易施教育,对愚俗百姓就更是伦理教育的

---

① (明)朱权:《太和正音谱》卷上,常熟图书馆藏瞿凤起抄本,第 11 页。

② (明)陈继儒:《批点牡丹亭·题词》,引自隗芾、吴毓华编:《古典戏曲美学资料集》,文化艺术出版社 1992 年版,第 124 页。

③ (清)梁清远:《雕丘杂录》卷十五,见《四库全书存目丛书》子部 113 册,齐鲁书社 1995 年版,第 772 页。

好方法了。陈洪绶在《节义鸳鸯冢娇红记序》中谓：

> 今有人焉，聚徒讲学，庄言正论，禁民为非，人无不笑且诋也；伶人献俳，喜叹悲啼，使人之性情顿易，善者无不劝，而不善者无不怒。是百道学先生之训世，不若一伶人之力也。①

戏曲能以形象和情感动人，利用它进行道德教育，比"庄言正论"的说教效果好得多。故宋廷魁这样断言："故君子诚欲针风砭俗，则必自传奇始。"②理学家王阳明更从传统的正乐思想出发，要求选择一定的题材演为戏曲，以行教化：

> 《韶》之九成，便是舜的一本戏子，《武》之九变，便是武王的一本戏子。圣人一生实事，俱播在乐中，所以有德者闻之，便知他尽善尽美，与尽美未尽善处。若后世作乐，只是做些词调，与民俗风化绝无关涉，何以化民善俗？今要民俗反朴还淳，取今之戏子，将妖淫词调俱去了，只取忠臣孝子故事，使愚俗百姓，人人易晓，无意中感激他良知起来，却于风化有益。③

从君王、贵族的提倡到理学大师的阐述，利用戏曲进行伦理教化成为明确的意识、经久的努力。这是"教化"说进入古典戏曲理论并占有稳固地位的又一强大动力。

古典戏曲理论史上较早谈及"教化"的是元代的夏庭芝。他认为宋元院本"大率不过谑浪调笑"，而杂剧则在君臣、母子、兄弟、朋友关

---

① (明)陈洪绶：《节义鸳鸯冢娇红记序》，(明)孟称舜著，欧阳光注释：《娇红记》附录，上海古籍出版社 1988 年版，第 270 页。

② (清)宋廷魁：《介山记·自识》，清乾隆间刊本。

③ (明)王守仁：《传习录》下，(明)王守仁撰，吴光等编校：《王阳明全集》卷三《语录三》，上海古籍出版社 1992 年版，第 113 页。

系上"皆可以厚人伦,美风化"。[①] 但真正以标举"教化"而发生深远影响的则是由元入明的戏曲家高明,高明不像夏庭芝那样仅是谈论"教化"以抬高戏曲地位,他提出"不关风化体,纵好也徒然"的口号,[②]欲把戏曲引上伦理教育之路。《琵琶记》不仅有强烈的伦理气息,而且是一部具有高度艺术性的作品。作品行世又逢明代天下初定,统治者欲广行"教化"的时候,于是得到了朱元璋的赏识推崇:"《五经》《四书》如五谷,家家不可缺;高明《琵琶记》如珍羞百味,富贵家岂可缺耶?"[③]高明的创作宗旨也被一些文人道学家仿效和发展,如丘濬在其《五伦全备记》的"副末开场"声言:"若于伦理无关紧,纵是新奇不足传",并认为戏曲"虽是一场假托之言,实万世纲常名教之理"。[④] "续取五伦新传"的邵璨《香囊记》又一次高唱此调:"今即古,假为真,从教感起座间人。传奇莫作寻常看,识义由来可立身。"[⑤]

《五伦全备记》和《香囊记》把"教化"说倡明到了极度,贯彻到了极度,把剧作变成了道德教科书,引起了普遍的反感,在嘉、隆年间遭到猛烈的攻击。这种情况表明,单纯教化的戏曲决不能成为戏曲美的理想。高明的"不关风化体,纵好也徒然"的提法,虽强调教化而不否定美(即"好"),但十分明显,他没有解决"教化"与美的统一问题。反映在他的《琵琶记》中,就是伦理和人情不能完全统一。剧中写赵五娘在家苦况的部分,孝敬公婆的伦理性与忍苦含辛的淳朴美德是能统一的。但描写蔡伯喈辞试、辞官、辞婚(即所谓"三不从")的部分,描写以

---

① (元)夏庭芝:《青楼集志》,《青楼集》,《中国古典戏曲论著集成》(二),中国戏剧出版社 1959 年版,第 7 页。

② (明)高明:《琵琶记》,中华书局 1958 年版,第 1 页。

③ (明)黄溥:《闲中今古录》,引自侯百朋编:《琵琶记资料汇编》,书目文献出版社 1989 年版,第 36 页。

④ (明)丘濬:《五伦全备记·副末开场》,引自隗芾、吴毓华编:《古典戏曲美学资料集》,文化艺术出版社 1992 年版,第 87 页。

⑤ (明)邵璨:《香囊记》开场词[鹧鸪天],引自隗芾、吴毓华编:《古典戏曲美学资料集》,文化艺术出版社 1992 年版,第 88 页。

相府威势而与蔡伯喈成婚的牛氏女,闻知蔡有前妻便甘居二房地位,以及满怀一腔怨愤上京寻夫的赵五娘一下子就原谅了蔡伯喈的部分,在高明看来是最关风化的,但却是不合人情的,因而是不美的。丘濬和邵璨进了一步,他们企图解决善与美的统一问题,其办法是弃美就善,弃情就理,企图达到以理为情,以善为美的效果。例如《五伦全备记》为表现"不嫉妒",大写妻子为丈夫娶妾的积极性;为表现孝道,大写两个媳妇竞相割股疗亲的欢欣。然而这种做法不仅没有达到以善为美的目的,反而因写情之伪而形其丑,从而被斥为"令人呕秽"的"道学气"。这表明,初入戏曲领域的"教化"说走的是一条违反规律的道路。首先是违反艺术规律的:单纯地以伦理教化的功利为宗旨来创作戏曲,必然破坏戏曲美;它又违反"教化"说本身的规律:"教化"说本是因美求善的,即利用艺术合人情的性质,发挥其美感作用来求得伦理教育效果,如果违反人情而从伦理教条出发企图制造出美来,也就无法因美求善了。"教化"说在戏曲创作上造成的这种恶果,一开始就暴露了它在创造戏曲美上的消极性。这种恶果必然在古典戏曲理论中引起究竟什么是"美"、什么是"善"的问题的思考,从而造成对"教化"说的反拨。

能够进行这种反拨的理论是"言情"论。"言情"论主张以情感的抒发为美,简言之,即以真为美。这种观念大致在嘉、隆年间得到确立,至此,"关风化"就不再是戏曲美的首要方面,而退居到了戏曲美的一个必要方面的地位。例如孙鑛之"南剧十要",把"合世情,关风化"列为第十条。[①] 清代丁耀亢在其《啸台偶著词例》中提出传奇有"七要","要关系"(即关系风化)列为第三条。李渔在《香草吟传奇序》中更道:"然卜其事可传与否则在三事:曰情,曰文,曰有裨风教。"[②]李渔

① (明)吕天成:《曲品》卷下,《中国古典戏曲论著集成》(六),中国戏剧出版社1959年版,第223页。

② (清)李渔:《评鉴传奇二种·香草吟传奇序》,《李渔全集》(第十八卷),浙江古籍出版社1991年版,第123页。

的说法具有概括性。其所言之“文”,虽直指文辞美,实亦可作广义的理解,按“文”字的古义解之,即指美的装饰、美的形式。“十要”“七要”等种种说法,其中大多数条目皆是从各方面要求传奇有一个完美的形式,皆可以“文”字概之。这样,情、文、风教三项实可为“十要”“七要”及种种说法的总括。同时,这样的概括也符合传统的文艺思想。《乐记》云:“情动于中,故形于声。声成文,谓之音。是故治世之音安以乐,其政和。……”①这就是说,乐由情而起,形于声后,必须“成文”,才叫作音乐。推及文艺则是文艺由情而起,形于外后,必须获得美的形式(“成文”),才成其为文艺。由此,才发生与政通的效应。所以情、文、风教的概括实不出文艺思想的老格局。先谈情,再谈形式美,最后不忘风教,这就是“教化”在经反拨后于戏曲美的构成中所处的地位。

“教化”说还受到另一种意义上的反拨,即对“教化”本身含义的修正。这种修正主要在代表明中叶人文主义思潮的思想家身上体现出来。如李卓吾:

> 乐昌破镜重合,红拂智眼无双,虬髯弃家入海,越公并遣双妓,皆可师可法,可敬可羡。孰谓传奇不可以兴,不可以观,不可以群,不可以怨乎?饮食宴乐之间,起义动慨多矣。②

李贽对《红拂记》中夫妻重合的美满、女子于人群中挑选英雄托之终身的慧眼胆识、助有情人成事后飘然而去的豪侠、通达人情而遣家姬去求其幸福的大度极加赞美,推崇为“可师可法”,这样的“教化”与传统的“伦理纲常”的“教化”已相去甚远了。他实际上是抛弃了以往的“教化”论者倡“纲常名教”的内核而主要地提倡顺应人情。冯梦龙

① 《礼记·乐记》,(清)孙希旦撰,沈啸寰、王星贤点校:《礼记集解》卷三十七,中华书局1989年版,第978页。

② (明)李卓吾:《焚书》卷四《杂述·红拂》,中华书局1975年版,第195页。

也认为:“传奇之衮钺,何减春秋笔哉?世人勿但以故事阅传奇,直把作一具青铜,朝夕照自家面孔可矣。”①要求人们从传奇中领略对社会的针砭、对恶情的批判。

二

在古典戏曲理论史上,与“教化说”颇多歧异且同样对戏曲创作产生深刻影响的是“言情说”。“言情说”与“教化说”的不同首先表现在它把戏曲创作的出发点和原动力从“教化”引向了剧作家内在情感的抒发,将外在的功利性转向了内在的情感需求。李卓吾的一段话颇为真切地表达了这种内涵:

> 且夫世之真能文者,比其初皆非有意于为文也。其胸中有如许无状可怪之事,其喉间有如许欲吐而不敢吐之物,其口头又时时有许多欲语而莫可所以告语之处,蓄极积久,势不能遏。一旦见景生情,触目兴叹,夺他人之酒杯,浇自己之垒块,诉心中之不平,感数奇于千载。既已喷玉唾珠,昭回云汉,为章于天矣。遂亦自负,发狂大叫,流涕恸哭,不能自止。宁使见者闻者切齿咬牙,欲杀欲割,而终不忍藏于名山,投之水火。②

李卓吾的这段表述是他在对《西厢》《拜月》与《琵琶》的比较中所引出的一条文艺创作的普遍规律。在此,李卓吾明确申明:戏曲创作首先不是为了“教化”,而是为了剧作者内在情感的宣泄,戏曲创作是“夺他人之酒杯,浇自己之垒块”。他进而认定:“余览斯记(《西厢记》),想见其为人,当其时必有大不得意于君臣朋友之间者,故借夫妇

① (明)冯梦龙:《酒家佣·叙》,清康熙墨憨斋传奇十种本,第3页。

② (明)李卓吾:《焚书》卷三《杂述·杂说》,中华书局1975年版,第97页。

离合因缘以发其端。于是焉喜佳人之难得,羡张生之奇遇,比云雨之翻覆,叹今人之如土。”[①]祁彪佳在评论《沽酒游春》时亦这样认为:“王太史作此痛骂李林甫,盖以讥刺时相李文正者。卒以此身不能柄用,一肚皮不合时宜,故其牢骚之词,雄宕不可一世。”[②]金圣叹从另外一个角度也表达了这种观念,他在《西厢记》评点中说:“此一书中,所撰为古人名色,如君瑞、莺莺、红娘、白马,皆是我一人心头口头吞之不能,吐之不可,搔爬无极,醉梦恐漏,而至是终竟不得已。而忽然巧借古人之事以自传,道其胸中若干日月以来七曲八曲之委折乎!”他进而认为:“夫天下后世之读我书者,然则深悟君瑞非他,君瑞,殆即著书之人焉是也;莺莺非他,莺莺,殆即著书之人之心头人焉是也。”[③]在上述这些表述中,我们已经不难看出“言情”与“教化”的区别了。

“言情说”与“教化说”的不同同时还表现在它对戏曲创作的情感内涵作出了明确的规定。在“言情”者看来,戏曲艺术所要表现的情感内涵是人们心灵深处的一腔真情。因而所谓“情真”乃是“言情”论所高举的一面鲜艳旗帜。李卓君《读律肤说》谓:“盖声色之来,发于情性,由乎自然,是可以牵合矫强而致乎?故自然发于情性,则自然止乎礼义,非情性之外复有礼义可止也。唯矫强乃失之,故以自然之为美耳,又非于情性之外复有所谓自然而然也。”[④]李卓吾的这段话虽然用于论诗,但同样也适合于戏曲艺术。正是在这种观念的制约下,李卓吾大胆肯定了戏曲艺术的价值和地位。因为在他看来,只要是“由乎自然”,发自“童心”,那么,戏曲艺术也就是“天下之至文”。这种观念

---

① (明)李卓吾:《焚书》卷三《杂述·杂说》,中华书局1975年版,第97页。

② (明)祁彪佳:《远山堂剧品·雅品·沽酒游春》,《中国古典戏曲论著集成》(六),中国戏剧出版社1959年版,第151页。

③ (清)金圣叹:《贯华堂第六才子书西厢记》卷四《惊艳》总批,《金圣叹全集》(三),江苏古籍出版社1985年版,第41—42页。

④ (明)李卓吾:《焚书》卷三《杂述·读律肤说》,中华书局1975年版,第132—133页。

在明中叶以后有着巨大的反响。冯梦龙云:“天地若无情,不生一切物。一切物无情,不能环相生。生生而不灭,由情不灭故。四大皆空设,惟情不虚假。”①袁于令更把“情真”视为戏曲活动的一个根本性质,他说:

> 剧场即一世界,世界只一情。人以剧场假而情真,不知当场者有情人也,顾曲者尤属有情人也。即从旁之堵墙而观听者,若童子、若瞽叟、若村媪,……无非有情人也。倘演者不真,则观者之精神不动,然作者不真,则演者之精神亦不灵。②

在袁于令看来,“情真”乃是维系戏曲艺术中作者、演者、观者三度创造的内在链索。“言情论”高举“情真”的旗帜,还包涵了以“情”来冲击“理”的束缚之意。汤显祖提出的“第云理之所必无,安知情之所必有耶”的著名论断,正是对“理”的一种强烈的冲击。在这里,所谓“理”既指一种客观的“事理”,更是指封建的道德伦理。而所谓“情”也不仅仅是指男女的情爱,还涵蕴了人类的一切正常情欲。“言情”者正是在这种“情”与“理”的冲突矛盾中来高扬“情”的力量,从而冲破弥漫于剧坛之上的“道学”气息。

既然“情”是戏曲艺术的出发点和归宿点,同时,“情真”又是戏曲艺术所要努力追求的一个创作目标,那么,“情”也就是戏曲艺术的一个最为重要的因素。在“言情”者看来,戏曲创作中情感的作用是巨大无比的,它可以超越生死之限,凌跨阴阳之界。在戏曲情节的设置中,剧作者可以任凭情感的迸涌来构想戏曲故事而不必拘泥于客观事理的束缚。汤显祖谓:“情不知所起,一往而深。生者可以死,死可以生。

---

① (明)冯梦龙:《情史叙》,(明)詹詹外史:《情史类编》,明末刊本,第4页。

② (明)袁于令:《焚香记序》,转引自吴毓华编著:《中国古代戏曲序跋集》,中国戏剧出版社1990年版,第192—193页。

生而不可与死,死而不可复生者,皆非情之至也。"[①]吴炳在《画中人》的《示幻》一出中,借剧中人华阳真人之口亦谓:"天下人只有一'情'字,情若果真,离者可以复合,死者可以再生。"[②]清初洪昇在《长生殿》《传概》一出中犹然高唱着"情"的赞歌:"今古情场,问谁个真心到底?但果有精诚不散,终成连理。万里何愁南共北,两心那论生与死。笑人间儿女怅缘悭,无情耳。"[③]洪昇认为,只要是"情真","万里何愁南共北,两心那论生与死",它是可以超越时空限制的。

在中国古典戏曲理论史上,"言情说"是从明中叶开始出现的。从理论思想而言,它是以徐渭、李卓吾为始创者,而从艺术创作来看,则以汤显祖的"临川四梦"为中心。汤显祖以其卓越的言情理论和高超的艺术实践在戏曲创作中开了"人情之大窦",在剧坛上引起了轩然大波。潘之恒评之曰:"此一窦也,义仍开之,而天下始有以无情者死也。"[④]由此以后,回应者、追随者甚多,使"言情说"在戏曲理论史和戏曲史上流播久远,与"教化说"成了两个并行而不悖的戏曲理论观念。

"言情说"在戏曲理论史上的出现同样也是有其深刻的背景的,可以说,它是古典戏曲艺术发展的一个必然结果,同时又是明中叶以来思想文化领域所显现的时代特色的一个直接产物。

从创作背景而言,"言情说"的提出是对明前期剧坛"道学气"的直接反拨,是戏曲家们试图走出戏曲创作一时迷入的歧途而作出的理论探索。在古典戏曲理论史上,明代中叶是一个重要的转折点,而这种转折的一个明显标志是人们对戏曲艺术的重新体认。明代中叶的戏

---

① (明)汤显祖:《牡丹亭记题词》,(明)汤显祖著,徐朔方笺校:《汤显祖全集·诗文》卷三十三,北京古籍出版社1998年版,第1153页。

② (明)吴炳:《画中人》卷上第五出《示幻》,明末刊本,第19页。

③ (清)洪昇:《长生殿》第一出《传概》,(清)洪昇著,徐朔方校注:《长生殿》,人民文学出版社1958年版,第1页。

④ (明)潘之恒:《亘史·杂篇》卷二《墐情》,汪效倚辑注:《潘之恒曲话》上编,中国戏剧出版社1988年版,第70页。

曲理论从整体倾向而言，是一个寻求戏曲典范和探索戏曲创作规律的时期，“言情说”正是在这种典范的寻求和规律的探索中所引出的一个重要理论观念。

从明中叶到明末，戏曲理论史上曾经出现了一场颇为热烈的争执，争执的焦点便是《西厢》《拜月》与《琵琶记》的孰优孰劣问题。这三部作品在中国戏曲史上都是非常杰出的，他们各自有其颇为强烈的独特个性。从表现内涵而言，我们不妨可以这样认为：《西厢记》和《拜月亭》无愧为中国古典戏曲中“言情”的代表之作，而《琵琶记》则亦不失为“教化”的典范作品。因而明代中叶的剧论家选取这三个作品为探讨和确定典范的对象，其中便包含了他们对“教化”与“言情”关系的探索。“言情说”的提出正与这个背景有着密切的关系。在古典戏曲理论史上，较早从表现内涵的角度对其作出评判的是王世贞，他针对何良俊对《拜月亭》的偏爱，指出了《拜月》有“三短”：“(《拜月》)无词家大学问，一短也；既无风情，又无裨风教，二短也；歌演终场，不能使人堕泪，三短也。”①李卓吾的观点则不然，他尝言：“《拜月》《西厢》，化工也；《琵琶》，画工也”，而“画工虽巧，已落二义矣”。② 可见，李卓吾已明确地把评判的天平倾向于《拜月》与《西厢》。那么为何《琵琶记》与之相比“已落二义”呢？李卓吾对此作出了这样的分析：

> 吾尝揽《琵琶》而弹之矣：一弹而叹，再弹而怨，三弹而向之怨叹无复存者。此其故何耶？岂其似真非真，所以入人之心者不深耶！盖虽工巧之极，其气力限量只可达于皮肤骨肉之间，则其感人仅仅如是，何足怪哉！《西厢》《拜月》乃不如是，意者宇宙之内，本自有如此可喜之人，如化工之于物，其工巧自不可思议尔。③

---

① (明)王世贞：《曲藻》，《中国古典戏曲论著集成》(四)，中国戏剧出版社1959年版，第34页。

② (明)李卓吾：《焚书》卷三《杂述·杂说》，中华书局1975年版，第96页。

③ (明)李卓吾：《焚书》卷三《杂述·杂说》，中华书局1975年版，第97页。

在这段著名的评述中,李卓吾分别以“化工”和“画工”评价《西厢》《拜月》和《琵琶》,其中已明显地体现了对“言情”的赞美。在李卓吾看来,“画工”虽极工巧,但对真情的抒发终有阻碍,而“化工”则是造物之工巧,它是真情的自然发露。这个观点对后世影响颇大。陈栋评曰:“自化工、画工之论出,而《西厢》《琵琶》之品始定。”①

“言情说”在明中叶戏曲论坛上的出现与当时的时代风潮也是密切相关的。明中叶是中国古代思想文化领域的一个大的变荡时期,其中最明显的标志就是理学的危机和人情、人性的高扬,非圣非法的“异端”思想在此时期可谓大放异彩。在宋明理学“存天理”“灭人欲”的强烈扼制下,人们高唱起了对“人情”“人性”的赞歌,明确肯定人欲、人情的合理性。罗钦顺《困知记》云:“夫人之有欲,固同出于天,盖有必然而不容已,且有当然而不可易者。”他进而申言:“先儒以‘去人欲’‘遏人欲’为言,盖所以防其流者,不得不严,但语意似乎偏重。夫欲与喜怒哀乐,皆性之所有者,喜怒哀乐又可去乎?”②颜元亦谓:“岂人为万物之灵,而独无情乎?故男女者人之大欲也,亦人之真情至性也。”③由此可见,明中叶以后的思想风潮体现了一种反传统的精神,这种精神在明中叶以来的文艺领域也有着强烈的反映。李卓吾倡“童心”,汤显祖“为情作使”,袁宏道“独抒性灵”,汇成了一股冲击礼教对文艺情感束缚的滔滔洪流。因而明中叶“言情说”在戏曲论坛上的出现,正是这种时代风潮的一个直接产物。

---

① (清)陈栋:《北泾草堂曲论》,引自陈多、叶长海:《中国历代剧论选注》,上海古籍出版社 2010 年版,第 404 页。

② (明)罗钦顺著,阎韬点校:《困知记》卷下第十四章,中华书局 1990 年版,第 28 页。

③ (清)颜元:《存人编》卷一,清光绪五至十八年(1879—1892)定州王氏谦德堂刻三十二年汇印畿辅丛书本,第 6 页。

三

以上，我们对中国古典戏曲理论中“教化”和“言情”两个命题分别作了阐述和评判。不难看到，“言情”与“教化”有其明显的差异，我们不妨可以这样认为：“言情”的提出就中国古典戏曲理论的发展角度而言，是对那种将“教化”视为单纯的道德说教的观念的反拨。它强调以情感作为戏曲创作的出发点和内在动力，正是要求戏曲创作遵循艺术的创作规律，来表现人类的正常情感和情欲。然而，我们也不能过高地估计“言情”与“教化”之间的内在冲突和对立。实际上，在中国古代剧论史上，“言情”和“教化”的提出虽然有其各自的理论背景和目的趋向，但两者在根本上还是有某种兼容性的。尤其是在中国古代传统文化这一大的历史背景中，“言情”的提出所面对的是延续既久且又封闭凝固的传统思想，历史的重负和传统的因袭在新思想的萌生中都是难以完全摆脱的，因而“言情”与“教化”在中国古代剧论史上也有着很大程度的调和与统一。

在中国古典戏曲理论中，“言情”与“教化”的统一主要是采用“以情为理”和“以情释理”两种方式。李卓吾的一段话正是对此的说明：

> 盖声色之来，发于情性，由乎自然，是可以牵合矫强而致乎？故自然发于情性，则自然止乎礼义，非情性之外复有礼义可止也。①

李卓吾的“自然止乎礼义”说，并非主情性而在礼义问题上进行诡辩，它表达的正是“以情为理”的思想。

“以情为理”就是以情为天地间的道，这是一个哲学命题。《牡丹

---

① (明)李卓吾：《焚书》卷三《杂述・读律肤说》，中华书局 1975 年版，第 132 页。

亭》最集中、最单纯地表现了这一思想。所以《牡丹亭》的意味是哲学的。以杜丽娘“回生”为界，《牡丹亭》可以分为上、下两部分。在上部中，没有具体的婚姻纠葛，所以也没有情与礼法的现实冲突，杜宝夫妇也无意耽搁女儿的婚姻，让她读书就当面说明是为了“他日嫁一书生，不枉了谈吐相称”。上部所写的仅仅是对“至情”的不理解和宽容。杜丽娘伤春而病，杜宝夫妇、陈最良等迷惑不解，但陈最良、石道姑等迂腐人物却凭直觉体会到了病的原因。杜丽娘感梦而亡，阴间的判官是诧异不信的，但他却网开一面，许她灵魂自由飘荡，觅得梦中人的话，可以复生。对柳梦梅要开棺让杜复活之说，道院中的人们疑为怪谈，但他们却甘冒犯法之险，全体参加了掘坟之举。如果再联系到杜、柳梦中欢会时，花神亦为之护持，那么这种不解而又宽容、维护的态度无非说明，无论阳间之人、阴间之鬼都认“情”为至上之理。《牡丹亭》的下部写的是杜、柳结为夫妇后的现实命运。这里仍然未写婚姻问题上情与礼法的现实冲突，不存在郎才女貌的爱恋与嫌贫爱富的观念的矛盾，亦无父母之命媒妁之言与自主意志之争。存在的只是这样一个问题：是承认至情者的奇异结合呢，还是视复活的杜丽娘为妖魅和认柳梦梅为掘墓贼？我们看到，人们基本都采取了前一种态度。所以在南安府，当官府追查、拷问时，参与掘墓的癞头鼋装疯卖傻，抵死不招。在杭州，杜夫人顾不得回生之怪异，一下子就认了女儿、女婿，陈最良也为女学生复活并嫁得如意郎君而满心喜悦。尽管有杜宝的固执不认，怎奈皇帝听了杜、柳结合的奇异经过，也取承认的态度，从而宣告了现实社会对“至情”的肯定。综观上、下两部，可以说《牡丹亭》是以超越现实的“至情”得到实现、得到承认的奇异故事，表达了情为天地间的至理的观念。这一观念，是言情论者处理情、理统一关系的出发点，是一面精神的旗帜。

然而像《牡丹亭》这样哲学味的作品是少的，戏曲作品大量处理的是现实的人情与封建伦理的统一关系。在这里，“以情为理”不是表现为至情即至理，而是表现为着力赞美种种人情，把它们认作合乎于理。

如李卓吾评《红拂记》，把爱的胆识、助人的侠义、为人的宽厚赞扬为理，并认为同样可以起“兴观群怨”的作用。金圣叹在评论名著《西厢记》时对待男女情事的思路亦复如此，金圣叹辩道：

> 古之人有言曰：“《国风》好色而不淫。”比者圣叹读之而疑焉，曰：嘻，异哉！好色与淫，相去则又几何也耶？若以为“发乎情，止乎礼”，“发乎情”之谓好色，“止乎礼”之谓不淫，……吾亦岂未之闻？……吾固殊不能解，好色必如之何者谓之好色？好色又必如之何者谓之淫？好色又如之何谓之几于淫，而卒赖有礼而得以不至于淫？……信如《国风》之文之淫，而犹谓之不淫，则必如之何而后谓之淫乎？……人未有不好色者也，人好色未有不淫者也，人淫未有不以好色自解者也。此其事，内关性情，外关风化，其伏至细，其发至钜。故吾得因论《西厢》之次，而欲一问之：夫好色与淫，相去则真有几何也耶？①

金圣叹的意思很明确，好色与淫是没有多少区别的，既然肯定了好色，就不能斥男女结合为淫，既然这是合乎性情的，也就是合乎风化的。

“言情”与“教化”相统一的另一个途径是“以情释理”。所谓“以情释理”，表现为作品直接描写的不是偷情、私订终身一类与封建伦理规范背离的“情”，而是遵从、严守封建伦理规范的行为，但以情作为该伦理观念的底蕴。这种情理统一的形式，以明末孟称舜所作的《娇红记》体现得最鲜明。《娇红记》写申生、王娇娘一对青年男女相爱并有婚约，后王父为女另择豪门，娇娘拒婚而死，申生殉情而亡，合葬一处。孟氏写出了二人的深情，却标榜“从一而终”的节义，故称《节义鸳鸯冢

① (清)金圣叹：《贯华堂第六才子书西厢记》卷七《酬简》总批，《金圣叹全集》(三)，江苏古籍出版社 1985 年版，第 161—162 页。

娇红记》。其情与理的统一关系,作者在《娇红记题词》中论道:"天下义夫节妇,所为至死而不悔者,岂以为理所当然而为之邪?笃于其性,发于其情。"[1]这是说,人的行为达于理,不是因于理,而是因于情。孟氏在《贞文记题词》中又说:"男女相感,俱出于情。情似非正也,而予谓天下之贞女,必天下之情女者何?不以贫富移,不以妍丑夺,从一而终,之死不二,非天下之至种情者而能之乎?"[2]这更是说,欲达于理,非情不可。显然,在"以情释理"的情理统一方式中,情仍然是最为被看重的实质性内容,这一点是和"以情为理"相同的。不同的是,"以情为理"是站在"情"的立场谈理,"以情释理"却是站在"理"的角度论情,前者强调理须合乎情的自然性,后者却强调情本合乎理的规范性。所以虽都重情,"以情释理"却是从人文主义的立场后退一步,带有情理调和的意味了。

"以情释理"的思想是既肯定了理,又坚持了戏曲应着力写情的原则,从而成为戏曲创作和戏曲理论解决情理统一问题的主要形式。但在"以情释理"的把握上,各个戏曲家又是不尽相同的。有的着重于情理调和的意味,这种倾向可以李渔为代表。有的要求情与理的统一却意识到情理之间的矛盾,这种倾向可以洪昇、孔尚任为代表。

李渔在其《慎鸾交》一剧中,借剧中人之口表明了他在戏曲创作中处理情理统一关系的宗旨:"据我看来,名教之中,不无乐地,闲情之内,也尽有天机;毕竟要使道学、风流合而为一,方才算得个学士文人。"[3]那么"道学风流"是怎样"合而为一"的呢?观李渔所作的"十种曲",其中虽也有举着"从一而终"的旗帜以坚持自主婚姻的(《蜃中楼》

---

① (明)孟称舜:《娇红记题词》,(明)孟称舜著,欧阳光注释:《娇红记》附录,上海古籍出版社 1988 年版,第 271 页。

② (明)孟称舜:《贞文记题词》,引自吴毓华编:《中国古代戏曲序跋集》,中国戏剧出版社 1990 年版,第 203 页。

③ (清)李渔:《慎鸾交》第二出《送远》,《李渔全集》(第五卷),浙江古籍出版社 1991 年版,第 424 页。

中的龙女），但绝大部分都是写男女风情的曲折韵事、一夫多妻的醋海风波。“言情”已被阉割、被庸俗化，从而变为猎艳了。这便是所谓“风流”。这样的情理统一，是以牺牲“言情”的真精神而达到的情理调和。将“言情”视作写艳事的一路创作早已有之，李渔不过是其发展罢了。而当李渔把写艳事与道学自觉地结合起来，成为一种理论意识的时候，就把以往艳情一路作品的真率也丢失了。李渔的作品也贯彻戏曲“写情”的宗旨，但尽管他写男女情事不及《牡丹亭》那么坦荡，不及《西厢记》那么露骨，却有了一种庸俗的色情味。所以李渔的作品虽技巧很高，却始终不能得到很高的评价。

洪昇的《长生殿》则写出了情与理的矛盾。以至于今人多感觉该剧有双重主题。剧本开场的[满江红]写道：“借太真外传谱新词，情而已。”①表现在剧中，就是全本以写情为旨归，极写李、杨深情。这是情的主题。但洪昇又在《自序》中写道：“然而乐极哀来，垂戒来世，意即寓焉。”表现在剧中，就是写“玉环倾国，卒至陨身”，终于“情悔”。② 这又是教化的主题了。看起来，教化的主题是批判李隆基之“占了情场，废了朝纲”，批判杨贵妃之“逞侈心而穷人欲”，从而把言情的主题否定了。但从第三十八出起，剧本又回到了言情的主题。第三十八出《弹词》让李龟年在安史之乱后评说天宝遗事，对李、杨爱情充满赞美之情，对他们的不幸有无尽怜惜之意。以下十二出皆写对爱情的继续追寻，一直到李、杨在天宫重圆。最末一曲[永团圆]唱道：“神仙本是多情种，蓬山远，有情通。情根历劫无生死，看到底终相共。”③所以情的主题还是被肯定了。显然，洪昇的倾向还是写情。之所以又鲜明地写

① (清)洪昇:《长生殿》第一出《传概》,(清)洪昇著,徐朔方校注:《长生殿》,人民文学出版社 1958 年版,第 1 页。

② (清)洪昇:《长生殿·自序》,(清)洪昇著,徐朔方校注:《长生殿》,人民文学出版社 1958 年版,第 1 页。

③ (清)洪昇:《长生殿》第五十出《重圆》,(清)洪昇著,徐朔方校注:《长生殿》,人民文学出版社 1958 年版,第 223 页。

了理的主题，是欲把情理统一起来。李、杨之爱正是在“占了情场，废了朝纲”中显示其力度和高度的，所以既值得赞美，又值得批判。这两方面在以情理统一为理想的古人那里并不发生根本对立的问题，所以洪昇自如地让李、杨既悔悟又团圆了。《长生殿》虽也有“臣忠子孝，总由情至”（开场[满江红]）的“以情释理”的说法，但总体上却超越了“以情释理”的情理统一方式；写出现实生活中情、理的深刻矛盾，又写出情理在仙界统一的方式，表达了情、理皆得充分肯定，而又应该能统一的理想观念。

《桃花扇》的主题是“兴亡之感”，但却也提供了一个情、理统一的范例。侯朝宗因阮大铖出资成全了他与李香君的好事，故而欲为阮氏分解，这是因情废理；而李香君坚决却奁，表示她爱的不是金钱，而是复社文人的气节，这就把爱情与忠义统一起来了。侯、李爱情遂在这种与理的统一中发展。后来明亡，侯朝宗做了清朝顺民，背了理，李香君便又不肯相从。但认理而弃爱毕竟无限痛苦，遂以国破家亡，爱也失去了意义为由，双双入道，情与理复归统一。

《长生殿》和《桃花扇》比之《牡丹亭》，显然有着封建末世的悲凉气息。它们之写情，已失去了《牡丹亭》那种高唱情的赞歌的乐观精神，而是发出了情缘虚幻的叹息，这是由于洪昇、孔尚任严肃地面对了社会的深刻危机。在他们的两部巨著中，是多了历史感，而不是少了“言情”的真精神。

统观“教化”与“言情”的对立和统一的过程，可以看到这样的发展轨迹：先是“教化”说主张理的至上性，造成“矫情就理”的创作倾向；然后是“言情”论主张情的至上性，造成“以情为理”的牢固观念；随着“言情”论势头的减弱，“以情为理”又变成“以情释理”。实际上，并非所有的理学规范都可以以情释之，而古典戏曲在创作中实际上除《五伦全备记》等极少数典型例子之外，也并不着力宣扬过于陈腐、扼杀人欲的伦理教条，而是宣扬尚有积极意义的、与人欲人情兼容的伦理教条，因而才能实际上把言情与教化统一起来。而做到了这一点时，便又可以不再“以情释理”，而可以主张达情即是达理，言情就是教化了。清代的李调元在《雨村曲话序》中阐述道：

> 夫曲之为道也，达乎情而止乎礼义者也。凡人心之坏，必由于无情，而惨刻不衷之祸，因之而作。若夫忠臣、孝子、义夫、节妇，触物兴怀，如怨如慕，而曲生焉，出于绵渺，则入人心脾；出于激切，则发人猛省。故情长、情短，莫不于曲寓之。人而有情，则士爱其缘，女守其介，知其则而止乎礼义，而风醇俗美。①

“达乎情而止乎礼义”与传统的“发乎情，止乎礼义”的说法是有区别的，它不是讲礼义对情的限制，而是讲情和礼义的统一，所以达情也自然就不越礼义了。这样，“言情”和“教化”便合一为“情教”了。汤显祖谓“人情之大窦，为名教之至乐”②也就是这个意思。写了情，以情感人，也就是发挥了教化作用，这种真与善的统一，正是古典戏曲理论审美理想的一个基本观念。

（原文载郭豫适主编《扬弃与发展——弘扬民族优秀文化》，湖南出版社 1993 年版，后经陆炜增补修改编入《中国古典戏剧理论史》，中国社会科学出版社 1993 年版）

---

① （清）李调元：《雨村曲话序》，《中国古典戏曲论著集成》（八），中国戏剧出版社 1959 年版，第 5 页。

② （明）汤显祖：《宜黄县戏神清源师庙记》，（明）汤显祖著，徐朔方笺校：《汤显祖全集 · 诗文》第三十四卷，北京古籍出版社 1998 年版，第 1189 页。

“寓言”:戏曲故事的本体观念

在古典戏曲理论中,我们发现一个深得剧论家认可的本体观念,这便是“传奇皆为寓言”。显见,“寓言”作为戏曲故事的本体观念在古代剧论中是不容忽视的。寓言在中国古典艺术中有着悠远而又广泛的传统,它的艺术精神已经深深地融入了中国古典艺术的精神血脉之中。

一

我们先回顾一下“寓言”在中国古典艺术中的表现形态及其对古典戏曲的影响。

“寓言”之内涵在中国古典艺术中大致由如下三个层次所构成:一是作为一种艺术形式技巧的“寓言”方法;二是作为一种艺术样式的“寓言”体式;三是弥散在中国古典艺术创作中的“寓言精神”。就“史”的发展角度来看,“寓言”作为一种形式技巧最先确立,它是在比喻的基础上发展演化而成的一种独特的表现手法。这种表现手法一旦在先秦诸子中得以充分运用,其美学特性便逐渐固定起来,由此形成了一种独立的艺术形式体制。而当这种体制一经固定,就产生了独特的艺术魅力,经过后世艺术创作的多方位扩散,便形成了一种颇为独特的艺术精神。

“寓言”作为一种形式技巧,它是比喻的一种高级形态,而比喻在中国古典艺术的初创时期就显示出了奇异的魅力。在《诗经》中,诗人大多采用触物起兴、引譬联类、借联想与想象来寄托和表现个人情思的比兴手法。在《楚辞》中,诗人更是大量地运用了比喻手法。王逸

《楚辞章句·离骚经序》谓:“《离骚》之文,依《诗》取兴,引类譬喻。故善鸟香草,以配忠贞;恶禽臭物,以比谗佞;灵修美人,以媲于君;宓妃佚女,以譬贤臣;虬龙鸾凤,以托君子;飘风云霓,以为小人。”①《诗》与《骚》是中国古典文艺的两大源头,上述艺术精神和创作方法在某种程度上便形成了中国古典文艺的一种传统。非独文艺如此,春秋战国时期,士大夫也普遍运用“称诗喻志”“赋诗明志”这种手法来表现其政治观点;而《易经》所确立的卜筮方法,其实也是比喻的方法,唐代孔颖达就看到了《易》与《诗》《骚》之间的这种同一性。《周易正义》曰:“凡《易》者,象也,以物象而明人事,若《诗》之比喻也。”②由此可见,那种以比喻的形式来表达某种思想和道理的方法,实为古代的一种传统运思方式。先秦寓言正是在上述背景之中逐渐形成并在先秦诸子的著述中得以成熟的。清代章学诚就指出了寓言与《易经》的关系:“《老子》说本阴阳,《庄》《列》寓言假象,《易》教也。”③在先秦诸子中,那些重要的思想家如庄子、墨子、荀子、孟子、韩非子等几乎无一不是擅长寓言的创作家。他们常常利用寓言的形式来阐发事理,说谏人生,寓言也由此形成了一种颇为固定的样式。今人对先秦寓言的价值和特色有这样一段评述:

> 在诸子著作中,那些由巧妙的联想,警策的比喻,浓郁的情感和生动的形象所组成的寓言,诙谐幽默又机智锋利,通俗亲切又具有深隽哲理,感人的魅力和智慧的光芒交织出奇异的光彩。④

---

① (汉)王逸:《楚辞章句》卷一《离骚经序》,影印文渊阁《四库全书》本(第1062册),上海古籍出版社1989年版,第3页。

② (唐)孔颖达:《周易正义》,载(清)阮元校刻:《十三经注疏》,上海古籍出版社1997年版,第18页。

③ (清)章学诚著,叶瑛校注:《文史通义校注》卷一《内篇一·诗教上》,中华书局1985年版,第60页。

④ 吴毓华:《论戏曲艺术的寓言性特征》,《戏剧》1988年第4期,第74页。

然而寓言作为一种文体,其实在中国古代没有得到相应的重视。在魏晋南北朝时期,曹丕《典论・论文》、陆机《文赋》、挚虞《文章流别论》以及刘勰的皇皇巨著《文心雕龙》在论文体之时都没有对寓言留下片言只语。因而我们不妨这样认定:“寓言”在中国古代文艺史上最为重要的价值和地位不在“技巧”,也不在“文体”,而在于由其所确立并在后世文艺中广为流播的“寓言精神”。

何谓“寓言精神”? 今人对此作出这样的阐发:“寓,寄也,托也;寓言,言在此意在彼或言浅意深也。所谓‘其文约,其辞微’,‘其称文小而其指极大,举类迩而见义远。’借用这几句话作为对寓言精神的概括看来是最好不过的了。”①然则对“寓言精神”的理解似乎还可作更深层次的挖掘,“言在此而意在彼”只是“寓言”中所运用的一种比喻和象征手法,而所谓“精神”却是凌驾于技巧之上的一种创作原则。从形式而言,“寓言”是一种观念与故事的组合体,这种观念就创作者来说是一种先于故事与形象的纯乎理性的概念;而就欣赏者而言,这种观念又是一种超越故事与形象之外的,需凭借联想和想象而获致的“言外之意”。可见,无论是从理性的观念到感性的形象,还是由感性的形象而抽绎出理性的观念,“寓言”的精神实质都是强调和追求主体对客体的超越。因而所谓“寓言精神”的第一要义是在创作和欣赏过程中高扬主体性。而由这一特征所延伸,我们不难看到,在主体性的制约下,作为寓言本体的故事与形象在某种程度上失去了自身的完满自足性,即寓言中的故事和形象仅是一种借以表现某种观念的“喻体”,寓言的故事和形象不必完满地追求自身的客观性和内在逻辑性。它与生活原貌没有强烈的依附关系,而其所要凭依的恰恰是创作者的主体意图。因此“寓言精神”的第二个涵义即是在寓言的本体表现中“脱略形似”。再者,由于寓言有其明确的寄寓性和观念指向性,其艺术形象也

① 夏写时:《论中国戏曲观的形成》,《夏写时戏剧评论自选集》(上),文化艺术出版社 2013 年版,第 63—64 页。

就常常是某种观念的浓缩赋形，因而寓言的表现形态和美学风姿往往是类型性的和象征化的，这是“寓言精神”的第三种涵义。总之，“寓言精神”作为在中国古典文艺中影响久远的创作精神是以对“主体性”的强调和弘扬为其中心层次，在叙事中则追求“脱略形似”的简约和凝练，而其叙事本体所显现的审美特性是类型化和象征性的。

二

在中国古代戏曲发展史上，“寓言精神”强烈地影响着戏曲艺术的生成，从古典戏曲的原始形态，一直到剧本体制的成熟时代，这种精神始终伴随并制约着中国戏曲艺术的自身发展。

戏曲史上颇多谈论的“优孟衣冠”就是一出颇具“寓言精神”的戏曲表演，它以完整的扮演来托寓一种观念，从而达到规劝的目的，即：优孟借孙叔敖的形象和故事来讽喻楚王。于是在这场表演中，优孟的行为便有了一种明确的指向性，而其过程明显是假定的和脱略形似的。对此，历来的史家颇多地指责它的真实性，如刘知幾谓：“衣冠谈说，容或乱真，眉目口鼻，如何取类？而楚王与其左右，曾无疑惑者耶？……岂有片言不接，一见无疑，遽欲加以荣宠，复其禄位？”[①]刘知幾的评述显然表现了史家的习惯和陈见。而苏东坡谓其“得其意思所在”似乎与优孟的表演及其目的指向稍有接近。至明代，杨慎对此明确断言：“予按此传，以‘滑稽’为名，乃优孟自为寓言。”[②]其实，非独优孟在此体现了“寓言精神”，而司马迁在《史记》中的记载又何尝不是“自为寓言”呢？清钱谦益谓：“此盖优孟登场扮演，自笑自说，如金元院本、今人弹词之类耳。而太史公叙述，则如真有其事，不露首尾，使

① (唐)刘知幾著，(清)浦起龙通释，王煦华整理：《史通通释》卷二十《外篇·暗惑第十二》，上海古籍出版社2009年版，第538—539页。

② (明)杨慎：《优孟为孙叔敖》，《升庵集》卷七十二，影印文渊阁《四库全书》本(第1270册)，上海古籍出版社1989年版，第710页。

后世纵观而自得之,此亦太史公之滑稽也。”①可见,杨慎、钱谦益的论述都是从寓言的角度来阐发“优孟衣冠”所体现的创作精神的。在后世的戏曲史上,如汉之角抵戏(尤其是《东海黄公》)、唐之参军戏、宋之杂剧、金之院本都弥散着强烈的寓言精神。王国维在《宋元戏曲考》中评宋杂剧云:“宋之滑稽戏,虽托故事以讽时事,然不以演事实为主,而以所含意义为主。”②所谓“不以演事实为主,而以所含意义为主”正是对宋杂剧中所体现的寓言精神的深入阐发。实际上,从戏曲的雏形一直到成熟的戏曲创作,这种传统乃一脉相承。在元代杂剧中,戏曲关目的脱略形似,艺术形象的观念赋形,犹然是杂剧创作中一种强烈的审美意识和追求。王国维评之云:

> 其作剧也,非有藏之名山,传之其人之意也。彼以意兴之所至为之,以自娱娱人。关目之拙劣,所不问也;思想之卑陋,所不讳也;人物之矛盾,所不顾也;彼但摹写其胸中之感想,与时代之情状,而真挚之理,与秀杰之气,时流露于其间。③

在中国古典戏曲理论史上,明确地将戏曲艺术与“寓言”作直接的比较,进而把“寓言”作为戏曲故事的本体观念,是从明代开始的。这种本体观念的提出,一方面是明清两代的剧论家在为戏曲艺术自身特色的形成寻求一种理论上的依据,同时也是他们对古典艺术的传统精神有意识地继承和延续。

---

① (清)钱谦益著,(清)钱曾笺注,钱仲联校:《牧斋有学集下·为柳敬亭募葬地疏》,上海古籍出版社1996年版,第1418—1419页。

② 王国维:《宋元戏曲考·宋之小说杂戏》,《王国维戏曲论文集》,中国戏剧出版社1957年版,第32页。

③ 王国维:《宋元戏曲考·元剧之文章》,《王国维戏曲论文集》,中国戏剧出版社1957年版,第105页。

三

关于"寓言"这一戏曲故事的本体观念我们试作如下分析:

首先,把戏曲的故事本体视为"寓言",就要求戏曲创作有其明显的托寓性,强化戏曲创作过程中的主体表现性。因而在戏曲创作的主客关系上,中国古典戏曲所追求的是一种以主体为主、客体为从的创作准则。对此,中国古典戏曲又是从两个方面来实现这一追求的:

在戏曲的叙事过程中,以理性的观念作为维系情节、塑造形象的内在依据,在故事本体中体现观念与叙事的结合。这以丘濬在《五伦全备记》中的一段表述为代表。需要指出的是,在中国古典戏曲理论史上,丘濬是最早将戏曲艺术与"寓言"作直接比较的。在《五伦全备记·副末开场》中,丘濬尝言:

> 每见世人搬杂剧,无端诬赖前贤。伯喈负屈十朋冤,九原如可作,怒气定冲天。这本《五伦全备记》,分明假托扬传,一场戏里五伦全,备他时世曲,寓我圣贤言。①

在《五伦全备记》全剧终了时,他又补写了一句:"这戏文一似庄子的寓言,流传在世人搬演。"可见,丘濬在《五伦全备记》的创作中所接续的仅是寓言所显现的形式表象,即把观念与叙事融合在一起,并以叙事来演绎其所要表现的理性观念。因而在《五伦全备记》中,大到情节设置,小到人物命名,无一不体现了寓言的类型性和象征性的特色。同时,丘濬在剧中表现的理性观念又是一整套伦理观念,即所谓"五伦全备"。显然,在这部剧作中,创作者的主体性仅显现于以形象来图解

---

① (明)丘濬:《五伦全备记·副末开场》,转引自隗芾、吴毓华编:《古典戏曲美学资料集》,文化艺术出版社1992年版,第87页。

概念,以教化来铺叙情节。这种传统在中国戏曲史上有其深远的影响,虽然也受到了“陈腐臭烂,令人呕秽”(徐复祚语)的指责,①但踵武者却大有人在。清代梁廷枏在评述夏惺斋的作品时犹然这样赞美道:

> 惺斋作曲,皆意主惩劝,常举忠、孝、节、义,各撰一种。以《无瑕璧》言君臣,教忠也;以《杏花村》言父子,教孝也;以《瑞筠图》言夫妇,教节也;以《广寒梯》言师友,教义也;以《花萼吟》言兄弟,教弟也。②

在中国古典戏曲史上,出现了一批“寓言式”的伦理剧,这与上述本体观念的影响是不无关系的。

与上述观念不同,在古典戏曲理论史上,追求戏曲创作的托寓性还表现为视戏曲的故事本体为剧作者情感抒发的载体,即通过一个故事的演述来寄寓和抒写剧作家的内心情感。这类表述在古典戏曲理论中更是比比皆是,古代剧论家大多认为,戏曲创作“皆意有所抑郁,不能通其道,故托之往事,著之文彩以自见”。③ 这是“借古人之歌哭笑骂,以陶写我之抑郁牢骚”;④是“借彼异迹,吐我奇气”。⑤ 所谓“借”者、“托”者,即托寓之谓也。

---

① (明)徐复祚:《曲论》,《中国古典戏曲论著集成》(四),中国戏剧出版社1959年版,第236页。

② (清)梁廷枏:《藤花亭曲话》,《中国古典戏曲论著集成》(八),中国戏剧出版社1959年版,第267页。

③ (明)陈昭祥:《〈劝善记〉叙》,转引自吴毓华编著:《中国古代戏曲序跋集》,中国戏剧出版社1990年版,第82页。

④ (清)吴伟业:《〈北词广正谱〉序》,转引自吴毓华编:《中国古代戏曲序跋集》,中国戏剧出版社1990年版,第319页。

⑤ (明)澄道人:《四声猿引》,(明)徐渭著,周明中校注:《四声猿》,上海古籍出版社1984年版,第204页。

其次，正因为要求戏曲创作有其显明的托寓性，故强调戏曲的故事本体不必拘泥于客体的真实性。在古典戏曲理论中，“传奇皆是寓言”这一命题的提出在某种程度上是针对当时剧坛上戏曲创作的泥实风气。徐复祚尝言：“要之传奇皆是寓言，未有无所为者，正不必求其人与事以实之也。”[①]而徐复祚提出这一观念的直接触发点即是当时对《琵琶记》的硬性考证。李笠翁亦然，他同样也是有感于剧坛上“索隐派”的捕风捉影和猜测比附，提出了“传奇皆寓言”的观点。其云：“余生平所著传奇，皆属寓言，其事绝无所指。”[②]又谓：“传奇无实，大半寓言”，并明确申言：“凡阅传奇而必考其事从何来，人居何地者，皆说梦之痴人，可以不答者也。”[③]清人平步青在其《小栖霞说稗》中更是将“寓言”与“实事”相对举：

> 梨园戏剧所演人之事，十九寓言；而实事可以演剧者，反多湮灭。何则？演义、编剧者，大都不睹载籍之人，而淹雅通古者，又不屑为此也。[④]

所谓“淹雅通古者，又不屑为此”的结论还可商榷，其“十九寓言”之说却接近了戏曲艺术的自身特色。平步青还引用了《持雅堂诗集》中的一首《观剧》诗，其云：“庄列爱荒唐，寓言著十九。传奇祖其意，颠倒贤与否。……劝惩义何在？妖言惑黔首。”对此，平步青颇为赞赏，

① (明)徐复祚:《曲论》,《中国古典戏曲论著集成》(四),中国戏剧出版社 1959 年版,第 234 页。

② (清)李渔:《笠翁文集》卷二《曲部誓词・序》,《李渔全集》(第一卷),浙江古籍出版社 1992 年版,第 130 页。

③ (清)李渔:《闲情偶寄》卷一《词曲部・结构第一・审虚实》,《李渔全集》(第三卷),浙江古籍出版社 1991 年版,第 15—16 页。

④ (清)平步青:《小栖霞说稗・花关索王桃王悦鲍三娘》,《中国古典戏曲论著集成》(九),中国戏剧出版社 1959 年版,第 191—192 页。

加批曰:"可为正人吐气。"①

主体性的不断高扬,客体性的逐渐淡化,中国古典戏曲在寓言精神的影响下日渐显现出自身的艺术个性。这种理论观念的提出为戏曲家们在戏曲创作过程中赢得创作心态的自由,廓清了观念上的障碍。黑格尔在论述诗歌艺术时曾这样说过:"诗艺术是心灵的普遍艺术,这种心灵是本身已得到自由的,不受为表现用的外在感性材料束缚的,只在思想和情感的内在空间与内在时间里逍遥游荡。"②这则论述亦颇接近中国古典戏曲的创作法则,且其所描绘的那种"逍遥游荡"的"心灵"又与中国古典戏曲家的创作心态比较吻合。

在中国古典戏曲理论中,寓言精神的第三个涵义是强调和追求在戏曲创作过程中剧作家创作心态的自由。郑超宗在为范文若《梦花酣》所写的题词中就以"寓言"相标榜,描述了戏曲创作过程中的那种独特的心态:

> 《梦花酣》与《牡丹亭》情景略同,而诡异过之。如萧斗南者,从无名、无象中结就幻缘,安如是,危如是,生如是,死如是,受欺、受谤如是,能使无端而生者死、死者生,又无端而彼代此死、此代彼生。……未有如斯之如意者也。呜呼!汤比部之传《牡丹亭》,范驾部之传《梦花酣》,皆以不合时宜,而所谓"寓言十九"者,非耶?③

郑超宗所描述的那种"如意"心态或许正是古代剧作家所努力追

---

① (清)平步青:《小栖霞说稗·观剧诗》,《中国古典戏曲论著集成》(九),中国戏剧出版社1959年版,第185页。

② [德]黑格尔著,朱光潜译:《美学》(第一卷),商务印书馆1979年版,第113页。

③ (清)焦循:《剧说》卷四,《中国古典戏曲论著集成》(八),中国戏剧出版社1959年版,第157页。

求的。汤显祖在评述其创作时即云:“当其意得,一往追之,快意而止。”[1]张衢在《芙蓉楼序》中更是这样指出:“痴之所至,不觉其写之深,写之奇,写之艳,……意欲为书生吐气,故不畏大方笑也。”[2]

综上所述,主体性的弘扬、客体性的淡化以及追求戏曲创作的“如意”心态,是“寓言”这一本体观念所显现的主要理论内涵。在古典戏曲理论中,人们常常把戏曲称为“诗”,称为“曲”,或者称为“乐府”,其所追求的正是要强化戏曲艺术的“诗化”特征。而古代剧论家把戏曲的故事本体称为“寓言”,是与上述追求相吻合的。诚然,“寓言”是一种叙事艺术,但在中国古代叙事文学中,它是一种最富于写意性、象征性的艺术样式。“寓言”的精神实质乃是最大限度地摒弃叙事艺术所固有的那种客体性制约,而将叙事结构落实到创作归旨上,从而完成寓言艺术的象征性和寓意性。而这正是中国戏曲的故事本体所刻意追求的。

(摘自《中国古典戏剧理论史》,上海古籍出版社 2021 年版)

---

① 转引自吴毓华:《论戏曲艺术的寓言性特征》,《戏剧》1988 年第 4 期,第 78 页。

② (清)张衢:《芙蓉楼序》,转引自隗芾、吴毓华编:《古典戏曲美学资料集》,文化艺术出版社 1992 年版,第 373 页。

“奇”：传统的失落与世俗的皈依

在中国古典戏曲理论中，人们视戏曲的故事本体为“寓言”，因而在虚实关系上追求戏曲创作的“有意驾虚”，要求以“情感逻辑”来规范戏曲情节的内在发展，从而更真切地表现剧作者的内在情感和实现戏曲创作的主体目的。然而，戏曲艺术毕竟还要面对广大的观众，它不是一种纯个体的艺术活动，其艺术价值的最终实现还得依赖于广大观众的欣赏和认可。由此，怎样来提高戏曲情节的质量，使之更具有丰富的戏剧性，造成一种生动的、富于吸引力的艺术魅力，便自然而然地成了剧论家和剧作家无法回避的一个现实。所谓“奇”这一范畴正是古代戏曲理论家们所竭力强调的一个戏曲情节的审美原则。

一

“奇”作为一个审美追求很早就被剧论家们所标举。在元代，钟嗣成的《录鬼簿》在评述剧作家的艺术成就和特色的时候，便常常以“奇”或“新奇”进行赞美，如评范康《杜子美游曲江》“下笔即新奇”；[①]评鲍天佑的剧作是“跬步之间，惟务搜奇索古而已，故其编撰多使人感动咏叹”。[②] 可见，当剧本文学在中国古代戏曲艺术史上最初形成并日渐兴盛的时候，剧作家和剧论家已把“奇”作为一个十分重要的审美概念提出和使用了。以致在明清两代，理论家们动辄以“奇”来释“传奇”之

---

① (元)钟嗣成:《录鬼簿》卷下,《中国古典戏曲论著集成》(二),中国戏剧出版社1959年版,第120页。

② (元)钟嗣成:《录鬼簿》卷下,《中国古典戏曲论著集成》(二),中国戏剧出版社1959年版,第122页。

名。兹举几例：

> 传奇，纪异之书也。无奇不传，无传不奇。[1]
>
> 传奇者，事不奇幻不传，辞不奇艳不传。其间情之所在，自有而无，自无而有，不魂奇愕眙者亦不传。[2]
>
> 传奇者，传其事之奇焉者也，事不奇则不传。[3]

在中国古典戏曲理论中，“奇”作为一个重要的审美范畴，主要是指戏曲情节的曲折多姿、变幻莫测。如明代袁于令在《〈焚香记〉序》一文中对该剧的“纡曲”剧情就作出了这样的评析：

> 兹传之总评，惟一真字足以尽之耳。何也？桂英守节、王魁辞姻无论，即金垒之好色、谢妈之爱财，无一不真。……然又有几段奇境，不可不知。其始也，落魄莱城，遇风鉴操斧，一奇也。及所联之配，又属青楼，青楼而复出于闺帏，又一奇也。新婚设誓，奇矣，而金垒套书，致两人生而死，死而生，复有虚讣之传，愈出愈奇，悲欢沓见，离合环生。读至卷尽，如长江怒涛，上涌下溜，突兀起伏，不可测识，真文情之极。其纡曲者，可概以院本目之乎？[4]

在这段表述中，袁于令充分肯定了《焚香记》“突兀起伏，不可测识”的剧情，他所赞美的“奇”是一种情节结构的新奇、突兀和多姿多

---

① (清)倪倬：《〈二奇缘〉小引》，转引自吴毓华编：《中国古代戏曲序跋集》，中国戏剧出版社1990年版，第231页。

② (明)茅暎：《题牡丹亭记》，转引自吴毓华编：《中国古代戏曲序跋集》，中国戏剧出版社1990年版，第162页。

③ (清)孔尚任：《桃花扇传奇·小识》，《桃花扇传奇》下卷，日本国文学资料馆藏清康熙间西园刊本，第150页。

④ (明)袁于令：《〈焚香记〉序》，转引自吴毓华编：《中国古代戏曲序跋集》，中国戏剧出版社1990年版，第192—193页。

彩。对这种“奇”的认可和赞美在中国古典剧评中可谓比比皆是,成了中国古典戏曲批评中一个重要的审美标准。

然而,“奇”在戏曲创作中一经引入,不久便走向了它的另外一面:由“奇”向“幻”的发展。在古典戏曲理论中,“幻”是“奇”这一审美范畴在自身发展进程中的第一次转化,它使“奇”的审美形态更为明晰和彻底,同时又使“奇”走向了它的极端而遭致了剧坛的指责。当冯梦龙犹然赞叹《永团圆》传奇“幻想从何处得来”“倍觉可喜”的时候,[1]别具慧眼的剧论家便一针见血地指出了剧坛一味趋奇所造成的弊端。凌濛初谓:

> 戏曲搭架,亦是要事,不妥则全传可憎矣。旧戏无扭捏巧造之弊,稍有牵强,略附神鬼作用而已,故都大雅可观。今世愈造愈幻,假托寓言,明明看破无论,即真实一事,翻弄作乌有子虚。总之,人情所不近,人理所必无,世法既自不通,鬼谋亦所不料。[2]

凌濛初的指责在当时剧坛上有其普遍性的意义。由“奇”到“幻”,戏曲故事情节是一味地趋异逐奇,正如祁彪佳所言:“近日词场,好传世间诧异之事。”[3]且“一涉仙人荒诞之事,便无好境趣”。[4] 因而怎样实现戏曲故事“奇”的审美效果又避免“幻”所引起的弊端,这一问题便摆到了剧论家的面前。古代剧论家对此作出了进一步的理论探索,他们对“奇”作了新的范围界定,要求“奇”落实于“人情物理”之中,超现

---

① (明)冯梦龙:《墨憨斋复位永团圆传奇总评》,《冯梦龙全集》第十二卷,凤凰出版社 2007 年版,第 1375 页。

② (明)凌濛初:《谭曲杂札》,《中国古典戏曲论著集成》(四),中国戏剧出版社 1959 年版,第 258 页。

③ (明)祁彪佳:《远山堂曲品·能品·双杯》,《中国古典戏曲论著集成》(六),中国戏剧出版社 1959 年版,第 24 页。

④ (明)祁彪佳:《远山堂曲品·能品·玉掌》,《中国古典戏曲论著集成》(六),中国戏剧出版社 1959 年版,第 75 页。

实的故事题材也要与“情理”相吻合。对此，祁彪佳、张岱、李渔、丁耀亢、李调元等都提出了自身的理论见解。如张岱在《答袁箨庵》一文中，对袁于令的《合浦珠》提出了尖锐的批评，并在肯定袁于令《西楼记》的基础上对“奇”作了新的界说：

> 传奇至今日，怪幻极矣！生甫登场，即思易姓；旦方出色，便要改妆。兼以非想非因，无头无绪，只求热闹，不论根由，但要出奇，不顾文理。……吾兄近作《合浦珠》，亦犯此病。盖郑生关目，亦甚寻常，而狠求奇怪，故使文昌、武曲、雷公、电母，奔走趋跄，闹热之极，反见凄凉。兄看《琵琶》《西厢》，有何怪异？布帛菽粟之中，自有许多滋味，咀嚼不尽，传之永远，愈久愈新，愈淡愈远。……兄作《西楼》，只一“情”字，《讲技》《错梦》《抢姬》《泣试》，皆是情理所有，何尝不热闹，何尝不出奇，何取于节外生枝，屋上起屋耶？①

很明显，张岱此论是试图把“奇”引到“情”的规范之中，以现实的人情物理来纠正那些“不顾文理”“不论根由”的趋幻逐异之弊。祁彪佳也认为，戏曲创作只要情感“宛然逼真”，那“寻常境界”“亦自超异”。② 丁耀亢更是这样申明：“曲曰传奇，乃人中之奇，非天外之事。”③可见，在“奇”这一审美范畴的自身演化中，从“事奇”到“情奇”，是对由“奇”到“幻”这一转化过程的一次反拨。对于“情奇”的强调，无疑会冲击当时剧坛“怪幻”“诧异”的创作风尚。

---

① (明)张岱：《答袁箨庵》，(明)张岱著，夏咸淳校点：《张岱诗文集・琅嬛文集》卷三，上海古籍出版社 1991 年版，第 230 页。

② (明)祁彪佳：《远山堂剧品・雅品・乔断鬼》，《中国古典戏曲论著集成》(六)，中国戏剧出版社 1959 年版，第 147 页。

③ (清)丁耀亢：《赤松游题辞》，转引自隗芾、吴毓华编：《古典戏曲美学资料集》，文化艺术出版社 1992 年版，第 279 页。

从“奇”而“幻”再到“人情物理”的弘扬,中国古典戏曲理论在“奇”这一审美范畴的演化中走出了误区。对这一问题,清初的李渔作了更为深入而又细致的阐发。他以“新”释“奇”,从而使“奇”在自身的发展中完成了第二次转化:

> 古人呼剧本为“传奇”者,因其事甚奇特,未经人见而传之,是以得名。可见非奇不传。新,即奇之别名也。①

李渔以“新”释“奇”,既避开了“幻”的纠葛,又为“奇”开拓了更广阔的领域。那何谓“新”呢? 李渔在《窥词管见》中曾对“意新”作出了这样的阐释:

> 所谓意新者,非于寻常闻见之外,别有所闻所见,而后谓之新也。即在饮食居处之内,布帛菽粟之间,尽有事之极奇,情之极艳,询诸耳目,则为习见习闻;考诸诗词,实为罕听罕睹。以此为新,方是词内之新,非《齐谐》志怪,《南华》志诞之所谓新也。②

李渔此论与张岱的观点一脉相承,他强调戏曲情节新奇中的人情物理,反对戏曲创作中的“怪幻不实”。在李渔的理论思想中,除了要求在人情物理、布帛菽粟中追求“新奇”之外,他以“新”释“奇”的另外一个追求是戏曲情节的创新问题,即所谓“新”者乃“未经人见”之事。他尝言:“戏场关目,全在出奇变相,令人不能悬拟。”③若“此等情节,

---

① (清)李渔:《闲情偶寄》卷一《词曲部·结构第一·脱窠臼》,《李渔全集》(第三卷),浙江古籍出版社1991年版,第9页。

② (清)李渔:《窥词管见》,《李渔全集》(第二卷),浙江古籍出版社1991年版,第509页。

③ (清)李渔:《闲情偶寄》卷二《演习部·脱套第五》,《李渔全集》(第三卷),浙江古籍出版社1991年版,第102页。

业已见之戏场，则千人共见，万人共见，绝无奇矣，焉用传之？”他甚至这样告诫剧作家：“欲为此剧，先问古今院本中曾有此等情节与否。如其未有，则急急传之。否则枉费辛勤，徒作效颦之妇。”①由此可见，李渔以“新”释“奇”、以“新”代“奇”，给中国古典戏曲理论中“以奇为美”的传统观念注进了新的血液，也以此克服了由“奇”变“幻”所引起的观念上和创作上的偏颇。

由“奇”到“幻”再到“新”，“奇”这一审美范畴的自身演变轨迹是颇为清晰的。这样一个演化的过程实际上是使戏曲情节在“奇”的统一追求中不断地趋向于世情化的过程，正如李渔所言，戏曲创作要“透入世情三昧”。

在古典戏曲理论中，“奇”这一审美范畴除了体现上述演化轨迹之外，它还有两层约束：“奇”与“真”的关系和“奇”与“正”的统一。这两层约束实际上又是相辅相成的，前者比较倾向于戏曲情节的真实可信，后者则强调戏曲情节在表现形态中的典雅可观，而究其归趣，则是追求戏曲情节在表现内涵和表现形态上都要出之于“常理”和衡之于“常情”。李渔在《窥词管见》中说：“虽贵新奇，亦须新而妥，奇而确。妥与确，总不越一‘理’字，欲望句之惊人，先求理之服众。”②所谓“妥”与“确”也即是“真”与“正”的另一种表达方式。近代吴梅在其《顾曲麈谈》中发挥李渔在《闲情偶寄·凡例》“期规正风俗”的一段理论表述，对“真”作出了较为深入而又详尽的阐发：

> 大抵剧之妙处，在一真字。真也者，切实不浮，感人心脾之谓也。风俗之靡，日甚一日，究其所以日甚之故，皆由于人心之喜新尚异。……故新异但祈不诡于法而已。新之有道，异之有方，总

---

① （清）李渔：《闲情偶寄》卷一《词曲部·结构第一·脱窠臼》，《李渔全集》（第三卷），浙江古籍出版社1991年版，第9—10页。

② （清）李渔：《窥词管见》，《李渔全集》（第二卷），浙江古籍出版社1991年版，第510页。

> 期不失情理之真,俾观者知所惩劝而无敢于为恶,斯亦可矣。以索隐行怪之俗,而责其全反中庸,此必不可得之数也。不若以有道之新,易无道之新,以有方之异,易无方之异,则庶几人皆乐于从事,而案头场上,交相为美,此真之说也。①

吴梅在此所论之"真"实际上已包括了"真"与"正"两个方面,而"真"与"正"的基本内核是要使戏曲创作归于"知所惩劝"的儒教传统和艺术表现的雅正典赡。质言之,在中国古典戏曲理论中,"奇"这一戏曲情节的审美理想在其自身的演变过程中,其现实性和世俗性在不断加强,而在艺术理论的渊源上所接通的是中国传统儒家艺术精神的血脉。

二

然而,在中国古代文艺思想的发展中,"奇"这一概念最初是从《庄》《骚》艺术精神中发端的,它的理论旨趣与后起的古典戏曲理论中"奇"的追求有着明显的不同。

在中国古代文学批评史上,最早高扬"奇"这一旗帜的是庄子,他曾以"谬悠""荒唐""諔诡"等术语来概括和评述自身的创作特色。在《庄子·知北游》中,他明确地表达了对"神奇"的喜爱和追求:"其所美者为神奇,其所恶者为臭腐。"②可见在庄子的观念中,"神奇"与"臭腐"已是区别美丑的两个对立概念。以屈原为代表的"楚《骚》艺术精神"也处处弥散着瑰丽奇异的色彩,充满着浓郁的浪漫情调。在这个奇特的艺术世界中,神话传说的瑰怪多姿与个体情感的浓郁奔放融为

① 吴梅:《顾曲麈谈·制曲·论作剧法》,上海古籍出版社 2000 年版,第 52—53 页。

② 《庄子·外篇·知北游第二十二》,(清)郭庆藩撰,王孝鱼点校:《庄子集释》卷七下,中华书局 1961 年版,第 733 页。

一体，构成了特有的艺术风貌，产生了奇异的审美效果。晚清王国维在评述屈原的作品时尝言："丰富之想象力，实与《庄》《列》为近。"[1]刘师培更进一步指出：屈子之文"叙事记游，遗尘超物，荒唐谲怪，复与《庄》《列》相同"。[2] 然而，《庄》《骚》的这种艺术精神毕竟还只是先秦文化中的一个部分，不语"怪力乱神"的儒家思想对其还持着一种排斥和抵拒的态度。降及两汉，随着儒家一统思想的确立，"奇"作为一个审美追求便遭到了人们的指责和非难，虽然屈《骚》传统在汉代艺术中有其强烈的影响。一个最为明显的事实是：人们往往以儒家精神为标尺对其进行批评。如班固评屈原的作品是"多称昆仑、冥婚、宓妃虚无之语，皆非法度之政，经义所载"。[3] 王逸则把屈赋与儒教强作比附；王充在《论衡》中更以颇多的篇幅加以指斥，并明确地将"奇伟"与"真实"对举，视"奇伟"与"虚妄"为同义。[4] 因而在汉代，"奇"这一审美追求在儒家精神的笼罩下逐渐地被淹没了。

重新标举"奇"这一审美理想和追求的是魏晋南北朝时期。这种现象的产生无疑是与六朝志怪之作的繁盛有直接的关联，因而在对志怪小说的评论中，"奇"以及与之相似的概念可谓触目皆是。如郭璞评《山海经》："闳诞迂夸，多奇怪俶傥之言。"[5]葛洪评《神仙传》："深妙奇异。"[6]

---

① 王国维：《屈子之文学精神》，《静庵文集》，辽宁教育出版社 1997 年版，第 173 页。

② 刘师培：《南北文学不同论》，刘师培著，陈引驰编校：《刘师培中古文学论集》，中国社会科学出版社 1997 年版，第 262 页。

③ （汉）班固：《班孟坚序》，（汉）王逸《楚辞章句》卷三，影印文渊阁《四库全书》本（第 1062 册），上海古籍出版社 1989 年版，第 33 页。

④ （汉）王充：《论衡・对作篇》，黄晖：《论衡校释》（附刘盼遂《集解》）卷二十九，中华书局 1990 年版，第 1177—1185 页。

⑤ （晋）郭璞：《注山海经叙》，袁珂校注：《山海经校注・附录》，上海古籍出版社 1980 年版，第 478 页。

⑥ （晋）葛洪：《神仙传序》，（晋）葛洪撰，胡守为校释：《神仙传校释》，中华书局 2010 年版，第 2 页。

王嘉批评《博物志》:"记事采言,亦多浮妄。"[①]可见,无论是嘉许还是责难,在志怪小说的批评中,"奇"已是一个突出的审美范畴而被标举了。

在刘勰的《文心雕龙》中,"奇"这一术语更是屡见不鲜,且在"奇"这一审美范畴的演化过程中是一个重要的分界线。刘勰论"奇"有多重涵义:有的着重于文学发展的继承和新变,如《通变》:"望今制奇,参古定法。"[②]有的强调文学创作的新奇独特,如《辨骚》:"枚贾追风以入丽,马扬沿波而得奇。"[③]有的则是指责文学创作的空虚、怪诞,如《序志》:"辞人爱奇,言贵浮诡"[④]等。因而在《文心雕龙》中,"奇"并不是作为一个统一的术语而加以使用的。刘勰论"奇"的重要意义在于他调融了以往对"奇"这一审美范畴的认识差异,即调和了《庄》《骚》艺术传统与儒家艺术精神之间的悖离,体现了一种折衷、调和的意味。也就是说,他既推尊文艺创作的新奇独到和艺术创新,又强调文艺创作的现实精神与实用理性。这突出地表现在如下两个方面:一是在文艺表现的内涵上强调"奇"与"真"的结合;二是在文艺的表现方法和艺术风格上推崇"奇"与"正"的统一。关于前者,主要体现在刘勰对屈原的评价之中,在刘勰看来,屈原之《离骚》是"奇文郁起","自铸伟词"。但同时他又认为,《离骚》之文犹有异于经典者。他列举了屈赋之"同于风雅"者四:典诰之体、规讽之旨、比兴之义、忠怨之辞;又指责了屈赋之异于经典者四:诡异之辞、谲怪之谈、狷狂之志、荒淫之意。为了调融这两者的关系,刘勰提出了"酌奇而不失其真"的原则,要求在文学

---

① (晋)王嘉撰,(梁)萧绮录,齐治平校注:《拾遗记》卷九《晋时事》,中华书局1981年版,第211页。

② (南朝梁)刘勰:《文心雕龙·通变》,范文澜注:《文心雕龙注》卷六,人民文学出版社1958年版,第521页。

③ (南朝梁)刘勰:《文心雕龙·辨骚》,范文澜注:《文心雕龙注》卷一,人民文学出版社1958年版,第47页。

④ (南朝梁)刘勰:《文心雕龙·序志》,范文澜注:《文心雕龙注》卷十,人民文学出版社1958年版,第726页。

创作中做到“奇”与“真”的结合，既要出奇追新，又要有现实真实性。在《定势》篇中刘勰又进一步提出了“奇”与“正”的统一问题，他强调文学创作要“执正以驭奇”，反对“逐奇而失正”，“正”即雅正之谓也。由此可见，经过刘勰的梳理调融，“奇”这一范畴被注进了新的内涵。

进入唐宋以后，“奇”更是常常出现于评论家之笔端。这一时期的尚“奇”有两点值得注意：一是唐代传奇小说繁盛，评论家们极力弘扬小说创作的新奇。然而从志怪小说到传奇小说，小说所表现的现实内涵和情感内涵在逐渐增强，因而以往那种强调小说表现对象的超现实的怪幻之奇渐渐地被推崇人事之奇的倾向所取代。二是在诗歌领域，中唐的韩孟诗派在诗歌创作和理论主张上努力提倡“雄奇光怪”之美。古代诗歌素来强调诗歌艺术的温柔、雅正，因而以“雄奇光怪”为美无疑在诗歌艺术中是一种创新。韩孟诗派所强调的这一审美理想，其重要性不独体现于他们提出的这一创作观念，更重要的还体现于他们实现这一审美理想的具体途径。我们且看韩愈在《调张籍》诗中的一段表述：

> 我愿生两翅，捕逐出八荒。精诚忽交通，百怪入我肠。刺手拔鲸牙，举瓢酌天浆。腾身跨汗漫，不着织女襄。顾语地上友，经营无太忙。乞君飞霞佩，与我高颉颃。①

这确乎体现了一种雄奇光怪之美。究其美之由来，乃在于一种以“我”为中心的内在张力和笼括宇宙的恢宏气魄。孟郊在《赠郑夫子鲂》一诗中对此说得更为直截了当：

> 天地入胸臆，吁嗟生风雷。文章得其微，物象由我裁！②

① (唐)韩愈：《调张籍》，(唐)韩愈著，钱仲联集释：《韩昌黎诗系年集释》卷九，上海古籍出版社 1984 年版，第 989 页。

② (唐)孟郊：《赠郑夫子鲂》，(唐)孟郊著，华忱之、喻学才校注：《孟郊诗集校注》卷七，人民文学出版社 1995 年版，第 294 页。

由此可见,形成雄奇之美的内在因素是在诗歌创作中强烈地体现诗人的内在情感和主体意识;以诗人的主体情思来构建诗歌的意象,从而曲折地宣泄诗人内心的幽微之情。可知“奇”在他们的诗歌审美理想中不独是一种形式上的追新逐奇,更主要的是为了更深切地表现其郁积于心中的内在情思。

至此,“奇”这一审美范畴已大体生成,由此以后,这一审美范畴便进入了俗文学(即小说、戏曲)的审美追求之中。通过对“奇”这一审美范畴生成过程的审视,我们已不难看到它在古代文论中所形成的理论旨趋:“奇”是文艺作品的一种重要的审美形态,它以新奇、独特、幻异、夸诞为其主要特色。形成这种审美形态的内在机制,一方面是超现实的、幻想性的题材内容,同时更是熔铸于其中的豪迈悲愤之激情。因而所谓“奇”乃是艺术家内在情感的迸发与内在意志的高扬所显现的外在形态。质言之,“奇”在古代文论中,不是一种由技巧、形式所构筑的审美表象,而是一种融激越之情感与奇特之手法于一体的审美形态。

三

作为戏曲的审美理想和追求,“奇”对传统的理论思想既有接续的一面,又有失落的一面,且不无沮丧地发现,其所失落的恰恰是更有价值的部分。

前面说过,在中国古典戏曲理论中,由“奇”到“幻”再到“新”的演化轨迹是戏曲情节不断地趋于世情化的过程。“透入世情三昧”这原本是戏曲艺术一个重要的创作追求,然而这种追求在某种程度上并不是强调对现实情感作深刻的提炼和凝聚,却更多地是一种媚俗的世情。因而所谓“奇”的世情化过程乃是在不断地强化对于俗情的表达,而“奇”的表现形态也趋向于“佳构”一途。从“奇”所显现的传统艺术精神来看,之所以形成“奇”之审美特色是植根于艺术家的内在情感与现实生活、现实秩序之间的矛盾，庄子如此，屈原如此，李贺、韩愈亦复如此。清人余集在《聊斋志异序》中曾这样评价屈原：

> 昔者三闾被放，彷徨山泽，经历陵庙，呵壁问天，神灵怪物，琦玮谲诡，以泄愤懑，抒写愁思。①

显见，“奇”之审美形态是以独特、高超、勃郁的思想情感为其依托的。因而在古典戏曲理论中，“奇”对于传统理论一个最为重要的“失落”就是抽去了“奇”的内在生机，而仅抓住了它的外部表现形式。即由“奇”到“新”的表层演化，使“奇”这一古老的审美范畴在中国古典戏曲理论中日益走向浅俗化。

在古代戏曲史上，颇能体现中国传统“奇”之审美形态的是徐渭和汤显祖的剧作。尤其是汤显祖的《牡丹亭》，它“因情成梦，因梦成戏”，表现了“生可以死，死可以生”的超越生死之限的一腔“至情”。在这部作品中，汤显祖以超现实性的故事题材、融激愤悲越之情感与奇伟的艺术手法于一体，创造了一个奇特惊幻的审美境界，可谓“奇”矣、“幻”矣。然而，由于汤显祖在作品中贯注了浓烈的情感色彩，故而它是“幻中有真”。吴吴山三妇合评的《新镌绣像玉茗堂牡丹亭》这样评价道：

> 人知梦是幻境，不知画境尤幻，梦则无影之形，画则无形之影。丽娘梦里觅欢，春卿画中索配，自是千古一对痴人，然不以为幻，幻便成真。②

---

① （清）余集：《聊斋志异序》，（清）蒲松龄著，张友鹤辑校：《聊斋志异》，中华书局1978年版，第6页。

② （明）汤显祖著，（清）陈同、谈则、钱宜合评：《吴吴山三妇合评牡丹亭》，上海古籍出版社2008年版，第61页。

然而汤显祖这种“以幻为真”的奇特境界在剧坛上没能很好地得以延续,王思任在《春灯谜记序》即云:

> 临川清远道人自泥天灶,取日膏月汁,烘烧五色之霞,绝不肯俯齐州抢烟片点,于是四梦熟而脍炙四天之下。四天之下遂竞与传其薪而乞其火;递相梦梦,凌夷至今,胡柴白棍窜塞,眯咒其中,竟不以影质溺,则亦大可哈矣。①

从这段论述中可以看到汤显祖“四梦”的成就和影响,然而后世之仿效者仅取其“梦幻”的表层结构;“幻”则“幻”矣,但缺乏贯之于其中的“真情”与“至情”,“递相梦梦,凌夷至今”正说明了这种情况。因此,同样是高举“奇”这一面旗帜,但有无至情、激情之熔铸其间,艺术品位即迥然不同。徐渭、汤显祖以后,“南洪北孔”再一次融激越之情感与新奇之表现手法于一体,从而在戏曲史上创造了奇迹。而在吴炳、阮大铖和李渔等的剧作中,审美形态“奇”则奇矣,但艺术生机与情感格调却日益浅薄而难以产生使人惊泣的艺术魅力。而对“奇”这一审美范畴的探讨由此也更多地局限在戏曲艺术的技巧层次了。李渔以“新”释“奇”就比较突出地表现了这种境况。在李渔的观念中,“奇”的一个首要特色就是剧情的新鲜感。李渔虽沿用了韩愈“惟陈言之务去”的观点,但却没有韩愈“能自树立,不因循”的追求,②他并没有在思想层面为戏曲创作“树立”什么,而更多考虑的是在如何迎合观众口味的前提下尽可能地保持剧情的新鲜之感。同时,这种新鲜感也并不是在剧情中创造出某种新颖独到的情感思想,而是定位在“未经人见”之上。他甚至认为:“非特前人所作,于今为旧,即出我一人之手,今之

---

① (明)王思任:《十错认春灯谜记序》,引自毛效同编:《汤显祖研究资料汇编》(下),上海古籍出版社1986年版,第661页。

② (唐)韩愈:《答刘正夫书》,(唐)韩愈著,马其昶校注,马茂元整理:《韩昌黎诗文集校注》(第三卷),上海古籍出版社1986年版,第207页。

视昨，亦有间焉。昨已见而今未见也，知未见之为新，即知已见之为旧矣。”[1]这样，他就把“新奇”的观念框范得过于狭窄，仅留下了形式技巧的出奇变相。

（载《戏剧艺术》1991 年第 3 期）

① （清）李渔：《闲情偶寄》卷一《词曲部 · 结构第一 · 脱窠臼》，《李渔全集》（第三卷），浙江古籍出版社 1991 年版，第 9 页。

“本色”新探

“本色”在中国古典戏曲理论史上是一个广泛探讨的命题，其内涵比较宽泛，但主要指曲辞的语言风格。吴梅氏云：“配调、填字、协韵而外，尤须出于本色。……调得平仄成文，又恐阴阳错乱；配得宫调合律，更虞字格难谐。及诸般妥帖，而出语苟有晦涩，又非出色当行之作。”①可见“本色”在古典戏曲创作中的重要性，而对于“本色”的探讨也成为古典戏曲理论中的一个重要命题。

一

关于“本色”的理论探讨在中国古代文艺思想史上是一个源远流长、内涵丰赡的复杂现象。“本色”理论源自诗文理论，而盛行于戏曲批评。在明代，尤其是明中叶以后成了剧论家们普遍探讨的一个理论核心。

“本色”一辞较早见于刘勰的《文心雕龙》，其曰：

> 今才颖之士，刻意学文，多略汉篇，师范宋集，虽古今备阅，然近附而远疏矣。夫青生于蓝，绛生于蒨，虽逾本色，不能复化。……故练青濯绛，必归蓝蒨，矫讹翻浅，还宗经诰。②

---

① 吴梅：《顾曲麈谈·原曲》，上海古籍出版社2000年版，第5—6页。

② （南朝梁）刘勰：《文心雕龙·通变》，范文澜注：《文心雕龙注》卷六，人民文学出版社1958年版，第520页。

刘勰所谓的“本色”，其内涵还不十分确切，主要是一种“取喻”；但已把“本色”作为一种传统典范的审美特色来对待，即以“经诰”的素朴典雅来矫正“新声”之弊。“本色”论在文学批评中的真正确立是在宋代，陈师道谓：“退之以文为诗，子瞻以诗为词，如教坊雷大使舞，虽极天下之工，要非本色。”①刘克庄亦谓：“唐文人皆能诗，柳尤高，韩尚非本色。迨本朝则文人多，诗人少，……或尚理致，或负材力，或逞辨博，……要皆经义策论之有韵者尔，非诗也。”②陈师道、刘克庄对韩愈、苏东坡诗词创作的贬黜据于这样的观念：任何一种艺术样式都有其固有的审美特征，偏离了这些特色那就非本色了。严羽云：“大抵禅道惟在妙悟，诗道亦在妙悟，……惟悟乃为当行，乃为本色。”③因而主“妙悟”、倡“本色”，就是要求诗人在创作时认清“诗之道”。这个观念对戏曲理论影响很大，王骥德“本色”论的提出就来源于此：

> 当行本色之说，非始于元，亦非始于曲，盖本宋严沧浪之说诗。沧浪以禅喻诗，其言：“禅道在妙悟，诗道亦然。惟悟乃为当行，乃为本色。”……又云：“行有未至，可加工力；路头一差，愈骛愈远。”……知此说者，可与语词道矣。④

然则“本色”之内涵犹不仅此，袁宏道谓：“非从自已胸臆流出，不

① (宋)陈师道：《后山诗话》，(清)何文焕辑：《历代诗话》，中华书局 1981 年版，第 309 页。

② (宋)刘克庄：《竹溪诗序》，《后村集》卷二十三，影印文渊阁《四库全书》本(第 1180 册)，上海古籍出版社 1989 年版，第 245 页。

③ (宋)严羽：《沧浪诗话 · 诗辨》，(宋)严羽著，郭绍虞校释：《沧浪诗话校释》，人民文学出版社 1983 年版，第 12 页。

④ (明)王骥德：《曲律 · 杂论第三十九上》，《中国古典戏曲论著集成》(四)，中国戏剧出版社 1959 年版，第 152 页。

肯下笔,……即疵处亦多本色独造语。”[①]此之“本色”当指某一作家的个性风格。唐顺之曰:“秦汉以前,儒家者有儒家本色,至如老庄家有老庄家本色,纵横家有纵横家本色,名家、墨家、阴阳家皆有本色。虽其为术也驳,而莫不皆有一段千古不可磨灭之见。是以老家必不肯剿儒家之说,纵横必不肯借墨家之谈,各自其本色而鸣之为言,其所言者,其本色也。”[②]此所谓“本色”则指其独特的思想内涵。至如刘熙载所言“半山文瘦硬通神,此是江西本色,可合黄山谷诗派观之”。[③] 则又指某种艺术流派的本来特色。可见“本色”一辞内涵复杂,但总其要者,则仍可看出其中所体现的基本特性:“本色”就是某种艺术样式(或流派、作家)的固有艺术特征和基本的审美风貌。

“本色”问题在古典戏曲理论中的探讨也是如此,其论述范围与古代诗文理论基本一致。首先,在古典戏曲理论中,所谓“本色”是指某种传统典范的审美特色,即所谓的“金元风格”或“元人本色”。李开先谓:“(曲的创作)以金元为准,犹之诗以唐为极也,……国初如刘东生、王子一、李直夫诸名家,尚有金元风格,乃后分而两之,用本色者为词人之词,否则为文人之词矣。”[④]其次,所谓“本色”是指“曲”的独特个性和特征。王骥德谓:“曲与诗原是两肠。”[⑤]因而“本色论”是在探寻“曲之道”,这“曲之道”包括曲的题材特色、艺术方式和语言风格等多种方面。

需要特别指出的是,在中国古典戏曲理论中,人们对“曲”的典范

---

① (明)袁宏道:《叙小修诗》,(明)袁宏道著,钱伯城笺校:《袁宏道集笺校》,上海古籍出版社 1981 年版,第 187 页。

② (明)唐顺之:《与茅鹿门主事》,《唐荆川先生文集》卷七,丛书集成续编本(第 116 册),上海书店出版社 1994 年版,第 88 页。

③ (清)刘熙载:《艺概》卷一《文概》,上海古籍出版社 1978 年版,第 33 页。

④ (明)李开先:《闲居集》卷六《西野春游词序》,(明)李开先著,路工辑校:《李开先集》,中华书局 1959 年版,第 335 页。

⑤ (明)王骥德:《曲律·杂论第三十九下》,《中国古典戏曲论著集成》(四),中国戏剧出版社 1959 年版,第 162 页。

的重视是以语言风格为论述焦点的，并由此探讨“曲”的艺术规律。同时，“曲学”的对象不专指剧曲，还包涵散曲，因而语言问题便很自然地成了“本色论”的研究中心。

二

中国古典戏曲理论所追求的语言风格究竟是什么？我们不妨以“本色论”的展开为线索，对其中的流变作一简单的描述。

在“本色论”出现以前，戏曲的语言风格很早就引起了人们的注意。元代周德清《中原音韵》标列“作词十法”，其中第二法就是“造语”，他对曲辞风格有这样一个限定：“造语必俊，用字必熟；太文则迂，不文则俗；文而不文，俗而不俗，要耸观，又耸听。”[①]“文而不文，俗而不俗”是周德清对曲辞风格的一个很好的总结，奠定了中国古典戏曲语言风格论的基调。

较早以“本色”来论述戏曲语言风格的是明代嘉靖初年的李开先，他以“本色”为标准区分了“词人之词”与“文人之词”的不同，而其典范就是所谓的“金元风格”。虽然李开先对“本色”的内涵还缺乏相应的阐释，但“文人之词”与“词人之词”的区分却已开启了以“本色”针砭戏曲创作中语言时弊的论战。对此，徐渭的论述最具针对性，其《南词叙录》云：

> 以时文为南曲，元末、国初未有也，其弊起于《香囊记》。《香囊》乃宜兴老生员邵文明作，习《诗经》，专学杜诗，遂以二书语句匀入曲中，宾白亦是文语，又好用故事作对子，最为害事。[②]

---

① (元)周德清：《中原音韵》，《中国古典戏曲论著集成》(一)，中国戏剧出版社1959年版，第232页。

② (明)徐渭：《南词叙录》，《中国古典戏曲论著集成》(三)，中国戏剧出版社1959年版，第243页。

> 《香囊》如教坊雷大使舞,终非本色。……至于效颦《香囊》而作者,一味孜孜汲汲,无一句非前场语,无一处无故事,无复毛发宋元之旧。三吴俗子,以为文雅,翕然以教其奴婢,遂至盛行。南戏之厄,莫甚于今。①

"以时文为南曲",这是明代传奇创作中的一股不良风气,邵璨的《香囊记》是其中的代表,并开了传奇创作的骈俪一派。"本色论"在曲坛上的兴起正是对这种创作现象的反拨。徐渭的所谓"本色"是指什么?《南词叙录》云:"填词如作唐诗,文既不可,俗又不可,自有一种妙处,要在人领解妙悟。"②"文既不可,俗又不可"无疑是与周德清的"文而不文,俗而不俗"一脉相承。但在其《题〈昆仑奴〉杂剧后》一文中,徐渭却又云:"语入要紧处,不可着一毫脂粉,越俗越家常越警醒,……真本色若于此。"③并且断定:"越俗越雅,越淡薄越滋味,越不扭捏动人越自动人。"④此语与上述"文既不可,俗又不可"的理想似有颇多的不协调,然而我们细审徐渭有关"本色"问题的全部论述,还是可以寻绎出贯注于其中的一致性。其实,徐渭的所谓"俗",并不取"俚俗",他在对南戏的评价中明确地表现出了对早期南戏的不满,认为其"语多鄙下",并断言:"南易作,罕妙曲;北难制,乃有佳者。"⑤其中的一个首要原因是北曲有名家涉笔,而南戏则大多来自民间。因而在南戏的发展

---

① (明)徐渭:《南词叙录》,《中国古典戏曲论著集成》(三),中国戏剧出版社1959年版,第243页。

② (明)徐渭:《南词叙录》,《中国古典戏曲论著集成》(三),中国戏剧出版社1959年版,第246页。

③④ (明)徐渭:《题〈昆仑奴〉杂剧后》,《徐渭集》,中华书局1983年版,第1093页。

⑤ (明)徐渭:《南词叙录》,《中国古典戏曲论著集成》(三),中国戏剧出版社1959年版,第242页。

中，徐渭评价最高的是《琵琶记》："用清丽之笔，一洗作者之陋。"①《琵琶记》是南戏由民间转向文人的起始，其特征乃是由"俚俗"向"文"的转化。但对于"文"，徐渭又云："夫曲本取于感发人心，歌之使奴、童、妇、女皆喻，乃为得体；经、子之谈，以之为诗且不可，况此等耶？"②以"经、子之谈"为"曲"，即为"时文气"，若此，则是"文而晦"了，徐渭同样以为不可。从他对上述两种创作现象的批评中，我们不难看出徐渭的理想确是在界乎"文"与"俗"之间。那我们怎样理解徐渭在《题〈昆仑奴〉杂剧后》一文中的观点呢？对此，我们不能忽略徐渭论"俗"的前提："语入要紧之处"。何谓"语入要紧之处"？徐渭对《琵琶记》的一则评价大致可作注脚：

> (《琵琶记》)"食糠""尝药""筑坟""写真"诸作，从人心流出。严沧浪言"水中之月，空中之影"，最不可到。如[十八答]，句句是常言俗语，扭作曲子，点铁成金，信是妙手。③

"常言俗语""点铁成金"即是"语入要紧之处"的"本色"之语。关于徐渭的"本色"，人们一般以"通俗"来注解，并都以徐渭的如下一段话为主要依据："吾意与其文而晦，曷若俗而鄙之易晓也。"④其实，"文而晦"和"俗而鄙"都是与徐渭的"本色"理想不相吻合的，只不过在"文"与"俗"之间不能求得调和时，徐渭乃舍前者而取后者而已。

与徐渭同时，在古典戏曲理论史上讨论"本色"问题较多的是何良俊。他尝言："填词须用本色语，方是作家。"⑤但何良俊的"本色"与徐

① (明)徐渭:《南词叙录》,《中国古典戏曲论著集成》(三),中国戏剧出版社 1959 年版,第 239 页。

②③④ (明)徐渭:《南词叙录》,《中国古典戏曲论著集成》(三),中国戏剧出版社 1959 年版,第 243 页。

⑤ (明)何良俊:《曲论》,《中国古典戏曲论著集成》(四),中国戏剧出版社 1959 年版,第 6 页。

渭相比已有一定的差异。概括地说，何良俊的“本色论”发展了徐渭“不可俗”的一面，他的“本色”理想与“俗”已有颇为明显的对立。在元曲中，何良俊独取郑德辉，认为郑德辉的剧作乃“本色”之典范，其评“元曲四大家”曰：

马之词老健而乏姿媚，关之词激厉而少蕴藉，白颇简淡，所欠者俊语，当以郑为第一。①

在何良俊看来，郑德辉的“本色语”大致有三种内涵：“清丽流便”“蕴藉有趣”和“语不着色相”，而这三者与“俗”都是相对立的。何良俊论“本色”还有一点也值得注意，这就是所谓的“蒜酪”。其曰：

高则诚才藻富丽，如《琵琶记》“长空万里”是一篇好赋，岂词曲能尽之！然既谓之曲，须要有蒜酪，而此曲全无，正如王公大人之席，驼峰、熊掌，肥腯盈前，而无蔬、笋、蚬、蛤，所欠者，风味耳。②

此处的所谓“蒜酪”当指曲所独有的那种诙谐调侃的“风味”，与其所标举的“趣”颇相接近。而追求曲辞的“趣”，在后世也成了戏曲理论家们的共同追求。简言之，何良俊的所谓“本色”即是清丽、简淡、蕴藉有趣的“俊语”。

与何良俊不同，沈璟的“本色”理论则更突出了徐渭“文既不可”的一面。他明确申言“鄙意僻好本色”，而在其具体的评论中，我们可以看出其“本色”意蕴之所在：

---

① (明)何良俊:《曲论》,《中国古典戏曲论著集成》(四),中国戏剧出版社 1959 年版,第 6 页。

② (明)何良俊:《曲论》,《中国古典戏曲论著集成》(四),中国戏剧出版社 1959 年版,第 11—12 页。

《琵琶记·雁鱼锦》:"这壁厢道咱是个不撑达害羞的乔相识,那壁厢骂咱是个不睹事负心薄幸郎。"眉批:"不撑达""不睹事",皆词家本色语。①

《散曲·花偏南枝》:"勤儿挨磨,好似飞蛾扑火,你特故哑谜包笼,我这里登时猜破。"眉批:"勤儿""特故",俱是词家本色字面,妙甚。②

可见,沈璟的所谓"本色"其实就是对于生活俚语、俗语的直接运用,虽无可厚非,但如此倡扬却对戏曲语言的艺术性也有所贬损。在《南九宫谱》中,他还对"理合敬我哥哥""三十哥央你"等浅俗语言不吝赞美之辞。这种"本色"的追求就连对其颇为服膺的王骥德也难以接受,讥其对"庸俗俚俗之曲……极口赞美",辄曰"可爱可爱",是"认路头"已差,故其自身创作也不免"堕此一劫"。③

"本色"理论发展到王骥德,对曲辞本色风格的追求更趋明朗化。一方面,王骥德对于戏曲语言风格的探索更多注目当下的戏曲创作现实,在曲坛上努力寻求新的典范,而不像以往那样斤斤于"返古";同时,王骥德的"本色论"又体现了兼融并蓄前人成说而不作单纯依傍的特色。这样,王氏的本色论也就显出了新的追求。

在《曲律·论家数》一章中,王氏分析了"本色派"与"骈俪派"的区别:

曲之始,止本色一家,观元剧及《琵琶》《拜月》二记可见。自

① (明)沈璟:《增定南九宫谱》,《增订南九宫曲谱》卷四,《善本戏曲丛刊》第三辑,(台湾)学生书局1987年版影印本,第227页。

② (明)沈璟:《增订南九宫曲谱》卷二十,《善本戏曲丛刊》第三辑,(台湾)学生书局1987年版影印本,第638页。

③ (明)王骥德:《曲律·杂论第三十九下》,《中国古典戏曲论著集成》(四),中国戏剧出版社1959年版,第160页。

《香囊记》以儒门手脚为之，遂滥觞而有文词家一体。近郑若庸《玉玦记》作，而益工修词，质几尽掩。①

在“本色”与“文调”之间，王骥德有一个颇为辩证的看法：

大抵纯用本色，易觉寂寥；纯用文调，复伤雕镂。……至本色之弊，易流俚腐；文词之病，每苦太文。雅俗浅深之辨，介在微茫，又在善用才者酌之而已。②

可见，王氏的曲辞理想乃在“雅俗浅深”之间。如何把握这种“雅俗浅深”之间的“微茫”区别？我们且看王骥德对“本色”典范之作的评价：他首先推倒了何良俊、沈璟等对曲辞本色的认识，公开推重何、沈二人所认为的“非本色”之作：

古戏必以《西厢》《琵琶》称首……何元朗并訾之，以为“《西厢》全带脂粉，《琵琶》专弄学问，殊寡本色”。夫本色尚有胜二氏哉？过矣！③

词隐传奇，要当以《红蕖》称首。其余诸作，出之颇易，未免庸率。然尝与余言，歉以《红蕖》为非本色，殊不其然。④

推倒了何、沈二氏的观点，王骥德提出了自己的审美理想和本色

① (明)王骥德:《曲律·论家数第十四》,《中国古典戏曲论著集成》(四),中国戏剧出版社 1959 年版,第 121—122 页。

② (明)王骥德:《曲律·论家数第十四》,《中国古典戏曲论著集成》(四),中国戏剧出版社 1959 年版,第 122 页。

③ (明)王骥德:《曲律·杂论第三十九上》,《中国古典戏曲论著集成》(四),中国戏剧出版社 1959 年版,第 149 页。

④ (明)王骥德:《曲律·杂论第三十九下》,《中国古典戏曲论著集成》(四),中国戏剧出版社 1959 年版,第 164 页。

典范：

> 于本色一家，亦惟是奉常一人，其才情在浅深、浓淡、雅俗之间，为独得三昧。①

王骥德将汤显祖的剧作推上了“本色”的巅峰，这是一个颇有意味的论断，因为汤显祖是向来被人们视为文采派之首的，而王骥德却从汤显祖的剧作中找到了戏曲语言新的追求和境界。他在“古戏”中推尊《西厢》，而在时剧中又独取汤显祖，其对本色的理想追求已昭然若揭。在王骥德的观念中，只要不过于雕琢，“本色”与“文采”应该是二而为一的。冯梦龙对王氏剧作的评价正透出了此中三昧：“字字本色，却又字字文采。”②

然而，王骥德在曲辞风格的追求中独标汤显祖和高扬文采，也并不意味着他对戏曲语言通俗性的漠视。在《曲律》中，王氏论述“本色”的一个重要特征就是从舞台性角度来规范戏曲语言。他尝言：“作剧戏，亦须令老妪解得，方入众耳，此即本色之说也。”③又云：“须奏之场上，不论士人闺妇以及村童野老，无不通晓，始称通方。”④这种论述充分显示了王骥德对戏曲舞台性和戏曲语言通俗性的重视。而这又似乎与上述的追求有一定的悖离。其实，这正是由王骥德作为文人剧作家与戏曲行家的双重身份所决定的。作为文人剧作家，他并不赞赏“村俗剧本”的“鄙猥之曲”；作为戏曲行家，他又对文人剧作“过施文采”“以供案头”的境况表现了极大的遗憾。他的理想追求正是要使戏

---

① (明)王骥德:《曲律·杂论第三十九下》,《中国古典戏曲论著集成》(四),中国戏剧出版社1959年版,第170页。

② (明)冯梦龙:《太霞新奏》卷三,上海古籍出版社1993年版,第19页。

③ (明)王骥德:《曲律·杂论第三十九上》,《中国古典戏曲论著集成》(四),中国戏剧出版社1959年版,第154页。

④ (明)王骥德:《曲律·论过曲第三十二》,《中国古典戏曲论著集成》(四),中国戏剧出版社1959年版,第138—139页。

曲语言既富有文人的意味，又能够奏之场上。他认为“大雅与当行参间，可演可传，上之上也；词藻工，句意妙，如不谐里耳，为案头之书，已落第二义；既非雅调，又非本色，掇拾陈言，凑插俚语，为学究、为张打油，勿作可也”。[①] 从这一则他对戏曲艺术品位高低的评析中，我们已不难看出王氏对于曲辞风格的理想追求了。

王骥德以后，对本色理论的探讨犹然余音不绝，吕天成、徐复祚、凌濛初、祁彪佳等对此都作出了自身的理论探索。但理论进展并不太大，新意不多。在曲辞风格的追求上，大致分成两种线索：一种线索是吕天成、祁彪佳等承续王骥德的观点，进一步探讨“本色”与“文采”之间的联系。吕天成认为“本色不在摹勒家常语言，此中别有机神情趣，一毫妆点不来；若摹勒，正以蚀本色”，[②]因而他对“袭朴淡以充本色”的现象颇为不满，而对汤显祖的语言风格极其赞赏：“丽藻凭巧肠而俊发，幽情逐彩笔以纷飞。”[③]祁彪佳亦然，他对曲辞风格的最高理想乃是“自然”，但“自然”在祁彪佳的观念中也不是“朴淡”，他强调“自然”的获取是在“组织”“刻划”“锤炼”的基础之上的。如其评韦宓《箜篌》：“以骈美而归自然。”[④]评冯惟敏《僧尼共犯》：“刻画之极，渐近自然。”[⑤]但吕天成、祁彪佳在对“骈俪派”的评价中都表现出了过多的宽容，甚至予以赞美。吕天成评《玉玦记》：“典雅工丽，可咏可歌。”[⑥]祁彪佳评

---

① (明)王骥德:《曲律·论剧戏第三十》,《中国古典戏曲论著集成》(四),中国戏剧出版社 1959 年版,第 137 页。

② (明)吕天成:《曲品》卷上,《中国古典戏曲论著集成》(六),中国戏剧出版社 1959 年版,第 211 页。

③ (明)吕天成:《曲品》卷上,《中国古典戏曲论著集成》(六),中国戏剧出版社 1959 年版,第 213 页。

④ (明)祁彪佳:《远山堂曲品·艳品·箜篌》,《中国古典戏曲论著集成》(六),中国戏剧出版社 1959 年版,第 20 页。

⑤ (明)祁彪佳:《远山堂剧品·逸品·僧尼共犯》,《中国古典戏曲论著集成》(六),中国戏剧出版社 1959 年版,第 168 页。

⑥ (明)吕天成:《曲品》卷下,《中国古典戏曲论著集成》(六),中国戏剧出版社 1959 年版,第 232 页。

《玉合》:“骈俪之派,本于《玉玦》,而组织渐近自然,故香色出于俊逸,词场中正少此一种艳手不得。”①这些评语并不可取,与“本色”论更是相差甚远。另一种线索则以徐复祚和凌濛初为代表,他们都明确地将“本色”与“藻丽”对举。凌濛初谓:“曲始于胡元,大略贵当行不贵藻丽。其当行者曰‘本色’,盖自有此一番材料,其修饰词章,填塞学问,了无干涉也。”②徐复祚亦云:“《香囊》以诗语作曲,处处如烟花风柳,……丽语藻句,刺眼夺魄。然愈藻丽,愈远本色。”③由此可见,上述两种线索在对于“本色”的认识上有一定的差异,但其中也有其共性。一个最为明显的现象是:他们对戏曲语言的“俚俗”“朴淡”都是持明确的反对态度的,认为“本色”并非俚俗。凌濛初曾这样评价沈璟的剧作及其追随者:

> 沈伯英审于律而短于才,亦知用故实、用套词之非宜,欲作当家本色俊语,却又不能。直以浅言俚句,掤拽牵凑,自谓独得其宗,号称“词隐”。而越中一二少年,学慕吴趋,遂以伯英开山,私相服膺,纷纭竞作。……而以鄙俚可笑为不施脂粉,以生梗雉率为出之天然,较之套词、故实一派,反觉雅俗悬殊。④

从上述讨论中我们不难看到,理论家们虽然对曲辞风格作出了种种的规范并产生了争执,但在理论层次上始终停留在同一个点上,即他们对戏曲语言风格的探索乃是从平面上作出不同的追求,从而对

① (明)祁彪佳:《远山堂曲品·艳品·玉合》,《中国古典戏曲论著集成》(六),中国戏剧出版社1959年版,第19页。

② (明)凌濛初:《谭曲杂札》,《中国古典戏曲论著集成》(四),中国戏剧出版社1959年版,第253页。

③ (明)徐复祚:《曲论》,《中国古典戏曲论著集成》(四),中国戏剧出版社1959年版,第236页。

④ (明)凌濛初:《谭曲杂札》,《中国古典戏曲论著集成》(四),中国戏剧出版社1959年版,第254页。

“本色”内涵作出合乎自身理想的界定。然而,戏曲的语言风格毕竟要与戏曲人物产生深切的联系,脱离了人物的独特规定而谈论曲辞风格常常会流于空疏。在清代,李渔、徐大椿的论述使本色论在理论层次上提升了一步。李渔曰:戏曲语言“一味显浅,而不知分别,则将日流粗俗”,他认为:“极粗极俗之语,未尝不入填词,但宜从脚色起见。”①徐大椿在《乐府传声》中标举“本色之至”,其论述更为深入,他的论述使本色理论有了一个颇为完满的终结:

> (戏曲语言)必观其所演何事,如演朝廷文墨之辈,则词语仍不妨稍近藻绘,乃不失口气;若演街巷村野之事,则铺述竟作方言可也。总之,因人而施,口吻极似,正所谓本色之至也。②

三

古典戏曲语言本色特征的探索从明代嘉靖初年开始,历经一百余年,至明末清初渐趋尾声。从上述对本色理论历史流变的追溯中,我们不难看到,对“本色”的探讨其实并未形成一个较为一致的认识,各家之说有其相关之处,更有歧异之点,这种情况使本色理论涵蕴着一种扑朔迷离的色彩。从中我们还明显地感觉到,所谓“本色”与时下的通行释解似有颇多悖异,且与所谓的“文采”又有缠绕不清的关联。由此,我们对于“本色”的确切涵义,或者说,对曲辞风格在中国古典戏曲理论中的真正追求,不妨再从横面展开的角度作一解析。先列三则统计:

---

① (清)李渔:《闲情偶寄》卷一《词曲部·词采第二·戒浮泛》,《李渔全集》(第三卷),浙江古籍出版社1991年版,第21—22页。

② (清)徐大椿:《乐府传声·元曲家门》,《中国古典戏曲论著集成》(七),中国戏剧出版社1959年版,第158—159页。

1. 与“本色”相关的基本术语：

周德清：“文而不文”“俗而不俗”“俊语”

徐　渭：“文既不可”“俗而不可”“常言俗语，点铁成金”“清丽”“浅近婉媚”

何良俊：“清丽流便”“蕴藉有趣”“简淡”“俊语”“蒜酪”

沈　璟：“俚俗”

王骥德：“浅深、浓淡、雅俗之间”

祁彪佳：“自然”

凌濛初、徐复祚：“当行本色俊语”

2. “本色论”所指责的语言特征：

周德清：“俗语”“市语”“谑语”“语嫩”“语粗”

徐　渭：“时文气”“文而晦”“俗而鄙”

何良俊：“脂粉”“学问”“浅露”“浓盐赤酱”“芜浅”

王骥德：“雕镂”“太文语”“太晦语”“经史语”“学究语”“庸拙俚俗”“张打油”“粗鄙”“卖弄学问”“堆垛陈腐”

吕天成：“朴淡”

凌濛初：“修饰辞章”“填塞学问”“藻丽”“浅言俚语”

徐复祚：“丽语藻句”“故实”“填塞故事”

沈德符：“骈语”

孟称舜：“酸腐气”“打油气”

3. 本色典范作品：

徐　渭：《琵琶记》《西厢记》

何良俊：《拜月亭》《倩女离魂》《㑳梅香》

王骥德:《琵琶记》《西厢记》《拜月亭》“临川四梦”
沈德符、凌濛初、徐复祚:《拜月亭》

归纳上述三个方面,我们对中国古典戏曲理论中关于“本色”语言的理想追求作出如下总结:

其一,所谓“本色”语言在古代剧论中大致分为两种:一种是由周德清发端,一直沿续到明末的祁彪佳,他们认为“本色”的基调乃“文而不文,俗而不俗”。经徐渭、何良俊、王骥德等的进一步阐述,明确认定所谓“本色”乃是与“俚俗”不相侔的。而另一种则由沈璟独标一帜,明确地倡扬以“俚言俗语”融入曲子,凌濛初、徐复祚等的观念对此虽有附会之处,但也有歧异,更有颇多的指责。在这两种理解中,以第一种理解为主流。

其二,古代剧论家以“本色”为标尺所反对的戏曲语言是处于两极的语言现象:过施文采的雕镂与不事雕琢的“俗言俚语”。而在“文”与“俗”两者之间,其实并无明显的褒贬和取舍。同时,以“本色”为标尺所集中攻讦的语言现象是“骈俪”与“填塞学问”的“时文气”。王骥德谓:“世有不可解之诗,而不可令有不可解之曲。曲之不可解,非入方言,则用僻事之故也。”[①]徐复祚评《玉玦记》亦云:“独其好填塞故事,未免开饤饾之门,辟堆垛之境,不复知词中本色为何物。”[②]因而在古典戏曲理论中,与“本色”相对举的实则是“骈俪”。

其三,中国古典戏曲理论中所标举的“本色”典范在语言风格上并不一致。《西厢》《倩女离魂》《㑳梅香》“临川四梦”当入文采一系,《琵琶记》稍近故实,但也有“典雅”与“朴素”两副笔墨;《拜月》语近浅易,而《卧冰》《江流》则极为稚拙。在上述作品中,比较公认的典范作品是

① (明)王骥德:《曲律·杂论第三十九上》,《中国古典戏曲论著集成》(四),中国戏剧出版社1959年版,第154页。

② (明)徐复祚:《曲论》,《中国古典戏曲论著集成》(四),中国戏剧出版社1959年版,第237页。

《拜月》《琵琶》与《西厢》,因而在典范作品的标举中,“本色”论者其实并不排斥“文采”,倒是所反对的非本色之作则比较一致,即《香囊记》《玉玦记》。

由此,我们不难看到,中国古典戏曲“本色论”所追求的理想曲辞风格应该是这样的:“本色”不在于“摹勒家常言语”与俚语俗言,而要以自然、流丽、通脱的“俊语”为其理想追求,且应具备诗之意味。当代著名戏剧理论家约翰·霍华德·劳逊说过:“对话离开了诗意便只具有一半的生命。一个不是诗人的剧作家,只是半个剧作家。”[①]以此来衡量中国古典戏曲理论中对本色语言的追求,其实也颇为确当。

中国古典戏曲理论中“本色”问题的探讨冲击了笼罩于剧坛的浓烈的“时文”气息,为戏曲艺术的健康发展廓清了障碍。从总的倾向而言,“本色论”的探讨是试图使戏曲语言向舞台性和通俗化靠拢,但实际情况并非全然如此。在古代剧论家的心目中,“本色”并不等于无文饰,更不能与“浅俗”划归同一,因而在“本色论”的历史流变中,人们对“本色”的理想追求其实仍然是朝着文人化的方向发展的。形成这一现象的原因无疑是多方面的,然而其中一个至关重要的原因却是“本色论”所追求和规范的乃是传奇艺术的语言风格,尤其是昆腔传奇的语言风格,这种特定艺术体制的审美风貌制约并规定了戏曲语言风格的生成。而传奇艺术正是一种有着强烈文人化意味的艺术体制,一直到现在,人们犹然以“书卷气”来判定昆腔艺术的特征,这“书卷气”的由来在很大程度上正取决于独特的语言艺术。值得注意的是,在古典戏曲理论史上,人们对于本色问题的探讨无一不从传统戏曲作品中寻求典范,但这种典范作品的寻求又几乎都以文人化的作品为对象,南戏取《琵琶》,杂剧标《西厢》,而对民间戏曲作品又都投以鄙薄的眼光。

---

① [美]约翰·霍华德·劳逊著,邵牧君、齐宙译:《戏剧与电影的剧作理论与技巧》,中国电影出版社 1979 年版,第 373 页。

所有这些,都充分地说明了“本色论”在中国古典戏曲理论史上的出现是顺应着传奇艺术的自身发展道路的。脱离了这一点而仅断章摘句,视“本色”为浅俗,是与古代戏曲理论史所依附的独特创作背景不相吻合的。

(载《江海学刊》1986 年第 2 期,原题《古典戏曲本色论新探》)

论金圣叹文学评点的三个关键词

一个文学评点家的理论创造之所以能超越前人，他的批评观念和思维方式是一个不容忽视的现象。在中国文学批评史上，金圣叹的成就是非常突出的，他不仅突破了传统“雅俗”之分的域界，关注通俗小说和戏曲文学，同时在批评观念和批评体式上也有许多独到的内涵。金氏一生著述丰富，内容广泛，仅文学评点就为后人留下了十种著作（含未完稿）：《贯华堂第五才子书水浒传》《贯华堂第六才子书西厢记》《贯华堂选批唐才子诗》《唱经堂杜诗解》《唱经堂释小雅》《唱经堂古诗解》《唱经堂批欧阳永叔词十二首》《天下才子必读书》《唱经堂左传释》《序离骚经有引》，涉及诗、文、词、小说、戏曲五大文体。探究金圣叹的文学评点有三个关键词：“主体性”“解义性”和“向导性”，对这三个术语的解读可以窥见金圣叹文学评点的特色和奥秘。

一

金圣叹是一个职业性的文学评点家，他所从事文学评点活动的时间几乎与他的生命进程相始终。据他自述，他十二岁便开始了文学评点，一生都在呕心沥血地从事这项工作，直到其生命的终止。在《绝命词》中他犹这样叹惋：“且喜唐诗略分解，庄骚马杜待何如？”[①]表现了对自己未竟事业的沉痛叹息。我们不难发现，金圣叹的文学评点实际上形成了两组序列：“六才子书”是他从事文学评点的一组序列；而“六

① （清）金昌：《叙第四才子书》，（清）金圣叹著：《唱经堂第四才子书杜诗解》，万卷出版公司2009年版，第42页。

才子书”以外的批评，诸如《天下才子必读书》《贯华堂选批唐才子诗》等则构成了他文学评点的另一组序列。两组序列虽然在批评年代上并无明显的前后之别，但在批评主旨、批评途径和理论形态上有着较为明晰的区别。

作为第一序列的“六才子书”的批评是金圣叹生命运动的一个组成部分。在对杜甫诗歌的评述之中，在对《离骚》《西厢记》的批注当中，我们不难感觉到，其中有着批评者和审美客体之间的情感契合，也不乏批评者人生理想的复现和提出，这是一种难以自已的行为。在《第六才子书西厢记·序一》中，他这样说过：

> 或问于圣叹曰：《西厢记》何为而批之刻之也？圣叹悄然动容，起立而对曰：嗟乎！我亦不知其然，然而于我心则诚不能以自已也。①

金圣叹族兄金昌在《叙第四才子书》中也说过一段颇为知心的话：

> 余尝反复杜少陵诗，而知有唐迄今，非少陵不能作，非唱经不能批也。……乃其所为批者，非但剜心抉髓，悉妙义之宏深，正复祛伪存真，得天机之剀挚。盖少陵忠孝士也，匪以忠孝之心逆之，茫然不历其藩翰，况于壶奥？②

正是在这种批评主客体之间的情感契合中，文学评点才成为生命运动的一个组成部分。在“六才子书”的批评中，金圣叹的感情是浓烈的、诚挚的。因其现实遭际的穷厄，他对文学评点倾注了巨大的热情。

---

① （清）金圣叹著，陆林辑校整理：《金圣叹全集》（修订版）第二册，凤凰出版社2016年版，第847页。

② （清）金昌：《叙第四才子书》，（清）金圣叹著：《唱经堂第四才子书杜诗解》，万卷出版公司2009年版，第42页。

他以此为“消遣”，作为“留赠后人”的立言途径，又“恸哭古人”，要在文学评点中寻求心灵的慰藉、抒发内心的情感和表达人生的理想。金圣叹在晚年曾说过一段极为沉郁的话：

> 弟于世间，不惟不贪嗜欲，亦更不贪名誉。胸前一寸之心眷眷，惟是古人几本残书，自来辱在泥涂者。却不自揣力弱，必欲与之昭雪。只此一事，是弟全件，其余弟皆不惜。①

这是金圣叹在“行年向暮”之际对人生的一种叹惋，而同时却是对文学评点一种极高的褒奖。因而在“六才子书”的批评中，我们可以明显地感觉到，与他的另外一些批评论著相比，他是别具一番笔墨和高出一般手眼的。

金圣叹文学评点的第二组序列则不然，这些批评活动更多地是出自一种外在的功利需求和目的。比如《才子必读书》，金圣叹自己便有这样一段评述：

> 仆昔因儿子及甥侄辈要他做得好文字，曾将《左传》《国策》《庄》《骚》《公》《谷》《史》《汉》、韩柳、三苏等书，杂撰一百余篇，……名曰《才子必读书》，盖致望读之者之必为才子也。②

《贯华堂选批唐才子诗》也是如此，金圣叹自谓：

> 顺治十七年春二月八之日，儿子雍强欲予粗说唐诗七言律

---

① (清)金圣叹著，陆林辑校整理：《金圣叹全集》(修订版)第一册，凤凰出版社2016年版，第102页。

② (清)金圣叹著，陆林辑校整理：《金圣叹全集》(修订版)第二册，凤凰出版社2016年版，第856页。

体，予不能辞。①

因而这是一种“教科书”式的批评体式，它的首要特征便是文学评点情感因素的减弱、对内容批评比重的减少和形式特征批评比重的增大。于是，在这些批评论著中，我们已很难捉摸到批评主体的情感特征，唯有理性化的条分缕析和观念式的形式评判。

明确了金圣叹的文学评点有这样两组序列，那么，我们不妨这样认为：金圣叹文学评点的第一组序列乃是其从事文学评点的主体，他的批评观点的确立、批评体式和思维方法的成形主要存在于第一组序列之中。我们对金圣叹文学评点的把握即以第一组序列作为主要对象。

二

我们首先解读第一个关键词：“主体性”。

上文说过，金圣叹文学评点的第一组序列是其生命运动的一部分，这是他的内在情感和人生理想在艺术批评中的延伸，渗透着强烈的“主体意识”。清代乾隆年间的周昂在对《第六才子书西厢记》的批注中这样评述金圣叹的《西厢记》批评：

> 吾亦不知圣叹于何年月日发愿动手批此一书，留赠后人。一旦洋洋洒洒，下笔不休，实写一番，空写一番。实写者，《西厢》事，即《西厢》语，点之注之，如眼中睛，如颊上毫；空写者，将自己笔墨写自己性灵，抒自己议论，而举《西厢》情节以实之，《西厢》文字以证之。②

---

① （清）金圣叹著，陆林辑校整理：《金圣叹全集》（修订版）第一册，凤凰出版社2016年版，第91页。

② （清）周昂：《绘图西厢记》三之四《后候》眉批，上海扫叶山房1931年版，第243页。

周昂以“实写一番”和“空写一番”概括金圣叹文学评点的特色，是颇有见地的。而所谓“实写”和“空写”正是金圣叹在文学评点中所要着力构筑的“两层结构”，即批评客体的“审美结构”和批评主体自身的、由客体“审美结构”所延伸出来的“理论结构”。前者是批评主体对客体对象的审美观照，后者则是批评主体对审美客体的超越和再创造。而所谓文学评点的“主体性”正是要求、肯定批评者具有超越客体对象而不为之所拘的批评权利和具备再创造的自身能力。正是在这一意义之上，金圣叹不无自豪地说：

> 圣叹批《西厢记》是圣叹文字，不是《西厢记》文字。①

金圣叹同时还认为，批评主体有着超越审美客体而进行再创造的权利；而鉴赏主体同样也具备这种权利，他也不是简单的审美受动者；因而在审美客体、批评主体和鉴赏主体三者的关系上，金圣叹同样也强调鉴赏主体的再创造性。其云：

> 天下万世锦绣才子，读圣叹所批《西厢记》，是天下万世才子文字，不是圣叹文字。②

金圣叹在文学评点理论中强调批评者的“主体性”，而他的文学评点也正强烈地体现着这种“主体意识”。在“六才子书”的批评中，我们能够明显地感到批评主体与作品中形象主体之间的情绪流动和情感交融，以及对形象主体的超越和理论再创造。然而，金圣叹在文学评点中“主体性”的实现并非是脱离对象的“架空批评”，他认为，批评主体要力求摸捉创作主体之“文心”，在审美静观中与创作主体达到某种

---

①② (清)金圣叹著，陆林辑校整理：《金圣叹全集》(修订版)第二册，凤凰出版社2016年版，第865页。

心灵的默契，从而来实现文学评点的“主体性”：

《西厢记》不是姓王字实父此一人所造，但自平心敛气读之，便是我适来自造。亲见其一字一句，都是我心里恰正欲如此写，《西厢记》便如此写。[①]

金圣叹的这段话表面看来似乎难以理解，其实金圣叹旨在说明：文学评点的“主体性”并不游离于客体对象，它是批评家在力图把握对象之基础上的一种理论生发和延伸，虽然这种把握并不能确指即是客体对象之实际意蕴，而这也正为文学评点提供了足可回旋之余地。对此，金圣叹明确宣称：

我真不知作《西厢记》者之初心，其果如是，其果不如是也。设其果如是，谓之今日始见《西厢记》可；设其果不如是，谓之前日久见《西厢记》，今日又别见圣叹《西厢记》可。[②]

金圣叹在文学评点中提出的“主体性”问题是有一定价值的。而他在文学评点中所追求的所谓“实写”和“空写”的结合也正是我们的文学评点所应努力的方向。文学评点如若只注目于前者，那往往会流于一种简单的“诠释”，而文学评点如若又只强调了后者，那它又会偏离客体对象的审美意蕴，而成为一种“架空式”的批评。金圣叹强调文学评点的“主体性”正是要求尽可能地达到上述两者的有机统一。

金圣叹提出文学评点的“主体性”，一方面提高了文学评点的地位，批评者“主体意识”的消逝，在某种程度上实际意味着文学评点自

---

① (清)金圣叹著，陆林辑校整理：《金圣叹全集》(修订版)第二册，凤凰出版社2016年版，第865页。

② (清)金圣叹著，陆林辑校整理：《金圣叹全集》(修订版)第二册，凤凰出版社2016年版，第853页。

我价值的丧失。而强调文学评点的“主体性”，正是旨在说明文学评点具有自身独立的价值和地位，它和文学创作一样，本身同样也是一种“创造”，而不是文学作品的附庸。金圣叹在这种理论观念的制约下所从事的文学评点，在某种程度上也说明了上述理论观念的价值和历史地位。以《西厢记》批点为例，《西厢记》在明代的批点本可谓多矣，但在清代，明代的《西厢》刊本几乎被金批《西厢》所淹没。这从一个方面说明了金圣叹文学评点的生命力，而这恰恰与他在文学评点中所注入的强烈的“主体意识”有着密切的关系。同时，金圣叹强调文学评点的“主体性”还意味着呼唤批评个性的出现。一个文学评点家的批评个性并不完全依凭他所运用的独特的批评体式和批评方法，而更多地取决于文学评点家“主体意识”的渗透程度和这种渗透的自觉程度。金圣叹的文学评点有着颇为自觉的“主体意识”，因而说金圣叹是中国文学评点史上最富有个性色彩的批评家之一，是并不夸张的。

金圣叹在文学评点中强调“主体性”，是有他的哲学思想为其理论基础的。我们且看他对所谓“象”的一段表述：

> 象之一字，还要料检，多了一个境界，比于大千世界，多一光影，则已走样，但不曾直落下来。如人是人，狗是狗，墙壁是墙壁，凭你入三昧中之王，毕竟法身边事。①

金圣叹的所谓“象”其实就是我们现在所说的“认识”，在这里，金圣叹否定了人对客观世界认识的纯客体性；认为人的认识就客体世界来说，是“多了一个境界”“多一光影”，而这“境界”和“光影”实际上就是人的主体意识的渗透。因而他严格区分了“象”和“器”的区别，认为

① (清)金圣叹著，陆林辑校整理：《金圣叹全集》(修订版)第六册，凤凰出版社2016年版，第837页。

"'见乃谓之象,形乃谓之器',象者独见,器者共见"。[①] 也就是说,"象"是主客体的融合。金圣叹的这一思想在哲学认识论上有一定的道理,作为自在自为的人,他对客体世界的认识并非是机械的、受动的摄取和反映,在认识过程中,始终贯串着人的主观能动作用。正如瑞士心理学家皮亚杰所说过的:

> 认识既不能看作是在主体内部结构中预先决定了的——它们起因于有效的和不断的建构;也不能看作是在客体的预先存在着的特性中预先决定了的,因为客体只是通过这些内部结构的中介作用才被认识的,并且这些结构还通过把它们结合到更大的范围之中(即使仅仅把它们放在一个可能性的系统之内)而使它们丰富起来。[②]

金圣叹对"象"的认识也包涵着这个道理。因而在文学评点中,金圣叹明确认定了人的主体能动作用,所谓"文者见之谓之文,淫者见之谓之淫"。在《水浒传》的批评中,金圣叹提出了这样的批评总纲:

> 呜呼!以大雄氏之书,而与凡夫读之,则谓"香风萎花"之句,可入诗料;以北《西厢》之语,而与圣人读之,则谓"临去秋波"之曲,可悟重玄。夫人之贤与不肖,其用意之相去,既有如此之别,然则如耐庵之书,亦顾其读之之人何如矣。……一部《水浒传》,悉依此批读。[③]

---

① (清)金圣叹著,陆林辑校整理:《金圣叹全集》(修订版)第六册,凤凰出版社2016年版,第837页。

② [瑞士]皮亚杰著,王宪钿等译:《发生认识论原理》,商务印书馆2017年版,第16页。

③ (清)金圣叹著,陆林辑校整理:《金圣叹全集》(修订版)第三册,凤凰出版社2016年版,第146页。

可见,关于文学评点的"主体性"是在金圣叹的文学评点观中带有纲领性质的理论思想,他的文学评点理论都是由此所作出的延伸。

三

"解义性"是解读金圣叹文学评点的第二个关键词。

金圣叹在文学评点中确立了批评主体的地位,肯定了文学评点对于客体对象的再创造,从而为他对文学作品的内容意蕴作出体现主体意识的把握和评判廓清了观念上的障碍。

在文学评点中,金圣叹反对对文学作品只作外在形相的把握和事的注解,而要求文学评点把握作品深层次的内在意蕴。他在与友人的一封书信中这样写道:

> 昔李北海,以其尊人讳善所注《文选》未免释事忘义,乃更别自作注,一一附事见义。尊人后见而知不可夺也,因而与己书两行之。今弟亦不敢诋刘之释事忘义,亦不敢谓己之附事见义。①

金圣叹此处所言"刘之释事忘义",刘指梁代刘孝标,曾注刘义庆《世说新语》,《四库全书总目》评其注曰:"孝标所注特为典赡,……其纠正义庆之纰缪尤为精核。……与裴松之《三国志注》、郦道元《水经注》、李善《文选注》同为考证家所引据焉。"②因而金圣叹所举李北海、刘孝标等批评家的批评方式实则代表了中国古代文学批评的两个传统,即一为理论形态式的批评,一为注事诠释性的批评,两者应是相辅相成,互为补足的。而金圣叹的上述言论也不无透露了他对"解义性"的重视。

---

① (清)金圣叹著,陆林辑校整理:《金圣叹全集》(修订版)第一册,凤凰出版社2016年版,第96页。

② (清)永瑢等:《四库全书总目》卷一四〇《子部·小说家类一》,中华书局1965年版,第1182—1183页。

在《第五才子书水浒传·序三》中，金圣叹又谓：

《水浒》所叙，叙一百八人，其人不出绿林，其事不出劫杀，失教丧心，诚不可训。然而吾独欲略其形迹，伸其神理者。盖此书七十回，数十万言，可谓多矣，而举其神理，正如《论语》之一节两节，浏然以清，湛然以明，轩然以轻，濯然以新，彼岂非《庄子》《史记》之流哉！①

在这里，金圣叹区分了文学作品中“形迹”和“神理”之差异，所谓“形迹”是指文学作品外在的情节框架，而所谓“神理”则是指称蕴蓄在作品情节之中的深层次的“义”。金圣叹注重“神理”的探究正是强调了文学评点的“解义性”，要求文学评点努力摆脱作品表层情节的束缚，而进入作品内在的深层领域。在他看来，如若仅注目于作品的表层结构，那历来奉为经典的《国风》《春秋》亦无非是“淫污居半”或“弑杀十九”，更何况稗官传奇了，因而文学评点的一个重要目的便是“略其形迹”而“伸其神理”。

文学评点怎样才能“伸其神理”呢？金圣叹认为，首先要探寻作者之“文心”，也即他的创作主旨。他说：“大凡读书，先要晓得作书之人是何心胸。”②他把《史记》和《庄子》作了比较，认为正是庄生和司马迁创作志向的不同，从而使其作品形成了各自不同的内含：

夫以庄生之文杂之《史记》，不似《史记》；以《史记》之文杂之庄生，不似庄生者，庄生意思欲言圣人之道，《史记》摅其怨愤而

① （清）金圣叹著，陆林辑校整理：《金圣叹全集》（修订版）第三册，凤凰出版社 2016 年版，第 22 页。

② （清）金圣叹著，陆林辑校整理：《金圣叹全集》（修订版）第三册，凤凰出版社 2016 年版，第 28 页。

已。其志不同，不相为谋，有固然者，毋足怪也。①

其次，金圣叹要求批评者努力把握作品的奥曲之处，而不为作品的外在形迹所羁绊。在《水浒传》的批评中，他认为："一部书中写一百七人最易，写宋江最难，故读此一部书者，亦读一百七人传最易，读宋江传最难也。"②为什么呢？金圣叹作了如下解释：

盖此书写一百七人处，皆直笔也，好即真好，劣即真劣。若写宋江则不然，骤读之而全好，再读之而好劣相半，又再读之而好不胜劣，又卒读之而全劣无好矣。③

金圣叹认为，作者在这里运用了"曲笔"描写，他没有从正面刻画宋江之"恶"，而是把它隐蓄于情节内涵之中，而文学评点就是要力求探索这种"曲笔"。金圣叹提出这种批评观念是与他对文学的认识分不开的，他认为，文学创作和"正史同法"，"褒贬固在笔墨之外"，故而在"事"和"义"的关系上，金圣叹是扬"附事见义"而抑"见事忘义"。

中国古代文学素来和"史"有着不解之缘，因而在文学评点中，文学意识和史学意识是并行而不悖的，史学家"寓褒贬于笔墨之外"的创作意识深深地浸染在文学评点家的批评意识之中。金圣叹在文学评点中强调对于文学创作"曲笔"的重视，正是对这一传统的继承。

非独小说批评如此，金圣叹在诗歌批评中，同样也是力求深刻地把握作品的"曲笔"而别出"妙解"。杜甫《遣闷戏呈路十九曹长》中有这样两句："晚节渐于诗律细，谁家数去酒杯宽。"对此，人们总是从正面来理解杜甫晚年对于诗律的精审追求，而金圣叹则作出了如下批释：

---

① (清)金圣叹著，陆林辑校整理：《金圣叹全集》(修订版)第三册，凤凰出版社2016年版，第21页。

②③ (清)金圣叹著，陆林辑校整理：《金圣叹全集》(修订版)第四册，凤凰出版社2016年版，第643页。

人而至于晚节，发既苍苍，视既茫茫，成名乎？就利乎？老妻可以免于交谪，稚子可以免于饥寒乎？要之无一也，然则闷极矣。乃顾盼自雄，鼓腹自栩，独不知我诗律之渐细乎？不知者谓是满足自夸，岂知全是十成无赖，所谓“戏”也，所谓“遣”也。①

除上述两点之外，金圣叹还认为，文学评点要“伸其神理”，那必要“知人论世”，而“论世”之目的在于“知人”。因而文学评点要把作品放在特定的环境氛围和在此影响下的特定的作家心理氛围之中加以理解，从而对作品的内在意蕴作出把握。金圣叹的这种观念在他的《杜诗解》中表现得最为突出，可以这样说，金圣叹对杜诗的批评是他在力求理解杜甫及其时代，以及杜甫之志向、人格、情趣和其所处时代的关系中所作出的评判。因而金昌在辑录金圣叹的杜诗评以后，谓“有唐迄今，非少陵不能作，非唱经不能批”的评判诚为知音之言。

通览金圣叹对杜诗的批评，他是每每在捉摸杜甫的内心情感及其在作品中的反映，他对杜甫诗的评判往往抓住两点：“致君尧舜，返俗黄虞”的志向和遭际不遇的人生境况所引起的情感压抑。他评《孤雁》云：“此先生自写照也。……先生集中，都是忠孝切实之言。”②评《登楼》云：“先生生多难之时，身适在蜀，徘徊吊古，欲图祸乱削平，无日不以诸葛忠武为念。”③他不时地揭示出杜甫诗中那种沉郁顿挫的思想情感和不遇于世、难抒抱负的人生叹息。

正是在这种情感基调的深刻把握之中，金圣叹对杜诗的理解和评析往往能切中肯綮，而自矜之言也常常露之于言外。杜甫《羌村》(二)

---

① (清)金圣叹著，陆林辑校整理：《金圣叹全集》(修订版)第二册，凤凰出版社2016年版，第775—776页。

② (清)金圣叹著，陆林辑校整理：《金圣叹全集》(修订版)第二册，凤凰出版社2016年版，第750页。

③ (清)金圣叹著，陆林辑校整理：《金圣叹全集》(修订版)第二册，凤凰出版社2016年版，第717页。

诗云:“晚岁迫偷生,还家少欢趣。娇儿不离膝,畏我复却去。”对此,金圣叹批曰:

> 此解用意最曲,不说不知,说之便朗如日月之在怀也。既归后,忽然自想早岁出此门去,岂不自谓致君尧舜,返俗黄虞,功成名遂,始奉身退?壮矣大哉,快乎乐也!乃今心短计促,迫为偷生,窜身还乡,昔图总废,咄咄自诧,又何惫欤!娇儿心孔千灵,眼光百利,早见此归不是本意,于是绕膝慰留,畏爷复去。四句,总是曲写万不欲归一段幽恨。①

在金圣叹的这段赏析中,作品的情感意蕴昭然若揭,而作品中抒情主人公的形象也呼之欲出了。

金圣叹在批评理论和实践中从三个方面说明了他的关于文学评点“伸其神理”的“解义性”。他的这种观念的提出根植于他对文学创作主体性的认识,在《水浒传》的批点中,金圣叹曾提出“文”和“史”的区别。他认为:“夫修史者,国家之事也;下笔者,文人之事也。”而“国家之事,止于叙事而止,文非其所务也”。文人之事则不然,它“固当不止叙事而已”。在此,金圣叹从“史”的创作客体性和“文”的创作主体性角度区分了“史”和“文”的不同。在他看来,作为主体创作的“文”,那必定是“心以为经,手以为纬,踌躇变化,务撰而成绝世奇文”。② 它可以在事的基础之上更多地融入创作主体“志”的内核。因而作为主体创作的“文”,它必定有着深刻的“主体性”和显明的“主体特征”。而文学评点也便不单是对于“事”的解释,更多的应是对体现主体特征“志”的阐发。质言之,文学评点应该是“解义性”的。金圣叹如下一段

① (清)金圣叹著,陆林辑校整理:《金圣叹全集》(修订版)第二册,凤凰出版社2016年版,第648页。

② (清)金圣叹著,陆林辑校整理:《金圣叹全集》(修订版)第三册,凤凰出版社2016年版,第529页。

话就明确地表达了这种主张：

> 吾特悲读者之精神不生，将作者之意思尽没，不知心苦，实负良工。故不辞不敏，而有此批也。①

从“主体性”到“解义性”，金圣叹的文学评点形成了一个“链结”，这是一对互为补足的观念。如果说，“主体性”是金圣叹文学评点理论的中心观念，那么“解义性”的提倡正是为文学评点主体性的实现创造了必要的前提。在对作品形象和情感特征的把握中，在对作家“文心”的探究中，“解义性”原则为批评家主体意识的渗透提供了足可驰骋的、游刃有余的“空间”。

四

解读金圣叹文学评点的第三个关键词是“向导性”。

所谓文学评点的“向导性”是指这样一种批评观念：文学评点之目的并不是批评者本身自足的，它要求批评者在理解和领悟审美对象的基础之上给读者（当然亦包括创作者）以某种引导，从而影响文学创作和文学鉴赏。

金圣叹的文学评点在观念和实践上正是自觉地在履行着这种职责，他曾说：

> 后之人必好读书，读书者必仗光明。光明者，照耀其书所以得读者也。我请得为光明，以照耀其书而以为赠之。②

---

① (清)金圣叹著，陆林辑校整理：《金圣叹全集》（修订版）第三册，凤凰出版社2016年版，第41页。

② (清)金圣叹著，陆林辑校整理：《金圣叹全集》（修订版）第二册，凤凰出版社2016年版，第851页。

金圣叹把文学评点比作光明的使者，这是对文学评点一种很高的褒奖，同时也是对文学评点自身价值和地位的承认。

文学评点要实现其“向导性”的目的，那必定是建立在文学作品的可理解性和可解析性这一基础之上的。我国古代的文学批评素来受庄子哲学的影响，庄子云：“可以言论者，物之粗也；可以意致者，物之精也。”①强调对于客体对象的认识只能以心灵的冥契，而难以达至于言表。因而古代文学批评十分重视对审美客体的“悟”，所谓文学批评也就是将这种“悟”的直接传递，而难以用语言作出精审详尽的分析。刘勰便这样说过：“至于思表纤旨，文外曲致，言所不追，笔固知止。”②这种观念使得古代的文学评点带有浓重的神秘性和模糊性。而金圣叹则反其道而行之，他说：

> 仆幼年最恨“鸳鸯绣出从君看，不把金针度与君”之二句，谓此必是贫汉自称王夷甫，口不道“阿堵物”，计耳。若果知得金针，何妨与我略度？(《读第六才子书西厢记法》)③

因而金圣叹认为，文学评点要在批评者把握作品的基础上“善度金针”。他在批杜甫诗歌的时候便不无自豪地说：

> 先生既绣出鸳鸯，圣叹又金针尽度。寄语后人，善须学去也。④

---

① (清)郭庆藩：《庄子集释·秋水》，中华书局2004年版，第572页。

② (南朝梁)刘勰著，范文澜注：《文心雕龙注》，人民文学出版社1958年版，第495页。

③ (清)金圣叹著，陆林辑校整理：《金圣叹全集》(修订版)第二册，凤凰出版社2016年版，第859页。

④ (清)金圣叹著，陆林辑校整理：《金圣叹全集》(修订版)第二册，凤凰出版社2016年版，第724页。

在“六才子书”的评点中，我们能够明显地看到，金圣叹的文学评点不仅能“悟”出作品之绝妙之处，而且还进行了深入细致的分析，揭示出绝妙之所以然来，所谓“灵眼觑见”，又要“灵手捉住”。他认为，作为一般的文学鉴赏者，或多或少都能读懂作品，但把这种感性的认识上升到理性的把握，并融贯在鉴赏者的主体意识之中，却不是每个人都能做到的。因而文学评点的一个重要任务是要把这种感性的认识上升到理性的高度，并直接传递给读者。他的文学评点就是在履行这种责任，他曾说：

> 圣叹深恨前此万千年，无限妙文已是觑见，却捉不住，遂成泥牛入海，永无消息。今刻此《西厢记》遍行天下，大家一齐学得捉住。仆实遥计一二百年后，世间必得平添无限妙文，真乃一大快事！①

既然文学作品是可理解的和可解析的，而文学评点又是在把这种理解和解析传递给读者。那么，作为批评者来说，则要确立一定的批评态度。金圣叹认为，文学评点者要“自爱其言”，批评要审慎，要真诚，要作为读者之“知心”。为此，金圣叹对文学评点又有一“比”：

> 后之人既好读书，必又好其知心青衣。知心青衣者，所以霜晨雨夜，侍立于侧，异身同室，并兴齐住者也。我请得转我后身便为知心青衣，霜晨雨夜，侍立于侧，而以为赠之。②

金圣叹的这个观念是正确的。文学评点不是居高临下的、教条式

① (清)金圣叹著，陆林辑校整理：《金圣叹全集》(修订版)第二册，凤凰出版社2016年版，第858页。

② (清)金圣叹著，陆林辑校整理：《金圣叹全集》(修订版)第二册，凤凰出版社2016年版，第852页。

的评判，它首先要求批评者以真诚的态度来力求理解作者及其作品，再以真诚的态度和面目来对待读者。因为读者也是一个创造者，他不需要批评家指手划脚地给予审美的“赏赐”，而要求批评家以平等的态度与读者作出知心的情感交流和审美传递。金圣叹把文学评点者比作“知心青衣”，正是要求文学评点在“真诚”的基础之上，求得与读者心灵的融合，从而达到文学评点的“向导”目的。

金圣叹认为，在文学评点中大致有两类人物：一类是“冬烘先生”，另一类则是“英伟奇绝大人先生”。这两类批评者在对于文学评点“向导性”的认识上有着极为明显的差异。他对这两种人物作出了如下的评析：

> 弟自幼最苦冬烘先生，辈辈相传“诗妙处正在可解不可解之间”之一语。弟亲见世间之英绝奇伟大人先生，皆未尝肯作此语，而彼第二第三随世碌碌无所短长之人，即又口中不免往往道之。无他，彼固有所甚便于此一语。盖其所自操者至约，而其规避于他人者乃至无穷也。①

可见，这两种批评者之间最大的不同，在于一是自铸伟词，认为文学评点是一种“创造性”的事业；而另一种人物则是“随世碌碌无所短长”之辈，他们的文学评点“自操者至约”而缺乏创造性，对于文学评点的“向导性”不予重视，而往往以“妙处在可解不可解”之辞来敷衍搪塞。

由此也可以看出，金圣叹强调文学评点的“向导性”和他提倡文学评点的“主体性”有着颇为密切的联系。正因为文学评点是主体性的、创造性的，所以批评者能够凭借自身的理论勇气超越审美客体而作出

---

① (清)金圣叹著，陆林辑校整理：《金圣叹全集》(修订版)第一册，凤凰出版社2016年版，第102—103页。

创作性的理论批评，从而给读者以引导和启迪。

金圣叹提出文学评点的“向导性”，还与他的人生理想是分不开的。如前所述，金圣叹把文学评点视为其生命运动的一部分来加以看待。因而文学评点也是其追求人生理想的一种途径，他尝言：“太上立德，其次立功，其次立言。”然而，现实未能让金圣叹的“立功”“立德”之志一试利钝。他退而求其次，试图以“立言”来传扬后世，“留赠后人”。他说：“人不立言与蜂蚁何异？”他希冀着这种境况的出现：“国信其书，家受其言。”甚而至于“口口相授，称道不歇”。① 正是在这种人生理想的迫促之下，金圣叹力求使自己的文学评点成为一种创造性的事业，流芳后世，供人“消遣”。

以上我们以“主体性”“解义性”和“向导性”三个关键词概括并分析了金圣叹的文学评点观念，这是金圣叹文学评点理论的“总体结构”。在这个结构中，文学评点的“主体性”是他批评理论的中心观念，在这一观念的制约下，他一方面把批评触角伸向了创作主体和审美客体，要求对作家的“文心”和作品的内在意蕴作出符合批评者主体意识的解释和概括；另一方面又使批评者面向鉴赏主体，把文学评点视为流芳后世、遗泽后人的工具和途径，并作为一种创造性的活动来赢得批评主体价值的实现。在中国文学批评史上，金圣叹的文学批评观念诚为空谷足音，他对文学评点主体性的强调，突出了批评者的主体价值，从而也强化了文学评点的自身地位。在这种观念的标领下，文学评点已不再作为文学附庸，而是一种批评者自身价值的实现，是一种超越，同时也是一种创造。然而，金圣叹的文学评点观念仍然是一个并不完善的理论结构，他提出了许多有价值的理论观念，但在这背后也蕴涵着不少不尽合理甚至是错误的地方。这同样表现在他文学评

① (清)金圣叹著，陆林辑校整理：《金圣叹全集》(修订版)第二册，凤凰出版社2016年版，第1079页。

点理论的中心观念——“主体性”之中。在对于文学评点主体性的提倡中，金圣叹的理论勇气和胆识是卓越的；然而在批评主体与审美客体的关系中，他虽然也强调了文学评点不能游离于客体，但他在理论上并没有作出比较妥善的处理。他强调文学评点对审美客体的超越，但是这种超越恰恰为他凭个人的直觉和见解来解释作品提供了极大的便利。金圣叹生活的时代，正是王派“心学”刚刚度过它的黄金时代之时，“心学”对客体的认识方式无疑在他的心中留下了深深的投影。比如他对“格物”的认识和理学是有二致的，他没有视“格物”为认识客体的途径，而是把“格物”框范在对主体心理的发见。因而随着主体心理的变异，客体的真实性制约也便逐渐地淡薄了。在文学评点中，当金圣叹的主体意识极度膨胀的时候，他的批评主体也远远地超越了审美客体，在某种程度上反而使审美客体成了他抒情言志、自抒怀抱的工具和载体。无疑，这是金圣叹文学评点颇为显明的不足。

（摘自《金圣叹与中国戏曲批评》，华东师范大学出版社 1992 年版，略有修订）

释“心地体”:金圣叹评判戏曲人物的独特视角

关于人物形象,金圣叹最为注目的是人物性格问题。文学批评史家历来对金圣叹在《水浒传》评点中的如下一段话极为叹赏:“《水浒》所叙,叙一百八人,人有其性情,人有其气质,人有其形状,人有其声口。”①在这段表述里,金圣叹从“性情”“气质”“形状”“声口”四方面对人物形象的内涵作出了规范,确乎是颇为精到的。在《西厢记》评点中,金圣叹对于戏曲人物性格的阐发和把握也是触手可见,他往往从某种特定的角度来审视人物性格的内涵,又从相应的角度来规范人物性格的塑造。有关“心地体”的论述和阐发便含蕴了金圣叹这方面的理论思想。

一

关于“心地体”的说法见《贯华堂第六才子书西厢记·赖婚》总批,为了论述方便,我们择要摘录如下:

> 事固一事也,情固一情也,理固一理也,而无奈发言之人,其心则各不同也,其体则各不同也,其地则各不同也。彼夫人之心与张生之心不同,夫是故有言之而正,有言之而反也。乃张生之体与莺莺之体又不同,夫是故有言之而婉,有言之而激也。至于红娘之地与莺莺之地又不同,夫是故有言之而尽,有言之而半也。②

---

① (清)金圣叹著,陆林辑校整理:《金圣叹全集》(修订版)第三册,凤凰出版社2016年版,第20页。

② (清)金圣叹著,陆林辑校整理:《金圣叹全集》(修订版)第二册,凤凰出版社2016年版,第965页。

金圣叹以上的表述并非直接针对“性格”而言，他在《赖婚》总批中着重讨论的是由谁主唱的问题：“《赖婚》一篇，当时若写作夫人唱，得乎？曰：不得。然则写作张生唱，得乎？曰：不得。然则写作红娘唱，得乎？曰：不得。……彼作者当时盖熟思之，而知《赖婚》一篇必当写作莺莺唱，而不得写作夫人唱、张生唱、红娘唱者也。”[①]古典戏曲中的“唱曲”脱胎于古典诗歌，它有两大功能：一是描摹场景和推演情节，为戏曲人物活动提供具体环境。二是抒写人物主体的内在心理活动和情感波澜。而在这两大功能中后者是首要的，这是表现人物性格的一个极好途径。因而，金圣叹在《赖婚》总批中虽然谈的是由谁来主唱，但实际体现的却是人物性格的塑造问题。

在这里，金圣叹提出了耐人寻味的六个概念：就客体（即情节）而言，可以用“事情理”三者来概括；而从人物主体（即性格）来说，则以“心地体”三者为认识途径。金圣叹的这个思想颇类似于叶燮《原诗》中提出的理论，叶燮认为，文学创作就其表现对象来说，是由“理事情”三要素构成的，而诗人的主体方面则可用“胆识才力”四者概括。但他们的理论宗旨是不同的，叶燮探讨的是抒情艺术中主客观融合而构成的艺术形象；金圣叹着重的却是人物主体（即性格）在客体面前的反应和抉择所体现的性格特征。而这也正体现了戏曲艺术的特性。

那么，金圣叹提出的“心地体”究竟包蕴何种内涵呢？我们还是从《西厢记》的具体艺术情境入手。《赖婚》一折是《西厢记》的一个重头戏，[②]张生和莺莺的爱情至此逐渐趋向于成熟。“月下联吟”，莺莺绝赏张生之俊才；“张珙闹斋”，莺莺复睹其神俊；“白马解围”，莺莺又极感其恩惠。此时此地，在莺莺的心灵中，张生其人正是其“芳心系定，

---

① （清）金圣叹著，陆林辑校整理：《金圣叹全集》（修订版）第二册，凤凰出版社2016年版，第964—966页。

② 《西厢记》是一部结构宏伟的作品，在杂剧中，它的结构体制是独特的，它一方面采用“一本四折”的常规模式，同时又超越了这个形式，形成了多本连缀的格局。因而它的高潮也是多层次出现的，《赖婚》一折是《西厢记》第二本的高潮。

香口噙定,如胶入漆,如日射壁,虽至于天终地毕、海枯石烂之时,而亦决不容移易者也”。[①] 张生之“这一个”已深深“荡漾”于莺莺心头。正如金圣叹所说,莺莺此时已是“夫妻两口,并心合意”了。然而,莺莺并非是“洛阳对门女儿”,她是个“千金小姐”,“千金小姐”者,必有其“礼”也,她的心头喜悦还不能太直接地溢于言表。夫人请宴是莺莺“定亲”之日,这种大喜的日子莺莺该是怎样的呢?且看金圣叹对莺莺的一段评述:“此日双文不应一如平日迟起,然……双文又自有双文身分,不可过于早起。”她应该是“迟固不迟,早亦不早,早虽不早,迟已不迟”。只有这样,“翩翩然便有一位及瓜解事千金小姐,活现于此双开一幅玉版笺中”。[②] 然而谁能料想,老夫人突然变卦,一句“小姐与哥哥把盏者”,使情势发生遽变,莺莺的心头喜悦突然间“变做了梦里南柯”。她对张生的爱慕在刚要成为现实之时,一下化为乌有,心头之压抑和不满是难以平息的。然而,扼杀她心头之爱的又恰恰是她的母亲,这种特定的关系使得莺莺不能激烈地陈诉怨恨,而只能把难咽的不平化为对张生深深的爱怜和强烈的心灵分裂。《赖婚》一折正是在这种复杂的情境中集中体现了莺莺的性格特征,而我们由此对金圣叹所提出的“心地体”的内涵也看出了端倪。

所谓“心”,是指戏曲人物的“心理意向”,这是实现戏曲人物内心理想的某种动机或推动力。颇类似布轮退尔所说的“意志”。布轮退尔说:“这就是可以称为意志的东西:立定一个目标,导引每一件事都向着它,并努力使每一件事都跟它一致。”[③]如张生对莺莺的爱慕之“心”,是促成其行为的内在动力。而所谓“地”,就是指戏曲人物的社

① (清)金圣叹著,陆林辑校整理:《金圣叹全集》(修订版)第二册,凤凰出版社2016年版,第966页。

② (清)金圣叹著,陆林辑校整理:《金圣叹全集》(修订版)第二册,凤凰出版社2016年版,第968页。

③ [法]布轮退尔:《戏剧的规律》,载罗晓风选编:《编剧艺术》,文化艺术出版社1986年版,第7页。

会地位，主要针对戏曲人物所处的某种社会阶层。如莺莺是一个“相国千金小姐”。那么“体”呢？在金圣叹看来，这就是戏曲人物在某种戏曲情境中所处的特定关系。如老夫人和莺莺是“母女”关系，莺莺和红娘又是一种“主婢”关系，这种“关系”对于形成戏曲人物内在的性格特征是有相当影响的。明确了“心地体”的特定意蕴，那么这是否就是金圣叹对性格内涵的认识呢？其实还不然，“心地体”三者还不能构成性格的内涵，在金圣叹的思想中，这是人物评判和人物塑造的三个重要途径。具体地说，戏曲人物的内在意志及其表现是体现人物性格的一方面特征（就莺莺而言，即为“至有情女子也”）；戏曲人物特定的社会地位是形成其性格的又一要素（就莺莺而言，则为“天下至尊贵女子也”）；而戏曲人物在某种戏曲情境中所处的特定关系，则又是表现人物性格特征的另一侧面（就莺莺而言，那就是“天下至灵慧”“至矜尚女子也”）。而这三者的融合，在金圣叹看来，是构成戏曲人物性格的全部内涵。因而金圣叹对莺莺的性格特征作出了如下概括：“双文，天下之至尊贵女子也；双文，天下之至有情女子也；双文，天下之至灵慧女子也；双文，天下之至矜尚女子也。”①

二

金圣叹从“心地体”三个要素认识了戏曲人物性格的内涵，同时，金圣叹还由此提出了从“心地体”入手塑造人物性格的具体途径。归纳起来，他在这方面的理论思想大致有三个方面：

第一，金圣叹认为，性格塑造要突出戏曲人物内在意志（即“心”）的作用，并要在人物内在意志的冲突中表现人物性格。

黑格尔说过：“在戏剧里，具体的心情总是发展成为动机或推动

---

① （清）金圣叹著，陆林辑校整理：《金圣叹全集》（修订版）第二册，凤凰出版社2016年版，第1015页。

力,通过意志达到动作,达到内心理想的实现。"[1]金圣叹也是深谙此意,在戏曲创作中,金圣叹是首重性格的,他反对情节的设置脱离人物性格,而使人物行为缺少相应的心理依托;从而使性格游离于行动之外,成为行为不自觉的一种"傀儡"。他在分析《西厢记》人物性格时,总是强调人物主体的心理意向。确实,当人物内在心情转化为意志,从而进行不断行动的时候,人物性格才能显露出来,用金圣叹的话说,这就是"皆以此一节为根也"。这"根"表现在张生身上,就是他对莺莺强烈的爱慕之心,正是在这种强烈的爱慕之心的支配下,张生的性格才在连续不断的行为之中表现出来。在《西厢记》的艺术群像中,金圣叹论"心"比较多地注目于张生,张生也确实是在《西厢记》中"产生行为"的主要人物。他的行为正吻合了布轮退尔在分析"意志"内涵时所说的一段话:"他总是继续不断地要求他要求的东西,并且这些手段失败之后,他一直也没有停止策划新的手段。"[2]金圣叹对张生的把握是准确的,他认为,在《惊艳》一折中,虽然"张生瞥然惊见,双文翩然深逝",但"张生已自如蚕吐丝,自缚自闷。盖下文无数借厢附斋,皆以此一节为根也"[3]。而这"根"的由来就是"分明打个照面,风魔了张解元"。在以下几折中,金圣叹就是围绕了这"根"来分析张生是怎样来"策划手段"的:

> 《借厢》:"如夜来张生之瞥见惊艳也,……近之固不可得而近,而去之乃决不可得而去也。决不可得而去,则务必近之,而近之之道,其将从何而造端乎?通夜无眠,通夜思量。"[4]

---

① [德]黑格尔著,朱光潜译:《美学》第三卷下,商务印书馆1981年版,第244页。

② [法]布轮退尔:《戏剧的规律》,载罗晓风选编:《编剧艺术》,文化艺术出版社1986年版,第7页。

③ (清)金圣叹著,陆林辑校整理:《金圣叹全集》(修订版)第二册,凤凰出版社2016年版,第902页。

④ (清)金圣叹著,陆林辑校整理:《金圣叹全集》(修订版)第二册,凤凰出版社2016年版,第904—905页。

《酬韵》:"张生闻双文每夜烧香正在隔墙,又有太湖石可以垫脚,此那能忍而不看？那能忍而不急看耶?"①

《闹斋》:"张生用五千钱看莺莺。"②

不难发现,正是在张生内在意志支配下连续不断的自觉行为,而使张生那种"痴情"的性格特征逐渐地显露了出来。《西厢记》对张生这种近乎痴狂行为的描写固然不少,但这都是结合他的"志诚"来刻划的,脱离了这一点,那张生就成为一个儇薄的"登徒子"了。

诚然,突出戏曲人物内在意志的作用在性格塑造中是极为有利的,但这种纯然心理意向的表现和揭示还往往只是一种抒情艺术的特征。作为戏曲艺术,还必须在人物内在意志与其对立物的撞击之中刻划人物性格。就像黑格尔曾说过的:"戏剧应该突出不同的目的冲突自己挣扎着向前发展。"③金圣叹对此的认识也有相当的高度,他在《西厢记》的评点中,每每围绕人物各自的目的冲突,以及人物内在的心理冲突来分析和揭示人物性格。这可以归纳为两个方面:一是外在的目的冲突。这种冲突源于对立双方"心"的不同,如在《赖婚》一折中,张生是满心满意成双好,而老夫人则是居心刻意拆鸳鸯。金圣叹同时又认为,这种外在的目的冲突各自还应该有其合理性,如对于张生来说,"赖婚"是"断断必不可赖"的,因为这是"夫人之许也"。而对于老夫人来说,"赖婚"是"断断必不可不赖的",因为先夫曾先诺于郑恒也。正是在这种合理性的基础上,人物的行为和心理才显得不是无意的、偶然的,而具有一定的必然性。由此,老夫人那种恪守礼教的顽固性和张生多情志诚的个性形象也深刻地表现了出来。二是人物心

① (清)金圣叹著,陆林辑校整理:《金圣叹全集》(修订版)第二册,凤凰出版社2016年版,第920—921页。

② (清)金圣叹著,陆林辑校整理:《金圣叹全集》(修订版)第二册,凤凰出版社2016年版,第930页。

③ [德]黑格尔著,朱光潜译:《美学》第三卷下,商务印书馆1981年版,第266页。

理的内在冲突,这是由个人的社会地位、性情禀赋而产生的一种心理冲突。金圣叹在《赖简》总批中对莺莺内在的心理冲突作了缜密而又详尽的分析,在他看来,从《惊艳》到《赖简》,莺莺对张生“诚不得一屏人之地,与之私一握手,低一致问”,何则?“感其才,一也;感其容,二也;感其恩,三也;感其怨,四也”。因而此时莺莺对张生强烈的挚爱之情“溢而至于闲之外”,也是“恒情恒理”的。① 然而,如果莺莺此时果真如此,那在金圣叹看来还不足以表现其性格,因为莺莺的行为只合乎外在的“人之常理”,但还未充分体现性格的内在之理。故金圣叹认为,要充分揭示莺莺的性格,那必须要在莺莺内在的心理冲突中加以展现。具体地说,莺莺对张生强烈的挚爱之心只有在其“至尊贵”的社会地位与“至灵慧”“至矜尚”的先天秉性相融和的心理氛围中加以表现,才能真正体现只有属于莺莺的那种对张生的“爱”,而其性格也才能真正揭示。金圣叹认为,《赖简》一折正是由于把莺莺置身于内在的心理冲突之中,所以才塑造出了“又娇稚、又矜贵、又多情、又灵慧千金女儿”,而不是“洛阳对门女儿也”。②

第二,金圣叹还认为,性格塑造要给戏曲人物以某种客观外在的定性,即要从人物特定的社会地位(“地”)来规范性格。在中国古代戏曲批评史上,从特定社会地位的角度来批评人物性格是一以贯之的。从李卓吾一直到吕天成、祁彪佳,都对这个问题有过思考。而金圣叹的特殊之处在于:他一方面对这个问题作了深入而又细致的探讨,同时又将这个思想作为性格塑造的一个方面而纳入“心地体”的整体框架之中。

金圣叹是把特定的社会地位作为性格的“基调”来对待的。对此,他主要提出了三个层次的理论思想:他首先要求性格塑造确定戏曲人

---

① (清)金圣叹著,陆林辑校整理:《金圣叹全集》(修订版)第二册,凤凰出版社2016年版,第1014页。

② (清)金圣叹著,陆林辑校整理:《金圣叹全集》(修订版)第二册,凤凰出版社2016年版,第1018页。

物在社会等级中所处的“类”。比如:“老夫人,守礼谨严,一品国太君也。双文,千金国艳也。即阿红,亦一时上流姿首也。”①而张生则是“相府子弟”“孔门子弟”。明确这一点以后,他还要求性格塑造要注意这种特定的“类”所体现的某种普遍的特征。如相国千金小姐是“尊贵”的、“矜尚”的,而惟其“尊贵”,故“是天仙化人,其一片清净心田中,初不曾有下土人民半星龌龊也”;又惟其“矜尚”,“故一见张生,不可旋随眉目转情也”。而张生作为“孔门子弟”“相府子弟”,那必定是“高才”“苦学”“豪迈”“淳厚”的。除上述两点以外,金圣叹还要求性格塑造必须使人物行为和语言符合处于某种社会层次的普遍规范。他举红娘为例:“《西厢》写红娘,云‘我并不识字’,却愈见红娘之佳,此(指续之三《争艳》)写红娘识字,乃极增红娘之丑。”②

第三,关于“体”,金圣叹在《西厢记》的评点中论述并不多,但有其深度。在金圣叹的性格塑造理论中是一个不容忽视的思想内涵。在金圣叹看来,“体”就是指戏曲人物相互之间的关系,即通过人物之间的特定关系来揭示性格。

那么怎样通过戏曲人物之间的关系来揭示性格呢?这里的一个重要契机就在于:戏曲人物之间的关系所构成的情境和当事人的行为相交融时,能够直接导致冲突,而冲突正是揭示性格的极好途径。比如在《西厢记》中,莺莺和张生的爱情本来是没有太大的冲突的,但莺莺却处在老夫人的女儿这样一个特定关系之中,而老夫人又是反对张生和莺莺的爱情的。故在这种情境中,莺莺陷入了内心强烈的心理冲突和分裂,她的性格特征也明显地表现了出来。金圣叹对此看得极为明白,他在分析莺莺性格的时候,首先明确认定莺莺对这种特定关系的认识是非常明晰的,而在《赖婚》一折中,他着重从莺莺和老夫人的

---

① (清)金圣叹著,陆林辑校整理:《金圣叹全集》(修订版)第二册,凤凰出版社2016年版,第890页。

② (清)金圣叹著,陆林辑校整理:《金圣叹全集》(修订版)第二册,凤凰出版社2016年版,第1109页。

关系中显示她的性格特征,在《赖简》一折中则从莺莺和红娘的特定关系来分析莺莺的性格特征,他揭示了莺莺性格中“矜尚”“灵慧”的特征在很大程度上得自于此。

三

金圣叹在性格塑造理论中提出了“心地体”三个概念,这种对于性格的认识是相当深刻的,这种深刻性实际上包蕴了金圣叹对性格认识的多角度和多层次性。

从“心地体”三条途径来认识性格和塑造性格,这在金圣叹的理论观念中确实是难能可贵的,这也说明了金圣叹的眼力和识见。戏曲艺术就其本质特征来说,它是一种表现“冲突”的艺术。戏曲艺术要成功地塑造性格,那它必须通过一条无法避免的途径:人物之间的纠纷和冲突,以及人物内在的心理冲突和分裂。“心地体”三者正包蕴了戏曲人物的这种外在冲突和内在的心灵冲突。然而,要塑造一个完整的人物性格,“心地体”三者是不能偏废的,忽略了其中某一个因素,都会使性格塑造带来某种缺陷。我们可以看到,“心”在性格塑造中有着极为重要的地位,因为戏曲人物都不应该出自一种无意的行动,他的全部行为都必须是在其“心”的支配之下的自觉行动。只有这样,人物性格才能充满生气。但支配人物行动的“心”又不能是出于纯然主观的目的,心灵的东西如果没有包蕴人物自身的复杂性,那这种行为实际上还是较为肤浅的,而过分强调这一点来塑造性格,也会使性格变得单薄。比如张生,金圣叹分析这个人物较多地从“心”的角度加以评析,张生和莺莺在“分明打个照面”而“风魔”以后,剧本就着力描写张生对莺莺孜孜不竭的追求。确实,张生的行动都是由其自身的“心”衍生出来的,是一种完全自觉的行动。但正因为张生之“心”源于一种纯然主观的动机,他的“心”没有包蕴自身的丰富性和复杂性,因而在剧本中,张生的形象仅仅是以一个“多情志诚”的“傻角”出现,而缺乏某种人性的深度和性格的丰满性。"地"在性格塑造中主要体现为一种客观外在的定性，它是剧作家在塑造性格时所作出的一种"类"的划分，它还不是一种心灵性的东西。因而在性格塑造时，"地"如果没有和"心""体"相融合，那往往会使性格塑造流于在宁静之中作平面的描绘，它揭示的可能只是一种"类"的表象，而使人物性格趋向于类型化。至于"体"，作为一种戏曲人物之间的特定关系所构成的戏曲情境，那更不能在性格塑造中单独运用了。就像黑格尔所说的："情境本身还不是心灵性的东西，还不能组成真正的艺术形象，它只涉及一个人物性格和心境所由揭露和表现的外在材料。"[1]由此可见，"心地体"三者在性格塑造中是各有所司，而又密不可分。要成功地塑造人物性格，"心地体"三者在性格塑造中应该是一个完整的统一体。

在戏曲创作中，从"心地体"入手塑造人物性格是一个颇为合理的途径；而"心地体"三者作为性格塑造理论的一个有机整体，其中某一因素的偏重也是衡定人物性格塑造理论性质的有效方法。由此，我们不妨再解剖一只"麻雀"，从"心地体"三者所构成的关系上来把握金圣叹性格理论的总体倾向。

在《西厢记》评点之中，《赖简》总批是金圣叹运用"心地体"的理论观点分析人物性格最集中而又最成功的一段文字。从剧本的规定情境来看，《西厢记》为我们展开了这样一幅画面：经过不断的爱情纠葛，莺莺对张生终于倾心而向往之，此时，她"诚得一屏人之地"，向张生表露爱情的心曲。但当张生鸿雁传信之时，莺莺却又勃然大怒，她深责红娘，并折简回书，以示"惩戒"。然而，莺莺回寄之简并非惩戒之词，却是约张生月下定情。深秋之夜，月白风清，张生喜不自胜，急不可耐，"打扮得身子儿乍，准备来云雨会巫峡"，而当张生突然出现在莺莺和红娘面前时，莺莺又一次发作，严责张生的悖礼之行。此时，在月光之下，张、莺、红三人真是"一个羞惭，一个怒发"，而一个发呆。面对如

① [德]黑格尔著，朱光潜译：《美学》第一卷，商务印书馆1981年版，第274页。

此情境,我们可以看出莺莺的行为是矛盾的,她深爱张生又相约张生,却峻拒张生又严责张生。但在金圣叹看来,这种行为的矛盾正是由莺莺的性格所决定的。为此,他从“心地体”三方面作出了精彩的分析。他首先肯定了莺莺行为的合理性,然后从莺莺的性格特征入手加以分析:“双文先以尊贵之故”,因而“身为相国千金贵女,其未可以才子之故,而一时倾倒遂至于是”(“地”);然正因为是才子,故佳人“一时倾倒不免遂至于是”,但莺莺一时倾倒如斯,却“其未可令余一人,得闻我则遂至于是也”。因而莺莺“欲简张生”,何止是一日之心,然“目顾红娘,则遂已焉”(“体”);况红娘之“地”又不过是一“小弱青女”,因而身为千金贵女,怎能轻易地示之以“心”呢?① 在金圣叹看来,正是莺莺“尊贵”“矜尚”的性格特征,所以莺莺宁愿对张生“便付决绝”(“心”),亦不能以千金贵人而甘心受如此“不堪”,遭如许“损伤”。金圣叹从而为莺莺的矛盾行为作出了合乎逻辑的解释。

金圣叹对此所作出的解释是合理的,但不难发现,金圣叹在分析莺莺行为特征的时候,首先是从“千金小姐”这个特定的“类”入手的,他揭橥的是作为千金小姐的莺莺在特定情境中所作出的合乎身份的行为特征。因而在“心体地”三者的关系上,“地—体—心”是金圣叹观念之中性格评判和性格塑造理论的逻辑层次。

(摘自《金圣叹与中国戏曲批评》,华东师范大学出版社 1992 年版,略有修订)

---

① (清)金圣叹著,陆林辑校整理:《金圣叹全集》(修订版)第二册,凤凰出版社 2016 年版,第 1016 页。

释“三渐”：金圣叹的戏曲结构原则

“结构”一辞有双重涵义：一可作动词解，即文艺创作的构思布局；一是指凝结在文艺作品中特定的艺术要素。然“布局”也好，“艺术要素”也好，它在文艺创作中的实现都有某种理论思想的贯穿和指导，这种理论思想一般便表述为文艺结构的基本原则。金圣叹关于戏曲结构原则的理论有其独到的见解，提出了许多精辟的思想，这是值得我们重视的。

一

金圣叹对结构相当重视，他在《第五才子书水浒传·序一》中曾把“才”释为二义：一训为“材”，这是指文学家的内在素养和禀赋。二训为“裁”——剪裁之“裁”。其曰：“有全锦在手，无全锦在目；无全衣在目，有全衣在心。见其领，知其袖；见其襟，知其帔也。夫领则非袖，而襟则非帔，然左右相就，前后相合，离然各异，而宛然共成者，此所谓‘裁’之说也。”①金圣叹把“裁”视为构成文学家才能资禀的一个重要因素，可见其对“结构”的重视。在戏曲批评史上，关于戏曲结构曾有二喻：一是“工师之造室”，二是“编剧如缝衣”，这些比喻无不说明了理论家对结构艺术的推崇。这种对“结构”的重视是和古代的艺术传统密切关联的，古代艺术素来强调形式之美，对于形式之美的长久追求使得古典艺术形成了某种固定的形式格局。艺术家对生活的认识和

① (清)金圣叹著，陆林辑校整理：《金圣叹全集》(修订版)第三册，凤凰出版社2016年版，第15—16页。

感受以及内在情感的抒发都必须凝结成某种固定的形式而纳入固有的形式框架之中,它不以直接表现生活为旨归,而是把生活的“艺术化”作为其追求的最高目的。这种传统一方面丰富了某种艺术样式的独特个性,但同时在一定程度上也束缚了艺术家抒情言志的手脚,使得对某种艺术样式固定格局的依附成了文学家构思布局的基本法则,从而引起了艺术创作中“情”与“法”的矛盾和对立。这种传统对戏曲理论批评的影响也是颇大的,戏曲批评大家如王骥德和李渔亦不能避免。在戏曲批评史上,汤显祖强调“凡文以意趣神色为主”,突出了戏曲创作中“情”的重要性,于是“情”成了他戏曲创作中情节布局的重要链结。金圣叹重视创作中的结构安排,而他的艺术观却是以“情”为目标的,他反对艺术作品具有某种确定不移的形式格局,更反对艺术作品的固定格式阻滞艺术家内在情感的迸涌。就文学结构形态而言,他追求内在结构的纷纭复杂,但他同时又认为:复杂的内在结构的呈现并不是独立的。在抒情艺术中,他认为,结构的复杂多变和诗人内在情感的起伏相一致,它是诗人的情感波澜在作品中的外在显现。比如屈原的《离骚》,金圣叹认为:“爱君者,屈子之平情,然则其书真屈子之平文也”,因而“平情之自成曲折”,故其文也“自为连断也”。他明确断定“夫情至于曲折之时,则必为其转声焉”,而“笔端之转字”,亦“即喉中之转声”①。故在金圣叹的理论观念中,结构的变化领属于情感的起伏,文学家在艺术创作中的构思布局依托于艺术家内在的情感需求,而非艺术样式外在的形式格局:“诗如何可限字句?诗者,人之心头忽然之一声耳。……若果篇必八句,句必为五言七言,斯岂又得称诗乎哉!”②

① (清)金圣叹著,陆林辑校整理:《金圣叹全集》(修订版)第六册,凤凰出版社2016年版,第903页。

② (清)金圣叹著,陆林辑校整理:《金圣叹全集》(修订版)第一册,凤凰出版社2016年版,第100—101页。

金圣叹从“情—声—字”三者的关系上确立了结构的基本原则。然而，我们也切莫以为金圣叹在艺术结构上是废弃“法”的，相反，金圣叹的全部理论活动都是以“度人金针”为其重要目的，他的评点活动就是为了使观者“平添无数文法”。而在此必须明确的一个界限是：他的所谓“文法”大多是属于形式范畴，诸如“横云断山法”“横桥锁溪法”“月度回廊法”等，在结构上属于一般的叙事方法，这种叙事方法隶属于他以“情”为目标的结构原则。

金圣叹这种以“情”为目标的结构原则深深影响了他的戏曲理论的构筑。在戏曲作品中，他对戏曲结构的固定模式同样也是痛心疾首：“伧近日所作传奇，例必用四十折。吾真不知其何故不可多，不可少，必用四十折也。”①然而，戏曲艺术作为一种叙事文学，它毕竟有别于抒情文学的审美特征，它不能仅是剧作者内在情感的直接抒写，而要把这种内在情感“外化”成某种形象作为情感载体，并通过艺术形象表现剧作者的情感思想。金圣叹对此是有所把握的，他认为戏曲创作的内在动机也是抒写“我一人心头口头吞之不能，吐之不可，搔爬无极，醉梦恐漏，而至是终竟不得已”的内在情感，但这种情感抒写有其特殊的方式，它是“忽然巧借古之人之事以自传，道其胸中若干日月以来，七曲八曲之委折”。② 剧作者的情感思想已渗透和包蕴在形象之中，于是，制约着结构的基本原则已不再是剧作者自身的内在情感，而是直接体现这种内在情感的形象以及通过形象而表现出来的剧作者所赋予作品的思想意蕴。金圣叹在《西厢记》评点中提出的“三渐说”颇为完整地体现了他这方面的理论思想。

---

① (清)金圣叹著，陆林辑校整理：《金圣叹全集》(修订版)第二册，凤凰出版社2016年版，第1027页。

② (清)金圣叹著，陆林辑校整理：《金圣叹全集》(修订版)第二册，凤凰出版社2016年版，第893页。

二

“三渐说”见《第六才子书西厢记·后候》总批。金圣叹在这一段文字中详论了《西厢记》的结构艺术,并通过张、莺爱情所经历的所谓“三渐”阐发了他关于戏曲结构的基本原则,探讨了戏曲的情节安排、人物的性格塑造与戏曲作品思想底蕴的关系:

> 何谓三渐?《闹斋》第一渐,《寺警》第二渐,今此一篇《后候》第三渐。第一渐者,莺莺始见张生也;第二渐者,莺莺始与张生相关也;第三渐者,莺莺始许张生定情也。此三渐,又谓之三得。何谓三得?自非《闹斋》之一篇,则莺莺不得而见张生也;自非《寺警》之一篇,则莺莺不得而与张生相关也;自非《后候》之一篇,则莺莺不得而许张生定情也。①

金圣叹所说的“三渐”实际上就是《西厢记》情节发展的三个主要阶段和莺莺性格展现的三个重要层次。在此,金圣叹把张生和莺莺的爱情经过主要框范在自《闹斋》至《后候》之间。因为在他看来,就张生一方而言,“惊艳”乃张生“春院瞥见”莺莺也,“酬韵”亦仅墙角遥见也,“瞥见”“遥见”均未成其为“见”。而自《闹斋》始,张生真乃“亲见”“快见”和“饱见”矣。而从莺莺来说,虽然她于“酬韵”之夜已“绝叹清才”,但至此莺莺实乃未见张生,故《闹斋》一场,非独张生“饱见”莺莺,而莺莺亦于此“极赏神俊”,故莺莺对张生才貌的叹赏乃真正拉开了《西厢记》“才子爱佳人,佳人爱才子”的爱情帷幕。由此以后,一方面是张生对莺莺的积极追求,另一方面是莺莺不断突破外在的礼义规范和内在

---

① (清)金圣叹著,陆林辑校整理:《金圣叹全集》(修订版)第二册,凤凰出版社2016年版,第1029页。

的心灵冲突。经《寺警》《赖婚》等折，莺莺通过对张生“才”“容”“德”“怨”的情感积淀，最终冲决了来自各方面的约束，而赢得了爱情的成功。因而《后候》以后，莺莺的“酬简”——对张生爱情的最终接受，真如“众水之毕赴大海，群真之咸会天阙”，自然而然，而“一齐结穴”。[1]由此可见，金圣叹把张、莺爱情线索框范在《闹斋》至《后候》之间确是颇有见地的。

不难发现，金圣叹论及“三渐”并非单纯地在谈论《西厢记》的情节问题，他的理论主旨在于阐明戏曲情节结构的基本原则。联系金圣叹《西厢记》评点的整体思想，可以看到金圣叹这方面的理论思想大致有如下两个层次：

首先，在金圣叹看来，戏曲情节结构的安排和戏曲人物性格有着密切的联系，或者说，戏曲人物性格制约着戏曲创作的结构布局。这使我们不禁想起了高尔基的一句名言：情节是人物性格发展的历史。如果说，以“发展”一词表述人物性格在作品中的变化还欠明晰，那我们干脆直用金圣叹的意思。金圣叹认为，戏曲的情节安排就是戏曲人物性格不断“展现”的历史，因而所谓“三渐”，其实就是莺莺性格逐步展现的过程。金圣叹曾对莺莺的性格作出了这样的界定：“尊贵”“多情”“矜尚”“灵慧”，这种性格特征决定了莺莺的爱情追求并不是一个简单的过程。故从《闹斋》至《后候》的所谓“三渐”都是为莺莺步履艰辛的爱情追求提供机会、环境和设置某种可能性。同时，这也是莺莺性格特征不断展现的历史，两者是相互关联、密不可分的。对此，金圣叹有一段颇为精彩的分析：

> 无遮道场，故得微露春妍；讳日营斋，故得亲举玉趾。舍是则尚且不得来，岂直不得见也。变起仓卒，故得受保护备至之恩；母

---

① (清)金圣叹著，陆林辑校整理：《金圣叹全集》(修订版)第二册，凤凰出版社2016年版，第1030页。

> 有成言,故得援一醮不改之义。舍是则于何而得有恩,于何而得有义也。听琴之夕,莺莺心头之言,红娘而既闻之;赖简之夕,张生承诗之来,红娘而又见之。今则不惟闻之见之,彼已且将死之。细思彼已且将死之,而红娘又闻之见之,而莺莺尚安得不悲之,尚安得复忌之,尚安得再忍之,尚安得不许之?①

《西厢记》展现了张生和莺莺从“相见”“相爱”到爱情实现的过程,那为何必定要经过“三渐”呢?这不单是一个情节复杂曲折的问题,因为只有这样才能真正体现那种属于莺莺的爱,才是莺莺这个“尊贵”“多情”“矜尚”“灵慧”的千金小姐所做出的爱的追求。

其次,既然戏曲结构要受到戏曲人物性格的制约,而戏曲人物性格又正是剧作者赋予剧本的思想意蕴的集中体现之所在,那么,戏曲结构安排的“三渐”同样也是为了表现剧作者赋予作品的思想意蕴。近代著名电影艺术家爱森斯坦在《结构问题》一文中说过:“结构中的每一个细致变化都不是出于形式上的需要,而是从表现出主题和作者对主题的态度的那种构思中产生的。”又云:“任何一种仿佛是抽象的结构变化和结构手法,都表现出作者对结构材料的思想和政治观点。”②爱森斯坦的话值得玩味。金圣叹以“三渐说”概括和揭示张、莺之间的爱情追求和实现,同样也是基于他对《西厢记》所体现的思想意蕴的认识之上的。金圣叹认为“《西厢记》为才子佳人之书”,因而“才子爱佳人,佳人爱才子”是《西厢记》的主要内容。然正因是“才子佳人”,故而他们的爱情追求有别于狂且倡女的一拍即合。在金圣叹看来,绝代之才子爱绝代之佳人,这是天下“必至之情”,然这种“必至之情”只能藏之才子佳人心中,何则?“先王制礼,万万世不可毁也”。因

① (清)金圣叹著,陆林辑校整理:《金圣叹全集》(修订版)第二册,凤凰出版社2016年版,第1029—1030页。

② C·爱森斯坦:《结构问题》,载[前苏联]瓦依斯菲尔德编:《电影剧作问题论文集》(第一集),中国电影出版社1957年版,第158、162页。

而张、莺二人在“闹斋”以后拉开的爱情帷幕如若没有“忽然寺警，忽然许婚”，那爱情终究不能发展，因为“才子佳人”的爱情光环包蕴有“听之于父母，先之于媒妁”的色素。金圣叹认为“佳人之爱才子则爱，而佳人之畏礼则又畏者，是乃佳人之所以为佳人也”，[①]然当夫人赖婚，张生忧而且死之时，莺莺终于“回心转意”，此亦乃佳人情之至也。因而由“恩”（“寺警”之保护）、由“义”（夫人许婚）、由“情”（张生之且死），《西厢记》描写的张、莺爱情完整地包含了“才子爱佳人，佳人爱才子”的真正底蕴，这是一种纯然美丽而又合乎规范的爱情追求，而这种思想底蕴的完满揭示就非“三渐”而莫能。金圣叹对于《西厢记》的内容意蕴，没有揭示其反礼教的思想内核，这是其缺陷之所在，但由此引出的理论思想却是值得我们借鉴的。

把上述两点联系起来，我们便可以对金圣叹的戏曲结构原则作出如下表述：

一部戏曲作品，它的内在结构包蕴有三条线索，一是情节发展线，二是性格展现线，三是思想意蕴的揭示线，这三线的包融构成了完整的戏曲艺术结构。金圣叹在戏曲理论观念中对这三线没有明确地提出，但在《西厢记》的具体评点中，金圣叹却是把表现戏曲人物性格和剧作者赋予作品的思想意蕴视为戏曲结构的基本原则的。因而性格、情节、思想意蕴三者是揉合在一起的，而他对《西厢记》结构艺术的批评正贯穿了这三者的统一。由这一特征进一步延伸，我们可以看到，金圣叹对戏曲情节结构的内在关系也有明确的规定。戏曲的情节结构应该体现内在的因果关系，但这种关系并非在情节中自身生成。金圣叹强调表现人物性格为戏曲结构的基本原则，故在他看来，这种情节结构的因果关系领属于人物性格的内在逻辑性。

---

① （清）金圣叹著，陆林辑校整理：《金圣叹全集》（修订版）第二册，凤凰出版社2016年版，第976页。

三

金圣叹这种在戏曲结构中强调性格制约作用的论述,在戏曲批评史上乃为空谷足音。翻开李渔《闲情偶寄》,我们便可看到,作为活跃于明末清初的两位同时代的戏曲理论家,金圣叹和李笠翁对于戏曲结构的论述是大异其趣的。

对于戏曲结构的阐发是李渔戏曲理论的主体部分,他在《闲情偶寄》中对戏曲结构作了全面、深入而又系统的阐述,确乎是前无古人,后鲜来哲的。但从其结构理论的整体意向来把握,他对戏曲结构的论述基本是在情节结构本身自足,即他对戏曲结构的认识缺乏我们上文所说的“三线揉合”的把握。诚然,李渔的结构理论以“立主脑”为其重要一款,但“立主脑”在李渔的思想中并非是所谓的主题思想对戏曲结构的统率作用。对此,赵景深先生的观点颇有意义:“李渔说‘主脑非他,即作者立言之本意也’。这两句话很不妥当,容易使人误会他所谈的是主题思想,其实他指的是最重要的关目,或戏剧情节,也就是联络全剧人物的枢纽。”[①]因而这种“立主脑”完全是从结构意义上立论的。那这是否表明李渔对戏曲结构的基本原则缺乏认识呢?也不然,我们认为,李渔关于戏曲结构的基本原则乃是对于“事奇”的追求,即戏曲情节的曲折复杂和戏曲构思的独到新颖。他曾告诫剧作者“不宜卒急拈毫”,不要低估戏曲结构布局的重要性,因为“有奇事方有奇文”,而“古人呼剧本为传奇者,因其事甚奇特,未经人见而传之,是以得名,可见非奇不传”。[②] 对于戏曲情节结构“奇”的追求,在戏曲批评史上有着长久的传统,李渔正是这一脉传统的代表者和理论鼓吹者。

由此可见,金圣叹和李渔在戏曲结构原则上的不同极为明显。而

① 赵景深著:《曲论初探》,上海文艺出版社 1980 年版,第 50—51 页。

② (清)李渔著:《闲情偶寄》,浙江古籍出版社 1985 年版,第 9 页。

细审两者差异的本源，我们不难看到，金圣叹和李渔的差异根植于他们在戏曲观上“动作（情节）和性格”何者为重的分歧。“动作和性格”何者为重，这在西方戏曲理论史上是一个古老的命题，从亚理斯多德到黑格尔，对情节的推崇都达到了无以复加的地步。亚氏认为：“情节结构乃悲剧的基础，有似悲剧的灵魂。”“悲剧中没有行动，则不成为悲剧，但没有‘性格’，仍然不失为悲剧。”①然而，这种理论的提出是基于古希腊戏剧这个艺术背景之上的，而古希腊戏剧在审美特征上还明显地带有古代史诗的痕迹，即故事情节常常掩埋着个体性格。因而当黑格尔的视线由古希腊戏剧转向莎士比亚时，“动作和性格”在他的戏剧艺术天平上又慢慢地倾向于后者。而从狄德罗到莱辛，他们都把“性格”推上了戏剧艺术的峰顶。莱辛告诫剧作者：“一切与性格无关的东西，作家都可以置之不顾。对于作家来说，只有性格是神圣的，加强性格，鲜明地表现性格，是作家在表现人物特征的过程中最当着力用笔之处。”②

西方戏剧理论史上长久争论的问题不期在十七世纪中叶的古代中国也正以同样的理论命题进行着探讨。然而令人惋惜的是：李渔以追求“事奇”为目的的戏曲结构原则契合古代戏曲的审美传统，并带着自身的创作实践——《李笠翁十种曲》在戏曲史上有着炫目的光彩，他强化了古典戏曲追求情节奇特这个固有传统。而金圣叹的戏曲结构原则却长久地没有抉发出来，未能引起剧作者应有的重视，这是颇为遗憾的。

（摘自《金圣叹与中国戏曲批评》，华东师范大学出版社 1992 年版，略有修订）

---

① [古希腊]亚理斯多德著，罗念生译：《诗学》，人民文学出版社 1962 年版，第 21 页。

② [德]莱辛著，张黎译：《汉堡剧评》，上海译文出版社 1998 年版，第 125 页。

参考书目

1. 张静庐:《中国小说史大纲》,泰东图书局 1920 年版。
2. 范烟桥:《中国小说史》,秋叶社 1927 年版。
3. 胡怀琛:《中国小说研究》,商务印书馆 1929 年版。
4. 汪辟疆:《唐人小说》,神州国光社 1931 年版。
5. 王易:《词曲史》,神州国光社 1932 年版。
6. 卢前:《明清戏曲史》,钟山书局 1933 年版。
7. 谭正璧:《中国小说发达史》,光明书局 1935 年版。
8. 朱谦之:《中国音乐文学史》,商务印书馆 1935 年版。
9. 周贻白:《中国剧场史》,商务印书馆 1936 年版。
10. [日]青木正儿:《中国文学概说》,开明书店 1938 年版。
11. 郭箴一:《中国小说史》,商务印书馆 1939 年版。
12. 刘开荣:《唐代小说研究》,商务印书馆 1947 年版。
13. 冯沅君:《古剧说汇》,商务印书馆 1947 年版。
14. 蒋祖怡:《小说纂要》,正中书局 1948 年版。
15. 李啸仓:《宋元伎艺杂考》,上杂出版社 1953 年版。
16. 吴小如:《中国小说讲话及其它》,古典文学出版社 1956 年版。
17. 孙楷第:《俗讲、说话与白话小说》,作家出版社 1956 年版。
18. 王国维:《王国维戏曲论文集》,中国戏剧出版社 1957 年版。
19. 胡忌:《宋金杂剧考》,古典文学出版社 1957 年版。
20. 陈汝衡:《说书史话》,作家出版社 1958 年版。
21. 周贻白:《戏曲演唱论著辑释》,中国戏剧出版社 1962 年版。
22. 陆澹安:《小说词语汇释》,中华书局 1964 年版。
23. 孙楷第:《沧州集》,中华书局 1965 年版。

24. [日]内山知也:《文学概念的变化》,日本迁国书刊行会 1977 年版。
25. 周贻白:《中国戏曲发展史纲要》,上海古籍出版社 1979 年版。
26. 叶德均:《戏曲小说丛考》,中华书局 1979 年版。
27. 胡士莹:《话本小说概论》,中华书局 1980 年版。
28. 程毅中:《宋元话本》,中华书局 1980 年版。
29. 王季思:《玉轮轩曲论》,中华书局 1980 年版。
30. 赵景深:《中国小说丛考》,齐鲁书社 1980 年版。
31. 刘叶秋:《历代笔记概述》,中华书局 1980 年版。
32. 张庚、郭汉城:《中国戏曲通史》,中国戏剧出版社 1980 年版。
33. 钱南扬:《戏文概论》,上海古籍出版社 1981 年版。
34. 叶朗:《中国小说美学》,北京大学出版社 1982 年版。
35. 叶长海:《王骥德〈曲律〉研究》,中国戏剧出版社 1983 年版。
36. 郑振铎:《郑振铎古典文学论文集》,上海古籍出版社 1984 年版。
37. 李剑国:《唐前志怪小说史》,南开大学出版社 1984 年版。
38. 任半塘:《唐戏弄》,上海古籍出版社 1984 年版。
39. 王元化:《文心雕龙创作论》,上海古籍出版社 1984 年版。
40. 齐森华:《曲论探胜》,华东师范大学出版社 1985 年版。
41. 谭正璧著,谭寻补正:《话本与古剧》,上海古籍出版社 1985 年版。
42. 黄霖:《古小说论概观》,上海文艺出版社 1986 年版。
43. 孙逊:《明清小说论稿》,上海古籍出版社 1986 年版。
44. 胡适著,易竹贤辑录:《胡适论中国古典小说》,长江文艺出版社 1987 年版。
45. 陈平原:《中国小说叙事模式的转变》,上海人民出版社 1988 年版。
46. [美]韩南著,尹慧珉译:《中国白话小说史》,浙江古籍出版社 1989 年版。
47. 浦江清:《浦江清文录》,人民文学出版社 1989 年版。
48. 郭豫适:《中国古代小说论集》(修订三版),华东师范大学出版社

1992 年版。
49. 黄霖:《近代文学批评史》,上海古籍出版社 1993 年版。
50. 董洪利:《古籍的阐释》,辽宁教育出版社 1993 年版。
51. 石昌渝:《中国小说源流论》,生活·读书·新知三联书店 1994 年版。
52. 罗钢:《叙事学导论》,云南人民出版社 1994 年版。
53. 赵山林:《中国戏剧学通论》,安徽教育出版社 1995 年版。
54. 洛地:《词乐曲唱》,人民音乐出版社 1995 年版。
55. 郑振铎:《中国俗文学史》,东方出版社 1996 年版。
56. [美]浦安迪:《中国叙事学》,北京大学出版社 1996 年版。
57. 朱自清:《诗言志辨》,华东师范大学出版社 1996 年版。
58. 詹福瑞:《中古文学理论范畴》,河北大学出版社 1997 年版。
59. 齐森华、陈多、叶长海主编:《中国曲学大辞典》,浙江教育出版社 1997 年版。
60. 李昌集:《中国古代曲学史》,华东师范大学出版社 1997 年版。
61. 鲁迅:《中国小说史略》,上海古籍出版社 1998 年版。
62. [美]王德威:《想像中国的方法:历史·小说·叙事》,生活·读书·新知三联书店 1998 年版。
63. 林岗:《明清之际小说评点学之研究》,北京大学出版社 1999 年版。
64. 汪涌豪:《范畴论》,复旦大学出版社 1999 年版。
65. 郭英德:《明清传奇史》,江苏古籍出版社 1999 年版。
66. 谭帆:《中国小说评点研究》,华东师范大学出版社 2001 年版。
67. 申丹:《叙述学与小说文体学研究》(第二版),北京大学出版社 2001 年版。
68. 张伯伟:《中国古代文学批评方法研究》,中华书局 2002 年版。
69. 李惠绵:《戏曲批评概念史考论》,里仁书局 2002 年版。
70. 朱万曙:《明代戏曲评点研究》,安徽教育出版社 2002 年版。

71. [美]夏志清著,胡益民等译:《中国古典小说史论》,江西人民出版社 2003 年版。
72. 董每戡:《董每戡文集》,中山大学出版社 2004 年版。
73. [美]韩南著,徐侠译:《中国近代小说的兴起》,上海教育出版社 2004 年版。
74. 郭英德:《明清传奇戏曲文体研究》,商务印书馆 2004 年版。
75. 冯天瑜等:《中华文化史》,上海人民出版社 2005 年版。
76. 陈洪:《中国小说理论史》(修订本),天津教育出版社 2005 年版。
77. [美]王德威著,宋伟杰译:《被压抑的现代性——晚清小说新论》,北京大学出版社 2005 年版。
78. 潘建国:《中国古代小说书目研究》,上海古籍出版社 2005 年版。
79. 陈平原:《中国现代小说的起点——清末民初小说研究》,北京大学出版社 2005 年版。
80. 陈文新:《传统小说与小说传统》,武汉大学出版社 2005 年版。
81. 叶长海:《中国戏剧学史稿》,中国戏剧出版社 2005 年版。
82. [美]浦安迪著,沈亨寿译:《明代小说四大奇书》,生活·读书·新知三联书店 2006 年版。
83. 王庆华:《话本小说文体研究》,华东师范大学出版社 2006 年版。
84. 刘勇强:《中国古代小说史叙论》,北京大学出版社 2007 年版。
85. 刘晓明:《杂剧形成史》,中华书局 2007 年版。
86. 张世君:《明清小说评点叙事概念研究》,中国社会科学出版社 2007 年版。
87. 李军均:《传奇小说文体研究》,华中科技大学出版社 2007 年版。
88. 程国赋:《明代书坊与小说研究》,中华书局 2008 年版。
89. 曾永义:《戏曲源流新论》(增订本),中华书局 2008 年版。
90. 丁淑梅:《中国古代禁毁戏剧史论》,中国社会科学出版社 2008 年版。
91. 郭绍虞:《照隅室古典文学论集》,上海古籍出版社 2009 年版。

92. 罗宁:《汉唐小说观念论稿》,巴蜀书社2009年版。
93. 黄天骥、康保成:《中国古代戏剧形态研究》,河南人民出版社2009年版。
94. 郭绍虞:《中国文学批评史》,商务印书馆2010年版。
95. [日]坪内逍遥著,刘振瀛译:《小说神髓》,上海译文出版社2010年版。
96. 李宗侗:《中国史学史》,中华书局2010年版。
97. 吴承学:《中国古代文体学研究》,人民出版社2011年版。
98. 刘晓军:《章回小说文体研究》,华东师范大学出版社2011年版。
99. 董乃斌:《中国文学叙事传统研究》,中华书局2012年版。
100. 谭帆等:《中国古代小说文体文法术语考释》,上海古籍出版社2013年版。
101. 杨志平:《中国古代小说文法论研究》,齐鲁书社2013年版。
102. 王瑶:《中古文学史论》,北京大学出版社2014年版。
103. 刘青:《中国术语学概论》,商务印书馆2015年版。
104. 余来明:《"文学"概念史》,人民文学出版社2016年版。
105. 廖群:《中国古代小说发生研究》,山东教育出版社2016年版。
106. 李剑国:《唐五代志怪传奇叙录》,中华书局2017年版。
107. 李剑国:《宋代志怪传奇叙录》,中华书局2018年版。
108. 朱恒夫等:《中国戏曲剧种研究》,人民文学出版社2018年版。
109. 何亮:《汉唐小说文体研究》,中华书局2019年版。
110. 陈洪:《中国早期小说生成史论》,中华书局2019年版。
111. 曾永义:《戏曲剧种演进史考述》,人民文学出版社2019年版。
112. 郝敬:《建构"小说"——中国古体小说观念流变》,中华书局2020年版。
113. 谭帆、陆炜:《中国古典戏剧理论史》(增订本),上海古籍出版社2021年版。

附录一　试析古代文论理论术语的构造特征

古代文论研究近来出现了一种新的趋势：人们往往把古代文论纳入古代文化思想的范畴，在这总的背景下对古代文论的民族特征作整体的探究。如果说，这种高屋建瓴式的宏观把握能使人们在整个民族历史的遗迹中考察古代文论的理论形态，那么，这种研究的深入还有待于把研究视线投向古代文论的微观领域，并以此作为基础。个人认为，理论术语是构成古代文论理论形态的基本要素之一，对理论术语的认识偏差往往会导致对某种理论问题的错误看法。因此，如能对理论术语的构造特征作一点考察，将有利于认清古代文论术语的真实面目，从而把握古代文论的民族特征。

一

构造特征之一：理论术语内在意蕴的多义性。

研究古代文论的理论术语，面对的是延续了两千余年文论发展的悠长历史。在这漫长的历史进程中，我们不难发现，某些形式相对恒定的理论术语在其历史的延续线上汇聚了越来越多的理论家的思想内涵，使理论术语本身的适用范围逐步得到扩张，这种情况直接取决于理论术语形式的相对稳定和文艺思想不断发展之间的矛盾。文艺思想是社会生活和文学创作实际的理论反映，它是随着反映对象的发展而不断变化发展的，而把发展了的文艺思想纳入理论术语的固有框架，势必使术语的意蕴逐步增加，而术语本身的运用范围也不断地扩大。这在古代文论术语中是不乏其例的，以“气”为例：“气”的原义是指一种自然物质，《说文》释为“云气也”。孟子首次把“气”引入精神的范畴:“我知言,我善养吾浩然之气。……其为气也,配义与道。无是,馁也。”[1]这就是以“配义与道”为其基本内核的“养气说”。孟子的“养气说”对后世的影响很大,但对“气”的理解各有所重,因而提出了不同的“养”的途径。如唐代古文家柳冕、韩愈继承孟子的传统,视“养气”为文学创作的首务,强调对于儒家思想的继承是“养气”的根本途径。宋苏辙把“气”和自然联系起来,认为“养气”要“行天下,周览四海名山大川”。[2] 明代谢榛推崇“全味”,认为“气”存在于文学作品之中,因而学者要“能集众长”,然后“合而为一,五味调和”。[3] 在另一方面,六朝时的曹丕倡“文气说”,“气”又专指文学作品的风格特色。再如“道”:“道”原指道路,引入文论领域后,孔子、荀子、扬雄、韩愈之“道”专指“儒家之道”,而在刘勰的《文心雕龙》中,“道”是“自然之道”和“儒家之道”的合流。宋代理学家提倡“明道”“载道”“贯道”诸说,理解不一。至清季的章学诚把“道”视为“万事万物之所以然,而非万事万物之当然也”。[4] 其他诸如“文质”“比兴”“志”等,也是这种情况。

值得注意的是,古代文论某些理论术语内在意蕴的不断增加,并不排斥原来的适用范围,它们之间的关系不是更替,而是同时并存。正因如此,某些理论术语的内部往往是多重概念的复合。

理论术语内在意蕴的多义性,这是古代文论术语颇具民族性的特征。按理说,随着文艺思想的发展,理论术语的形式须不断变更,这是一个新陈代谢的过程。在西方文论中,这是一个较为常见的现象,而在古代文论中,不断演化的文艺思想常常被规范于固有的术语框架之

---

① (清)焦循撰,沈文倬点校:《孟子正义》,中华书局 1987 年版,第 199—200 页。

② (宋)苏辙著,陈宏天、高秀芳点校:《苏辙集》,中华书局 1990 年版,第 381 页。

③ 其云:“学者能集众长,合而为一,若易牙以五味调和,则为全味矣。”见(明)谢榛、(清)王夫之著:《四溟诗话　姜斋诗话》,人民文学出版社 1961 年版,第 69 页。

④ (清)章学诚撰,叶瑛校注:《文史通义校注》上册,中华书局 2014 年版,第 140 页。

中。对于这个问题，近来有学者作过论述，认为这跟中国古代“以‘法先王’为目标”的“历史道统观”有关系，文章认为，中国古代的历史道统观决定了中国古代文学史观以“伸正绌变”为其特征，而在文艺思想中“复古倾向占据着突出的位置”。同时，古代文论许多理论术语使用方式的特征也是历史道统观的折光反映，表现为“概念在凝固的形式下流动”。① 这种观点能启人深思，确是有识之见。但把古代文论术语的某些特征置于历史观的背景下作总体把握，难免会失之于笼统。诚然，历史观对文艺思想的影响是巨大的，但这影响是在儒家思想长期占据统治地位的背景下产生的。因而我们不能笼统地认为历史观使人们在思想、政治、文艺上产生了浓厚的复古思想，因为诸子百家大多在历史的进程中泯灭了。所以具体地说，古代文论的复古思想着重恢复的是儒家正统的文艺观和审美理想，而理论术语形式的恒定现象也大多是儒家文艺思想中的传统术语。如《尚书・尧典》提出的“志”，儒家思想推尊的“道”，孔子提出的“文质彬彬”，孟子阐明的“养气”，汉代经学家论述的“比兴”，如此等等，不一而足。这些都是古代文论术语中内在意蕴多义性的最具典型意义的例子。

我们并不认为，理论术语内在意蕴的多义性在古代文论中是个相当普遍的现象。其特殊性正好体现了古代文论在复古上的一个明显特征：打上儒家思想的旗号，发展文艺思想。然而我们也不能否认，由于理论术语内在意蕴的不断增长，使人们较难把握某些理论术语的特征，这是人们常说的某些古代文论术语较为模糊的原因之一。但只要我们把握了这个构造特征，在研究和运用古代文论术语时注意理论术语在发展中的历史制约性，即术语的整体和局部意义的统一，我们也就可以使某些术语在认识中化模糊为准确。

① 陈伯海：《民族文化与古代文论》，《文学评论》1984 年第 3 期。

二

构造特征之二:理论术语形式组成的复合性。

中国古代文论是古代文化的一个重要组成部分,其术语的形式构造也要受到古代汉语内部规律的制约。如果说,理论术语意蕴的多义性主要涉及某些文论术语的内容构造,那么,理论术语在形式上的构造特征就是文论术语由单音词为主体逐渐向复合词演变(当然,古代文论术语自始至终有单音词存在,如“情”“志”等)。这些复合词在构成上有三种主要类型:

一是在单音词向复合词的演变过程中,出现了两个单音词的临时组合。也就是说,这类复合词只是两个同义或反义词的并列,还未凝结成一个整体。如古代文论中常见的“浓淡”“雅俗”“繁简”“虚实”“奇正”等,其特点是两个单音词的组合未能产生确定的第三义,或者形成两个单音词自身涵义以外的抽象意义。

二是复合词由两个单音词作为词素构成,其中一个词素的本身涵义成为这个词的主要意义,另一词素只是起限制或者修饰作用。这是在古代文论中较为常见的术语,如刘勰在《文心雕龙》中标列的“神思”一词,其释为:“行在江海之上,心存魏阙之下,神思之谓也。”①无疑,在“神思”这个词中,其主要涵义是“思”,即艺术想象活动;刘勰在“思”之上冠以“神”,起修饰限制作用。刘勰谓:“文之思也,其神远矣。”②“神用象通,情变所孕。”③可见“神思”一词的涵义是饱含思想感情的、积极的艺术想象活动。再如“辞气”“声气”“风味”“精思”“苦思”等,也同此例。

---

①② (南朝梁)刘勰著,范文澜注:《文心雕龙注》(下册),人民文学出版社 1958 年版,第 493 页。

③ (南朝梁)刘勰著,范文澜注:《文心雕龙注》(下册),人民文学出版社 1958 年版,第 495 页。

以上两种复合类型在古代文论术语中不属于普遍现象，这种形式构造的复合性也没有对术语的本身意蕴带来复杂的因素，因而这种理论术语也较易理解。

值得注意的是第三种复合类型，这种复合类型和前两种的显著差别在于：作为词素的两个单音词在复合过程中得到了完整的融合，并在两个单音词本身意蕴的基础上形成了既植根于词素义而又不同于词素意义的新的涵义，因而这种复合过程实际上是词素意义深化而又升华的过程。这种复合词在古代文论术语中颇为引人注目，由于其在复合过程中呈现的内在特征，这种术语的内容意蕴相当丰富，因而常常能代表某个理论家的文艺思想或者某种文艺思潮的特征，如"风骨""意境""兴趣"等。

理论术语形式组成的这类复合现象带来了术语内涵的丰富性。因为在这些复合词中的每一个词素，往往保留着一定的独立性，也就是说，它既是复合词的词素，同时又是一个独立的单音词，它是带着自身意蕴进行新的理论术语组合的。以"兴趣"为例，"兴趣"是宋代严羽首创的一个诗歌理论术语，它是《沧浪诗话》诗歌理论的核心，是由"兴"和"趣"并列组成的复合词。"兴趣"虽为严羽首创，但作为具有独立意义的"兴"和"趣"，在古代文论中早已存在。如孔子提出"诗可以兴"，朱熹注为"感发意志"，即诗歌能引人联想的感发功能。《毛诗序》标举"赋比兴"，"兴"为艺术表现手法，但《毛诗序》以"美刺""教化"为宗旨，因而"兴"与政治讽喻联结在一起，初唐陈子昂强调"兴寄"，正是这种传统的继承。作为含蓄、委婉的艺术表现手法，钟嵘对"兴"作了进一步的阐发，"文已尽而意有余，兴也"。唐代诗论标举"兴象"，是对钟嵘思想的直接发展。因而我们可以看到，在严羽以前，"兴"作为独立的理论术语有着自身的发展线索和完整意蕴。再看"趣"，《文心雕龙·体性》提出"风趣"，唐殷璠的《河岳英灵集》亦有"趣远情深"的说法。与"趣"意义颇为相似的是"味"，陆机《文赋》第一次把它引入了文论领域，刘勰、钟嵘对此均有论述，提出了"余味曲包""滋味"等思想。

至晚唐，司空图推崇“味外之旨”的“醇味”，“味”（或“趣”）的理论得到了进一步的发展。严羽正是在“兴”和“趣”各自发展的基础上组合了“兴”“趣”二词的各自涵义，并赋予了新的内涵。

古代文论术语中的复合词有时还有这种情况：复合词的内在意蕴仅仅汲取了词素的某些共同的涵义，因而两个单音词的缀合在意蕴上趋向于缩小。这牵涉理论术语形成的现实制约性，因为一般地说，每个时代都按当时的特殊需要去吸取古典文化遗产的有利部分，而把需要之外的东西暂时扬弃掉。且看“比兴”的复合过程：“比兴”作为复合词，真正定型当在唐代。在“比”“兴”各自的发展过程中，其涵义也各自确定了含蓄、委婉的讽谏功能和“比方于物”“托事于物”的表现手法两个方面。唐以前，“比”“兴”一般分而论之，偶有联合，亦未有确定的涵义。至唐，为了清算齐梁遗留下来的浮靡文风，陈子昂力主“兴寄”，李白痛“大雅久不作”，要求在诗歌形象中寄托思想，“风雅比兴”“比兴体制”在文论术语中遂得以确定，“比”和“兴”的讽谏功能得到推崇。经过柳宗元、白居易的进一步阐述，“比兴”作为一个具有明确涵义的复合词一般是指“导物讽谕”的思想意义。

由此可见，古代文论术语中的某些复合词包含有两方面的血统：一方面来自客观现实对理论家文艺思想的影响和触发，一方面来自经过历史演化的词素意蕴。这两个血统的融合致使某些理论术语出现了极为复杂的现象，也常常引起人们的误解和主观处理。实际上，如果我们明了理论术语的这个构造特征，并以此作为我们认识的线索，问题也是可以解决的。再以“兴趣”为例，假如我们能根据严羽的自身阐述，同时联系“兴”和“趣”两个词素的发展演变，尤其是钟嵘对“兴”的阐述和司空图对“味”的推崇，以及宋代江西诗派的创作实际，我们就不难发现，严羽在《沧浪诗话》中强调的“兴趣”指的正是那种寓情理于诗歌艺术形象，从而产生含蓄、蕴藉、余味无穷的艺术美感特点。

三

构造特征之三：理论术语外部构成的序列性。

我们对古代文论术语构造特征的考察至此该由内部特征转向外部联系了。不难发现，在古代文论中有着数目众多的形式相异但又内容相似的理论术语，略加排列，各自又有一定的继承关系，显现为外部构成的一种序列。

古代文论的发展相对地说是比较缓慢的，文艺思想很少像西方那样不断地达到质的突破，而更多的是在理论形态内部量的渐进。传统思想的流布所及，能够一直延续到清代，往往一种理论思想一经产生，后人便竭尽补苴罅漏之功，进行不断地阐发和增损。同时，古代文论一般重了悟和体味，理论和创作实践的联系相当紧密，这种学风影响了文学理论作深层次的探索，故一种理论的最终形成，往往要经过众多理论家的研讨探索。比如"形神"问题，自东晋顾恺之提出"传神"理论之后，南朝齐梁时期的谢赫在《古画品录》中作了进一步的阐发，提出了"气韵生动"的理论。唐宋时期，出现了古代文学艺术空前繁荣的局面，"形神"理论由人物画向各个艺术领域扩展，各种画论的相继出现，使形神问题得到了更深入的研究。如杜甫、司空图、苏东坡、严羽等对此都提出了自己的看法。宋以后，形神理论更是出现了纷繁的局面，王士祯以"清远"为神韵，谓"尚雄浑则鲜风调，擅神韵则乏豪健"。[①] 值得注意的是翁方纲和袁枚对形神论的总结，他们以"君形者"为神韵，一方面继承了传统的形神思想，同时又作出了更为细致的研究。古代文论的这种内在特征深深地影响了理论术语的构造。随着某个理论思想的不断发展和系统化，理论术语也构成了相应的序列。从这个序列的理论术语的演变中，我们可以按迹循踪，探寻理论

---

① (清)王士祯著:《带经堂诗话》，人民文学出版社 1982 年版，第 161 页。

思想的发展轨迹。从朦朦胧胧的思想发源，到条分缕析的理论升华，再到体系完备的理论总结，无不留下理论家在研究中艰难跋涉的足印，而出现了与之相应的理论术语。

古代文论术语构造的序列性有如下特征：首先，序列性是理论术语构造的外部特征，也就是说，它着重体现的是术语之间的外部联系。其次，古代文论术语构造的序列性是一种线性特征，它是理论思想历史发展延续性的外在标记，体现了文艺思想逐步演变发展的线索及其在某个延续点上的局部特征。最后，术语构造的序列性以一个理论思想为其单位，即序列性只存在于某个理论思想体系的内部。试以"意境"为例：意境理论是我国古代抒情文学美学思想的集中体现和理论升华，从其萌芽到集成，意境理论经历了一个漫长的历史阶段。我们举几个典型术语及其思想内涵加以阐述：

"意象"：作为独立单位的术语，意象最早出现在《周易》，《周易·系辞》曰："圣人有以见天下之赜，而拟诸其形容，象其物宜，是故谓之象。"[①]又云："圣人立象以尽意。"[②]六朝时的刘勰在《文心雕龙》中明确提出了"意象"这个术语："独照之匠，窥意象而运斤。"[③]"意象"是心与物的契合，刘勰从形象出发提出了诗歌的基本审美特点，但他重视的还是物象本身。这是意境理论的萌芽。

"兴象"：唐初陈子昂力主"汉魏风骨"，强调比兴寄托，"兴象说"便应运而生。殷璠评齐梁以来的诗风曰："理则不足，言常有余，都无兴象，但贵轻艳。"[④]强调通过形象寄托情思，达到寄意言

① (清)阮元校刻：《十三经注疏·周易正义》卷七，(台湾)艺文印书馆2001年版，第150页。

② (清)阮元校刻：《十三经注疏·周易正义》卷七，(台湾)艺文印书馆2001年版，第158页。

③ (南朝梁)刘勰著，范文澜注：《文心雕龙注》(下册)，人民文学出版社1958年版，第493页。

④ (唐)殷璠著，王克让注：《河岳英灵集注》，巴蜀书社2006年版，第1页。

外的艺术境界。皎然的"采奇以象外",①司空图的"象外之象,景外之景"②都是"兴象"理论的发挥。可见从"意象"到"兴象",意境理论有了明显的发展。

"兴趣":严羽标举"兴趣",是意境理论的重大发展,他总结了前人的阐述,从意境的构成、想象性特征以及语言表述上对意境理论作了阐发,初具意境说的理论形态。

"情景":明代谢榛说:"景乃诗之媒,情乃诗之胚,合而为诗,以数言而统万形。"③明末王夫之对此作了进一步发挥:"情景名为二,而实不可离。神于诗者,妙合无垠。巧者有情中景,景中情。"④诗歌意境的情景构成及其关系在此发挥得淋漓尽致。

"境界":王国维提出"境界"一词,对意境说作了全面总结,提出了意境理论的基本美学范畴,使这一古典美学理论臻于成熟。

以上是"意境说"在发展史上的一些基本术语。如果把散见的有关意境理论的术语钩稽拢来,则形成了一个完整的序列,试排列之:

意、意象、滋味、兴象、象、境、兴趣、情景、境界、意境。

古代文论理论术语的序列性是古代文论思想发展延续性的表现,因而在同一序列中,理论术语内在意蕴的发展也经历了一个从单纯到丰富,从偏极到完备的发展过程(当然,有时也有反常现象)。术语外

---

① (唐)皎然著,李壮鹰校注:《诗式校注》,人民文学出版社2003年版,第376页。

② (唐)司空图、(清)袁枚著,郭绍虞辑注:《诗品集解 续诗品注》,人民文学出版社1963年版,第52页。

③ (明)谢榛、(清)王夫之著:《四溟诗话 姜斋诗话》,人民文学出版社1961年版,第69页。

④ (明)谢榛、(清)王夫之著:《四溟诗话 姜斋诗话》,人民文学出版社1961年版,第150页。

部构造的序列性本身就包含着一种变的趋势，因而假如模糊了同一序列中理论术语的区别，势必使理论思想本身带来混乱。如近来有人提出“我国诗论史上流行一时的‘兴象’‘意象’‘兴趣’‘情景’‘境’‘境界’‘神韵’等概念，……都是意境的别名或与意境相关的概念”。[①] 称其“与意境相关的概念”尚可，而目之为“意境的别名”正是漠视了理论术语的序列性所引起的后果。

同时，文艺思想的相互渗透，使某些理论在历史发展的某个延续点上构成了不同程度的重合现象，从而在各自的内容意蕴上出现了局部的相似之处。这种现象很容易使人们把分属两个序列的理论术语混为一谈，而引起在理论思想认识上的混乱。如“意境”和“神韵”，我们知道，“意境说”和“形神论”是我国古代文艺理论的两大民族特征，它们分属于两个不同的理论思想体系。但“意境说”和“形神论”又在艺术想象性特征（即“味外味”“象外象”）方面有重合现象，故人们常常视“神韵”和“意境”为两个相同的概念。其实，只要在其历史渊源上作一点分析，我们就会发现，虽然“神韵”和“意境”有相似之处，但究属不同的理论系统和术语序列。这是应该加以区别和分析对待的。

综上所述，理论术语内在意蕴的多义性、形式组成的复合性以及外部构成的序列性是古代文论术语构造特征的重要方面。当然，这种归纳是很不完备的。理论术语的构造特征使古代文论术语形成了颇为特殊的现象，这主要包括两个方面：一是术语意蕴的丰富性。在古代文论中，一个术语是多重概念的复合已成为常见的现象，理论术语的形式和内容较少有一对一的同等对应关系。二是术语适用范围的不确定性。所谓不确定性，实际上就是模糊性，美国语言学家麦·布莱克说过：“一个语词的模糊性，就表现在它有一个应用的有限区域，

---

① 蓝华增：《古代诗论意境说源流刍议》，《文艺理论研究》1982 年第 3 期。

但这个区域的界限是不明确的。"[①]意蕴的丰富性和适用范围的不确定性实际上是理论术语自身特征的正反面,因为语词的同声多义即术语意蕴的多义性是引起语词应用范围不确定的重要原因,而理论术语外部构成的序列性也促使理论术语向这个倾向转化。故研究古代文论术语,应该吸收其丰富的内在意蕴,而摒弃它的模糊、不确定因素。为此,应该遵循两个原则:一是整体性原则。古代文论是一个有其民族特性的理论体系,理论术语也有相应的系统。整体性原则就是要求研究者以系统为背景,确定某个理论术语在这个系统中所处的位置,因而一方面要有明确的"史"的意识,摸清理论术语的来龙去脉,另一方面又要注意术语的横向关系,即理论术语之间的联系和区别。二是批判性原则。古代文论术语的构造特征是历史形成的,因而它必定有其历史的局限,我们研究、整理古代文论的理论术语,要以科学的态度对古代文论术语加以把握和清理,将其提高到科学化的水平之上。对古代文论术语的研究是颇有意义的,但似乎还未引起足够的重视。笔者不揣浅陋,抛砖引玉,敬请师长和同好匡正。

(载《中州学刊》1985年第6期)

① [波兰]沙夫(A. Schaff)著,罗兰、周易译:《语义学引论》,商务印书馆1979年版,第351页。

附录二　小说戏曲术语研究论著简目

说明：本书目仅收录20世纪以来考释中国古代小说文体和古代戏曲文体相关术语的论著；对小说戏曲批评史上众多的批评术语和小说戏曲评点中丰富的文法术语的考释论著，限于篇幅，不在本书目的收录范围。本书目的“戏曲术语研究论著”部分由张华宇辑录。

一、小说术语研究论著

1. 管达如：《说小说》，《小说月刊》1912年第5—11期。
2. 张静庐：《中国小说史大纲》，泰东图书局1920年版。
3. 杨鸿烈：《中国文学杂论》，上海亚东图书馆1928年版。
4. 胡怀琛：《中国小说研究》，商务印书馆1929年版。
5. 汪辟疆：《唐人小说在文学上之地位》，《读书杂志》1931年6月第1卷第3期。
6. 姜亮夫：《唐代传奇小说》，《青年界》1933年9月第4卷第4期。
7. 孙楷第：《“词话”考》，《师大月刊》1933年第10期。
8. 姜亮夫：《笔记选》，北新书局1934年版。
9. 胡怀琛：《中国小说概论》，世界书局1934年版。
10. 余嘉锡：《小说家出于稗官说》，《辅仁学志》1937年第1、2期。
11. 周作人：《谈笔记》，《文学杂志》1937年5月。
12. 王季思：《中国笔记小说略述》，《战时中学生》1940年第2期。
13. 浦江清：《论小说》，原载《当代评论》1944年第4卷第8、9期，收入《浦江清文录》，人民文学出版社1958年版。

14. 叶德均:《说“词话”》,《东方杂志》1947 年第 43 卷第 4 期。
15. 吴小如:《中国小说讲话及其它》,古典文学出版社 1956 年版。
16. 孙楷第:《俗讲、说话与白话小说》,作家出版社 1956 年版。
17. 李骞:《唐“话本”初探》,《辽宁大学学报》(哲学社会科学版)1959 年第 2 期。
18. 罗锦堂:《中国小说概念的转变》,《大陆杂志》1966 年第 4 期。
19. 雷威安:《“话本”定义问题简论》,《东方》1968 年“中国小说戏曲研究专号”。
20. [日]富永一登:《六朝“小说”考:论殷芸〈小说〉》,《中国中世文学研究》1976 年第 11 期。
21. [日]内山知也:《文学概念的变化》,日本迁国书刊行会 1977 年版。
22. 虞怀周:《释“平话”》,《语言文学》1978 年第 3 期。
23. 赵景深:《从话本到章回小说》,《教学通讯》(文科版)1980 年第 2 期。
24. 马幼垣、刘绍铭:《笔记、传奇、话本、公案——综论中国传统短篇小说的形式》,台湾静宜文理学院编:《中国古典小说研究专集》第二集,(台北)联经出版事业公司 1980 年版。
25. 吴志达:《史传·志怪·传奇——唐人传奇溯源》,《武汉大学学报》(哲学社会科学版)1980 年第 1 期。
26. 程毅中:《唐代小说琐记》,《文学遗产》1980 年第 2 期。
27. 谈凤梁:《试论中国古代小说概念的演变》,《文艺论丛》1980 年第 10 期。
28. [日]增田涉:《论“话本”的定义》,《中国古典小说研究专集》第三集,(台北)联经出版事业公司 1981 年版。
29. 刘兆云:《小说、笔记小说与〈世说〉》,《新疆大学学报》(社会科学版)1981 年第 2 期。
30. 黄进德:《“说话”史料辨证(二则)》,《扬州大学学报》(人文社会科学版)1981 年第 4 期。

31. 胡士莹:《"词话"考释》,《宛春杂著》,浙江人民出版社 1981 年版。
32. 吴小如:《释"平话"》,《古典小说漫稿》,上海古籍出版社 1982 年版。
33. 王庆菽:《宋代"话本"和唐代"说话""俗讲""变文""传奇小说"的关系》,《甘肃社会科学》1982 年第 1 期。
34. 黄进德:《"说话"探源》,《扬州师院学报》(社会科学版)1982 年第 1 期。
35. 迟子:《我国小说概念的变迁及其源流》,《吉林大学社会科学学报》1982 年第 2 期。
36. 吴新生:《汉代小说概念辨析》,《天津师范大学学报》(社会科学版)1985 年第 6 期。
37. 罗德荣:《"传奇"一词的含义与衍变》,《文史知识》1985 年第 6 期。
38. 李时人:《"词话"新证》,《文学遗产》1986 年第 1 期。
39. 马成生:《著文章之美,传要妙之情——略说唐代小说家的小说观》,《北方论丛》1986 年第 1 期。
40. 王枝忠:《志怪・传奇・志异——文言小说流变述略》,《宁夏教育学院学报》(社会科学版)1986 年第 1 期。
41. 赵景瑜:《关于"奇书"和"才子书"》,《山西大学学报》(哲学社会科学版)1986 年第 2 期。
42. 王先霈、周伟明:《明清小说理论批评史》,花城出版社 1988 年版。
43. 谈凤梁:《中国古代小说简史》,江苏教育出版社 1988 年版。
44. 施蛰存:《说"话本"》,《文史知识》1988 年第 10 期。
45. 王齐洲:《中国古小说概念的发生与演变》,《荆州师专学报》1989 年第 3 期。
46. 张锦池:《〈大唐三藏取经诗话〉"说话"家数考论——兼谈宋人"说话"分类问题》,《学术交流》1989 年第 3 期。
47. 张兵:《话本的定义及其他》,《苏州大学学报》(哲学社会科学版)

1990 年第 4 期。
48. 张兵:《拟话本三题》,《复旦学报》(社会科学版)1990 年第 5 期。
49. 蔡铁鹰:《宋话本“小说”家数释名》,《杭州师范学院学报》(社会科学版)1990 年第 5 期。
50. 程毅中:《略谈笔记小说的含义和范围》,《古籍整理研究学刊》1991 年第 2 期。
51. 阎增山:《班固“小说观”之我见》,《贵州文史丛刊》1991 年第 3 期。
52. 陈洪:《中国小说理论史》,安徽文艺出版社 1992 年版。
53. 张兵:《话本小说史话》,辽宁教育出版社 1992 年版。
54. 段启明:《试说古代小说的概念与实绩》,《明清小说研究》1993 年第 4 期。
55. 蒋凡:《韩愈、柳宗元的古文“小说”观》,《学术月刊》1993 年第 12 期。
56. 石昌渝:《“小说”界说》,《文学遗产》1994 年第 1 期。
57. 石昌渝:《中国小说源流论》,生活・读书・新知三联书店 1994 年版。
58. [法]雷威安:《唐人“小说”》,《文学遗产》1994 年第 1 期。
59. 吴志达:《中国文言小说史》,齐鲁书社 1994 年版。
60. 欧阳代发:《话本小说史》,武汉出版社 1994 年版。
61. [日]大塚秀高:《从物语到小说——中国小说生成史序说》,《学术月刊》1994 年第 9 期。
62. 宁宗一:《中国小说学通论》,安徽教育出版社 1995 年版。
63. 袁惠聪:《“小说”概念的历史演进与分化凝结》,《内蒙古师范大学学报》(教育科学版)1995 年第 1 期。
64. 张兵:《“说话”溯源》,《复旦学报》(社会科学版)1995 年第 3 期。
65. 李忠明:《汉代“小说家”考》,《南京师大学报》(社会科学版)1996 年第 1 期。

66. 魏家骏:《小说为什么被叫做“小说”？——小说概念的词源学和语义学考察》,《淮阴师范学院学报》(哲学社会科学版)1996 年第 3 期。
67. 刘兴汉:《对“话本”理论的再审视——兼评增田涉〈论“话本”的定义〉》,《社会科学战线》1996 年第 4 期。
68. 张兴播:《中国古代的小说概念以及历代古文家的“小说气”之争》,《苏州科技学院学报》(社会科学版)1996 年第 5 期。
69. 林申清:《历代目录中的“小说家”和小说目录》,《图书与情报》1997 年第 2 期。
70. 张兵:《北宋的“说话”和话本》,《复旦学报》(社会科学版)1998 年第 2 期。
71. 王齐洲:《论欧阳修的小说观念》,《齐鲁学刊》1998 年第 2 期。
72. 童庆松:《〈汉书・艺文志〉的小说观及其影响》,《图书馆学研究》1998 年第 3 期。
73. 吴光正:《说话家数考辨补正》,《海南大学学报》(人文社会科学版)1998 年第 3 期。
74. 宁稼雨:《文言小说界限与分类之我见》,《明清小说研究》1998 年第 4 期。
75. 童庆松:《明清史家对“小说”的分类及其相关问题》,《浙江学刊》1998 年第 4 期。
76. 程毅中:《笔记与轶事小说》,《传统文化与现代化》1998 年第 6 期。
77. 周先慎:《古典小说的概念、范围及早期形态》,《文史知识》1998 年第 10 期。
78. 罗书华:《章回小说的命名和前称》,《明清小说研究》1999 年第 2 期。
79. 潘建国:《“稗官”说》,《文学评论》1999 年第 2 期。
80. 罗书华:《中国古代小说观的对立与同一》,《社会科学研究》2000

年第 1 期。
81. 刘凤泉:《先秦两汉“小说”概念辨证》,《山西大学师范学院学报》(社会科学版)2000 年第 4 期。
82. 张智华:《笔记的类型和特点》,《江海学刊》2000 年第 5 期。
83. 汪祚民:《〈汉书·艺文志〉之“小说”与中国小说文体确立》,《安庆师范学院学报》(社会科学版)2000 年第 6 期。
84. 孙逊、赵维国:《“传奇”体小说衍变之辨析》,《上海师范大学学报》(哲学社会科学版)2001 年第 1 期。
85. 韩云波:《刘知幾〈史通〉与“小说”观念的系统化——兼论唐传奇文体发生过程中小说与历史的关系》,《西南师范大学学报》(人文社会科学版)2001 年第 2 期。
86. 刘登阁:《中国小说观的文化坐标系》,《中国人民大学学报》(社会科学版)2001 年第 3 期。
87. 李剑国:《早期小说观与小说概念的科学界定》,《武汉大学学报》(人文科学版)2001 年第 5 期。
88. 王庆华:《论〈汉书·艺文志〉小说家》,《内蒙古社会科学》(汉文版)2001 年第 6 期。
89. 孙望:《论小说之义界》,《南京师范大学文学院学报》2002 年第 1 期。
90. 谭帆:《“演义”考》,《文学遗产》2002 年第 2 期。
91. 冯保善:《宋人说话家数考辨》,《明清小说研究》2002 年第 4 期。
92. 孟昭连:《“小说”考辩》,《南开学报》(哲学社会科学版)2002 年第 5 期。
93. 罗小东:《话本小说叙事研究》,学苑出版社 2002 年版。
94. 何华珍:《“小说”一辞的变迁》,香港中国语文学会《语文建设通讯》第 70 期(2002 年 5 月)。
95. 罗宁:《论〈殷芸小说〉及其反映的六朝小说观念》,《明清小说研究》2003 年第 1 期。

96. 卢世华:《古代通俗小说观念的起源:宋代说话之小说观念》,《江汉大学学报》(人文科学版)2003 年第 2 期。
97. 陶敏、刘再华:《“笔记小说”与笔记研究》,《文学遗产》2003 年第 2 期。
98. 罗宁:《中国古代的两种小说概念》,《社会科学研究》2003 年第 2 期。
99. 刘勇强:《一种小说观及小说史观的形成与影响——20 世纪“以西例律我国小说”现象分析》,《文学遗产》2003 年第 3 期。
100. 丁峰山:《中国古代小说概念及类型辨析》,《福州大学学报》(哲学社会科学版)2003 年第 4 期。
101. 胡莲玉:《再辨“话本”非“说话人之底本”》,《南京师大学报》(社会科学版)2003 年第 5 期。
102. 纪德君:《“按鉴”与历史演义小说文体之生成》,《文学遗产》2003 年第 5 期。
103. 纪德君:《明代“通鉴”类史书之普及与“按鉴”通俗演义之兴起》,《扬州大学学报》(人文社会科学版)2003 年第 5 期。
104. 谭帆:《“奇书”与“才子书”——对明末清初小说史上一种文化现象的解读》,《华东师范大学学报》(哲学社会科学版)2003 年第 6 期。
105. 黄霖、杨绪容:《“演义”辨略》,《文学评论》2003 年第 6 期。
106. 周楞伽:《中国小说的起源和演变》,《上海师范大学学报》(哲学社会科学版)2004 年第 2 期。
107. 李舜华:《“小说”与“演义”的分野——明中叶人的两种小说观》,《江海学刊》2004 年第 1 期。
108. 夏翠军:《〈四库全书总目〉小说类探析》,《山东图书馆季刊》2004 年第 1 期。
109. 许并生:《“话本”词义的演变及其与白话小说关系考论》,《明清小说研究》2004 年第 2 期。

110. 郝明工:《“小说”考论》,《涪陵师范学院学报》2004 年第 2 期。
111. 彭知辉:《论章学诚的小说观》,《山西师大学报》(社会科学版)2004 年第 4 期。
112. 叶岗:《〈汉志〉“小说”考》,《文学评论》2004 年第 4 期。
113. 卢世华、石昌渝:《〈汉书·艺文志〉之“小说”的由来和观念实质》,《中国社会科学院研究生院学报》2004 年第 4 期。
114. 胡莲玉:《关于“话本小说”概念的一些思考》,《明清小说研究》2005 年第 1 期。
115. 李忠明:《中国古代小说概念的演变与小说文体的形成》,《明清小说研究》2005 年第 1 期。
116. 高小康:《重新认识中国传统“小说”概念的演变》,《南京师大学报》(社会科学版)2005 年第 2 期。
117. 翁筱曼:《“小说”的目录学定位——以〈四库全书总目〉的小说观为视点》,《华南师范大学学报》(社会科学版)2005 年第 3 期。
118. 于天池:《论宋代小说伎艺的文本形态》,《北京师范大学学报》(社会科学版)2005 年第 3 期。
119. 罗宁:《从语词小说到文类小说——解读〈汉书·艺文志〉小说家序》,《天津大学学报》(社会科学版)2005 年第 4 期。
120. 李军均:《唐代小说观的演进和传奇小说文体的独立》,《华中科技大学学报》(社会科学版)2005 年第 6 期。
121. 苗怀明:《二十世纪中国古代小说概念的辨析与界定》,《广州大学学报》(社会科学版)2005 年第 6 期。
122. 师婧昭:《我国小说目录及小说概念的发展》,《中共郑州市委党校学报》2005 年第 6 期。
123. 叶岗:《中国小说发生期现象的理论总结——〈汉书·艺文志〉中的小说标准与小说家》,《文艺研究》2005 年第 10 期。
124. 顾青:《说“平话”》,中国社会科学院文学研究所中国古代小说研究中心编《中国古代小说研究》第一辑,人民文学出版社 2005 年版。

125. 陈卫星:《学说之别而非文体之分——〈汉书·艺文志〉小说观探原》,《天府新论》2006 年第 1 期。
126. 杨菲:《稗官为史之支流论》,《福建师范大学学报》(哲学社会科学版)2006 年第 1 期。
127. 刘湘兰:《从古代目录学看中国文言小说观念的演变》,《江淮论坛》2006 年第 1 期。
128. 刘晓军:《"按鉴"考》,《明清小说研究》2006 年第 3 期。
129. 刘晓军:《"章回体"称谓考》,《上海大学学报》(社会科学版)2006 年第 4 期。
130. 陈丽媛:《论胡应麟的文言小说分类观——兼及文言小说分类之发展流变》,《明清小说研究》2006 年第 4 期。
131. 廖群:《"说""传""语":先秦"说体"考索》,《文学遗产》2006 年第 6 期。
132. 王庆华:《话本小说文体研究》,华东师范大学出版社 2006 年版。
133. 林辰:《小说的概念——何谓小说》,《古代小说概论》上编,春风文艺出版社 2006 年版。
134. 关诗珮:《如何重探"小说现代性"——以吴趼人为个案》,《汕头大学学报》(人文社会科学版)2006 年第 4 期。
135. 关诗珮:《移植新小说观念:坪内逍遥与梁启超》,香港中文大学《中国文化研究所学报》2006 年总第 46 期。
136. 宁稼雨:《六朝小说概念的"Y"走势》,《山西大学学报》(哲学社会科学版)2007 年第 3 期。
137. 王齐洲:《刘知幾与胡应麟小说分类思想之比较》,《江海学刊》2007 年第 3 期。
138. 关诗珮:《唐"始有意为小说"——从鲁迅的〈中国小说史略〉看现代小说(fiction)观念》,《鲁迅研究月刊》2007 年第 4 期。
139. 闫立飞:《在史传与小说之间——传奇小说的文体与观念》,《天津社会科学》2007 年第 5 期。

140. 闫立飞:《历史与小说的互文——中国小说文体观念的变迁》,《明清小说研究》2007 年第 1 期。
141. 彭磊、鲜正确:《唐传奇“始有意为小说”辨——从“小说”之两类概念谈起》,《重庆社会科学》2007 年第 7 期。
142. 蓝哲:《从文类视角看中国古代“小说”概念的演变》,《科教文汇》(中旬刊)2007 年第 8 期。
143. 李晓晖:《20 世纪以来宋元“说话”研究回顾》,《明清小说研究》2008 年第 1 期。
144. 赵红:《〈隋书·经籍志〉的“小说”观》,《图书馆理论与实践》2008 年第 1 期。
145. 于天池、李书:《宋代说唱伎艺的音韵问题》,《文艺研究》2008 年第 11 期。
146. 贺根民:《小说的名实错位与学者的抉择标准》,《东方论坛》2008 年第 2 期。
147. 关诗珮:《吕思勉〈小说丛话〉对太田善男〈文学概论〉的吸入——兼论西方小说艺术论在晚清的移植》,《复旦学报》(社会科学版)2008 年第 2 期。
148. 陶敏:《论唐五代笔记——〈全唐五代笔记〉前言》,《湖南科技大学学报》(社会科学版)2008 年第 3 期。
149. 李晓晖:《宋代“说话”伎艺人分类考辨》,《福州大学学报》(哲学社会科学版)2008 年第 3 期。
150. 邵毅平、周峨:《论古典目录学的“小说”概念的非文体性质——兼论古今两种“小说”概念的本质区别》,《复旦学报》(社会科学版)2008 年第 3 期。
151. 刘晓军:《“稗史”考》,《中山大学学报》(社会科学版)2008 年第 4 期。
152. 傅承洲:《拟话本概念的理论缺失》,《文艺研究》2008 年第 4 期。
153. 杜慧敏、王庆华:《“小说”与“杂史”“传记”——以〈四库全书总目〉为例》,《南京社会科学》2008 年第 4 期。
154. 王燕华、俞钢:《刘知幾〈史通〉的笔记小说观念》,《上海师范大学学报》(社会科学版)2008 年第 6 期。
155. 严杰:《“笔记”与“小说”概念的目录学探讨》,《唐五代笔记考论》,中华书局 2009 年版。
156. 刘晓军:《“说部”考》,《学术研究》2009 年第 2 期。
157. 袁宪泼:《小说可以“观”——魏晋南北朝志怪小说观念考》,《北方论丛》2009 年第 2 期。
158. 姚娟:《从诸子学说到小说文体——论〈汉志〉“小说家”的文体演变》,《西南交通大学学报》(社会科学版)2009 年第 2 期。
159. 张子开:《野史、杂史和别史的界定及其价值——兼及唐五代笔记或小说的特点》,《绵阳师范学院学报》2009 年第 3 期。
160. 程丽芳:《中国古代小说概念的界定》,《理论月刊》2009 年第 12 期。
161. 陈广宏:《小说家出于稗官说新考》,《中国典籍与文化论丛》2010 年。
162. 赵岩、张世超:《论秦汉简牍中的“稗官”》,《古籍整理研究学刊》2010 年第 3 期。
163. 吴怀东、余恕诚:《文、史互动与唐传奇的文体生成》,《文史哲》2010 年第 3 期。
164. 张莉:《从“俳优小说”看“说话”伎艺的初步形成》,《西南大学学报》(社会科学版)2011 年第 5 期。
165. 谭帆、王庆华:《“小说”考》,《文学评论》2011 年第 6 期。
166. 孙雅淇:《唐传奇概念与唐代的小说观》,《山西师大学报》(社会科学版)2012 年第 3 期。
167. 梁爱民:《经学与中国古代小说观念》,《云南社会科学》2012 年第 5 期。
168. 罗宁:《古小说之名义、界限及其文类特征——兼谈中国古代小说研究中存在的问题》,《社会科学研究》2012 年第 1 期。

169. 王齐洲、王丽娟:《学术之小说与文体之小说——中国传统小说观念的两种视角》,《上海大学学报》(社会科学版)2013 年第 3 期。

170. 吴怀东:《“小说”源流与唐传奇的民间口说传统——以“小说”及相关概念为考察中心》,《江苏科技大学学报》(社会科学版)2013 年第 3 期。

171. 王鸿卿:《中国古代小说观念论略》,《鞍山师范学院学报》2013 年第 3 期。

172. 孙少华:《诸子“短书”与汉代“小说”观念的形成》,《吉林大学社会科学学报》2013 年第 3 期。

173. 冯媛媛:《〈红楼梦〉的小说观——兼论古代小说的真假问题》,《人文杂志》2013 年第 11 期。

174. 刘正平:《笔记辨体与笔记小说研究》,《杭州师范大学学报》(社会科学版)2013 年第 6 期。

175. 李军均:《明前“小说”语义源流考论》,《中国文学研究》(辑刊)2013 年第 2 期。

176. 谭帆:《论中国古代小说文体研究的四种关系》,《学术月刊》2013 年第 11 期。

177. 谭帆等:《中国古代小说文体文法术语考释》,上海古籍出版社 2013 年版。

178. 庞礴:《汉代“小说家”观念辨析》,《西南民族大学学报》(人文社会科学版)2014 年第 4 期。

179. 石麟:《小说概念与小说文本的混淆——小说批评与小说史研究检讨之一》,《湖北师范学院学报》(哲学社会科学版)2014 年第 1 期。

180. 马兴波:《“笔记小说”概念批判与笔记作品的重新分类》,《广州大学学报》(社会科学版)2014 年第 2 期。

181. 王庆华:《古代小说学中“传奇”之内涵和指称辨析》,《文艺理论研究》2014 年第 2 期。
182. 吕玉华:《中国古代多种小说概念辨析》,《中国文论》2014 年。
183. 梁爱民:《传统目录学视野中的中国古代小说观念》,《文艺评论》2014 年第 10 期。
184. 余来明、史爽爽:《清末民初的知识转型与“小说”概念的演变》,《人文论丛》2015 年第 1 期。
185. 蒲春燕:《从小说起源看中国古代小说观念演变》,《鸡西大学学报》2015 年第 2 期。
186. 徐大军:《宋元话本与说话伎艺的文本化》,《文学与文化》2015 年第 3 期。
187. 郝敬:《唐传奇名实辨》,《文学评论》2015 年第 4 期。
188. 王庆华:《论古代“小说”与“杂史”文类之混杂》,《华东师范大学学报》(哲学社会科学版)2015 年第 5 期。
189. 王齐洲、刘伏玲:《小说家出于稗官新说》,《湖北大学学报》(哲学社会科学版)2015 年第 6 期。
190. 高华平:《先秦的“小说家”与楚国的“小说”》,《文学评论》2016 年第 1 期。
191. 许景昭:《论中国古典小说的“奇”评及“奇书”概念》,《古典文献研究》2016 年第 2 期。
192. 张乡里:《以今律古与文化原我——中国古代小说观念的研究现状》,《牡丹江大学学报》2016 年第 5 期。
193. 张乡里:《〈史通〉“援史入子”对中国古代小说观念的影响》,《江西社会科学》2016 年第 12 期。
194. 陈民镇:《中国早期“小说”的文体特征与发生途径——来自简帛文献的启示》,《中国文化研究》2017 年第 4 期。
195. 夏晓虹:《晚清“新小说”辨义》,《文学评论》2017 年第 6 期。
196. 王齐洲:《从〈山海经〉归类看中国古代小说观念的演变》,《天津社会科学》2018 年第 2 期。

197. 岁涵:《述“异”传统与中国古代的小说观念——以同性欲望为研究视角》,《华中科技大学学报》(社会科学版)2018 年第 3 期。

198. 田雪菲、李永东:《晚清“新小说”概念的生成考略》,《中国现代文学研究丛刊》2018 年第 5 期。

199. 段江丽:《中国古代“小说”概念的四重内涵》,《文学遗产》2018 年第 6 期。

200. 周瑾锋:《史、杂史与小说》,《文艺理论研究》2019 年第 4 期。

201. 宋世瑞:《晚清民国语境下“笔记小说”概念考论》,《石河子大学学报》2019 年第 5 期。

202. 陈成吒:《“新子学”视域下中国“小说”观念的演进——以诸子“小说家”作品的文体变革为中心》,《学术月刊》2019 年第 5 期。

203. 关诗珮:《晚清中国小说观念译转:翻译语“小说”生成及实践》,商务印书馆(香港)2019 年版。

204. 张玄:《笔记小说文体观念考索——以晚明笔记小说为中心》,《明清小说研究》2020 年第 1 期。

205. 宋莉华:《中国古代“小说”概念的中西对接》,《文学评论》2020 年第 1 期。

206. 王瑜锦、谭帆:《论中国小说文体观念的古今演变》,《学术月刊》2020 年第 5 期。

207. 谭帆:《中国小说史研究之检讨》,上海古籍出版社 2020 年版。

208. 郝敬:《建构“小说”——中国古体小说观念流变》,中华书局 2020 年版。

209. 罗宁、武丽霞:《鲁迅对“传奇”的建构及其对现代学术的影响——以中国小说史、文学史为中心》,《江西师范大学学报》(哲学社会科学版)2021 年第 1 期。

210. 孙超:《论传统小说文体在民初的通变》,《中山大学学报》(社会科学版)2021 年第 4 期。

211. 李桂奎:《中国古代小说批评术语之圆通考释与谱系建构》,《文史哲》2022 年第 3 期。
212. 谭帆:《论小说文体研究的三个维度》,《文学遗产》2022 年第 4 期。
213. 王思豪:《“知类”的时代——存在于子、集之间的汉代“小说家”与“赋家”》,《社会科学》2023 年第 2 期。

二、戏曲术语研究论著

1. 刘师培:《原戏》,《国粹学报》1907 年第 3 卷第 9 期。
2. 王国维:《戏曲考原》,《国粹学报》1908 年第 4 卷第 11 期、1909 年第 5 卷第 6 期。
3. 王国维:《宋元戏曲史》,商务印书馆 1915 年版。
4. 吴梅:《中国戏曲概论》,上海大东书局 1926 年版。
5. 佟晶心:《新旧戏曲之研究》,上海戏曲研究会 1927 年版。
6. 郑振铎:《杂剧的转变》,《小说月报》1930 年第 1 期。
7. 郑振铎:《传奇的繁兴》,《小说月报》1930 年第 4 期。
8. 王易:《词曲史》,神州国光社 1932 年版。
9. 王芷章:《腔调考原》,中华印书局 1936 年版。
10. [日]青木正儿著,王古鲁译:《中国近世戏曲史》,商务印书馆 1936 年版。
11. [日]青木正儿著,江侠庵译:《南北戏曲源流考》,商务印书馆 1938 年版。
12. 冯沅君:《古剧说汇》,商务印书馆 1947 年版。
13. 李啸仓:《宋元伎艺杂考》,上杂出版社 1953 年版。
14. 孙楷第:《也是园古今杂剧考》,上杂出版社 1953 年版。
15. 郑振铎:《插图本中国文学史》,人民文学出版社 1957 年版。
16. 胡忌:《宋金杂剧考》,古典文学出版社 1957 年版。

17. 任二北:《戏曲、戏弄与戏象》,《戏剧论丛》1957 年第 1 期。
18. 文众:《也谈戏曲、戏弄与戏象——与任二北先生商榷》,《戏剧论丛》1957 年第 2 辑。
19. 黄芝冈:《什么是戏曲? 什么是中国戏曲史?》,《戏剧论丛》1957 年第 2 辑。
20. 任二北:《几点简单说明·一、答文众先生》,《戏剧论丛》1957 年第 2 辑。
21. 任二北:《几点简单说明·二、答黄芝冈先生》,《戏剧论丛》1957 年第 2 辑。
22. 欧阳予倩:《怎样才是戏剧》,《戏剧论丛》1957 年第 4 辑。
23. 胡行之:《杂剧、院本和传奇》,《语文学习》1957 年第 4 期。
24. 胡忌:《从"元曲"谈到戏曲问题》,《光明日报》1957 年 3 月 3 日。
25. 李啸仓、余从、赵斐:《谈关于中国戏曲史研究的几个问题》,《戏曲研究》1958 年第 2 期。
26. 周贻白:《中国戏剧史长编》,人民文学出版社 1960 年版。
27. 周贻白:《戏曲演唱论著辑释》,中国戏剧出版社 1962 年版。
28. 王季思:《我国戏曲的起源和发展》,《学术研究》1962 年第 4 期。
29. 孙楷第:《沧州集》,中华书局 1965 年版。
30. [日]田中谦二:《院本考》,《日本中国学会报》1968 年第 20 辑。
31. 陈多、谢明:《先秦古剧考略——宋元以前戏曲新探之一》,《戏剧艺术》1978 年第 2 期。
32. 周贻白:《中国戏曲发展史纲要》,上海古籍出版社 1979 年版。
33. 钱南扬:《永乐大典戏文三种校注》,中华书局 1979 年版。
34. 曾永义:《明杂剧概论》,(台北)学海出版社 1979 年版。
35. 张庚、郭汉城:《中国戏曲通史》,中国戏剧出版社 1980 年版。
36. 陆萼庭著,赵景深校:《昆剧演出史稿》,上海文艺出版社 1980 年版。
37. 戴不凡:《戏剧二题》,《文学遗产》1980 年第 3 期。

38. 钱南扬:《汉上宧文存》,上海文艺出版社1980年版。
39. 钱南扬:《戏文概论》,上海古籍出版社1981年版。
40. 上海艺术研究所、中国戏剧家协会上海分会编:《中国戏曲曲艺词典》,上海辞书出版社1981年版。
41. 魏建功:《关于戏文》,《文献》1981年第3期。
42. 戴不凡:《戴不凡戏曲研究论文集》,浙江人民出版社1982年版。
43. 董每戡:《说剧》,人民文学出版社1983年版。
44. 叶长海:《王骥德〈曲律〉研究》,中国戏剧出版社1983年版。
45. 叶长海:《"戏曲"辨》,《光明日报》1983年8月30日。
46. 任中敏:《对王国维戏曲理论的简评》,《扬州师院学报》(社会科学版)1983年第1期。
47. 柏玉川:《读〈对王国维戏曲理论的简评〉》,《扬州师院学报》(社会科学版)1983年第2期。
48. 任中敏:《漫谈答柏君》,《扬州师院学报》(社会科学版)1983年第2期。
49. 王耕夫:《"行院"试论——兼评"行院"即"妓院"的提法》,《文学遗产》1983年第2期。
50. 袁宏轩:《"行院"考》,《淮阴师专学报》(社会科学版)1983年第4期。
51. 任半塘:《唐戏弄》,上海古籍出版社1984年版。
52. 张辰:《也谈"戏剧"与"戏曲"两个概念之区分》,《光明日报》1984年1月31日。
53. 叶长海:《中国古代戏剧学绪说》,《文艺研究》1984年版第5期。
54. 齐森华:《曲论探胜》,华东师范大学出版社1985年版。
55. 吴金夫:《"院本"考辨》,《汕头大学学报》(人文科学版)1986年第3期。
56. 陆炜:《王国维戏曲—戏剧定义研究》,《剧艺百家》1986年第4期。

57. 孙崇涛:《中国南戏研究之检讨》,《戏剧艺术》1987 年第 3 期。
58. 李克和:《古代曲论二题》,《湘潭大学学报》(语言文学论集)1987 年第 S1 期。
59. 伊维德:《院本是十五、十六世纪戏剧文学的次要形式》,《艺术研究》第 9 辑,1988 年。
60. 胡忌、刘致中:《昆剧发展史》,中国戏剧出版社 1989 年版。
61. 胡忌:《“院本”之概念及其演出风貌》,《中华戏曲》第 8 辑,1989 年。
62. 胡忌、洛地:《“戏曲”“永嘉戏曲”首见处》,《艺术研究》第 11 辑,1989 年。
63. 孙崇涛:《关于“南戏”与“传奇”的界说》,《戏曲研究》第 29 辑,1989 年。
64. 洛地:《戏剧与“戏曲”——兼说“曲”“腔”与“剧种”》,《艺术百家》1989 年第 2 期。
65. 徐子方:《明代南杂剧略论》,《陕西师范大学学报》(哲学社会科学版)1989 年第 3 期。
66. 余从:《戏曲声腔剧种研究》,人民音乐出版社 1990 年版。
67. 孙崇涛、徐宏图笺注:《青楼集笺注》,中国戏剧出版社 1990 年版。
68. 徐朔方:《金元杂剧的再认识》,《中华文史论丛》第 46 辑,1990 年。
69. 杜桂萍:《略论南杂剧》,《求是学刊》1990 年第 4 期。
70. 洛地:《戏曲与浙江》,浙江人民出版社 1991 年版。
71. 康保成:《中国近代戏剧形式论》,漓江出版社 1991 年版。
72. 叶长海:《戏曲考》,《戏剧艺术》1991 年第 4 期。
73. 卜键主编:《元曲百科大辞典》,学苑出版社 1992 年版。
74. 金宁芬:《南戏研究变迁》,天津教育出版社 1992 年版。
75. 余从:《戏曲声腔、剧种论》,《戏剧艺术》1992 年第 1 期。
76. 俞为民:《宋元南戏考论》,(台湾)商务印书馆 1994 年版。
77. 赵山林:《中国戏剧学通论》,安徽教育出版社 1995 年版。

78. 郑振铎:《中国俗文学史》,东方出版社 1996 年版。
79. 齐森华、陈多、叶长海主编:《中国曲学大辞典》,浙江教育出版社 1997 年版。
80. 李昌集:《中国古代曲学史》,华东师范大学出版社 1997 年版。
81. 刘祯:《20 世纪中国戏剧学批判》,《民族艺术》1997 年第 1 期。
82. 王永健:《关于南杂剧的几个问题》,《艺术百家》1997 年第 2 期。
83. 胡雪冈:《温州南戏考述》,作家出版社 1998 年版。
84. 朱建明:《也谈明传奇的界定》,《艺术百家》1998 年第 1 期。
85. 黄天骥:《元剧的"杂"及其审美特征》,《文学遗产》1998 年第 3 期。
86. 郭英德:《明清传奇史》,江苏古籍出版社 1999 年版。
87. 幺书仪、王永宽、高鸣鸾主编:《戏剧通典》,解放军文艺出版社 1999 年版。
88. 胡忌:《我编〈戏史辨〉的一些想法(代"前言")》,《戏史辨》第 1 辑,1999 年。
89. 陈多:《戏史何以需辨》,《戏史辨》第 1 辑,1999 年。
90. 洛地:《戏剧——戏弄、戏文、戏曲》,《戏史辨》第 1 辑,1999 年。
91. 周华斌:《戏·戏剧·戏曲》,《戏史辨》第 1 辑,1999 年。
92. 傅谨:《中国戏剧艺术论》,山西教育出版社 2000 年版。
93. 洛地:《中国传统戏剧研究的缺憾》,《社会科学研究》2000 年第 3 期。
94. 刘晓明:《杂剧起源新论》,《中国社会科学》2000 年第 3 期。
95. 沈新林:《中国古代小说与戏曲概念之比较》,《淮阴师范学院学报》(哲学社会科学版)2000 年第 4 期。
96. 洛地:《我国戏剧被称为"戏曲"的征问》,《戏史辨》第 2 辑,2001 年。
97. 洛地:《中国传统戏剧研究中缺憾一二三》,《戏史辨》第 2 辑,2001 年。

98. 王兆乾:《仪式性戏剧与观赏性戏剧》,《戏史辨》第 2 辑,2001 年。
99. 徐朔方:《评〈录鬼簿〉的得与失》,《文学遗产》2001 年第 1 期。
100. 朱玲:《汉字"戏""剧"的形义系统和戏剧文体的美学建构》,《南京师大学报》(社会科学版)2001 年第 1 期。
101. 康保成:《戏曲术语"科""介"与北剧、南戏之仪式渊源》,《文学遗产》2001 年第 2 期。
102. 杨栋:《曲学基本术语考辨二则》,《中国韵文学刊》2001 年第 2 期。
103. 刘晓明:《"南戏"本义与发源地考》,《广东教育学院学报》2001 年第 3 期。
104. 刘晓明:《"鹘伶声嗽"与南戏体制渊源》,《文献》2001 年第 4 期。
105. 吴新雷主编:《中国昆剧大辞典》,南京大学出版社 2002 年版。
106. 曾永义:《从腔调说到昆剧》,(台湾)"国家出版社"2002 年版。
107. 李惠绵:《戏曲批评概念史考论》,里仁书局 2002 年版。
108. 洛地:《昆——剧·曲·唱——班》,《戏史辨》第 3 辑,2002 年。
109. 陈友峰:《试论戏曲艺术之创生及其概念流变与影响》,《戏曲艺术》2002 年第 1 期。
110. 康保成:《"戏场":从印度到中国——兼说汉译佛经中的梵剧史料》,《沈阳师范学院学报》(社会科学版)2002 年第 2 期。
111. 李简:《也说"戏剧"与"戏曲"——读王国维戏曲论著札记》,《殷都学刊》2002 年第 2 期。
112. 张正学:《从南戏—传奇、元杂剧到明清南杂剧——试论南杂剧对南北戏曲文化的继承和发展》,《重庆师院学报》(哲学社会科学版)2002 年第 4 期。
113. 张正学:《南杂剧的得名、创制与时地考述》,《重庆三峡学院学报》2002 年第 6 期。
114. 王廷信:《"二十六史"中的"戏剧"概念略考》,《中华戏曲》第 28 辑,2003 年。

115. 徐子方:《文人剧和南杂剧》,《东南大学学报》(哲学社会科学版)2003 年第 1 期。
116. 宋俊华:《王国维的戏曲概念》,《戏曲艺术》2003 年第 1 期。
117. 车文明:《也谈"金元杂剧"》,《戏曲研究》第 62 辑,2003 年。
118. 杜桂萍:《清杂剧之研究及其戏曲史定位》,《文艺研究》2003 年第 4 期。
119. 李季箴:《戏曲·戏剧·中国民族戏剧——王国维"戏曲"理论的再解读》,《浙江艺术职业学院学报》2003 年第 4 期。
120. 董每戡:《〈笠翁曲话〉拔萃论释》,广东省高等教育出版社 2004 年版。
121. 郭英德:《明清传奇戏曲文体研究》,商务印书馆 2004 年版。
122. 马美信:《宋元戏曲史疏证》,复旦大学出版社 2004 年版。
123. 陆萼庭:《"昆剧"的困惑》,《戏史辨》第 4 辑,2004 年。
124. 王万岭:《金代院本并非"行院之本"》,《戏曲研究》第 64 辑,2004 年。
125. 陈维昭:《"戏剧"考》,《云南大学学报》(社会科学版)2004 年第 2 期。
126. 路应昆:《戏曲音乐若干基本概念界说》,《东南大学学报》(哲学社会科学版)2004 年第 6 期。
127. 曾永义:《先秦至唐代"戏剧"与"戏曲小戏"剧目考述》,《甘肃社会科学》2004 年第 2 期。
128. 苏子裕:《温州杂剧·戏文·永嘉戏曲·南戏诸腔——宋元南戏发展史的四个阶段》,《浙江艺术职业学院学报》2004 年第 2 期。
129. 陈多:《由看不懂"戏剧戏曲学"说起》,《戏剧艺术》2004 年第 4 期。
130. 洛地:《戏文——我国"真戏剧"之成》,《戏文》2004 年第 5 期。
131. 徐大军:《从"杂剧""传奇"的称名看元人戏剧观念的分野及其意义》,《戏剧艺术》2004 年第 6 期。

132. 孙玫:《“戏曲”概念考辨及质疑》,《戏曲艺术》2005 年第 1 期。
133. 范红娟:《传奇概念的界定和传奇与南戏的历史分界问题》,《励耘学刊》(文学卷)第 1 辑,2005 年。
134. 乔新建、苏丹:《说“腔”》,《中国音乐》2005 年第 3 期。
135. 吴敢:《说南杂剧》,《中华艺术论丛》第 4 辑,2005 年。
136. 徐大军:《明人“传奇”称名的观念基础及其渊源》,《杭州师范学院学报》(社会科学版)2006 年第 3 期。
137. 刘晓明:《杂剧形成史》,中华书局 2007 年版。
138. 徐顺平:《“南戏”名称考略》,《温州大学学报》(社会科学版)2007 年第 1 期。
139. 薛瑞兆:《论打略拴搐》,《文学遗产》2007 年第 1 期。
140. 陈志勇:《宋代杂剧名词考释》,《四川戏剧》2007 年第 2 期。
141. 曾永义:《戏曲源流新论》(增订本),中华书局 2008 年版。
142. 王宁:《“市语”与宋元戏剧研究》,《戏曲艺术》2008 年第 1 期。
143. 宋波:《“昆曲”抑或“昆剧”——一个戏曲基本概念的商榷》,《戏曲研究》第 76 辑,2008 年。
144. 刘俊鸿:《“昆剧”名称辨析——“昆剧”三论之一》,《艺术百家》2008 年第 6 期。
145. 徐宏图:《南宋戏曲史》,上海古籍出版社 2008 年版。
146. 黄天骥、康保成主编:《中国古代戏剧形态研究》,河南人民出版社 2009 年版。
147. 曾永义:《戏曲腔调新探》,文化艺术出版社 2009 年版。
148. 杨毅:《对于“宗教戏剧”概念的思考》,《惠州学院学报》(社会科学版)2009 年第 2 期。
149. 曾永义:《〈牡丹亭〉是“戏文”还是“传奇”》,《戏曲研究》第 79 辑,2009 年。
150. 康保成:《五十年的追问:什么是戏剧? 什么是中国戏剧史?》,《文艺研究》2009 年第 5 期。

151. 薛瑞兆:《论幺么院本》,《文学遗产》2009 年第 5 期。
152. 赵建伟主编:《中国古典戏曲概念范畴研究》,文化艺术出版社 2010 年版。
153. 路应昆:《“腔”的内涵与戏曲声腔流变》(上),《戏曲艺术》2010 年第 4 期。
154. 李玫:《明清戏曲中“小戏”和“大戏”概念刍议》,《文学遗产》2010 年第 6 期。
155. 侯小琴:《再看王国维戏剧、戏曲、真戏剧、真戏曲概念区分》,《大众文艺》2010 年第 13 期。
156. 张勇敢:《也论“杂剧”》,《内蒙古大学艺术学院学报》2011 年第 4 期。
157. 王志毅:《“南戏”是剧种名称吗?》,《艺术探索》2012 年第 1 期。
158. 李慧:《折子戏研究中的几个概念》,《文化与传播》2012 年第 2 期。
159. 廖明君、黎国韬:《古剧研究的空间、视野和方法——黎国韬博士访谈录》,《民族艺术》2012 年第 3 期。
160. 徐顺平:《“南戏”名称考释》,《戏曲研究》第 86 辑,2012 年。
161. 刘于锋:《王国维戏曲史观的百年学术递嬗》,《学术论坛》2012 年第 8 期。
162. 洛地:《“四大声腔”问》,《南大戏剧论丛》第 9 辑,2013 年。
163. 刘怀堂:《傩戏界说的相关问题》,《四川戏剧》2013 年第 4 期。
164. 江正云、李松:《戏曲现代戏相关概念辨析》,《学习月刊》2013 年第 14 期。
165. 尹玉璐:《中国古代“戏剧”与“戏曲”文学概念考辨》,《作家》2013 年第 24 期。
166. 曾永义:《再说“腔调”》,《东方艺术》2013 年第 S2 期。
167. 汪超:《论“乐府”与古代戏曲文体观念的嬗变》,《中华戏曲》第 49 辑,2014 年。

168. 洛地:《戏剧三类——戏弄、戏文、戏曲》,《南大戏剧论丛》第10辑,2014年。
169. 李秀伟:《“戏曲”概念的确立及意义流变考》,《南大戏剧论丛》第10辑,2014年。
170. 路应昆:《戏曲种类问题略说》,《戏曲研究》第91辑,2014年。
171. 袁波潇:《戏曲术语“腔”的文化意境》,《戏剧文学》2014年第3期。
172. 黄振林:《钱锺书解“戏”释“曲”》,《文艺研究》2014年第4期。
173. 李简:《古代曲学中的“戏剧”概念》,《中国高校社会科学》2014年第4期。
174. 王铭:《从戏曲术语考辨谈戏曲特征及其发展》,《艺海》2014年第6期。
175. 朱浩:《从戏文名称看南戏传奇的变迁》,《戏剧艺术》2014年第6期。
176. 徐顺平:《关于“南戏”名称的考释》,《曲学》第3辑,2015年。
177. 洛地:《“辨名—明义”——蒋希均〈书会悟道·序〉》,《浙江艺术职业学院学报》2015年第1期。
178. 徐燕琳:《杂剧文体探原》,《戏剧艺术》2015年第4期。
179. 罗冠华:《“戏剧”和“戏曲”之辨》,《文化艺术研究》2016年第4期。
180. 姚小鸥:《胡忌先生读〈水云村稿〉札记一则》,《中华戏曲》第55辑,2017年。
181. 路应昆:《传奇、昆剧、乱弹关系新说》,《文化艺术研究》2017年第2期。
182. 邹青:《“明代四大声腔”说的源流及其学术史检讨》,《戏曲艺术》2017年第3期。
183. 浦晗:《南戏释名的衍进与学科概念的生成——学术史视阈下的称谓释读》,《浙江学刊》2017年第4期。

184. 王宁:《明代南戏六题》,《江淮论坛》2017 年第 4 期。
185. 夏晓虹:《中国近代“戏剧”概念的建构(上)》,《戏剧艺术》2017 年第 4 期。
186. 夏晓虹:《中国近代“戏剧”概念的建构(下)》,《戏剧艺术》2017 年第 6 期。
187. 李文胜:《论戏曲之“记”的文体特性与文化内涵》,《戏曲研究》第 105 辑,2018 年。
188. 李伟:《“现代戏曲”辨正》,《文艺理论研究》2018 年第 1 期。
189. 朱恒夫:《中国傩戏的概念、主要剧种及价值》,《浙江艺术职业学院学报》2018 年第 1 期。
190. 孙惠柱:《“净化型戏剧”与“陶冶型戏剧”初探——兼析中西文化语境中的戏剧、话剧、戏曲等概念》,《文艺理论研究》2018 年第 1 期。
191. 刘德明:《声腔范畴下的“昆腔”类概念厘正》,《南通大学学报》(社会科学版)2018 年第 1 期。
192. 周华斌:《祭祀、仪礼、戏剧的学理思考》,《贵州大学学报》(艺术版)2018 年第 2 期。
193. 朱恒夫等:《中国戏曲剧种研究》,人民文学出版社 2018 年版。
194. 曾永义:《戏曲剧种演进史考述》,人民文学出版社 2019 年版。
195. 解玉峰:《“昆山腔”“昆曲”与“昆剧”考辨》,《戏剧艺术》2019 年第 1 期。
196. 王静波:《“大戏”“小戏”之学术话语考察》,《戏曲与俗文学研究》第 7 辑,2019 年。
197. 浦晗:《民俗·剧场·释名:钱南扬南戏研究的进路与学术史意义》,《浙江艺术职业学院学报》2019 年第 1 期。
198. 辜梦子:《杨慎论“北曲”条考辨》,《戏曲研究》2019 年第 3 期。
199. 余来明:《从传统“戏曲”到现代“戏剧”——近代知识转型视野下概念演变的文化考察》,《武汉科技大学学报》(社会科学版)2019

年第3期。
200. 张正学:《从“杂剧”命名看元人的戏剧理念》,《戏曲艺术》2019年第3期。
201. 孙笛庐:《作为翻译词的“戏曲”及其文学内涵》,《浙江学刊》2019年第5期。
202. 孙红侠:《“现代戏曲”:概念的源流与再辨》,《戏曲研究》第112辑,2020年。
203. 金景芝:《民国时期研究者对“戏剧”概念的认知》,《燕赵文化研究》2020年第1期。
204. 孟繁树:《我与“现代戏曲”》,《南大戏剧论丛》第16辑,2020年。
205. 浦晗:《临界·困境·分层:南戏的历史概念及其下限考论——基于学术史路径的探究》,《南大戏剧论丛》第16辑,2020年。
206. 解玉峰:《论南戏、传奇声腔的三个问题》,《戏剧艺术》2020年第3期。
207. 刘叙武:《论金代“院本”非杂剧别名》,《文化遗产》2020年第5期。
208. 马志飞:《戏曲术语溢出现象初探》,《中国戏剧》2020年第11期。
209. 谭帆、陆炜:《中国古典戏剧理论史》(增订本),上海古籍出版社2021年版。
210. 邱洁娴:《朱有燉剧作称名论》,《中华戏曲》第62辑,2021年。
211. 孙红侠:《现代戏曲:“文体”再辨——兼评吕效平“现代戏曲”研究》,《民族艺术研究》2021年第1期。
212. 黎国韬:《再谈古剧研究的空间视野和方法》,《艺苑》2021年第2期。
213. 林存秀:《“文明戏”概念辨正及其戏曲史意义》,《戏剧》2021年第3期。
214. 高子文:《“戏剧”和“剧场”:概念考辨与文化探寻》,《戏剧艺术》2021年第5期。

215. 高子文:《20世纪"戏曲"概念的历史演变——基于文化与政治语境的考察》,《南京大学学报》(哲学·人文科学·社会科学)2021年第5期。

216. 陈均:《"曲学"概念的融合与构造——〈戏曲月辑〉探考》,《戏曲研究》第121辑,2022年。

217. 张福海:《金"院本"名称考》,《戏曲研究》第121辑,2022年。

218. 冯王玺:《"少数民族戏剧":术语释名与概念生成》,《民族艺术》2022年第2期。

219. 王慧:《论民国传奇杂剧的文体命运》,《戏曲艺术》2022年第3期。

220. 黄静枫:《戏曲史相关概念在"十七年"时期的确立及其学科史意义》,《上海师范大学学报》(哲学社会科学版)2022年第6期。

221. 孙笛庐:《近代戏剧观念的生成——从日本到中国》,南方日报出版社2023年版。

后　记

术语考释作为一种研究方法在当下古代文学研究中已逐渐受到研究者的关注，尤其是对“文学”“小说”“演义”“戏曲”“戏剧”“叙事”等一批重要术语的考释已有较多的成果。但作为一个学术领域，术语研究可谓方兴未艾，还有大量的工作需要去做。比如术语的理论研究，就涉及术语的来源、术语的构成、术语的性质和术语的价值等诸多问题。又如术语研究之方法，既要顾及文学研究的独特性，又要借径语义学、历史学、逻辑学等学科领域的研究方法。而厘清文学术语本身的内涵和体系更是一个庞大的研究工程。本书的宗旨是试图为文学术语尤其是小说戏曲术语的研究及其方法提供一些个人的研究心得和不成熟的理论探讨。

这是一部专题文集，书中所收录的论文都是我长期以来撰写的有关小说戏曲术语的考释文章，共 20 篇（包括《访谈录》），基本囊括了我对术语研究的理论思考和对具体术语的考释成果。这些文章大致分成以下几个方面：

一是有关小说文体术语研究的理论文章。包括《术语的解读：小说史研究的特殊理路》《论中国古代小说文体研究的三个维度》《论中国古代小说评点的术语系统》和《中国古典小说文法术语考论》四篇。内容包括小说文体术语研究和小说评点术语研究两个方面，着重于探讨术语研究的方法路径和意义价值。

二是有关小说戏曲学科或相关研究领域的术语考释文章。包括《“小说学”论纲——兼谈 20 世纪中国古代小说理论批评研究》《“俗文学”辨——兼谈 20 世纪中国俗文学研究的逻辑进程》《“叙事”语义源流考——兼论中国古代小说的叙事传统》和《“小说话”辨正——兼评黄霖先生编纂的〈历代小说话〉》四篇。考释的对象涉及小说理论批评研究的术语（“小说学”）、涵盖小说戏曲和说唱文学的术语（“俗文学”）、体现中国小说传统特色的术语（“叙事”）和小说批评中重要的批评体式术语（“小说话”）。

三是有关小说文体术语的考释文章。包括《“小说”考》《“演义”考》《“奇书”与“才子书”——关于明末清初小说史上一种文化现象的解读》三篇文章。其中《“小说”考》和《“演义”考》两篇所考释的“小说”“演义”是小说文体史上最为重要的两个术语，对这两个术语的考释有利于揭示中国古代小说的特性和意义。而“奇书”和“才子书”是小说批评史上两个重要的评论术语，对这两个术语的考释可以观照古代小说尤其是通俗小说文体地位的变化。

四是有关戏曲理论范畴的考释文章。包括《“教化”与“言情”：戏曲的功能》《“寓言”：戏曲故事的本体观念》《“奇”：传统的失落与世俗的皈依》和《“本色”新探》四篇考论文章。其中所选择的均为有关古代戏曲的重要理论观念，也是揭示古代戏曲特性的重要术语。

五是对金圣叹及《第六才子书西厢记》中相关术语的考释文章。包括《论金圣叹文学评点的三个关键词》《释“心地体”：金圣叹评判戏曲人物的独特视角》和《释“三渐”：金圣叹的戏曲结构原则》三篇论文。既从“关键词”（“主体性”“解义性”和“向导性”）视角揭示金圣叹文学批评的特色，又选取两个金圣叹戏曲批评中前人很少论及的术语（“心地体”和“三渐”）予以考释。

附录部分的《试析古代文论理论术语的构造特征》是我最早尝试术语研究的理论文章，发表于《中州学刊》1985 年第 6 期。因其所涉及的内容主要是古代文论，与本书的小说戏曲术语考释多有不相关联的地方，故放置于附录之中。而作为“代序”的《谭帆教授访谈录》是刘晓军教授和孙超教授分别于 2013 年（载《学术月刊》2013 年第 11 期）和 2022 年（载《明清小说研究》2023 年第 1 期）对笔者所作的访谈，其中有很多话题是针对术语考释的讨论，故略作删改合并后作为“代序”放在本书的开首。

记得陈平原先生在为拙著《中国古代小说文体文法术语考释》所作的序言中评价该书的最大特色是将批评史、文体史、学术史三种视野合而为一。① 这当然是平原先生对我的一种鼓励之辞,但这确实是我从事术语考释时所努力追求的理想境界。

作为一部论文集,本书的时间跨度非常大,最早的一篇是 1985 年发表的《试析古代文论理论术语的构造特征》(《中州学刊》1985 年第 6 期),当时我还是一个在读的硕士研究生,最末的一篇是 2023 年发表的《论中国古代小说评点的术语系统》(《文学评论》2023 年第 3 期),其中相隔时间竟有 37 年之遥,故书中有不少相对稚嫩和简陋的地方;同时,本书基本上是由独立的单篇论文所构成,相关论文之间会有一些重叠的观点和史料,为求论文的相对完整,本书在编辑时没作删改。敬请读者诸君多多谅解和多多批评。

感谢凤凰出版社李相东编审的大力支持,感谢责任编辑蒋李楠君的辛勤付出。还要感谢广州大学的江曙老师和宗世龙、陈飞、姜俵容、张华宇同学为本书所作的文字核对和资料工作。

谭　帆

2023 年 2 月 22 日

① 谭帆等:《中国古代小说文体文法术语考释》,上海古籍出版社 2013 年版,第 3 页。